www.ingramcontent.com/pod-product-compliance
Lightning Source LLC
LaVergne TN
LVHW041706070526
838199LV00045B/1231

نساء
بلد الله

Translated to Arabic from the English version of
Women of God's Own Country

Varghese V Devasia

Ukiyoto Publishing

جميع حقوق النشر في جميع أنحاء العالم مملوكة ل

Ukiyoto Publishing

Published in 2023

حقوق الطبع والنشر للمحتوى   Varghese V Devasia

ISBN 9789360492144

كل الحقوق محفوظة

لا يجوز إعادة إنتاج أي جزء من هذا المنشور أو نقله أو تخزينه في نظام استرجاع، بأي شكل أو بأي وسيلة إلكترونية أو ميكانيكية أو تصويرية أو تسجيلية أو غير ذلك، دون الحصول على إذن مسبق من المحرر

تم التأكيد على الحقوق المعنوية للمؤلف

عمل خيالي الأسماء والشخصيات والشركات والأماكن والأحداث والمباني والحوادث هي نتاج خيال المؤلف أو يتم استخدامها بشكل وهمي أي تشابه مع أناس حقيقيين، أحياء أو أموات، أو مع أحداث حقيقية هو من قبيل الصدفة البحتة

يُباع هذا الكتاب بشرط عدم إعارته، أو إعادة بيعه، أو تأجيره، أو توزيعه بأي شكل آخر، دون الحصول على موافقة مسبقة من الناشر، بأي شكل من أشكال التجليد أو الغلاف غير الذي نُشر فيه

www.ukiyoto.com

ل

كلارا ماثيو
بوناما سكاريا
ليلاما كورياكوس
فالساما توماس
روز فارغيز
أليس فارغيز
جانسي دومينيك، و
جيلسي فارغيز.

شكرًا

لقد سافرت في مناسبات عديدة على طول وعرض أرض الله، وهي منطقة نابضة بالحياة بشكل لا يصدق بها نباتات وفيرة وأنهار ومناطق منعزلة وبحيرات وتلال وحيوانات وطيور. شعرت بالسعادة لأنني ولدت هنا ولأنني تعلمت التحدث والكتابة بلغتهم الجميلة، المالايالامية. كما أن بلاد الله تباركت بنسائها؛ إنهم يمثلون قصتي وأنا مدين لهم.
في وطن الله، عدد النساء المستنيرين حقًا أكبر من عدد الرجال. لقد أفسحت معرفة القراءة والكتابة الطريق للتنوير، حيث أن جميع النساء الذين التقيت بهم هم ملحدون وإنسانيون ويفضلون أن يكونوا ناشطين في مجال حقوق الإنسان أو عاملين اجتماعيين أو مصلحين اجتماعيين أو مدرسين أو محللين قانونيين أو مهندسين أو تقنيين أو رياضيين أو كاتبات أو طبيبات أو ممرضات. . إنهم مرئيون في كل مكان ويحبون إقامة روابط شخصية مع الأجانب والغرباء. تبدأ النساء محادثات ذكية حول أي موضوع، سواء كان ذلك مع علماء ناسا، وعلماء الوراثة، والقانونيين، والمهندسين المعماريين، وبائعي الأسماك، ومدربي الأفيال، وسحرة الثعابين، والمزارعين، وبائعي الخضروات، والماويين، ومهربي الذهب، والعقائديين الدينيين، والسائرين أثناء النوم، والتكعيبيين، ومخرجي أفلام الجيل الجديد، الروائيون العدميون، ومغنو الشوارع، والمنجمون، وعلماء الإثنوغرافيا، واللغويون، وعلماء الخلق، ورسامي الكاريكاتير، والملاحقون، أو الحالمون بالذكاء الاصطناعي.
إحدى الحقائق المدهشة عن النساء في بلاد الله هي أنهن يعشقن الكلاب والقطط والحيوانات الأخرى. يمكن رؤية النساء اللواتي يطعمن الجراء والقطط الضالة في كل ركن من أركان هذه الجنة الخضراء. بفضول ودهشة واحترام كبيرين، كنت أشاهد عندما كنت طفلاً والدتي وهي تملأ العشرات من قشور جوز الهند بالمياه العذبة الموضوعة حول منزل قريتنا كل يوم. كان من دواعي سروري مشاهدة مئات الطيور تروي عطشها خلال أشهر الصيف القاسية حتى وصول الرياح الموسمية مع الرعد والبرق. جاءت العصافير في مجموعات كبيرة، ومن وقت لآخر كان لديهم حمام عام مضحك. أتذكر بوضوح كلبنا الذكي والمخلص، بولجان، الذي كان لديه ركن مريح في منزلنا أعدته أخواتي. لقد كان أسعد وأكثر أفراد عائلتنا مرحًا. أنا متأكد من أن تسمية "وطن الله" مناسبة جدًا وشعبية وذات معنى بسبب حب المرأة الشديد للحيوانات والطيور.
تحب المرأة أن تكون متمردة في بلد الله. يفكرون ويتصرفون ويتكلمون كما يريدون، متحدين كل ما يحد من حريتهم. ومن خلال التشكيك في النظام الأبوي، والهياكل الاجتماعية والسياسية التي غزاها الرجال، وعدم المساواة الاقتصادية في الحياة اليومية والإملاءات الدينية السخيفة، تتصرف النساء بشكل مقنع وقوي. الأحزاب السياسية والرجال السياسيون والأديان والزعماء الدينيون في بلد الله هم محتالون بالفطرة. ولم تصبح أي امرأة رئيسة للوزراء أو أعلى سلطة دينية. يتحكم

الرجال في السياسة والأديان، وعادة ما يكونون الأقل تعليما، ومدمني الكحول، والفاسدين، والمحبين للتحرر. ليس من غير المألوف أن تتحدى النساء النرجسيين، والمتحرشين بالأطفال، والمفترسين، والمصابين بجنون العظمة، وتجار المخدرات، وكارهي النساء، والمصابين بجنون العظمة في الحافلات والقطارات والرحلات الجوية وأماكن العبادة والفصول الدراسية ومراكز الشرطة واجتماعات الأحزاب السياسية والأسواق والملاعب الرياضية وقنوات التلفزيون. التلفاز.

الفاشية تنمو داخل الديمقراطية وتزدهر بخطاب الكراهية. وليس لها وجود منفصل وهي تتراكم قوتها وقوتها تدريجيا من العمليات والمبادئ الديمقراطية. وبما أن السياسة والدين توأمان، فإن الفاشية والإيمان لا ينفصلان. جميع الأديان خلقها البشر وهي منسوبة إلى واقع متخيل، وهو نتاج الرجولة، لأن كل الآلهة هم رجال. وليست الجنة هدفهم الأساسي، بل استغلال النساء في الأرض وفي الجنة. الأصولية هي واجهة لجميع الأديان، مستعدة باستمرار للانقضاض على النساء، وترسم قمم اجتماعية واقتصادية صارمة للغاية بحيث تصبح الحياة لا تطاق. إن قواعد لباس المرأة هي مجرد تعبير واحد عن كراهية النساء الأصولية، حيث أصبحت السياسة والدين حميمتين على نحو متزايد واندمجتا في كيان واحد.

تتمتع الشيوعية بتاريخ طويل كحركة شعبية وأيديولوجية لحزب سياسي في ولاية كيرالا. لقد وصل إلى السلطة في "بلد الله"، الولاية الأكثر ثقافة وتنويراً في الهند، في عام 1957 ككيان منتخب ديمقراطياً. حمله الناس في قلوبهم حيث ترأس إي إم إس نامبوديريباد، القائد الاستثنائي الذي عرف كيف يقرأ نبض الناس، أول حكومة شيوعية منتخبة ديمقراطيًا في العالم. أ.ك. جوبالان، برلماني متميز؛ ك ر جوري أما، وزير وناشط ملتزم وغير أناني؛ و إ.ك. واصل نيانار، رئيس الوزراء الصادق والفعال، نضاله من أجل تحرير المضطهدين والمستغلين. قصتي تحكي عن حب الناس للحزب الشيوعي في سنواته الأولى. يخبرنا التاريخ الحديث أن القادة، شيئًا فشيئًا، أصبحوا مفسدين بسبب المُثُل النبيلة للقادة المؤسسين، مما أدى إلى تعرضهم للعنف وإساءة استخدام السلطة. وهكذا فقدوا التعاطف والغرض وتحولوا إلى وحوش. الصورة الجديدة هي صورة عدو الشعب، مناهض للفقراء، مناهض للمزارعين، مناهض للعمال، مناهض للتعليم العالي، مناهض للمرأة، مناهض الصيادين، مناهض للتنوير، مناهض للمستثمرين، وما إلى ذلك. أصبح الفساد وشراء وبيع الشهادات الأكاديمية المزورة والمحسوبية وتهريب الذهب والقتل المستهدف لأولئك الذين يعارضون القادة الأقوياء والحزب هو الوضع الطبيعي الجديد. وأصبح ما بعد الحقيقة هو الحل المثالي، بعد أن أصبحت الولايات المتحدة والدول الأوروبية، التي كانت تعتبر لعنة ذات يوم، الوجهة المفضلة للتعليم العالي، والعطلات العائلية، والعلاجات الطبية الأكثر تقدما، وكل ذلك على حساب دافعي الضرائب.

إنها ظاهرة حديثة واضحة أن الماركسيين يعتبرون أنفسهم شريكًا صغيرًا لا ينفصل عن الإسلاميين، ويستخدم الإسلاميون الماركسيين لنشر مخالب استعباد المرأة وخطابات الكراهية والإملاءات الإلهية السخيفة. لقد تحولت الشيوعية إلى

فرع من الأصولية مثل القومية المتطرفة واليمينية والاستبدادية، مما أدى إلى إهانة حقوق المرأة والمساواة. وعندما قطع الإسلاميون يدي أحد المعلمين، دعم وزير التعليم في ولاية كيرالا الإسلاميين علناً. لقد صدمت الحادثة سيئة السمعة المتمثلة في منع عضوة بارزة ومحبوبة ومحترمة للغاية في الحزب من قبول جائزة دولية لخدماتها التي لا تضاهى في مجال الرعاية الصحية، المجتمع.

تعاني المرأة من نير الدين والأحزاب السياسية بلا نهاية ولا مفر. تحكي إيران وأفغانستان والصومال والسودان ونيجيريا وكوبا وكوريا الشمالية والصين قصصًا عن تقلبات الدكتاتورية الدينية أو نظام الحزب الواحد السياسي إلى حد ما. كثيرا ما يكون بلد الله مستوحى منهم.

ومن المفارقة أن النساء أحرار في وطن الله، مما يجعل حريتهن تبدو وكأنها وفرة من الأسئلة المرئية في كل واحدة منهن. حريتهم ليست هبة من أحد، بل هي نتيجة النضال المستمر، والتعليم، والقدرة على كسب لقمة العيش، وحساب مصرفي مستقل، وتنوير المرأة ومثابرتها.

أشكر مدير مركز أبحاث علم الليمنولوجيا ومحطة مختبر إركين الميدانية في نور مالما، وهي وحدة تابعة لقسم علم البيئة وعلم الوراثة بجامعة أوبسالا، لدعوتي لحضور دورة في إركين. لقد كانت مناسبة غنية للعمل مع عشرين امرأة ورجل من جامعات مختلفة حول العالم. لقد فتنتني السويد بشكل لا يصدق: تاريخها، وثقافتها، واستقلالها، وعلاقاتها الإنسانية، وصدقها، وحبها للعمل الجاد، وعملها الخيري، وانفتاحها، ومساواتها، وحريتها، وعدالتها بين الجنسين.

أشكر جرايسي جوني جون، وماري جوزيف، وباثروز أنباتيشيرا، وجيلز فارغيز، وجوبي كليمنت على قراءة المخطوطة. لقد قامت دار White Falcon Publishing بنشر الكتاب، وأنا ممتن جدًا لهم.

احتفل بروح الحرية والبحث عن الحقيقة.

محتوى

1	الفصل الأول: وحدة المرأة
17	الفصل الثاني: من كوتاناد إلى بحيرة إركين
36	الفصل الثالث: الثور الأبيض ومدرسة الرقص
60	الفصل الرابع: إرث متجر الشاي وفريق الهوكي
80	الفصل الخامس: من أيانكونو إلى دارمادوم وحفل زفاف في ماهي
106	الفصل السادس: قرية ثيام
124	الفصل السابع: قصة حب ومكالمة في أوبسالا
143	الفصل الثامن: الرياح الموسمية في مالابار
162	الفصل التاسع: تاج العذراء
177	الفصل العاشر: الأسطورة
198	أوبر دن المؤلف

1

الفصل الأول: وحدة المرأة

بعد خمسة وعشرين عامًا من وفاتها، عندما كان زوجها نارايانان بهات، في المقبرة لأول مرة، يبحث عن قبر رافي ستيفان ماير، قاتل رافي آمو. بينما ساعده أمو ورافي في بناء مقهى الشاي الخاص به على جانب الطريق في الصباح الضائع، بدا بهات جائعًا وممزقًا. ولم يتخيل قط أن يؤدي بهات اليمين الدستورية كرئيس للوزراء ذات يوم، وأن يصبح في غضون خمس سنوات على وشك أن يصبح رئيساً للوزراء.

كانت عمو في المقبرة التي دفن فيها مجلس المدينة الجثث المهجورة، وكان زوجها أحدهم. كان رافي شخصًا أحبها كثيرًا، بما يتجاوز الكلمات. لقد أحبته من قلبها، لكنها لم تتمكن من حضور جنازته، لأنها لم تعلم قط بوفاته أو بمكان دفنه. بعد البحث عن مكان دفنه لفترة طويلة، كان آمو متأكدًا من أن رافي يمكن أن يكون في مكان ما. كانت هناك شجيرات شائكة وكروم في كل مكان، وبعض الأشجار الكبيرة هنا وهناك. قد تكون هناك علامات أو علامة اسم صغيرة أو شيء مألوف. وبالنظر بعناية تحت الغطاء النباتي الكثيف، بدا وكأن جنازات قديمة قد أقيمت. كان عمر المقبرة خمسة وعشرين عامًا، وكان رافي من أوائل من دفنوا هناك. كتبت آن ماريا إلى عمو أنها قد تكون جثة رافي، وقام مجلس المدينة بدفنها في مقبرة الجثث المهجورة، بالقرب من شجرة كبيرة، بجوار صخرة. لقد تم اقتلاع الشجرة من جذورها واختفت، ولكن لا يزال هناك الكثير من الصخور متناثرة حول القبر.

شاهد عمو بفارغ الصبر. "رافي، أين أنت؟" صرخ بصوت عال. لقد بحث عنها في الداخل لمدة خمسة وعشرين عامًا ووصل أخيرًا إلى المقبرة. كانت تحب أن تعانقه، عناق دافئ لا ينفصل. "رافي، أخبرني، أين أنت؟" سأله عقله.

وكان دائما فخورا جدا باسمه.

"أنا رافي"، قالت له عندما التقت به للمرة الأولى في مطار كوبنهاغن. كان رجلاً طويل القامة، أسمر قليلاً، وسيماً، في مثل عمره تقريباً، له لحية وابتسامة عفوية وجذابة للغاية. أجاب: "أنا عمو". قال: "تشرفت بلقائك يا عمو". "رافي ستيفان ماير؛ ستيفان، وليس ستيفان،" كتب اسمه الأوسط وابتسم. نظرت إليه باستغراب وهي تصافح يده. كانت قبضته لطيفة ولكنها حازمة. ضحكت قائلة: "تشرفت بلقائك أيضًا، رافي ستيفان ماير". "كان والدي ستيفان ماير، وكان ألمانيًا من شتوتغارت، مسقط رأس هيرمان غوندرت"، كانت كلمات رافي دقيقة ولطيفة. لقد تفاجأت قليلاً ونظرت إليه لمدة دقيقة، لكنها لم تسأل أي شيء آخر.

لقد انتظرته باستمرار، رافي، لمدة خمسة وعشرين عامًا. وبمجرد دخوله المقبرة، تمتم: "رافي، اليوم سوف نلتقي مرة أخرى. أنت نائم فقط. لقد كان البحث عنك مهمة لا نهاية لها، ولم يكن لدي سوى فكرة واحدة: مقابلتك مرة أخرى. لقد كنت في عقلي وعقلي وأحلامي مليون مرة كل يوم وكل ساعة. لقد كنت رفيقي الدائم، صديقي الأبدي. كان من المستحيل بالنسبة لي أن أعيش بدونك"، كرر.

وقال مسؤول البلدية المسؤول عن تشييع الجثث المتروكة: "هناك أكثر من مئة جثة مدفونة هناك".

وسأل: "هل تحتفظ بأي سجلات عن المدفونين؟".

نظر إليها الوكيل بعناية لبضع دقائق وسألها: "هل من قريب لك؟" أجابت: "نعم".

"من؟"

قالت: "زوجي".

"زوجك؟"، سأل الوكيل وهو يرفع صوته. "هل يحتفظون بسجل للأشخاص الذين يستريحون هنا؟" سأل مرة أخرى. "لا،" توقف للحظات قبل أن يتابع، "لقد كانت جثثًا بلا أسماء. كيف يمكننا الاحتفاظ بسجل؟" شعرت بثقل في قلبي. "هل يتابعون مواعيد الجنازات؟" عقد ذراعيه وسأل مرة أخرى. "نعم،" قال، صوته خشن نوعًا ما. دخل مكتبه وسمع عمو صرير فتحة خزانة حديدية. وبعد بضع دقائق، عاد ومعه دفتر. "انظر بنفسك." دفع الكتاب نحوها من زاوية طاولته القديمة الفارغة، المليئة بآلاف الدوائر من بقع الشاي. "وفقا لسجلاتنا، تم إيداع مائة وثلاثة عشر جثة مهجورة في المقبرة. يمكنك رؤية الإدخال حسب التاريخ."

فتحت عمو الكتاب على عجل. الدفن الأول كان في 3 فبراير، قبل خمسة وعشرين عامًا، والثاني في يوليو. توفي رافي في نوفمبر وقضى شهرًا في دار الجنازة. لم يدعي أحد ذلك؛ ربما دفنه مجلس المدينة في ديسمبر. ولكن كان هناك إدخالان في الأسبوع الأخير من شهر ديسمبر. "لقد دُفن زوجي في ديسمبر/كانون الأول. هل من الممكن تحديد الموقع الدقيق؟" سأل. "هذا مستحيل لأن جميع عمليات الدفن تمت بشكل عشوائي، دون أي نظام لتحديد تفاصيلها. وقال مسؤول البلدية وهو ينظر إليها: "لقد وضعنا الجثث المتروكة في أماكن مناسبة".

"هل يمكنني تحديد مكانه من فضلك؟" توسل عمو. "نحن لا نحافظ على أي نظام أو نظام. وحيثما كان هناك مكان، حفرنا قبرًا ووضعنا فيه الجثث المتروكة"، صرخ الضابط مشددًا على كلمة "مهجور". نظرت إليه عمو بصمت. "وعلاوة على ذلك، فمن المستحيل العثور على قبر جثة مهجورة بعد خمسة وعشرين عاما. لقد ماتوا جميعًا مثل الكلاب الضالة ودُفنوا على هذا النحو. ولم يطالب بها أحد أو يقدم نفسه على أنه المالك. أنت أول من يبحث عن جثة مهجورة ويجد مكان الدفن. لقد ألقاهم مجلس المدينة هناك دون أي علامات أسماء، حيث أنهم كانوا جميعًا جثثًا مهجورة،" مؤكدا مرة أخرى على كلمة "مهجورة"، صعق العميل. نظرت إليه عمو كما لو كانت تتوسل. "يبتعد. المقبرة على بعد كيلومتر من هنا". "سيد..." أرادت عمو أن تسأل عما إذا كان مجلس المدينة قد التقط صورة قبل الاعتقال، لكنها كانت تخشى طرح السؤال. "يبتعد! "اذهبي إلى هذا الجحيم وابحثي عن زوجك"، صرخ الضابط.

وأمام بوابة المقبرة عُلقت لوحة قديمة صدئة مكتوب عليها "مكان دفن المهجورين". كان المشي في المقبرة صعباً بسبب انخفاض أغصان الشجيرات الشائكة والكروم. كان الزحف تحت الأدغال أكثر راحة بالنسبة لعمو. استغرقنا حوالي ثلاث ساعات لإكمال الجولة داخل المقبرة. كان بإمكانه رؤية أكوام من الأرض الجديدة في الزاوية، وموقع دفن جديد، وعلى الرغم من عدم وجود بطاقة اسم، كان من الواضح أن هؤلاء كانوا أشخاصًا مجهولي الهوية، أفرادًا منسيين من قبل المجتمع دون أقارب أو أصدقاء. كان افتقارهم إلى الاسم هو الجريمة التي ارتكبوها.

ومرة أخرى تسلل عمو إلى الأمام تحت الشجيرات بالقرب من جدار المجمع القديم. وسقطت الجدران الحجرية الحمراء في العديد من الأماكن. كان بإمكانه رؤية بقايا شجرة قديمة أكلتها

الدود بالقرب من الركام، وكانت هناك صخرة على الجانب الآخر. وفجأة توقف وشعر بضربة قوية على قلبه. "هذا هو المكان الذي ينام فيه رافي،" تذكر كلمات آن ماريا.

"من المرجح أن مجلس المدينة دفن المحامي رافي ماير في مقبرة البلدية للأشخاص المهجورين، بالقرب من شجرة قديمة بجوار صخرة ضخمة"، كتبت آن ماريا منذ حوالي خمسة وعشرين عامًا. وقد استلمها عمو بعد خمس سنوات، عندما سمحت له سلطات السجن بتلقي الرسائل.

وظلت الرسالة في حوزة مدير السجن لمدة خمس سنوات طويلة، وكانت الأولى والأخيرة التي يتلقاها عمو في السجن. ولا يزال يتذكر خط اليد المائل الجميل. في إحدى الليالي، استدعى رئيس الحرس آمو إلى مكتبها وقال: "لديك رسالة. "لقد بلغت الخامسة من عمرك ولديك إذن خاص لتلقي الرسائل، لكن لا يسمح لك بعد بإرسال أي اتصالات".

كُتب على الغلاف "البروفيسور عمو رافي ماير"، وكانت المرسلة هي الأخت آن ماريا من بنات العذراء.

أعربت عمو عن امتنانها بأيدٍ مطوية وغادرت زنزانة جناح النساء. فتح الظرف ببطء وبدأ يقرأ: "عزيزي البروفيسور، بحزن شديد، اسمح لي أن أبلغك أن المحامي. رافي ماير لم يعد معنا. وعلمت من مصادر موثوقة أنه توفي منذ شهر، مباشرة بعد دخولك السجن. استعاد مسؤولو البنك منزلك لعدم إعادة القرض أو فوائده المركبة. تم طرد زوجها من المنزل، وترك الطفل في بعض المنازل أو المؤسسات. ومن المفترض أنه تجول في الشوارع لبضعة أيام وتوفي في إحدى الحدائق العامة. على الأرجح..." لم يكن لدى أمو الشجاعة لمواصلة القراءة، لذلك قامت بطي الرسالة واحتفظت بها داخل بطانيتها لتقرأها لاحقًا. لم أستطع البكاء، لأن البكاء فقد معناه.

قام عمو بإزالة الطوب المتساقط ببطء، واحدًا تلو الآخر. فكرت بثقة: "يمكن أن يكون رافي الخاص بي تحت هذه الحجارة". لقد استغرق الأمر وقتًا طويلاً لإزالة جميع الكتل. "كل صراع يشكلك بما يتجاوز خيالك،" تذكر فجأة كلمات رافي. "عمو، يجب أن نناضل من أجل هؤلاء الأطفال ونحررهم من الاستغلال والقمع. ولا ينبغي أن يعملوا بين اثنتي عشرة وأربع عشرة ساعة في اليوم. يجب عليهم الذهاب إلى المدرسة والدراسة، والاستمتاع باللعب مع أصدقائهم، والحصول على الطعام والمأوى والملبس. رافي، لقد ناضلت من أجل تحرير الأطفال العاملين، الأولاد والبنات، الذين كانوا يعيشون حياة بائسة، ويعملون مقابل أجر زهيد. أجاب عمو: "سوف تنجح".

بعد إزالة الطوب، سقط عمو ووجهه للأسفل في موقع الدفن، حيث غرقت الأرض بشكل كبير. قبل الأرض وسمع تنهداته الداخلية. كان يلهث ووجهه غارق في العرق والدموع. "رافي ستيفان!" دعا مرة أخرى. وفي لحظات حميمة، كانت تناديه بـ "رافي ستيفان": "حتى الأحداث السيئة يمكن أن تساعدك على النمو وإدراك قدراتك وإمكانياتك ونقاط قوتك، وسوف نتغلب على هذه التهديدات بالقتل"، تذكرت كلماته. مر أسبوع قبل أن يهاجم المشجعون رافي. "رافي، أنا متأكد من أنك تحت هذا الطابق. تحدث معي؟" بكى عمو. "لقد عارضتم استغلال الأطفال، الذي أثر على نمط الحياة المترف والطموحات السياسية للظالمين، وكانوا في المقابل قاسيين عليكم. ولكن كيف يمكنهم اتخاذ قرارات بشأن حياتك وحريتك؟ لقد كان خيارهم هو القضاء عليك، وقد أخذوا حياتك. لكن لم يحملهم أحد المسؤولية. أغلقت السلطات عيونها على أولئك الذين جعلوا حياتك مستحيلة. لكن لماذا لم تتم محاسبتهم؟". شكك عقله في النظام القضائي.

لقد جاء إلى العالم يتيما ومات مهجورا. عثر عليه والداه في حزمة من الأغطية الممزقة تحت جسر علوي في محطة سكة حديد كانور حوالي منتصف ليل يوم ممطر، 21 يونيو. كانت هناك بعض الكلاب الضالة في مكان قريب وكانت تزمجر عندما يتحرك شيء ما داخل حزمة القماش. قالت إميليا لزوجها ستيفان ماير: "هناك شيء ما داخل تلك الحزمة". أجاب ستيفان ماير: "نعم، إنه يتحرك". "هل نفتحه ونرى؟" اقترحت إميليا على زوجها. أجاب ستيفان: "بالطبع".

زحفت إميليا تحت الجسر، وكان لدى الكلاب فضول لمعرفة ما ستجده. التقط حزمة القماش بعناية وزحف إلى المنصة. وقفت بالقرب من زوجها وفتحت الصرة.

"انه طفل!" كلاهما صرخا في انسجام تام. "انه طفل!"

نظروا حولهم وصرخوا. تجمع شخصان حوله. "انه طفل! هل هي لك؟" سألهم ماير. قال أحدهم: "إنه طفل مهجور". شيئًا فشيئًا، واحدًا تلو الآخر، اختفوا وتركت إميليا وإستيبان بمفردهما. "ماذا نفعل بالطفل؟" سألت إميليا ستيفان. "ماذا علينا ان نفعل؟" لم يكن لدى ستيفان أي رد. رأوا ضابط شرطة بهراوة يسير على طول الرصيف واتجهوا نحوه. "سيدي، إنه طفل!" قالت إميليا وهي تُظهر الطفل للشرطي. وأشار ستيفان إلى المكان الذي رأوا فيه الطفل: "لقد وجدنا الطفل هناك تحت الجسر". تفاجأ الشرطي ونظر إليهم. لقد صُدمت، ليس لأنه كان هناك طفل لا يمكن أن يكون طفلها البيولوجي، ولكن لأنهما كانا يتحدثان باللغة المالايالامية. "هل تتحدث المالايالامية؟" سأل ضابط الشرطة. "سيدي، ماذا يجب أن نفعل مع الطفل؟" سأل ستيفان. "أي طفل، من؟" سأل الشرطي. "سيدي، وجدنا الطفل تحت الجسر، مغطى بهذا القماش الممزق. ها هو".

ولم يبد الشرطي أي اهتمام. قال الشرطي وهو يبتعد: "اذهب إلى رئيس المخفر واسأله". "أين يقع مكتب رئيس المحطة؟" سأل ستيفان. "هناك"، قال الشرطي وهو يبتعد عنهم. سارت إميليا وستيفان نحو مدير المحطة. "هل يمكننا الدخول؟" سأل ستيفان بعد أن طرق باب المشاة. "هيا،" قال رئيس المحطة. وعندما دخلوا الغرفة كان رئيس المخفر يتحدث هاتفيا مع بعض الجهات العليا ولم ينظر إليهم. وقالا بعد انتظار لبعض الوقت: "سيدي، لقد وجدنا هذا الطفل تحت الجسر المجاور للمنصة منذ حوالي خمس عشرة دقيقة". "رضيع؟" صاح مدير المحطة. "اين الطفل؟" سأل دون أن ينظر إليهم، واستمر في عمله. قالت إميليا: "سيدي، ها هي الطفلة التي بين يدي". رفع مدير المحطة رأسه ونظر إليهم. "هل أنت بريطاني؟" سأل باللغة الإنجليزية. ردت إميليا باللغة الإنجليزية: "لا، ألمانية". "أنت تتحدث المالايالامية بشكل مثالي. وأوضح ستيفان: "سيدي، لقد كنا في كانور لمدة عامين". "ما اسمك؟" "أنا ستيفان ماير، وهذه زوجتي إميليا." "إذن ماذا علي أن أفعل لك؟" سأل مدير المحطة. "ماذا تفعل مع الطفل؟" "احتفظ بها معك." بدا رئيس المحطة مباشرًا جدًا. "معنا؟" صرخت إميليا. كان هناك بعض الفرح في صوته.

"انه ممكن؟" سأل ماير. "كل شيء ممكن في الهند. هناك الكثير من الأطفال في بلدنا. لقد حصلنا على الاستقلال قبل عشر سنوات فقط. لا نعرف ماذا نفعل بخمسمائة وستين مليون شخص. أقل من ذلك لن يخلق أي مشاكل"، قال رئيس المحطة بشكل قاطع. "هل تعني أنه يمكننا الاحتفاظ بالطفل؟" أرادت إميليا التأكيد. "يمكنك أن تعطي الطفل اسمك وطعامك وملابسك وتعليمك الجيد. هل طفلك. تعال بعد أسبوع. وتابع رئيس المحطة: "سأساعدك في

استكمال إجراءات التبني حتى تتمكن عند عودتك إلى ألمانيا من أخذ الطفل معك". "إنه طفلنا!" صاح ستيفان. "طفلنا!" صرخت إميليا بصوت عال.

لفّت إميليا الطفل بعناية في شالها وضغطته على صدرها لإبقائه دافئًا. لم يكن لفرحتهم حدود عندما استقلوا سيارة أجرة إلى مكان إقامتهم. "طفلنا،" صرخ ستيفان بمجرد وصولهم إلى المنزل. "إنه ابننا، طفلنا،" تلعثمت إميليا مرة أخرى. قامت بإزالة الشال بعناية والقماش الممزق الذي لف به شخص ما الطفل. "يا إلهي، الحبل السري لا يزال هناك،" تعجب ستيفان. "إنها لا تزال طازجة." يمكن أن تشعر إميليا بذلك. "لقد ولد الطفل في الساعتين أو الثلاث ساعات الماضية. قالت إميليا وهي تظهر يدها لستيفان: "انظر، هناك بقع دماء". "هل سينجو الطفل؟" أعرب ستيفان عن شكه. فجأة بكى الطفل. وتردد صدى الصراخ في جميع أنحاء المنزل. لقد كانت صرخة حطمت مخاوف حياته. لقد كانت صرخة جلبت لهم الفرح والشعور المفاجئ بالأبوة. لقد كانت صرخة أعطتهم أملاً لا نهاية له. لقد كانت الصرخة هي التي خلقت ارتباطه الدائم بالهند.

صرخت إميليا: "الطفل بخير". "لكن ستيفان"، ناديت إميليا زوجها، وتمكن من التعرف على القلق الخفي على وجهها.

"نعم، إميليا،" أجاب كما لو كان يتوقع أن يسمع ذلك. قالت إميليا بهدوء: "إن الرضاعة الطبيعية في الساعة الأولى من الحياة هي المفتاح لبقاء المولود الجديد على قيد الحياة". وتابع: "إنه ينقذ الأرواح ويوفر فوائد أخرى مدى الحياة". "ماذا نفعل؟" كان سؤال ستيفان يعبر عن عدم قدرته على تزويد طفله بالرحيق الذي ينقذ حياته. "كلما طال انتظار الطفل، كلما زاد الخطر. تعلمت في الكلية أن الانتظار ما بين ساعتين وثلاث وعشرين ساعة يزيد من خطر الوفاة، والانتظار لمدة يوم أو أكثر يزيد من خطر الوفاة بأكثر من الضعف. قالت إميليا بحزم: "صباح الغد، علينا أن نجد امرأة يمكنها إرضاع طفلنا". "بما أننا نعرف الكثير من الأشخاص هنا، والعديد منهم أصدقاؤنا، فسنتمكن من العثور على امرأة لمساعدتنا." ستيفان يريح زوجته. قالت إميليا: "بالطبع". "عزيزي الطفل، سوف تكبر هنا بيننا. سنغني معًا ونرقص معًا ونأكل معًا. أنت وأمك وأنا، طفلنا العزيز، واحد. نحن نحبك،" ردد ستيفان تهويدة باللغة الألمانية.

قامت إميليا بغلي حليب البقر وتخفيفه بالماء الدافئ وتبريده وأعطت الطفل بضع قطرات بملعقة. "إنه آمن؟" وأعرب ستيفان عن قلقه. "ماذا يمكننا أن نعطي الطفل الآن؟" ردت إميليا. وتستمر إميليا قائلة: "غدًا، سنطلب من كالياني العثور على امرأة يمكنها إرضاع الطفل لمدة ستة أشهر". كان كالياني مدرسًا في مدرسة ثانوية قدم إميليا وستيفان إلى راقصي ثيام . كان كالياني صديقه وجاره.

ينام الطفل في السرير بقية الليل. لم تنم إميليا وستيفان، حيث أطعما الطفل مرتين وجلسا على جانبي ابنهما الذي كان ينام بصمت. وفي صباح اليوم التالي، لفوا الطفل بملابس دافئة وذهبوا إلى منزل كالياني. "لدينا طفل!" صرخت إميليا وستيفان من الفرح عندما فتح مادهافان، زوج كالياني، الباب. عند سماع الضجة، ركض كالياني نحو المدخل الرئيسي. روت إميليا القصة وطلبت من كالياني العثور على امرأة لإرضاع الطفل. "هناك امرأة لديها مولود جديد على بعد سبعة بيوت من هنا. وقالت مايا ابنة كالياني وهي تقف خلف والدتها وتنظر إلى الطفلة: "اسمها رينوكا". "أنا أعرف رينوكا". قال كالياني بثقة: "أنا متأكد من أنه سيوافق". قال مادهافان، أشهر راقصي ثيام في فالاباتانام: "أنا أعرف زوجها". خاطبه راقصو ثيام الآخرون باحترام باسم "جوروكال"، وتعلم أبوكوتان، زوج رينوكا، الفروق الدقيقة في الرقصة من مادهافان. أمضى

مادهافان سنوات عديدة في ولاية ماهاراشترا مع والديه اللذين كانا مع المهاتما غاندي في سيواجرام. لقد تعلم رقص ثيام عندما كان طفلاً في فالاباتانام قبل أن ينضم إلى غاندي في حركة الحرية. تقول إميليا بسعادة: "لقد رأيت رينوكا عدة مرات خلال ثيراباتو وهي تغني وترقص هيام ". "بالطبع، أعرف أبوكوتان، زوج رينوكا. لقد حضر دروسنا الدراسية عدة مرات،" صاح ستيفان. قال مادهافان: "سوف نلتقي مع رينوكا وأبوكوتان".

أخذ ستيفان الطفل من يده وترك إميليا تمشي بحرية. سار كالياني ومادهافان ومايا إلى الأمام. بالقرب من المنزل التالي، سألت جيثا، التي كانت تقطف زهور الياسمين، كالياني إلى أين يذهبون وأخبرتها القصة بأكملها. "أنا أعرف رينوكا جيدًا. قالت جيثا وهي تنضم إليهم: "سأطلب منكم إطعام الطفل". قال رافيندران، زوج جيثا، وهو يقترب: "رينوكا هي ابنة عمي الثانية". كان رافيندران أيضًا راقصًا في تيم . قام بجولة في كاساراجود ومانجالور وجنوب كانارا مع مادهافان لتدريب الشباب على رقصة ثيام . انضمت أمالو وزوجها أونيكريشنان إلى المجموعة في المنزل المجاور، مع ميدين وسارة وأطفالهما. وكان الجيران حريصين على الانضمام إلى المجموعة، حيث كان هناك شعور عميق بالوحدة والانتماء. وقد عمل جميعهم تقريبًا مع مجموعات ثيام المختلفة في مصنع البلاط الواقع على ضفاف نهر فالاباتانام. علاوة على ذلك، كانوا جميعًا شيوعيين، بما في ذلك مادهافان. بعد حركة ترك الهند، أصبح مادهافان ووالديه من المتعاطفين مع الشيوعية. "نحن قادمون!" صاح كونجيرامان من المنزل السادس، مع زوجته سوميترا.

كان هناك أكثر من خمسة وعشرين شخصًا في المجموعة، بما في ذلك البالغين والأطفال. تفاجأت رينوكا وأبوكوتان برؤية حشد صغير يقترب من منزلهما. "ماذا حدث؟ هل هناك أي مشاكل أو حوادث خطيرة؟" صاح أبوكوتان من منزله. عند وصولها إلى منزل رينوكا، شرحت لها كالياني كل شيء في بضع كلمات.

وقالت في النهاية: "الطفل يحتاج إلى الثدي".

قالت رينوكا: "بالطبع".

وقال أبوكوتان، زوج رينوكا: "أنا سعيد للغاية".

فجأة، عانقت إميليا رينوكا وقبلت خديها. كان الأمر كما لو كان سيأكل رينوكا. قال ستيفان لأبوكوتان: "نحن ممتنون لك". عانقت إميليا جميع النساء. الجميع يعرف إميليا وستيفان. قالت سارة: "أنت واحد منا". وتابع: "نحن هنا لنشارككم كل شيء". من وقت لآخر، كان مؤيدين ينضم إلى مادهافان وأبوكتان لرقصة ثيام ، وكان مؤيدين وسارة فخورين بعلاقتهما بالمجموعة. "هل ولد أم فتاة؟" "سألت رينوكا فجأة. قالت إميليا وشعرت بالحرج: "يا إلهي، لا نعرف". قام كالياني بفك لفافة الطفل بينما كان ستيفان يحمل الحزمة. قال كالياني: "إنه صبي". "فتى!" صاح الجميع. قال مادهافان: "سوف نعلمه ثيام ". قال أبوكوتان: "بالتأكيد".

أخذت رينوكا الطفل ودخلت منزلها. رافقتها إميليا. قامت رينوكا بفك غلاف الطفل ودلك جسده بلطف بزيت جوز الهند الممزوج بأوراق وسيقان وأزهار ومكسرات نباتات الأيورفيدا الطبية. ثم تضع الطفل على كافونجينبالا، وهو الجذع المرن لأوراق شجرة الأريكا الذي يغطي الجذع، وتمنحه حمامًا مائيًا دافئًا. وبعد الاستحمام، أخذ قطعة حلية من الذهب، وغمسها في العسل، وأعطى الطفل ثلاث قطرات، وغنى: كن ابنًا بارًا، وإنسانًا صالحًا. يكبر كإنسان محب، إنسان كثير التعاطف مع الآخرين، ومواطن ملتزم بالقانون في الحكمة والمعرفة، يكون قويا بلا

مرض، يغني مثل الوقواق، يركض مثل الغزال، ويرقص مثل الطاووس. كن حكيماً كالفيل ومساوياً لملك مالابار.." ثم أرضعت الطفل وابنها أديتيا البالغ من العمر ستة أشهر. لاحظت إميليا الطقوس بتقدير واحترام وإجلال وفضول كبير. عندما خرجت رينوكا وإميليا مع أطفالهما، تحدث ستيفان ومادهافان وكالياني وأبوككوتان وسارة وآخرون عن الاحتفال بتلك الليلة. "بعد ظهر هذا اليوم سنحتفل بوصول المولود الجديد إلى منزلي!" أعلن ستيفان ماير بفرحة غامرة. قال مادهافان: "سأحضر *الماراشيني بوزوكو* ، وهو طبق لذيذ محضر من التابيوكا مع جوز الهند المبشور والفلفل الأخضر والكركم والهيل والتوابل الأخرى". قال محي الدين: "برياني لحم الضأن من منزلنا". قالت سارة: "كلانا يعرف كيف يطبخ جيدًا". "دعني أحضر اللحم،" توسل رافيندران. قال كونجيرامان: "إن جوز الهند من منزلي".

صاح
جيدًا
ر في
اضي
ساسية
، لأن
غ وقد
جامعة
بشكل
لناس.
ة عن
سبعة
مقنع
عبية.

كان مادهافان مثابرًا في جلب القوة إلى الضعفاء، وأن يصبح صوت من لا صوت لهم. في سن الثامنة، حضر اجتماعات مع والده حول الحرية والقوة المحررة للهند. في أوائل الأربعينيات من عمره، أصبح مادهافان مرجعًا في رؤية الحركات الشعبية. كان بإمكانه التحدث بشكل مقنع وإيجاز عن المعنى الداخلي لكل موقف أيديولوجي فيما يتعلق باحتياجات الناس والرد على الانتهاكات غير القابلة للوصف وغير المقبولة لحقوق الإنسان التي يعاني منها المضطهدون. لقد سافر مع والده إلى مئات من قرى الداليت والقرى القبلية في فيداربا وماراثوادا عندما كان والديه في سيواجرام مع المهاتما غاندي. كان مادهافان يحترم غاندي بشدة، لكنه كان يؤمن بالكفاح المسلح ويعتقد أن الفقراء والمضطهدين يجب أن يقاتلوا ضد زاميندار ، أصحاب الأراضي. بالنسبة للناس، كانت تجربة حضور محادثاته تجربة نادرة ومثرية. وكان معظم أصدقائه أيضًا من راقصي ثيام الذين رقصوا بجلالة وقوة.

ولم يجدوا أي تناقض في تمثيل مختلف الآلهة من خلال رقصهم، على الرغم من أن الشيوعية كانت حركة "إبادة الآلهة"، على حد تعبير ستيفان ماير. تمثل آلهة *ثيام* عامة الناس في عصر ما قبل الآرية.

كانت إميليا في الخامسة والعشرين من عمرها عندما وصلت إلى كانور مع زوجها. كان والده جيرهارد شميدت يمتلك العديد من متاجر المجوهرات في فرانكفورت بألمانيا. في الجامعة،

قرأت إميليا روايات هيرمان هيسه " سيدهارتا ونرجس وغولدموند " و "لعبة الخرزة الزجاجية" و" رحلة إلى الشرق"، والتي أيقظت فيها افتتانًا لا يشبع بالهند. أخبره معلمه أن جد هيرمان لأمه، هيرمان جوندرت، قضى سنوات عديدة في ثلاسيري وكتب أكثر من أربعة عشر كتابًا باللغة المالايالامية. كانت القواعد المالايالامية والقاموس الإنجليزي-المالايالامي من أبرزها. عاقدة العزم على تعلم المالايالامية وتاريخ وثقافة مالابار، قررت إميليا زيارة ثلاسيري.

أثناء قراءته في الكلية عن أشكال فن مالابار القديمة، صادف مسرحية الرقص الغريبة المعروفة باسم "ثيام" . حصل على جميع المراجع الممكنة باللغتين الألمانية والإنجليزية لمعرفة المزيد حول هذا الموضوع. وفي زيارة إلى جامعة برلين، تلتقي بستيفان ويقعان في الحب. قاموا بجولة في جميع أنحاء أوروبا وتزوجوا بعد بضعة أسابيع. كان كلاهما متحمسًا جدًا للسفر إلى مالابار، حيث كانت إميليا تحب البحث عن الثيام وأراد ستيفان التأثير على حركات الناس من خلال الشيوعية. وهكذا، شهدت إميليا وستيفان *فرنويه* ، وهو الشوق للسفر إلى الأراضي البعيدة. بالنسبة لهم، كان مالابار. وصلوا إلى كانور قبل عامين من أداء إي إم إس نامبوديريباد اليمين كأول رئيس وزراء لولاية كيرالا على رأس أول حكومة شيوعية منتخبة في العالم.

بالصدفة، التقت إميليا وستيفان ماير بمادهافان في محطة سكة حديد كانور عند وصوله. دعاهم مادهافان إلى قريته الواقعة على الضفة الجنوبية لنهر فالاباتانام، والمعروفة باسم بارابوزا . لقد حددوا منزلًا كبيرًا يطل على النهر. أعجبت إميليا وستيفان بمرافقه وموقعه ومحيطه الطبيعي الجميل المليء بأشجار جوز الهند وأشجار المانغروف والأراضي القاحلة الشاسعة. نظرًا لأن قريتهم كانت قريبة جدًا من ثلاسيري وكانور وفي قلب بلاد ثيام ، فقد قرروا الاستقرار في فالاباتانام وفي غضون عامين أصبحوا والدين لطفل.

يقلي مايرز كميات كبيرة من *الكاريمين* للاحتفال المسائي، وهي سمكة توجد في المناطق النائية والأنهار في جميع أنحاء ولاية كيرالا. في فترة ما بعد الظهر، ظهر مجرم ملون يطل على بارابوزا في فناء منزل ماير. وفي الساعة السابعة بعد الظهر، كان حوالي خمسة وسبعين شخصًا قد تجمعوا هناك. عزفت إميليا على البيانو، وعزف مادهافان وأبوكوتان على آلة مادالام . غنى كالياني وجيثا أغنية Vadakanpattu عن Unniarcha الجميلة والشجاعة وشجاعة Aromal Chevakar. كان الطعام المجيد. التهم الرجال والنساء والأطفال اللحوم واللكمة واستمتعوا بطبق التابيوكا وبرياني لحم الضأن. واستمرت الاحتفالات حتى منتصف الليل، ولم يكن هناك أي بقايا. قامت رينوكا بإطعام المولود الجديد وأديتيا ثلاث مرات خلال الحفلة، وكانت الوحيدة التي لم تتناول الطعام . شكروا جميعا بعضهم البعض وغادروا.

تقاعدت إميليا وستيفان إلى غرفة نومهما مع الطفل. "ما الاسم الذي نعطيه؟" سأل ستيفان إميليا. "هل يجب أن نسميه رافي؟" اقترحت إميليا على الفور. "رافي اسم جميل. "إنها تعني سوريا ، الشمس، وهي مناسبة جدًا لطفلنا"، أجاب ستيفان. قالت إميليا: "اسم أخيه أديتيا". "من اخاك؟" فوجئ ستيفان بسماع ذلك. قالت إميليا: "أديتيا، ابن رينوكا وأبوكوتان". "يبلغ من العمر ستة أشهر وأعتبره الأخ الأكبر لرافي." "رائع. وأضاف ستيفان أن كلمة أديتيا تعني الشمس. في تلك الليلة، نام الجميع جيدًا، بما في ذلك رافي.

في الصباح الباكر، وصلت رينوكا مع أديتيا. قامت بتدليك كلا الطفلين بلطف بزيت الأيورفيدا، وأعطتهما حمامًا ساخنًا وأرضعتهما حتى شبعا. كان أديتيا ورافي في نفس عربة الأطفال ومغطين بناموسية. أثناء نوم الأطفال، قامت رينوكا بشرح *هيام* لإميليا، بما في ذلك اللوحات

والألوان والإيماءات المعقدة وخطوات الرقص والعواطف. وقال إن الثيام جزء لا يتجزأ من شعب مالابار، الذي امتد من فاداكارا في الجنوب إلى كاساراجود في الشمال. وكان الهيام منتشراً بين سكان جنوب كانارا وكورج. لذلك، قام آلاف الأشخاص من كورج وأودوبي ومانغالور بزيارة المعابد المختلفة في كانور والمناطق المجاورة. أحاطت إميليا علما بأدق التفاصيل في تفسيرات رينوكا وطرحت أسئلة متعددة. وكانت الحوارات والمناقشات دائما مثمرة للغاية وحيوية ونابضة بالحياة. أحببت إميليا الطريقة التي تروي بها رينوكا كل قصة وأحببت أن يأتي كل يوم.

مر أسبوع سريعًا، وخططت إميليا وستيفان للذهاب إلى كانور للقاء رئيس المحطة لاستكمال إجراءات تبني رافي. قاموا بدعوة مادهافان وكالياني ورينوكا لمرافقتهم، الذين قبلوا ذلك بكل سرور. كان مدير المحطة مشغولاً بالعمل، لكنه تعرف على عائلة مايرز على الفور. "كيف حال طفلك؟" سأل. أجابت إميليا: "إنه على قيد الحياة وبصحة جيدة". "هذا رائع. قال رئيس المحطة وهو ينظر إلى إميليا: "لم تخبرني إذا كان الطفل صبيًا أم فتاة". "لم نكتشف حتى اليوم التالي أنه صبي. الآن لدينا طفل، وهذا يكفي بالنسبة لنا. يوضح ستيفان: "لا يهم إذا كان صبيًا أو فتاة". "جيد. اقترح مدير المحطة وهو ينظر إلى ستيفان: "سأكتب رسالة إلى مساعد المفتش لأخبره فيها أن الطفل قد تم التخلي عنه وأنك وجدته تحت جسر السكة الحديد". "هذا عظيم يا سيدي!" تعجب ستيفان من ذاكرة الضابط القوية.

أخرج رئيس المحطة ورقته الرسمية. "بالمناسبة، هل لي أن أعرف اسمك؟" سأل رئيس المحطة.

"هذه زوجتي إميليا، وأنا ستيفان ماير. "نحن مواطنون ألمان ونعيش في فالاباتانام منذ عامين"، يوضح ستيفان وهو يكتب أسمائهم وعناوينهم البريدية على قطعة من الورق. "هل لديك جوازات سفرك وتأشيراتك؟" "نعم يا سيدي،" قالت إميليا وستيفان بينما كانا يسلمان الوثائق إلى مدير المحطة. وحينها كتب رئيس المخفر رسالة إلى معاون المفتش يطلب منه استكمال إجراءات التبني. قام بتضمين جميع المعلومات ذات الصلة بإميليا وستيفان في الرسالة وقام بعمل نسختين كربونيتين. قام بوضع علامة على النسخة الأصلية لمساعد المفتش والنسخ الخاصة بالسكك الحديدية الهندية، السيدة إميليا ماير والسيد ستيفان ماير. بابتسامة عريضة سلمهم الرسالة. كان من المدهش أنه تمكن من إكمال جميع الأوراق في خمسة عشر دقيقة. قدم ستيفان رينوكا وكالياني ومادهافان إلى مدير المحطة وشكره على تعاونه ومساعدته غير العادية.

وكان مكتب نائب المسجل في مبنى متهدم على بعد حوالي كيلومترين من محطة السكة الحديد. بدا أمين السجل الفرعي، الذي كان على وشك التقاعد، متأملًا وبعيدًا. قرأ رسالة رئيس المحطة بعناية. "يتلقى مكتبي ما بين ثلاث إلى أربع رسائل شهريًا من رئيس المحطة. يتخلى بعض الآباء عن أطفالهم حديثي الولادة بسبب الفقر والجوع. بالنسبة للبعض، يكون السبب هو أن لديهم عددًا كبيرًا جدًا من الأطفال، فيتخلون عن عدد قليل منهم مثل القطط الميتة. هناك حالات تترك فيها الأمهات العازبات أطفالهن في أماكن يمكن للناس أن يجدوهم فيها. "قد يستغرق الأمر نصف قرن على الأقل حتى تتمكن الهند من التغلب على هذه المشكلة المعقدة"، أوضح مساعد المفتش وهو ينظر إلى إميليا وستيفان، كما لو كان يشعر بالخجل من مثل هذه الحوادث وكان على الأجانب أن يفهموا الوضع الخطير الذي كانت فيه البلاد.

لم تقل إميليا وستيفان شيئًا واستمعتا إلى كلماته باحترام. لقد أرادوا التوقيع على أوراق التبني ليصبح رافي ابنهم.

"إذن، ما الاسم الذي تريد أن تعطيه للطفل؟" سأل نائب المسجل إميليا.

أجابت إميليا: "سيدي، نود أن ندعوك رافي".

"لماذا رافي؟ لماذا لا تناديه باسم ألماني؟"

"سيدي، رافي اسم جميل. يمثل الشمس . وقال ستيفان: "نحن أيضًا نحب الهند ونريد أن نعيش ونموت هنا". نظر نائب المسجل إلى ستيفان بدهشة. لقد اندهش عندما سمع كلامها، حيث أن مئات الأزواج الأجانب قد جاءوا إلى مكتبه في السنوات الأخيرة للتبني، ولم يخبره أي منهم أنهم يحبون الهند ويريدون البقاء في البلاد إلى الأبد. فضل هؤلاء الآباء بالتبني مغادرة البلاد مع أطفالهم مباشرة بعد التبني. وأوضح مساعد المفتش أن مايرز كانت الحالة الأولى التي أراد فيها الوالدان بالتبني البقاء في الهند. "الحصول على الجنسية الهندية سيكون أمرًا صعبًا، حتى لو قاتلت حتى الموت. "ومع ذلك، يمكنك تبني ما لا يقل عن ستة أطفال هنود، وليس لدينا حاليا أي قانون ضد ذلك."

قام بإعداد أوراق التبني القانوني، وكان تاريخ ميلاد الطفل هو 21 يونيو، عندما عثر مايرز على رافي تحت الجسر بالقرب من رصيف محطة سكة حديد كانور. ثم قام المسجل الفرعي بالتوقيع عليه وطلب من إميليا وستيفان ماير التوقيع. كالياني ومادهافان كانا الشاهدين ووقعا أيضًا على الخطوط المنقطة. بعد المصادقة على جميع التوقيعات، أعلن مساعد المفتش أن رافي هو ابن إميليا وستيفان ماير. هنأ رينوكا وكالياني ومادهافان والدي رافي بمصافحة دافئة. وفجأة بكت إميليا من الفرح.

ومن المقر الفرعي للسجل المدني، تمكنوا من رؤية حصن سانت أنجيلو، الذي بناه البرتغاليون، على بحر العرب. تم بناء الحصن في عام 1505 من قبل أول نائب ملك برتغالي في الهند، فرانسيسكو دالميدا. في عام 1666، هزم الهولنديون البرتغاليين، واستولوا على الحصن وباعوه إلى رجا علي من أراكال. وفي عام 1790، استولى عليها البريطانيون من بيفي في أراكال. روى مادهافان تاريخ الحصن لإميليا وستيفان ماير أثناء استمتاعهما بتناول وجبة فاخرة في مطعم مقابل الحصن. بعد تناول الطعام، استكشفوا القلعة المثلثة، وتذكرت إميليا فجأة قلعة هايدلبرغ، حيث عرض عليها ستيفان الزواج. عندما قالت إميليا "نعم"، عانقها ستيفان وقبلها. وقال: "سنعيش في الحب لبقية حياتنا، عزيزتي إميليا". أجابت إميليا: "أحب أن أكون معك إلى الأبد يا عزيزي ستيفان". وكانت تلك خطوته الأولى. الآن، في سانت. شهد أنجيلو فورت الوفاء بوعده.

في المنزل، تلتقي إميليا وستيفان بجميع جيرانهما ويوزعان شوكولاتة Moser Roth Edelbitter والبندق الألمانية التي تلقوها من شتوتغارت في اليوم السابق للاحتفال بتبني وتسمية طفلهما. كان لدى رافي وأديتيا والدتان، إميليا ورينوكا، اللتان أحبتهما بشكل لا يوصف. لقد روى رافي القصة لأمو عدة مرات واستمتع بالتعليق عليها مرارًا وتكرارًا. وروى رافي القصة بفخر: "كنت طفلاً مهجوراً، ولكن بعد ذلك كان لدي والدتان، وقد أحبتاني مثل روحهما". "نعم، عزيزي رافي، أنا الآن أبحث عنك في مقبرة مخصصة للجثث المهجورة"، كررت آمو وهي تجلس على صخرة. كانت الشمس تغرب في السماء الصافية. كان من الممكن أن يقضي عمو أكثر من أربع ساعات في المقبرة. وعلى مسافة أبعد قليلاً، خارج المقبرة،

كانت هناك غابة من أشجار جوز الهند؛ استطعت رؤية منازل حديثة جميلة مكونة من طابقين. وبعد ذلك، الطريق السريع يؤدي إلى المدينة. لسنوات عديدة، كان منزلها أثناء قيامها بالتدريس في الجامعة، ومارس رافي عمله في المحاكم المحلية والمحاكم العليا كمحامي في مجال حقوق الإنسان، وخاصة للأطفال الذين يعملون كعمال يوميين.

كانت أيام حب وكفاح وعذاب وألم. والآن، وهي تجلس وحدها في مقبرة مهجورة وتبحث عن قبر زوجها الذي أحبته مثل قلبها، شعرت أمو بالدوار.

قال: "رافي، أمسك بيدي". عندها أدركت أنها حامل بابنها تيجاس. "رافي، يبدو أنني حامل." كان ذلك في الصباح، قبل الذهاب إلى الجامعة.

كان رافي مستعدًا للذهاب إلى المحكمة العليا. قال رافي وهو يعانق آمو بإحكام: "تعالوا، دعنا نزور طبيبًا نسائيًا". بدا الطبيب مبتهجًا ولطيفًا، وبعد الفحص الأولي، قال لرافي: "سوف تصبح أبًا". عانق رافي أمو مرة أخرى وقبل جبينها قائلاً: "عزيزتي، أحبك إلى الأبد". "رافي، أنا أحبك. وقال وهو ينهار ويقبل القبر: "أحبك كثيراً". كان من الممكن أن يبقى هناك لفترة طويلة.

"مرحبا، ماذا حدث لك؟ هل أنت بخير؟" سمعت عمو شخصًا يتحدث إليها.

رفع رأسه ونظر إلى الوراء. كان هناك شخص ما، ولم تتمكن من رؤية وجهه لأن الشمس كانت خلفه في الأفق الغربي. "ماذا يحدث؟ "هل أنت بخير؟" سأل مرة أخرى. رفعت يدها اليسرى، ومدت يده اليمنى، وهزتها بقوة. "تبدو متعبا. هل تحتاجين إلى الماء؟" سأل وهو يخرج زجاجة ماء ويقدمها لها. فتحت أمو الزجاجة وشربت نصف الماء دون أن تتكلم. قال للغريب: "شكرًا لك". نظرت إليه؛ لقد كان رجلاً طويل القامة، داكن اللون إلى حد ما، وسيمًا وله لحية. للوهلة الأولى، أعجبت به وكان لها علاقة مباشرة به. "ماذا تفعل هنا؟" سأل. "أبحث عن قبر زوجي." "هل وجدتها؟" أجابت: "ربما يكون هذا، على ما أعتقد". "هذا يبدو قديمًا جدًا." "نعم، خمسة وعشرون عاما." "خمسة وعشرون؟". لم أعرف أبدًا المكان الذي دفن فيه مجلس المدينة زوجي. لقد كتب لي أحدهم منذ خمسة وعشرين عامًا أن مجلس المدينة قد دفن زوجي في مقبرة البلدية للجثث المهجورة. لم أستطع المجيء إلى هنا من قبل. وقال وهو ينظر إلى الغريب: "آمل ألا أكون قد تأخرت كثيراً". أجاب الرجل: "أي يوم لم يفت بعد".

"الشيء المهم هو جهدنا وآمالنا. هدفنا يعطينا معنى، والبحث يمكن أن يعطينا نتائج. وأضاف: "إذا لم نبحث، فلن نجدها أبدًا".

كان صوته مقنعًا ومركّزًا وممتعًا، مثل صوت رافي. "كان رافي يتحدث مثلك. لقد أحببت دائمًا الاستماع إليه لساعات. كان لديه رؤية، هدف. وكانت أفكاره رائعة. قال عمو وهو ينظر إلى الغريب: "لقد كان صديقي المفضل، ومثلي الأعلى". "من هو رافي؟" سأل. فأجابت: "كان رافي ستيفان ماير زوجي". "حسنًا، لقد مات منذ خمسة وعشرين عامًا، وأنت هنا تبحث عن قبره. قال: "دعني أساعدك في العثور على المكان". "أعتقد أن هذه هي النقطة الصحيحة. وكان الشخص الذي كتب لي قد ذكر أن مجلس المدينة دفنه بالقرب من شجرة عمرها قرن من الزمان بجوار صخرة ضخمة. أعتقد أن هذه هي بقايا تلك الشجرة القديمة وصخرة ضخمة بجانبها. لا توجد أشجار أو صخور قديمة أخرى بحجم هذه الشجرة هنا"، يوضح عمو. وعلق قائلاً: "يبدو أن حبك له كان بلا حدود، وأنك أعجبت به بلا حدود". "نعم أفعل. لقد كان عالمي. لقد كان رجلاً بقلب من ذهب. كان حبه لي لا حدود له. قال عمو شعرياً: "كنا بشراً مستقلين

بروح واحدة". "هل لي أن أعرف اسمك أيها الشاب؟" قال وهو يمد يده: "أنا آرون نامبيار". قال آمو وهو يصافحه: "تشرفت بلقائك يا سيد نامبيار".

كانت يده تمامًا مثل يد رافي، بنفس الملمس والأحاسيس. "أنا هنا لأرى ما إذا كانت القبور تحتوي على شواهد قبور، لكن لسوء الحظ، لا يوجد أي منها لديه شواهد. وقال "لذلك سأعود". "يتم دفن الجثث المهجورة هنا. ليس لدى البلدية بيانات عن المتوفى. أخبرني الوكيل أنه من المستحيل معرفة أسماء أي منهم. وقال عمو: "لقد كانوا جميعاً جثثاً مهجورة". "أين تريد أن تذهب؟ قال نامبيار: "أستطيع أن آخذك". "سأبقى هنا وأقضي الليلة مع رافي. سيكون شعورا رائعا. أستطيع أن أتحدث معه طوال الليل، وأسمع نبضات قلبه، وأشعر بتنفسه وألمسه بعد خمسة وعشرين عامًا. دعني أنام معه حتى الأبد" أصر عمو. "قضاء ليلة في مقبرة وحيدة"؟ عن ماذا تتحدث؟ قد تكون هناك ثعابين سامة وحيوانات مفترسة خطيرة. ستكون الليلة باردة وقد تمطر. إنه أمر خطير بالنسبة لك. تعال معي. يمكنك النوم في منزلي. سيكون شريكي سعيدًا بلقائك. قال نامبيار، مبديًا تعاطفه: "إلى جانب ذلك، أشعر أنني قريب منك".

ساعدها آرون على الوقوف على قدميها. وكان مظهره ساحراً، وعيناه الكبيرتان تعكسان ذكاءه ونضجه. قال: "سيدة رافي ماير، أشعر بقرابة معك". أجاب عمو: "شكرًا لك سيد نامبيار". "من فضلك اتصل بي آرون. "أحب أن تناديني باسمي الأول." "آرون، أنا أيضًا أشعر بالارتباط بك، كما لو أنني أستطيع الوثوق بك." "انه متماثل". قال عمو: "بالطبع". وقال آرون: "قد يكون على وشك الستين وعليه أن يعتني بصحته". "أنت على حق. أجاب عمو: "أنا في الحادية والستين". "وداعا، رافي. سوف اعود مجددا. وقال عمو وهو ينظر إلى القبر: "سنتحدث ونغني معًا ونحتفل مرة أخرى". كان آرون قد أوقف سيارته، وهي من طراز بنز، خارج المقبرة. جلس عمو بجانب آرون. تحركت السيارة بسرعة وسلاسة فوق العديد من التلال المليئة بأشجار نخيل جوز الهند وجوز الأريكا والكاكايا والمانجو ومزارع المطاط. وفجأة، فكرت أمو في الأيام الجميلة التي قضتها في القيادة مع رافي في جميع أنحاء ولاية كيرالا. "سيدة ماير، ما هي مهنتك؟" سأل آرون.

"تعليم. فأجاب: "كنت أستاذاً في الجامعة".

"أنا وشريكي مهندسان كمبيوتر. لقد بدأ جاناكي شركة ناشئة لتبادل العملات، وأنا متخصص في تحليل البيانات وبناء النظريات حول المعاملات المالية. نحن نتعاون في كثير من الأحيان. مباشرة بعد التخرج من المعهد الهندي للتكنولوجيا، بدأنا العمل بمفردنا. ليس هناك توتر ولدينا أربع وعشرون ساعة. غالبًا ما نسافر إلى دول شرق وجنوب شرق آسيا ونعمل على تحليل بيانات الذكاء الاصطناعي مع جامعة سنغافورة. كلانا يحب عملنا، وهي تجربة مجزية لأننا نجيب فقط على أنفسنا،" يقول آرون بإصرار.

نظرت عمو إلى آرون. كان واثقاً من نفسه، وكان يعرف ما كان يتحدث عنه. بعد نصف ساعة من السفر، توقف آرون بجوار مقهى. الشاي المقدم في كوب كان طعمه رائعًا. فحص آرون هاتفه المحمول وأجرى مكالمتين. قال آرون: "خلال نصف ساعة سنعود إلى المنزل". لقد كان الليل بالفعل. بعد خمسة وعشرين عامًا من السجن، كان للضوء المنبعث من المنازل والمباني المجاورة معنى خاصًا بالنسبة إلى عمو. وعلق قائلاً: "إنه جميل". "نحن ندخل إحدى ضواحي المدينة. ضاحيتنا هي الضاحية الثانية من هنا. قال آرون: "نحن نعيش في شقة بها سبعة منازل". كان عمو يقيم في شقة أثناء قيامه بالبحث في ستوكهولم. في أوبسالا، شارك منزلًا صغيرًا مع ثلاثة باحثين آخرين، وفي بحيرة إركين كان لديه منزل صغير به غرفة وحمام

ملحق ومطبخ، وكلها مقدمة من الجامعة. قال آرون وهو يدخل مجمعًا سكنيًا حديثًا مكونًا من سبعة طوابق: "ها نحن هنا". وأضاف: "أقمنا في الطابق الثالث، وكل طابق يحتوي على منزل واحد". ركض آرون إصبعه على الباب وفتحه. قال آرون: "إنه يستطيع قراءة عيني أيضًا".

قالت جاناكي، وهي امرأة طويلة وأنيقة: "مرحبًا أستاذ عمو رافي ماير". قبل خدود عمو.

"شكرًا لك، جاناكي. لم يستطع آرون التوقف عن الحديث عنك. ممتن لمقابلتك."

"بروفيسور ماير، لديك درجة الدكتوراه في مصايد الأسماك من أوبسالا، إحدى أفضل الجامعات في أوروبا."

"كيف علمت بذلك؟"

"عندما ذكر آرون اسمك، بحثت عنه في Google. لقد كانت درجة الدكتوراه الخاصة بك عن جراد البحر في بحيرة إركين وبحيرة فاتيرن والكركند في كوتاناد."

قال آرون: "أوه، هذا يبدو رائعًا".

"سيدتي، تفضلي بالجلوس،" طلبت جاناكي. جلس جاناكي وأرون مع عمو وتبادلا المجاملات. ثم قدمت جاناكي ملابس نظيفة إلى Ammu وقادتها إلى غرفة نوم بحمام داخلي. بعد أخذ حمام ساخن، انضم Ammu إلى Janaki و Arun لتناول العشاء. كان الطعام بسيطًا ولكنه مغذي. بعد الانتهاء من تناول الطعام، تقاعد عمو للنوم.

بعد خمسة وعشرين عامًا، نام عمو في غرفة واحدة لأول مرة. وفي اليوم السابق، أطلقت سلطات السجن سراحها في الساعة الرابعة بعد الظهر. وكانت هذه هي المرة الأولى التي يغادر فيها السجن الواقع على أطراف ولاية كيرالا. لم يكن أحد ينتظرها خارج الباب الكبير؛ كنت وحدي في العالم الواسع. يبدو أن كل شيء قد تغير. كان المشي إلى محطة القطار مرهقًا ومرهقًا. كانت تحمل في حقيبتها الجلدية القديمة بعض المال، وهو الأجر الذي كانت تتلقاه مقابل عملها في السجن لمدة خمسة وعشرين عامًا. كان الراتب اليومي الذي يتقاضاه منخفضًا جدًا لدرجة أنه بعد خصم المبلغ لتلبية احتياجاته الشخصية، أصبح الرصيد مبلغًا زهيدًا: إجمالي سبعة آلاف وثلاثمائة وواحد وعشرين روبية، ولا حتى عُشر الراتب الشهري الذي كان يتقاضاه. من الجامعة. كان السجن مؤسسة للاستغلال وليس للإصلاح. وفي بعض الأحيان تحولت إلى زنزانة للعقاب الشديد والردع والانتقام.

أمضت أمو وقتًا أفضل بكثير هناك من العديد من النزلاء الآخرين، حيث كرست نفسها خلال السنوات العشر الأولى لتعليم القراءة والكتابة للنزيلات ثم للنزلاء الذكور لاحقًا. يمكنه أن يلهم الاحترام والثقة في الجميع. داخل تلك الجدران الهائلة، فقدت نفسها تمامًا وأصبحت تدريجيًا خاضعة وقابلة للتأثر وهشة جسديًا. كانت آمو تتوق لرؤية وجهه لتتحدث بعينيها، لكنها لم تر انعكاس صورتها أبدًا.

لم يكن للسجناء حرية. لقد كانوا يراقبون دائما. وعاملت السلطات السجين على أنه شبه إنسان؛ وكان الشيء الأكثر إيلاما هو الانفصال التام عن العالم. مُنع من التواصل مع العالم الخارجي لمدة خمس سنوات. وفي وقت لاحق، سُمح له بتلقي الرسائل، ولكن لم يُسمح له بإرسال أي منها. وهذا ما جردها من إنسانيتها، حيث شعرت أنه ليس لها أي قيمة أو شرف، وضاعت كرامتها وهويتها الشخصية إلى الأبد. منذ البداية، عاملها موظفو السجن معاملة حسنة. ومع

ذلك، كان دائمًا تحت الضغط، ويعاني من الخجل والشذوذ، وهو شعور قضى على فرديته، وقدرته على التفكير، وآماله في المستقبل.

فقدت الأيام والأسابيع والشهور والسنوات معناها وشدتها وديناميكيتها. الليالي التي جلبت القلق العميق والحزن والاكتئاب. كان التغلب على الوحدة مهمة شاقة، ونضالًا مستمرًا، لكنه أعطى بشكل غير مباشر الأمل والرغبة الصادقة في مقابلة رافي، حتى في المقبرة. ولهذا السبب استقل القطار المسائي إلى مدينة أخرى؛ وصل إلى هناك في الصباح الباكر واستقل الحافلة إلى البلدة الصغيرة التي توجد بها المقبرة. انتظر عند الباب الأمامي لمكتب البلدية لمدة ثلاث ساعات قبل أن يفتح. وكانت الضابطة قاسية وقاسية، لكنها قدمت نفسها أمامه كخادمة متواضعة تتمتع بالطاعة والخضوع.

مع القلق المغلف بفرح لا يصدق، توجهت آمو إلى المقبرة للقاء رافي، الذي أحبها إلى الأبد بثقة واحترام مطلقين. كان حبه هو أنقى ما يمكن أن أختبره. على الرغم من أنه كان نائمًا، إلا أن مقابلة رافي في المقبرة كانت تجربة سعيدة. كان عمو يحاول النوم في غرفة مريحة ودافئة في منزل شخصين غريبين. كان هؤلاء الأشخاص متعاطفين ولطيفين ومتفهمين، ولم يسألوه أبدًا عن خلفيته. يفكر الناس في الحياة كهدية يقدمونها لأنفسهم؛ وفي هذه العملية، يخلقون السعادة والأمل. كان جاناكي وأرون يفعلان الشيء نفسه، ويحتفلان بالحياة.

بالنسبة لآمو، كانت الحياة تدور حول اتخاذ القرارات؛ بعضها ندمت عليه، والبعض الآخر كانت فخورة به، والبعض الآخر يطاردها يومًا بعد يوم، وشهرًا بعد شهر، وعامًا بعد عام. ولكن عليك التغلب على كل الأحداث غير السارة في الحياة. كان الوقت منتصف الليل وكانت ساعة الحائط تدق له. بالتفكير في أحداث حياته وتذكر ذكرياته مع رافي، دخل في نوم عميق بعد خمسة وعشرين عامًا. ونام عمو كالطفل. كان هناك طرق على باب غرفتها ونهضت عمو على الفور. كانت الساعة السابعة والنصف حسب الساعة المعلقة على الحائط. فتح الباب ببطء، وكانت جاناكي مع قهوة السرير وابتسامة ساحرة. "صباح الخير أستاذ ماير،" استقبل جاناكي آمو. أجاب عمو: "صباح الخير يا جاناكي". "هل نمت جيدا؟" سأل جاناكي. أجاب عمو: "لقد استمتعت به حقًا".

وضعت جاناكي الصحن والكوب على الطاولة الجانبية. "الإفطار في الساعة الثامنة،" قال وهو يغلق باب غرفة النوم. قال آمو: "شكرًا لك يا جاناكي". كان مذاق القهوة رائعًا، وانتشرت رائحتها من حوله مثل خطوات آبو الصغيرة حول الطبلة في معصرة زيت والده. في الساعة الثامنة صباحا، كان الإفطار جاهزا. تحتوي غرفة الطعام على نافذتين كبيرتين والكثير من الضوء. كانت اللوحات المعلقة على الجدران سريالية من حيث الموضوع ومخترقة للعقل. تبدو طاولة الطعام وكراسيها الأربعة أنيقة وجذابة. يتكون الإفطار من إدلي وفادا وسامبار وشوفان مع حليب ساخن وبيض مسلوق وموز وبابايا. "صباح الخير أستاذ ماير،" استقبل آرون آمو. أجاب عمو: "صباح الخير يا آرون". "هل نمت جيدا؟" سأل آرون. "نعم، من منتصف الليل إلى السابعة والنصف. عادة، ننام في الساعة العاشرة ونستيقظ في الرابعة. يقول جاناكي: "هذا هو روتيننا". "اه هذا عظيم. يجيب عمو: "الاستيقاظ مبكرًا مفيد للجسم والعقل". "لمدة ساعة، نمارس اليوغا والتأمل والتمارين الرياضية. قال جاناكي أثناء تناول الطعام: "لدينا جهاز المشي في الغرفة المجاورة".

بعد الإفطار، قاموا بمسح الأطباق وتنظيف الطاولة. انضم إليهم عمو. دخلت الأطباق والأكواب والأكواب وأدوات المائدة في غسالة الأطباق. كان المطبخ يحتوي على أجهزة ووسائل راحة

حديثة. كان المطبخ في المنتصف، مع مدفأة حديثة للغاية. ثم أخذ جاناكي وأرون Ammu إلى غرفة اليوغا الخاصة بهم. كان نصفها مفروشًا بالسجاد لليوجا والتأمل. وفي النصف الآخر كانت هناك غرفة كبيرة بها جهاز المشي، ودراجة ثابتة، وآلة بيضاوية الشكل. "إن الآلة البيضاوية عبارة عن مزيج من تسلق السلالم وجهاز المشي. "إنها تحتوي على قضيبين نقف عليهما، وعندما نستخدم أرجلنا، يتم إنشاء حركة بيضاوية"، يوضح آرون. ابتسم عمو وقال: "إنه أمر رائع حقًا". وقال جاناكي "إن العالم الحديث لديه كل التسهيلات اللازمة لحياة مريحة وسعيدة، ولكن علينا أن نختار ما هو جيد بالنسبة لنا". ورد عمو قائلاً: "في الواقع، نحن من نصنع حياتنا".

الغرفة المجاورة كانت مكتبه. كانت غرفة ضخمة، يبلغ حجمها أربعة إلى خمسة أضعاف حجم غرفة النوم العادية، وتحتوي على جميع المعدات الحديثة المتعلقة بعمله تقريبًا. "نعمل خمسة أيام في الأسبوع، من التاسعة صباحًا حتى الثامنة مساءً، مع استراحة لمدة ساعة لتناول طعام الغداء وخمس عشرة دقيقة لتناول الشاي. في أيام السبت لا نعمل ونخرج عادةً للاستمتاع. نختار أفضل المطاعم ودور السينما والمعارض الفنية والبرامج الثقافية، ونلتقي بالأصدقاء ونحتفل بهذا اليوم. وفي أيام الأحد نبقى في المنزل للتنظيف والغسيل والقيام بجميع المهام الأخرى المتعلقة بعائلتنا". "نحن نقوم بكل العمل بأنفسنا في مكتبنا وفي المنزل، لأنه ليس لدينا مساعد"، أوضح جاناكي، واستمع عمو في صمت. "بالإضافة إلى ذلك، نقوم بالكثير من رحلات العمل، خاصة إلى سنغافورة وإندونيسيا وماليزيا وكوريا والصين. ومرة واحدة في السنة، نذهب في رحلة إلى أماكن غريبة، غالبًا من أجل الاستمتاع. ذهبنا هذا العام إلى أيسلندا. هناك استأجرنا سيارة وتجولنا في جميع أنحاء البلاد. إنها جزيرة ذات جمال مذهل، مع أناس رائعين، وطعام رائع، ومرافق حديثة. يقول آرون: "يزور ملايين الأشخاص هذه الجزيرة، خاصة بعد الانفجار البركاني الضخم الذي حدث قبل عامين".

بالعودة إلى غرفة المعيشة، ودعهم عمو ونهض ليغادر.

"أستاذ ماير، من فضلك لا تغادر. ابق معنا لبضعة أيام أخرى،" توسل جاناكي.

"هل أنت واحد منا. البقاء هنا عدة أيام كما تريد. لقد استمتعنا بصحبته. قال آرون: "ابق معنا".

"من فضلك..." قالت جاناكي وهي تعانق آمو.

"لماذا كل هذا الحب؟ أجاب عمو: "أنت لا تعرفني أو تعرف أي شيء عني".

"قصتك لا تهمنا"، كان صوت آرون مليئا بالحب.

"فقط بشرط واحد: من فضلك اسمح لي بالمغادرة بعد ثلاثة أيام،" كانت كلمات عمو ناعمة.

"كنا نظن أنهم سيبقون معنا لعدة أيام، ويأكلون ويعملون ويسافرون إلى شواطئ أجنبية. أجاب جاناكي: "ستكون تجربة رائعة أن تكون بيننا".

"أستاذ ماير، كما تريد،" أخذ آرون يده اليمنى بكلتا يديه، وقبل كفه.

كان يوم الجمعة وكان جاناكي وأرون مشغولين بعملهما في المكتب. في هذه الأثناء، بدأ عمو في قراءة المجلات والأسبوعيات المتوفرة في مكتبته الصغيرة ولكن الأنيقة، والتي تضمنت كتبًا عن الهندسة وعلوم الكمبيوتر والاقتصاد والتحليلات والإدارة المالية وصرف العملات والتأمل العلماني واليوغا وغيرها من المواضيع. رأت أمو بفضول كتابين على الرف: "النساء في سيتانا " لمريم أحمد قاسموالا، والتنوير الآن لستيفن بينكر. تتناول العناوين قضايا معقدة

تتعلق بالحياة اليومية ومشاركتنا في المجتمع، مثل معاملة الثقافة الهندية للمرأة ومكانتها في الأسرة والتعليم والتوظيف وصنع القرار والحكومة. وتساءلت أمو أيضًا عن سبب تخلي السياسيين عن زوجاتهم دون الطلاق أو حتى عناء الاعتراف بوجود النساء اللاتي تركنهن خلفهن؛ ولماذا تصبح النساء في كثير من الأحيان ضحايا للاختطاف والاغتصاب والعنف وجرائم الشرف والاحتيال المالي في جميع أنحاء الهند؛ ولماذا يُحرمون من العدالة مرارًا وتكرارًا.

في أحد الأيام، قال رافي إن الإحساس بالعدالة هو طبيعة الحياة الطيبة. كان يذهب إلى المحكمة للدفاع عن الأطفال الذين عوملوا كعبيد، وأجبروا على العمل لسنوات في مصنع للألعاب النارية. ورفع رافي دعوى ضد صاحب المصنع وطلب من المحكمة إطلاق سراح الأطفال فورًا مع التعويض. جاء عمو إلى المحكمة كزائر في ذلك اليوم حيث كان يوم عطلة للجامعة. وقال رافي: "إن المجتمع العادل يحترم حرية كل شخص، ولهؤلاء الأطفال الحرية في عدم العمل كأطفال وعدم استغلالهم". وأوضح رافي أن "بعض الواجبات والحقوق يجب أن تتطلب احترامنا لأسباب مستقلة عن العواقب الاجتماعية". لقد فكر في الحرية والعدالة والكرامة الإنسانية بما يتجاوز الفهم العرضي. "إن العدالة وحقوق الإنسان أمران أساسيان لحياة الإنسان. إنهم يوحدون الناس في جميع المواقف. إن عمالة الأطفال هي نوع من السادية والإرهاب، لأنها تنهي حياة العديد من الأطفال"، كان قويا، واستمع إليه القاضي.

الفصل الثاني: من كوتاناد إلى بحيرة إركين

كان لدى رافي ذكاء حاد وقدرة تحليلية واستعداد للمساعدة. كان تعاطفه نتاجًا لتفكيره وفهمه القوي للمواقف الإنسانية. التقى به عمو في مطار كوبنهاجن. بعد الانتهاء من بحثه عن جراد البحر في بحيرتي إركين وفاتيرن، عاد إلى ولاية كيرالا.

في البداية، بدأت أمو دراسة عن الجمبري والقريدس في كوتاناد. يبدو الجمبري والروبيان متشابهين، لكنهما يختلفان في الحجم والنكهة والمحتوى الغذائي. كان الجمبري أكبر حجمًا من الجمبري، وله أرجل على شكل كماشة مثل الجمبري. كان لدى الجمبري ثلاثة أزواج من الأرجل التي تشبه الكماشة، في حين كان لدى الجمبري اثنين. الأول كان له خياشيم متفرعة والثاني كان له خياشيم على شكل صفيحة. كان طعم الجمبري مثل الزبدة، بينما كان طعم الجمبري مثل الدجاج اللذيذ.

قام Ammu لاحقًا بتوسيع دراسته لتشمل الكركند. يمتلك الكركند عشرة أرجل ويمكن أن يصل طوله إلى خمسين سنتيمترا، في حين يصل طول الجمبري إلى ثلاثة وثلاثين سنتيمترا كحد أقصى. ومع ذلك، فإن إنتاج كميات صغيرة من جراد البحر يتطلب جهودًا كبيرة، ولم يتمكن المزارعون في كوتاناد من حصاد ما يصل إلى مائتين وخمسين كيلوجرامًا من جراد البحر من فدان واحد من البركة. وفي المقابل، يمكن لمزارعي الكركند في جنوب شرق آسيا إنتاج ما بين ثمانمائة وألف كيلوغرام في بحيرة بنفس الحجم. وبعد أشهر من البحث، اكتشف أمو أن الكركند في منطقة كوتاناد يفتقر إلى القدرة على التكاثر بسرعة أكبر، حيث انخفض تناوله للطعام، مما جعل وزنه أقل بكثير من تلك المنتجة في أماكن أخرى.

قرأت عمو مقالًا علميًا في إحدى المجلات العالمية عن وفرة جراد البحر في بحيرتي فاتيرن وإركين (السويد). يبدو جراد البحر، المعروف أيضًا باسم الكركند، مثل الكركند المصغر. جراد البحر الذي تم إدخاله إلى بحيرة إركين جاء من الولايات المتحدة الأمريكية، وكانت التجربة ناجحة للغاية. ومع ذلك، حيث تقع بحيرتي فاتيرن وإركين، فإن السويد أكثر برودة بكثير، لذلك لا يمكن إدخال نفس جراد البحر مباشرة إلى كوتاناد. ومع ذلك، أراد عمو مساعدة مزارعي الأسماك في كوتاناد وأجرى معهم العديد من المحادثات، وأخذ في الاعتبار اقتراحاتهم. في أحد الأيام، أثناء سيره عبر حقول الأرز في كوتاناد، خطرت ببال أمو فكرة جديدة وفكر فيها لعدة أيام وأسابيع. ولم يخبر أحداً عن خطته الأصلية.

لذلك كتب أمو خطابًا إلى جامعة أوبسالا، يسأله عما إذا كان بإمكانه الحصول على منحة دراسية كاملة لبرنامج الدكتوراه في تكنولوجيا استزراع جراد البحر وجراد البحر. وفي غضون أسبوعين، تلقى رسالة من الجامعة تطلب منه تقديم مقترح بحث مفصل يركز على المنهجية والتجارب المعملية. لقد عمل على مقترح البحث لمدة ثلاثة أشهر ثم أرسله بالبريد إلى أوبسالا. وأخيراً، تلقى اتصالاً من الجامعة لإبلاغه بأنهم راضون عن مبرراته وأهدافه وفرضياته وتصميم العينات وعملية جمع البيانات وتحليلها وتفسير مصفوفات الدراسة المقترحة. طلبت منه الجامعة الإبلاغ عن نفقاته البحثية المقترحة بالدولار الأمريكي. وبعد التشاور مع بعض الخبراء، أعد عمو مقترحًا تفصيليًا لميزانية لمدة ثلاث سنوات من البحث وقدمه إلى الجامعة. وفي غضون ثلاثة أسابيع، تلقى خطاب قبول يطلب منه الحضور إلى

المركز الجامعي على بحيرة إركين. رقصت أمو بفرح ووصلت إلى مختبر إركين خلال عشرة أيام.

تعاملت عمو مع مزارعي الأسماك في كوتاناد. كان هدفه البحثي هو تطوير سلالة هجينة عالية الإنتاجية من جراد البحر مع جراد بحيرة إركين سريع النمو والذي يمكن أن يزدهر في ولاية كيرالا. كان يعلم أن عليه أن يعمل ليل نهار لتحقيق هدفه. كانت بيئة البحث في مختبر إركين رائعة، مع مرافق حديثة، ومشرف أبحاث مدرب تدريبًا عاليًا وذو خبرة وملتزم وموهوب، وفريق من الموظفين الميدانيين على استعداد دائمًا لمرافقة آمو إلى البحيرة. في البداية، تم تخصيص غرفة واحدة بها جميع وسائل الراحة الحديثة في منزل صغير يشغله أربعة زملاء باحثين آخرين من الصين ونيجيريا وتشيلي وفيتنام. التقيا على الإفطار والغداء والعشاء وناقشا مشاكل البحث المختلفة.

كان دليل أبحاث عمو أستاذًا للدكتوراه من جامعة ييل، ويتمتع بسنوات عديدة من الخبرة في التدريس والبحث، ومؤلف لعشرات المقالات البحثية في المجلات المتخصصة. شعرت أمو بأنها في بيتها في أوبسالا وأدركت أنها اتخذت قرارًا حكيمًا وحكيمًا بمتابعة درجة الدكتوراه من هذه الجامعة العريقة والمشهورة. أعادت أوبسالا تشكيل وإعادة تركيز أهدافها ورؤيتها من خلال مساعدتها على اختبار سلامة معرفتها، وصقل مهاراتها في العمل المخبري، وتشجيعها باستمرار على الحفاظ على موقف إيجابي حتى في مواجهة الفشل.

يقع مختبر إركين جنوب شرق بحيرة إركين، على بعد 80 كيلومترًا شمال شرق ستوكهولم. كان في المقام الأول مركزًا للدراسات الليمنولوجية، لكن الجامعة اتخذت ترتيبات خاصة لأمو لدراسة جراد البحر في بحيرة فاتيرن وبحيرة إركين. ركزت الأبحاث في مختبر إركين على المراقبة طويلة المدى لجودة المياه، وتأثيرات المناخ على الأنظمة المائية، ودورة المغذيات، وديناميكيات السكان والمجتمع في البحيرات. وكانت دراسة Ammu هي أول دراسة أجريت على جراد البحر هناك. وفي غضون أسبوع من وصوله إلى السويد، وقع أمو في حب بحيرة إركين. على الرغم من أنها كانت بحيرة صغيرة مقارنة بمئات المسطحات المائية الأخرى في دولة السويد الأثيرية والساحرة، إلا أن بحيرة إركين كانت تمتلك سحرًا فريدًا من نوعه. وكانت مياهها دائمًا صافية وزرقاء فاتحة، وكانت شواطئها محاطة بالخضرة العميقة. وأضاف عدد لا حصر له من الطيور والحيوانات في الغابات المجاورة التفرد. أحببت Ammu بحثها، وعمل معها مرشدها والمشرفون والزملاء كفريق واحد، وكانوا على استعداد دائمًا للمساعدة، وقدروا التقدم الذي أحرزته. كان ينضم إليهم في جميع حفلات ومهرجانات جراد البحر، حيث يستمر الرقص والشرب حتى منتصف الليل في عطلات نهاية الأسبوع.

كان السفر إلى بحيرة فاتيرن حدثًا لا يُنسى. وبعد الإفطار، سافر الفريق البحثي بالحافلة الصغيرة وقطع مسافة 286 كيلومترًا في أربع ساعات، متجهًا نحو الجنوب الغربي. كان الريف والأراضي الزراعية رائعين المظهر وجميلين بشكل مذهل. كان هناك الكثير من جراد البحر في بحيرة فاتيرن. تم العثور على نوعين من جراد البحر في بحيرة فاتيرن: جراد البحر النبيل، وهو النوع المحلي، وجراد البحر الإشارة، وهو النوع المنتشر في أمريكا الشمالية. في ثلاثينيات القرن العشرين، عانت بحيرة فاتيرن من وباء جراد البحر الذي قضى على ثلثي جراد البحر النبيل في البحيرة. وفي وقت لاحق، في أواخر الستينيات، تم إدخال سرطان البحر الإشارة من أمريكا الشمالية إلى البحيرة. ازدهر سلطعون الإشارة في البحيرة وكان أكثر مرونة من السلطعون النبيل.

اكتشف عمو أن جراد البحر النبيل يعيش في المياه الضحلة. على النقيض من ذلك، عاش سرطان الإشارة في مناطق أعمق من البحيرة ويمكن أن يصل طوله إلى ست بوصات، وأحيانًا يصل طوله إلى قدم، لمدة أربع أو خمس سنوات. بعد تقييم جميع العوامل، درس أمو جراد البحر الإشارة من بحيرة فاتيرن وبحيرة إركين وطور تهجينه مع جراد البحر في كوتاناد.

شارك فريق البحث في Kraftivaler ، وهو مهرجان سنوي لجراد البحر مع مواضيع مختلفة حول بحيرة فاتيرن. استمتعت العائلات والأطفال والمجموعات والمجتمعات بصيد الأسماك والتسوق وتناول الطعام. حضر آلاف الزوار من جميع أنحاء العالم مهرجان جراد البحر الذي نظمته البلديات. كان الناس يشربون الكحول ويستمتعون بجراد البحر في عطلات نهاية الأسبوع، وكان التخصص السويدي هو *برانفين* ، وهو مشروب كحولي مقطر من الحبوب المخمرة أو البطاطس. كان *برانفين* المتبل بالأعشاب يُعرف باسم أكفافيت. في السويد، كان من غير المألوف نسبيًا تناول الكحول أو تناول كأس من النبيذ أو علبة من البيرة قبل العمل. كان العمل يعتبر عبادة، وكان لدى السويديين ثقافة عمل إيجابية. حظرت معظم البلديات السويدية شرب الكحول في الأماكن العامة. امتنع العديد من السويديين عن شرب الكحول من الاثنين إلى الخميس، لكنهم استمتعوا به في عطلات نهاية الأسبوع.

أجرى أمو وفريق البحث تجاربهم في بحيرة فاتيرن لمدة أسبوعين قبل مغادرتهم إلى ستوكهولم، حيث حضروا مؤتمرًا لمدة ثلاثة أيام حول الحمض النووي وعلم الوراثة لجراد البحر. وشارك في المناقشة خبراء من عدة دول. قدم أمو ورقته البحثية حول جراد البحر في كوتاناد وإمكانيات تطوير مجموعة هجينة من جراد البحر في كوتاناد وسرطان البحر الموجود في بحيرة فاتيرن وبحيرة إركين. لقد حظيت مقالتك بتقدير كبير أثناء المناقشة. تمكن عمو من تقديم إجابات مقنعة على الأسئلة التي طرحها الخبراء. وفي نهاية الجلسة، دعت الدكتورة روزالين كولينز، الأستاذة في إحدى جامعات Ivy League في الولايات المتحدة والتي ترأست الاجتماع أيضًا، عمو لزيارة جامعتها لإجراء أبحاث حول سرطان الإشارة. رحبت عمو بالدعوة وشكرت الأستاذة كولينز على كرمها ولطفها.

عندما أخذ جاناكي وأرون استراحة لتناول القهوة، وجدا أمو يقرأ كتاب مريم قاسموالا، " النساء في سيتايانا ".

يقول عمو: "كتاب مثير للتفكير، يحتوي على تحليل رائع للمساواة والعنف والقهر والعدالة".

وعلق آرون قائلاً: "هذا يعني أنك استمتعت بقراءة الكتاب".

يجيب عمو: "بالطبع".

"مريم أحمد قاسموالا قاضية متقاعدة في المحكمة العليا، وقد كتبت على نطاق واسع عن قضايا المرأة. وقالت جاناكي إن العديد من أحكامها، التي حظيت بتقدير كبير من قبل المجتمع القانوني، تقدم تحليلاً مستفيضًا حول الحرية والمساواة والعدالة للمرأة.

وأضاف أمو: "لقد أظهرت المواضيع التي تناولتها المؤلفة وطبيعة التحليل والتفسير التي استمدتها المؤلفة أنها تمتلك فهمًا عميقًا للمجتمع الهندي القديم والحديث".

وقال آرون في بيان كاشف: "إنها ليست سوى والدة جاناكي".

تفاجأت أمو بسرور لسماع كلمات آرون ونظرت إلى جاناكي.

"كانت والدتي مفتونة بالنساء الهنديات. ووفقا لها، كانت قصة سيتا، في الواقع، قصة الهند. تعاطفت والدتي مع سيتا وشعرت أنه ليس لها صوت وأنها تعرضت للاستغلال والإخضاع من قبل زوجها وصهرها وغيرهم من الشخصيات الذكورية المهيمنة. كانت والدتي تحب سيتا وأطلقت علي اسم جاناكي عندما ولدت. وأوضح جاناكي أن "جاناكي كان اسمًا آخر لسيتا".

"أنا أتفق مع والدتك. قال عمو: "من المثير للدهشة أنه اختار لك هذا الاسم الجميل".

قال آرون: "إنه أحد أفضل الأشخاص الذين قابلتهم على الإطلاق".

وعلقت جاناكي وهي تنظر إلى Ammu قائلة: "إنها مثلك: مجتهدة للغاية، وتحليلية، وذكية، وشخص يتمتع بحريتها".

ابتسمت عمو. "أنت لا تعرفني. قال عمو: "لدي ماض مخفي".

"اليوم، الماضي ليس له معنى. ومع ذلك، يمكننا تقسيم الوقت مثل BG وAG، قبل وبعد Google. يقول آرون: "بالنسبة لجوجل، كل شيء هو "حاضر" ولا يوجد شيء اسمه الماضي". قال جاناكي: "أنا أتفق مع آرون". قال عمو: "وأنا أيضًا". ثم بدأ الجميع بالضحك.

قام آرون بتخمير القهوة المفلترة بالبخار، وانتشرت رائحتها في كل مكان، مثل تعرجات جدول صغير عبر شجرة جوز الهند. وقال جاناكي لدى عودته إلى مكتبه: "قراءة سعيدة يا أستاذ ماير". اقترب آرون من أمو، وأمسك براحة يدها وقبلها وقال: "أشعر بتعلق غامض تجاهك يا سيدتي. "أشعر أنني قريب جدًا منك." وقالت آمو وهي تعانقه: "أشعر بنفس الشيء يا عزيزي آرون". فجأة، فكرت أمو في رافي، أفضل صديق لها وزوجها الحبيب.

قال عندما التقيا لأول مرة في مطار كوبنهاجن: "أنا رافي ستيفان ماير".

"أنا أمو توماس بولوكاران. أجاب عمو: "لقد أتيت من أرلاندا (السويد) وسأذهب إلى كوتشي".

قال رافي وابتسم: "أنا أيضًا ذاهب إلى كوتشي". "أنا محامٍ أمارس مهنة المحاماة في محكمة كوتشي العليا. ثم شرح عمو بحثه في جامعة أوبسالا. استمع رافي لها باهتمام.

أخبره عمو عن بحيرة إركين، وبحيرة فاتيرن، وسرطان الإشارة، ودليل برنامج الدكتوراه، والمشرفين على أبحاثه، وزملائه. وأخبره أيضًا عن زياراته للولايات المتحدة. كان الجزء الأكثر إثارة في محادثته مع رافي هو خططه والجراد الهجين الذي طوره لمزارعي كوتاناد. لقد استمتع رافي حقًا بقصصه. "ماذا تسمي هجين جراد البحر وجراد البحر الخاص بك؟" سأل رافي. "لقد دعوته كوترن . يحتوي على 58% من جراد البحر كوتاناد، و30% من جراد البحر من بحيرة فاتيرن والباقي من جراد البحر من بحيرة إركين. لقد قمت بتطوير عشرات التباديل والمجموعات من هذه الأصناف الثلاثة. في النهاية، وجدت هجينًا كان الأكثر إنتاجية وقوة ولذيذة وتكيفًا مع البيئة والبيئة الزراعية والبيئة الاجتماعية في كوتاناد. وقد بدأ المزارعون في كوتاناد بالفعل في زراعة الكوترن للإنتاج التجاري في قطع أراضي صغيرة. وكانت النتيجة رائعة، وزادت الإنتاجية بمقدار خمسة أضعاف مقارنة بالصنف السابق من جراد البحر. رد عمو قائلاً: "أنا سعيد". "إنها قصة رائعة، مليئة بالأفكار الواضحة والتخطيط العلمي والتنفيذ الدقيق. أهنئك يا عمو. "إنه لأمر مدهش"، قال وهو يمد يده، وأحب عمو عصره.

في أحد الأيام، اتصل رافي هاتفيًا بعمو بينما كان مع مزارعي الأسماك في كوتاناد. قال لي: "أنا في ألابوزا وأحب أن ألتقي بك". "أنا مع المزارعين. من فضلك تعال،" أجاب عمو. كان

في مكتبه، بجوار المزرعة، عندما رن الخط الأرضي. وصل رافي على دراجته النارية بعد خمسة عشر دقيقة، وسيمًا يرتدي بنطال جينز وقميصًا مطويًا. "مرحبا عمو،" استقبل. "مرحبا رافي." كانت هذه هي المرة الأولى التي يناديه فيها عمو باسمه. كان ذلك في كوتاناد منذ سنوات عديدة. وفيما بعد أصبح اسمه جزءاً لا يتجزأ من حياته؛ لقد كانت الأغنية الأكثر إغراء، وكلمة مثيرة وأكثر عاطفية من أغنية ديدريك.

"رافي،" ناديته مرة أخرى، وكانت تحب أن تناديه. "أين كنت؟" سأل. "كنت في المحكمة العليا في قضية عمالة الأطفال. عندما صدر الحكم لصالح الأطفال، فكرت في زيارتهم حيث أن الرحلة بالسيارة إلى ألابوزا من كوتشي. المناطق المحيطة بالمزارع جميلة. قال ضاحكًا: "قد يكون كوتاناد المكان الأكثر سحرًا على وجه الأرض"، وكانت تحب رؤيته يضحك. "هذا عظيم، لقد أتيت." عمو علمه كوتيرن الصغير . لقد بدوا رشيقين للغاية. سيتراوح قياس معظمها بين اثني عشر وخمسة عشر سنتيمترًا ويزن مائتي جرام خلال عامين. وفي أربع سنوات، سيزن كل واحد حوالي ثلاثمائة جرام. يقول عمو: "يمكن للمزارعين أن يكسبوا ما لا يقل عن 400 روبية للكيلوغرام الواحد، ويمكن أن تصل جودة التصدير إلى 650 روبية للكيلوغرام الواحد، وهو ما يعادل ستة أضعاف دخل المزارع العادي". قال رافي: "أنا سعيد جدًا".

في ذلك اليوم قاموا بزيارة ثماني مزارع أخرى في كوتيرن مع المزارعين. أظهر بحث عمو علامات التغيير الديناميكي ومستقبلًا نابضًا بالحياة. يقول عمو: "لقد قامت إحدى المنظمات غير الحكومية السويدية برعايتي لمواصلة زراعتي التجريبية لمدة عامين آخرين، وهي تدعم جميع أنشطتي".

وقال رافي: "السويديون مهتمون للغاية بالتنمية، ومهتمون للغاية بالرفاهية، وإنسانيون للغاية".

"أنت على حق! السويديون استثنائيون. وأضاف عمو: "إنهم لا يتدخلون أبدًا في شؤون الآخرين ولكنهم مستعدون دائمًا لدعم الأشخاص في أي مكان في العالم".

"تعالوا لنذهب لتناول الطعام في أحد المطاعم. قال رافي، ودعا عمو لمرافقته: "سوف تكون مرهقًا من زيارة العديد من المزارع منذ الثامنة صباحًا".

كانت الرحلة مع رافي أول رحلة بالدراجة النارية في حياته. لقد كان حذرًا ولطيفًا. وفي خمسة عشر دقيقة وصلوا إلى ألابوزا. على الرغم من أن المطعم كان مليئًا بالسياح الأجانب، إلا أن رافي وآمو حصلوا على طاولة زاوية لشخصين. لقد طلبوا بطًا مطهوًا على البخار بالفلفل الأسود مع رش كاريباتا والهيل والقرفة والفلفل الأخضر *وكريمين فريتر* وأرز كوتانادان البني.

نظر رافي إلى Ammu وبالنسبة له كانت جميلة للغاية. تحدثوا لفترة طويلة، وتبادلوا الإعجاب المتبادل. أستطيع أن أثق به. كان هو الشخص الذي كان يبحث عنه لسنوات.

لقد استمتعوا بالطعام وطلبوا برادهامان للحلوى.

"دعني أخبرك يا عمو، أنا معجب بك،" قال رافي عندما أنهى الوجبة. "انه متماثل. دعونا نبقى على اتصال". كانت عيون عمو مشرقة ولاحظ رافي.

"دعونا اتخاذ خطوة. قال رافي وهو ينهض: "سأوصلك إلى نزلك".

"شكرًا لك رافي على المعاملة الرائعة. سوف أتذكر هذا اليوم إلى الأبد. قال عمو صراحةً: "لقد كانت وجبة لا تُنسى".

"شكرًا لك عمو على مرافقتي لقضاء هذه الأمسية الجميلة. وقال رافي، وهو يشير إلى المراكب العائمة في فيمباناد كايال: "في يوم من الأيام سنقضي بعض الوقت في أحد هذه المراكب".

أجاب عمو: "سيكون الأمر رائعًا".

رحلة العودة كانت ممتعة. كان النسيم البارد المنبعث من حقول الأرز مريحًا. تحدثوا عن المناطق النائية، والمراكب، وكوتاناد، واستمتعوا بصحبة بعضهم البعض.

وعندما وصلوا إلى النزل، تصافحوا. ثم قال عمو بهدوء: "أحبك يا رافي ستيفان". وكأن رافي كان ينتظر سماع كلمات عمو، فقال: "أنا أحبك أيضًا يا عزيزي عمو".

حلمت أمو بكوترن ، بوفرة منهم، بسفينة مليئة بكترن . كان رافي هو الملاح. في الليلة التالية، تلقى عمو مكالمة هاتفية من رافي: "أحتاج إلى جمع المزيد من الأدلة حول مسببات عمالة الأطفال في مونار. هل تريد أن تأتي معي؟ يمكننا العودة بعد الظهر، وأفترض أنك ستكون متفرغًا لعطلة نهاية الأسبوع غدًا، أليس كذلك؟" فقال عمو: نعم. "سنبدأ في الخامسة صباحًا ونتناول الإفطار في الطريق. هل الأمر بخير؟" سأل رافي. يجيب عمو: "بالطبع". كنت سعيدا. كان جاهزًا في الرابعة والنصف صباحًا، وفي تمام الساعة الخامسة وصل رافي. لقد بدا أنيقًا في قميصه النظيف، وكان عمو يرتدي قميصًا وجينزًا. قال رافي: "تبدين جميلة بشكل مذهل يا عمو". "تبدو أنيقًا يا رافي،" أجاب آمو المجاملة.

كان رافي سائقًا حذرًا، لكن قيادته كانت ساحرة. كانت الدراجة سلسة وأنيقة. كان المشهد جذابًا بشكل رائع في الصباح الباكر، وكانت الطرق نظيفة وفي حالة جيدة. قال عمو: "إنه حلم أصبح حقيقة يا رافي". "هل هذا صحيح؟ لقد كنت خائفًا بعض الشيء بشأن ما إذا كنت ستقبل دعوتي أم لا. قال رافي: "لكنني سعيد جدًا لأن هذه هي المرة الأولى التي نسافر فيها معًا". وأضاف عمو "فلتكن هذه بداية رحلة طويلة". جذبت أشجار جوز الهند ومزارع الموز ومزارع المطاط الانتباه. وكشف عمو عن رغبته قائلاً: "أحب أن آتي وأستقر هنا". "هذا المكان يبعد حوالي خمسة عشر كيلومتراً فقط عن المدينة. اقترح رافي: "سنشتري منزلًا صغيرًا ونستقر هنا إذا وافقت". ضحكت قائلة: "أنا على استعداد للعيش معك يا رافي ستيفان، في أي مكان في العالم". ضحك رافي أيضًا.

ثم أعقب ذلك صمت طويل. "بم تفكر؟" سأل عمو. قال رافي: "أنا أفكر فينا". كانت الجمل القصيرة التي قالها نابضة بالحياة ومليئة بالتوقعات.

"أنا أوافق، رافي. في هذه الأيام، أفكر فينا، نحن فقط. لقد نسيت أمر كوترن . قال عمو: "ليس لدي سوى أنت". كانت كلماته دقيقة، ولكن كان بها مسحة من الألم والكرب الخفي.

"و والديك؟" سأل رافي. "إنهم لم يعودوا معنا." وقال رافي معرباً عن تعازيه: "أنا آسف للغاية". يقول رافي: "عاش والداي في فالاباتانام، كانور لمدة أربعة وعشرين عامًا". "أين أنت الآن؟" سأل عمو. يجيب رافي: "لقد عاش كلاهما في شتوتغارت لمدة أربع سنوات". وأعربت عمو عن رغبتها قائلة: "أود أن ألتقي بك". قال رافي: "في أحد هذه الأيام، سنزورهم". "لماذا عادوا إلى ألمانيا؟ ألا يريدون البقاء في الهند؟" سأل عمو. "هم الألمانية. ليس لديهم الجنسية الهندية. ومنذ وصولهم إلى الهند، تقدموا بطلبات للحصول على الجنسية عدة مرات، لكن لم يتم

منحهم ذلك مطلقًا. وأوضح رافي أنهم تعرضوا لمضايقات لفترة طويلة من قبل القوميين المتطرفين، وكانت الحكومة مترددة في تجديد تأشيراتهم. "كم هو محزن،" يعلق عمو. "يحب والداي كل ما يتعلق بالهند. لقد كتب والدي العديد من الكتب باللغة المالايالامية ووالدتي خبيرة في لغة الثيام . جاءت إلى الهند للبحث عن الثيام ، فاستقروا في فالاباتانام. زار المئات من الغابات الصغيرة المرتبطة بالمنازل والمعابد المحلية كافو . الصور الجرانيتية لآلهة ما قبل الآرية القديمة المحفوظة على قاعدة عالية، ليس لتبجيلهم ولكن لإحترام ذكراهم، هي اللغز المركزي لكافو . جنبا إلى جنب مع كافو ، يتم أداء رقصات هم . قصص هم هي قصص علمانية، على الرغم من أنها تتعامل مع الآلهة والإلهات القديمة. في مالابار، كانت هذه الآلهة بشرية. وفي وقت لاحق، استولى الآريون على هذه الآلهة وحولوها إلى آلهتهم. يتابع رافي قائلاً: "لقد كتبت والدتي الكثير عن هيام ونشرت العديد من المقالات باللغة الألمانية حول هذا النوع الرائع من فنون مالابار، والذي يحظى بقبول عالمي". قال عمو: "رافي، أنا فخور بوالدتك".

وبعد صمت طويل، قال رافي: "كان والدي شيوعيًا مخلصًا وقام بتدريب آلاف الأشخاص في فالاباتانام. العمال والفلاحون والشباب وكل من يرتبط بالشيوعية في كانور أحبوا والدي وعشقوه". قال عمو: "عائلتك رائعة". "درس والدي حركة الفلاحين الأوروبيين في القرنين الثامن عشر والتاسع عشر في جامعة برلين. في الكلية سمعت الكثير عن الحركات الشيوعية في ولاية كيرالا. سافر إلى مالابار مع زوجته ليتعلما أيديولوجية المساواة وتكافؤ الفرص والعدالة الاجتماعية ومشاركة العمال في كل شيء. وقال رافي: "لقد كان تحديا للقوميين المتطرفين، وكانوا يريدون دمه". "ما اسم والدتك وأبوك؟" "والدتي إميليا، وأبي هو ستيفان ماير." قال عمو: "أنت رجل محظوظ يا رافي". "محظوظ حقًا." ثم روى قصة والديه، اللذين وجداه تحت جسر الرصيف في محطة سكة حديد كانور، ولقائه مع الكلاب الضالة وشرطي ومجموعة صغيرة من الناس ومدير المحطة. "يا إلهي، هذه قصة رائعة،" صرخ عمو. يقول رافي: "لم يعرف والداي أنني صبي حتى اليوم التالي، عندما سألني الجيران عن جنسي". "جنسي لم يكن يهمهم على الإطلاق. "لقد أحبني والداي كما لو كنت ملكهما." كان رافي فخوراً بالحديث عن والديه.

ثم تحدث رافي عن كالياني ومادهافان وسارة ومؤيدين ورينوكا وأبوكوتان وجيثا ورافيندران وسوميترا وكونجيرامان وصديقه وشقيقه أديتيا. "لدي والدتان. الأولى هي إميليا، التي وجدتني تحت الجسر واهتمت بي كما لو كنت ابنتها، والثانية هي رينوكا، التي أرضعتني لمدة عام وأحبتني مثل ابنها أديتيا. لقد تلقيت الحب والرعاية غير المشروطة من إميليا ورينوكا. قال رافي وابتسم: "كنت فتى محظوظًا، والآن أنا رجل محظوظ". وعلق عمو قائلا: "أنت بالتأكيد الرجل الأكثر حظا". "هل يجب أن نتناول الإفطار؟" سأل رافي عمو عندما وصلوا إلى قرية صغيرة. "بالتأكيد. يجيب عمو: "أنا جائع". أوقف رافي دراجته النارية بالقرب من أحد المطاعم. لقد أحبوا البيئة النظيفة وأكلوا الدوساس الناعم والبوتو والموز المطبوخ على البخار. كان مذاق القهوة جيدًا جدًا، وابتسمت عمو بارتياح.

"أنا سعيد لأنك أحببت طعام كيرالا التقليدي. يقول رافي: "يزور ملايين السائحين بلاد الله كل عام ليتذوقوها".

قال عمو: "أنا أتفق معك يا رافي".

ومرة أخرى، شغلوا الدراجة واتجهوا نحو التلال. "الطبيعة تدعونا باستمرار لنكون معها، ليس في صراع، بل للعيش في وئام. وقال رافي: "علينا أن نعيد الحب الذي نتلقاه من الطبيعة". ورد عمو قائلا: "علينا أن نحب الطبيعة ونحترمها ونحميها، وعلينا أن نرد الهدايا التي تلقيناها من خلال الحفاظ على نمط حياة متوازن لا يضرها أبدا".

استغرقنا ما يقرب من ثلاث ساعات لقطع مائة وثلاثين كيلومترًا للوصول إلى مونار من كوتشي. "أولاً، سنذهب إلى معسكر للأطفال. قال رافي: "هناك حوالي أربعين". "لقد جئت إلى هنا للمرة الأولى منذ ستة أشهر، وهذه هي زيارتي الخامسة، لذلك يعرفني معظم الأطفال. وقال رافي لدى دخوله المخيم "يبدأ عملهم في الساعة التاسعة ويستمر حتى الساعة الثامنة مساء".

"العم رافي، العم رافي!" صرخ بعض الأطفال باسمه، وركضوا نحوه واحتضنوه. "مرحبا، كيف حالك؟" صافح رافي العديد منهم واستمتعوا بذلك. بدا الأطفال جائعين. جلس رافي وعمو مع الأطفال، حوالي ثلاثين منهم. "أين الآخرون؟" سأل رافي. قال الأطفال في انسجام تام: "بدأ عمله في السادسة صباحًا". "متى سيعودون؟" ظل رافي يسأل. "في تمام الساعة الثامنة مساءً وقال الأطفال: "لم يبذلوا جهدا كافيا في اليومين الماضيين، لذا طلب منهم مدير حديقة الشاي تعويضا". "و فطورك؟" سأل رافي. "سيتناولون فادا وكوبًا من الشاي في العاشرة، والأرز والسامبار على الغداء والعشاء في التاسعة. "مرة أخرى، الأرز والسامبار ،" قال الأطفال.

اقترح أمو على رافي: "يجب أن يتحرر الأطفال من هذه العبودية". "أنا أعمل للحصول عليه. قال رافي وهو ينظر إلى عمو: "الآن سأطلب مساعدتك أيضًا". أجاب عمو: "في الواقع". وأضاف رافي: "دعونا نزور بعض العائلات التي يعمل فيها الأطفال". "عمي، تعال مرة أخرى. نحن بحاجة إليك،" توسل الأطفال. لم يتمتع الأطفال بالحرية ولم يتمكنوا من عيش حياة صحية. لقد وجدوا لشخص آخر وعاشوا كعبيد. إن الظروف التي قضى فيها هؤلاء الأطفال أيامهم ولياليهم أرعبت البشر العاقلين. ولا بد من معالجة التعليم والرعاية الصحية والأمن والإسكان والصرف الصحي.

"هؤلاء الأطفال يتركون المدرسة قبل أن يصلوا إلى الصف الخامس. إنهم محرومون من الطفولة، محرومون من فرصة اللعب مع أصدقائهم، محرومون من الاستمتاع بأطفال في مثل سنهم. وقال رافي لأمو بينما كانوا يسيرون عبر المناطق السكنية: "إنهم يعيشون حياة بائسة، ويعملون من 10 إلى 12 ساعة يوميًا".

يقول عمو: "إنهم بحاجة إلى التعليم والترفيه والطعام المغذي".

وكانت عبارة عن سقائف من الصفيح تعيش فيها ما بين خمس عشرة إلى عشرين عائلة، وكان لكل عائلة مطبخ من غرفة واحدة. تحدث رافي وأمو إلى العديد من النساء، وجميعهن تقريبًا يتحدثن اللغة التاميلية. كان لكل عائلة طفلان ينحدران من ولاية تاميل نادو أو ولدا في مونار لأبوين من التاميل. زار عمو ورافي أكثر من أربعين منزلاً حتى الساعة الواحدة بعد الظهر. في بعض المنازل لم يكن هناك سوى كبار السن، في حين كان آخرون، بما في ذلك الأطفال الذين تزيد أعمارهم عن عشر سنوات، يذهبون إلى العمل. وكانت الرعاية الصحية غير كافية على الإطلاق، وكانت ظروف المعيشة والسكن غير إنسانية. لاحظ عمو أن الناس كانوا مقيدين في أماكنهم، وهو أمر مرعب. "هؤلاء الناس عبيد. قال عمو بصوت عالٍ: "إنهم عملياً رهائن لدى أصحاب العمل". "علينا أن نفكر في تحرير الأطفال. وتجبرهم الرواتب المنخفضة للغاية على القتال ليل نهار من أجل البقاء. قال رافي: “إن إقناع المحكمة أمر حتمي وسنحاول". "سنفعل"، طمأن عمو.

بعد تناول وجبة غداء مقتصدة في مدينة مونار، انطلق عمو ورافي إلى كوتشي. لم يتحدثا كثيرًا، وفكر كلاهما في إمكانية تحرير هؤلاء الأطفال من العبودية. لقد أخفت البيئة الطبيعية الجذابة والشاعرية الواقع المروع لعمالة الأطفال.

قال رافي عندما وصلوا إلى المدينة: "لا يمكن أن يوجد الخير والشر بشكل مستقل عن النشاط البشري".

"إن فكرة الخير والشر ضرورية للعدالة، ولكن هذا المفهوم يجب أن يرتكز على العلم"، أجاب عمو وهو ينزل من دراجته.

"أنا أتفق معك يا عمو. وأضاف رافي: "نحن جميعا مسؤولون عن تحسين العالم لأن الخير والشر موجودان دائما في تصرفات الإنسان".

"يمكن للعلم أن يقدم تحليلاً أفضل للخير والشر. إنها محاولة لفهم ما يحدث في الكون. يشمل العلم جميع الأنشطة ونتائجها. وهدفها هو تحديد ما يمكننا القيام به من أجل رفاهية البشرية. إن البحث عن العدالة جزء لا يتجزأ من العلم".

نظر رافي إليها. كان عمو ذكيا. وكانت تحليلاته للأفكار موضوعية. "عمو، شكرا لك على حضورك معي. قال رافي: "لقد استمتعت حقًا بصحبتك". "شكرًا لك رافي." "وداعا" قال رافي وهو يسير نحو دراجته النارية. "رافي،" صرخ فجأة. ثم اقترب عمو منه كثيرًا وقبل خده.

قال: "أنا أحبك".

لم يتفاجأ رافي بل نظر إليها. كان قلبه يقصف. وأضاف عمو: "أنا أحبك كما أنت". أمسك رافي كلتا يديها في راحة يده.

قال: "أنا أحبك أيضًا يا عزيزتي عمو". ثم راقبه حتى توارى عن الأنظار.

كانت أمو تقرأ "النساء في سيتايانا" عندما خرجت جاناكي وأرون من مكتبها لإعداد الغداء. وعلق آرون قائلاً: "بروفيسور ماير، أنت منغمس في القراءة". "إنه عمل رائع، مليء بالتعاطف والإنسانية. يحلل المؤلف بدقة المجتمع الأبوي الوحشي الذي تقع فيه سيتا ضحية كراهية النساء والكراهية والشك والبارانويا. لم يحترم زوجها أبدًا هوية سيتا كامرأة مستقلة، لأنه كان يفكر في نفسه فقط، ولم تكن سيتا تمثل مشكلة في بيئتهم التي تركز على الذكور. كان سيتا بيدقًا. إذا لم يكن الأمر كذلك، فكيف يمكن أن يترك سيتا ، زوجته الحامل، وحدها في غابة كثيفة عند منتصف الليل؟ كانت سيتا هي زوجته المتزوجة قانونًا، وقد هجرها زوجها دون أي تعاطف أو اعتبار. "أفعاله كانت غير مقبولة" كانت كلمات عمو حادة وصريحة، لكنها موضوعية. "أنا أتفق معك يا أستاذ ماير. اعتدى شقيقه جنسيًا على شورباناغا، أخت رافانا المراهقة، وقطع ثدييها وأنفها وأذنيها، وهو أمر لا يمكن لأي إنسان عادي أن يتخيل القيام به. وهكذا، فقد ألهمت خاب بانشايات التي فقدت مصداقيتها في هاريانا ، وحشود الإعدام خارج نطاق القانون في راجاستان، ومغتصبي فتيات الداليت في أوتار براديش، والملاحقين في جميع أنحاء الهند. كان رافانا لانكا شخصًا أنبل. على سبيل الانتقام، قام رافانا، ملك لانكا، باختطاف سيتا. وقال آرون: "لم يمسها أو يؤذيها أبدًا، لكنه احترمها ووضعها في قصر جميل به حديقة".

هناك صمت قصير. "كان زوج سيتا ملكًا عندما تخلى عن زوجته الحامل بين الحيوانات المفترسة في الغابة دون أي وازع بسبب الأخبار الكاذبة والشائعات. لدينا سياسيون مثل هؤلاء

الذين يزعمون أنهم قادة عظماء ونماذج للقيم الاجتماعية. فالزوجة زوجة، وشوقها إلى زوجها وقربه حق لها. في المجتمع الهندي، لا تستطيع معظم النساء المتزوجات التفاعل بحرية مع الآخرين. قال جاناكي، طالبًا من أمو الانضمام إليهم لتناول الطعام: "علينا أن نكشف قناع هؤلاء الأشخاص". في خمسة عشر دقيقة، قام عمو وجاناكي وأرون بطهي الأرز والروتي وكاري السمك والبامية والسبانخ واللبن . بعد ذلك، تحدث جاناكي وأرون إلى عمو حول المشاكل الاجتماعية الحالية والأساطير الدينية التي تقسم الهند، مثل التخلي عن النساء المتزوجات، وحراسة الأبقار، والإعدام الغوغائي، وجرائم الشرف، والقضاء على الفتيات. وتحدثوا عن الانتهاكات والاحتيالات التي ارتكبها الممثلون المنتخبون في جميع أنحاء الهند. وشمل حوارهم الحرية الفردية، والخيارات الاجتماعية، والقمع، والقهر، والتعاطف، والإحسان، والعمل الاجتماعي. قصص بول زكريا القصيرة، Aarachaar لميرا، Lupita Nyog'o وChiwetel Ejiofor في اثني عشر عامًا من العبودية، أذهلت Ammu . استمع إلى جاناكي وأرون وشارك في تحليل الأحداث والأفكار. عاد جاناكي وأرون إلى مكتبه في الساعة الثالثة بعد الظهر.

قارنت عمو حياة سيتا في المنزل الأبوي بالوضع المتساوي للمرأة في السويد. كان الإيمان بالمساواة بين الجنسين قوياً مثل الماس في السويد. بغض النظر عن الجنس، لكل شخص الحق في العمل، وإعالة نفسه، والتمتع بثمار المهنة والأسرة، والعيش دون خوف من سوء المعاملة أو العنف. بالنسبة للمجتمع السويدي، تعني المساواة بين الجنسين التوزيع المتساوي للفرص والمناصب والثروة في المجتمع بين المرأة والرجل في جميع مناحي الحياة. وكانت نوعية، لأنها ضمنت معرفة وخبرة النساء والرجال لتعزيز تقدم المجتمع. تتم معاملة النساء والرجال على قدم المساواة في المدارس وأماكن العمل. وإذا تم اكتشاف أي نوع من التمييز، فإن المؤسسات التعليمية والسلطات وأصحاب العمل ملزمون بالتحقيق واتخاذ التدابير الوقائية. وكان الدستور السويدي فوق كل الأديان والمعتقدات الدينية والأساطير والخرافات والآلهة. وهناك وكالة للمساواة بين الجنسين تنظم برامج تعميم مراعاة المنظور الجنساني، وكان الهدف هو المساواة بين الجنسين في جميع مجالات حياة الناس.

"سيدة أمو توماس، يمكنك من خلال بحثك مساعدة الإنسانية من خلال القضاء على الجوع والفقر وتحقيق العدالة والحرية والمساواة بين الجنسين. "العلم في خدمة رفاهية الإنسان، بينما الأساطير والخرافات تضطهد الإنسانية، وتحرمها من قراراتها العقلانية"، قال ذات مرة دليله البحثي، البروفيسور جوهانسون.

"يجب على كل فرد أن يتعاون مع المجتمع العالمي في تطوير المعرفة الجديدة وأن يكون صادقا فكريا بشأن ابتذال الأساطير والخرافات التي تجبر المجتمعات والأمم على البقاء في التخلف والمعتقدات الظلامية. الحقائق التي يمكن التحقق منها فقط هي التي تقود البشر إلى حياة سعيدة. "إن معرفة الكون والبيئة الاجتماعية والاقتصادية توفر العدالة والحرية والمساواة وتكافؤ الفرص والأخلاق والكرامة الإنسانية،" قال البروفيسور جوهانسون آملاً. لقد كان عالما عظيما، وعالما بارزا، ومعلما استثنائيا، ومتواصلا رائعا، وإنسانا مستنيرا يتمتع بتعاطف رائع.

الأشخاص الذين يعتمدون على الخرافات والأساطير وتفوق الذكور والطائفة والدين واللغة والأمم ليس لديهم شعور بالحرية. إنهم يفتقرون إلى الحس الأخلاقي القوي وغالباً ما يتصرفون بعنف. لذلك، لكي يعيش الناس حياة جيدة، يجب أن يكونوا موضوعيين ولديهم فضول شديد للمعرفة واتخاذ قرارات عقلانية. ولخلق المعرفة، يجب على المرء أن يلاحظ الحقائق، ويتحقق

منها، ويسجل النتائج بانفصال. فالإنسان الذي يؤمن بالعلم هو إنسان متواضع وباحث ومستكشف، أما الذي يتبع الخرافات والخرافات فهو أناني وعنيد وجاهل. لاحقًا، أدرك عمو أنه كان على حق، على حق تمامًا.

بعد ستة أشهر من وصولها إلى مختبر إركين، أنهت آمو دوراتها الأساسية وبدأت العمل في المختبر. خلال هذا الوقت، زار بحيرة فاتيرن عدة مرات لجمع العينات وقدم ملاحظاته الأولية إلى لجنة المراقبة. ووجدوا تقدمه مرضيًا وطلبوا منه تحليل العينات التي تم جمعها من بحيرات كوتاناد والسويد. في نهاية سنته الأولى، قدم عمو مقالتين إلى المجلات للنشر.

وفي بداية العام الثاني، قام بعمل اثنتي عشرة عينة للتحليل في كوتاناد وعاد إلى هناك للتحقق من اختياراته. وبمساعدة تعاونية مزارعي الأسماك المحلية، أنشأ أمو اثني عشر حوضًا تجريبيًا لاختبار العينات، وتمت تسمية هذه البرك باسم Kuttern One، وKuttern Two، وصولاً إلى Kuttern Twelve، والتي تحتوي على الحمض النووي للكركند من Kuttanad وجراد البحر. من بحيرة فاتيرن وبحيرة إركين في مجموعات مختلفة. راقبت آمو نمو كوترن بعناية وسجلت كل الجوانب العلمية لتطورها. تم تكليف كل بركة بمجموعة صغيرة مكونة من اثنين أو ثلاثة مزارعين، عمل أحدهم كمساعد باحث للحفاظ على بيئة علمية والتعرف على عملية نمو كوتيرن . أصبح هؤلاء المزارعون متعاونين وشركاء في أبحاث عمو. واستغرقت فترة الاختبار سنة واحدة. قامت أمو، برفقة ستة مزارعين وزملائها الباحثين وثلاث نساء وثلاثة رجال، بزيارة السويد لمدة شهر لتعريفهم باستزراع جراد البحر في بحيرات مختلفة.

قامت إحدى المنظمات غير الحكومية برعاية جولته بأكملها في السويد. وسافر المزارعون مع عمو، حيث زاروا أكثر من عشر بحيرات وشاهدوا زراعة جراد البحر وإنتاجه وتسويقه. لقد شاركوا أيضًا في Kraftivaler ، مهرجان جراد البحر. وقد تعلم المزارعون مدى أهمية صوت الشعب في الثقافة والاقتصاد السويديين من خلال حضور العديد من الندوات والمؤتمرات التي نظمتها البلديات المحلية تكريما للضيوف من ولاية كيرالا. ورافق عمو المزارعين إلى جامعة أوبسالا، حيث قدمهم إلى إدارة مصايد الأسماك.

الزيارة إلى السويد فتحت أعين المزارعين. لقد تعلموا الكثير عن ثقافة العمل وأهمية الصدق والأخلاق والمساواة والعدالة بين الجنسين والحرية. أصبح المزارعون أكثر ثراءً بشكل ملحوظ من خلال زيارة المزارع الزراعية ومزارع الماشية في أجزاء مختلفة من السويد. لقد اندهشوا عندما رأوا المرافق الحديثة جدًا حيث يتم تربية الأبقار دون رفعها إلى الألوهية. عند عودتهم إلى كوتاناد، عمل هؤلاء المزارعون الستة مع المجتمع الزراعي بأكمله.

ومرة أخرى، سافرت أمو إلى السويد مع مجموعة أخرى من زملائها الباحثين، مكونة من ثلاث نساء وثلاثة رجال. سافروا في جميع أنحاء السويد وتدربوا في المختبرات والمزارع. كان حضور اجتماعات المزارعين وعروض المنتجات مفيدًا للغاية. كانت الزراعة السويدية تعتمد على الميكانيكا العالية والتوجه العلمي، مما أدى إلى تحقيق واحد من أعلى معدلات الإنتاجية في العالم ومنتجات زراعية ذات جودة ممتازة. أعرب مزارعو كوتاناد عن اهتمامهم بالنهج العلمي الذي يتبعه المزارعون السويديون. وقد دعتهم الجامعة إلى لقاء مع الفريق الذي يبحث في جراد البحر. كان عمو يتقن اللغة السويدية وقام بتقديم شركائه، وبعد ذلك جرت مناقشة حول تربية الأسماك ودور المزارعين في التنمية الاقتصادية في ولاية كيرالا. وأقامت الجامعة مأدبة عشاء على شرف الضيوف.

كانت الزيارة إلى السويد حدثًا لا يُنسى بالنسبة للمزارعين. عادت المجموعة إلى كوتاناد بأفكار جديدة وثقافة جديدة وأمل. لقد أظهروا قدرًا أكبر من المشاركة والمشاركة في مبادرات تحليل عينات Ammu. نما نبات *Kuttern* بشكل أسرع في الأحواض الاثني عشر، ومع عينات مختارة، عاد Ammu إلى أوبسالا ومختبر Erken. أخيرًا، اختار تسع حالات من أصل اثنتي عشرة لإجراء مزيد من الاختبارات.

وفي نهاية سنتها الثانية تلقت عمو رسالة من البروفيسورة روزالين كولينز تدعوها فيها لزيارة جامعتها في الولايات المتحدة لتقديم ورقة بحثية عن سرطان الإشارة في مؤتمر دولي سينظم خلال ثلاثة أشهر. أعد عمو ورقة بحثية تعتمد على عمله المختبري ومشاركة مجتمع كوتاناد الزراعي في صيانة واختبار نهر كوتيرن .

كان الهبوط في مطار دالاس الدولي، بالقرب من واشنطن العاصمة، تجربة غير عادية بالنسبة لأمو، حيث كانت المرة الأولى التي تسافر فيها إلى الولايات المتحدة. وقام المنظمون بترتيب وسائل النقل إلى الفندق الذي يعقد فيه المؤتمر. وقد اجتمع هناك حوالي أربعمائة مندوب من الجامعات والمؤسسات البحثية والمنظمات والمنظمات غير الحكومية وتعاونيات الصيادين والمجتمعات الزراعية. وقد حظي العرض الذي قدمه عمو بتقدير كبير، وكان قادرًا على الإجابة على أسئلة الباحثين ذوي الخبرة العالية بوضوح ودقة. وقد أعجب البروفيسور كولينز بالطبيعة العلمية لعملهم، سواء في المختبر أو في الميدان. كان اختبار العينات على اثنتي عشرة قطعة أرض في كوتاناد بمشاركة المزارعين أمرًا فريدًا، وكان تقييم المزارعين للنمو والصحة وخفة الحركة من Kuttern One إلى Kuttern Twelve أمرًا غير مسبوق. قدم البروفيسور كولينز عمو لزملائه، وأشاد المجتمع العلمي بمثابرته في البحث وإيمانه بالقضاء على الجوع والفقر وتحقيق الثراء من خلال أبحاثه.

كان المؤتمر الذي استمر لمدة ثلاثة أيام مبتكرًا اجتماعيًا وفكريًا وديناميكيًا وركز على الأبحاث. التقى عمو بالعلماء والمعلمين والباحثين والصيادين والمزارعين والجمعيات التعاونية الزراعية والمزارعين الأفراد والطلاب. وتلقى دعوات من العديد من الدول للمشاركة في ندوات ومؤتمرات، أبرزها النرويج والمملكة المتحدة وتشيلي واليابان والفلبين وإندونيسيا وفيتنام. اعتزت عمو بكل لحظة قضتها خلال المؤتمر.

وبعد قضاء ثلاثة أشهر في السويد لصياغة نتائج بحثه، عاد أمو إلى كوتاناد. لقد كانت سعيدة برؤية Kuttern الخاصة بها تنمو بسرعة وتستمتع بصحبة المجتمع الزراعي السويدي. استقبلها مساعدوها البحثيون ومزارعو الأسماك بإكليل من الزهور، وذكروا أن نمو نبات كوتيرن في خمس قطع من قطع العينات كان استثنائيًا. جربهم عمو وكان راضيًا عن مظهرهم ورشاقتهم وصحتهم وحيويتهم. قام مع المزارعين بطهيها في أواني فخارية ووجد أن قطع Kutterns من ثلاث قطع أرض كانت لذيذة، مع لحم عصاري ولمسة من الحلاوة. عادت عمو إلى السويد بالعينات الخمس وأجرت اختبارات وفحوصات تفصيلية مع لجنة الأبحاث التابعة لها. ووجد أن ثلاثة منهم، كوتيرن اثنان، وثمانية، وأحد عشر، كانوا مناسبين جدًا لكتاناد، وكانت زراعتهم مشجعة. شارك عمو نتائج النتائج التي توصل إليها مع مساعديه الباحثين والمجتمعات الزراعية في كوتاناد، وكان هناك ابتهاج واحتفال. وأخيرا، وافق المشرفون على أبحاثه ودليله على استنتاجاته.

وعلى الفور، بدأ عمو في كتابة المسودة الأولى لبحثه. لقد كانت مهمة شاقة. كان عليه تحليل البيانات باستخدام اختبارات إحصائية مختلفة وتفسير النتائج بشكل عقلاني. كان عليه أن

يستخدم مهاراته في الرياضيات وقدرته على التفكير بذكاء. قامت لجنة البحث بمراجعة المسودة الأولى وقدمت اقتراحاتها وطلبت من عمو دمجها وإعادة تقديمها. ثم عمل عمو بجد على المسودة الثانية لأطروحته، حيث قام بسد الثغرات وأعاد تقديمها إلى لجنة البحث. تم إرسال المسودة الثانية إلى البروفيسور جوهانسون مع تعليقات مفصلة. وبعد خمسة عشر يومًا، استدعى مرشد البحث عمو إلى مكتبه وناقشوا أوجه القصور والتحليلات والتفسيرات. ثم بدأ عمو مسودته الثالثة، وأنهاها في عشرة أيام، وقدمها إلى لجنة البحث. وبعد تقييم الاستنتاجات والمقترحات بعناية، تم إحالة الرسالة مرة أخرى إلى دليل البحث.

في صباح أحد أيام الاثنين، دعا البروفيسور جوهانسون عمو إلى مكتبه. أخبرها أنه كان راضيًا إلى حدٍ ما عن دراسته، لكنه لم يذكر أي العينات من بين عينات Kuttern Two وEight وEleven كانت الأكثر ملاءمة لبيئة Kuttanad.

"يا أستاذ جوهانسون، الخيارات الثلاثة كلها جيدة بنفس القدر لبيئة كوتاناد. ولذلك، فمن الصعب تحديد ما هو الأفضل. ورد عمو قائلاً: "إن الإحصائيات تدعم هذا الاستنتاج، وقد قدمت تحليلاً وتفسيراً مناسباً".

"ولكن من منهم تعتبره الأفضل في رأيك؟"

ظل آمو صامتًا لبضع دقائق ثم قال باقتناع كبير: "سيدي، يبدو أن كتيرن إيت هو الأفضل بالنسبة لي."

"لأن؟ "إنه على حق"، أصر البروفيسور جوهانسون.

" *Kuttern* Eight لديه مسحة من الحلاوة، أما الاثنان الآخران فيفتقران إليها."

ابتسم البروفيسور جوهانسون وقال: "أوافق على تقديم رسالتك للتقييم النهائي."

"أشكر ربي. قال عمو: "أنا ممتن جدًا لك".

"لقد قام بدراسة غير عادية. الآن، على المُقيّمين أن يقرروا. وسيأتي أربعة مقيمين من الخارج وواحد من السويد"، حسبما أبلغه دليل عمو. وطلب البروفيسور جوهانسون من عمو إرسال عشر نسخ من الدراسة إلى الجامعة، وخمس إلى المقيمين وواحدة إلى المرشد ولجنة البحث والمختبر ومكتبة الجامعة والأرشيف السويدي. "كان على ثلاثة من المقيمين الخمسة قبول الأطروحة للحصول على درجة الدكتوراه."

وفي أحد أيام الجمعة، قدم عمو أطروحته للتقييم، وفي نفس اليوم، استضاف القسم حفلًا لجميع المشاركين في بحث عمو في السويد. وحضر الحفل الذي بدأ حوالي الساعة الخامسة بعد الظهر أكثر من سبعين شخصًا. الطعام كان ممتازاً، جراد البحر كانت بكثرة. تم تقديم البيرة والنبيذ وبرانفين. بعد الأكل، بدأ الناس بالرقص وكانت هناك موسيقى صاخبة. دعا البروفيسور جوهانسون أمو للرقص معه، وقد انبهرت بذلك. كانت حركاتها رشيقة وبارعة ولا تشوبها شائبة. يبدو أنه يتمتع بشكل جسدي وعاطفي جيد وقدرة على التحمل العقلي والإبداع والثقة بالنفس. أخذ بيد شريكه، وتحرك جسده ضمن مساحة شخصية دون أن يلمس شريكه. قبل كل شيء، كان يحترم جدًا الشخص الذي رقص معه. استمتعت عمو بالرقص مع البروفيسور جوهانسون. دعا زملاء آخرون Ammu للرقص معهم، وألزمتهم Ammu جميعًا. وكانت الأمسية أنيقة ومبهجة، واستمر الرقص حتى منتصف الليل.

وبعد خضوعه للاختبار الشفهي أمام الخبراء والدفاع بنجاح عن أطروحته، قرر عمو العودة إلى الهند في غضون ثلاثة أيام. وشكر مرشده والمشرفين على البحث ولجنة البحث والزملاء والأصدقاء على حبهم وصداقتهم وتعاونهم ومساعدتهم التي لا تقدر بثمن.

دعا البروفيسور جوهانسون Ammu لتناول القهوة في مقر إقامته. وكانت زوجته وبناته التوأم في المنزل عندما وصل عمو. وكانت زوجة البروفيسور يوهانسون فنانة رسمت لوحات تجريدية وأقامت العديد من المعارض الأوروبية الناجحة. كانت ابنتاها، إلسا وإبا ، في المدرسة الثانوية ويتحدثان إلى عمو باللغة الإنجليزية بطلاقة. عرف أمو أن معظم الأشخاص الذين تتراوح أعمارهم بين العاشرة والخامسة والستين يتحدثون الإنجليزية في السويد. أثناء تناول القهوة، سُئل عمو عن ولاية كيرالا وكاثاكالي وكالاريبياياتو ، وعن أسرار ارتفاع معدل معرفة القراءة والكتابة في ولاية كيرالا، ونظام الرعاية الصحية الفريد والجمال الطبيعي الهائل.

غنت إلسا وإبا أغنية باللغة السويدية تكريمًا لـ Ammu، والتي كانت رائعة واستمتعت Ammu بها كثيرًا. بالإضافة إلى الشعور بمشاعر حب لا تصدق مموهة بالقلق والألم، كانت الأغنية مؤثرة، وهنأ عمو إلسا وإيبا. أخبروه أن الأغنية كانت عن الحب بين صبي اسمه ديدريك وفتاة تدعى أوليفيا. التقيا في مركز تسوق في ستوكهولم ووقعا في الحب. في اليوم التالي، استقل ديدريك القطار إلى جوتنبرج، حيث تعيش أوليفيا؛ عند وصولها إلى هناك، علمت ديدريك من والدة أوليفيا أن أوليفيا قد استقلت بالفعل قطارًا إلى ستوكهولم لمقابلة صديقتها. وسرعان ما عاد إلى ستوكهولم، التي كانت تبعد ثلاثمائة وثمانية وستين كيلومتراً، وأخبرته والدته أن أوليفيا كانت هناك وأنها عادت للتو إلى غوتنبرغ لتنضم إليه هناك. ثم غنى الصبي أغنية مفجعة، على أمل مقابلة أوليفيا قريبا. نظر آمو إلى إلسا وإيبا وقال: "الحب هو القوة التي تربط بين البشر". اتفقت إلسا وإبا مع عمو.

قدمت أليس، زوجة البروفيسور جوهانسون، لأمو لوحة بعنوان "الحب في بحيرة إركين". تمثل اللوحة قاربًا صغيرًا مع زوجين شابين. وأوضحت أليس أن الزوجين الشابين يمثلان البشرية جمعاء، بينما ترمز بحيرة إركين إلى الكون. وجدت أمو اللوحة جميلة وساحرة وغامضة، وشكرت أليس على هديتها المدروسة. عانقت أليس أمو وأثنت عليها على مظهرها الجميل. أعربت عمو عن امتنانها لأليس على حسن ضيافتها وكلماتها الرقيقة، وإلى إلسا إيبا على الأغنية المؤثرة التي غنوها على شرفها. ابتسم البروفيسور جوهانسون، وشكره عمو على توجيهاته في استكمال درجة الدكتوراه.

جاء عشرات من الأصدقاء والزملاء إلى مطار أرلاندا في ستوكهولم لتوديع عمو. احتضنها الجميع وقالوا وداعا. شكرهم عمو وقبلهم على الخدين. سافر إلى كوبنهاغن، حيث تغيرت حياته بما يتجاوز خياله وتوقعاته. وهناك التقت بشخص غيّر حياتها بالكامل، ودخل حياتها إلى الأبد وأصبح لا ينفصل عن وجودها، شخص أصبح واحداً مع عمو في الجوهر والوجود. كان الأمر كما لو أنه يعرفه منذ الأزل، يعرفه منذ بداية الانفجار الكبير وفي تكوين الخلية الأولى للتطور. منذ البداية كان يحب طريقة مشيه وحديثه ومظهره وعينيه اللامعتين وأنفه وأذنيه وإيماءاته ولحيته الداكنة وأناقته العظيمة. لقد كان الحب في مجمله، مثل حب أوليفيا لحبيبها ديدريك. لاحقًا، عندما تزوجا، غنت عمو أغاني الحب باللغات المالايالامية والإنجليزية والسويدية، بما في ذلك أغنية ديدريك. أحب رافي الاستماع إلى موسيقى إلسا وإيبا المفجعة بشكل متكرر. رافي كان ديدريك آمو، وكانت أوليفيا له.

كانت عمو ابنة توماس بولوكاران، وهو صاحب مطحنة زيت ثري في ثريسور. كان فخورًا جدًا بلقبه الذي يضم العديد من الكهنة والراهبات والأسقف واثنين من رجال الشرطة وقاضيًا وموظفًا هنديًا في الخدمة المدنية في عائلة جده الكبيرة. كان توماس بولوكاران يمتلك عشرات من مصانع زيت الطعام، منتشرة في مناطق إرناكولام وثريسور وبالاكاد، وكان يسافر دائمًا في سيارة سفير بيضاء. قام ببناء منزل في Thrissur كان بمثابة منطقة جذب سياحي وتبرع بالملايين لكنيسته، كنيسة Syro-Malabar الكاثوليكية. كان يحب حضور القداس باللغة الآرامية وساعد السلطات الكنسية في بناء المصليات والمعاهد اللاهوتية والمستشفيات. وكان كريما مع الجميع.

بدأ توماس بولوكاران العمل في قطف جوز الهند عندما كان في العاشرة من عمره هربًا من رعب والده المدمن على الكحول. في البداية، زار توماس المزارع المجاورة سيرًا على الأقدام، حيث كان يشتري حبتين من جوز الهند في كل مرة، ويحملهما على رأسه في سلة من أوراق جوز الهند ويبيعهما لأصحاب المطاحن التقليدية. في سن السادسة عشرة كان يحلم بامتلاك طاحونة، وفي الثامنة عشرة اشترى طاحونة تقليدية صغيرة وثورًا أبيض. وكان اللون الأبيض هو لون حظه، وكان يرتدي دائمًا اللون الأبيض ويطلي منزله وجدران المجمع باللون الأبيض، لكنه لم يصر أبدًا على أن ترتدي زوجته وابنته اللون الأبيض. سجل توماس تاريخ شراء الطاحونة في الصفحة الأخيرة من كتابه المقدس. عندما كان صغيرًا، طلبت منه والدته مريم أن يكتب كل الأحداث المهمة في حياته في الكتاب المقدس، فاتبع رغباتها بإخلاص. ووضع الكتاب المقدس، المكتوب باللغة الآرامية، على منبر تحت صورة قلب يسوع الأقدس.

اعتاد توماس على قص قشر جوز الهند بنفسه، وقطع النواة إلى قسمين، وتسخين الحبوب يدويًا حتى تجف، ثم وضعها في تشاكي ، وهو طبل تقليدي ثابت مزود بدوارة متصلة بثوره. في البداية، كان توماس بولوكاران يستخرج ما بين خمسة وعشرين إلى ثلاثين لترًا من الزيت يوميًا. بعد ظهر كل يوم، كان يستحم ثوره بالماء الساخن ويطعمه العشب الأخضر والتبن الذهبي وبضع قطع من كعكة جوز الهند ، وبقايا جوز الهند بعد استخلاص الزيت. قبل النوم، كان يقبل ثوره على رأسه، وكان ثوره آبو يستمتع بذلك دائمًا ويلعق وجه توماس بولوكاران بمودة. وشيئًا فشيئًا، جلبت النساء من المزارع المجاورة جوز الهند لبيعه أو مقابل زيت جوز الهند. على نحو متزايد، جلب المزارعون جوز الهند في عربات الثيران والشاحنات الصغيرة. كان توماس بولوكاران صادقًا تمامًا في تعاملاته ومعاملاته النقدية واكتسب سمعة طيبة بسبب صراحته. وفي غضون عام، قام ببناء منزل صغير بالقرب من معصرة الزيت الخاصة به يضم غرفتي نوم مع حمامات ملحقة، وصالة وغرفة معيشة ومطبخ مع غرفة طعام مغلقة. في أحد الأيام، بعد القداس الارامي السرياني يوم الأحد، رأى توماس بولوكاران آنا في كنيسته الرعوية مع والدته. في اليوم التالي، ذهب إلى فرانسيس بوتان وطلب يد آنا. كان لدى فرانسيسكو أربع بنات وولدين، وكان سعيدًا جدًا بأن يعهد بابنته آنا إلى توماس بولوكاران، مدركًا أن الشاب الذي سبقه كان مجتهدًا وذكيًا وصادقًا ومحبًا. عرف فرانسيسكو أن ابنته الكبرى ستكون آمنة وسعيدة وتستقر مع توماس.

وكان حفل الزفاف حفل بسيط. أصر توماس بولوكاران على اصطحاب زوجته مباشرة من الكنيسة إلى المنزل، بدلاً من الذهاب إلى منزل العروس كما تقتضي التقاليد. لكن فرانسيسكو لم يعترض، لأنه علم أن ابنته ملك لزوجها بعد الزواج. لم تشعر آنا بالسوء؛ كانت سعيدة بوجود توماس كزوج لها. كتب توماس تاريخ الزفاف واسم زوجته على الصفحة الأخيرة من كتابه المقدس. كانت آنا في العشرين من عمرها وكان زوجها في الرابعة والعشرين من عمره عندما

تزوجا. لقد أحب توماس بولوكاران آنا من أعماق قلبه، وكانت آنا تعرف ذلك. وسرعان ما رزقا بابن، وتمت الولادة في أفضل مستشفى ولادة في ثريسور. أطلقوا على ابنهم اسم جوزيف، واسمه المعمودي جوزيف آنا توماس بولوكاران، حيث أصر توماس على كاهن الرعية أن يذكر اسم آنا بعد الاسم الأول لابنه. نظرًا لأن توماس لم يكن يحب رافائيل، اسم والده، فقد أطلق على ابنه اسم جده خوسيه. لم يستخدم اسم والده مطلقًا مع اسمه الأول. كتب توماس تاريخ ميلاد الابن واسمه وتاريخ المعمودية على الصفحة الأخيرة من كتابه المقدس.

منذ الطفولة، كره توماس شخصا واحدا - والده الراحل. لم يعجبه مظهره. في حالة من ذهول الكحول، قام رافائيل بضرب زوجته، والدة توماس، التي كانت تعاني في صمت. سمع توماس والدته تبكي بصوت عالٍ مرة واحدة فقط عندما ركلها والده في بطنها. كان بإمكان توماس سماع صدى صرخة والدته المفجعة حتى في أحلامه لسنوات عديدة، وقد عذبه ذلك بشدة. عندما كان في الرابعة عشرة من عمره، أراد توماس قتل والده واشترى مطرقة صغيرة من متجر لاجهزة الكمبيوتر في ثريسور. وقد أخفاها في زاوية من المنزل تحت قشور جوز الهند ليسحق رأس والده أثناء نومه. مع المطرقة في يده، اقترب توماس من سرير والده ليضرب رأسه بضربة. ذات مرة، رفع المطرقة فوق رأسه وفجأة سمع والدته تناديه من المطبخ. وفي مناسبة أخرى، ذهبت والدته إلى الكنيسة؛ كان والده نائمًا في حالة سكر وذهب إليه توماس بالمطرقة. ثم سمع قرع جرس الكنيسة فظن أنه من غير اللائق أن يكسر رأس أبيه عندما كان الكاهن يحتفل بالقداس في كنيسته.

لقد وثق الناس بتوماس بولوكاران. وكانت النساء، على وجه الخصوص، يمنحنه المال بأمان دون أن يطلبن فوائد. وكان الهدف الأساسي من هذه المدفوعات هو تغطية الاحتياجات الفورية، ولم ينس توماس بولوكاران أبدًا دفع فائدة مشتركة على المبلغ المودع. "عسى أن تكون أموالي أموالاً صادقة، نتيجة العمل الجاد"، كان توماس يقول لكل من زار مصنع النفط الخاص به. وفي غضون عشر سنوات، انتشر اسمه وشهرته في جميع أنحاء ثريسور، وقام ببناء مطحنة زيت ميكانيكية جديدة على فدان من الأرض المجاورة لمنزله. عرف توماس بولوكاران أن زوجته آنا وثوره آبو هما السببان وراء اسمه العظيم وثروته وتقدمه. أبقى Appu بالقرب من منزله في إسطبل نظيف ومرتب. على الأقل مرة واحدة في الأسبوع، كان توماس بولوكاران يدير بنفسه مطحنة الزيت اليدوية القديمة بمساعدة Appu حتى يتمكن Appu من ممارسة بعض التمارين الرياضية. علاوة على ذلك، قام بتعيين مساعد لرعاية آبو والعناية به والمشي لمسافات طويلة.

وبعد مناقشة مفصلة مع آنا، افتتح توماس بولوكاران مصانع زيت ميكانيكية جديدة في موكوندابورام وتالابيللي وشافاكاد وكودونغالور. قام بتعيين أكثر من خمسين عاملاً لشراء وإنتاج وتسويق زيت جوز الهند. طلبت رأي آنا ونصيحتها حتى في الأشياء الصغيرة، وأدركت أن آنا لديها حاسة سادسة تتعلق برفاهيتها وسعادتها. وسرعان ما أراد توماس بولوكاران اسمًا تجاريًا لمنتجاته البترولية. في أحد الأيام، وهو في السرير، طلب من آنا أن تقترح اسمًا لعلامته التجارية من الزيت. فكرت آنا في الأمر لبعض الوقت ثم نامت. أثناء الإفطار، قالت آنا لزوجها: "الليلة الماضية حلمت بوالدتك. تحدثنا وطلبت منه أن يقترح اسمًا لمنتجاتنا النفطية. ثم قال لي: "أعطه اسمًا، تيرا ديل تورو بلانكو ". أحببت الاسم. The Pull هو اختصار لـPullockaran، والثور الأبيض هو Appu الخاص بنا." كرر توماس بولوكاران اسم آنا المقترح ست مرات. "الأمور تسير على ما يرام"، قال لنفسه وكان سعيدًا للغاية لسماع الاسم

الذي قدمته له زوجته العزيزة آنا. استشار محاسبه القانوني وفي غضون أيام قليلة قام بتسجيل الاسم التجاري لمنتجاته البترولية. لقد كان سحب الثور الأبيض .

حقق فيلم " Pull the White Bull " نجاحًا كبيرًا حيث حقق نشاطًا تجاريًا نشطًا في جميع أنحاء الهند. افتتح توماس بولوكاران مصانع زيت ميكانيكية جديدة في منطقتي بالاكاد وإرناكولام واشترى شاحنات حديثة. وكان يعمل بها أكثر من ثلاثمائة عامل من فنيين ومهندسين وتقنيين للأغذية.

بعد فترة وجيزة، ذهب توماس بولوكاران في جولة في جنوب الهند مع آنا، حيث عهد بمصانع النفط إلى مديريه الموثوق بهم. كان خوسيه في العاشرة من عمره وفي الصف الخامس، لذلك بقي في المنزل مع مساعده. قامت آنا وتوماس بولوكاران بزيارة تريفاندروم وكوفالام وكانياكوماري ومادوراي وتشيناي وحيدر أباد وجوا وهامبي وبنغالور ومايسور وأوتي وكودايكانال. لقد كانت جولة لا تنسى لكلينا.

بعد التشاور مع آنا، قام توماس بولوكاران بتوسيع نطاق عمله ليشمل تجهيز وتسويق الكاكايا. ولم تكن لديه مشكلة في الحصول على كميات كافية من الكاكايا لأنها كانت متاحة بسهولة في جميع أنحاء ولاية كيرالا. لقد استورد أحدث آلات تصنيع الأغذية من إيطاليا، وكان مذاق الكاكايا المعالج الخاص به رائعًا. أطلق عليها اسم " الثور الأبيض جاكفروت" تحت شعار " اسحب الثور الأبيض " وباعها في البداية في الولايات الجنوبية والشمالية من الهند. بناءً على نصيحة آنا، اتصل توماس بولوكاران بشركاء الأعمال في الشرق الأوسط وألمانيا والمملكة المتحدة وإسبانيا وإيطاليا والنمسا والولايات المتحدة. وسرعان ما أصبح White Bull Jackfruit عملاً مزدهرًا. قام توماس بولوكاران وآنا بزيارة العديد من الكنائس في ولاية كيرالا وتبرعا بمبالغ كبيرة من المال للأبرشيات والأبرشيات للأعمال الخيرية والتعليم. وسرعان ما أصبحوا أزواجًا كاثوليكيين مثاليين من Syro-Malabar في جميع الكنائس. خلال عظات يوم الأحد، طلب كهنة الرعية من مجتمعاتهم محاكاة كرم وروحانية وتقوى آنا وتوماس بولوكاران.

كان الأسقف الشاب جورج، المعين حديثًا، يزور توماس بولوكاران بانتظام، وذلك بشكل أساسي لتلبية الاحتياجات المالية. احتاج الأسقف إلى المال لتدريب وتعليم الإكليريكيين والراهبات في بنات العذراء، وهي جماعة أسسها. كما كانت بحاجة إلى أموال لتغطية نفقات سفرها مع الأم الشابة كاثرين، رئيسة بنات العذراء ، إلى الفاتيكان في روما؛ فاطمة وألمانيا والأراضي المقدسة والولايات المتحدة الأمريكية لجمع الأموال والتمتع بها. لقد كان توماس بولوكاران دائمًا كريمًا، حيث كان يسلم الأسقف مبالغ كبيرة من النقود وبابتسامة على وجهه. "أتمنى أن تنمو وتزدهر كنيسة القديس توما الرسول، وخاصة كنيسة سيرومالابار، في كل مكان"، كثيرًا ما كان يقول للأسقف جورج وهو يقبل خاتمه المقدس. وسرعان ما أصبح مشروع Pull the White Bull الذي أنشأه توماس بولوكاران مشروعًا بقيمة مليار روبية.

بعد شهرين من عودتها من جولتها في جنوب الهند، أدركت آنا أنها حامل بطفلها الثاني. عند سماع الأخبار السارة، شعر توماس بولوكاران بسعادة بالغة واعتنى بزوجته مثل الملكة. لقد عمدوا طفلهم باسم عمو، الذي ولد في مستشفى ولادة مشهور في كوتشي. طلب توماس من الأسقف جورج أن يعمد عمو، وكان اسم معموديتها ماري، على اسم والدة توماس بولوكاران. وفي يوم المعمودية كان هناك احتفال كبير حضره جميع العاملين في مصانع الزيت وأصدقائهم

وعائلاتهم والمتعاونين معهم في العمل. أعلن توماس بولوكاران عن أجر يوم إضافي لفريقه بأكمله وقدم سيارة سفير جديدة إلى الأسقف جورج، الذي كان سعيدًا للغاية بلفتته.

قام توماس بولوكاران ببناء قصر جديد في الضواحي وأطلق عليه اسم الثور الأبيض . كان هناك أيضًا إسطبل لثوره Appu. في كل يوم، عندما كان يعود إلى المنزل من العمل، كان توماس يصرخ قائلاً: "أبو!" "Appu!" وهز الثور رأسه للترحيب به. بعد أن أطعمه بضع قطع من كعكة جوز الهند ، ذهب توماس إلى الداخل لينضم إلى زوجته. بالنسبة لتوماس، كان اصطحاب آبو للمشي لمسافات طويلة بمفرده مرتين على الأقل في الأسبوع بمثابة واجب ديني، وقد استمتع آبو بالرحلة حيث كان هناك رابط لا يمكن تفسيره بين الاثنين. عندما كانت عمو في الخامسة من عمرها، سجلها والداها في مدرسة الدير. بحلول ذلك الوقت، كان خوسيه قد أنهى دراسته الثانوية والتحق بمدرسة ثانوية متخصصة في العلوم والرياضيات لأنه كان يعتزم الالتحاق بمدرسة الهندسة بعد عامين. كان خوسيه وأمو طلابًا متفوقين، ومتعلمين جيدًا ويحظى بتقدير أصدقائهم ومدرسيهم. كان آباؤهم فخورين بهم وأحبوهم كما تحب الفيلة صغارها.

يطلب توماس بولوكاران من آنا مرافقته إلى منزل الأسقف ليشكر الأسقف جورج على صلواته وبركاته. ومع ذلك، اختلفت آنا معه للمرة الأولى، قائلة إن لقاء الأسقف في منزل الأسقف لم يكن ضروريًا، لأنها اعتقدت أن مثل هذا القرب من الأسقف غير صحي. ولكن بناءً على إصرار بولوكاران، وافقت آنا في النهاية على الذهاب معه. عادة ما كان الأسقف جورج يستقبل الزوار في فترة ما بعد الظهر، فمنذ الساعة الحادية عشرة كان يعقد اجتماعات مع النائب العام للأبرشية وكهنة الرعايا والمسؤولين عن مختلف الكنائس. كان يمارس أنشطته الدينية المحددة ويتأمل حتى الساعة العاشرة صباحًا. وفي الساعة السابعة مساءً، حضرت الأم كاترين قداسها الإفخارستي في مصلاها الخاص المجاور لغرفة نومها، والذي استمر نصف ساعة. ثم أعد له الإفطار في مطبخ صغير على الجانب الآخر من مكتبه، حيث كان الأسقف يفضل تناول الطعام والعشاء فقط مع رجال الدين الآخرين في قاعة الطعام الرئيسية. انضمت إليه الراهبة لتناول الإفطار، ونظفت المطبخ وغرفة النوم، وأعدت سريره، وغسلت ملابسه، ونظفت زخارف الأسرار المختلفة.

كانت الأم كاترين من أوائل الراهبات اللاتي دخلن رهبنة بنات العذراء وهي في السادسة عشرة من عمرها. تأسست المجموعة على يد كاهن شاب يدعى خورخي، وانضمت إليه كاثرين كمبتدئة، جذبتها ديناميكيته وسلوكه المرغوب فيه وتقواه. كانت كاثرين تعشق جورج، حيث وجدت جسده الرجولي وعيناه المنومة مغناطيسيًا رائعة. وبعد ذلك رسمه البابا أسقفاً. وفي الثانية والعشرين من عمرها، أصبحت كاثرين راهبة، وفي السابعة والعشرين عُينت أم الدير. ولم يكن لدى الجماعة سوى ثلاثة أديرة في زوايا مختلفة من الأبرشية، ولكل منها غرفة ضيوف مجهزة خصيصًا للأسقف، ولا يمكن لأحد الدخول إليها أو البقاء فيها سوى الأم. كانت تمكث في غرفة الضيوف كلما زار الأسقف الدير. في البداية قام الأسقف بجمع كل الأموال لبنات العذراء.

في وقت لاحق، أسست الراهبات المدارس والمستشفيات وأصبحن مكتفين ذاتيًا ولكنهن فاحشي الثراء من خلال شراء الأراضي والمباني في جميع أنحاء ولاية كيرالا. وشكرت الأخوات الأنبا جاورجيوس على إنشاء الجماعة ومباركتهم في احتياجاتهم الزمنية والروحية. اعتُبر كاهنًا مقدسًا ثم أسقفًا مقدسًا فيما بعد، وظل راعي الجماعة ومستشارها ورئيسها. اتخذ جميع القرارات المتعلقة بتدريب الراهبات وتعليمهن وعملهن ونقلهن ومعاقبتهن. في أوائل الثلاثينيات

من عمرها، كانت الأم كاترين، الذكية والنشيطة، حريصة على مساعدة الأسقف يوميًا، وكان روتينها هو قضاء ثلاث ساعات في منزله كل صباح، من السابعة إلى العاشرة. واعتبرت جميع الراهبات في رعيتهن أنه من واجبهن الديني مساعدة الأسقف البالغ من العمر أربعين عامًا، مؤسسهن، الذي أسس مجموعته بإلهام من الروح القدس.

اعتاد كثير من الآباء إحضار أطفالهم ليباركهم الأنبا جاورجيوس. وبرسم علامة الصليب بالرماد على جباههم، كرّسهم الأسقف. شيئًا فشيئًا، بدأ المؤمنون يرون الطفل يسوع بين ذراعيهم، خاصة في أول جمعة من الشهر. شهرًا بعد شهر، ازدادت الطوابير أمام البيت الأسقفي، واصطف الآباء مع أطفالهم من كل أبرشية تقريبًا. لقد اعتقدوا أن جميع الأطفال الذين باركهم المطران يظلون بصحة جيدة حتى يبلغ الطفل سن البلوغ أو يفقد العزوبة أو العذرية. وبما أن الأسقف كان تلميذاً لاهوت الطفل يسوع، فقد كان هناك اعتقاد راسخ بأن الطفل كثيراً ما كان يتحدث معه في عزلة. كان الأسقف سعيدًا بمباركة الأطفال لأنه كان يحصل على أموال كثيرة في كل أول جمعة.

وفي كل يوم سبت، كان الأنبا جاورجيوس يعظ ويرأس خلوة صلاة وتأمل لشباب الأبرشية في الكاتدرائية المجاورة لمنزل الأسقف. وشارك في هذه الخلوات مئات الشباب. كانت المواضيع الرئيسية للصلاة هي العفة والعذرية، وحث الشباب على الحفاظ على العزوبة بأي ثمن. "جسدك طاهر. لا تصبح أبدًا عبدًا للشيطان، عدو الله. لقد كانت أمنا مريم العذراء دائماً طاهرة، وبقيت كذلك حتى بعد ولادة يسوع. فحملت من الروح القدس، وكان طفلها ابن الله القدير. لم يولد يسوع من خلال أعضائه التناسلية. وقد منحها الله نعمة خاصة أن تلد يسوع دون أن تفقد عذريتها. لقد كان هذا سرًا عميقًا، وكان الله قادرًا على منح مثل هذه البركات لجميع المسيحيين. يجب ألا تمارس الجنس إلا بعد الزواج، علاوة على ذلك، مع زوجتك فقط. مارسوا الجنس فقط من أجل إنجاب طفل في الوضع التبشيري. وجميع الأوضاع الأخرى هي من مخلوقات الشيطان، وهو ما يكرهه الله. كن نقيًا بعدم ممارسة الجنس حتى تحتاج إلى طفل آخر. فلتباركم العذراء بربنا يسوع المسيح"، قال الأسقف عندما بارك الشباب. انتشر اسم الأسقف وشهرته على نطاق واسع باعتباره واعظًا عظيمًا ومرشدًا روحيًا وأسقفًا ملهمًا.

أعطت الأم كاترين دروسًا خاصة للتحضير للزواج لشابات الأبرشية. وتحدث عن البتولية مستشهدا بمثال السيدة العذراء مريم. كان من الضروري الحصول على شهادة من الأم كاترين حول التعليم المسيحي، وتحديداً حول سر الطهارة، لكي تحصل جميع الفتيات على إذن من الأسقف بالزواج. "حافظوا دائمًا على جو الصلاة في المنزل. احملي معك مسبحة، خاصة عندما يقوم زوجك بالجماع من أجل إنجاب طفل، وصلي المسبحة أثناء ممارسة الجنس المقدس. وعندما يكتمل الاتحاد، اطلب منها أن تنضم إليك في الصلاة، متلوة المسبحة الوردية،". كانت الأم كاترين تحث الفتيات. وكان جميع من في الأبرشية يدعونها أم الوردية المقدسة. وكان الناس يعشقون تقواها ويدعونها إلى بيوتهم لصلاة المسبحة كصلاة عائلية. تلقى تبرعات من الكاثوليك بقيمة خمسمائة إلى ألف روبية لكل زيارة. وهكذا حافظت الأم دائمًا على جو الصلاة في الأبرشية. ساعدت الأم الأسقف جورج في مباركة الأطفال، وكان الوالدان ممتنين لخدماتها المتفانية. وبما أن الدير كان على بعد خمس دقائق فقط من منزل الأسقف، كان من السهل على الأم كاترين أن تعود إلى منزلها في وقت مبكر كل صباح.

الفصل الثالث: الثور الأبيض ومدرسة الرقص

قام هوماس بولوكاران وآنا بزيارة المطران جورج حوالي الساعة الخامسة بعد الظهر، وكان الأسقف سعيدًا بلقائهما. وشكروا الأسقف على صلواته وبركاته. وبعد صلاة قصيرة، أخبرهم الأسقف أنه يمكنه تنظيم لقاء مع البابا في الفاتيكان. تأثر توماس بولوكاران لسماع ذلك. وقالت الأسقف: "على الرغم من صعوبة مقابلة الكرسي الرسولي، إلا أنني أستطيع أن أرتب لك مقابلة في غضون ثلاثة أشهر". قال توماس بولوكاران: "صاحب السمو، نحن محظوظون للغاية". وقال الأسقف: "يجب أن نتبرع للفاتيكان من خلال أبرشيتنا". أجاب توماس بولوكاران وهو ينظر إلى آنا: "بالطبع". وقال الأسقف مبتسماً: "لذلك سأقدم لك تفاصيل تذاكر الطائرة، ويجب عليك حجزها على الفور لي ولأم كاثرين بمجرد حصولك على تأكيد من الفاتيكان". قال توماس بولوكاران: "نعم يا صاحب السمو". قال الأسقف: "سأرشدك".

بعد تقبيل خاتم الأسقف وتسليمه رزمة من مائة ألف روبية لصيانة دار الأيتام، غادر توماس بولوكاران وآنا. ومع ذلك، ظلت آنا صامتة، في صمت عميق.

حملت آنا مرة أخرى بطفلها الثالث، وكان عمرها ستة وثلاثين عامًا. كانت تشعر بالقلق من أن زوجها بدأ يثق بالجميع ويثق كثيرًا في الأسقف. علاوة على ذلك، كان يؤمن بشدة ببعض مهندسي الأغذية والتقنيين لديه. في الآونة الأخيرة، أصبح توماس مغفلًا، وكانت آنا تشعر بالقلق. أصيب بارتفاع ضغط الدم والسكري مع تقدم الأشهر. أخبر طبيب أمراض النساء توماس بولوكاران أن هذا أمر طبيعي، لأن ارتفاع ضغط الدم والسكري سيختفيان بمجرد حدوث الولادة. قام توماس بتعيين ممرضتين منزليتين لرعاية آنا ليلًا ونهارًا. قضى توماس بولوكاران معظم ساعات يقظته مع آنا، لأن رفاهيتها كانت بمثابة سعادته. قبل خديها عندما كانا بمفردهما. في الشهر الثامن، أغمي على آنا في الردهة وتم نقلها على الفور إلى أفضل مستشفى في ثريسور. ودخلت آنا في غيبوبة لمدة يومين، فأخذها توماس إلى كوتشي، حيث تم تعيين أطباء متخصصين لعلاجها. بقي توماس بولوكاران معها دائمًا. وفي اليوم السابع ماتت آنا في المستشفى بينما أمسك توماس رأسه بين يديه وبكى غير قادر على السيطرة على حزنه وألمه.

بعد سبعة عشر عامًا من الحياة الزوجية السعيدة، أصبح توماس بولوكاران أرملًا. لقد فقدت الحياة كل سحرها ومعناها وهدفها بالنسبة له، لأن آنا كانت لا تنفصل عن عقله. كان يعانق خوسيه وآمو كل صباح وكل ليلة، ويروي لهما قصصًا جميلة عن والدته الحبيبة ويسرد كلماتها وإيماءاتها ونظراتها. أصبح شديد الحماية لأطفاله. في الليل، كان توماس بولوكاران يبحث في كل مكان عن آنا، وينادي باسمها مرارًا وتكرارًا ويضيع في ذكرياتها. لم يستطع أبدًا أن يتقبل أنها لم تعد موجودة وأنه لن يلتقي بها مرة أخرى أبدًا. وطلب منه بعض أصدقائه ومهنئيه أن يتزوج مرة أخرى لتكون للأولاد أم ويتعافى من حزنه. لكنه رفض قبول اقتراحاتهم.

عند انضمامه إلى كلية الهندسة، توقع توماس أن يتولى جوزيه مسؤوليات مصانع النفط بعد حصوله على درجة البكالوريوس والماجستير في إدارة الأعمال. فقد توماس بولوكاران الاهتمام بالأعمال تدريجيًا.

على الرغم من أن وفاة آنا تسببت في ألم لا يطاق لتوماس بولوكاران وأظهرت تصرفاته الانفصال، إلا أن أداء Pull the White Bull كان جيدًا، حيث أظهرت الميزانية العمومية قدرًا كبيرًا من الصحة المالية والحيوية. لقد كان توماس يثق في مهندسيه وفنيي الأغذية والموظفين الإداريين، حيث أنهم يعرفون ما يجب القيام به وكيفية التصرف في أوقات الأزمات. عندما وصل عمو إلى الصف العاشر، انضم خوسيه إلى شركة هندسية ليكتسب عامًا من الخبرة العملية. عندما التحق ببرنامج الماجستير في إدارة الأعمال، كان عمو طالبًا في المدرسة الثانوية. في السابق، كان توماس بولوكاران يزور جميع مصانع النفط لديه ثلاث مرات في الشهر، لكنه خفض وتيرة زياراته إلى مرتين في الشهر. بالإضافة إلى ذلك، قامت بتعيين مهندسين وتقنيين أغذية جدد في مناصب عليا عندما هاجر بعض المتخصصين لديها إلى الولايات المتحدة وأستراليا.

كان الوافدون الجدد يفتقرون إلى الخبرة والالتزام القوي، مما أثر على عملية الاستحواذ والإنتاج والتسويق والإعلان عن " Tira del Toro Blanco". اعتقد توماس بولوكاران أن هذه ظاهرة قصيرة المدى، وأنها ستتغير نحو الأفضل مع اكتسابهم المزيد من الخبرة. ومع ذلك، حدث تراجع تدريجي وأبلغه بعض قدامى المحاربين أن هناك خطأ ما في Pull the White Bull . الآن، أصبح توماس رجلاً قلقًا وقضى لياليًا بلا نوم. فاتتني اقتراحات ونصائح آنا. قبل الذهاب إلى النوم، كان يقضي ساعات طويلة أمام صورة آنا، يجتر الأيام التي قضاها معها في منزلهما الصغير ولاحقًا في قصره إل تورو بلانكو.

بعد حصوله على درجة الماجستير في إدارة الأعمال، انضم خوسيه إلى شركة في بنغالورو لاكتساب الخبرة، ووعد والده بأنه سينضم إلى شركة Pull the White Bull في غضون عام. شيئًا فشيئًا، لاحظ توماس بولوكاران التغيرات التي طرأت على خوسيه، الذي أصبح منطويًا ونادرًا ما يتصل به عبر الهاتف. حتى عندما تحدثوا، تحدثوا لمدة دقيقتين أو ثلاث دقائق فقط. وبعد أربعة أشهر، ظهر يوسف فجأة في أحد الأيام في المنزل، وأدرك والده أن يوسف قد تغير إلى درجة لا يمكن التعرف عليها. كانت لحيته طويلة وقد تغير موقفه من الدين والأحداث والإيمان. وبعد المكوث ليوم واحد، غادر خوسيه دون أن يخبر والده. وبعد شهر، تلقى بولوكاران مكالمة هاتفية من خوسيه يبلغه فيها أنه ترك وظيفته وبدأ تعلم اللغة العربية في حيدر أباد. لقد كانت صدمة حقيقية لتوماس بولوكاران، الذي حاول يائسًا الاتصال بابنه، لكنه لم يتمكن من العثور عليه. لم أكن أعرف أين كان خوسيه.

وبعد شهرين، عاد يوسف إلى البيت وكان وقحا مع والده. وطلب منه أن يعطيه مليون روبية نقدا. كان جمع هذا المبلغ النقدي مهمة صعبة بالنسبة لتوماس، وأخبر جوزيف أن هذا المبلغ غير متوفر وأنه من المستحيل الحصول عليه بالعملة. أصبح يوسف متوحشًا وهدد أباه بعواقب وخيمة. أدرك توماس بولوكاران أنه فقد ابنه. وبصعوبة بالغة، جمع توماس بولوكاران نصف مليون روبية نقدًا وأعطاها لجوزيف، لكنه غضب وأساء إلى والده. وقال توماس بولوكاران: "جوزيف، عندما تتحدث إلى والدك، يجب أن تظهر الاحترام". "لا تتصل بي خوسيه. فأجاب: اسمي علي. لقد كانت صدمة لبولوكاران. وصاح جوزيه وهو يغادر: "سأغادر الآن، لكنني سأعود خلال شهر وسأحتاج إلى خمسة ملايين روبية، ولا أتوقع أي أعذار". سيطر الخوف على توماس. لم يكن يوسف ابنه. كان يعتقد أنه شخص آخر. كيفية التعامل معه ومواجهته في المرة القادمة وجمع خمسة ملايين نقدا. وكانت جميع معاملاتهم تتم عن طريق الشيكات، وكان من المستحيل تحصيل مثل هذا المبلغ الضخم نقدًا.

عاد خوسيه بعد شهر وأصر على استلام خمسة ملايين نقدًا. لقد تصرف مثل الحيوان البري. عندما رأت عمو ذلك بكت، لكن جوزيف هددها بالقتل إذا مثلت أمامه دون أن ترتدي الحجاب. "اخرج من عيني. ولا يجوز للمرأة أن تخرج إلى النور إلا بإذن الرجال. "اذهب بعيدا"، صرخ في عمو. ثم حطم صور قلب يسوع الأقدس، والعشاء الأخير، والتقوى، والقديس توما في كيرالا، والقديس أنطونيوس مع الطفل يسوع، صارخًا: "أنا أكره عبدة الأوثان. إنهم بحاجة إلى العقاب، وعقوبتهم هي الموت". كانت صورة القديس توما ذات قيمة كبيرة بالنسبة لتوماس بولوكاران، حيث كانت هدية من جده جوزيف ماثيو بولوكاران. أخبره جوزيف ذات مرة أن القديس توما جاء إلى ساحل مالابار، وعمد سبع عائلات وأسس سبع كنائس في ولاية كيرالا. وكان القديس من عائلة يسوع ويتحدث اللغة الآرامية، لغة السيد المسيح، التي قدم بها المسيحيون السوريون قداسهم المقدس. "لا تنسَ أبدًا القديس توما، واحتفظ دائمًا بصورة القديس توما هذه في منزلك. "سيباركك الرسول"، قال له جده.

انفطر قلبه عندما رأى توماس بولوكاران الصورة الممزقة لرسوله الحبيب، ولم يعرف ماذا يقول. كان يرتجف من الغضب وفكر في الاتصال بالشرطة، لكنه امتنع عن القيام بذلك، نظراً للدعاية السيئة التي قد يولدها ذلك. ومع ذلك، أصبح توماس بولوكاران فجأة رجلاً معذبًا، خائفًا من ابنه جوزيف، الملقب علي، الجهادي.

"اعطيني المال!" صرخ خوسيه وهو يسير مهددًا نحو والده.

توسل توماس بولوكاران قائلاً: "أعطني القليل من الوقت وسأدفع لك بالكامل".

"كم تحتاج من الوقت أيها الكافر ؟" صاح خوسيه.

أجاب والده: "شهر على الأقل".

"سأعود بعد ثلاثين يومًا. "تذكر أن المال يجب أن يكون جاهزًا"، صرخ خوسيه من الباب قبل المغادرة.

"أبي، ماذا يجب أن نفعل؟" سأل عمو.

"لا أعلم. إنه أمر مروع. أجاب والده: أعتقد أن خوسيه انضم إلى بعض الجماعات الجهادية .

قال عمو: "إنه علي، وليس يوسف، وقد أصبح شيطاناً".

كان بولوكاران صامتا. "هل نبلغ الشرطة؟" سأل عمو. "انتظر، ليس الآن. يقول توماس بولوكاران: "إذا أبلغنا الشرطة، فسيؤثر ذلك سلبًا على أعمالنا". "هل أنت خائف من فشل العمل؟" كان عمو قلقا. أجاب: "هناك العديد من الاحتمالات". "ولكن كيف ستدفع الخمسة ملايين روبية نقدًا؟" سأل عمو. "لا أرى أي خيار آخر سوى بيع أحد مصانع النفط لدينا." "أيّ؟" "الواحد في بالاكاد." "ألن يؤثر ذلك على أعمالنا؟" "بالطبع. قد تكون هناك أيضًا شائعات جامحة حول سبب بيعي لمطحنة زيت، والتي كانت دائمًا تمنحنا أرباحًا جيدة". "إذن لماذا لا تبيع مطحنة زيت في منطقة ثريسور؟" سأل عمو. يجيب: "بالاكاد بعيدة جدًا عن ثريسور، وأجد صعوبة في زيارة مصنع النفط الخاص بنا هناك كلما أمكن ذلك".

فكر عمو وسأل مرة أخرى: "ما المبلغ الذي تتوقعه؟" «إن شراء معصرة زيت مثل معملنا يمكن أن يكلف ما لا يقل عن خمسين مليون روبية. لكنك لن تحصل على أكثر من الربع عندما تبيعه مقابل المال السريع. وأضاف "المشكلة التي نواجهها هي أننا نحتاج إلى سيولة بقيمة

خمسة ملايين، وإذا أصررنا على السيولة فلن نحصل على أكثر من سبعة ملايين". تجنب توماس بولوكاران النظر إلى ابنته، لأنه كان يشعر بالحرج من رؤية وجهها الخائف.

قال توماس: "أنا رجل قلق يا عزيزي عمو". ثم غطى عينيه براحة يده، ولأول مرة رآه عمو مهزومًا.

باع توماس بولوكاران مطحنة النفط الخاصة به في بالاكاد مقابل ستة ملايين ونصف روبية وحصل على خمسة ملايين نقدًا. وسجل سعر البيع مليون ونصف روبية أثناء التسجيل. وفي اليوم التالي نشرت الصحف المحلية خبراً جاء فيه: "بولوكاران تبيع معاصر زيت بقيمة خمسين مليوناً بمليون ونصف". أثار هذا الخبر شائعات حول الانهيار الوشيك لإمبراطورية بولوكاران. وقال البعض: "بولوكاران يسقط"، بينما علق آخرون: "لقد سقط بالفعل". أثرت الأخبار بشكل كبير على أعمال Pull the White Bull . بدأ العديد من رجال الأعمال في الابتعاد عنه، واستقال بعض موظفيه الموثوقين بحثًا عن مراعي أكثر خضرة.

وهناك وصل وجمع ماله وخرج دون أن ينبس ببنت شفة. شعر توماس بولوكاران بالوحدة والاكتئاب والحزن. كان عمو في نزله بعد انضمامه إلى دورة الدراسات العليا في صيد الأسماك. وبعد أسبوع ظهرت قصة إخبارية أخرى: "أدخل سبعون شخصًا إلى المستشفى للاشتباه في تسممهم الغذائي". وجاء في عنوان آخر لصحيفة أخرى: "التسمم الغذائي الناجم عن زيت جوز الهند الملوث". كان هناك ذعر مطلق عند سحب الثور الأبيض . في نفس اليوم، داهم مفتشو إدارة سلامة الأغذية جميع مصانع النفط وصادروا حاويات الزيت ذات العلامات التجارية والمختومة التي كانت بحوزة شركة Pull the White Bull . وكانت هناك حالات تسمم غذائي في العديد من الأماكن الأخرى، ونتيجة لذلك تم إغلاق وسد جميع المخارج المؤدية إلى مصانع النفط.

في إحدى الليالي، بينما كان توماس بولوكاران جالسًا في غرفة طعامه، سمع طرقًا على باب منزله الأمامي. عندما فتح الباب، ركض ثلاثة رجال ملتحين إلى المنزل. هاجموه ونهبوا كل الحلي الذهبية والماسية التي احتفظت بها آنا في خزانة فولاذية في غرفة نوم توماس بولوكاران. عندما أعطت الذهب والماس لزوجها، أخبرته آنا أنها مخصصة لـ Ammu، فقط لـ Ammu. وبينما كان الرجال الثلاثة غير الحليقين يستعدون للمغادرة ومعهم المسروقات، ركل أحدهم الكتاب المقدس برجله، فسقط بضربة قوية أمام توماس بولوكاران. ثم سكب آخر البنزين على الكتاب المقدس، وأشعل الثالث عود ثقاب. تعرف توماس بولوكاران على الشخص الذي ركل الكتاب المقدس ودعاه "يوسف...؟" صفع راكل الكتاب المقدس توماس بولوكاران وصرخ: "أنا علي!" وأشار بإصبعه إلى توما وصرخ: "لا نقرأ إلا القرآن الكريم".

أخذ حماله بولوكاران إلى المستشفى، وطلب منه الأطباء البقاء هناك لمدة ثلاثة أيام. غادرت أمو نزلها وأمضت أسبوعًا مع والدها عندما انتشر الخبر.

أرسلت إدارة سلامة الأغذية بعض عينات الزيت التي تم جمعها في Pull the White Bull إلى ثلاثة مختبرات اختبار مملوكة للحكومة. وقد أثبتت جميع المختبرات بما لا يدع مجالاً للشك أن الزيت الذي يتم الحصول عليه من المطحنة يحتوي على مادة سامة. لكن لم يعلم توماس بولوكاران ولا قسم سلامة الأغذية ولا أي شخص آخر على الإطلاق أن أحد تقنيي الأغذية الذين يعملون في مطاحن النفط في كونامكولام التابعة لشركة Pull the White Bull قد سمم الزيت بعد تلقيه مبلغًا كبيرًا كرشوة من شركة نفط منافسة. وأمرت المحكمة توماس بولوكاران بتعويض جميع ضحايا التسمم بالزيت. كان على بولوكاران أن يبيع جميع

ممتلكاته، بما في ذلك قصره ومصانع النفط الخاصة به، الأمر الذي كان سيكسبه ما لا يقل عن ملياري روبية، مقابل خمسة وسبعين مليونًا فقط. بعد دفع الضرائب، والتعويضات لضحايا التسمم النفطي، ورواتب متأخرة لموظفيه، وصندوق الادخار والمكافآت، لم يبق الكثير له ولعمو. استأجر توماس بولوكاران منزلاً صغيرًا ونقل حبيبته آبو إلى منزله الجديد.

"أريد فقط كسب المال من خلال وسائل عادلة وصادقة"، اعتاد توماس بولوكاران أن يقول لمتعاونيه والتجار. أدرك أعداؤه أنهم لا يستطيعون سوى دفعه إلى الأسفل أو جعله يسقط من خلال لعبة شريرة، وقد فعلوا ذلك بشكل جيد للغاية.

توفي توماس بولوكاران في مقره المستأجر. وكتب طبيب المستشفى العام الذي نُقلت إليه جثته أن سبب الوفاة كان احتشاء عضلة القلب. كان توماس يبلغ من العمر تسعة وخمسين عامًا عندما توفي. بكى عمو بلا انقطاع. دفنت الكنيسة توماس بولوكاران في القبر المشترك بعد أن دفع عمو خمسة وعشرين ألف روبية للكنيسة. وتم وضع التابوت الذي يحتوي على الجثة في حفرة متصلة ببئر عميقة في مكان الدفن المشترك. لم يكن عمو قادراً على تحمل تكاليف قبر واحد، الذي كلف خمسمائة ألف روبية، ولم يستطع التفكير في الدفن الدائم بالجرانيت الذي تتقاضى الكنيسة مقابله مليون روبية. حضر الجنازة حوالي عشرين شخصًا، وبما أن كاهن الرعية كان خارج المدينة في ذلك اليوم، أدى السيكستون صلاة الجنازة مقابل رسم قدره خمسمائة روبية. نظرًا لأن المعمودية مع تبرع كبير كان ينتظره، لم يحضر الأسقف جورج جنازة توماس بولوكاران. وبعد ثلاثة أيام، باعه صاحب المنزل الذي كان آبو مقيدًا فيه مقابل مائتين وخمسة وتسعين روبية إلى الجزار كريم.

في الثانية والعشرين من عمرها، تُرك عمو يتيمًا. وبقي في النزل لإكمال دراساته العليا. وفي العام التالي، ذهب إلى أوبسالا بعد حصوله على منحة دراسية للحصول على درجة الدكتوراه في الكركند وجراد البحر.

كان وقت العشاء، وخرج جاناكي وأرون من مكتبهما. "كيف تسير القراءة؟" سأل آرون. أجاب عمو: "لقد انتهيت من الكتاب". "كيف تجده؟" سأل جاناكي.

"الملهمة. وأوضح أمو أثناء وجوده في المطبخ، أنه يثير تساؤلات حول المرأة الهندية، وخاصة حول وضعها في مجتمع يهيمن عليه الذكور، وطبيعة المساواة، إن وجدت، والحرية والأمن في المنزل وفي الشارع.

كان آرون هو الطاهي وقام بإعداد روتي ودال مقلي ، بينما قام أمو بإعداد السلطة. قامت جاناكي بإعداد الطاولة.

وعلق آرون أثناء تناول العشاء قائلاً: "أنا أتعاطف مع أورميلا".

"لقد عانت أورميلا كثيراً في صمت. تخلى عنها زوجها وغادر مع شقيقها الأكبر وسيتا دون أن يقول أي شيء. كان بإمكانه أن يسأل أورميلا عما إذا كانت تريد مرافقته إلى الغابة، لكنها لم تفعل، وبقيت أورميلا وحدها لمدة أربعة عشر عامًا. لم يكن زوج أورميلا فظًا فحسب، بل كان قاسيًا أيضًا. وقال عمو: "إنه يمثل التعصب الهندي، لأنه كان متحيزاً جنسياً".

وأضاف جاناكي: "أنا أتفق معك يا أستاذ ماير".

بعد العشاء، شاهدوا تلفزيون Nuestras Noticias لبعض الوقت. كانت هناك قصة إخبارية من ولاية راجاستان: "تعرضت إحدى ضحايا حراسة الأبقار للضرب والقتل في مركز للشرطة

في ألوار"، ثم بدأ مذيع التلفزيون نقاشًا. "البقرة مقدسة. وعلينا أن نعلم هؤلاء الذين يتناولون لحوم البقر درسا". وقال آرون: "عندما يصبح الحكام قتلة، يكون الناس دائمًا هدفهم". وقال جاناكي "لكن الشر لا يمكن أن يقابل بشرور أخرى". "ما الذي استخدمه تشرشل كسلاح ضد هتلر؟ قال آرون: "لذلك علينا أن نقاوم". وأضاف عمو أن "يهود أوشفيتز كانوا عزلاً، رغم أنهم كانوا أكثر عدداً من الجنود النازيين". "في الهند، يشجع الحكام ضمنيًا حراسة الأبقار والاغتصاب وعنف الغوغاء لأن تكتيكهم هو تقسيم الناس والبقاء في السلطة"، كما حلل آرون.

"العنف متأصل في الطبيعة البشرية. هذه هي طبيعة العملية التطورية. ولكن في مجتمع ديمقراطي، يجب توجيه العنف إلى الأنشطة الإنتاجية".

"متأكد جدا. لكن السياسيين في السلطة يحتاجون إلى العنف ويستخدمونه كسلاح سري بينما يدينونه علناً. قال عمو: "إنهم يشجعون ذلك في جوف الليل".

"أنا أتفق مع من قال إن الهند أصبحت دولة لدين واحد فقط. وقال جاناكي إن ذلك سيقودنا إلى كارثة.

"لسوء الحظ، المشجعين لا يفهمون فلسفتنا السامية. دعهم يقرؤوا الأوبنشاد، أقدم الكتب المقدسة في العالم وأكثرها قداسة، والتي كتبها عرافون وقديسيون من الهند القديمة الذين عاشوا في زمن بوذا وقبل سنوات عديدة من ظهور يسوع. إن الحكمة العميقة المضمنة في هذه الكتابات توفر لنا تجربة مباشرة لوجودنا ووعينا وشوقنا لأن نكون بشرًا. يخبرونك بمهارة وإيجاز ما أنت عليه والهدف من الحياة. لكن حراس البقر هؤلاء وقادتهم، الذين يشجعونهم على القتل والحرق، ربما لم يسمعوا عن الأوبنشاد".

نظر جاناكي وأرون إلى Ammu بإعجاب. قال جاناكي: "سيدتي، كلماتك غذاء للفكر، وأفكار للتأمل والتأمل والممارسة".

قبل النوم، استمعوا إلى موزارت، إلياراجا وأ. ر. الرحمن. "ليلة سعيدة يا أستاذ ماير،" قال جاناكي وأرون في انسجام تام بينما كانا يقبلان خدود آمو. "ليلة سعيدة يا جاناكي. أجاب عمو: "ليلة سعيدة يا آرون". كانت الليلة الثانية لأمو مع جاناكي وآرون. كان الأمر كما لو كان يعرفهم منذ سنوات، دهورًا. نامت آمو وهي تحلم بالحب في بحيرة إركين ، وهي اللوحة القيمة التي تلقتها من أليس جوهانسون.

عندما استيقظت في الصباح الباكر، تذكرت أسو الغناء مع إلسا وإيبا ديدريك الأغنية المفجعة عن حبه لأوليفيا.

وقد غنت عمو هذه الأغنية عدة مرات في السجن، كل يوم مرة واحدة على الأقل. شملت شدة الأغنية جسده وروحه، وعواطفه وأحاسيسه، وحبه وعاطفته. كان غناء تلك الأغنية تعبيرًا رائعًا عن العقل، وعلى الرغم من أنه كان يسبب الألم، إلا أنه كان يوفر الراحة أيضًا. كان من المدهش أن المعاناة نفسها قادت عمو إلى الرضا. لولا الألم لم يكن لينجو، وفي بعض الأحيان كان عمو يتألم ويعيش تجربته. كان الألم يظللها ويحميها من ألم أشد. وأصبحت مظلة عندما عانت من ألم فظيع، لحمايتها من المزيد من الألم. لقد كان، في الواقع، أسلوب حياة، عملية لاكتشاف الذات، وفهم ما هو أكثر حميمية، وكلية المرء، ووعيه، وكان هذا هو آمو. ثم انضمت عمو إلى الطبيعة وأصبح ألمها جزءًا من الكون. لقد شعرت بالارتياح عندما عرفت أنها تشارك في وجود الواقع بأكمله وأنها كانت ذلك الكائن. اختفى ألمه لفترة من الوقت.

كان الألم والحب توأمان. "ديدريك، أنا أفهم حبك. أنا أعاني من عذابك. أنا أوليفيا الخاصة بك، بحثك، قطارك إلى جوتنبرج. أوليفيا، أنا ديدريك الخاص بك. أنا قطارك إلى ستوكهولم." استطاعت آمو رؤية شدة الحب في عيون إلسا وإيبا، كما لو كانا مع ديدريك ويبحثان عن أوليفيا. لقد كانوا أوليفيا، وكانوا يبحثون عن ديدريك. لقد سافروا باستمرار من جوتنبرج إلى ستوكهولم بحثًا عن ديدريك الذي كان يطارد أوليفيا، وأرادوا أن يصبحوا أوليفيا الخاصة بهم.

كانت أليس في الحب أيضًا. كان حبهم مربكًا وساحرًا وما بعد الحداثة. يبدو أن أليس تشعر بالوحدة، على الرغم من أن زوجها وبناتها كانوا معها. نقلت عيناه الشعور بالوحدة. الفنان دائمًا واقع في الحب، في حالة حب مع شخص ما.

عندما يحبك شخص ما، تشعر بالوحدة.

عندما لا يحبك أحد، تشعر بالوحدة.

كنت تتوق إلى المزيد من الحب، دون أن تعلم أن الوحدة كانت نتيجة لغياب الحب. كانت هناك فكرة عن ملء الحب. إذا لم يكن هناك حب، فلن يكون هناك وحدة، وإذا لم يكن هناك وحدة، فلن يكون هناك غياب للحب. لقد أحبت زوجها لكنها أرادت أن تذهب أبعد من ذلك بحثًا عن العزلة. بحثت أليس دائمًا عن شغفها في بحيرة إركين، بحيرة الحياة. يمكن أن يكون حبيبها سائحًا من بلد بعيد أو جارتها أو زميلتها أو رسامة التقت بها في مكان ما في أوروبا أثناء معارض روائعها. لكنها كانت واقعة في الحب، في حالة حب شديدة.

كان البروفيسور جوهانسون مغرمًا بزوجته، بمفهوم أو فكرة، وكان وجهه يعكس بحثه المستمر. لكنه كان وحيدا ويحب نفسه. كان يرقص لأنه أحب نفسه، ويرقص مع وحدته. عندما رقص مع عمو، رقص مع نفسه. كان من الممكن أن يرى نفسه في عمو. كان من الممكن أن يكون واقعًا في حب عمو.

عمو كان في الحب. كان حبهم عميقا، لأنه كان هناك سر وحكاية خرافية. كان يتألف من عدة طبقات، وألف طبقة ومليون طبقة زجاجية. كان يرى كل يوم قشرة جديدة من حبه لشخص واحد، رافي ستيفان، وكأن رافي يكشف يومًا بعد يوم عن أبعاد مجهولة لشخصيته. كان الأمر دائمًا ذا مغزى ومحيرًا بالنسبة إلى Ammu، ولم يشعرها رافي بالملل أبدًا. لم يشعر أبدًا أنه وصل إلى ذروة تجربتها وفهمها ومعرفتها. علاوة على ذلك، لم تعتقد أمو أبدًا أنه لا يحبها، حيث كان رافي سعيدًا بها إلى الأبد وشجعها على أن تكون عزيزته أمو، التي التقى بها في مطار كوبنهاغن. لقد كانت نفس عمو في كل أيام حياتها. كانت نابضة بالحياة وغامضة، وكانت شخصًا يمكن أن يكون حرًا وغير مقيد معه، وكانت آمو تحلم برافي حتى في ساعات يقظتها.

كنت مع رافي، الرجل الوسيم طويل القامة من مطار كوبنهاغن. تصافحوا وابتسموا. ثم حملها عبر الأمن.

"مرحبًا، خذها"، قال له الوكيل الذي يقف خلف المنضدة.

"نعم، إنها روحي العزيزة وأنا أحبها. هي أنا، وأختبر نفسي من خلالها. عندما رأيتها، أدركت أننا يمكن أن نكون أصدقاء. لقد كنا أصدقاء منذ البداية،" أجاب رافي.

نظر إليه الضابط لمدة دقيقة. قال: "أنت تبدو مثل سورين كيركجارد"، ثم ختم جواز السفر وأعاده. وعلى طول الطريق، صفق الركاب الآخرون.

"رافي ستيفان، أنا أحبك. قال عمو: "أنت خليل جبران".

"أنا أحبك أيضًا يا عمو. قال رافي: "أنت ميرا الخاصة بي، ونحن ذاهبون إلى فريندافان".

كان رافي سعيدًا بنقله إلى المطار؛ لقد كانت تجربة مهدئة، ونسي عمو كل شيء آخر. فقط أنها ورافي كانا في هذا العالم؛ ما زال يأخذها في المصعد ويصعد إلى الطائرة. كان التواجد معه جميلاً. لقد كان متينًا ومهيبًا، ثم نام عمو بين ذراعيه. داخل الطائرة، وقف الجميع وأعطوهم ترحيبا حارا.

وعلق أحد الركاب قائلاً: "إنه لأمر رائع أن أكون مع هذين الزوجين، فهما في حالة حب".

"الحب ليس له تفسير آخر. وعلق شخص آخر قائلاً: "الأمر واضح وبسيط".

جلس رافي بالقرب منها وغنى أغنية من فيلم Ramu Kariat Chemmeen : " *Maanasa Maine Varoo، Madhuram Nulli Tharoo* ". كانت أغنية مليئة بالحب والمودة، ولكن أيضا بالشوق والفرص الضائعة.

ثم نام عمو حتى الخامسة صباحًا. قام جاناكي وأرون بتمارين اليوغا والتأمل والمشي. بمجرد استيقاظه، مارس عمو البراناياما اليومية التي تعلمها في السجن في السنة الأولى واستمر في ممارستها يوميًا لمدة خمسة وعشرين عامًا.

كانت لديه ذكريات حية عن اليوم الأول في السجن. توقفت سيارة الشرطة القديمة عند الباب الأمامي، وقيدت الشرطة يديه بحبل مصنوع من قشور جوز الهند. قام أحد ضباط الشرطة على جانبها الأيسر بطردها من الشاحنة. سقطت عمو أمام الباب الأمامي، فاصطدمت جبهتها بالأرضية الأسمنتية. ولأن يديها كانتا مقيدتين، وجدت عمو صعوبة في النهوض، فركلها نفس الضابط بحذائها وأمرها بالنهوض. أصغر بكثير من شريكها، ساعد العميل الآخر Ammu وقادها عبر الباب الرئيسي للسجن. وتم تفتيش حقيبته التي كانت تحتوي على بعض الملابس بدقة، وتم تسجيل البيانات في دفتر. وقام أحد المسؤولين بتفتيش جسدها ثم أخذها إلى مدير السجن، وهو أعلى مسؤول في تلك المؤسسة. "في العادة، نقوم بجلد المحكوم عليه لمدة ساعة على الأقل عند وصوله. هذا هو الدواء الذي يجعل المحكوم عليه متواضعًا ومطيعًا، ولكن..." زأر المشرف. وقفت عمو أمامه، منحني الرأس وصامتًا. في غرفته الفسيحة، بدا المشرف صغيرًا، وشعره الفضي المصقول إلى الخلف يبدو مثل أضواء خافتة بعيدة عبر بحيرة إركين. لم يشعر عمو بأي شيء غريب. لقد فقد كل مشاعره وحساسيته تجاه الخير والشر. كان ضرب المحكوم عليه بسجانين أو ثلاثة في نفس الوقت أكثر فعالية. لقد كان تقليدًا للبريطانيين. لقد كانوا قاسيين ووحشيين ولم يظهروا أي رحمة للمجرمين. لقد عرفوا كيف يظهرون قوتهم.

مرة أخرى، كان هناك صمت طويل. ولم يكن على المحكوم عليه أن يتكلم. كان حوار المشرف في الواقع عبارة عن مونولوج، وظل دائمًا مونولوجًا. حتى السجان، رئيس القسم، لم يفتح فمه أمامه. "نعم سيدي!" كان هذا هو الرد الوحيد الذي كان على الضباط الأدنى أن ينطقوا به. "نعم سيدي!" قال عمو. لم يعرف قط قواعد السجن. كان التقليد البريطاني لا يزال يتبع بدقة داخل جدرانه الأربعة. "كن هادئاً. ليس من المفترض أن تتحدث معي، بما أنك مدان. علاوة على ذلك، أنت تحت رعايتي. "أنا أقرر إذا كنت تتحدث أم لا،" صاح المشرف. لم يشعر عمو بأي خطأ. لقد تعرض لما هو أسوأ من الإذلال والصراخ والإساءة.

"لقد حكم عليك بالسجن مدى الحياة. قال المشرف بشكل قاطع: "لن تغادر هذا السجن أبدًا"، مضيفًا: "لا يوجد إطلاق سراح مشروط، ولا مغفرة، ولا زيارات، ولا رسائل يمكنك تلقيها، ولا رسائل يمكنك إرسالها". وقفت عمو ساكنة. لم أكن أفكر في أي شيء. لم يكن هناك شيء للتفكير فيه باستثناء رافي وتيجاس. لكنه كان دائمًا بداخله، ولم تكن هناك حاجة لأخذها بعين الاعتبار.

"سوف تموت هنا. هذه نهايتك،" وضعت كلمات المشرف الختم النهائي على مصيره. لقد اتبع أوامر المحكمة، لكنه كان بإمكانه أن يجعل حياة المدان جحيما مطلقا.

لم يكن لدى عمو مخرج.

وقررت المحكمة بقاءه في السجن حتى وفاته. وستقوم سلطات السجن بدفن جثته تحت أشجار خشب الساج في مجمع السجن. سيكون له قبر بلا اسم ولا شاهد قبر. ستغطي الشجيرات قبرها في غضون شهر، وستمتص أشجار خشب الساج جسدها المتحلل، وستهلك إلى الأبد. نمت أشجار خشب الساج بسرعة وقوة، وصنع النجارون أثاثًا رائعًا من جذوعها.

"إذا كانت هذه ستكون النهاية. فليكن،" عمو عزت نفسها.

"خذوها إلى حارسة عنبر النساء"، أمر المشرف الحارستين، واتجهت عمو نحو عنبر النساء في السجن الذي كان له باب ضخم وجدران عالية.

كان قسم النساء عبارة عن سجن صغير داخل السجن. لم يُسمح للضباط أو السجناء الذكور بالدخول إلى جناح النساء. "لقد حكمت عليك المحكمة بالسجن مدى الحياة وستبقى هنا طوال حياتك. ولا يُحكم بالسجن مدى الحياة إلا على أولئك الذين ارتكبوا جرائم خطيرة مثل القتل والجرائم ضد البلاد. بطريقة ما، إنها مثل عقوبة الإعدام. نعم، إنها مثل عقوبة الإعدام"، أوضح الحارس في جناح النساء. وقفت عمو أمامها مثل التمثال.

"أعطه حمامًا عاديًا"، أمر السجان، وأخذ الحراس عمو إلى زاوية جناح النساء. مجموعة صغيرة من النزلاء مخصصة لأنواع مختلفة من العمل. بعض الأواني كانت تنظف، والبعض الآخر كان يكنس غرفة النوم التي ينامون فيها، والبعض الآخر كرس نفسه للخياطة والصناعات. كان هناك سجينان يحملان دلاءً من الماء إلى المطبخ. "كان الجميع ملتزمين."

في الفناء المفتوح كان هناك صنبور كبير على منصة أسمنتية. "اصعد إلى الرصيف،" أمر أحد الحراس. "اخلع ملابسك!" صاح الحارس الثاني. ترددت عمو. كان خلع الملابس في الأماكن العامة وإظهار العري أمام الجميع أمراً مخيفاً. "اخلع ملابسك!" صاح الحارس مرة أخرى. خلعت Ammu ملابسها على مضض.

كان عمو عارياً من رأسه إلى أخمص قدميه ووقف ساكناً.

همست قائلة: "أنا المرأة". "أنا الحقيقي. انظر المرأة."

كان عمو عارياً مثل يسوع المسيح قبل صلبه.

قام الحارس بتوصيل خرطوم بالصنبور وتشغيله. تدفقت المياه بقوة مما أدى إلى سقوط عمو على المنصة. "انهضي!" صرخت الحارسة، لكن لم يكن لديها ما تمسك به. وقفت عمو وحاولت البقاء ساكنة.

"نظفي شعرك، ونظفي ثدييك، ونظفي إبطيك، ونظفي مهبلك"، صرخ الحارس. ترددت عمو.

"امسح مهبلك!" صرخ الحارس الثاني وهو يشير باللاثي ، أي العصا، نحو عمو.

مسح عمو جسده بالكامل بشكل متكرر. قال الحارس: "الآن، اخرج من المنصة"، وتنحى عمو. "دور حول جناح النساء ثلاث مرات. صاح الحارس: "اذهب إلى الباب وعُد ثلاث مرات".

كان على جميع النزلاء إظهار أجسادهم العارية للنزلاء الآخرين، كما كانت العادة. لقد كان تقليدًا انتقل من البريطانيين. لقد أطفأ فضول سجين آخر ودمر موانع المدان الجديد.

"اركض باسرع ما يمكنك!" بدأ عمو بالركض.

وكان باب جناح النساء على بعد مائة متر على الأقل من منصات الاستحمام. كان على عمو أن يركض ثلاث جولات بلغ مجموعها ستمائة متر. ركض بأسرع ما يستطيع. وتسرب الماء من شعره إلى عينيه، مما جعل من الصعب عليه الرؤية. "اركضي أسرع!!!" صرخ الحارس عندما تلقت الاعتداء الثاني، وركض أحدهم وراءها بهراوة. ركضت أمو بشكل أسرع، ولم تكن تعلم متى سيقع العصا على كتفيها. وبحلول الوقت الذي أنهى فيه جولته الثالثة، كان قد انهار على الأرض وكان جسده مغطى بالتراب. "اصعد على الرصيف!" صرخ الحارس مرة أخرى، ووجد عمو أن النهوض غير مريح إلى حد ما. زحف عبر المنصة. "قف بشكل مستقيم"، أمر الحارس وهو يفتح الصنبور. وبعد الاستحمام، ألقى لها الحارس منشفة قطنية وحاولت عمو تجفيف شعرها وجسمها. "الآن انزلوا من المنصة وادخلوا غرفة النوم بينما تسيرون نحو الثكنات"، أمرهم الحارس.

دخلت عمو غرفة النوم عارية. كانت غرفة ضخمة يمكن أن ينام فيها ما لا يقل عن مائة شخص. كان هناك مرحاضان في أقصى زوايا الغرفة، وكان الناس ينامون على الأرض على حصرهم. حصلت أمو على مجموعتين من الساري، وملاءتين للسرير، وملاءة قطنية لتغطية جسدها أثناء نومها، ومنشفتين وسجادة، وكلها مصنوعة في السجن. كانت غرفة النوم هي المكان الذي ستقضي فيه عمو بقية حياتها. أمره الحارس: "ارتد ملابسك وقدم نفسك للسجان". أطاعت عمو وقدمت نفسها أمام السجان بينما كانت مشغولة بسجلها. "أنت المدان التاسع والثلاثين هنا الآن. لا أحتاج أن أخبرك ما هي القواعد هنا. ولكن أطيعوا ذلك وكان خيرا لكم. "يبدو أنك شخص مثقف"، قال له السجان وهو يسلمه معجون أسنان عشبي وقطعة صابون ومشط بلاستيكي ومقص أظافر، وكلها منتجات مصنعة في السجن. أمر السجان: "الآن يمكنك الذهاب".

كان الظهر وحان وقت تناول الطعام. التقط عمو لوحًا فولاذيًا وزجاجًا فولاذيًا ووعاءً فولاذيًا. تتكون الوجبة من أرز مطهو على البخار، وعدس بالكاري، وقطعة من الماكريل والكسافا المحمصة. قامت مجموعة صغيرة من المدانين بتقديم الطعام. على الرغم من أن الطعام كان ساخنًا ولذيذًا، إلا أن آمو وجدت صعوبة في تناوله لأنه كان عليها التكيف مع الناس والوضع الجديد.

ساد الصمت الغرفة بينما كان المدانون يتناولون طعام الغداء في زاوية المهاجع، ولم يتكلم أحد أثناء تناولهم الطعام. حاولت أمو أن تأكل ببطء، لكنها وجدت نفسها غير قادرة على القيام بذلك. وعلى الرغم من جوعه، لم يكن بإمكانه تناول سوى حفنة من الأرز قبل التوقف. "ابذل قصارى جهدك. أكل أكثر من ذلك بقليل. لا تضيعوا الطعام." اقترب السجين الذي قدم الطعام وتمتم. بدا أن المرأة في عمر آمو، حوالي خمسة وثلاثين عامًا. ورغم أنه كان من الممكن أن تقضي سنوات عديدة في ذلك السجن، إلا أنه سيتم إطلاق سراحها في النهاية. أمو، من جانبها،

ستبقى هناك إلى الأبد حتى ماتت ودُفنت داخل مبنى السجن، بالقرب من شجرة خشب الساج التي تنمو بسرعة وطويلة وقوية.

وبعد قطعها، صنع النجارون أثاثًا لامعًا وطاولات وكراسي وأرائك وخزائن وأرفف وألميرات.

"لا أحد يرمي الطعام هنا، ولا توجد حاويات للطعام المهدر. أكله،" قال سجين آخر بصوت منخفض. "ماذا علي أن أفعل؟" سألت أمو، إذ لا يزال لديها الكثير من الطعام في طبقها. "احتفظ بها في هذه المنشفة واصنع منها حزمة. قال: "سوف أرميها في الحوض"، وقد شعرت عمو بالارتياح. شعر بالتعاطف في كلماتها.

سكب عمو الطعام في المنشفة، وصنع حزمة وسلمها إلى المحكوم عليه. ثم أخذ الطبق والزجاج إلى غرفة الغسيل، في زاوية غرفة النوم. وكان هناك حشد صغير من حوله. "ما اسمك؟" "عمو." "من اين انت؟" "كوتشي." "أوه كوتشي؟" "نعم." "ماذا فعلت؟" "لقد قتلت شخصًا ما." "من؟" "كاهن." "أوه، كاهن؟" "نعم." "كاهن هندوسي؟" "لا، كاهن." مسيحي." كاثوليكي." "هل طعنه؟" "لا. "لقد ضربته بالصليب." "مع الصليب؟" "نعم". "كيف يمكنك قتل شخص بالصليب؟" "لقد كان صليباً فولاذياً، طوله حوالي قدم، وضربته بإحدى ذراعيه، فدخل في رأسه." "في الداخل؟" "نعم، لقد أضر بدماغه." "هل مات على الفور؟" "فورا." "عقوبة عشرين عاما؟" "لا، مدى الحياة." "أوه، مدى الحياة؟" لم يكن لدى عمو ما تخفيه. وقد كرر نفس الجواب مائة مرة لضابط الشرطة والقاضي. لقد فقدت معناها بالنسبة لها. لم يكشف عمو مطلقًا عن أسباب تصرفه: لماذا قتل كاهنًا كاثوليكيًا بضرب رأسه بصليب فولاذي. ولم يكن يريد مشاركة الأرض مع أي شخص. وبقي هذا السبب بداخله كطائرة ضائعة في مكان ما في أعماق المحيط. سيموت معها ويبقى مختبئًا إلى الأبد تحت غابة خشب الساج في السجن.

بعد تناول الطعام، قاموا بتنظيف غرفة النوم والمطبخ، حيث تم تقديم الطعام. وكانت الحكومة قد أمرت بإبقاء مرافق السجن نظيفة، وكان مسؤولو السجن مهتمين جدًا بهذا الأمر. بعد التنظيف، يمكن لأولئك الذين يريدون الراحة أن يأخذوا قيلولة لمدة نصف ساعة. وشملت برامج تنمية المهارات الخياطة والخياطة. تلقى النزلاء برامج تدريبية مختلفة، مثل النجارة والنسيج والخياطة وإصلاح السيارات وتربية الحيوانات وتربية الدواجن والزراعة. كان هناك حوالي ألف نزيل وحوالي سبعمائة رجل محكوم عليهم. وكان الباقون قاصرين وسجناء سياسيين. كان للمدانين ثكنات منفصلة، تُعرف بالأجنحة، ولم يُسمح لهم مطلقًا بالاختلاط مع السجناء القاصرين أو السجناء السياسيين. يحتاج السجناء إلى تعلم مهنة لكسب لقمة العيش عندما يتم إطلاق سراحهم من السجن بعد سجنهم. فبدلاً من أن يكون مؤسسة للعقاب والردع والانتقام، أصبح السجن مؤسسة للإصلاح والتأهيل. ومع ذلك، ظلت العقوبة البدنية تُفرض على السجناء من وقت لآخر.

كان ضرب المحكوم عليه وضربه بالهراوات عند وصوله أمرًا شائعًا. يعتقد معظم السجون ومسؤولي السجون بهذا النوع من المعاملة. بالنسبة لهم، كان هذا بمثابة بداية لنظام السجون، وهو أمر ضروري لخلق الانضباط في ذهن السجين. ولم يكن السجن في زنزانة أمراً شائعاً، وكان يستمر في بعض الأحيان عدة أشهر. واستمر العنف في السجون، ووقعت في بعض الأحيان اعتداءات خطيرة وجرائم قتل. كان السجن مؤسسة كاملة، ويتم تلبية جميع احتياجات المدانين داخل أسوار السجن. ولم يكن لدى المحكوم عليه أي سبب للمغادرة، باستثناء تلقي العلاج الطبي المتخصص.

كان السجناء ينتجون كل شيء تقريباً في السجن: الحبوب والخضروات والحليب والبيض واللحوم والملابس والأغطية والسجاد. لقد حقق هذا السجن بالذات أموالاً كثيرة من هذه المنتجات وحصل على أجر رمزي.

طلب الحارس من عمو الانضمام إلى قسم الخياطة في جناح النساء. وكان هناك حوالي خمسة عشر مدانًا في هذا القسم.

وانتهت البرامج التدريبية في الساعة الخامسة بعد الظهر، وحصل النزلاء على ساعة من الترفيه والرياضة والألعاب. لعبت إحدى المجموعات كرة الرمي بينما لعبت مجموعة أخرى لعبة تينيكويت. وجلس آخرون في مجموعات صغيرة وتحدثوا عن عائلاتهم وأصدقائهم وزواج بناتهم وخططهم. انضم عمو إلى لعبة رمي الكرة، وتم تقسيم حوالي ستة وعشرين شخصًا إلى مجموعتين. تم تقسيم الفناء إلى قسمين بالطباشير الأبيض وتم تحديد الحدود. لقد اخترع السجناء أنفسهم لعبة رمي الكرة. اتخذ جميع أعضاء الفريق مواقعهم في ملعبهم وتم إلقاء كرة مطاطية، تقريبًا في شكل وحجم كرة التنس، على أي عضو في الفريق المنافس. إذا اصطدمت الكرة بلاعب وسقطت على الأرض، قامت المجموعة برمي الكرة وحصلت على نقطة. عندما تم رمي الكرة وإمساكها من قبل أحد أعضاء الفريق المنافس، تم الحصول على نقطة. يمكنهم إعادة الكرة أو تمريرها مرة واحدة إلى أي عضو في الفريق. المجموعة التي وصلت إلى الثلاثين نقطة الأولى فازت بالمباراة. كان هناك الكثير من الركض وحصل اللاعبون على تمرين جيد.

مباشرة بعد انتهاء المباريات، جاء وقت الاستحمام وقام فريق المطبخ بإعداد العشاء. يتكون فريق المطبخ عادةً من سبعة أو ثمانية أشخاص يقومون بإعداد وجبات الإفطار والغداء والعشاء وتقديمها للآخرين. في كثير من الأحيان، يبقى فريق المطبخ لمدة أسبوعين، ويتولى فريق جديد المهمة خلال الأسبوعين التاليين. يتم تقديم العشاء في الساعة السابعة والنصف مساءً ويتكون من روتي ودال وخضار وقطعة من الدجاج أو لحم الضأن. عندما كان عمو جائعًا، أكل ما قدم له وأدرك أن هناك ما يكفي من الطعام للجميع. وبعد العشاء، شاهد السجناء التلفاز والأخبار والبرامج لمدة خمس وأربعين دقيقة قبل أن يناموا. كانوا ينامون على الأرض على سجادهم، دون وسائد. كانت تلك الليلة الأولى لعمو في السجن، وكان التكيف مع الوضع الجديد والناس أمرًا صعبًا. كان النوم بدون وسادة غير مريح، وظل عمو مستيقظًا لفترة طويلة، يستمع إلى الشخير العالي والضوضاء الأخرى مثل تنظيف أواني المطبخ النحاسية والألمنيوم بالرماد وقشور جوز الهند.

سيظل عمو في السجن حتى وفاته، وينام على حصيرة دون وسادة ويستمع إلى الشخير بصوت عالٍ حتى وفاته.

سيأتي سجناء جدد ويتم اختراع ألعاب جديدة، لكنها تنام في نفس المكان سنة بعد سنة. وبعد وفاته حمل سجناء مجهولون جثته إلى جدار السجن. سيتم تسليم الجثة إلى متعهدي دفن الموتى لدفنها في غابة خشب الساج. سوف تنمو الأشجار طويلة وقوية وقوية.

نامت آمو كالفتاة حتى سمعت المنبه يرن عند الساعة الخامسة. وبدأ يوم جديد في السجن، وهو الثاني من عقوبته المؤبدة. كل يوم كان يقربها من دفنها بين أشجار الساج.

وبعد الإفطار، تفرغ كل واحد للعمل الذي كلف به. اخترق الصمت قلب آمو وهي تتذكر زوجها طريح الفراش رافي وابنها تيجاس. لم أستطع التفكير في أي شيء آخر. لقد أحاطوا بها وسيطروا على أفكارها وأفعالها. "ماذا سيحدث لهم؟" الخوف يقرص روحه.

أصبح عملها في الخياطة ميكانيكيًا، وعندما كسرت صرخة صفارة الإنذار الصمت، قفزت عمو من مقعدها في حالة رعب. بعد تناول الطعام، أخذ قيلولة لبعض الوقت. ومن ناحية أخرى، العمل على تنمية المهارات. ثم كانت هناك بحيرة إركين واللوحة التي قدمتها أليس، *الزوجان* المتحابان في بحيرة إركين . كانت Ammu دائمًا تحب رافي، عشيقها. لا يمكن لأحد في العالم أن يحب بمثل هذا الشغف العميق. كان من الممكن أن يختفي روميو وجولييت قبل أمو ورافي. جاء ديدريك وحبيبته أوليفيا في المركز الثاني.

هل كان هناك حب أقوى من الحب بين عمو ورافي؟

لا، لم يكن هناك.

أعظم حب في العالم كان حب عمو ورافي.

ثم غنى أغنية ديدريك، الأغنية اللطيفة، المؤلمة، الأبدية، المفجعة في ذهنه.

كانت فترة ما بعد الظهر تقترب وتوجه عمو إلى الفناء للعب كرة الرمي. رأت امرأة سمينة وحسنة البنية تقترب منها. غمز في عمو. وعلقت المرأة: "أنت تبدو شابة وجميلة". تفاجأت آمو وفكرت: "أنا بالفعل في الخامسة والثلاثين من عمري، ويمكن أن تكون في الخامسة والعشرين". "لديك اللياقة البدنية الجيدة. وتابعت المرأة: "اللعب مفيد للجسم". نظرت إليها عمو وأحرقت عينيها. لقد فكر: "هناك شيء شرير. أحب أن أكون صديقتك، صديقتك دائمًا،" بدأت المرأة في محادثة. لم يقل عمو شيئًا واستمر في المشي. "أنا كاناكام. أنا أعرف ما هو اسمك. أنت عمو. أنت الآن صديقي العزيز." كان هناك ثقل معين في حلق عمو. قالت المرأة وهي تبتعد: "دعونا نلتقي مرة أخرى". مرة أخرى، بدأت لعبة رمي الكرة مع أعضاء الفريق الجدد. نظرًا لعدم وجود فريق ثابت، لم يكن هناك تنافس أو غيرة أو عداوة بين الجانبين، حيث كان من الممكن أن تتسبب الوحدات الدائمة في صراعات بين المدانين. لعب عمو بشكل جيد وركض في جميع أنحاء الملعب وشعر أن المباراة كانت نشطة وصحية.

لم تكن عمو تحب الحمامات العامة، حيث يستحم خمسة أو ستة أشخاص معًا. لقد كان الأمر مهينًا وغير إنساني ومهينًا. لكن في السجن لا يمكن أن يكون كل شيء وفقًا لقناعاتك وقيمك واحتياجاتك. التزم بالقواعد إذا لم تؤذيك بشدة، أو تمنعك من أن تصبح إنسانًا، أو تدمر كرامتك الإنسانية بشكل كامل وكلي. أثناء الاستحمام، كانت كاناكام بجوار عمو، وقد شعرت بالرعب لرؤية جثته. كان كاناكام عارياً إلى حدٍ ما. لقد كانت استعراضية، لكنها حدقت أيضًا في عمو.

بعد العشاء، حان وقت الاستراحة، وشاهد الكثيرون التلفاز لمدة نصف ساعة. ثم انطلقت صفارات الإنذار للتقاعد. قامت آمو بنشر بساطها على الأرض ووجدت صعوبة في النوم بدون وسادة. غطى جسده واستراح. قرب منتصف الليل، شعر عمو بثقل في جسده، مثل صخرة في صدره، وواجه صعوبة في التنفس. كان هناك شخص ما فوقها، يضغط على أعضائها التناسلية. حاول عمو إبعادهم.

"كن هادئاً. لن أؤذيك، ولكن إذا بكيت، فسوف أسحق رأسك،" قال كاناكام وهو يسحقه.

تتألم أعضاء عمو التناسلية عندما ضغط عليها كاناكام بيد واحدة وحاول مص صدرها.

ضربت عمو بكل قوتها بطن كاناكام بركبتيها مما جعلها تصرخ. ثم دفع بعنف وألقى حجرا. بعد دقيقتين، شعرت أمو بأن كاناكام يبتعد في الظلام. كان هناك صمت تام في غرفة النوم. وكان من الممكن أن يسمع الكثيرون صراخ كاناكام، لكنهم فضلوا التزام الصمت. لقد افتقروا إلى الشجاعة للرد كما لو كان ذلك حدثًا يوميًا في كاناكام.

لم يستطع عمو النوم طوال الليل. كان جسده يتألم ويحترق عقله. وبعد أسبوع دخلت حارستان والمنظم إلى المهجع. "اتصل بالجميع،" أمر السجان. نادى الحراس جميع السجناء ووقفوا أمام السجان في صمت. "كاناكم!" صاح السجان باسم أحد السجناء. كاناكم مثل أمام السجان. قام أحد الحراس بربط يديه بحبل خلفه. وكان الحارس الآخر يحمل عصا في يدها. "اضربها"، أمر الضابط. بالعصا بدأ الحارس بضرب أرداف كاناكام. صرخ السجان: "اضربها على ظهرها". كسر صوت الضربة القوية الصمت، لكن كاناكم بقي بلا حراك وكأن شيئا لم يحدث. أحصى الحارس الآخر الضربات. "عشرة"، أحصى. قال السجان: «أربعة آخرون». قال الحارس: "المجموع خمسة عشر يا سيدتي". قال السجان: «أعطِ واحدًا أقل دائمًا حتى لا يكون هناك جدل». بعد ليلتين، شعرت عمو بشخص يتحرك. كاناكام كان ينتظر.

كانت عمو قد قضت ستة أشهر ويومًا في السجن بالفعل عندما اتصل بها حارس جناح النساء. دخل إلى حجرة السجان مع حارسين وقفا منتبهين. علق السجان: "يبدو أنك شخص متعلم". نظرت إليها أمو ولم تقل شيئًا، وهي تعلم أنه ليس لها الحق في التحدث. "هناك ثلاث نساء أميات. سوف تعلمهم القراءة والكتابة والحساب. ابتداءً من الغد، أمر السجان. عمو كان صامتا. "ساعات الدراسة من الثالثة إلى الخامسة بعد الظهر. ويجري بناء سبورة في قسم النجارة بالسجن. سوف تتلقى السبورة والطباشير صباح الغد. وأوضح المسؤول "لقد طلبت من الطلاب جمع السبورات من مكتبي". استمع عمو باهتمام. "علموهم جيداً حتى يتمكنوا من القراءة والكتابة في عام واحد. إنه أمر حكومي. هناك برنامج لجعل ولاية كيرالا متعلمة بشكل كامل في غضون عام، وعندما يتحقق الهدف، سيكون نجاحا كبيرا. وتابع السجان: "ستكون ولايتنا أول ولاية متعلمة بالكامل في الهند". أومأت عمو برأسها، في إشارة إلى أنها فهمت كل ما قاله لها الضابط. "عملك سيبدأ غدا. قال السجان: "يمكنك الذهاب الآن".

كان هناك تغيير، اعتراف. في اليوم التالي، أثناء تناول الغداء، لاحظت عمو وجود سبورة حديثة البناء في زاوية غرفة النوم. وبعد قيلولتها، كانت جاهزة، ووصل طلابها الثلاثة ومعهم ألواحهم البيضاء.

"أنا عمو،" قدم نفسه للطلاب.

قالوا في انسجام تام: "نحن نعرف اسمك".

"أنا أعرفكم جميعا. قال عمو: "أنت سحرة، أنت نبيسة، وأنت رخا". ابتسم الجميع. "نحن هنا لنتعلم القراءة والكتابة والحساب. لدينا دروس ستة أيام في الأسبوع من الثالثة إلى الخامسة بعد الظهر. "في الساعة الأولى نتعلم الكتابة والحساب والقراءة لمدة ساعة"، يوضح عمو. جلس الطلاب على الأرض، وابتسموا مرة أخرى. وقف عمو بالقرب من السبورة، وأخذ الطباشير وبدأ في كتابة أول أبجدية باللغة المالايالامية. ثم نطق حرف "أ" وكرره الطلاب. ثم جلس مع الطلاب، وكتب نفس الحرف على سبوراتهم البيضاء بقلم رصاص ونطقه بـ "أأ"، وكرر طلابه نفس الشيء. أمسك بإبهام سهى وسبابتها وإصبعها الأوسط، وساعدها على الاحتفاظ بالقلم الرصاص بين أصابعها وبدأها في كتابة "أأ". كرر التمرين خمس مرات وطلب من سهى أن تكتب الرسالة دون مساعدة عمو. ثم، ببطء ولكن بثبات، كتبت سهى الحروف الأبجدية، وكانت

سعيدة وابتسمت. ثم قرأتها سهى بصوت عالٍ: "أأ". كرر عمو نفس التمرين مع نبيسة وريخا، وتمكنا أيضًا من كتابة الرسالة بشكل مستقل بعد التلقين الذي قدمه عمو. بعد ذلك، يقرأ الجميع "Aa" بصوت عالٍ، ويكررون نفس الحرف، ويملأون اللوحة. نظروا إلى لوحتهم بدهشة، وشعروا بالسعادة لإنجازهم وضحكوا، وابتسم عمو. كان يبتسم لأول مرة منذ سنوات عديدة.

يقول عمو: "التعلم ممتع، ولكنه يمنحك أيضًا القوة والقوة والأمل". "إذا تعلمت، يمكنك الدفاع عن نفسك والنضال من أجل حقوقك." نظر إليها الطلاب كما لو كان منومًا مغناطيسيًا بواسطة ساحر. وكرر عمو: "تعلم معي: القراءة والكتابة والحساب".

ثم كتب عمو أبجدية أخرى على السبورة بالطباشير الأبيض ونطقها "آآ". كررها طلابه وكأنهم أعجبوا بالكلمات ونطقها. جلس عمو معهم مرة أخرى وساعدهم في كتابة نفس الأبجدية عدة مرات ونطق "آآ". يبدو أنهم يستمتعون بالتمرين. أعطتهم عمو مثالاً لحرف "Aaa" من خلال كتابة حرفين باللغة المالايالامية، مثل "Aaa" و"Na"، ثم نطقتهما معًا باسم "Aaana"، وكرر طلابها نفس الشيء وضحكوا بصوت عالٍ لأن المعنى من كلمة "آنا" كانت "الفيل". لقد كان إنجازًا كبيرًا للطلاب أن يعرفوا كيفية كتابة "آنا" والتي تعني "الفيل". فكأنهم أسروا فيلاً، وكان في أيديهم، وهم أصحاب الفيل. يمكن أن تحتوي على مثل هذا الحيوان الضخم في حرفين، مما أثرى وعيهم. لقد فهموا الآن معنى كلمات عمو: "المعرفة قوة". بشكل غير متوقع، اكتسبوا بعض القوة السحرية وكان الفيل في حوزتهم. "آآنا" لقد كتبوها جميعًا مرارًا وتكرارًا وقرأوها بصوت عالٍ.

كان الطلاب منتشيين بمعرفتهم الجديدة وقوتهم الجديدة.

بعد ذلك، أراد عمو اختبار معرفة الطلاب. "أخبرني عن كلمة تبدأ بـ "أ"؟" سأل عمو. "تفاحة،" قالت نبيسة. "جيدا!" عمو هنأ الطالب. "كلمة أخرى؟" سأل مرة أخرى. "آرا"، أجابت ريخا على الفور. "جيد. كلمة "آرا" تعني مكان للتخزين"، هنأ عمو الطالب مرة أخرى وأوضح معناها. سأل عمو: "أخبرني بكلمة تحتوي على "آآ". فكروا لبعض الوقت، ثم أجابت سهراء: "آآآه". قال عمو: "حسنًا، "آما"، والتي تعني السلحفاة". ويضيف عمو: "هناك كلمة أخرى تحتوي على "Aa" وهي "Ari"، والتي تعني الأرز". "وكلمة أخرى هي "علاء" وتعني الموج و"آلاء" وتعني السقيفة".

ضحك الجميع. "إن للعالم معنى، وكل ما نراه في هذا العالم له اسم. يمكنك التقاطها عن طريق كتابتها بالأبجدية. لديهم الأصوات والألوان والأذواق والفردية. إنها موجودة مع البشر، ونحن نعطيها المعنى الذي نفضله. من الجميل أن تكون في هذا العالم؛ مراقبة كل شيء والتواجد معه أمر جميل. قال عمو: "نحن البشر نعطي الفردية والمعنى لكل شيء". بالنسبة للطلاب، أصبح التعلم ممتعًا وسهلاً وقويًا. وقد شاركوا بالتساوي في عملية التعليم والتعلم، لأنها كانت جهدًا تشاركيًا.

بعد هذا التمرين، بدأوا في تعلم الحساب، وكتب عمو الأرقام من 0 إلى 9 على السبورة وطلب منهم نسخها على السبورة. كان نسخ الأرقام مهمة سهلة بالنسبة لهم مقارنة بالأبجدية. أجابوا "تم". "الآن انظر الرقم 0. كرقم مستقل، 0 ليس له قيمة، لكنه يصبح الرقم الأكثر قيمة وقوة عندما يتم كتابته قبل أو بعد رقم آخر. انظر الفقرة 1. وعندما نضيف 0 بعد 1 يصبح 10. ربما لاحظتم أن قيمة 1 ترتفع إلى 10 مرات. إنها قوة 0. اكتشف علماء الرياضيات الهنود القدماء الرقم 0. وفيما بعد تعلمها العرب من الهند وعلموها للأوروبيين الذين تعجبوا من براعة الهنود

وبصيرتهم وحكمتهم ومعرفتهم اللامتناهية. وبالتالي فإن القوة 0. تلك هي قوة المعرفة، وعندما تعرفها، لن يستطيع أحد أن يقيدك أو يهزمك أو يسيطر عليك، ولن يستطيع أحد أن يسلب حقوقك وحريتك. حتى لو تم تقييدك بالأغلال، يظل عقلك يقظًا وحرًا عندما تعرف كيفية القراءة والكتابة. "هذه هي الطريقة التي يتم بها إنشاء المعرفة"، يوضح عمو.

اندهش الطلاب من مدى سهولة شرح عمو. لقد أحبوا الطريقة التي علمهم بها ورفع وعيهم. لقد فتحهم عمو على الواقع والحقائق وكيفية فهم الحقيقة من خلال الرموز. ساعدت عمو الطلاب على المشاركة في خلق المعرفة واستمتعت بالدور الذي لعبوه. وأدركوا أنهم أصحاب المعرفة التي ابتكروها، فالخبرة لم تكن ذخرا مخزنا وخاملا، بل ظاهرة ديناميكية تستخدم في التنمية البشرية والتقدم. أعطتهم عمو واجبات منزلية في نهاية الجلسات، حيث كتبت Aa، Aaa، Aaala، Ala، Aaama، Aaana، Apple، Ara، على السبورة، ونسخ 0 إلى 9 عشر مرات. كان الطلاب سعداء بتلقي واجباتهم المدرسية. واكتشفوا أن عملية التعلم كانت أيضًا بمثابة عملية اكتشاف ذاتي لهم جميعًا، وأن الأشخاص والأشياء جزء لا يتجزأ من البيئة التي ينتمون إليها.

بعد ظهر اليوم التالي، اجتمع الجميع متلهفين للتعلم والمشاركة، لأنهم اعتقدوا أن التعلم هو مشاركة، ومن خلال المشاركة، أصبح البشر أكثر حزماً ووعيًا وتحديثًا. أعرب عمو عن تقديره لواجباتهم المدرسية حيث أنهم كتبوا الحروف والكلمات بدقة وترتيب. لقد تعلموا الأبجدية واستخدامها وتطبيقها في الحياة والأنشطة اليومية. بالنسبة لهم، المعرفة، المتشابكة بشكل لا ينفصم مع تنمية المهارات، ترفعهم إلى عالم آخر من الحياة، إلى مستوى أعلى من العمل، وتؤدي إلى التقدم. في ذلك اليوم، ساعدتهم عمو على تعلم خمس أبجديات أخرى وكلمات مختلفة، بدءًا من تطبيقاتهم وأنشطتهم اليومية. وأوضح عمو أيضًا أن الحروف الهجائية لم تكن مجرد رموز، ولكنها ديناميكية ومتشابكة مع الأصوات والمعاني، وتعبر عن الواقع بأشكال وأرقام دقيقة. ومن خلال الأبجدية، صاغ الإنسان كلمات ذات قوة واتجاه وحيوية هائلة، قادرة على تغيير حياة الناس وأفكارهم وتوجهاتهم. وأوضح تاريخ الأبجدية والكتابة وقوة الكلمة المكتوبة والمطبعة والكتب والصحف والتلفزيون والعالم الرقمي.

أرشدهم عمو إلى تعلم الجمع والطرح البسيط، وارتقى الطلاب إلى مستوى جديد من الوجود والمعنى والأمل. وأوضح معنى الأرقام في حياتهم واللانهاية الموجودة فيها. وقد تعجب الطلاب من الأبعاد الجديدة للمعرفة التي اكتسبوها. وأوضح عمو فيما بعد معنى المال وكيفية حساب النقد ودوره في المجتمع. كان اجتماع التدريس والتعلم في ذلك اليوم مثيرًا للطلاب، وأعطتهم عمو بعض الواجبات المنزلية لإكمالها بناءً على التعلم اليومي. وكان الطلاب متحمسين لإنهائه، حيث شعروا بالقوة بفضل معارفهم الجديدة. وفي ثلاثة أسابيع، تعلموا الحروف الأبجدية والحروف الساكنة وخمس كلمات تبدأ بكل حرف وإمكانية تطبيقها في مواقف الحياة الواقعية. لقد فهموا كيف يمكن للحروف والكلمات أن تغير فهمهم للعالم وتقدمهم. أدرك الطلاب أن التعلم ساعدهم على أن يصبحوا إنسانيين بالكامل. لقد استمتعوا بلعب الطرح والضرب وضحكوا بصوت عالٍ عندما أعطتهم أمو أمثلة عن تسوقها اليومي للخضروات وكيفية الطهي في مطبخها. في الواقع، لقد كانت تجربة عاشوها.

وبعد شهرين، بدأ الطلاب في قراءة كتب القصص وكتابة الرسائل لأحبائهم. لقد استمتعوا بقراءة قصص *البانشاتانترا* لأنها تعكس حياة الناس ولديها دروس عميقة للتعلم والممارسة. وتحدثت هذه القصص عن قيمة العمل، وقيمة الحياة الإنسانية، ومعنى الحرية والعدالة والحب

والصدق والواجبات والمسؤوليات. لقد غيرت عملية التعلم وجهات نظرهم بشكل كبير، ورؤيتهم للحياة، وعلاقاتهم مع الآخرين، واحترامهم لذاتهم، وشعورهم بالأمل. سأل السجان عن سير مهمة محو الأمية. قدم عمو تقريرا موجزا عن إنجازات الطلاب في عام واحد. وذكر أن الطلاب يمكنهم قراءة الصحف وكتابة الرسائل إلى المنزل. فرح المأمور بقراءة التقرير الذي كان مختصراً وموضوعياً، وأرسله إلى مدير السجن للعلم به. وأحالها المشرف إلى مدير عام السجون، وهو أعلى سلطة في الدولة في شؤون النظام العام. في يوم مهمة محو الأمية في السجن، تم تنظيم فعالية صغيرة كانت ملونة للغاية. وتجمع جميع المحكوم عليهم في غرفة النوم التي كانت تستخدم كصالة لمثل هذه الأغراض. وأوضح السجان أهداف وغايات مهمة محو الأمية في ولاية كيرالا: جعل ولاية كيرالا متعلمة بالكامل. ومن جانبه، شارك جناح النساء في السجن في هذه العملية وحقق هذا الهدف خلال عام واحد. قرأ أسماء سورة ونبيسة ورخا، وقرأوا بصوت عالٍ مقطعًا من البانشاتانترا وأجزائه.

وكان مدير السجن سعيدًا بمراقبة أدائهم، وأعطى كل واحد منهم شهادة مطبوعًا عليها اسمه. وعندما رأوا أسمائهم على الوثائق التي حصلوا عليها، ابتسموا. وفي النهاية قالت المأمورة إن مهمة محو الأمية في السجن حققت هدفها بفضل العمل الجاد الذي قامت به عمو، وقرأت التقرير الذي قدمته لها عمو. ثم قرأ السجان الوصف الذي كتبه عمو، والذي تم تضمينه في التقرير السنوي لسجون كيرالا الذي نشرته الحكومة. وصفق السجان، وصفق جميع من في الغرفة. وفي غضون شهر، أعلن رئيس الوزراء ولاية كيرالا دولة متعلمة بالكامل . ابتسمت سهى ونبيسة وريكا بعد قراءتها. وعلقوا قائلين: "نحن الذين جعلنا ولاية كيرالا دولة متعلمة بنسبة 100 في المائة". ثم عرضوا الخبر على عمو وضحكوا. هنأهم عمو وقال: "ريكا، نبيسة، سحراء، أنتم الأشخاص الذين جعلوا ذلك ممكنًا. بلد الله فخور بك"، واستطاع عمو رؤية شرارة في "عينيه".

وبعد أسبوع، تم استدعاء أمو مرة أخرى إلى الزنزانة. "معظم السجناء هنا تركوا المدارس. لم يتمكن اثنان وعشرون من اجتياز الصف الرابع، ومن بين الباقين، خرج أحد عشر قبل الصف الثامن وسبعة لم يتمكنوا من إكمال الصف العاشر. وقد التحق خمسة فقط. وقال المسؤول: "يمكنهم مساعدة جميع أولئك الذين لم يكملوا الصف العاشر في إجراء الامتحان". لقد كانت مهمة شاقة ومسؤولية كبيرة قد تستغرق سنوات عديدة. كان القيام بهذه المهمة بمفردها مهمة صعبة.

"نحن نفهم المشكلة. سوف تحصل على كل الدعم من أولئك الذين أكملوا المركز العاشر. قال السجان: "خطط لذلك وابدأ العمل غدًا".

التقت عمو على الفور بكل من أكملوا دراستهم: تيريزا، وسوجاثا، وسونيثا، وأوشا، وفاطمة. وبمساعدتهم، قسمت النزلاء إلى ثلاث مجموعات حسب مستواهم التعليمي: أولئك الذين درسوا حتى الصف الرابع، وأولئك من الخامس إلى السابع، وأولئك من الثامن إلى التاسع. كلف عمو سوجاثا وأوشا بالعناية بالمجموعة الأولى، وسونيثا وفاطمة بالعناية بالمجموعة الثانية، وتيريزا بالعناية بالمجموعة الثالثة. قام السجان بجمع الدفاتر والكتب المدرسية وأقلام الرصاص وأقلام الرصاص وغيرها من المواد الضرورية، وبعد ظهر اليوم التالي، كانت سبورتان إضافيتان جاهزتين.

بدأت الدروس في الثالثة بعد الظهر بأمر من السجان. كان هناك اثنتان وعشرون امرأة في المجموعة الأولى، وإحدى عشرة في الثانية، وخمس في الثالثة. وتتغير هذه الأرقام تبعاً

لوصول سجناء جدد وإطلاق سراح السجناء القدامى. في اليوم الأول، تجول عمو حول جميع المجموعات وتحدث إلى جميع الطلاب. قدم معلميه إلى المجموعة. شعر جميع الطلاب تقريبًا بالسعادة لأنهم تمكنوا من مواصلة التعلم. كانت سحرى ونبيسة وفاطمة حاضرين في المجموعة الأولى وكانوا يبتسمون عندما يتحدثون إلى عمو. كان المعلمون سعداء أيضًا عندما قدمت عمو كل واحد منهم إلى الفصل.

كانت القراءة والكتابة والحساب هي المواضيع الرئيسية في المجموعة الأولى. وكانت اللغات والرياضيات والدراسات الاجتماعية والعلوم مهمة في المجموعة الثانية، وكانت الاتصالات والدراسات الاجتماعية والعلوم والرياضيات مهمة في المجموعة الثالثة. كل يوم، كان أمو يقضي حوالي أربعين دقيقة مع مجموعة معينة. بالإضافة إلى ذلك قام بتدريس اللغة الإنجليزية والرياضيات في المجموعتين الثانية والثالثة. في المجموعة الأولى، تم إعطاء الأفضلية للقراءة بصوت عال في الفصل، وفي المجموعة الثانية، تم تنفيذ تمارين الكتابة. وفي المجموعة الثالثة، ساعد المعلمون الطلاب على التفكير وحل المشكلات بشكل مستقل. وفي ثلاثة أشهر، تمكنت عمو من ملاحظة التغيرات في عمليات التعلم للطلاب في جميع المجموعات. وكان تدريس العلوم والرياضيات للمجموعتين الثانية والثالثة هو الأصعب. لم يتمكن الطلاب الأكبر سنًا من فهم الكثير؛ لقد بقوا في المجموعة لأنه كان إلزاميًا حضور الفصول الدراسية، على الرغم من أن المعلمين كانوا على استعداد تام لمساعدة كل طالب. كانت المشكلة الأكثر خطورة التي لاحظها عمو هي إدخال الطلاب الجدد. وفي نهاية السنة الأولى، كان سبعة طلاب قد غادروا السجن نهائيًا وانضم إليهم تسعة طلاب جدد.

لم تكن Ammu قادرة على إعداد أي طالب لامتحان السنة الأولى العاشرة، لكن تيريزا وعمو اعتبروا ذلك تحديًا. لكن، في منتصف العام الثاني، أطلق سراح تيريزا من السجن، ولم يترك لها بديلاً. كانت امرأتان حريصتين على كتابة التسجيل، وحاول عمو تدريبهما. وقام كلاهما بملء استمارة الطلب وتقديمها إلى لجنة الفحص عن طريق سلطات السجن. منحهم السجان المزيد من الوقت للدراسة، وأعفاهم من برامج العمل الأخرى وتنمية المهارات. كان عمو معهم لساعات طويلة وساعدهم في حل شكوكهم ومشاكلهم. وفي يوم الامتحان، داعب أكتافهم وتمنى لهم التوفيق. استمر الامتحان أيامًا عديدة، وكان عمو وطلابه ينتظرون النتيجة بفارغ الصبر، والتي أعلنت بعد أربعين يومًا. ثم أقيمت احتفالات في جناح النساء، حيث اجتازت الطالبتان مايا وأنيتا الامتحان النهائي للمدرسة بدرجات أعلى. على الرغم من أنه كان ممنوعًا معانقة السجناء، إلا أن مايا وأنيتا احتضنا أمو للتعبير عن امتنانهما. عين عمو فاطمة مسؤولة عن الفصل الثالث، وستساعدها أنيتا. كانت سونيثا ومايا معلمتين في اثنين وأوشا في واحدة.

طرقوا بابه. "صباح الخير أستاذ ماير." لقد كان جاناكي. ردت آمو بحرارة: "صباح الخير يا جاناكي". "هل نمت جيدا؟" سأل جاناكي. أجاب عمو: "نعم بالطبع". بعد تناول القهوة في السرير، انضمت Ammu إلى Arun وJanaki لإعداد وجبة الإفطار. لقد صنعوا السندويشات والعجة والقرنبيط المخبوز مع الجبن ودقيق الشوفان والموز المطهو على البخار. "هل تمارس اليوغا كل يوم؟" سأل عمو آرون. "من المؤكد أن اليوغا جزء لا يتجزأ من روتيننا اليومي، ونمارسها لمدة نصف ساعة. يقول آرون: "إنه يمنح مرونة الجسم، ويهدئ العقل، ويولد أفكارًا فاضلة تؤدي إلى أفعال صحية". "اليوغا عمودية للحفاظ على التوازن في الحياة. وأضاف جاناكي: "إنك تختبر الاتزان مع البشر الأخرين ومع بقية الكون". "أمارس اليوغا كل يوم بمجرد استيقاظي. يقول عمو: "إنه يمنحني الأمل". "أنت على حق، أستاذ ماير. اليوغا تنشط العقل وتولد الطاقة. وأضاف آرون أن هذه الطاقة الروحية علمانية بحتة، وتتجاوز

أي دين أو إله. "اليوغا توجه تفكيرنا نحو موقف إيجابي في الحياة. وقال جاناكي: "الشخص الذي يمارس اليوغا لا يمكنه أن يكره أو يضطهد أو يخضع الآخرين، فهو يحترم المساواة بين جميع البشر".

"أنا أتفق معك يا جاناكي. وأوضح عمو: "لا يمكن لأي إنسان أن يغتصب شخصًا آخر إذا كانت اليوغا جزءًا من أسلوب حياته".

"بعض الأشخاص الذين يقولون إنهم يمارسون اليوغا ليس لديهم أي مخاوف بشأن تنظيم العنف. قال آرون بقوة: "اليوغا ضد حراسة الأبقار وعنف الغوغاء والكراهية".

كان هناك وقفة قصيرة. "الصمت الرواقي بشأن العنف لا يتوافق مع اليوغا. وقال عمو إن السياسي أو الوزير الذي يدعي أنه يمارس اليوغا كل يوم وينغمس في الاغتصاب أو العنف الطائفي هو يوغي كاذب.

وقال آرون: "تنعكس اليوغا في أفعالنا، مما يؤدي إلى أفعال جيدة، ولا يمكن لليوغي أن يكون كاذباً". "بعض اليوغيين الكاذبين يفعلون ذلك. علاوة على ذلك، فإنهم يدعمون ضمنيًا أعمال حراسة الأبقار التي تعقبها عمليات الإعدام خارج نطاق القانون". "في جميع عمليات الإعدام هناك دعم سياسي. كل اغتيال سياسي له تشجيع ضمني من أطول رجل في صمته. وأضاف آرون: "على الرغم من أنه يدعي أنه مراقب متحمس لليوغا، إلا أنه يكذب". "إنها حلقة مفرغة، لأنهم بحاجة إلى بعضهم البعض. وقال عمو: "إن السياسي والغوغاء، والإعدام وصمت السياسيين، يتعايشون". يقول جاناكي: "تنشر الصحف اليوم قصصًا عن عمليات الإعدام خارج نطاق القانون في هاريانا وراجستان باعتبارها سلوكًا إنسانيًا عاديًا". "انها حقيقة. وقال آرون: "فكر في الاغتصاب الجماعي لفتاة تبلغ من العمر ثماني سنوات في معبد كانوا لعدة أيام متتالية، وأعضاء الحزب الوطني المتحد الذين يدعمون الاغتصاب، وأتساءل إلى أي مدى يمكن أن يتدهور الإنسان". . "لقد كان حادثًا مروعًا لاختطاف فتاة راعية تبلغ من العمر ثماني سنوات واغتصابها وقتلها على يد متعصبين دينيين، وقد أيد الممثلون المنتخبون للحزب الوطني المتحد الحادث. وأضاف جاناكي أن بعض الصحف والقنوات التلفزيونية أشادت بتصرفات الممثلين المنتخبين، مما يثبت أن المتملقين يمكنهم بذل أي جهد للثناء على قادتهم المجرمين. وقال آرون "لقد كان حادثا مروعا".

كان هناك صمت لفترة طويلة.

وأضاف آرون: "بالمناسبة، سنخرج اليوم".

وقال جاناكي "أولا سنزور مدرسة للرقص وبعد تناول الطعام سنعود".

"ثم أحضر حفل زفاف في الليل. قال آرون وهو ينظر إلى عمو: "بروفيسور ماير، ندعوك للانضمام إلينا في برامج اليوم".

يجيب عمو: "سيكون من دواعي سروري".

أعطى جاناكي Ammu دعوة الزفاف، ونظرت Ammu إليها. كانت العروس أنيتا جورج، وكان العريس أنيل بهات. كان والدا أنيتا، جريس وجاكوب جو، مدرسين متقاعدين في المدرسة الثانوية. كانت والدة العريس، الدكتورة ميناكشي بهات، طبيبة قلب مشهورة، وكان والده الدكتور بهات، مالك منطقة بهات الصناعية ورئيس وحدة كيرالا التابعة للحزب القومي المتطرف (UNP). أسس حزب بهارات بريمي ، الذي اندمج لاحقًا مع الحزب الوطني

المتحد. خلق اسم "بهات" قلقًا لا يمكن تفسيره في عمو. "سنبدأ في الثامنة والنصف. "تقع مدرسة الرقص على بعد ساعة بالسيارة من هنا"، يوضح جاناكي. دخلت جاناكي غرفتها وأحضرت بدلة سراويل و قمصان جديدة لعمو. قالت: "هذا الفستان لك يا أستاذ ماير". بدت جاناكي في غاجرا تشولي وآمو في سراويل و قمصان هندية رائعة. كان آرون يرتدي بنطالاً وقميصًا طويل الأكمام وربطة عنق. كان جاناكي يقود السيارة ودعا Ammu للجلوس بجانب السائق. جلس آرون مرة أخرى.

كان هناك شعور فريد من العمل الجماعي. قال جاناكي: "أستاذ ماير، مدرسة الرقص يديرها شخص مميز". "هل لي أن أعرف من هو؟" سأل عمو. أجاب جاناكي: "هذا الشخص المميز هو والدة آرون". قال عمو: "أوه، دعني أقابلها". "اسمه ملاثي نامبيار. وأضاف جاناكي: "لقد أسست المدرسة منذ سنوات عديدة". قال آرون: "عندما كانت في الرابعة والأربعين من عمرها، أصبحت ابنها". "في صباح أحد الأيام، رأى طفلاً لا يتجاوز عمره عامين داخل باب منزله. كان الطفل يبكي. وأبلغ الشرطة وبحث في كل مكان عن والدته، لكن لم يتمكن أحد من تحديد مكانها. "لقد بحث عن والده ولم يكن هناك أثر له". بدأت جاناكي في سرد القصة. "لقد احتفظت بالطفل بإذن من الشرطة ثم قدمت طلبًا لتبنيه. كان القاضي أيضًا على استعداد للتخلي عن الطفل للتبني. وقال جاناكي: "منذ ذلك اليوم، أصبحت مالاثي نامبيار والدة آرون". "ماذا عن السيد نامبيار؟" سأل عمو. أجاب آرون: "هذه قصة أخرى". "تزوجت والدتي من العميد سانجيف ناير عندما كان عمرها ستة عشر عامًا فقط. لم يكن لديهم أطفال. وبما أن العميد ناير اضطر للسفر بشكل متكرر إلى الولايات الشمالية الشرقية، عادت والدتي إلى ولاية كيرالا وبدأت مدرسة للرقص، وكان العميد يزورها في ولاية كيرالا عدة مرات في السنة. عندما كانت والدتي تبلغ من العمر أربعة وثلاثين عاما، جاء العميد في إجازة. ولكن كانت معه امرأة مع طفلين صغيرين من بورما، وهي لاجئة. طلقت والدتي العميد ناير، وانتقلت إلى منزل آخر وعاشت بمفردها. وأوضح آرون أن نامبيار كان لقب والده.

يقول جاناكي: "في أحد الأيام وجد آرون يبكي خارج باب منزله".

ضحك آرون قائلاً: "ها أنا هنا، آرون نامبيار".

"إنها قصة عظيمة!" رد فعل عمو.

لقد وصلوا بالفعل إلى مدرسة شانشالا للرقص. استقبلتهم مالاثي نامبيار عند الباب، وبدت أنيقة وحيوية عندما فتحته. توسل آرون قائلاً: "أمي، سأفتح الباب". ثم عانق ملاثي نامبيار آرون. "لقاء مع البروفيسور عمو رافي ماير،" قدم آرون Ammu إلى والدته. قال آرون لأمو: "هذه والدتي، مالاثي نامبيار". عمو وملاثي قبلا خدود بعضهما البعض. "جاناكي كيف حالك؟" سألت والدة آرون متى نزل جاناكي من السيارة بعد ركنها. "أنا على ما يرام. كيف حالك سيدتي؟" سأل جاناكي. ردت والدة آرون: "أنا بخير". أخذتهم ملاثي نامبيار إلى غرفة كبيرة تضم حوالي عشرين شابة وثلاثة مدربين. "هؤلاء الشابات موهوبات للغاية ومصممات للغاية على تعلم فن الرقص القديم. عادة، يستغرق الأمر ما لا يقل عن خمس سنوات لإتقانها، ولكن معظم الفتيات يمكن أن يفعلن ذلك في ثلاث إلى ثلاث سنوات ونصف من التدريب. ""ماذا يتعلمون هنا؟" سأل عمو. "في المقام الأول، يتعلمون بهاراتاناتيام، وكوتشيبودي، وأوديسي، ومانيبوري، وموهينياتام. الأكثر شعبية هو بهاراتاناتيام، وهو شكل من أشكال الرقص الهندي الكلاسيكي. وقال ملاثي نامبيار: "إنه فن يركز على جسم الإنسان ويبلغ عمره أكثر من ألفي

عام". توقف للحظة وأظهر بعض المدراس بيديه. تحرك جسده بأناقة، وكان ذلك رائعًا، ومع حركات جسده، أظهرت عيناه مشاعر ومشاعر مختلفة.

وعلق عمو قائلاً: "سيدتي، إنه جميل وساحر ومضحك".

"شكرًا لك أستاذ ماير. تعود أصول الرقصة إلى اللورد شيفا، أعظم راقص ومؤدي أنيق. وأوضح ملاثي نامبيار: "توفر ناتيا شاسترا الأساس النظري للرقص الكلاسيكي الهندي".

كان هناك تمثال للورد شيفا في موقعه في تاندافا . "انظروا الرب، إن رؤيته يرقص جميل. وتابع ملاثي نامبيار: "إنه مصدر إلهام دائم". "أمي، هل مازلت ترقص؟" سأل آرون. "بالتأكيد، الرقص هو روحي وحياتي. بدون الرقص لا أستطيع الوجود. "كم عدد الطلاب الذين أكملوا تعلمهم تحت وصايتك؟" سأل عمو. "في كل عام يتخرج ما بين خمسة وستة راقصين من شانشال . لقد بدأت هذه المدرسة منذ سبعة وثلاثين عامًا. أتذكر أنني عدت من جايبور وبدأت ذلك في غرفة المعيشة مع أحد الطلاب. وقد تخرج بالفعل حوالي سبعمائة طالب. بالإضافة إلى ذلك، يحضر العديد من تلاميذ المدارس وطلاب الجامعات دورات قصيرة مدتها شهرين، خاصة أثناء الإجازات. وفي كل عام، يلتحق بمثل هذه الدورة ما لا يقل عن مائة طالب. وأوضح مالاثي نامبيار أن "الرقص فن وتعتبره الفتيات الصغيرات رمزاً للمكانة لأنه جزء من تراثنا وثقافتنا الغنية". "هل تنضم العديد من الفتيات إلى كوتشيبودي ؟" سأل جاناكي السؤال. "هناك طلب كبير على الكوتشيبودي . وأضاف ملاثي نامبيار: "إنها مثل الدراما الراقصة، حيث يؤدي الراقصون أدوارًا مختلفة من رامايانا وماهابهاراتا والأساطير والأساطير وقصص الهند".

ثم دعا ثلاث فتيات وطلب منهم تمثيل بعض المشاهد من ماهابهاراتا. التقى أرجونا بكريشنا، معربًا عن خوفه وألمه من القتال ضد أبناء عمومته ومعلميه وأقاربه. كان التمثيل والرقص طبيعيين للغاية. لقد كان أداءً بامتياز. وأعرب عمو عن امتنانه لهذه اللفتة الطيبة. "في هذه الغرفة يتم تدريس الدروس الأساسية وتخصصات الغرف الثلاث المتجاورة. قال مالاثي نامبيار: "هذه الغرف أصغر من هذه". ثم جاء المدربون وقدموا أنفسهم. كانوا جميعًا مدربين بدوام كامل، ومدربين تدريباً عالياً وذوي خبرة، ومتخصصين في شكلين أو ثلاثة أشكال من الرقص.

أخذ ملاثي نامبيار عمو إلى المكتبة، وتبعهم جاناكي وأرون. كانت المكتبة مفروشة بشكل جيد وتحتوي على أكثر من خمسة آلاف كتاب مطبوع وصحيفة ومجلة بأكثر من عشر لغات، بما في ذلك الطرس القديم على ناتيا شاسترا والمخطوطات التاميلية والسنسكريتية على بهاراتاناتيام . كان قسمها الرقمي هو الأحدث. أخبر مالاثي نامبيار عمو أن جاناكي وأرون أمضيا أكثر من ثلاثة أشهر في تطوير الجزء الرقمي من المكتبة. "يزور العديد من الطلاب والعلماء من جميع ولايات الهند وخارجها مكتبتي للبحث. قال ملاثي نامبيار: "في بعض الأحيان يتعين علينا استيعاب هؤلاء العلماء الزائرين". بدت نشيطة ورشيقة وتستطيع المشي والتحدث كامرأة في الخامسة والعشرين من عمرها. كان قد خطط لتحويل شانشال إلى مركز رقص دولي متخصص في أشكال مختلفة من الرقص الهندي. ورأى أن التمويل لم يكن مشكلة لأنه أراد استخدام كل مدخراته لتطوير المركز الدولي. دعاهم ملاثي نامبيار جميعًا لتناول الطعام.

لقد كانت وجبة نباتية تقليدية على طراز ولاية كيرالا، بما في ذلك الأرز والثوران والنيبابام والأفيال والسامبار والباباد والأشار والباياسام . استمتع الجميع بالطعام. "كيف تدير مؤسسة كهذه؟" سأل عمو. "لدي ستة ملازمين يتمتعون بالكفاءة والتفاني. كان هناك وقت فقدت فيه كل

الأمل في الحياة. ثم جاء آرون إلى حياتي. لقد أعطتني المعنى والقوة والرؤية والأمل. في الوقت الحاضر، يقوم كل من جاناكي وأرون بزيارة هذا المكان كثيرًا. أقيم معهم مرة واحدة على الأقل في الشهر. العلاقات هي سر الحياة السعيدة. عندما أرى نفسي فيهم، أدرك أن لدي هدفًا في الحياة، وعندما أراهم في داخلي، أدرك أنه يمكنني أن أكون صديقًا لهم. الأب صديق. أنا صديقه. قال ملاثي نامبيار وعانق جاناكي: "كلاهما يمنحني الكثير من السعادة". قال لجاناكي: "آرون هو صديقي المفضل". وعلقت ملاثي نامبيار قائلة: "آرون، أنت محظوظ بوجود جاناكي، وأنا معجب بصفاتها". ضحك الجميع. قال آرون وهو ينهض: "دعونا نتحرك".

عانق جاناكي وأرون ملاثي نامبيار. قالت جاناكي: "سيدتي، أنت مصدر إلهامي". قال آرون: "أمي، أنا أحبك".

"بروفيسور ماير، أنا سعيد جدًا لأنني تمكنت من مقابلتك. أخبرني آرون أنك خبير في جراد البحر والكركند وأنك حاصل على درجة الدكتوراه من أوبسالا. "لقد قمت أيضًا بتطوير هجين معروف باسم Kuttern ،" قال مالاثي نامبيار وهو يقبل خدود Ammu.

أجاب عمو: "سيدتي، لقد كان لقاءً جميلاً، وسيبقى في ذهني لسنوات".

التقط آرون بعض الصور الجماعية لجاناكي وأمو مع والدتهما كصور شخصية. رافقهم ملاثي نامبيار إلى الباب. قاد آرون السيارة ودعا Ammu للجلوس بجانبه في المقعد الأمامي. قال آرون: "لقد أعطتني أمي الحياة". "الآن جاناكي يرافقني. وقال لعمو: "إنها أفضل صديق لي". صاحت جاناكي: "أوه، آرون". "التقينا في ملعب كرة السلة في المعهد الهندي للتكنولوجيا. سواء كنت أنانيًا أو أنانيًا أو كريمًا، يمكنك بسهولة الحكم على شخصية اللاعب في ملعب كرة السلة. وأوضح آرون أن اللاعب الناضج يمرر الكرة دائمًا لزملائه ويحافظ على مسافة محترمة من لاعبي الفريق المنافس.

استمع إليه عمو بفارغ الصبر. "إذن أنتما الاثنان تلعبان كرة السلة معًا؟" تعليقات عمو. "نعم يا أستاذ ماير، كثيرًا ما كنا نلعب معًا. كرة السلة هي لعبة رائعة ورائعة ومنسقة للغاية. كل خطوة موجهة نحو الهدف. "إنه يوفر تمرينًا كافيًا" ، يوضح جاناكي. "كانت تحركات جاناكي في الملعب أنيقة دائمًا. لقد أعجبت بخفة حركته وقدرته على التحمل" ، قال آرون. وقال جاناكي: "عندما تلعب في فريق مختلط، يكون لديك العديد من الفرص للحكم على شخصية اللاعب وموقفه تجاه المساواة بين الجنسين والكرامة الشخصية". "أكثر من التقييمات والأحكام، كان يجمعنا الإعجاب الشخصي والانجذاب الخاص. قال آرون: "لقد أحببنا بعضنا البعض، وكان بإمكاننا المشاركة وسرد القصص لساعات". وعلق آمو قائلاً: "لذلك أصبحتما أصدقاء لا ينفصلان". "نعم، الصداقة لها سحر خاص. إنه أعمق من الإعجاب. إنها الخطوة الأولى نحو علاقة عميقة وشخصية. إنه يؤدي إلى الالتزام، إلى اتحاد القلوب وإلى هدف يحدده شخصان. "إنها مرضية وبسيطة ولا يمكن فصلها"، لاحظ جاناكي.

باهتمام عميق، استمع إليهم عمو. كان قلبه مليئًا بالاحترام والحب لجاناكي وأرون، وأعجب بعاطفتهما وصداقتهما وانفتاحهما وعلاقتهما الحميمة. "كان أجداد جاناكي من كوتش في ولاية غوجارات وهاجروا إلى أوغندا وقاموا ببناء صناعة كانت ناجحة للغاية. خلال دكتاتورية عيدي أمين، اضطروا إلى التخلي عن كل شيء ومغادرة البلد الذي عملوا فيه لعدة عقود. هاجروا إلى المملكة المتحدة. وبعد بضع سنوات، عاد والد جاناكي إلى الهند، واستقر في بومباي وأنشأ شركة تصدير. وفي هذه الفترة التقى بالمحامية الشابة مريم وتزوجا». "لم تكن والدتي مثل العديد من النساء المسلمات الأخريات. كانت مختلفة. وربما كانت سمة خاصة

لمسلمي البهرة. يتم تعليمهم للقيام بالمهن. ويصبح البعض أطباء ومحامين ومهندسين معماريين ومعلمين. وقالت جاناكي، وهي بليغة للغاية في قولها: "لقد ناضلت والدتي من أجل المساواة وتكافؤ الفرص، ليس فقط للنساء المسلمات، بل لجميع النساء". "كان والدها يدعم زوجته بكل الطرق ويشجعها على النمو والازدهار وتوسيع آفاقها وتكوين شخصية قوية. وأضاف آرون: "إنه رجل أعمال رائع وزوج محب".

كان آرون وجاناكي صريحين في مناقشتهما. "أصبحت والدتي قاضية في محكمة الجلسات وتقاعدت من منصب رئيسة المحكمة. لقد كانت مفتونة جدًا بسيتا وكتبت العديد من المقالات وكتابًا حول مواضيع مختلفة بناءً عليها. وقالت جاناكي، في إشارة إلى والدتها: "كانت سيتا ضحية للأخلاق والثقافة الهندية، وكانت قمعية ووحشية تجاه النساء". "في الهند، الرجال هم أوصياء الثقافة والتعليم والدين والسياسة والمال. وقال جاناكي، وهو يبدو حزينا بعض الشيء: "العديد من الرجال الهنود منافقون ويعيشون حياة مزدوجة، يقولون شيئا لطيفا في العلن ولكنهم يتصرفون عكس ذلك تماما في السر، مثل قادة الحزب الوطني المتحد". قال عمو: "أنا أتعاطف دائمًا مع سيتا". "يقدم كتاب والدته، النساء في سيتايانا، تحليلاً رائعًا للسياسة والظروف الاجتماعية في الهند القديمة والحديثة. الهنود لديهم عقلية استبدادية تجاه المرأة. الرجال ليسوا على استعداد لمعاملة النساء على قدم المساواة، حيث يعتبرهن الكثيرون مجرد أشياء جنسية. دعونا نتعلم من السويد، أفضل دولة في العالم، من حيث المساواة بين الجنسين"، صرح عمو بقوة. "بروفيسور ماير، إنه لمن دواعي سروري الاستماع إليك. أنت تلهمنا"، رد جاناكي. قال عمو: "أنا معجب بك أيضًا يا عزيزي جاناكي".

لقد وصلوا بالفعل إلى منزلهم في المدينة. قال آرون وهو يوقف السيارة: "دعونا نستريح". "سنبدأ في الساعة السادسة بعد الظهر. إنها نصف ساعة بالسيارة إلى قاعة الاستقبال. وقال جاناكي: "سنحضر حفل زفاف آرون ابنة جاكوب جو".

بدا Ammu و Janaki أنيقين في الساري الهندي الحريري من Kanchipuram . وعلق آرون وهو ينظر إليهما قائلاً: "المرأتان الأكثر رشاقة في أروع ملابسهما". قال آمو لآرون: "تبدو أنيقًا في بدلتك السوداء وربطة عنقك الحمراء"، فضحكا. امتلأت قاعة الاستقبال بالضيوف، وجلس العروسان على المسرح المزين بالياسمين الأبيض والورود الحمراء. رحب والدا العروس بأمو وجاناكي وأرون بأيدي مطوية وابتسامات عريضة. قدموا ابنتهم أنيتا وزوجها أنيل بهات. حصل كلاهما على درجة الماجستير في إدارة الأعمال من إحدى جامعات جامعة آيفي ليج الأمريكية، حيث التقيا وقررا الزواج، على الرغم من حقيقة أن والد أنيل كان ضد زواجه من ابنة مدرس مدرسة، والتي كانت مسيحية. كان أنيل يمتلك مع والده ستة مطاعم وثلاثة فنادق ومستشفيين وسلسلة من صناعات تكنولوجيا المعلومات منتشرة عبر ساحل مالابار. روى والد أنيتا بفخر.

أثار اسم الدكتور بهات القلق مرة أخرى في ذهن عمو. "لا يهم،" حاولت عمو مواساة نفسها. كان والدا أنيل، الدكتور ميناكشي والدكتور بهات، مشغولين باستضافة كبار السياسيين من مختلف الأحزاب السياسية ووزراء الحكومة المركزية ومسؤولي الشرطة الهندية والخدمة الإدارية. قام الدكتور بهات بدعم ورعاية مختلف المبادرات وجولات الوزراء البارزين الذين ينتمون إلى الحزب الوطني المتحد، مما جعله يحظى بشعبية كبيرة بين السياسيين المتميزين.
كان بهات هو النائب الوحيد عن حزب بهارات بريمي لأكثر من عشرين عامًا في ولاية كيرالا، والذي اندمج مع الحزب القومي المتطرف، وأصبح الدكتور بهات رئيسًا لوحدة كيرالا

في الحزب الوطني المتحد. قام برعاية العديد من دور الأطفال والمسنين وأنشأ منحًا دراسية للطلاب وبرامج كافتيريا المدارس ومعسكرات زرع الكلى والقلب. كان الدكتور بهات محبوب المجتمع. ولا يمكن لأحد أن يتصور مجتمعا مدنيا بدونها. كان الآلاف يعشقونه ويوقرونه. لقد كان حفلاً رائعاً وتنافس نخب المدينة لجذب انتباه الدكتور بهات. وتوقع السياسيون أن يحصل الحزب الوطني المتحد على خمسة مقاعد على الأقل في انتخابات مجلس الولاية التي ستجرى في اليوم التالي. سيكون لدى الدكتور بهات فرصة أفضل ليكون نائب رئيس وزراء ولاية كيرالا عندما ينحاز الحزب الوطني المتحد إما إلى حزب المؤتمر أو الحزب الشيوعي. نظرًا لأن حزب المؤتمر أو الحزب الشيوعي لن يحصلا على أغلبية مستقلة، فلن يتمكن أي منهما من تشكيل حكومة إلا مع الحزب الوطني المتحد. وهكذا اشتد موقف الدكتور بهات وحزبه الوطني المتحد.

تم تقديم الطعام، الذي تضمن العديد من الأطباق النباتية وغير النباتية، جنبًا إلى جنب مع ماركات مختلفة من الكحول. ومع ذلك، كان عمو متفاجئًا بعض الشيء وشعر بعدم الارتياح تجاه اسم بهات. بعد تناول الطعام، التقى جاناكي وأمو وآرون بوالدي أنيتا وتمنوا لابنتهما "حياة زوجية سعيدة ومباركة". صادف أن عمو رأى الدكتور بهات وهو يصعد على المنصة لمدة نصف ثانية. على الرغم من أنه كان في الطرف الآخر من الردهة، إلا أنهم نظروا في عيون بعضهم البعض وبدا أنهم متفاجئون من رؤية بعضهم البعض. تمكن عمو من التعرف عليه حتى بعد خمسة وعشرين عامًا.

وبينما كانت تقود سيارتها إلى المنزل، ظلت عمو صامتة. قال جاناكي: "بروفيسور ماير، ربما تكون متعبًا من صخب اليوم وضجيجه". ابتسمت عمو. عادوا إلى المنزل حوالي الساعة العاشرة والنصف. "آرون، من فضلك أخبر والدتك أنني أحببت زيارة شانشال. وعلق أمو وهو ينظر إلى آرون: "إنها مؤسسة عظيمة، وأمك امرأة غير عادية". أجاب آرون: "بالطبع يا أستاذ ماير". "يبدو أن والدتي كانت سعيدة بلقائك. وأضاف: "ليلة سعيدة يا سيدتي". "مساء الخير عزيزي آرون وجاناكي. لقد كان يومًا جميلًا واستمتعنا حقًا بالرحلة. قال عمو وهو يقبل خديه: "شكراً لك على حبك". "بروفيسور ماير، يبدو أن علاقتنا لا نهاية لها. أشعر برابطة لا تنفصل معك. ليلة سعيدة يا سيدتي". قال جاناكي وهو يعانق عمو.

الفصل الرابع: إرث متجر الشاي وفريق الهوكي

لماذا يحبها جاناكي وأرون كثيرًا؟ عانى عمو داخليا. كيف يمكن لآمو أن يفهم ويشرح عاطفته الشديدة؟ لم يكن لها تعريف. لا يمكن للكلمات أن تربطه، لأنه جاء من القلب، منس الجزء الأكثر حميمية في النفس. لقد أحبوها لأن الزوجين أحبا بعضهما البعض. لقد كانوا يكتشفون الحب، ويفعلونه من جديد في كل ساعة، وفي كل لحظة، حتى يبقى جديدًا. لقد كشفوا سر الحب، الديناميكي دائمًا، المتنامي دائمًا، الذي لا ينضب دائمًا، ولم يكن أبدًا ثابتًا أو متحجرًا. لكن بهات أفسد اليوم ولم يكن عليه أن يذهب إلى حفل الزفاف. لكن من يستطيع التنبؤ بمثل هذه الاحتمالات؟ حاولت عمو أن تخرج الأمر من ذهنها. ومع ذلك، استمر وجهه وأثار اشمئزازه.

كان نفس الرجل، بنفس النظرة، قاسيًا ومثيرًا للاشمئزاز؛ لقد غير ملابسه فقط. اعتاد أن يكون رجلاً يرتدي سترة وسترة عندما افتتح متجر الشاي الخاص به، نارايانان تشايكادا. بدأ كمقهى على أرض عامة، يعمل بموقد الكيروسين من الساعة العاشرة صباحًا حتى منتصف الليل. كان لدى بهات دائمًا إبريقان شاي مملوءان بالماء المغلي وأوراق الشاي، حيث كان يعد بهما نوعين من الشاي: أحدهما بالحليب والآخر بدونه، والمعروف باسم كاتانتشايا . كان يعد الشاي ويقدمه لزبائنه، لكنه لم يتحدث معهم قط. ولم يعرف أحد عنه شيئًا، ولا حتى اسمه. كان متجر الشاي الخاص به يقع على الطريق السريع الوطني، بعيدًا عن المدينة، مع مساحة واسعة لوقوف الشاحنات والسيارات والدراجات ذات العجلتين. كان لدى بهات العديد من العملاء منذ البداية، وخاصة سائقي الشاحنات، الذين شعروا بالراحة في متجره تحت شجرة بانيان ضخمة. كان مذاق الشاي الذي كانت تعده دائمًا جيدًا وكان مسكرًا بعض الشيء؛ كان العملاء يميلون إلى الإعجاب به، وغالبًا ما يطلبون كأسين بدلاً من كأس واحد. في الشهر الأول، باع بهات ما لا يقل عن خمسمائة كوب من الشاي يوميًا وازدهرت أعماله. عندما جاء بهات من أودوبي، جاب أركان كوتشي بحثًا عن الطعام والعمل، لكنه للأسف لم يجد شيئًا. كان ينام على الشرفة الخارجية للمحلات التجارية أو المباني العامة.

وعندما انهار أحد المتاجر أثناء الليل، اعتقلته الشرطة للاشتباه به وأحالته إلى القاضي. لم يكن لديه محامٍ، لكن في ذلك اليوم، كان رافي يغادر المحكمة بعد سماع قضية عمالة الأطفال. رأى شابًا بائسًا، ربما في مثل عمره، ويداه مقيدتان بحبل، ويمشي مع اثنين من ضباط الشرطة. وكانت ملابسه ممزقة وكان مغطى بالغبار والعرق. جاء رافي إليه وسأل عنه. روى بهات قصته وأعرب عن رغبته في تناول وجبة جيدة، لأنه لم يأكل منذ يومين، والحصول على وظيفة في مكان ما في المدينة. سأله رافي عن تفاصيله حتى يتمكن من الدفاع عنه أمام القاضي.

أخبر بهات رافي أنه تزوج عندما كان في السابعة عشرة من عمره وكانت زوجته في الرابعة عشرة من عمرها فقط. كان بهات يتجول دائمًا ولم يتمكن من البقاء مع زوجته سولاكشمي كلما أمكن ذلك، باستثناء عدة مرات في السنوات العشر الماضية. لقد أقامت مع والديها منذ أن بدأ حياته المتجولة. واعترف ببراءته وأنه لم يكن على علم بكسر المتجر. وصدق رافي كلامه، ومثل أمام القاضي ودافع عن بهات قائلا إنه متزوج وليس لديه سجل إجرامي ويريد لقمة عيش

كريمة. لم يدرس بهات إلا حتى الصف الرابع وأراد العمل وكسب المال ليعيش كمواطن ملتزم بالقانون وبنّاء ومعتمد على نفسه. عرض رافي القضية بقوة، واقتنع القاضي بشخصية بهات، ووثق في كلام محاميه، وبرأه دون قيد أو شرط. لم يتقاضى رافي رسومًا من بهات، لكنه بدلاً من ذلك أخرج محفظته وأعطاه مائة روبية وطلب منه أن يذهب لتناول الطعام وشراء ملابس نظيفة. طلب رافي من بهات مقابلته في مكتبه في اليوم التالي.

في حوالي الساعة العاشرة صباحًا، وصل نارايانان بهات إلى مكتب رافي في اليوم التالي. لقد بدا منتعشا في ملابسه الجديدة. عرف رافي أن بهات لم يدرس إلا حتى الصف الرابع ولم يحصل على وظيفة. اقترح على بهات إنشاء مقهى على الطريق. أعجب بهات بالاقتراح لأنه كان لديه خبرة في بيع الشاي في العديد من محلات الشاي في أودوبي وعمل في مطاعم مختلفة في مانجالور وكاسارجود منذ أن كان في العاشرة من عمره. كان لدى بهات العديد من أقرانه من نفس عمره في كل مكان، وكان متقبلاً لحاجة الطفل إلى العمل، وأنه لا حرج في تعيين الأطفال للعمل. وأعرب بهات عن عدم قدرته على إنشاء مقهى خاص به بدون رأس مال. كان بحاجة إلى ما لا يقل عن خمسمائة روبية لشراء المعدات اللازمة. طلب رافي من بهات مقابلته بعد يومين.

روى رافي القصة لأمو وأوضح الحالة المثيرة للشفقة التي كان يعيشها بهات. أدرك عمو أنه إذا لم يساعدوه، فقد يموت في الزاوية، تاركًا زوجته الشابة أرملة. كان ذلك هو الشهر الثاني فقط بعد زفاف عمو ورافي، وبما أنه كان في منتصف الشهر، كان عليه الانتظار لمدة أسبوعين آخرين على الأقل لتلقي راتبه من الجامعة. كان جمع خمسمائة روبية، أي ما يعادل نصف راتبه الشهري، في يومين أمرًا شاقًا. أخبر رافي أنه يمكنه بيع سلسلته الذهبية التي تزن حوالي خمسة جرامات، ويعطي العائدات بأكملها إلى بهات.

تكلفة السلسلة الذهبية ستمائة وأربعون روبية.

بعد يومين، ظهر بهات في مكتب رافي. قبل أن يعطيه المال، أراد رافي معرفة أين يمكن أن يفتح بهات محل الشاي الخاص به. يمكن أن يوفر المقهى مصدر رزق لبهات على الطريق، على بعد مسافة من المدينة. وبعد ثلاث ساعات من البحث على دراجة رافي النارية، تمكنوا من تحديد مكان مناسب تحت شجرة البانيان. كان رافي سعيدًا، وكذلك بهات. ثم فتح رافي محفظته، وأخرج ستمائة وأربعين روبية وسلمها إلى بهات.

"ابدأ متجر الشاي الخاص بك هنا. قال رافي: "سوف تزدهر".

ومع ذلك، لم يخبر رافي بهات أنه باع السلسلة الذهبية الوحيدة لزوجته لجمع المال. لقد كانت السلسلة التي اشترتها لحضور حفل زفافها.

في اليوم التالي، افتتح بهات محل الشاي الخاص به، نارايانان تشايكادا .

وصل رافي وأمو إلى المكان الموجود أسفل شجرة البانيان حيث كان بهات سيفتتح محل الشاي الخاص به في حوالي الساعة الثامنة صباحًا. وفي غضون عشر دقائق، وصل بهات بشاحنة صغيرة محملة بالمواد اللازمة للمقهى. ساعد رافي وأمو بهات في وضع أعمدة الخيزران في الزوايا الأربع، ونشر غطاء بلاستيكي فوق القضبان وربط أطراف الورقة بالأعمدة المختلفة. قاموا بجمع الطوب وبنوا أربعة أعمدة قصيرة ووضعوا عليها لوحًا فولاذيًا كمنصة للمطبخ. وضعوا حوالي عشرة كراسي بلاستيكية حول المنصة للجلوس عليها. كان هناك حوالي

عشرين كأسًا للشاي، وغلايتين للغليان، وحاويتين بلاستيكيتين صغيرتين لحفظ السكر وأوراق الشاي. وضع رافي براميلين بلاستيكيتين ضخمتين تحت شجرة البانيان لملئهما بالمياه العذبة.

توجه عمو إلى البئر العام الواقع على بعد حوالي خمسين متراً لسحب الماء وتعبئة الوعاء البلاستيكي. أحضر رافي الماء في دلوين لملء البرميل البلاستيكي حتى أسنانه. قال رافي لعمو: "يمكنه استيعاب حوالي مائة لتر من الماء". بينما كان آمو يغسل أباريق الشاي، كان رافي ينظف الكؤوس. في ثلاث ساعات أكملوا كل العمل.

بعد خلط كمية محددة من الماء والحليب في غلاية، أشعل بهات موقد الكيروسين وقام بتسخين الغلاية التي تحتوي على الماء والحليب. ووضع فيه ملعقة من أوراق الشاي وحركه حتى الغليان. بعد سكب الشاي من الغلاية في وعاء فولاذي بمقبض، التقط بهات وعاءًا آخر مشابهًا. أمسك الأوعية بكلتا يديه وسكب الشاي من واحدة إلى أخرى، وتدفق السائل من وعاء إلى الآخر في قوس مستمر. كرر تشكيل القوس ثلاث مرات. سكب الشاي في ثلاثة أكواب وسكب اثنين لآمو ورافي. رائحة الشاي ملأت محل الشاي الخاص به.

"إنه لذيذ"، علق عمو وهو يحتسي الشاي.

قال رافي: "إنه كذلك".

ثم أخذ رافي محفظته وأعطى بهات ورقة نقدية بقيمة عشرة روبيات. وعلى الرغم من أن تكلفة كوبين من الشاي كانت روبية واحدة فقط، إلا أن الرصيد لم يتم إرجاعه. لكن بهات لم ينطق بكلمة واحدة منذ البداية، وظل صامتا كالحجر.

"بعد أربع ساعات، عاد عمو ورافي إلى المنزل. كان يوم الأحد وكان عليهم تنظيف المنزل وغسل الملابس وإعداد الطعام. عند عودته، علق أمو قائلا: "بهات لم يتحدث. يبدو الأمر غريبًا بالنسبة لي".

"لقد لاحظت ذلك أيضًا. أجاب رافي: "قد يكون بهات انطوائيًا".

"لكن شيئا خطيرا للغاية يحدث له. ربما يفتقر إلى الأخلاق الأساسية، وآمل بصدق أن يتعلم شيئًا فشيئًا"، أعرب عمو عن قلقه وأمله.

"بالتأكيد. سيحقق مقهى بهات نجاحًا باهرًا. قال رافي: "لديه البصيرة والشاي الذي يقدمه رائع".

"أنت على حق"، اتفقت عمو مع زوجها.

بعد أسبوع، عندما كان رافي يمر بجانبه، لاحظ لافتة جديدة فوق المتجر مكتوب عليها *"متجر نارايانان"*. استبدل بهات الكلمة المالايالامية " Chayakkada " بالمصطلح الإنجليزي "Teashop". عندما يمر رافي، كان يتوقف عند المقهى ويطلب كوبًا من الشاي ويدفع نصف روبية. كالعادة، لم يقل بهات أي شيء، كما لو كانوا غرباء. تم تقديم وجبات خفيفة متنوعة في المقهى وزاد عدد العملاء عشرة أضعاف. كان هناك دائمًا العديد من الشاحنات والسيارات والعربات ذات العجلتين متوقفة بالقرب من مقهى بهات، وكان عمله مربحًا للغاية. قام بهات بتعيين مساعدين من أودوبي لمساعدته في إعداد الوجبات الخفيفة المختلفة. في غضون شهر، بدأ بهات في توريد مستحضرات اللحوم والأسماك مثل لحم البقر والضأن والدجاج والبط ولحم الخنزير والكريمين والإيكورا والبومفريت. وكان الطلب على المأكولات غير النباتية مرتفعاً

جداً، وبدأت العائلات والمجموعات بزيارة المطعم في المساء بأعداد كبيرة. ثم قام بهات بتعيين عشرة أشخاص آخرين من مانجالور كانوا خبراء في إعداد أطباق غير نباتية مختلفة.

أعاد بهات تسمية مقهى الشاي الخاص به إلى مطعم نارايانان وقام بتحويله إلى مطعم واسع يتميز بتصميمات داخلية مشرقة وكراسي وطاولات مريحة. قام بتركيب مياه جارية ومرحاضين على الطراز الغربي وبنى مقصورة منفصلة لمراقبة عملائه من مكتبه والشاحنات والسيارات والدراجات المتوقفة. وفي غضون شهر، أضاف مطبخًا حديثًا إلى المطعم وقام بتعيين طهاة خبراء تخرجوا من مدارس الضيافة. وكان بهات قد تعدى بالفعل على فدانين على الأقل من الأراضي العامة لإقامة مطعمه. وسرعان ما أصبح المطعم مشهوراً بحياته الليلية. وبعد مرور عام على افتتاح المقهى، شهد بهات ومطعمه نموًا هائلاً. في غضون عام، لم يتمكن رافي أبدًا من مقابلة بهات وجهًا لوجه كلما زار مطعم نارايانان.

في إحدى الليالي، قرر عمو ورافي تناول الطعام بالخارج وسارا لمدة نصف ساعة سيرًا على الأقدام إلى مطعم نارايانا. لقد طلبوا أطباقهم المفضلة وانتظروا النادل. وفجأة، كان بهات يقف أمامهم، ولم يتمكنوا من التعرف عليه لبضع ثوان، حيث كان يرتدي أحدث بدلة مصممة مع ربطة عنق حريرية حمراء.

"تعال، أريد أن أتحدث معك،" قال وهو يتجه إلى مقصورته. تبعه رافي وعمو. عند وصوله إلى مكتبه، جلس على كرسيه الخاص بشركة Aeron ولم يطلب من رافي وآمو الجلوس. ووقفوا أمامه متفاجئين.

"ما رأيك في نفسك؟ لماذا أتيت لإزعاجي؟" صرخ بهات عليهم.

لقد كانت صدمة لرافي وعمو، كما لو أن أحدهم ضربهم على مؤخرة رأسهم.

"تقصد الكلاب. ربما تفكر في مبلغ الستمائة والأربعين روبية. ذلك لا يعني شيئا بالنسبة لي. خذها باهتمام وتضيع." صاح بهات وألقى عليهم ورقة نقدية بقيمة ألف روبية. صوته جعل النوافذ الشفافة للمقصورة ترتعش. سقطت الرسالة بالقرب من قدمي عمو، لكن لم يقل عمو ولا رافي أي شيء. عادوا وفتحوا الباب الزجاجي دون استلام التذكرة. لاحظ رافي صبيين ينظفان طاولة في الزاوية ويبدو أن عمرهما حوالي اثني عشر أو ثلاثة عشر عامًا. "ما الذي تفعله هنا؟" تساءل رافي. لقد أزعجه هذا السؤال أكثر من الإذلال الذي تعرض له للتو.

"الكلاب الضالة، لن تعود أبدًا." كان بإمكان عسو سماع صراخ بهات. عندما أغلق الباب خلفهم، كان هناك صمت تام.

بدأوا الدراجة النارية وعادوا. لم يتمكن عمو ورافي من التحدث، حيث لم يكن لديهما كلمات للتعبير عن مشاعرهما وحزنهما وقلقهما وغضبهما.

"إنه معتل اجتماعيا. قال رافي قبل النوم: لقد كنت على حق.

"يمكنه أن يفعل أي شيء. قال عمو: "علينا أن نكون حذرين".

"إنه يشعر بالإهانة لأننا ساعدناه. لا يمكنه قبول ذلك. وأوضح رافي أن "سلوكه هو رد فعل، رد فعل على الخسارة الوهمية لعظمته".

"ليس لديه النضج العقلي ليقبل أنه كان في يوم من الأيام ضعيفًا وجائعًا وممزقًا وبدا وكأنه متسول ومتشرد. وأوضح عمو: "إنه يريد أن يحرر نفسه من ماضيه ويقتلنا هرباً من شعوره بالإهانة".

"نحن الوحيدون الذين نعرف خلفيته، مثل تاريخ زواجه ونقاط ضعفه. قال رافي: "إنه يريد القضاء عليه".

"هذا ممكن فقط من خلال إقصائنا. هيبة بهات الزائفة هي مجده. وأضاف عمو: "عظمته هي الصورة التي بناها حوله، وروعته هو الوجه الذي يبرزه، وهو حديث وغني وملون ومتواضع".

"إنه بحاجة إلى بناء بهات جديد، ومحو القديم وتدميره، والتغلب على الماضي إلى الأبد، وإثبات للعالم أنه كان دائمًا ذكيًا ورائعًا وقويًا. قال رافي: "إنه يريد أن يثبت أنه فوق طاقة البشر".

وقال عمو بوضوح: "لتحقيق هدفه، سيفعل أي شيء، وقد أصبحنا هدفه".

"القضاء على الأشخاص الذين ساعدوه هو ضرورة له، ويجب أن نكون حذرين". تحتوي كلمات عمو على تلميح للتحذير الذاتي.

"لماذا كان هؤلاء الرجال هناك؟ ما رأيك؟" سأل رافي.

"لقد كانوا هناك للعمل، أو لكسب العيش، أو غير ذلك..." يبدو أنهم كانوا هناك للقيام ببعض الأنشطة المعادية للمجتمع لبهات. يمكنك فعل أي شيء لكسب المال، وإنشاء هالة شخصية حول نفسك، وكسب الاسم والشهرة، وتغيير قصتك. يحتاج إلى محو أشياء كثيرة، مثل الأشخاص الذين يعرفونه جيدًا، والذين ساعدوه في التغلب على الجوع، وكسوه وتعاطفوا معه. لكنه شخص بلا مشاعر إنسانية. أجاب عمو: "قد يكون شخصًا بلا ندم".

ربما يكون قد نأى بنفسه عن سولاكشمي. سوف يتركها إلى الأبد دون اتصال إذا لم يتمكن بهات من قتلها. وأضاف رافي: "ربما يعتقد بهات أنها ليس لها حقوق وأنه لا يتحمل أي مسؤولية تجاهها".

"ثم يلجأ إلينا، فيكون الأمر كارثيا. نحن نعرف ذلك، لكننا غير قادرين على فهم عقل المريض النفسي. إنهم يتوصلون إلى آلاف الاحتمالات وفي النهاية ينجحون عادة. في النهاية، هم قادرون على الهروب من أي لوم بسبب قوتهم وموقعهم واسمهم وشهرتهم. قال عمو بحزم: "هذا هو عقل مريض نفسي".

"إنها كوبرا جريحة، ولا يهم حجمها، ولكن مدى خطورة سمها. يمكن لهذا السم أن يقتل ما لا يقل عن ستة أشخاص بضربة واحدة، وهو أمر حيوي. لقد جرحنا كبريائه بوجودنا وحضورنا، لأننا حاملون لتاريخه الذي يريد محوه. ما أراد أن يمحوه ذات مرة من حياته يشمل كلانا. معرفته هي جريمتنا، جريمة خطيرة لا فداء لها. "قد يستدعي ذلك أشد عقوبة، ليس الردع أو التصحيح، بل عقوبة الإعدام"، تمتمت عمو، دون أن تعرف ما إذا كان رافي قد سمعها.

لكن بهات كان يتمتع بسحر، وإن كان سطحيًا. كان يتمتع بمهارات وتخطيط وتنظيم الأشياء بدقة، ويظهر قدراته. لم يكن لديه أوهام التفكير غير العقلاني، ولم يظهر أبدًا عصبية، ولم يكن عصبيًا. ومع ذلك، أظهرت تجربة عمو ورافي أن بهات كان غير موثوق به، كاذبًا وغير صادق، ولم يضع أي قيمة على الروابط الإنسانية السليمة. كانت غرور بهات تتخطى السقف،

ولم يبتسم أو يضحك أبدًا، وكان يفتقر إلى المودة والمودة. لقد تخلى عن زوجته في سن مبكرة، مدعيًا أن زواجهما كان زواجًا للأطفال، واستغل القانون عندما كان يناسبه. ورفض ذكر اسم زوجته، لكنه اعترف بزواجه للحصول على الحماية القانونية. وكان ماضيه لغزا. لم يبد بهات أبدًا أي رد فعل إيجابي ولم يستجب أبدًا لللطف والمساعدة. لقد كان شخصًا بدون علاقات شخصية.

"عمو، أتساءل لماذا يوجد دائمًا حشد كبير من الشباب وطلاب الجامعات وسائقي الشاحنات والعائلات في مطعمك. لماذا يجدون طعامك جذابًا ولذيذًا وساحرًا؟ لماذا يريدون تجربتها مرارا وتكرارا؟" في أحد الأيام، طرح رافي هذا السؤال على عمو. لقد فكر في الأمر وقام بتحليل العديد من الفرضيات بحثًا عن إجابة محتملة.

في اليوم التالي، طلب رافي من صغاره، عبد القادر وليزا ماثيو، الاتصال بالأولاد في مطعم بهاتس دون الكشف عن هوياتهم . تدرب عبدول وليزا تحت قيادة رافي في المحاكم المحلية والمحاكم العليا في مختلف قضايا حقوق الإنسان. لقد وعدوا رافي بأنهم سيجمعون كل المعلومات الممكنة عن الأولاد ويقدمونها له. بعد بضعة أشهر، صادف رافي خبرًا في إحدى الصحف المحلية بعنوان "وزير السياحة يفتتح مطعمًا يسمى بهات ميلودي". كان المقال مكونًا من خمسمائة كلمة، ويبدو أن الصحافة أعطت أهمية كبيرة لهذا الحدث. "افتتح بهات، الذي يُوصف بأنه إمبراطور براعم التذوق، مطعمًا جديدًا في قلب المدينة على طريق المهاتما غاندي. سكان المدينة محظوظون لأن مثل هذا الطاهي الشهير افتتح مطعمًا في مدينتنا. بهات هو طاهٍ مدرب تدريبًا عاليًا وقد تدرب في بولونيا وبوردو وأمستردام وسان سيباستيان. بهات هو أيضًا شخص محبوب ومحترم من قبل الآلاف من الأشخاص في جميع أنحاء ولاية كيرالا. محب للخير بامتياز، تخرج في الضيافة من جامعة معروفة في الشمال. "إنه يقوم بتحضير درجة الدكتوراه في الأغذية التقليدية والسياحة في ولاية كيرالا." أظهر رافي الصحيفة إلى Ammu وبعد قراءة الثناء، نظر Ammu إلى رافي وكان كلاهما عاجزًا عن الكلام لفترة طويلة.

وفي غضون شهر، استحوذ بهات على مطعم آخر في المدينة وأطلق عليه اسم "إيقاع بهات". في هذه الأثناء، توصل عبد القادر وليزا ماثيو إلى استنتاجاتهما والتقيا برافي في مكتبه. "يبدو أن بهات متورط في تهريب المخدرات على نطاق واسع. يعمل الأولاد كسائقين مع سائقي الشاحنات وبعض طلاب الجامعات الشباب. يجلب سائقو الشاحنات المخدرات من البنجاب ومانيبور حيث أن الكثير منها متوفر في البنجاب وأفغانستان وباكستان. وأوضح عبد أن المخدرات من مانيبور تأتي من بورما. "والأولاد؟ ما هو دورك؟" سأل رافي. "يتم توظيف الأولاد لتوزيع المخدرات داخل ولاية كيرالا. قالت ليزا ماثيو: "هناك ستة أشخاص، كل منهم مرتبط بمطعميه، ميلودي وريذم". "هل لديك دليل؟" سأل رافي.

"الحقائق هي أساس الحقيقة. قالت ليزا: "أنا أجمع البيانات لإثبات الحقيقة".

"في المحكمة، الحقائق ليست أكثر من أدلة. وقال رافي: "نحن بحاجة إلى أدلة دامغة".

عرضت ليزا وعبدول على رافي صورًا لأولاد سافروا إلى أجزاء مختلفة من الولاية وزاروا الحرم الجامعي والمطاعم لتوزيع المخدرات. قال رافي: "إنها مشكلة خطيرة". "ماذا علينا ان نفعل؟" سألت ليزا. وقال عبد "علينا أن نفكر بجدية شديدة". وقالت ليزا: "لا يمكننا أن نثق بأحد، لأننا نلعب بالنار". "دعونا نلتقي بعد ثلاثة أيام. فكر في الأمر وفكر في كل العواقب التي سنواجهها. بهات حازم ومن الممكن أن يكون وراءه عصابة إجرامية مكونة من سياسيين

ورجال شرطة ورجال أعمال، لأن هذا لا يمكن أن يكون عرضًا فرديًا. يقول رافي: "لكنه سيدمر شبابنا، وحتى أطفال المدارس".

في ذلك اليوم، وصل عمو متأخرًا من الكلية لأنه كان عليه زيارة كوتاناد مع طلابه لتعريفهم بمزارعي كوتناد . بعد وصوله إلى المنزل حوالي الساعة الثامنة مساءً، أعد رافي العشاء وبعد نصف ساعة عاد عمو. على الطاولة، ناقشوا النتائج التي توصل إليها عبدول وليزا. "لقد آذينا بهات لأنه شرير. سيكون رد فعله خبيثًا، وسيعرف بلا شك ما نحن بصدد فعله". استمع رافي إلى Ammu بصمت، ولكن قلبه كان ينبض. كيف نهزم هذا الشر ونقضي عليه؟ وإلا فإنه سيبتلع كل شيء ويدمر ما هو صحيح ونبيل في المجتمع.

"عمو، أحيانًا أشعر بالخجل من نفسي وعدم قدرتي على الرد ضد مثل هذه الوحوش. لكن إذا قمنا بالرد فسوف يقتلنا، هذا أمر مؤكد". كانت كلمات رافي حادة وثاقبة، وتضمنت تنبؤًا بمستقبله.

لقد بدأوا للتو حياتهم العائلية وحصلوا على قرض لشراء منزل في مكان تحب أمو قضاء أيامها ولياليها فيه. كان المكان هو المكان الذي ذكرت فيه آمو شراء منزل عندما ذهبوا إلى مونار، وكانت تحب البقاء مع رافي هناك، في منزل صغير، بعد أن تزوجا. لقد كان حلمًا أصبح حقيقة بالنسبة لعمو.

كان رافي دائمًا يشارك الذكريات الجميلة مع Ammu؛ لقد غلفها معناها وكثافتها وحيويتها العميقة. لقد خلقوا لهم بيئة، جلبوا لهم أبعادًا جديدة، وألوانًا رصينة، وأصواتًا ناعمة، وعلاقات أبدية غنية الطبقات. وكان الزوجان يحبان التعايش مع أنشطتهما اليومية باعتبارها لغزًا ويتشاركان ذلك اللغز مرارًا وتكرارًا. وهكذا ظلت دائما منعشة وجذابة ونابضة بالحياة. قامت عمو بزيارة مونار مع رافي في قلبها وشاركته أهميتها يوميًا. وكان رافي يحب الاستماع إليها لساعات طويلة، خاصة في عطلات نهاية الأسبوع وعندما يكونان معًا. وفي أيام الأحد، كانوا يسيرون جنبًا إلى جنب على طول التل وعلى طول ضفاف النهر، الذي يلتف حول حقول الأرز ومزارع كروم الفلفل وأشجار الكاجو وأشجار المانغروف.

وفي اليوم التالي، ذهبوا إلى مونار. اتصل عمو برافي وقال: "رافي، هناك أخبار جيدة. لدي دعوة من أوبسالا لحضور حفل التنصيب، وسوف أحصل على الدكتوراه خلال الحفل. " "تهانينا، عمو. أشعر بالبهجة. إنه نتيجة سنوات طويلة من النضال، وقد قام بأبحاث استثنائية. يمكنك أن تفخر بـ Kuttern الخاص بك. لقد حققت الكثير في مثل هذه السن المبكرة وساعدت آلاف المزارعين على الازدهار والحصول على مستوى معيشي لائق".

أراد Ammu مشاركة كل شيء مع رافي. أجاب عمو: "شكرًا لك رافي على الكلمات الرقيقة، شكرًا لك على التقدير". وتابع رافي: "أنا فخور بك يا عزيزي عمو". "رافي، هناك أخبار جيدة أخرى بالنسبة لك. لقد وعدتني إحدى المنظمات غير الحكومية في ستوكهولم بتغطية نفقات رحلتي إلى السويد، بالإضافة إلى إقامتي هناك لمدة خمسة عشر يومًا. لقد طُلب مني تقديم ورقتين بحثيتين، إحداهما في مؤتمر دولي حول جراد البحر من بحيرة فاتيرن وبحيرة إركين. والأخرى عبارة عن ورقة دراسية حول تربية الأسماك والنمو الاقتصادي بناءً على دراستي في كوتاناد".

"أنا سعيد حقا. أجاب رافي: "أنت تستحق ذلك يا عمو". "رافي، خبر جيد آخر: الرعاية لشخصين. وأنا أدعوكم إلى الانضمام لي. قال عمو: "سأكون أسعد شخص إذا تمكنت من قبول

دعوتي". "قبول دعوتك يجعلني أسعد شخص في العالم. أجاب رافي: "أنا جاهز". وقال عمو "دعونا نجتمع ونناقش ونخطط لبرنامجنا في أقرب وقت ممكن". "في نهاية هذا الأسبوع؟" اقترح رافي. يجيب عمو: "بالطبع". قال رافي: "سآتي إلى نزلك لاصطحابك، وسنذهب إلى قصر ماتانشيري، إذا كنت تريد، ونتناول الغداء في مطعم جيد ونناقش ونخطط لرحلتنا". "أنا على استعداد للذهاب معك إلى أي مكان في العالم. "أنا أستمتع بكل لحظة أقضيها معك." كان هناك حب لا نهاية له في كلماتها، وكان رافي يشعر بذلك. وصل رافي إلى نزل عمو حوالي الساعة الثامنة صباحًا، وكان عمو في انتظاره. لقد بدا مبتهجًا وسعيدًا في بنطاله الجينز وقميصه المطوي. كان عمو يرتدي بنطال جينز وقميصًا، وكان يبدو جميلًا. "عمو!" دعا رافي. "رافي!" كان هناك الكثير من الحب في كلماته.

لقد كانت رحلة ممتعة على دراجة رافي النارية. استغرقت الرحلة حوالي ساعة واحدة لتغطية ما يقرب من ستين كيلومترًا تفصل بين ألابوزا وكوتشي على طول طريق سريع يقع بين بحر العرب وبحيرة فيمباناد. بحيرة فيمباناد، إحدى أكبر بحيرات المياه العذبة في آسيا، وتبلغ مساحتها حوالي مائتي كيلومتر مربع، وتتميز بمظهر ملون وساحر. عند وصولهم إلى كوتشي، توجهوا إلى فورت كوتشي الواقعة جنوب غرب المدينة. أثناء إظهار Ammu المهيبة China Vala ، الشباك الصينية، أخبرها رافي أن البرتغاليين ساعدوا راجا كوتشي في محاربة ساموثيري من كوزيكود. وكبادرة امتنان، منح الراجا مساحة من مملكته لأفونسو دي ألبوكيركي عام 1503، مما سمح للبرتغاليين ببناء حصن إيمانويل لحماية مركز قوتهم. وأوضح رافي أن اسم حصن كوتشي يأتي من حصن إيمانويل، وأنه بالقرب من الحصن توجد كنيسة القديس فرنسيس، التي بنيت عام 1516. هزم الهولنديون البرتغاليين، واستولوا على حصن إيمانويل، واحتفظوا به حتى عام 1705. ثم هزم البريطانيون الهولنديين وسيطروا على الحصن المهيب. سار عمو جنبًا إلى جنب مع رافي واستمع إلى قصصه باهتمام كبير.

من فورت كوتشي، توجه عمو ورافي إلى قصر ماتانشيري. وقال رافي لأمو وهو ينظر إلى جدارياته الرائعة: "لقد كان قصرًا برتغاليًا، ولكنه معروف باسم القصر الهولندي". يوضح رافي: "تم بناؤه حوالي عام 1515، وهو يمثل روعة الهندسة المعمارية على طراز ولاية كيرالا". "تم بناء كنيس باراديسي حوالي عام 1568، وهو أقدم كنيس يهودي في الإمبراطورية البريطانية السابقة. وأضاف "إنه يمثل العلاقات التاريخية بين اليهود وكيرالا".

حصل عمو ورافي على طاولة لشخصين في مطعم أرابيان دريم المطل على بحر العرب. ابتسمت آمو، ووجد رافي وجهها الهادئ جذابًا بشكل مثير للإعجاب. "عمو، هل تتذكر اجتماعنا الأول؟" سأل رافي. "نعم رافي، الذكريات هي شريان الحياة لعلاقة الحب. وقال عمو وهو يبتسم مرة أخرى: "إذا لم تكن هناك ذكريات، فلن يكون هناك حب، وعندما تشارك الذكريات، فإنك تشارك الحياة". كان رافي يعشق وجودها ورائحتها، لأنهما كانا يتمتعان بخاصية تنويم مغناطيسي نادرة، وإصرار سحري لجذب انتباهه وتركيزه وحبه.

"عمو، من الجميل أن أكون معك. أحب التحدث إليك، وشمك، وتذوقك. أحب عضك، وأكلك ببطء، طوال حياتي، ولا أستطيع أن أتخيل الحياة بدونك،" كانت كلمات رافي ناعمة ولطيفة.

"رافي، لدي نفس المشاعر العميقة والانجذاب تجاهك. إنها أبعد من الكلمات. ويجب تجربتها في القلب، لأنها تتجاوز الحواس. أحاول أن أستوعبك وأحتويك في مشاعري وأفكاري وضميري وكل كياني. أنت تصبح أنا، أو أنا أصبح أنت. أنظر إليك، أرى نفسي فيك. ليس

انعكاسا، بل كل الوجود. بأنني أنت، وأنت أنا. لا يمكن فصله، لكننا شخصان في وقت واحد. هذا الإدراك ساحر ومثير ومنشط ومرضي فكريًا وروحيًا."

تحدثت عمو كما لو كانت تقرأ قصيدة من قلبها، كتبتها لرافي ولها فقط. لقد كانوا الكائنات الوحيدة في هذا الكون بالنسبة لها. وقد احتوت القصيدة على كليهما ككل، وكان تفردها استثنائيا لا يضاهى، لكنها استطاعت تجربته وملاحظته وتقييمه.

استمع رافي إلى Ammu بعناية. "آمو، الحياة رائعة ونحن نعطيها معنى. نحن نقدم لك أهدافك، وأهدافك، لأنه لا يوجد شيء مكتوب مسبقًا حول كيفية عيش الحياة وما الذي يمكنك الخروج منه. عندما يجتمع إنسانان معًا لتكوين علاقة مدى الحياة، فإنهما يحددان هدفهما، الذي يحتوي على كل شيء يتعلق بتوجههما، وإلى أين يذهبان وكيف يصلان إلى هناك. إن قرارهم يتجاوز القواعد واللوائح، لكن ثقتهم ومحبتهم تنمي الإيمان وتنشئ رابطة دائمة. قال رافي: "في الهدف والحب والثقة، نحن معًا كركائز الحياة، الهدف، الغايات، الوجود نفسه وجوهره".

"رافي، أنا أقدر هذا العمل الجماعي، وهذه الوحدة، وهذا الاستقلال، وهذه الفردية الفريدة. كأفراد يتمتعون بالحرية الكاملة، نحن واحد ونختبر ازدواجيتنا في وحدتنا. أنت إنسان مختلف. لهذا أحبك. أنا كائن منفصل، وأنت تشعر بالقرب مني. هذا الشعور هو سر الحياة. هناك شوق في قلوبنا للعثور على بعضنا البعض، وأن نكون قريبين من بعضنا البعض وأن نصبح واحدًا في الوجود، ولو لفترة من الوقت. ولهذا السبب يختبر البشر الجنس والعلاقة الحميمة. حتى أثناء ممارسة الجنس، هناك هوية منفصلة. قال عمو وهو ينظر إلى رافي، وكان من الواضح أنه كان يفكر في كلماتها: "أتوق إلى تلك العلاقة الحميمة وأحب الاحتفاظ بهذه الهوية المنفصلة حتى عندما نمارس الجنس".

"عمو، أنا أفهم الآثار العميقة لما قلته. كلماتك أصبحت واحدة معي. عندما أعرفك، تصبح أنا، لأن الوجود يعني أن تعرف. عندما نمارس الجنس، نصبح أنفسنا بالكامل ونختبر "الأنا" بداخلك و"أنت" بداخلي. في العلاقة الجنسية الحميمة لا توجد أنانية، فمتعة الآخر ومتعة النفس هما الهدفان الأساسيان للجنس. يحدث الجنس كفعل واعي لعلاقة حميمة، كتجربة لتفردك في داخلي وتفردي فيك. إنه أمر طبيعي ولكنه سامية. لقد تطورت علاقتنا إلى هذا المستوى من الحميمية المطلقة مع الاهتمام بالفردية في الجسد والعقل والخبرة. أحبك لأن لديك كرامة لا تنفصل كإنسان، وتعاملني بنفس الكرامة في معاملتك. حتى في جنسنا، أجدك على قدم المساواة. هناك المساواة المطلقة، والحرية الإيجابية، والحرية الكاملة. نعم يا عمو، في هذا القيد، أحبك. أمد يدي إليك في تقرير المصير الحصري هذا، وأنت تمد يدك لي. "لقد اختبر كلانا ما هو فريد من نوعه في وجودنا." كانت كلمات رافي واضحة وواضحة.

قال رافي وهو يسأل آمو عن خياراتها: "دعونا نذهب لنأكل شيئًا". كان الطعام المقدم لذيذًا وكان لذيذًا. قال عمو: "الآن، دعونا نخطط لرحلتنا ذهاباً وإياباً إلى السويد". ورد رافي قائلاً: "بالطبع، هذا هو الهدف الرئيسي لاجتماعنا اليوم". "لدينا ما مجموعه خمسة عشر يومًا في السويد. ويقام حفل التنصيب في اليوم الأخير من شهر مايو في الجامعة. وأوضح عمو: "لذا دعونا نصل إلى ستوكهولم مبكرًا بيومين على الأقل". "حسنا،" أجاب رافي. "هل يجب أن نحجز رحلة في الصباح الباكر من كوتشي يوم 28 مايو؟ سنكون في أرلاندا، ستوكهولم، في فترة ما بعد الظهر. ثم في اليوم التالي سنقضي تلك المدينة الجميلة، وفي يوم الثلاثين صباحًا سنذهب إلى بحيرة إركين ونقضي النهار والليل كله هناك. قال وهو ينظر إلى رافي للحصول على الموافقة: "في صباح اليوم التالي سنذهب إلى أوبسالا لحضور حفل التنصيب". "هذا رائع.

قال رافي وهو ينظر إلى آمو: "سيكون من دواعي سروري أن أكون في أوبسالا لأشهد حصولك على درجة الدكتوراه، وهو أحد أكبر الأحداث". "يُطلق على دعوة أو تخريج الأطباء الجدد اسم حفل المحاضرة في جامعة أوبسالا. يتم الاحتفال به مرتين في السنة، في الربيع، في الفترة من مايو إلى يونيو، وفي الشتاء في يناير. يتم إطلاق تحية المدفع في الصباح وأثناء الحفل. في عام 1600 أقيم حفل المؤتمر الأول. وقال عمو بفخر: "في الحفل الرسمي، يحصل الحائزون على الجوائز على رمز الشرف الخاص بهم، وهو خاتم وشهادة وإكليل الغار". قال رافي وابتسم وأخذ راحة يد عمو وقبلها: "سوف تبدين كالأميرة، عزيزتي عمو". وأضاف عمو: "وأنت يا أميري الساحر". "متى ستعقد ندوتك الدولية في ستوكهولم؟" سأل رافي. "سيكون ذلك يوم 3 يونيو. لذلك سنقضي يومين في أوبسالا وفي اليوم الثالث سنستقل القطار في الصباح إلى ستوكهولم. في اليوم الرابع، نذهب إلى بحيرة فاتيرن، وفي المساء، ننضم إلينا في رحلة كرافتيفالر . قال عمو: "رافي، سوف تستمتع به".

نظر رافي إلى Ammu واستمتع بكل كلمة. قال رافي وهو يبتسم مرة أخرى: "عمو، أحب مشاركة كل التجارب التي مررت بها، لذا دعني أصبح أنت". عمو أحب ابتسامته. "في صباح اليوم الخامس سنذهب إلى جوتنبرج، وستكون الندوة في اليوم السابع. لدينا يومين مِن السياحة. قال عمو مبتسماً: "سنعيش من جديد معاناة ونشوة ديدريك وأوليفيا".

"من هؤلاء، ديدريك وأوليفيا؟" سأل رافي.

روى له أمو قصة ديدريك وأوليفيا وحبهما الشديد ولقائهما في مركز تسوق في ستوكهولم. توسعت Ammu في رحلة قطار Didrik في اليوم التالي إلى جوتنبرج ليجتمع مع حبيبته أوليفيا ورحلة قطار أوليفيا إلى ستوكهولم للم شمله مع حبيبته Didrik. يقول رافي: "الأمر يستحق العيش".

"في الثامن سنستقل القطار إلى لوند، مسافة مائتين وأربعة وستين كيلومترا، ونزور المدينة وجامعة لوند الشهيرة، وفي العاشر سنعود إلى الهند". "يبدو رائعًا. أنا معجب التخطيط الخاص بك. لكن عمو، هل يمكنني أن أقدم لك اقتراحًا؟" نظر رافي إلى Ammu وانتظر إذنها. "في الواقع، رافي. لا تحتاج إلى موافقتي للتحدث. علامة الحب هي الحرية في التعبير عن كل ما في قلبك. من فضلك قل لي ما تريد أن تقوله لي، أجاب عمو. "لدي شيئين لأقولهما: هل سنعود عبر كوبنهاغن ونزور المكان الذي التقينا فيه للمرة الأولى؟ كان مقابلتك أعظم حدث في حياتي بعد أن اصطحبني والداي من المنصة." كان رافي صريحًا جدًا. "رافي، مقابلتك حققت هدف حياتي، والآن أنا شخص مختلف مع وضع حياتي جديد. دعونا نذهب إلى كوبنهاجن ونعيش عندما تحدثنا لأول مرة. الذكريات ثمينة في الحياة. الحياة بلا ذاكرة هي حياة بلا حب. أحمل تلك اللحظة في قلبي وأتأملها مراراً وتكراراً. انها قيمة للغاية. سنكون هناك، لنلتقي ببعضنا البعض، مثل اللقاء بين أوليفيا وديدريك بعد رحلة القطار".

ثم قال رافي وكأنه يحكي سرًا: "من كوبنهاغن، سنطير إلى شتوتغارت ونلتقي بوالديّ. على مدى السنوات الخمس الماضية، كانوا هناك. وطردهم القوميون المتطرفون من الهند، واتهموهم بالعمل ضد البلاد. كان والدي، ستيفان ماير، مُنظِّرًا شيوعيًا، وأمي إميليا، عالمة في مدرسة هيام . لقد ساعدوا أفقر الفقراء في الهند وعملوا كصوت لمن لا صوت لهم. يقول رافي: "لدى عائلة مايرز المئات من المعارف والأصدقاء في كانور الذين دعموا والدي مثل الصخرة، لكن والدي لم يتمكنا من تجديد تأشيرتهما لأن الحكومة رفضت ذلك". "رافي، لقد أخبرتني بالفعل عن والديك، لكنك توقفت عن الحديث عن عملهما في الهند. أود أن ألتقي بهم وأنا

متحمس لاجتماعنا معهم في شتوتغارت. سأعانقكما لأنك منحتني شخصًا رائعًا في حياتي. قال عمو مستغرقاً في التفكير: "من المؤكد أن لهم مكاناً في قلبي". "شكرًا لك عمو على قبول دعوتي. كما أود أن أخبركم أن والدتي أصيبت بمرض الزهايمر ولا تتعرف على أحد. والدي وأمي لا ينفصلان. يتحرك حولها دائمًا، حتى لو لم تتعرف عليه، ويفعل كل شيء من أجلها. قال رافي وهو يروي قصة والديه: "إن وجوده لا ينفصل عن وجودها". "رافي، أنا آسف جدًا بشأن والدتك. أستطيع أن أفهم ذلك. لقد فقدت والدتي عندما كنت في أمس الحاجة إليها، عندما كنت صغيرا. لقد أحبها والدي كثيرًا، وقد أثرت خسارتها عليه بشدة، وقد حزن قلبه بعد وفاتها المفاجئة. لماذا يحب بعض الرجال نسائهم أكثر من اللازم؟ لماذا يعتقد الرجال أنهم لا ينفصلون عن نسائهم؟ "لماذا يفقدون كل الحافز للعيش بعد وفاة زوجتهم؟" سأل عمو.

لقد كان سؤالا صعبا للإجابة عليه. بعد التفكير لبعض الوقت، قال رافي: "وهذا أيضًا نتيجة للحب. الرجل الذي يقع في الحب غير المشروط لديه هم واحد فقط: حبيبته. يتحدث معها دائمًا بعمق، حتى في غيابها. إنه حوار دائم، وخطاب متواصل، يومًا بعد يوم. الرجل الذي يتماهى مع زوجته يعتقد أنها جزء لا يتجزأ من المرأة التي يحبها. ليس ظلًا، وليس كيانًا آخر، بل كائنًا متعايشًا. بالنسبة له، هناك شخص واحد فقط في الكون: زوجته. اختبر الوحدة معها، ابحث عنها داخل نفسك واشعر بها. بالنسبة له لا يوجد وجود بدونه. يتنفس بفضلها ويفكر فيها باستمرار، مشتاقًا لصحبتها. إنها الوحدة النفسية للشخص الآخر، كلية متماسكة. فلسفياً، أنت الآخر، والآخر هو أنت. أنت تبني عالمًا مكونًا من شخصين فقط: أنت وحبيبك. عندما يموت الآخر، تتوقف أنت عن الوجود. إنه قرار واعٍ، وليس خيارًا قسريًا، والنتيجة الطبيعية لاتحاد لا ينفصل. سيقول البعض أن الحب لا يقدم دائمًا نتائج إيجابية لأنه أحيانًا يجعل الناس غير قادرين على التمييز بين شخصين منفصلين. أنت تصبح الآخر والآخر يصبح أنت. في كثير من الأحيان، تفقد تفردك. يظهر هذا بشكل شائع عند الرجال الذين يحبون نسائهم بعمق. لكن يمكن للمرأة أن تتغلب على فقدان شريكها تدريجياً وثباتاً. يمكنهم النجاة من الألم وغالبًا ما يستعيدون قوتهم وسحرهم السابق لبدء حياة جديدة. حيويته مختلفة ووعيه لا يضاهى. اتزانه وذكائه هما نتيجة وعيه بالاستقلال. وهو يختلف عن ذلك الذي للرجال. النساء أكثر ذكاءً في التمييز بين الانفصال، لكن الرجال الذين يختبرون الحب العميق يفشلون في فهم التمييز. إنهم يفشلون في هذه المعركة، وفقدان أحبائهم يؤثر عليهم بشكل مأساوي".

"أنا أتفق معك، رافي. وحتى المرأة الحامل تعتبر جنينها فرداً منفصلاً، وليس جزءاً من جسدها. إذا تمكن الرجال من الحمل، فربما يفكرون بشكل مختلف في أحبائهم. تتمتع المرأة بقدر أكبر من القوة العقلية والتوازن الداخلي والمرونة. إنهم يبنون هدفًا جديدًا في الحياة ويمكنهم القيام بذلك حتى لو استغرق التعافي وقتًا أطول. وقال عمو وهو يحتسي القهوة المفلترة بعد تناول الطعام: "بمجرد الحصول عليها، تصبح صلبة مثل الماس".

"عمو، هل يجب أن نتحرك؟" اقترح رافي.

أجاب عمو: "بالطبع حان وقت الرحيل".

كانت رحلة العودة ممتعة، وكان النسيم القادم من بحيرة فيمباناد هادئًا. أحب Ammu رؤية رافي من الخلف وهو يركب الدراجة النارية. قالت عندما وصلوا إلى الفندق: "شكرًا لك رافي". "أنا دائما أحب أن أكون معك. أجاب رافي: "إنها تجربة مرضية". "عندما أكون معك، أخشى أن يمر الوقت بسرعة كبيرة، وعندما أكون بعيدًا، أشتاق إلى مقابلتك مرة أخرى. وقال عمو: "من المفارقة أن أعيش مع الشخص الذي أحبه". "عمو، أنت معي دائمًا، وأتحدث معك

باستمرار لأنك أصبحت جزءًا لا يتجزأ من حياتي. وأضاف رافي: "أنت تبهرني دائمًا". "شكرًا لك رافي على وجودك معي ومشاركتي حياتك. أختبر هذا الواقع الحي الذي يساعدني على النمو وإدراك هويتي. هذه التجربة هي لقاء لا نهاية له وثمين أعيشه باستمرار. أحبك لمن أنت ولما صنعته مني. قال عمو: "لقد منحتني الأمل وأصبحت أقوى".

وفجأة، عانقت أمو رافي بشغف، وعانقها رافي بشدة؛ عانقت أمو رجلاً للمرة الأولى. كان بإمكانهم سماع نبضات قلب بعضهم البعض ويشعرون بالتنفس العميق لبعضهم البعض. كان العناق الأول أفضل تجربة مروا بها على الإطلاق: مشاركة مريحة ودافئة ونابضة. ظلوا بلا حراك لفترة طويلة، مقدرين حداثة الفعل والاتحاد والعناق القوي. ثم خفض رافي رأسه وقبل شفتيها.

"شكرًا لك عزيزي عمو. "لقد حولتني إلى شخص يفيض بالحب"، قال وهو يقود دراجته النارية وينطلق مسرعًا. شاهده عمو وهو يقود سيارته لفترة طويلة.

حتى بعد أن اختفى عن الأنظار، بحثت عنه كما لو أنها لا تزال تراه راكبًا. فكرت أمو في ديدريك وغنت أول سطرين من الأغنية، وهي موسيقى لحبيبتها أوليفيا.

بدأت الاستعدادات لرحلتهم إلى السويد بحماس. أثارت رحلة رافي الأولى إلى السويد اهتمامًا لا يصدق بهذا البلد الجميل. بدأ يقرأ عن تاريخها ولغتها وأدبها وثقافتها وبيئتها الاجتماعية والاقتصادية وجغرافيتها. كان من المقرر أن تنطلق الرحلة في الصباح الباكر من يوم 28 مايو، وسوف تصل إلى أرلاندا في الساعة 4:00 مساءً في نفس اليوم. بدت Ammu ساحرة في بنطالها الجينز وقميصها نصف الأكمام، وبدا رافي مذهلاً في بنطاله الجينز وقميصه. وتعانقوا في المطار وكأنهم التقوا بعد فترة طويلة. كان لديهما مقاعد متجاورة وكانت هذه هي المرة الأولى التي يسافران فيها معًا. على الرغم من أنهم سافروا إلى الخارج مرات لا تحصى، إلا أن تلك الرحلة كان لها معنى خاص. سوف يسافرون معًا إلى الأبد، ولن تهبط الرحلة؛ كانوا يمسكون أيديهم بينما يتحدثون ويبتسمون ويتشاركون ويضعون الخطط حتى نهاية حياتهم. لقد كان الفرح في العمل، والشعور بالوحدة، والشعور بالقرب دون تناهيه.

"آمو"، كان رافي يدعوها في كثير من الأحيان. "أن أكون معك هو متعة الحياة النهائية. لا يوجد شيء أبعد من ذلك. "إننا نختبر هذا الرضا الهائل من الوحدة في العلاقة الحميمة."

"رافي، أنا الذي أختبر ملء وجودك في داخلي. قال عمو: "أنا وأنت واحد عندما نجتمع معًا".

نظر رافي إلى وجهها بعينيه الداكنتين الجميلتين الكبيرتين. كانت تعابير وجهه لطيفة دائمًا. لقد كان شعورًا عميقًا بالتماسك والفرح والإنجاز في حضور عمو، كما لو كانوا في بُعد مختلف من وجودهم.

يشعر رافي دائمًا بمشاعر عميقة في حضور Ammu، ويعبر عن مشاعره على أنها فرحة في العمل. لقد أصبح مرتبطًا بشدة بإميليا ورينوكا في غضون ستة أشهر. لعدة أيام، تصل رينوكا إلى منزل إميليا حوالي الساعة السادسة وتأخذ رافي إلى المنزل. بعد تدليك زيت الأيورفيدا والحمام الساخن، أرضعت رينوكا أديتيا ورافي. لقد أحبتهم بشدة، وأدرك الأطفال حبها وباردوها بمودة. في سن العاشرة، عادةً ما تعيد رينوكا الأطفال إلى إميليا، أو يذهب ستيفان إلى منزل رينوكا ويلتقط الأطفال. بدأ أديتيا ورافي في مناداة إميليا ورينوكا بـ "أما". لفترة طويلة لم يعرفوا من هي "أمهم الحقيقية". أدركت كلا الأمهات أن رافي كان يكن لهما حبًا خاصًا، والذي عبر عنه بابتسامته الصغيرة وإيماءاته.

نظرًا لأن عائلة مايرز كان لديها منزل كبير، فقد قضى أديتيا ورافي معظم ساعات يقظتهما هناك، يركضان هنا وهناك وأحيانًا مع أطفال آخرين من حيهم. لقد لعبوا معًا في الفناء والحديقة. عندما بلغ الأطفال سن الثالثة، بدأ ستيفان بتعليمهم اللغة الألمانية، وسرعان ما تعلم كلاهما اللغة، وتحدثا مع إميليا وستيفان باللغة الألمانية. عندما بلغوا الرابعة من العمر، علمهم كالياني الأبجدية المالايالامية، والتي تعلموها بسهولة لأن الجميع يتحدثون المالايالامية. لم يعرفوا أن كالياني كانت من فيداربها وأن لغتها الأم كانت الماراثية. كما حضروا "دروس دراسية" نظمت في منازل جيرانهم حول موضوعات مختلفة تتعلق بالشيوعية وحركة الفلاحين والعمال في مالابار.

مباشرة بعد أن بلغ أديتيا ورافي الخامسة من عمرهما، تم إرسالهما إلى مدرسة حضانة في كانور، وقامت عائلة مايرز برعاية تعليم أديتيا. اعتاد ستيفان أن يأخذ Aditya وRavi كل يوم حوالي الساعة السابعة والنصف صباحًا في سيارته، حيث تبدأ دروسه في الساعة الثامنة. لقد كانت تجربة جديدة بالنسبة لأديتيا ورافي أن يحضرا الفصل. على الرغم من أنهم شعروا بعدم الارتياح قليلاً في البداية، إلا أنهم وجدوا الأمر ممتعًا لاحقًا. كانت المعلمة امرأة أنجلو هندية تتحدث الإنجليزية بطلاقة. انضم Aditya وRavi إلى الفصل الأول في العام التالي في مدرسة Saint Michael's Anglo-Indian School، وهي مؤسسة تعليمية مرموقة يديرها اليسوعيون. تم تدريس الفصول الدراسية بشكل جيد بشكل ملحوظ، وقام معلمون متعلمون ومدربون بتعليمهم من الساعة التاسعة إلى الرابعة بعد الظهر. كان Aditya وRavi نشطين في جميع الألعاب الرياضية والألعاب وأظهرا ميلًا خاصًا للهوكي؛ غالبًا ما كانوا يمثلون مدرستهم في بطولات الهوكي في ولاية كيرالا . خدم Aditya وRavi فريق كيرالا للهوكي في بطولات الهوكي بين المدارس على مستوى عموم الهند في ثلاث مناسبات متتالية في المدرسة الثانوية. اعتاد ستيفان أن يذهب إلى المدرسة في فترة ما بعد الظهر وينتظر بصبر انتهاء مباريات الهوكي حتى يتمكن من اصطحاب الصبيين. بينما كان رافي ينادي ستيفان بـ "أبي"، خاطبه أديتيا بـ "العم ستيفان".

لعدة أيام، قضى أديتيا وقتًا مع إميليا وستيفان ورافي في منزلهم كما لو كان أحد أفراد العائلة. كان لدى Aditya غرفة في الطابق الأول من المنزل، بجوار غرفة Ravi's، وكانا يحبان التواجد معًا. لقد أحبوا بعضهم البعض وكانت صداقتهم غير قابلة للكسر. غالبًا ما كانوا يشاهدون نهر فالاباتانام، المعروف أيضًا باسم بارابوزا ، من الشرفة. كان النهر دائمًا مهيبًا وهادئًا، مع وجود مصانع البلاط والمناشر على كلا الجانبين. تم العثور على جذوع ضخمة من الخشب مثل خشب الساج وخشب الورد والأنجالي في منطقة غاتس الغربية المعروفة باسم سهيادري، وخاصة في أيانكونو وأرالام وكوتيور. تأتي هذه الأخشاب الخشبية المنقولة عن طريق نهر بافاليبوزا من الطرف الشمالي لواياناد. بدأ Barapuzha بعد Ayyankunnu في منطقة Coorg أو Kodagu في كارناتاكا. انضمت قبيلة بافاليبوزا إلى قبيلة بارابوزا في بلدة إيريتي ذات الجمال الغريب، حيث بنى البريطانيون جسرًا فولاذيًا في عام 1933. قضى Aditya وRavi ساعات طويلة في مراقبة تحركات جذوع الأشجار في النهر والطبيعة المتغيرة للنهر في الصيف وموسم الأمطار والشتاء.

تعلموا مع ستيفان وإميليا السباحة في النهر، وكان عبور النهر ممتعًا. تدريجيًا، طوروا ارتباطًا وإعجابًا مخلصين تجاه بارابوزا والمناطق المحيطة بها.

في عطلات نهاية الأسبوع، كان رافي وأديتيا يقيمان مع رينوكا، وكان أبوكوتان ورينوكا يصنعان برياني اللحم البقري اللذيذ، والذي سيستمتعان به.

في المدرسة الثانوية العليا، شكل أديتيا فريقًا للهوكي مع أصدقائه في فالاباتانام. استشار رافي بشأن اسمه، واقترح رافي فريق الهوكي التابع لـ Valapattanam Brothers، وهو الأمر الذي أعجب به Aditya. أطلقوا عليه اسم "VBHT" للاختصار. أراد الأخوان ملعبًا للعب وتنظيم مباريات الهوكي، لذلك استشاروا إميليا وستيفان حول تطوير ملعب صغير. مئات الأفدنة من الأراضي الشاغرة على ضفة النهر مملوكة لصاحب مصنع البلاط. قام ستيفان وإميليا ورينوكا وأبوكوتان وأديتيا ورافي بزيارة مالك الأرض. أوضح ستيفان لمحمد حاج، المالك، ورغبة أديتيا ورافي في الحصول على ملعب للهوكي. يسأل عما إذا كان بإمكانهم الحصول على فدانين من الأراضي الواقعة على ضفاف النهر لبناء ملعب للهوكي. اتصل الحاج على الفور بمديره وطلب منه تحديد فدانين من الأرض على ضفة النهر وتحويلها إلى ملعب للهوكي.

تم الانتهاء من الملعب في خمسة عشر يومًا، ويحتوي على سقيفة كبيرة وغرفتين لتبديل الملابس ومرحاضين. انضم إلى النادي حوالي خمسة وأربعين فتى في الشهر الأول، وبدأ اللعب بانتظام في فترة بعد الظهر. دعا VBHT فريق Thalassery Hockey (HTT) للعب مباراة ودية في 15 أغسطس، يوم الاستقلال الهندي. وكان محمد حاجي الضيف الرئيسي، وستيفان ماير الرئيس. وتعهد محمد حاجي بخمسة آلاف روبية للفريق الفائز، كما تعهد ستيفان ماير بأربعة آلاف وتسعمائة وتسعة وتسعين روبية للوصيف. كان الحكم كابتنًا بالجيش لعب الهوكي لصالح الجيش الهندي. تجمع ما يقرب من ألف شخص لمشاهدة المباراة بين VBHT وHTT. ولعب الفريقان بشكل جيد للغاية ولم يسجلا أي هدف حتى نهاية الشوط الأول. وفي الشوط الثاني سجل فريق HTT الهدف الأول لكن فريق VBHT رد بسرعة بهدف من تلقاء نفسه. وقبل صافرة النهاية مباشرة، سجل فريق VBHT هدف الفوز. واحتفل اللاعبون بالرقص والغناء حاملين قائدهم أديتيا حول الملعب. وهنأ محمد حاجي الفريقين على الروح الرياضية واللعب الممتاز، معربا عن رغبته في تنظيم مباراة هوكي في كل عيد استقلال مع نفس المجموعة وتقديم جائزة قدرها عشرة آلاف روبية. شكر ستيفان ماير محمد حاجي على توفير الملعب والجائزة المالية وزيادة جائزة الوصيف إلى تسعة آلاف وتسعمائة وتسعة وتسعين روبية.

كانت مباراة الهوكي حدثًا كبيرًا في فالاباتانام وأصبح أديتيا ورافي أبطالًا بتسجيل كل هدف من أهداف المباراة. كان قائد HTT هو ألوين جاكوب برنارد. وهنأ أديتيا ورافي على تنظيم المباراة واللعب النظيف والروح الرياضية. دعا ألوين VBHT للعب مباراة ودية في ثلاسيري في يوم عيد الميلاد.

تم تنظيم مباراة الهوكي ثالاسيري بشكل رائع من قبل ألوين وأصدقائه. حضر حوالي مائتي شخص من فالاباتانام لمشاهدة المباراة، بما في ذلك محمد حاج ومايرز ومادهافان وكالياني ورينوكا وأبوكتان وجميع شباب الحي تقريبًا. وقد تكرم محمد حاجي بالتخلي عن حافلتيه لنقل الفريق وعائلاتهم وأصدقائهم. من أغسطس إلى ديسمبر، نظم Aditya دورات تدريبية يومية لمدة ساعتين يوميًا، أربعة أيام في الأسبوع، وكان فريقه في حالة ممتازة. رحبت HTT بـ VBHT مثل الملوك، وقادت جينيفر جاكوب برنارد، الأخت الصغرى لألوين، قائدة HTT، برنامجًا ثقافيًا قصيرًا.

أعرب الجميع عن تقديرهم للمباراة، وسجل HTT ثلاثة أهداف، بينما تمكن VBHT من تسجيل هدفين فقط، على الرغم من أن Aditya وRavi بذلوا قصارى جهدهم. لقد كانت فرصة بالنسبة لهم لإدراك وجود لاعبين جيدين خارج فالاباتانام، وكان فريق ثالاسيري مصممًا على الفوز بالمباراة. كانت قيادة ألوين رائعة، وهتف والديه وشقيقته جينيفر له وللاعبين الآخرين من مدرجات المتفرجين. أدرك Aditya أن الإعداد العقلي والتشجيع من الآخرين لعب دورًا مهمًا في اللياقة البدنية للفوز بالمباراة، بصرف النظر عن المهارات والتكتيكات في مباراة الهوكي. أديتيا أحب سلوكها المرغوب فيه. بدأ معجبًا بـ HTT وألوين.

لم يفهم أديتيا ما إذا كان الإعجاب بسبب جينيفر أم رد فعل عفوي على أداء الفريق. وهكذا، تم إنشاء منافسة صحية بين VBHT وHTT لسنوات عديدة. لقد كان يومًا لا يُنسى بالنسبة لأديتيا حيث تحدث إلى جينيفر أثناء حفل توزيع الجوائز، ولم يتخيل أبدًا أنها ستصبح زوجته في يوم من الأيام. كان يناديها دائمًا بـ "JJ" ، وكانت تناديه بمودة بـ "AA".

في فبراير/شباط، نظمت رابطة لاعبي هوكي ماهي بطولة للهوكي ودعت ثلاثة فرق من خارج ماهي للمشاركة. المتسابقون هم MHPA وVBHT وHTT وفريق Vadakara للهوكي (VHT). الجائزة المالية، خمسون ألف روبية، رعاها حاكم بونديشيري الفرنسي. ماهي مدينة صغيرة تقع على بحر العرب، على بعد حوالي تسعة كيلومترات من ثلاسيري، على الطريق إلى كوزيكود. كان الفرنسيون يعرفون سابقًا باسم مايازهي، وقد قاموا ببناء حصن هناك في عام 1724. أهم مؤسسة في ماهي هي ملاذ القديسة تريزا الأفيلية، الذي بني حوالي عام 1736. بعد سنوات، تزوج أديتيا من جينيفر جاكوب في هذه الكنيسة، على الرغم من معارضة والده لهذا الزواج، حيث كان أديتيا بالولادة هندوسيًا وشيوعيًا، وشخصًا لا يؤمن بالله. بينما كان أديتيا على استعداد لنسيان إلحاده ليتزوج جينيفر، وجد أكثر شخص قابله سحرًا واهتمامًا على الإطلاق. كانت جنيفر مستعدة للخضوع لأي تعذيب نفسي من أجل أديتيا. كانت تحلم باليوم الذي يصبح فيه أديتيا رئيسًا لوزراء ولاية كيرالا، ويُنتخب تحت راية الحزب الشيوعي الهندي، ويتوافق مع المبادئ الشيوعية لتحقيق حلم جنيفر.

وكانت البطولة نجاحا كبيرا. كان الضيف الرئيسي هو حاكم بونديشيري، وشهد المباراة الجميع تقريبًا في ماهي. المتأهلون للتصفيات النهائية هم VBHT وHTT. تحت قيادة Aditya، كان أداء الفريق رائعًا، حيث هزم HTT بثلاثة أهداف مقابل هدف واحد. سجل أديتيا هدفين ورافي هدفًا واحدًا. وعلى الرغم من فوز ألوين جاكوب بجائزة أفضل لاعب، إلا أن الحاكم هنأ أديتيا وفريقه على المباراة الرائعة. خلال البطولة، رأى أديتيا جينيفر مرة أخرى مع والديه. كان جاكوب برنارد، والد جينيفر، مسؤولًا حكوميًا كبيرًا في بونديشيري، وكانت والدتها مديرة مدرسة ماهي الثانوية. كان الجد الأكبر لبرنارد من أوائل الذين اعتنقوا المسيحية في ماهي، عندما أسس البحارة الفرنسيون كنيسة القديسة تريزا. أميلي مارتن، والدة جنيفر، كانت من مرسيليا، كسائحة، جاءت إلى ماهي عندما كانت في الثانية والعشرين من عمرها. التقت أميلي بجاكوب برنارد هناك أثناء رحلة بالقارب في Mayyazhipuzha . أحببت أميلي سحر Mahe الغريب و Mayyazhipuzha وبساطة جاكوب برنارد ومباشرته. التقت بمدير مدينة ماهي وأبدت استعدادها لقبول أي وظيفة هناك، وعينتها حكومة بونديشيري كمعلمة للغة الفرنسية لطلاب المدارس الثانوية. تزوجت من جاكوب بعد شهرين في كنيسة القديسة تريزا، وأنجبا طفلين، ألوين وجنيفر. انضم ألوين جاكوب برنارد إلى HTT كطالب في كلية برينين في ثلاسيري وظل قائدًا لها لمدة خمس سنوات.

بعد أسبوع من وصوله إلى فالاباتانام، تلقى أديتيا رسالة مكتوبة بخط اليد باللغة الفرنسية. لم أستطع إلا أن أفهم شيئًا واحدًا: كانت جينيفر جاكوب برنارد هي مؤلفة الرسالة. أظهر أديتيا الرسالة لستيفان، لكنه لم يتمكن من فك شفرتها. لقد تظاهر بالجهل حتى يتمكن أديتيا من مقابلة جينيفر شخصيًا. سافر Aditya إلى Mahe للعثور على معنى جملة واحدة لجنيفر وعرضها على مسؤول البلدية الذي ترجمها إلى اللغة الإنجليزية لـ Aditya.

"أنا أحب الهوكي الخاص بك. "وأنت أيضاً جينيفر."

ألقى الضابط نظرة طويلة على أديتيا لأن جاكوب برنارد كان رئيسه. عند وصوله إلى فالاباتانام، كتب Aditya خطابًا باللغة الألمانية يقول فيه: "عزيزي جي جي، شكرًا لك على المذكرة. احبك كثيرا. أنت الشخص الأكثر سحراً الذي قابلته على الإطلاق. أديتيا أبوكوتان.

وبعد عشرة أيام، تلقى Aditya خطابًا باللغة الألمانية: "عزيزتي AA، لقد تلقيت رسالتك. أنا معجب بك. أرى مستقبلا عظيما بالنسبة لك. في يوم من الأيام، سوف تصبح رئيس وزراء ولاية كيرالا، بلد الله. جي جي الخاص بك."

كانت جينيفر تسجل عندما كتبت الرسالة إلى AA، ولم تسمع أبدًا من Aditya سوى أنه كان لاعب هوكي عظيم. أثرت الرسالة بشدة على أديتيا، مما ألهمه لتصديق كلمات جينيفر. لقد تشبث برسالته لأيام وأسابيع وشهور وسنوات، وأصبح هدفه الثاني الأكثر أهمية هو أن يصبح رئيسًا لوزراء بلد الله. اعتقد أديتيا أنه سيحقق هذا الهدف يومًا ما حيث يتمتع الشيوعيون بالإصرار لتحقيق العظمة والعمل من القاعدة الشعبية. ومن ناحية أخرى، لم تسمع جنيفر قط عن الشيوعية، إذ كانت تعيش في عالم مختلف، وتتمتع برفاهية دخل والديها ويقين الميراث الكبير من أجدادها في مرسيليا، الذين كانت تزورهم كل عام لقضاء عطلاتهم.

لم تتفاجأ جينيفر عندما علمت أن أديتيا ينحدر من عائلة ذات دخل منخفض وأن والده كان يعمل كعامل يدوي وكان راقصًا في تيم . لم تنجذب جينيفر إلى الثروة، إذ كان لديها ما يكفي لعدة أجيال. لقد انجذبت إلى Aditya وسحره، وكان هذا هو الأمر الأكثر أهمية بالنسبة لها.

أديتيا كان يعشق جنيفر؛ نما حبه يومًا بعد يوم وزادت ثقته بها وبكلماتها. لقد أدرك أن جينيفر مبهرة، وأنها تستطيع تحليل الأحداث والأفكار دون عناء، وأن ما تقوله له معنى وتأثير عميق. بالنسبة لأديتيا، لم تكن جينيفر فتاة عادية. عندما التقى أديتيا بأميلي للمرة الأولى، كشف لها أن الناس يمكنهم أن يعيشوا حياتهم بأناقة. يمكنهم صقل تفكيرهم، وتطوير فلسفة محددة حول مواقف الحياة وأحداثها، وتأطير بيئتهم وفقًا لذلك. كانت وجهة نظر أميلي للحياة فلسفية، وأدرك أديتيا أن مثل هذه الأفكار الديناميكية يمكن أن تؤثر على حياته من خلال جينيفر. بعد مناقشة أساسيات الشيوعية مع والدتها وقراءة العديد من الكتب الفرنسية والألمانية، أخبرت جينيفر أديتيا بأنها ستصبح متعاطفة مع الشيوعية من خلال دعم AA. رفضت جنيفر الأسس الفلسفية والاقتصادية للشيوعية، لكنها استمرت في قبول إمكانياتها لتحقيق أحلام AA. لقد كانت صريحة في إخبار أديتيا أن الشيوعية كانت عملية احتيال. لقد كانت خائنة ولها غرض مهين، إذ فشلت فشلاً ذريعاً في معاملة البشر بكرامة. كانت كلمات جينيفر بمثابة معضلة يوثيفرو لأديتيا لسنوات عديدة قادمة.

شجعت جينيفر Aditya على مراقبة الأشخاص وتوليد الأفكار من أحداث الحياة. لم تكن هناك أفكار محددة مسبقًا أو معرفة وهبها الله، حيث أن جميع المفاهيم والمعرفة خلقها البشر، وتغير تطبيقها وقيمتها بناءً على الاحتياجات. ولم تكن هناك حقيقة ثابتة، حيث كان الناس يطورونها

باستمرار. وكانت الحقيقة تتغير باستمرار. وعلى الرغم من أن الإنسان لا يستطيع أن يفصل نفسه عن الحالة الإنسانية، فإنه يستطيع أن يحولها من خلال الجهد المستمر. ولذلك لا توجد ظاهرة إلا ويؤثر فيها الإنسان، لأن الإنسان هو الذي خلق كل شيء. أخبرت جينيفر أديتيا أنهم كانوا في عالم من السيولة، عالم دائم التغير والديناميكية، وأنه إذا تعلق بمفاهيم منحلة، فسوف يهلك. يجب أن تنمو الشيوعية وتتغير وفقا لاحتياجات وتوقعات كل يوم. كان على Aditya أن يكون مليئًا بالأفكار الجديدة، وفقط مثل هذه البيئة يمكنها تحويل الناس. كان Aditya يستمع دائمًا إلى JJ بفضول وعشق واحترام. ومع ذلك، فإن أفكار جينيفر الملموسة خلقت معاناة لأديتيا؛ إذا أراد الوصول إلى السلطة، عليه أن ينسى العلاقات الدائمة.

أنهى كل من Aditya وRavi امتحانات المدرسة الثانوية بدرجات عالية. أعرب رافي عن رغبته في الحصول على شهادة في القانون من الكلية المرموقة في بنغالور. في الوقت نفسه، أراد Aditya الحصول على شهادة في الفنون الجميلة من كلية Brennen في Thalassery. قرروا اتخاذ مسارات مختلفة لبناء مستقبل لأول مرة. وعدت إميليا وستيفان ماير بتحمل جميع نفقات استوديو Aditya. كان رينوكا وأبوكوتان سعيدين. قامت عائلة مايرز برعاية Aditya منذ روضة الأطفال. بالنسبة لإميليا، كان أديتيا هو ابنها، مثل رافي، وكان إنفاق المال على تعليمه واجبها.

ومع ذلك، لم تعرف إميليا وستيفان ورينوكا وأبوكوتان أبدًا سبب اختيار Aditya لكلية Brennen في Thalassery للتخرج. كان رافي يعرف ذلك ويقدره، لأنه كان سعيدًا لأن شقيقه كان في حالة حب بجنون، وكان من السهل على أديتيا أن يلتقي بجنيفر كل يوم إذا كان في ثلاسيري. لكن رافي لم يستطع أن يفهم أبدًا سبب وقوع الناس في حب شخص آخر حتى التقى بأمو في مطار كوبنهاجن.

عندما انضم Aditya إلى كلية Brennen، كان ألوين جاكوب قد تخرج بالفعل وانتقل إلى فرنسا. بدأت جينيفر دراستها الجامعية عندما كان أديتيا في سن التخرج. منذ عامه الأول في الكلية، التقى Aditya بانتظام مع JJ في Mahe، حيث قاموا بجولات بالقارب في Mayyazhipuzha لساعات وقضوا الكثير من الوقت في تناول المأكولات الفرنسية في المطاعم الفرنسية. كانت جنيفر تحب النبيذ الفرنسي، وخاصة شاتو رايا ، وكذلك والدتها أميلي، بعد تناول الطعام. ومع ذلك، رفض أديتيا تناول كميات كبيرة من المشروبات الكحولية في تلك الجنة الصغيرة التي تسمى ماهي. غالبًا ما كانت جينيفر تضحك على أديتيا بسبب سلوكه الممتنع عن شرب الكحول. ومع ذلك، كان Aditya يعتقد اعتقادًا راسخًا أنه باعتباره مدمنًا على الكحول، فإنه لن يصبح أبدًا رئيسًا لوزراء ولاية كيرالا، وهو حلمه الثاني. كان حلمه الأول هو أن يعيش حياة مع حبيبته جي جي. لقد وعد JJ بأنه سيحتفل بالحدث مع أفضل أنواع النبيذ لديه، Cotes du Rhone ، بمجرد أدائه اليمين كرئيس لوزراء ولاية كيرالا. ضحك جي جي.

كان أديتيا طالبًا لامعًا ورياضيًا موهوبًا. أظهر قدرة تنظيمية وسياسية رائعة وشكل جناح الشباب في الحزب الشيوعي (YWCP). وفي غضون أشهر قليلة، أصبح ما يقرب من نصف طلاب الجامعة أعضاء في PCJM. عندما التحقت جينيفر بالجامعة، انضمت إلى YWCP، لكنها لم تخبر والديها أبدًا، لأن والدها كان يعترض؛ لقد كان كاثوليكيًا ممارسًا. كان جاكوب برنارد يحضر بانتظام الخدمات الإفخارستية في مزار القديسة تريزا. كان السير من منزله في الصباح الباكر إلى الكنيسة هو عادته اليومية. كان سلفه الأول، الذي اعتنق المسيحية عندما

ضم الفرنسيون ماهي، صيادًا أميًا، وقبل اسمًا فرنسيًا: غابرييل برنارد. من خلال تجربته الشخصية، أدرك جاكوب برنارد أن الفرنسيين كانوا أكثر ثقافة وودودًا من البريطانيين. كان العديد من البيروقراطيين في الإدارة البريطانية في مالابار من البلطجية شبه المتعلمين من الريف الإنجليزي وويلز. وفي الوقت نفسه، كان بعضهم متوحشين وتجار رقيق من جزر البحر الكاريبي وغويانا البريطانية وسورينام. لم يكن لديهم مفهوم المساواة والكرامة الإنسانية، لأن البريطانيين لم يكن لديهم روسو قط.

عامل الفرنسيون غابرييل برنارد وزوجته على قدم المساواة وساعدوا أطفالهم على متابعة التعليم العالي في جامعات فرنسا. وفي نهاية المطاف، وجدوا جميعًا عملاً مع الحكومة الفرنسية في ماهي وبونديشيري، وهاجر العديد منهم لاحقًا إلى فرنسا. وتمتع معظم أحفادهم بأسلوب حياة فاخر ومريح، واندمجوا بالكامل في الثقافة واللغة والفلسفة الفرنسية. وبعد قرنين من الزمان، اعتقد جاكوب برنارد أن الله قد أرسل الفرنسيين إلى ماهي لإنقاذ آل برنارد. كان يعتقد أن إله الكتاب المقدس قد اختار آل برناردز خصيصًا للاستمتاع بثمار الاحتلال الفرنسي في ذلك الجيب الصغير من مالابار. كان لدى جاكوب برنارد إيمان راسخ بنعمة يسوع الخلاصية، الذي مات على الصليب ليخلص أمثاله، وأراد أن يشكر يسوع على محبته التي لا تنتهي لمنحه مثل هذه الحياة الكريمة. كما شكر القديسة تريزا الأفيلية على شفاعتها حتى يتمكن من مقابلة أميلي وإنجابهما طفلين، ألوين وجنيفر.

لكن أميلي كانت مختلفة. كانت قارئة نهمة ونتاج عصر التنوير الفرنسي. قامت بتحليل النزعة الإنسانية على نطاق واسع وتأثرت بشدة بالخيال الفرنسي والألماني والفلسفة الوجودية. احترمت أميلي بشكل كبير القوة المطلقة والقدرة التحويلية للعقل، وحرمة الفردية وعظمة الشك. اعتبر نفسه ليبراليًا وإنسانيًا، وأيد المفاهيم التي أبرزتها سيمون دي بوفوار، وكان يعتقد أن الكاثوليكية خاضعة لله. لقد أبطلت الكنيسة الكاثوليكية الحرية، وخاصة بالنسبة للنساء، وكان تسلسلها الهرمي غير ليبرالي لأن عقائدها كانت تجرد الإنسان من إنسانيته، على الرغم من أن العديد من رجال الدين كانوا مفترسين جنسيين في السر. وموقفه القمعي تجاه المرأة لا مثيل له إلا في الإسلام.

اعتقدت أميلي أنها وحدها التي تحدد معنى حياتها واعتبرت الأسرة غير عقلانية ولا معنى لها بطبيعتها. ومع ذلك، يمكنك العثور على معنى للزواج من خلال اتخاذ قرار عقلاني بشأن وجودك. لم تتدخل أميلي أبدًا في انغماس زوجها الديني. علاوة على ذلك، فقد أعطى ابنه وابنته الحرية المطلقة في التفكير واتخاذ القرارات العقلانية التي تؤثر على حياتهم. لقد أحبت زوجها وأطفالها من أعماق قلبها وسمحت لهم بأن يكون لهم وجودهم وساحتهم واختياراتهم. اعتقدت أميلي أن الأدب والفنون والفلسفة وحتى العلوم يجب أن تتغير وفقًا للعقل. نظرًا لأنها ورثت ثروة كبيرة من والدها، عاشت أميلي حياة مريحة سمحت لها بالتفكير والفلسفة. كانت تزور فرنسا كثيرًا مع زوجها، وتعلم برنارد الاختلاط مع المثقفين في باريس.

كان لدى أميلي مكتبة بها قسم خاص لكتبها المفضلة. لقد كان الوجود والزمان ، بقلم مارتن هايدجر؛ بيت الأوراق ، بقلم مارك دانييلوفسكي؛ الرجل غير العقلاني ، بقلم ويليام باريت؛ "التحول والمحاكمة" ، بقلم فرانز كافكا؛ في انتظار جودو ، بقلم صامويل بيكيت؛ الوجود والعدم والغثيان ، بقلم جان بول سارتر؛ و "الغريب والطاعون" لألبير كامو. كان مؤلفه المفضل هو ألبير كامو، وكانت رواية "الغريب" هي الرواية الأكثر استثنائية وإيحائية على

الإطلاق. تعلمت جينيفر اللغتين الفرنسية والألمانية من والدتها في طفولتها، كما عرّفتها أميلي على كتابات ألبير كامو وسيمون دي بوفوار وجان بول سارتر.

قدمت جينيفر أديتيا إلى والديها وأخبرتهما أنها ترغب في الزواج منه عندما أنهت دراستها العليا حول حركة المقاومة الفرنسية خلال الحرب العالمية الثانية وتأثيرها على الأدب في جامعة باريس. باعتبارها وجودية، لم يكن لدى أميلي أي مشكلة في زواج جنيفر من ملحد، لأن جميع كتابها المفضلين كانوا ملحدين، بما في ذلك ألبير كامو. ومع ذلك، عارض جاكوب برنارد بشدة قرار ابنته. كان يعتقد أن الكاثوليكية إلهية، لأن يسوع سفك دمه الثمين من أجل الخطاة، بما في ذلك الملحدين. ولكن، مع أخذ كتاب المتمردين وعصر العقل بين يديها اليمنى واليسرى، أقسمت جنيفر رسميًا أنها إذا تزوجت يومًا ما، فسيكون ذلك فقط لحبيبها AA. أخبر أديتيا جينيفر أنه سيكون على استعداد للانتظار حتى نهاية حياته ليكون مع حبيبته جي جي.

بعد التخرج، أصبح Aditya منخرطًا بدوام كامل في أنشطة الحزب الشيوعي، وسافرت جينيفر معه في جميع أنحاء مالابار. وأعربوا عن تقديرهم لقناعة والتزام وتفاني الشيوعيين الشباب في أيديولوجيتهم التحررية. غالبًا ما التقت جينيفر بإميليا وستيفان ورينوكا وأبوككوتان ومادهافان وكالياني أثناء إقامتها في فالاباتانام مع AA. لقد أحب الإقامة في فالاباتانام للتعرف على ثيام، فضلاً عن المشاركة في "الفصول الدراسية" التي ينظمها ستيفان ومادهافان وزراعة "عشرين فدانًا من الأرض حول منزل ماير". أحبت رينوكا "بساطة" جينيفر، بينما كانت إميليا تقدر سعيها الفكري والأيديولوجي. خاطبت جينيفر رينوكا وإميليا بكلمة "أمي" وشعرت بالفخر لأن لديها ثلاث أمهات.

اصطحبها Aditya لركوب القوارب الطويلة في Barapuzha ، حيث أمضت الكثير من الوقت في الصيد وكانت تحب صيد الأسماك المختلفة. استضافت إميليا وستيفان حفلات على شرف جينيفر وأديتيا، وقدمتا التابيوكا ولحم البقر والتودي كعناصر فريدة. أحبّت جينيفر شرب مشروب *البنش* مع إميليا وكالياني ورينوكا وسهرا وستيفان ومادهافان ورافيندران وكونجيرامان وموايدين وأبوكتان. أولت جينيفر وأديتيا أهمية خاصة لهذه الاجتماعات وقدرا معناها الداخلي وديناميكيتها، والتي تعكس تحرير وحرية المرأة كما تصورتها سيمون دي بوفوار. أدركت جينيفر أن العديد من هؤلاء الرجال، الذين لم ينهوا دراستهم الجامعية، كانوا متقدمين كثيرًا في التفكير الحديث عن والدها جاكوب برنارد. بالنسبة لأديتيا، كانت العدالة بين الجنسين والحرية والمساواة للمرأة جزءًا لا يتجزأ من الشيوعية كأيديولوجية. ويمكن أن يجلب الكرامة الإنسانية والإنسانية إلى مواقف الحياة اليومية، حتى في القرى. لكن جنيفر كانت تسأل أديتيا في كثير من الأحيان عن سبب عدم وجود قادة شيوعيات في كيرالا أو البنغال أو كوبا أو الصين، ولم يكن لديه إجابة عقلانية على سؤالها. كان للشيوعية أيديولوجية قمعية مماثلة فيما يتعلق بالمرأة، على غرار الفاشية والنازية. علاوة على ذلك، كانت الشيوعية دينًا يُخضع النساء، مثل الكاثوليكية والإسلام، كما حللت جينيفر.

كانت جنيفر شخصًا متواضعًا. زارت العديد من المنازل في فالاباتانام بمفردها أو مع إميليا أو كالياني أو جيثا أو رينوكا واستفسرت عن صحة المرأة وتعليمها وعاداتها الغذائية وتوظيفها. وتحدثت إلى النساء حول الزراعة وتوليد الدخل والمشاركة السياسية. ساعدت جينيفر العديد من النساء في القيام بأنشطة إنتاجية مثل تربية الماعز والخنازير والأبقار والدجاج وتطوير الحدائق. انتظرت النساء زياراتهن بفارغ الصبر، وفي غضون ثلاثة إلى ستة أشهر، حدثت

تغييرات جوهرية في آفاق وأنشطة المرأة الاجتماعية والاقتصادية. وهكذا أصبحت جينيفر جزءًا لا يتجزأ من مجتمع فالاباتانام.

كانت فكرة جنيفر هي إنشاء الجناح النسائي للحزب الشيوعي (WWCP) في فالاباتانام. لقد كانت تفكر في هذا الأمر لمدة أسبوع قبل مناقشة جدواه مع أديتيا، الذي شجعها على وضع هذا المفهوم موضع التنفيذ. ثم تشاور مع إميليا وستيفان ورينوكا وأبوكوتان ومادهافان، وأدركوا جميعًا أن هذا كان حدسًا قويًا وسيفيد النساء. في إحدى الليالي، دعت جنيفر حوالي 25 امرأة من الحي الذي تسكن فيه للالتقاء في منزل إميليا. وهناك شرحت أهداف وغايات وأهداف برنامج WWCP، وشاركت معظم النساء في نقاش حيوي. كانت جينيفر قوية في عرضها التقديمي، وكان أدائها مقنعًا وموجهًا نحو الواقع. كانت لغته المالايالامية رائعة، واستخدم كلمات مناسبة قادرة على إيقاظ خيال وإمكانات النساء المجتمعات هناك. اتفقوا جميعًا على الاجتماع مرة أخرى عندما قدمت جينيفر مسودة دستور WWCP. بعد الاجتماع، دعت إميليا الجميع لتناول العشاء على شرفة منزلها. كان النسيم البارد القادم من بارابوزا مريحًا، وكان بإمكانهم رؤية أضواء مدينة كانور. كان الطعام الذي أعدته إميليا وستيفان لذيذًا، وشملت الأطباق الرئيسية التابيوكا وبرياني لحم الضأن ولحم البقر والبنش .

كما هو مخطط له، وصلت جنيفر من ماهي في غضون أسبوع لتقديم دستور WWCP. لقد كان مكتوبًا بشكل جيد وموجزًا ومتعمقًا في جدول أعمال التنمية. شاركت حوالي خمس وأربعين امرأة من فالاباتانام في الاجتماع وأقرت بالإجماع مشروع القانون، معلنة أنه سيحرر جميع النساء من الحزب الشيوعي في ولاية كيرالا. انتخب المجلس لجنة مكونة من خمسة أعضاء لإدارة المنظمة بشكل فعال: تم انتخاب رينوكا رئيسًا بالإجماع، وتم انتخاب جيثا سكرتيرة، وتم انتخاب كالياني وسهرا وسوميترا أعضاء. وأعربت جينيفر عن عدم قدرتها على حضور اللقاء، لأنها كانت تخطط للانتقال إلى باريس لمتابعة تعليمها العالي. كان Aditya متحمسًا لسماعه عن تشكيل WWCP واختار Renuka وKalyani للجنة المنطقة للحزب الشيوعي لتمثيل المرأة. اعتقد أديتيا أن المرأة لعبت دورًا حيويًا في نمو وتوسيع وصيانة سلطة الشيوعيين في ولاية كيرالا. هنأ WWCP جينيفر على دورها في تدريبهم، مما جعلها اسمًا معروفًا في مجتمع فالاباتانام.

أعجب Aditya بحدة JJ الفكرية وفي نفس الوقت بأسلوبه الواقعي. كان يعتقد أن جينيفر يمكن أن تكون منظّرته ومستشاره ومرشده في الأمور المتعلقة بالشيوعية عندما أصبح رئيسًا للوزراء. شجع أدبتيا جبنيفر على الدراسة المتعمقة لدور الشيوعية في حركات المقاومة الفرنسية. وشمل ذلك قرب الشيوعية من الوجودية والظواهر. وفوق كل شيء، التأثير الذي أحدثته الشيوعية على الأدب الفرنسي. وينبغي أن تكون دراستها حديثة ومطبقة على الوضع الاجتماعي والاقتصادي والسياسي لشعب ولاية كيرالا.

الفصل الخامس: من أيانكونو إلى دارمادوم وحفل زفاف في ماهي

لقد فهمت جينيفر التوجه العملي لدراستها الذي اقترحته AA والحب والثقة والأمان الذي قدمته لها. وهكذا أصبحت المقاومة الفرنسية خلفيته، وكانت الوجودية والأدب الفرنسي هي الأدوات اللازمة لرفع أديتيا إلى القمة. استشارت جينيفر AA في جميع الأمور المتعلقة باتخاذ القرار، وأقنعها بأن كلاهما سيكون لهما مستقبل مجيد في ولاية كيرالا إذا عملا بذكاء وإخلاص لتحقيق هدفهما: هل سيحصل أديتيا على السلطة من خلال الحركة الشيوعية في كيرالا؟ وكانوا يدركون أن الشيوعية سوف تتغير بشكل كبير في غضون عشرين إلى خمسة وعشرين عاما. بحلول ذلك الوقت، سيكون Aditya على رأس شؤون الحزب الشيوعي في ولاية كيرالا بفضل سنوات عديدة من العمل الدؤوب على المستوى الشعبي، والتغيرات الأيديولوجية والمساهمة العقلانية التي قدمها محبوبه JJ.

في النهاية، اعتقد أديتيا أن الشيوعية ليست أكثر من مجرد أداة وأن الناس هم الهدف النهائي. وطلب من JJ إفساح المجال لتطوير نقلة نوعية نحو طريقة التفكير هذه، والتي يمكن أن تتطور بعد ذلك إلى عمل. اعتقد أديتيا أنه بمجرد تحقيق العدالة والحرية، فإن الشيوعية سوف تذوي. وهكذا حاولت جينيفر الربط بين الوجودية والشيوعية والأدب الفرنسي لتستمد الإلهام من الأمثلة الديناميكية للشعب الفرنسي خلال حركات المقاومة، والتي من شأنها أن توفر أساسًا متينًا ومنطقيًا للتفكير العقلاني في سياق ولاية كيرالا.

لقد تم خلق جينيفر وأديتيا لبعضهما البعض، حتى أثناء تطويرهما لأيديولوجية تمارس في مواقف الحياة الواقعية، وكانا لا ينفصلان.

ذهبت جنيفر إلى باريس لمتابعة تعليمها العالي حول حركة المقاومة الفرنسية خلال الحرب العالمية الثانية وتأثيرها على الأدب . كانت تكتب رسائل يومية إلى حبيبها AA باللغة الألمانية من باريس، ورد أديتيا على حبيبه JJ بالمالايالامية والإنجليزية والألمانية. في جامعة باريس، درست جنيفر بدقة حركات المقاومة ضد النازيين، ودور الشيوعيين، ومؤيدي الفلسفة الوجودية والأدب في حركات المقاومة. وعلم أن المقاومة هي حركة تغييرات اجتماعية وثقافية وفلسفية وفكرية وعلمية وفنية وأدبية ومسلحة حاربت ضد الاحتلال النازي في فرنسا. وكانت أيضًا حركة ضد نظام فيشي، الذي تعاون مع النازيين.

كان لدى المقاومة وسائل كثيرة تحت تصرفها، واكتشفت جنيفر أن من بينها عدم التعاون الشعبي. ركزت على الدعاية ضد الاحتلال النازي، والقتال بالبنادق والقنابل وحتى بالأيدي العارية، وإعادة احتلال البلدات والقرى والمدن. كان من الملهم التعرف على دور جان مولان ورفاقه في توحيد مجموعات عديدة في منظمة مستقرة للقتال على جبهات مختلفة ضد الجستابو. قام النازيون بتعذيب جان مولان قبل إعدامه. ساعدته معرفة JJ الجديدة في التعرف على المجوس باعتبارهم الجناح النسائي للحزب الشيوعي الذي شكله في فالاباتانام. على الرغم من أن الجستابو أسر الكثيرين، إلا أن المجوس كانوا أقوياء وناجحين ضد النازيين. وسعدت

جينيفر عندما علمت أن حركات المقاومة مكونة أيضًا من سجناء مسلحين، وأنهم هزموا منظمي المعسكرات النازية وحرروا آلاف السجناء.

في سنتها الأخيرة في الجامعة، ركزت جنيفر على الوجودية والأدب الفرنسي. اكتشف أن العديد من الوجوديين حاربوا الاحتلال النازي لفرنسا، وكتابة القصائد والقصص القصيرة والروايات والمسرحيات والافتتاحيات والمقالات لدعم المناضلين من أجل الحرية. وأبلغوا السكان أن الاحتلال النازي يتعارض مع الفردية والحرية الشخصية والخيارات الفردية والاجتماعية. لقد حطم الاحتلال الألماني قيمهم الإنسانية العزيزة، ومن خلال الوجود فقط يمكن للفرد أن يختبر ملء الإنسانية، التي تسبق كل الفوائد الأخرى. اعتقدت جينيفر أن AA يجب أن تتطور كمنظمة إنسانية، وليست شيوعية.

وكشفت جينيفر أن الكتاب الفرنسيين شكلوا مجموعة ديناميكية تحارب النازيين، مما ساعدهم على توليد أفكار ورؤى شجعت الجميع على العمل. إن الأدب الأكثر بلاغة وإلهامًا باللغة الفرنسية في منتصف القرن العشرين جاء من كتاب المقاومة، الذين كانوا يتمتعون بطاقة لا نهاية لها، وعزيمة رائعة، وقدرة تنظيمية متميزة. اجتمع آلاف الأشخاص وطوّروا أدبًا يحمل موضوعًا واحدًا: هزيمة النازيين، وتحرير فرنسا، وإنتاج بعض من أفضل الكتابات. ركزت هذه الأدبيات بشكل أساسي على الحرية والعدالة والوحدة.

في هذه الأثناء، كتب أديتيا إلى جينيفر حول العنف المتزايد بين الحزب القومي المتطرف والشيوعيين في منطقة كانور. لقد ذبح الحزب الوطني المتحد بلا رحمة العشرات من الشيوعيين في معاقلهم التقليدية، وأصبحت المذبحة شأناً يومياً. آمن الحزب الوطني المتحد بالهند الممتدة من أفغانستان إلى كمبوديا ومن التبت إلى سريلانكا على خريطتهم، وقاموا بإنشاء بهارات وهمي وصوروا الهند على أنها إلهة. كان هدف الحزب الوطني المتحد هو استعادة "المجد المفقود بعد مئات السنين من الغزو الإيراني والمغولي والبريطاني والفرنسي والهولندي والبرتغالي" للهند. كان شعارهم هو "استعادة مجد الوطن المفقود"، وأصروا على أن جميع الهنود الأصليين ينتمون إلى دين معين للانضمام إليه. لقد احتاجوا فقط إلى العودة بشكل جماعي إلى هذا الدين وإلى الحزب الوطني المتحد. اعتبر الحزب الوطني المتحد المسلمين تهديدًا خطيرًا لوحدته وسلامته، وطلب منهم الاختفاء في باكستان أو بنغلادش، والمسيحيين، الذين كانوا أقل من 3٪ من إجمالي السكان، للذهاب إلى روما، لأنهم "كانوا يقومون بعمليات تبشيرية جادة من أجل الإسلام". ألفي سنة".

أولئك الذين رفضوا قبول أيديولوجية وتدين الحزب الوطني المتحد تعرضوا للهجوم والذبح حتى في وضح النهار. أحرقوا العديد من المنازل. لقد اغتصبوا النساء وحتى الفتيات. كان "اغتصاب النساء والفتيات المنتميات إلى ديانات أخرى" هو ما أملاه سافاركار، الذي انتقد ملك المراثا شيفاجي لإعادته زوجة ابن حاكم كاليان المسلم، الذي هزمه شيفاجي. برر سافاركار الاغتصاب كأداة سياسية مشروعة. كان الاغتصاب "فضيلة" كما جاء في كتابه ستة عصور مجيدة في التاريخ الهندي ، مكتوب باللغة الماراثية. كان بلطجية الحزب الوطني المتحد يجهلون الحقائق التاريخية والمعرفة العلمية والتفكير العقلاني ولم يهتموا أبدًا بالموضوعية. لقد عبروا عن ذلك بأقوالهم وأفعالهم، التي افتقرت إلى مُثُل الكرامة الإنسانية والعدالة الاجتماعية والحرية. وأوضح أديتيا لجينيفر أنهم لم يخجلوا من نشر القصص السخيفة والأساطير والخرافات. بالنسبة للحزب الوطني المتحد، كان العنف وسيلة لتحقيق هدفه: الهند ذات الدين الواحد و"الطوائف" باعتبارها السادة. حدثت الانتهاكات داخل الجدران الأربعة للعائلات، حيث

قام الحزب الوطني المتحد بانتهاك الخصوصية دون احترام أو ذنب. وأصبحت المدارس والمعاهد والجامعات وحتى المستشفيات رياض التلقين الخاصة بهم. وفقًا لأديتيا، أصبح الحزب الوطني المتحد يمثل تهديدًا وتحديًا متزايدًا لشيوعيي مالابار.

قامت جنيفر بتحليل عميق للوضع الذي خلقه الحزب الوطني المتحد وآثاره الأيديولوجية على الطائفية. ركز على كيفية تأثير الحزب الوطني المتحد على قيادة AA وهدفه المتمثل في الوصول إلى رئاسة وزراء ولاية كيرالا. لقد كتب إلى أديتيا لإقناع الناس بأن الشيوعية هي قمة الإنسانية، وأن الحرية هي عمودها الفقري، والعدالة هي عقلها والمساواة في دمها. سعت الشيوعية إلى رفع مستوى العمال والفلاحين والداليت والمضطهدين الذين عوملوا ظلما، والمقيدين إلى وجودهم دون أمل أو هروب. وفي هذا السياق، كانت الشيوعية أمراً حتمياً، وكانت أفعالها ثورة فلسفية وتحرراً كاملاً للشعب. كان التمرد الشيوعي مثل الثورة الفرنسية والنضال ضد النازيين. أدركت جنيفر أن الشيوعية كانت مثيرة للاشمئزاز مثل الحزب الوطني المتحد عندما يتعلق الأمر بذبح إخوانه من البشر. كان يفتقر إلى التعاطف، وكانت مفاهيمه عن الكرامة الإنسانية فارغة وحقوق الإنسان معدومة. لقد كتب رسائل مفصلة إلى أديتيا حول الدور اللاإنساني للشيوعية في المجتمعات المستقبلية ما لم يتم تحريرها من العنف.

وهكذا، فسرت جينيفر أن قوتين شريرتين كانتا تضطهدان شعب بلد الله، على الرغم من أن أفراد ولاية كيرالا كانوا أحرارًا في محيط من الحتمية. لكن مفهوم الحرية والحتمية نسبي، فالديمقراطية لها حدودها، وكذلك الأمر بالنسبة للعدالة والمساواة. وقد أدى هذا الفهم إلى اعتدال التوقعات العقلانية لتحقيق التنمية والتقدم، إذ لا قيمة مطلقة، وكل ما لا نهاية له مخالف للإنسان. وكتب أن العنف الذي ارتكبه الحزب الوطني المتحد والشيوعيون يتعارض مع الإنسانية والعملية التطورية. وفي هذا السياق فإن ما فعلوه يعد جريمة ضد الإنسانية. كانت جنيفر واضحة بشكل قاطع في أنه لا ينبغي على AA أن تتبنى العنف كرد فعل، وما فعله الآخرون، حتى زملائها الشيوعيين، لم يكن من اهتماماتها. لكنه لم يستطع أن يخون نفسه بالتدمير الذي قد يفسد فرصه وهدفه الشخصي. كانت الأهداف الفردية لا تقل أهمية عن أهداف المجموعة، ولكن كشيوعي، لم يكن من الممكن أن يعيش بدون خيارات. إن الطريق العنيف نحو مجتمع طوباوي قد لا يؤدي إلى أي مكان، لأن الحزب الوطني المتحد والشيوعيين قد يقتلون المزيد والمزيد من الناس، وفي هذه العملية سوف تذوي النزعة الإنسانية. نصحت جينيفر أديتيا بالابتعاد بحكمة عن جرائم القتل. هذا لا يعني أنه كان عليه أن يقبل القدر ويعاني من سوء المعاملة بشكل أعمى. قاوم القوة دون الاستسلام شخصيًا للقتل، على الرغم من أن الكوادر يمكنها الرد وتطبيق مبدأ العين بالعين والسن بالسن.

ومع ذلك، كان على AA أن يتجنب عمليات الإعدام خارج نطاق القانون، لأن القتل أبطل النزعة الإنسانية. اقترحت جينيفر خيارًا للتغلب على العنف: يمكنها التفاوض والحوار مع الحزب الوطني المتحد للعمل معًا لتحقيق التقدم البشري والسماح لهم بالاستمتاع بالسلطة، بل وحتى الميزة، إلى حد ما. أثرت رواية " المتمرد " لألبير كامو تأثيرًا عميقًا على جينيفر، وغالبًا ما عكست رسائلها إلى أديتيا أفكاره. ومع ذلك ، اعتقد أديتيا أن ما قاله كان كانتيان.

في غضون عامين من الدراسة في باريس، زار أديتيا جينيفر ست مرات وأجرى معها محادثات تفصيلية. وفي الوقت نفسه، أصبح سكرتيرًا للحزب الشيوعي في كانور. أخبر أديتيا جينيفر أن أطروحتها يجب أن توضح موقف وتصرفات الأيديولوجية الشيوعية وتفسر مسلماتها بعناية، وتتصور نمو الأيديولوجيات الجديدة ومكانة الشباب في حكومة مستقبلية يختفي فيها

كبار القادة من المشهد. فالصراع بين الحرية والعدالة يتطلب تعديلات مستمرة وحكمة سياسية وحكمة عملية. وكما ردت جينيفر، فإن قبول المجهول يمكن أن يحد من الحرية والاختيار والحقيقة؛ فقط جيل الشباب يمكنه فهم مثل هذا الاحتمال.

"إن القضاء على الظالمين وإعادة الحكم الذاتي للعمال والفلاحين في الحياة الحقيقية كان مستحيلا، لأن الشعب المحرر سيصبح مضطهدا غدا. وكان العديد من القادة الشيوعيين مضطهدين وقتلة، مثل لينين وستالين وخروتشوف وماو وتشاوشيسكو وفيدل كاسترو. لقد استمتعوا بسلطتهم على الآخرين، كما يمكنهم قتلهم. باستثناء نامبوديريباد، أول رئيس وزراء لولاية كيرالا، كان جميع القادة الشيوعيين الآخرين يؤمنون بالقتل بمختلف ألوانه، تمامًا كما آمنوا بالعنف. إن العنف والشيوعية لا ينفصلان ولا يمكن أن يتعايشا بدون القتل. الفلسفة الأساسية للشيوعية هي أن الشيوعي يمكن أن يعيش بدون عنف، وهو المثل الأعلى الطوباوي، ولن يكون هناك أحد معفى تماما من القتل. أينما كانت الشيوعية في السلطة، عانى الناس وأصبحوا متسولين عاجزين. لن تكون هناك عدالة مطلقة"، قالت جينيفر، واستمع أديتيا بذهول. قامت جنيفر بتحليل العنف في ولاية كيرالا في هذا السياق. "استمتع بالوجود واسمح للآخرين بالاستمتاع بوجودهم" كانت الفلسفة الشخصية التي طورتها جينيفر لأديتيا، وقبلها أديتيا بكل إخلاص. وفي غضون خمسة وعشرين عامًا، كان قادرًا على تجربة نتائجها من خلال أن يصبح رئيسًا لوزراء بلد الرب، وستستمر جينيفر في كونها زوجته وصديقته ومعلمه ومرشده.

بعد قراءة ومناقشة وتحليل مكثفة، حاولت جنيفر ربط تداعيات الفلسفة الوجودية بحركات المقاومة. لقد حارب الفلاسفة الوجوديون النازيين بأقلامهم، لأنهم كانوا حادين للغاية وقادرين على جعل الناس، وخاصة الشباب، يفكرون في قيمة الحرية. لقد أخبروا المراهقين والمثقفين والكتاب أن حكم الجستابو كان لعنة لوجودهم الثمين وحريتهم الشخصية وخياراتهم. وتذكرت جينيفر أميلي، ومواقف والدتها وقيمها وأسلوب حياتها، والتي تطابقت بشكل لا لبس فيه مع ما دافع عنه ألبير كامو. ونتيجة لذلك، قامت جنيفر بتحليل الاحتلال النازي لفرنسا في سياق حياة والدتها وقيمها، وتضاعف احترامها وحبها لأميلي.

قامت أميلي وجاكوب برنارد بزيارة ابنتهما عدة مرات في باريس. عندما أنهت درجة الماجستير، قاموا بجولة في بعض مزارع الكروم، مثل تلك الموجودة في وادي لوار، والألزاس، وبوردو، وجورا، حيث اشترت أميلي بعض أنواع النبيذ المفضلة لديها. شعرت جينيفر بالحزن لأن أديتيا لم يشرب النبيذ أبدًا. لاحقًا، سافرت أميلي وجاكوب برنارد إلى مرسيليا مع جينيفر بالقطار من باريس. وعلى الرغم من أن الرحلة استغرقت حوالي سبع ساعات، إلا أنها كانت ممتعة ورائعة للغاية، حيث كانت المناظر الطبيعية رائعة المنظر. في مرسيليا، التقوا بوالدي أميلي المسنين، سيمونا ولويس مارتن، واحتضنوهما وقبلوا خدودهم. كان لديهم منزل واسع يطل على خليج الأسد، وكان المشهد مذهلاً. كان لويس مارتن تاجرًا ناجحًا في سنوات شبابه، وقد سافر كثيرًا بالسفن إلى العديد من البلدان الأفريقية والآسيوية وأمريكا، وجمع ثروة جيدة.

تقع مدينة مرسيليا على البحر الأبيض المتوسط، ويوجد بها ميناء كبير أسسه البحارة اليونانيون منذ عدة قرون. أخبر لويس مارتن حفيدته أن هذا الميناء ساعد الفرنسيين على السفر إلى جميع أنحاء العالم، بما في ذلك الهند. كان جاكوب برنارد صديقًا لسيمونا ولويس مارتن. الجميع يحب شرب لترات من النبيذ. انضمت أميلي وجنيفر إلى الحفلة واستمتعتا بالجمبري ولحم الخنزير الحامض والمحار والسمك الأبيض. واستمر حفل النبيذ أكثر من ساعتين. تفاخر لويس مارتن

بأنه شرب ما لا يقل عن مائتي لتر من النبيذ سنويا، وادعت أميلي أن صهر والدها يمكن أن يضربه في استهلاك النبيذ، وضحك الجميع بصوت عال.

كان جاكوب برنارد سعيدًا لأن موطن زوجته كان كاثوليكيًا وكان به العديد من الكنائس. قام مع سيمونا ولويس مارتن وأميلي وجنيفر بزيارة كاتدرائية سانت ماري ماجور دي مرسيليا ودير سانت فيكتور، وفي كل مكان ركع جاكوب مارتن وشكر يسوع على إعطائه أميلي. الثروة الكبيرة التي ورثها من عائلة مارتينز ووالديه أذهلت جاكوب برنارد. لقد تناولوا حساء السمك في أحد المطاعم، ولم يستطع لويس مارتن التوقف عن الضحك أثناء تناول طبقه المفضل مع النبيذ. وفي المنزل تناولوا العشاء. كان لدى لويس مارتن البينديكتين، وكان جاكوب برنارد يفضل شارتروز، وكان لدى سيمونا كالفادوس واستمتعت أميلي بـ جراند مارنييه. استقرت جينيفر على كأس من شاتو مولون روتشيلد باويلاك. في تلك الليلة، نام الجميع بهدوء.

في اليوم التالي، بعد الإفطار، أرادت عائلة برناردو المغادرة. عانقتهم عائلة مارتينز جميعًا بمودة وحب، وبكوا معًا. عانقت أميلي والديها وقبلتهما ووعدتهما بأنها ستزورهما قريبًا. شكرهم جاكوب برنارد على الحب والنبيذ. استأجرت عائلة برناردز سيارة دفع رباعي للقيام برحلة مريحة لمدة يومين على طول كوت دازور. عندما أصرت عائلة مارتينز على دفع أجرة التاكسي، وافق السائق جاكوب برنارد على الفور. كانت الرحلة على طول ساحل البحر الأبيض المتوسط رائعة ورائعة. في وقت لاحق، زارت عائلة برنارد ليون، حيث كانت أميلي مهتمة بالحرير الرائع المنتج هناك. بعد شراء منتجات الحرير الجميلة، سعى جاكوب برنارد إلى تناول مأكولات مدينة ليون لتناول طعام الغداء، مثل فطيرة البط ولحم الخنزير المشوي. من ليون، طار جاكوب برنارد مع عائلته إلى لورد وفاطمة ليشكر العذراء على كل بركاتها، وخاصة أميليا وثروة عائلة مارتينز الهائلة.

بمجرد عودتها إلى ماهي، انضمت جينيفر إلى AA المحلي الخاص بها كموظفة بدوام كامل في الحزب الشيوعي، على الرغم من أنها تلقت العديد من عروض العمل، بما في ذلك من السفارة الفرنسية والعديد من الشركات الفرنسية العاملة في الهند بأجور مجزية. لقد رفضهم جميعًا لأنه كان لديه هدف واحد فقط: العمل مع Aditya والبقاء بجانبه دائمًا. بدأت جينيفر بارتداء الساري المنسوج في تعاونية حرفية في كانور يديرها متعاطفون مع الشيوعية. لم يكن جاكوب برنارد سعيدًا بأسلوب حياتها وحياتها المهنية، لكن أميلي لم تعلق. وبدلاً من ذلك، قرأت أعمال ألكسندر كوجيف، ولويس ألتوسير، وكلود ليفي شتراوس، وهنري لوفيفر لفهم ابنتها بشكل أفضل.

وضعت جينيفر وأديتيا خطة تفصيلية لزيارة ما لا يقل عن ستة وثلاثين بانشايات ، وهي عبارة عن مجموعات من القرى تقع بشكل رئيسي في منطقة كانور. أرادت جينيفر وأديتيا البقاء لمدة عشرة أيام في كل بانشايات، ويفضل أن يكون ذلك مع عائلات. قرروا ألا يأخذوا أي شيء سوى الملابس، لكن لم يكن لديهم مال أو كماليات. أطلقت جينيفر وأديتيا على خطتهما اسم " اعرف وتعلم من موظفينا" لمدة ثلاثمائة وخمسة وستين يومًا. قرروا العودة إلى ماهي وفالاباتانام لزيارة والديهم وأقاربهم وأصدقائهم أو الذهاب إلى أي مدينة فقط بعد العيش مع سكان ستة وثلاثين بانشايات. ناقشوا تفاصيل برنامجهم مع رينوكا وأبوكوتان وكالياني ومادهافان وأميلي وجاكوب برنارد. وبخ جاكوب برنارد جينيفر بسبب "قرارها المجنون"، لكن أميلي ظلت صامتة بحذر.

نظرًا لأن إميليا وستيفان قد غادرا بالفعل إلى شتوتغارت، لم تتمكن جينيفر وأديتيا من مناقشة خطتهما. التقيا برافي في كوتشي، حيث كان قد انضم للتو إلى المحكمة العليا كمحامي حقوق الإنسان.

"أأ، أنت لا تذهب إلى القرى كشيوعي، بل كباحث. قالت جنيفر: "إنه شخص متواضع يريد أن يتعلم من الناس".

أجاب أديتيا: "أفهم الغرض من مشروعنا".

وأضافت جينيفر: "أنا لست شيوعية، لكني أحب العيش والعمل معك، لأنني معجبة بك وأثق بك".

"بدونك أنا لا أحد. أنت أولويتي، ثم الشيوعية. وأوضح أديتيا: "أنا مستعد لترك كل شيء من أجلك".

"الشيوعية هي شريان حياتك؛ وبدونها، أنت لا شيء،" علقت جينيفر وهي تنظر إلى أديتيا.

وأضاف أديتيا: "بدونك، سوف أتجول بلا هدف".

بدأ Aditya وJennifer تجربتهما الجديدة في Ayyankunnu، الواقعة في منطقة Sahyadri ، منطقة Kannur في ولاية كيرالا. تمتد هذه المنطقة إلى منطقة كوداجو في كارناتاكا، على بعد حوالي اثني عشر كيلومترًا من إيريتي. واكتشفوا أن أكثر من نصف الموقع الجغرافي لأيانكونو كان محاطًا بالغابات من ثلاث جهات، وهي بارابوزا وفيمبوزا . كان جميع سكان أيانكونو تقريبًا من المستوطنين من ترافانكور. وصل الأول إلى هناك في عام 1945. وبعد شراء الأرض من مالك الأرض محمد حاجي، بدأوا بإزالة الشجيرات وزراعة حقول الأرز والتابيوكا والموز والمحاصيل النقدية وأشجار جوز الهند والمطاط والكاجو. مات العديد من المستوطنين بسبب الملاريا ونقص الرعاية الصحية، وتوفيت النساء بشكل خاص أثناء الحمل والولادة. ولم تكن هناك طرق أو وسائل نقل أو مراكز تعليمية. وبجهودهم، بادر المستوطنون إلى إنشاء مدرسة في كل بلدة. سافر اثنان من المستوطنين، ثازاجاناتو ماني، وهو مدرس، وفايلامانيل فارغيز، وهو مزارع، إلى كاليكوت للقاء جامع مالابار في عام 1950. طلبوا من الجامع إنشاء مدرسة في أنجاديكادافو. كانت حكومة مدراس تراعيهم كثيرًا، حيث كانت مالابار جزءًا من مدراس حتى عام 1956. وسرعان ما أسسوا مدرسة ابتدائية في أنجاديكادافو، أول مدرسة في أيانكونو، وكان ماني مديرًا ومديرًا للمدرسة. في أوائل الثمانينيات، عندما زار أديتيا وجينيفر أيانكونو، كان المكان أكثر تطورًا، حيث كان به معهدين، أحدهما في أنغاديكادافو والآخر في كاريكوتاكاري.

في السنوات الأولى، كان إدمان الكحول مشكلة خطيرة بين المستوطنين، ووقعت أعمال عنف متفرقة في فانيابارا وراندانكادافو وكاشيري كادافو وبالاتينكادافو. وقُتل سفاح بالرصاص على يد مهاجر آخر. على الرغم من الصراعات المستمرة، تعلمت جينيفر وأديتيا أشياء كثيرة من الناس. لقد خطط المستوطنون بدقة لزراعتهم واهتموا كثيرًا بتعليم أطفالهم. قام Aditya و Jennifer بزيارة جميع قرى Ayyankunnu Panchayat، وأقاما مع العائلات وتناولا بطونهما المليئة بالتابيوكا ولحم البقر والأرز وكاري السمك وكاشيل وتشينا والجاك فروت والمانجو. كان الناس ودودين وداعمين، وكثيرًا ما كانوا يلعبون الكرة الطائرة مع الشباب، وهي رياضة شائعة في أيانكونو.

بينما كان أديتيا يعمل مع الرجال في الحقول ويتعلم استغلال أشجار المطاط، عملت جينيفر مع النساء في المطبخ وساعدتهن أحيانًا في حلب الأبقار والماعز ورعاية الدجاج والكلاب والخنازير. خلال الأيام الأربعة الأولى، مكثوا في أنغاديكادافو واستمعوا بصبر إلى قصص حياة الناس ومخاوفهم وأحلامهم. شاركت جينيفر تجاربها معهم، وخاصة مع نساء فالاباتانام. في بعض فترات بعد الظهر، كانت تُعقد تجمعات عائلية يتم فيها تناول العرق وشربه ومشاركته والتحدث. شاركت جنيفر بنشاط في جميع الأحداث، وشعر الجميع بالقرب من جينيفر وأديتيا. حضر كلاهما قداسًا دينيًا بالآرامية السريانية والمالايالامية وانضما إلى الناس في غناء الترانيم وتلاوة الصلوات، حيث كان معظم المستوطنين من الكاثوليك. أقام Aditya وJennifer مع عائلة خلال الأيام الثلاثة التالية في Karikkottakari. في فترة ما بعد الظهر، ساعدوا الأطفال في واجباتهم المدرسية وسرعان ما أصبحوا أصدقاء.

قام Aditya وJennifer عدة مرات بزيارة مدارس مختلفة في القرية وأعجبا بإخلاص المعلمين في تعليم الطلاب الذين تحت رعايتهم. وكان تنظيم لقاءات مع الشباب والطلاب ومناقشة معنى التنمية والتوظيف في المناطق الريفية معهم تجربة مثيرة للاهتمام بالفعل. لقد أدركوا أن المرأة تتمتع بمكانة عالية بين المستوطنين وكانت شريكة على قدم المساواة في توليد الثروة، وتربية الأطفال، وخلق حياة أسرية سعيدة ومرضية. خلال الأيام الثلاثة الماضية، كانت جنيفر وأديتيا مع عائلة في راندانكادافو على جدول فانيابارا. لقد فوجئوا عندما سمعوا أنه قبل بضع سنوات، كان طلاب المدارس الثانوية يسيرون أكثر من عشرين كيلومترًا يوميًا لحضور معهد في إيدور في أرالام بانشايات . احتضنت العديد من النساء جينيفر وقبلتها عندما غادرت وطلبت منها زيارتهن مرة أخرى. اعتبر أديتيا وجينيفر أن الأيام العشرة التي قضاها في أيانكونو كانت تجربة غير عادية، وواحدة من أكثر التجارب التي لا تنسى.

البانشيات التالية التي قاموا بزيارتها كانت كوتيور، مرة أخرى في سهيادري ، على المنحدرات الشمالية الغربية لواياناد. كانت قبيلة بافالييوزا هي روح هذه المنطقة، مع وجود العديد من السكان القبليين بالإضافة إلى بعض المستوطنين والسكان المحليين. كان Kottiyoor مركزًا شهيرًا للحج اجتذب آلاف الحجاج من ولاية كيرالا وكارناتاكا وتاميل نادو. في كوتيور، أقامت جينيفر وأديتيا مع القبائل. وأخبرهم بعض السكان المحليين أن هذه القبائل ربما كانت من نسل جنود الإمبراطور الإسكندر المفقودين، لأنهم كانوا يشبهون اليونانيين. ومع ذلك، فقد أصبحوا فقراء بسبب قرون من الإقصاء والقمع. إن ارتباطهم برجا بازاشي، الذي قاتل ضد البريطانيين، جعلهم مشهورين في القرن الماضي.

اكتشفت جينيفر وأديتيا أن الظروف المعيشية للقبائل كانت بائسة، على الرغم من كونهم المستوطنين الأصليين. ولم يكن بين القبائل أحد يملك أرضاً أو بيتاً. وكانت الغالبية العظمى منهم أميين، وخاصة النساء. ونادرا ما يذهب الأطفال إلى المدرسة أو يتركونها في غضون عامين أو ثلاثة أعوام من دخولهم. وكانت وفيات الرضع مرتفعة للغاية، وتوفيت العديد من النساء أثناء الحمل والولادة. وكان النظام الصحي ضعيفا للغاية. ناقشت جينيفر وأديتيا سبب عدم اهتمام الحكومة برفاهية القبائل. لقد أجروا محادثات طويلة مع القبائل حول الجوع والفقر لعدة أيام. وكانت الأكواخ التي أقامت فيها القبائل تفتقر إلى المياه الجارية والمطابخ المناسبة والكهرباء والمراحيض. واستخدمت جميعها المناطق المكشوفة أو ضفاف الأنهار للتبرز، مما تسبب في أمراض مختلفة بين الأطفال. على الرغم من أنهم كانوا يحبون الاستحمام يوميًا في بافالييوزا ، إلا أن ملابسهم كانت متسخة وقديمة وممزقة، حيث لم يكن لديهم ملابس احتياطية

لتغييرها. ذهبت النساء إلى النهر لغسل ملابسهن وتجفيفها في الشمس وارتداء نفس الملابس مرة أخرى.

كانت القبائل تطبخ في الهواء الطلق في أواني فخارية باستخدام الحطب، وتتناول وجبة مقتصدة مرة واحدة يوميًا، تتكون أساسًا من الجذور النادرة وأوراق الشجر والتابيوكا، ونادرًا ما تكون من منتجات الأرز أو القمح. كان الأطفال دائمًا جائعين ويبحثون عن الطعام. ذهب بعض الأطفال إلى المعابد للتسول أو لجمع بقايا الطعام المقدم للآلهة أو الذي يتم إلقاؤه بعد طقوس مقدسة. كانت القبائل سعيدة بمشاركة طعامها الضئيل مع جينيفر وأديتيا، وكانوا يتغذون من أوراق الشجر المتناثرة التي تم جمعها من الغابة على الأرض. لقد رافقوا الرجال والنساء في الغابة وعلموا جينيفر وأديتيا كيفية جمع الجذور والأوراق والسيقان والزهور والمكسرات والفواكه من أجل الغذاء والدواء. تعلمت جينيفر وأديتيا أيضًا من القبائل كيفية استخلاص الزيت من الأوراق والمكسرات.

في بعض الأيام، ذهبت جينيفر وأديتيا مع القبائل لصيد الأسماك، والتي كانت متوفرة بكثرة في أحواض محددة في بافاليبوزا ، في أعماق الغابة. كما ذهبوا أيضًا إلى الغابة مع رجال ونساء القبيلة لجمع العسل والحطب. من وقت لآخر، كانت القبائل تصطاد في مجموعات كبيرة وتأسر الأرانب والغزلان والخنازير البرية والطيور. كانوا يطبخون الطعام ويأكلونه *بالعرق* ، بينما كان الرجال والنساء يشربون معًا كمجتمع ويحتفلون بوحدتهم من خلال الرقص والغناء والطبول. أخذت جينيفر وأديتيا دروسًا أساسية في الطبول معهم. وفي الليل، كانت القبائل ترقص خارج أكواخها وتنام على ضفة النهر حول النار. استمتعت جينيفر وأديتيا بحضور هذه الأحداث.

قامت جينيفر بتعليم القبائل دروس النظافة الأساسية، مثل كيفية طهي الطعام دون فقدان محتواه الغذائي وكيفية الحفاظ عليه قبل الطهي وبعده. وأوضح وخاصة للأمهات كيفية حماية أطفالهن من الأمراض والحوادث. كان أحد أهم الدروس التي تعلمها أديتيا وجينيفر للقبائل هو قراءة وكتابة الأبجدية المالايالامية وأسمائهم. شارك في برنامج محو الأمية حوالي خمسين بالغًا وعشرين طفلاً. قامت القبائل بجمع الرمال النظيفة اللامعة من قاع النهر ونشرها أمام منازلهم، وعلمتهم جينيفر وأديتيا الكتابة بأصابع السبابة في الرمال. لقد كان الأمر مسليًا، وكان معظمهم متحمسين لكتابة أسمائهم على الرمال.

أوضح أديتيا وجنيفر للقبائل كيفية جمع مياه الشرب النقية من مياه الأمطار. وبمشاركة نشطة من الرجال والنساء، رفعوا أربعة أعواد، وربطوا أطرافًا فضفاضة من القماش النظيف بكل عصا، واحتفظوا بحجر صغير في المنتصف. وعندما هطل المطر، كان الماء يقطر من القماش إلى الوعاء الفخاري الموجود تحت القماش. وكانت المياه المجمعة نظيفة، وحاولت العديد من القبائل تقليدها من خلال جمع مياه الأمطار بشكل مستقل. مرت عشرة أيام بسرعة، وتعلمت جينيفر وأديتيا الكثير من تجربتهما في العيش والعمل مع القبائل، والتي كانت فريدة من نوعها. وعندما ودعوهم قدمت لهم القبائل العديد من الهدايا، خاصة الأصداف والأعشاب الطبية والعسل. احتضنهم الأطفال بحب مثالي، وأدت النساء سحرًا معينًا لحماية جينيفر من جميع أنواع الأرواح الشريرة.

في ستة أشهر، زارت جينيفر وأديتيا ثمانية عشر بانشايات ، وأقاما مع العائلات في كل مكان وشاركا في أنشطتهم واحتفالاتهم ونضالاتهم. تنتمي المجموعة التالية من القرى التي اختاروها إلى منطقة كوثوبارامبا، التي تبعد حوالي خمسة وعشرين كيلومترًا عن كانور. كان يُعرف

باسم "معسكر القتل في كيرالا" بسبب العنف السياسي والتعصب الديني. كان منظمو عملية الإعدام خارج نطاق القانون وهجوم الغوغاء هم الحزب القومي المتطرف، ومقره في شمال الهند، والشيوعيين. بذل الحزب الوطني المتحد جهدًا كبيرًا لجذب الأشخاص من دين معين والذين كانوا أعضاء في الحزب الشيوعي.

عارض الحزب الوطني المتحد، وهو منظمة راديكالية تأسست، المؤتمر الوطني الهندي بقيادة المهاتما غاندي وجواهر لال نهرو. كان حزب المؤتمر ضد الأصولية ومعاداة العلمانية التي أظهرها الحزب الوطني المتحد في جميع مناحي الحياة. خلال النضال من أجل الحرية، دعم القوميون المتطرفون البريطانيين لإرضاء الحكام والحصول على رضاهم. بالإضافة إلى ذلك، فقد ساهمت في أن تكون لسياسة فرق تسد جذور قوية بين بعض الناس في شمال الهند. وحاول الحزب الوطني المتحد تأجيج الكراهية الدينية ضد المسلمين، وكانت مساهمته في تحقيق الحرية للهند شبه معدومة. بعد الاستقلال، ادعى الحزب الوطني المتحد أن الهند حققت الاستقلال من خلال جهودها الدؤوبة، لكن سمعتها كرموز كانت معروفة جيدًا. وأكد قادتهم بعنف أنهم المقاتلون الحقيقيون من أجل الحرية والممثلون المخلصون لثقافة البلاد. حتى أنهم حاولوا اختطاف العديد من الشهداء والقادة السياسيين الذين ناضلوا من أجل الحرية، مثل سوبهاش شاندرا بوز وساردار فالاباي باتيل، اللذين كانا ينتميان إلى حزب المؤتمر. ادعى الحزب الوطني المتحد أن بوز وباتل كانا يبشران بأن الكونجرس لا علاقة له بهما. وكان أغرب ادعاء هو أن الحزب الوطني المتحد قام بتدريب جميع المناضلين من أجل الحرية تقريبًا لمحاربة البريطانيين تحت وصايته.

الحقيقة لم تكن موجودة قط في قاموس الحزب الوطني المتحد، ولم يكن لديها زعماء يدعمون نضال الهند من أجل الحرية. لم يقاتل أحد من الحزب الوطني المتحد مع المهاتما غاندي لمحاربة البريطانيين. لقد سخروا من غاندي، واتهموه بأنه صديق لباكستان، وأطلقوا عليه النار أثناء صلاة. كان بعض أعضاء الحزب الوطني المتحد خونة لأنهم تعاونوا مع البريطانيين وعملوا ضد النضال من أجل الحرية. لم تكن حرية الهند من أولوياته، لكن القتال ضد المسلمين والمسيحيين كان كذلك. ولكن عندما تولى الحزب الوطني المتحد السلطة في بعض الولايات وأصبح الحزب الحاكم، كان في حاجة ماسة إلى الشهداء والقادة السياسيين ليثبتوا للشعب أن المناضلين من أجل الحرية كانوا أعضاء في الحزب الوطني المتحد. قام الحزب الوطني المتحد بتعليم تلاميذ المدارس أن غاندي انتحر بسبب الإحباط.

تطورت سيكولوجية الحزب الوطني المتحد من الشعور بالذنب والعار. بدأ الحزب الوطني المتحد بإهانة رئيس الوزراء الأول نهرو لتغطية عقدة النقص لديه. ولكن سكان البلاد كانوا يدركون تمام الإدراك أن الهند ظلت دولة ديمقراطية بفضل نهرو. لقد حاول القضاء على الفقر والجوع والأمية وسوء الحالة الصحية في بلد شاب يبلغ عدد سكانه حوالي ثلاثمائة واثنين وستين مليون نسمة، وكان معدل معرفة القراءة والكتابة لا يتجاوز اثني عشر بالمائة. الناتج المحلي الإجمالي للهند بعد الاستقلال يمثل 3٪ فقط من الناتج المحلي الإجمالي العالمي في نفس العام. وكان معدل المواليد ثمانية عشر لكل ألف مولود حي، ومتوسط العمر المتوقع هو اثنان وثلاثون عاماً. وبفضل نهرو، حققت الهند تقدما ملحوظا مقارنة بالعديد من الدول المستقلة حديثا، بما في ذلك باكستان. بنى نهرو العشرات من السدود وأنشأ المعهد الهندي للتكنولوجيا في المدن الكبرى ومؤسسات أخرى مثل المعهد الهندي للإدارة ومعهد عموم الهند للعلوم الطبية. لقد أحدث تقسيم الهند جراحاً عميقة، إذ قُتل نحو مليوني شخص وتشريد عشرين مليوناً. تمكن نهرو من التغلب على المشاكل وقيادة البلاد نحو التقدم. وفي عام 1962، قامت الصين

بمهاجمة الهند بشكل غير متوقع، مما أسفر عن مقتل العديد من الجنود الهنود واحتلال مساحة واسعة من الأراضي. لم يصدق نهرو ذلك، وسرعان ما مات رجلاً حزينًا. لكن الحزب الوطني المتحد بدأ في نشر أخبار مزيفة ضد نهرو والكونغرس ومساهمتهم في الاستقلال واستمرارية الثقافة الديمقراطية والعلمانية في الهند. بعد وفاة نهرو، استغل الحزب الوطني المتحد الفراغ الناجم عن غيابه للاستيلاء على السلطة.

وفي ولاية كيرالا، أصبح الحزب الشيوعي قوة فاعلة ساعدت الكثير من الناس على تحرير أنفسهم من القمع والقهر القاسي. وشهد المضطهدون بصيص أمل، وكانت هناك رؤية جديدة للمساواة، وتكافؤ الفرص، وتحرير المرأة، ورغبة شديدة في التمتع بحكومة صديقة للشعب.

واجه الحزب الوطني المتحد، الذي أصبح تدريجيًا قوة سياسية في العديد من الولايات الشمالية، شيوعيي كيرالا كمعارضين رئيسيين له. كان لدى الشيوعيين كوادر مخصصة وتماسك أيديولوجي والتزام بتطوير النزعة الإنسانية في جميع مجالات الحياة. ظهرت مجموعة شرسة من الشباب في جميع أنحاء ولاية كيرالا على استعداد للدفاع عن الحزب. لقد وثقوا واحترموا قادتهم، مثل EMS Namboodiripad وA. ك. جوبالان. كان تدمير الكوادر المتماسكة للحزب الشيوعي ضروريًا للحزب الوطني المتحد ليحصل على موطئ قدم في ولاية كيرالا ويحقق سلطة طويلة الأمد. من خلال نشر أخبار مزيفة ضد الديانات والأحزاب السياسية الأخرى، نسج الحزب الوطني المتحد قصص العنف والقتل التي نفذها أورنجزيب في الشمال وتيبو سلطان في الجنوب. لقد فهم الشعب المستنير في بلد الله الأساطير التي خلقها الحزب الوطني المتحد.

كان هناك رد فعل عنيف ضد أنشطة الحزب الوطني المتحد، خاصة من قبل الشيوعيين في كانور وما حولها. نشأت المقاومة عندما انغمس الحزب الوطني المتحد في جرائم القتل والاغتصاب والإعدام والعنف الجماعي ونشر الأكاذيب ضد قادة الأحزاب والمنظمات السياسية الأخرى. في مثل هذا السيناريو، اتخذت جنيفر وأديتيا خطوة شجاعة بالبقاء في بانشايات كوثوبارامبا للتعلم من الناس وقيادة ولاية كيرالا نحو التقدم والتنمية والوحدة والسلام. ولم يكشفوا عن هويتهم واختلطوا بجميع فئات الناس، خاصة الشباب والنساء من ثلاث عائلات مختلفة. وعلموا أن معظم جرائم القتل وقعت في الأشهر الأربعة من نوفمبر إلى فبراير، أثناء الاحتفالات والأعياد والتجمعات السياسية والدينية. علاوة على ذلك، احتفل الشيوعيون والحزب الوطني المتحد بـ "يوم الشهداء" خلال تلك الأشهر بسبب مقتل أتباعهم ونشطائهم، خاصة في تلك الأشهر.

عرف جينيفر وأديتيا أن الشيوعيين والحزب الوطني المتحد استخدموا السيوف والهراوات الحديدية والقنابل البدائية محلية الصنع في هجماتهم. وفي العديد من المنازل كانت هناك كميات كبيرة من المتفجرات المستخدمة في محاجر الجرانيت، مما أدى إلى ظهور الأسلحة وصناعة القنابل كصناعات منزلية للشباب والعاطلين عن العمل وطلاب الجامعات. وأخذ الحزب الوطني المتحد العديد من المراهقين إلى ولاية أوتار براديش الشمالية، المتاخمة لنيبال، لتلقي تدريب متقدم على صنع القنابل. وعند عودتهم، عاملتهم كوادر الحزب الوطني المتحد كأبطال. ومع ذلك، اكتشفت جينيفر وأديتيا أن العديد من الوفيات حدثت بينما كان أبطال الحزب الوطني المتحد الذين يفترض أنهم مدربون يقومون بتجميع القنابل. لكن الحزب الوطني المتحد حاول إلقاء اللوم في الوفيات على الهجمات الشيوعية وأبلغ الشرطة. أثناء حكومة المؤتمر الوطني الهندي في ولاية كيرالا، نفذت سلطات الشرطة العديد من المداهمات وحصلت على أدلة قاطعة

على حدوث وفيات أثناء تجميع القنابل من قبل مفجري القنابل التابعين للحزب الوطني المتحد. تلقت فرق صنع القنابل التابعة للحزب الوطني المتحد الدعم المالي والفني والمادي بانتظام من قادتهم ذوي النفوذ في شمال الهند.

خلال الأيام الأربعة الأولى، أقامت جينيفر وأديتيا في منزل رجل عسكري متقاعد في السبعينيات من عمره. وأفراد الأسرة الآخرون هم زوجته وأرملة ابنه وابنته الصغيرة. كان للرجل العجوز ثلاث بنات متزوجات وابن اسمه راميش، وكان في الثلاثينيات من عمره ويدير وكالة أنباء في كوثوبارامبا. كان راميش شيوعيًا نشطًا، وكانت أيامه تبدأ في الرابعة صباحًا، حيث كان عليه توزيع حزم الصحف في مختلف المحليات، وهو ما كان يفعله دينيًا. قام بتنظيم الناس لمحاربة الظلم والاستغلال والقمع في المساء حتى الثامنة. وشجع الشباب وطلاب الجامعات الذين تركوا الحزب الشيوعي وانضموا إلى الحزب الوطني المتحد على العودة إلى حظيرتهم الأصلية. أدرك الحزب الوطني المتحد أن راميش كان يشكل تهديدًا لنموه في كوثوبارامبا. وفي الصباح الباكر، بينما كان يقود دراجته إلى متجره، ألقى شخص قنبلة عليه، فتناثرت أشلاء راميش في جميع أنحاء الطريق، وبقي رأسه المهشم تحت دراجته المشوهة. وفي غضون ثلاثة أيام، اعتقلت الشرطة اثنين من أعضاء الحزب الوطني المتحد: جيران راميش وزملائه الشيوعيين السابقين، على بعد حوالي خمسمائة كيلومتر في تاميل نادو. بكت سوجاثا، الحامل بطفل راميش الثاني، بمرارة عندما تكشفت القصة. احتضنتها جنيفر بحرارة.

العائلة الثانية التي أقامت معها جينيفر وأديتيا كانت أرملة في الستينيات من عمرها. تم إعدام زوجها دون محاكمة على يد الحزب الوطني المتحد منذ حوالي أربعة عشر عامًا. قبل عامين، تعرض ابنه بيجو، البالغ من العمر حوالي 35 عامًا، لهجوم بالسيوف من قبل الحزب الوطني المتحد بالسيوف في سوق السمك، مما تسبب في ثمانية عشر جرحًا عميقًا في جميع أنحاء جسده. حدثت جريمة القتل لأن والد بيجو قتل اثنين من أعضاء الحزب الوطني المتحد منذ حوالي عشرين عامًا، ومن خلال قتل بيجو، يمكن للحزب الوطني المتحد أن يُظهر للعالم أنه لن يغفر أبدًا للقتلة أو ينسى شهدائه.

دعا المعلم المتقاعد عبد الله مداثيل جينيفر وأديتيا لقضاء ثلاثة أيام في منزله. وكانت زوجة عبد الله نورجاهان معلمة أيضًا. وكان طفلاه مع أسرتيهما موجودين في الإمارات. كان أحد الأبناء يعمل في أحد البنوك في دبي والآخر في شركة لبناء السفن في أبو ظبي. كانت بنات عبد الله طبيبات في مستشفى خاص في كوزيكود. أبلغ عبد الله جينيفر وأديتيا أنه على الرغم من أن الشيوعيين والحزب الوطني المتحد مسؤولون بنفس القدر عن أعمال العنف والقتل، إلا أن كوادر الحزب الوطني المتحد أصبحوا خبراء في تركيب المتفجرات. وكان الشيوعيون في كثير من الأحيان ضحايا لقنابلهم، التي كانوا يصنعونها أحيانًا في مطابخهم. أظهرت بيانات الشرطة بوضوح أنه كان هناك ثلاثة وسبعون جريمة قتل سياسي في منطقة كانور في السنوات الخمس الماضية، منها سبعة وثلاثون ضحية من الشيوعيين وستة وثلاثين من أعضاء الحزب الوطني المتحد.

التقت جينيفر وأديتيا ببعض الشباب الذين أخبروهم أن الحزب الوطني المتحد والشيوعيين كانوا وحدة ذات وجهين وأنهم أصبحوا قوة فعالة لقتل وتشويه خصومهم. لقد قتلوا بعضهم البعض مثل الميركاتس. ازدهرت صناعة القنابل في كوثوبارامبا حيث اكتسب الحزب الوطني المتحد السلطة في المزيد من الولايات في شمال الهند. أوضح بعض أنصار الحزب الوطني المتحد أن صناعة القنابل كانت صناعة منزلية بين الشيوعيين في ولاية كيرالا. كان سلوكهم الإجرامي لا

مثيل له في تاريخ بلد الله، وما فعله الحزب الوطني المتحد كان دفاعًا خالصًا عن النفس. بالنسبة للحزب الوطني المتحد، فإن كل شخص مات أثناء قيامه بتركيب قنابل بدائية في منزله كان بمثابة "شهادة" للبلاد . وفي كل مرة زار فيها أحد كبار قادة الحزب الوطني المتحد ولاية كيرالا، كان هناك المزيد من جرائم قتل الشيوعيين، وكانوا ينتقمون على الفور بنفس الشراسة. حتى أطفال المدارس من الحزب الوطني المتحد والأسر الشيوعية انغمسوا في صنع القنابل.

في تلك الليلة، طبخ نورجاهان برياني اللحم البقري، وأكل عبد الله وجنيفر ونورجاهان وأديتيا من نفس الطبق.

قال نورجاهان وهو ينظر إلى أديتيا أثناء تناول العشاء: "كل البشر لهم نفس الوجه ولكن بأسماء مختلفة".

"نعم سيدتي، نحن البشر نأتي من نفس السلالة،" علق أديتيا.

"أديتيا، أنت على حق. لمدة ستة وثلاثين عامًا قمت بتدريس طلاب المدارس الثانوية. وأضاف نورجاهان: "لقد أخبرتهم أننا جميعًا أقارب ومهاجرون إلى الهند".

"أنا أتفق معك يا سيدتي. لقد جئنا جميعًا من أسترالوبيثكس، نفس الأم، منذ ما بين ثلاثة ونصف إلى أربعة ملايين سنة في شرق إفريقيا، وبدأت ملحمة رحلتنا هناك. كان هناك العديد من الأنواع البشرية، وكان من بينها الإنسان العاقل. لقد تمكنا من هزيمة إنسان نياندرتال والإنسان المنتصب فقط لأننا كنا في مجموعات كبيرة، وكانوا في مجموعات صغيرة".

"أنت على حق، جينيفر. كانت رحلة الإنسان العاقل إلى مختلف أنحاء العالم أسرع من رحلة الأنواع البشرية الأخرى. لقد اعتمد تطورهم الاجتماعي على أنماط حياة مختلفة وثقافات ورؤى فريدة تتماشى مع بيئتهم وجغرافيتهم. لكن لا يوجد تاريخ مكتوب للإنسان العاقل يزيد عمره عن ستة آلاف عام. لذا فإن قتل الناس باسم الدين، بدعوى أن ديناً معيناً هو الأقدم والأسمى، هو عمل وحشي. إن الافتقار إلى الحقائق التاريخية والجهل والتعصب والخرافات دفع حزب الوحدة الوطني إلى القضاء على إخواننا من بني البشر باسم الدين". "يدعي بعض قادة الحزب الوطني المتحد الألوهية في ثقافتهم، على الرغم من أن العديد منهم ملحدون. أولئك الذين يحاولون نشر تفوق ثقافتهم يحاولون تدمير التنوع في الهند. وقال نورجاهان إن الثقافة هي قطعة أثرية خلقها المجتمع، وإعطاء التفوق لثقافة على أخرى أمر غير عقلاني، ولكن الإنسان هو القيمة العليا.

وبعد صمت قصير، قال عبد الله: – صحيح جداً يا نور. الإنسانية تعلن ذلك. أريد أن أضيف أنه حتى الأديان سوف تختفي تمامًا خلال مائتي عام. لقد تطورنا إلى بشر ومازلنا نتطور. لا نعرف ما هو المستقبل الذي سنواجهه، لكني متأكد من أن الذكاء الاصطناعي سيتفوق علينا. وبعد بضع سنوات، ستظهر الكائنات الرقمية إلى الوجود، وسيتغير السيناريو بأكمله. "لن تستمر القومية المتطرفة والشيوعية حتى بعد خمسين عامًا، حيث ستتغير أولوياتنا وسيرسم لنا مستقبل جديد."

"ينتشر المئات من طلابنا في جميع أنحاء العالم. وكثيرون منهم يأتون إلى منزلنا عندما يزورون الهند، ونحن نستمتع بزيارتهم. هؤلاء الطلاب لديهم رؤى عظيمة ويفكرون في الإنسانية، حيث لا يوجد جوع أو فقر، أو مرض أو أمية، أو انقسامات على أساس الدين أو السياسة. وأوضح نورجاهان، موضحًا مستقبله: "إنهم يتحدثون عن الهند حيث يحكم العلم، وليس الأساطير والسحر الذي يبشر به الحزب الوطني المتحد".

"إننا نعمل أيضًا من أجل هند خالية من الفقر أو الجوع، وهو هدفنا الرئيسي. لذا فإننا نتصور هنداً علمانية حيث تمثل الإنسانية القيمة العليا، وليس الظلامية والخرافات. وقالت جينيفر: "إن الطريقة الوحيدة لتحقيق هذا الهدف ليست سوى العلم والعقل، حيث الأبطال هم أناس مستنيرون".

وأعرب نورجاهان عن أمله "فلنعمل من أجل مثل هذه الهند ونحقق التقدم والتنمية".

قال عبد الله بقوة: "إن حراسة الأبقار وعنف الغوغاء واغتصاب الفتيات والنساء باسم الدين أو الثقافة أو حتى لإرضاء الآلهة ليس لها مكان في الهند".

نظر أديتيا إلى عبد الله، متأثرًا بكلماته. "يا رب، لقد نورتنا. فيك نرى رؤية للهند. وقال أديتيا: "اسمك لا يهم، ولكن أفكارك ومهمتك وإنسانيتك هي التي تهم". "لقد تعلمنا منك الكثير، سيدتي، ونحن ممتنون لحبك ورعايتك وثقتك وانفتاحك. وقالت جينيفر لنورجاهان: "في داخلك إنسان رائع يحترم الجميع". وقال عبد الله: "نحن نصنع أنفسنا، ونحن وحدهم من يستطيع أن نصنع أنفسنا". "نحن مسؤولون عن أفعالنا. لقد ذبحوا الآلاف من الناس باسم السياسة والطائفة والدين، ولم يتحمل المسؤولية عن ذلك سوى عدد قليل منهم. وأحرقت مئات الأكواخ التابعة للقبائل والأقليات، ولم تتم معاقبة أحد. قال نورجاهان: "علينا أن نغير الهند". وقالت جنيفر: "ما يجعلنا بشرا هو قدرتنا على معرفة الصواب من الخطأ". "أنت على حق، جينيفر. وأضاف نورجاهان: "أصعب شيء في هذا العالم هو أن تدافع عن نفسك وتقول الحقيقة". "الحقيقة هي اليقين. وقال عبد الله "لا يمكن استخلاصها إلا من الحقائق". قال أديتيا: "الشخص الذي يدافع عن الحقائق لا يشيد بالكذاب أبدًا". "صحيح أن الحرية هي الاستقلال. وهي مكانة من الخبرة تحترمك وتحترم اختياراتك، ولا ينبغي لأحد أن ينكر ذلك. يمكنك أكل اللحوم وشرب الخمر والرقص مع أصدقائك، النساء والرجال. وقالت جينيفر: "هذا حقك، إنه خيارك وحريتك".

ومرة أخرى، ساد الصمت، كما لو كانوا يفكرون. قال عبد الله ونورجاهان في انسجام تام: "أنا أتفق معك يا جنيفر". "شكرا السيدة. قالت جينيفر وهي تعانق نورجاهان: "شكرًا لك على حبك". "سوف تكون دائما موضع ترحيب في مسكننا. هذا هو منزلك. تعال وقضاء بعض الوقت معنا. لقد استمتعنا بحدته العقلية وصراحته وتوازنه. وقال عبد الله: "سيكون لكما مستقبل عظيم". ردت جينيفر: "شكرًا لك يا سيدي". وتابع: "لقد تعلمنا منكم أن نكون بشرًا صالحين". قال أديتيا لنورجاهان وعبد الله: "الحياة رحلة، وفي هذه الرحلة نواجه النور والظلام، نرى الماس والأحجار، وأنت من أفضل الجواهر التي تنشر الضوء التي قابلناها على الإطلاق". "لقد كان الفقر والجوع والأمية واعتلال الصحة والانتقام وانعدام الأمن والخوف من المستقبل يخيم على كوثوبارامبا، وكانت حقول القتل فيها تصرخ باستمرار من أجل الدماء والمزيد من الدماء. وبينما انغمس قادة الحزب الوطني المتحد في حياتهم الخاصة الفاخرة في نيودلهي، وناجبور، وأحمد أباد، وفاراناسي، وقع المئات من الشباب الأميين وشبه الأميين والعاطلين عن العمل في فخ الانتقام والردع. لقد اعتنقوا الاستشهاد بإعدام الآخرين ومنح رفاق حياتهم الترمل. يقدم العديد من الشباب المؤمنين بالأخبار الكاذبة والأساطير والقومية المتطرفة والسحر أنفسهم لقادتهم ويعبرون عن استعدادهم لقتل أعدائهم الوهميين. وقال عبد الله إن الحل الوحيد هو السماح للحزب الوطني المتحد بالبقاء في الولايات الشمالية والسماح لولاية كيرالا بالاحتفاظ بروحها وقيمها العلمانية والديمقراطية والإنسانية. وكانت رسالة نورجاهان الأخيرة: "تعالوا من فضاء السلام، وسوف تكونون قادرين على مواجهة أي شيء".

كانت إقامة جينيفر وأديتيا لمدة عشرة أيام في كوثوبارامبا مثيرة للدهشة. أثناء سفرها بالحافلة إلى البانشيات التالية، أوضحت جينيفر عدم معنى العنف والقتل وعدم جدوى الانتقام. وردد المتمردين . كانت جينيفر قوية في تصريحها بأنه لا يمكن لأي طرف أن يعيش على الدم لفترة طويلة. اقتنع أديتيا بحجج جينيفر عندما تصورت حزبًا شيوعيًا خاليًا من العنف أو القتل أو الانتقام. وعده أديتيا بأنه عندما يتم تعيينه رئيسًا لوزراء ولاية كيرالا، فإنه سيطرد العنف من بلد الرب. لقد أمضيت جينيفر وأديتيا بالفعل عشرة أشهر مع الأشخاص في برنامج لقاء وتعلم في قريتنا وقررا زيارة البانشيات الثانية والثلاثين. اختاروا مدينة بايانور، التي تبعد حوالي ستة وثلاثين كيلومترًا عن كانور، وأرادوا البقاء في مجتمع من النساجين على النول اليدوي. برع النساجون في إنتاج أنواع أكثر خشونة للأثاث المنزلي والمنسوجات. بعض الجمعيات التعاونية للنساجين موجودة منذ عام 1947.

تشتهر مناطق شيراكال وأجيكود وبايانور بنسجها اليدوي التقليدي مع الأعمال الفنية الرائعة. أخبر نساجو Payyannur جينيفر وأديتيا أن عملائهم من الولايات المتحدة وأوروبا وأستراليا ونيوزيلندا واليابان يقدرون منتجاتهم. لقد زعموا أن أقمشتهم تتمتع بتفرد ملحوظ في البنية والملمس. كانت جينيفر وأديتيا سعداء للغاية برؤية مجموعات الألوان الرائعة والملفتة للنظر والممتعة. وكانت الحرفية عالية، مع التركيز على احترام البيئة.

كان كل من سوميترا وزوجها أشوكان نساجين. بقيت جينيفر وأديتيا معهم خلال الأيام الأربعة الأولى. بينما كان أشوكان حائكًا "من الداخل"، كانت سوميترا "دخيلة". أولئك الذين نسجوا داخل مرافق الجمعيات التعاونية كانوا يطلق عليهم اسم المطلعين. أولئك الذين أخذوا المواد إلى وحداتهم المحلية أو إلى منازلهم كانوا يُعرفون بالنساجين الخارجيين. كان لدى سوميترا نول في منزلها وكانت تنسج أقمشة ملونة على النول اليدوية، بما في ذلك ملاءات عالية الجودة وأغطية للأسرّة وأغطية وسائد ومناشف. استيقظت في الرابعة صباحًا، وأعدت الطعام، وغسلت الملابس، ونظفت المنزل والنول، وأطعمت الأطفال، وأخذتهم إلى المدرسة، وأطعمت زوجها، وفي التاسعة بدأت العمل في المزرعة بالنول. استمتعت سوميترا بوظيفتها وحصلت على ما يكفي من المال لتعيش حياة مريحة. غادر أشوكان للعمل في حوالي الساعة التاسعة صباحًا حاملاً صندوق غداءه على حقيبة كتفه. كان يعمل حتى السابعة مساءً، وكان النساجون الآخرون يعتقدون أن أشوكان كان من أفضل النساجين في بايانور لنسج الساري الجميل الذي كان يباع في جميع مدن الهند. وعلى الرغم من أن أشوكان كان يشرب كأسًا أو كأسين من الويسكي يوميًا، إلا أنه كان زوجًا محبًا وأبًا منتبهًا، وكان يحتفظ ببعض الودائع في البنك لتعليم أبنائه وزواجهم.

كانت جنيفر وأديتيا يراقبان بفارغ الصبر سوميترا وهي تعمل على نولها؛ كان جيدا في ذلك. وقال أشوكان لدى عودته بعد الظهر: "يعمل المئات من النساء والرجال في النساجين". لقد عملوا على عدة مستويات: الصباغة والدلفنة والتجليد والطي والنسيج. كان كل من سوميترا وأشوكان نساجين، على الرغم من أنهما كانا يعرفان جميع مراحل الإنتاج. ومع ذلك، لم يرغبوا في أن يصبح أطفالهم نساجين. وبدلاً من ذلك، كانوا يأملون أن يصبح أطفالهم مهندسين أو محامين أو أطباء، وهي مهن اعتبروها أكثر ربحية وراحة.

بعد ثلاثة أيام، أقامت جينيفر وأديتيا مع جوماثي وكانان، اللذين كانا من كبار السن. كان لدى جوماثي نول في منزله لسنوات عديدة، وعمل عليه لأكثر من عشرين عامًا. واصل كنعان

العمل كخبير في أقمشة الأثاث. وبما أن أولاده كبروا وحصلوا على ما يكفي من المال في قطر، لم يكن غوماثي بحاجة إلى دخل إضافي، وكان الدخل من وظيفة كنان يكفيهم.

قال كانان لجنيفر وأديتيا: "إذا لم تكونا مدمنين على الكحول، فيمكنك كسب ما يكفي من المال من النول اليدوي".

ولكن في كل ليلة، عندما كان يعود إلى منزله من مصنع النول اليدوي التابع للجمعية التعاونية، كان كانان يحضر معه زجاجة من الويسكي، يستمتع بها مع اللحم المقلي أو السمك. استمتعت جوماثي أيضًا بالربط مع زوجها. دعا كانان جينيفر وأديتيا للانضمام إليه في إنهاء زجاجة الويسكي، ولم يكن لدى جينيفر أي موانع. هنأ جوماثي وكانان جينيفر على جرأتها. يعتقد الكثيرون أن مهنة النسيج بدأت في القرن السابع عشر في شيراكال، بالقرب من بايانور، عندما أحضر راجا كولاثيري عائلتين من الحائكين من شيرانادو، تاميزاكام. بعد أن استقروا في كادالاي، بدأوا في نسج القماش للملوك والمعبد. بكل روعته وجماله وأبعاده، قاموا بتعليم هذا الفن للسكان المحليين وانتشر النسيج ببطء باعتباره مهنة مهمة ومحترمة في شيراكال وبايانور. وأوضح كنعان أصل النسيج في كانور.

في حوالي عام 1844، استوردت بعثة بازل الإطار من ألمانيا. وأصبح النسيج مهنة متكررة ومربحة للعديد من الأسر، مما يوفر العيش الكريم لمئات الأشخاص. أثناء النضال من أجل الحرية وبعد الاستقلال، أعطت حركات الإصلاح الاجتماعي هيكلًا منظمًا للنسيج كصناعة. ظهرت العديد من الجمعيات التعاونية التي ساعدت النساجين على أن يصبحوا أكثر صحة وأكثر ثراء. سألت جينيفر: "هل أنت سعيد بالعمل مع مجتمع تعاوني؟". وقال كنعان "لقد منحتنا بالتأكيد الدعم والحرية وسبل العيش والمكانة". "انظر منزلنا. إنها نتيجة عملنا. لقد ساعدتنا الجمعية التعاونية في بناء هذا المنزل. يقول غوماثي بكل فخر: "نحن فخورون بالجمعية التعاونية وبأننا أعضاء فيها". يقول كانان: "لقد كان كريب كانور هو النول اليدوي المفضل في الولايات المتحدة لسنوات عديدة". "قام مجتمع ساليا في بايانور بتصنيع أقمشة أنوال يدوية من القطن الخالص عالية الجودة للتصدير. ويعمل عدد كبير من النساء في النسيج على النول ويساهمن بجزء كبير من دخل الأسرة. وأوضح غوماثي بفخر أن المرأة تتمتع بمكانة عالية بيننا.

خلال الأيام الثلاثة التالية، أقامت جينيفر وأديتيا مع زوجين شابين، هما كيران وكيلان، اللذين لم يكونا نساجين ولكنهما كانا ملتزمين بإدارة مجتمعهما التعاوني. على الرغم من أنهما كانا زوجين يعانيان من صعوبات مالية، منذ أن بدأا العمل قبل بضع سنوات، كان لديهما اهتمام وتفاني كبيران لتحسين حياتهما وتنظيف مجتمعهما التعاوني ماليًا. قامت جينيفر وأديتيا معًا بزيارة جمعيات تعاونية مختلفة للنساج. حصل كيران على ماجستير في إدارة الأعمال وكان يدير جمعيات النول اليدوي، بينما كان كيلان يتولى الإدارة المالية. يوضح كيران أن "صناعة النول اليدوي في كانور كانت تعتمد بشكل أساسي على ثلاثة هياكل إدارية مثل الجمعيات التعاونية وخادي والوحدات غير المنظمة". يوضح كيلان: "كانت صناعة النول اليدوي تواجه العديد من المشاكل". وقال كيران "كان التقلب في المبيعات والأرباح هو الأخطر". وأضاف كيلان: "في كثير من الأحيان، تسببت السياسات الخاطئة للحكومة في إحداث فوضى في صناعة النول اليدوي، حيث أصبح البيروقراطيون الذين لم يكونوا على دراية بالنول اليدوي من صناع القرار داخل الحكومة". وقال كيران إن "التغيرات في السيناريو الدولي كان لها تأثيرها وأثرت بشدة على صادرات المنتجات النهائية". يقول كيلان: "تنعكس تكاليف الإنتاج

المرتفعة في تحقيق الأرباح والحفاظ على الاتساق في توليد الدخل للنساجين وغيرهم من العمال". واشتكى كيران من أن "السياسة الاقتصادية التي تنتهجها الحكومة، دون تفكير عميق في تداعياتها على صناعة الأنوال اليدوية، سببت حرقة كبيرة للجمعيات التعاونية والنساجين". كانت زيارة جينيفر وأديتيا إلى منشأة Payyannur للنسج اليدوي، والبقاء مع ثلاث عائلات، والالتقاء بالعشرات من النساجين، والمناقشة معهم والتعلم منهم، حدثًا فريدًا. وجعلتهم ينمون فكريا وعاطفيا واجتماعيا وثقافيا. يمكنهم تعلم الكثير من الناس، وهذا كان هدفهم.

اختارت جينيفر وأديتيا البانشيات الأخير، دارمادام، بالقرب من ثلاسيري، وقررا البقاء مع الناس لمدة أسبوعين. لقد أمضوا بالفعل ثلاثمائة وخمسين يومًا في خمسة وثلاثين بانشايات وعاشوا مع أكثر من مائة عائلة. لقد قضوا أوقاتًا مجزية ومليئة بالتحديات في كل مكان، وكان الأمر كما لو كانوا يجرون دراسات متعمقة عن قرى ولاية كيرالا بطريقة علمية وعملية للغاية. لقد كان التعلم التشاركي هو الذي أشرك الناس في خلق المعرفة، ويمكنهم أن يصبحوا أصحاب المعرفة التي ابتكروها. لقد كانت أيضًا عملية ديناميكية للتفاعل مع الناس، للمعرفة والتحليل وفهم مدنهم وأحداثهم وأوضاعهم. تعرفت جينيفر وأديتيا على بعضهما البعض بشكل يتجاوز ما تخيلاه، وكل يوم ساعدهما على حب بعضهما البعض بشكل أكثر كثافة. لقد فوجئوا برؤية أن الحب والمودة يمكن أن ينموا من خلال فهم بعضهما البعض. بالنسبة لهم، لم يكن الحب شعورًا ساكنًا، بل وعيًا عاطفيًا بالآخر واعتباره إنسانًا حقيقيًا. كما كان هناك المزيد من الإعجاب بالآخرين، حيث تمكنوا من اكتشاف صفاتهم وتغيير أنماط سلوكية معينة تتطلب التصحيح والتحسين.

وكان الناس هم المحور المركزي لبرنامج "اعرف وتعلم من قرانا". بالنسبة لجنيفر وأديتيا، ساهم كل شخص في تقدم وتنمية وتغيير المجتمع الريفي. كان لدى كل واحد منهم ما يقوله ويريد أن يسمعه الآخرون. ونتيجة لذلك، احترمت جينيفر وأديتيا الأشخاص الذين ارتبطوا بهم كثيرًا لأنهم كانوا مركز عالمهم. كان Aditya سعيدًا بزيارة Dharmadom panchayat ، حيث درس هو وجنيفر في كلية Dharmadom ،Brennen. كانت مع حبيبها JJ لمدة عام خلال سنة تخرجها الأخيرة. كانت جنيفر أكثر سعادة وتذكرت مشاركتها في شباب الحزب الشيوعي. بالنسبة لبرنامجهم، اختاروا قرية Pallissery لصيد الأسماك. في الأيام الثلاثة الأولى مكثوا في منزل مانيان، وهو صياد سمك ثري. وكان يملك أربعة زوارق، وقارباً ميكانيكياً، ومبنى من طابقين، وشاحنتين صغيرتين وسيارة. كان يعمل فيه حوالي عشرين شخصًا.

لم يدرس مانيان إلا حتى المدرسة الابتدائية، وبدأ العمل عندما كان صغيرًا، وكان يذهب إلى البحر مع صيادين آخرين. كان يحصل على أجر يومي من صاحب الزورق الذي كان يذهب إليه للصيد. تدريجيًا، ومن خلال عمله الجاد والتخطيط السليم، أصبح مانيان واحدًا من أغنى الصيادين في باليسيري. أنهت زوجته، ريفاثي، دراستها واحتفظت بحسابات زوجها بدقة، واهتمت بالشؤون المالية ودفعت رواتب الصيادين الذين عملوا معه. كان مانيان واثقًا من قدراته، وأظهر ريفاثي الكثير من اللطف والاحترام تجاه الصيادين. غالبًا ما كان يهدي زوجاته ملابس جديدة وأدوات مطبخ وأشرطة موسيقية للفيلم المالايالامي Chemmeen، ويدعوهم للاحتفال بالمهرجانات مثل أونام ، فيشو وبكريد . لقد كان يعلم أن الحفاظ على علاقة صحية مع العاملين لديه أمر ضروري لنمو شركته. اهتمت ريفاثي اهتمامًا كبيرًا بتعليم أطفالها الثلاثة.

بعد التخرج، بدأ طفلاه العمل في شركة لتجهيز الأسماك في ثلاسيري، وتخرجت أصغرهما، وهي فتاة، من كلية برينين. أجرت الفتاة سوشما العديد من الأحاديث مع أديتيا وجنيفر، خاصة حول دور المرأة في السياسة، حيث كانت مهتمة بالانضمام إلى السياسة النشطة للعمل في الحزب الشيوعي.

قام ريفاثي بطهي الأرز وأطباق السمك المتنوعة على الغداء والعشاء، وأكل الجميع معًا. بعد العشاء، استمتعت مانيان بكأس من مشروب الروم مع السمك المقلي الذي أعدته سوشما خصيصًا لوالدها. خلال المهرجانات والاحتفالات، كان يقدم كأسًا إلى ريفاثي وآخر إلى سوشما، قائلًا إن الشيوعي الجيد يشارك الآخرين أفراح العالم. جربت جينيفر مشروب الروم لأول مرة في حياتها، لكنها لم تحبه. ومع ذلك، فقد أحب السمك المقلي الذي أعدته سوشما. سألت ريفاثي جينيفر عما إذا كانت مهتمة بالزواج من ابنها الأكبر، وهو مسؤول كبير في مصنع لتجهيز الأسماك في ثلاسيري. ابتسمت جينيفر وعانقت ريفاثي.

اصطحب مانيان وريفاثي أديتيا وجنيفر لزيارة منازل جميع الصيادين الذين يعملون معهم. لقد فوجئوا بأن لديهم جميعًا منازل نظيفة بها مياه جارية ومراحيض. وكانت النساء يشاركن في أنشطة مختلفة تتعلق ببيع الأسماك أو تصنيعها والدخل المكتسب. لم يبقى أي طفل في المنزل من المدرسة. وأوضح مانيان أنهم كانوا في بلد الشيوعية في العمل، وأن دارمدام كان أفضل مثال على تحقيق حلم ماركس. في اليوم الخامس، دعا مانيان وريفاثي صياديهم وعائلات جيرانهم لحفلة ليلية. وحضر حوالي ثمانين شخصًا، وأقام مانيان شاميانا أمام منزله. انضم النساء والرجال إلى ريفاثي وسوشما لإعداد لحم البقر والأسماك وبرياني التابيوكا. كان لدى مانيان نصف دزينة من زجاجات الروم. وكان برياني اللحم البقري والروم من عوامل الجذب الرئيسية للجميع، بما في ذلك النساء. لقد تحدثوا جميعًا إلى جينيفر وأديتيا لساعات. غنت جينيفر بعض الأغاني من الأفلام المالايالامية، بما في ذلك Kadlinakkare Ponore من فيلم Ramu Kariat Chemmeen ، وانضم إليها جميع النساء والرجال تقريبًا. غنت سوشما بعضًا من أغاني مادونا، والتي لاقت تصفيقًا حماسيًا.

أمضت جينيفر وأديتيا وقتًا ممتعًا ومفيدًا مع مانيان وريفاثي وسوشما وصياديهم. أمضوا الأيام الخمسة التالية مع الأرملة بادما، التي اختفى زوجها في البحر أثناء صيد السمك على متن طوف مع صديقه. ولم يتمكن فريق البحث من انتشال جثتيهما، لكن القارب كان سليما. كانت بادما في الخامسة والأربعين من عمرها تقريبًا، وكان أطفالها الثلاثة يعملون؛ وكانت الكبرى متزوجة، وبقيت معها زوجته وابنه. وعلى الرغم من وضعه المالي الجيد، كان يبيع السمك من باب إلى باب على بعد حوالي عشرين أو خمسة وعشرين كيلومترًا من ثلاسيري لمدة خمس أو ست ساعات يوميًا. وكان معها سبع نساء، وكلهن اصطدن الأسماك مباشرة من الزورق أو القارب، وكانت هناك شاحنة صغيرة التقطتهن وإنزلتهن في قراهن المخصصة. كانت بادما تحب الخروج كل يوم مع أصدقائها لبيع الأسماك وحققت ربحًا يوميًا بنسبة 100%. في اليوم الثاني، انضمت جينيفر وأديتيا إلى أصدقائهما وسافرا إلى القرى لبيع الأسماك. ووجدوا أن المجتمعات مزدهرة وحيوية، وتحدثوا إلى العديد من الرجال والنساء والشباب، وتبادلوا تجاربهم. أخبرهم العديد من المراهقين أنهم يحبون العمل مع جينيفر وأديتيا في برنامج Meet and Learn from Our Villages.

قدمت بادما جينيفر وأديتيا إلى أصدقائها، وقاموا بدعوتهم لزيارة منازلهم في اليوم الأخير الذي عادوا فيه من القرى. جنبا إلى جنب مع بادما، رأوا سبع عائلات؛ كلهم كانوا جيران بادما.

قامت النساء بتكوين بنك ادخار ، حيث أودعت فيه كل واحدة عشرة روبية كل يوم، حتى يتمكن من جمع سبعين روبية يوميًا وأربعمائة وعشرين روبية لمدة ستة أيام. تم تسليم المبلغ للشخص الذي سقط الرمز باسمه في ذلك الأسبوع. تم استخدام الأموال المستلمة بشكل جيد من قبل الجميع. علمت جينيفر وأديتيا أن التمويل عبر الرسائل النصية القصيرة لمدة ستة أيام في الأسبوع يمكن أن يساعد بشكل كبير أعضائهما في مجموعة صادقة. تناولوا الشاي مع بعض الوجبات الخفيفة.

العائلة التالية التي قبلت جينيفر وأديتيا كانت إمبيشي أبو بكر وزوجته عائشة. فقرروا البقاء معهم لمدة خمسة أيام. كان لدى إمبيتشي زورقه وشباكه وغيرها من المعدات الضرورية. كان لديه ثلاثة شركاء وجميعهم شاركوا بالتساوي. ذهبوا معًا إلى البحر بينما بقيت عائشة تعمل أربع ساعات يوميًا في مصنع لتجهيز الأسماك بالقرب من منزلها. ذهبوا جميعاً مع أطفالهم الثلاثة إلى مدرسة تديرها راهبات. في اليوم الأخير، ذهبت جينيفر وأديتيا مع إمبيتشي ورفاقه في الصيد. كان البحر هادئًا وكان القارب يسير بسرعة. نشروا الشبكة وانتظروا ساعة. أخبر إمبيتشي جينيفر وأديتيا أن هذا هو موسم الشاكارا وأن هناك فرصة جيدة لصيد الأسماك الكبيرة. ثم تناولوا وجبة الإفطار المعبأة في حاويات صغيرة من الألومنيوم وشاركوها مع أديتيا وجينيفر. بعد الوجبة، قاموا بتدخين البيديس .

أجرى كريشنان، شريك إمبيتشي، محادثة مع جينيفر وأديتيا. "إن صيادي دارمادوم هم أناس شجعان يعملون بجد، وكل يوم يمثل لهم صراعًا. عندما يذهبون إلى البحر، هناك الكثير من عدم اليقين، لأنهم لا يعرفون كيف سيتصرف البحر في ذلك اليوم، وما نوع الأسماك التي سيصطادونها وما إذا كانوا سيعودون خالي الوفاض. ويعملون من الصباح الباكر حتى وقت متأخر من الليل، وفي بعض الأحيان يبقون في البحر لعدة أيام. ولهذا السبب من الضروري التخطيط قبل الذهاب إلى البحر."

"هل يمكنك إعالة أسرتك عن طريق صيد الأسماك؟" سألت جنيفر.

"بالتأكيد، لهذا السبب قمنا بهذا الاحتلال. يقول موسى، وهو شريك آخر في إمبيتشي: "إذا كنت مجتهدًا ومنتظمًا ولا تشرب الكحول، فيمكنك أن تحظى بحياة مريحة جدًا".

"لكن الكثيرين يقعون في فخ الإدمان على الكحول ومن ثم يواجهون الديون والشجار العائلي والعنف. يقول إمبيتشي: "إنها عملية لا تنتهي أبدًا".

وقال كوماران وهو يدخن بيدي "عليك أن تحب البحر وتتعلم منه وتحترمه وتحاول أن تكون جزءا منه."

ضحك موسى قائلاً: "يستغرق الأمر وقتاً لتعلم سلوك البحر، وهي معقدة للغاية، مثل الزوجة الصالحة".

ثم، فجأة، كانت هناك حركة على الشبكة. شاهده الجميع لبعض الوقت. وفي وقت لاحق، هدأ كل شيء. "لا يوجد شئ. يجب أن ننتظر. قال كريشنان: "لقد مرت ثلاث ساعات الآن". "ساعة أخرى، ربما ساعتين أو ثلاث. لا يمكننا أن نقول أي شيء. غالبًا ما يلعب البحر لعبة الغميضة. يقول كوماران: "إنه يحب أولئك الذين يتسمون بالصبر ويستطيعون فهم أدنى حركاته ورغباته العميقة ولغته". "كوماران شاعر بيننا. وقال إمبيتشي وهو يداعب أكتاف كوماران: "إنه يستطيع إدراك أشياء كثيرة مخفية عن الآخرين". "لدينا سنوات عديدة من الصداقة. نحن نثق ببعضنا البعض مثل أنفاسنا، ونحن الأربعة أكثر من إخوة. نحن نعطي حياتنا في أيدي شخص

آخر. وقال إمبيشي: "بالطبع، نحن على استعداد للموت من أجل بعضنا البعض". قال كريشنان: "نحن أصدقاء لأننا شيوعيون". "الشيوعية مثل البحر. وأضاف إمبيشي: "إنها توفر كل شيء، بما في ذلك سبل عيشنا وأملنا". وقال موسى "إنها عقوبة مفاجئة ووحشية". "الشيوعية تربطنا. وقال كوماران إن ارتباطه قوي وغير قابل للكسر. "انظر، إن إمبيتشي هذا هو شيوعي مدى الحياة. إنه بطلنا. قال موسى مشيراً إلى إمبيتشي وكوماران: "في أحد الأيام كنا نحن الثلاثة في البحر في هذا الزورق". "أصبح البحر هائجًا جدًا وسريعًا جدًا. كانت هناك عاصفة. كانت الأمواج العاتية فوق رؤوسنا. كلانا سقط من الزورق. كان الموت مؤكداً. وقفز هذا الإمبيتشي في البحر، وبحث عنا وأنقذنا. كنا فاقدين للوعي، فربط أجسادنا بالقارب. استغرق الأمر طوال الليل للوصول إلى الشاطئ. وأضاف موسى: "هذا هو إمبيتشي الخاص بنا". وقال كوماران: "إمبيتشي هو بطلنا الأعظم". قال إمبيتشي: "انتظر، هناك شيء يتحرك". قال كريشنان: "نعم، هناك شيء ما". "إنها آجاولي يا بومفريت!" صاح إمبيتشي. وقال موسى "يبدو أن الشبكة ممتلئة".

بدأ الجميع في سحبه. كما قدمت جينيفر وأديتيا المساعدة. "إنه ثقيل جدا. وقال إمبيتشي: "أعتقد أن الشبكة مليئة *بالأجولي* ". "يعرف إمبيتشي حتى أصغر حركات الأسماك. وقال كوماران: "لديه حاسة سادسة في صيد الأسماك". قال إمبيتشي: "اسحب بشكل مستقيم، اسحب الزوايا، اجمع معًا". قام الجميع بسحب الشباك ببطء وثبات بالأمل والتصميم، واستغرق الأمر أكثر من ساعة لتقريب الصيد الكبير من الزورق. وبمجرد وصول الشبكة إلى الزورق، قفز كوماران وموسى في البحر ودفعا الشبكة من الخلف. "احرص! يجب ألا تنكسر الشبكة." صاح إمبيتشي. ثم ألقى كريشنان الطرف السائب لشبكة أخرى باتجاه كوماران وموسى، حيث غطس تحت المصيد وأعطى مزيدًا من التغطية للشبكة. لقد كانت مهمة صعبة واستغرقت أكثر من نصف ساعة. ثم ألقى كريشنان نهاية الشبكة باتجاه إمبيتشي من جميع الجوانب، وربطهم إمبيتشي بحبل من قشرة جوز الهند. ساعدت جينيفر وأديتيا إمبيتشي في سحب حزمة الأسماك الكبيرة إلى القارب، وقام موسى وكوماران بدفعها إلى داخل القارب من كلا الطرفين.

غطس كريشنان تحت الفريسة وحاول رفعها، لكنه لم يستطع لأنها كانت أثقل بكثير مما توقع. "تعال يا كريشنان،" دعا إمبيتشي. ركب كريشنان الزورق. اقترح إمبيشي: "دعونا نسحب الأمر من النهاية إلى النهاية". قام إمبيتشي وكريشنان وجنيفر وأديتيا بسحب الشبكة التي تحتوي على كمية كبيرة من بومفريت باتجاه الزورق. استغرق الأمر ساعة لرفع السمكة التي تم اصطيادها مع الشبكة ونشرها داخل القارب. "هذا صيد عظيم!" علق إمبيتشي بينما صعد كوماران وموسى إلى الزورق من الماء. "لقد فعلتها يا إمبيتشي!" قال موسى. أجاب إمبيتشي: "لقد فعلنا ذلك معًا". قال كوماران متفاجئًا: "يجب أن يكون أربعة قنطار على الأقل". قال موسى: «إنها أكثر بقليل من خمسة قنطار». يقول إمبيتشي: "أعتقد أن المبلغ سيكون حوالي سبعة قنطار".

نظر الجميع إلى إمبيتشي. وتمكنوا من رؤية سمكة بومفريت، ذات اللون الأبيض النقي، وهي سمكة مستديرة مطلوبة بشدة في دبي وأبو ظبي وقطر والكويت. "انظروا إلى هذه. انهم جميعا نفس الحجم. "ليس كبيرًا جدًا، وليس صغيرًا جدًا،" يتابع إمبيتشي. "إنها جودة التصدير. يقول موسى: "يمكن أن يصل سعر الكيلو إلى تسعين روبية على الأقل". "أكثر من ذلك بكثير. ولن نبيعه بأقل من مائة وعشرين روبية للكيلو". "هيا، دعونا نتحرك بشكل أسرع. يجب أن نصل إلى الشاطئ قبل الساعة الخامسة بعد الظهر ونبيعه في مزاد الساعة السادسة. جينيفر، أديتيا،

هذه هي المرة الأولى التي نصطاد فيها الكثير من الآجولي في يوم واحد. "أنتما حيواناتنا الأليفة المحظوظة،" قال إمبيتشي وهو ينظر إلى جنيفر وأديتيا.

"نحن سعداء جدًا بالذهاب للصيد معك. قالت جينيفر: "شكرًا لك يا عم إمبيشي".

"نحن متحمسون. قال أديتيا: شكرًا لك على الفرصة الممتازة للعمل معك.

قال كريشنان: "لكنك ساعدتنا، علاوة على ذلك، جلبت لنا هذا الصيد".

وقال كوماران: "لقد أصبحنا أثرياء بين عشية وضحاها، وقد ساعدتمونا على أن نصبح أثرياء".

وصل الزورق إلى الشاطئ حوالي الساعة الخامسة والربع بعد الظهر. وفجأة، انتشر الخبر في كل مكان بأن إمبيتشي وفريقه قد استولوا على آغولي الذي يزن أكثر من ستمائة كيلوغرام. كانت هناك احتفالات في كل مكان، ووصل فريق المزاد بعد فترة وجيزة. بدأ المزاد بخمسة وثمانين روبية للكيلو، وسرعان ما تجاوز مائة وعشرين روبية. "أفضل جودة للتصدير!" صاح أحد الحضور. وكان سعر الإغلاق مائة وخمسة وأربعين روبية للكيلو الواحد، ووزن الصيد سبعمائة وثمانية وعشرين كيلوغراما. "سيصل المبلغ إلى 105.560 روبية"، حسب حسابات إمبيتشي عقليًا. ويضيف إمبيتشي: "سيحصل كل منا نحن الأربعة على ما يزيد قليلاً عن خمسة وعشرين ألف روبية، وهو مبلغ جيد".

في اليوم العادي، كان كل منهم يكسب ما بين سبع وثمانمائة روبية، لكنهم جلبوا في ذلك اليوم الكثير من الحظ. احتفلوا به في منزل إمبيتشي. حضرت عائلات كوماران وموسى وكريشنان، وكانت جينيفر وأديتيا ضيفين مميزين. مرة أخرى، تم تقديم اللحوم والتابيوكا واللبن بوفرة. يقول إمبيشي: "إن لحم البقر والتابيوكا والتودي هي رموز الشيوعية في ولاية كيرالا". تقول عائشة، زوجة إمبيشي: "إنها تمثل الحرية والعدالة والمساواة". "أنت على حق،" وافق إمبيتشي. وقال كوماران: "أينما يوجد لحم البقر والتابيوكا والتودي في كيرالا، ستبقى الشيوعية ولن يتمكن أحد من هزيمتنا". "لهذا السبب يحاول الحزب الوطني المتحد حظر لحم البقر من قائمتنا. يقول موسى: "إنهم يعلمون أن التابيوكا والتودي سيختفيان عندما يختفي لحم البقر، وشيئًا فشيئًا، ستصبح الشيوعية نمرًا من ورق، وأسطورة". "إن لحم البقر والتابيوكا والتودي يمثلون أيضًا العلمانية، حيث يمكن للجميع المشاركة في مهرجان يتم فيه تناول لحم البقر، وهناك صداقة واحترام ووحدة وأمل. وبمجرد فقدانها، سوف تنهار العلمانية. إنه ضروري مثل الاحتفال بأونام ".

فكرت جينيفر وأديتيا بعمق في معنى المحادثة بين إمبيتشي وعائشة وكريشنان وكوماران وموسى، وأدركا أنهما كانا يقولان الحقيقة من خلال تجربتهما. في الصباح الباكر من اليوم التالي، كان Aditya وJennifer جاهزين للعودة إلى Valapattanam وMahe بعد ثلاثمائة وخمسة وستين يومًا من تجربتهم العملاقة. لقد التقوا بآلاف الأشخاص وتحدثوا معهم وناقشوا وشاركوا مخاوفهم وأحلامهم وتطلعاتهم. لقد قاموا بزيارة ستة وثلاثين بانشايات وأقاموا مع أكثر من مائة عائلة. لقد تعلموا الكثير عن الأشخاص الذين يعيشون في مختلف أنحاء منطقة كانور. لقد كانت مشاركة هامة. حقق برنامج "اعرف وتعلم من قرانا" نجاحًا استثنائيًا وجهدًا رائدًا.

جاء كريشنان وموسى وكوماران لتوديع جينيفر وأديتيا. بعد الإفطار، أعرب إمبيشي وعائشة عن أطيب تمنياتهم. وقالت عائشة: "لقد جئتم كغرباء والآن تغادرون كأصدقاء". يقول إمبيشي:

"العلاقات هي نتاج القلب، وليس العقل". وأضاف: "لديك الآن مكان دائم في قلوبنا". "شكرا لك، عائشة الشيشي. قالت جينيفر: شكرًا يا إمبيتشي يا رجل. "نحن ممتنون لك لأنك منحتنا مكانًا في منزلك، ومعاملتنا كما لو كنا منزلك، وإطعامنا، وأخذنا معك إلى البحر، وتعليمنا كيفية صيد الأسماك، وقبل كل شيء، إخبارنا بأننا جميعًا متساوون، وهذا هو سر الشيوعية" قال أديتيا. قال كريشنا لجنيفر وأديتيا: "نحن نحترمك ليس بسبب خلفيتك، ولكن بسبب إنسانيتك". وقال كوماران: "تعال مرة أخرى وابق معنا". وقال موسى: "كلما كانت هناك حاجة، نحن موجودون من أجلنا".

عانقت عائشة جنيفر وقالت لها: الدين لن يفرقنا أبداً لأننا شيوعيون. تلك هي القوة الملزمة. في دارمادام، الجميع شيوعيون. "أولئك الذين يأتون إلى هنا يعودون شيوعيين." قال إمبيشي: "أنت على حق يا عائشة". ثم أخذ إمبيتشي ألفي روبية لكل منهما وقال لجنيفر وأديتيا، "من فضلك اقبلها. "إنه رمز لصداقتنا ومحبتنا وعلاقتنا." أخذت جنيفر المال وقالت: "نحن لسنا بحاجة إلى المال، ولكن لا يمكننا رفضه. فإذا رفضناه، فإننا نحاول رفض صداقته. نحن نقدر علاقتك، لكننا سنتبرع بهذا المبلغ لقضية ما، ويفضل أن تكون لتعليم الأطفال." "شكرًا لك، جينيفر وأديتيا، على قبول المال. نحن سعداء جدا. لقد قبلتنا. قالت عائشة: "لقد عاملتنا على قدم المساواة". ودعت جينيفر وأديتيا الجميع واحتضنت جينيفر عائشة مرة أخرى. قالت جنيفر لعائشة: "أنت أختي الآن، أختي".

في الحافلة، نظرت جنيفر إلى أديتيا وابتسمت. وقال: "آه، أشعر وكأنني أعرف من أنت أفضل بكثير الآن مما كنت أعرفه عندما كتبت لك رسالتي الأولى". "شكرًا لك جي جي على شركتك. وبفضلك تمكنت من تحمل كل تلك الصعوبات. أجاب أديتيا: "لقد منحتني الشجاعة والأمل". "لكن يا أأ، التواصل هو شريان الحياة للعلاقة بين الزوج والزوجة. عندما يتوقف المرء عن التواصل، تتلاشى العلاقة وتموت يومًا ما إلى الأبد. وقالت جينيفر: "دعونا نواصل الحديث كأصدقاء حتى بعد أن نتزوج". أجاب أديتيا: "جي جي، لا أستطيع أن أتخيل حياتي بدونك". "أأ، أنت شيوعي. أنا لا أتظاهر بذلك، لكن إذا كنت كذلك فهذا بفضلك. قالت جينيفر: "عليك أن تتذكر أن الشيوعي الجيد هو رأسمالي اشتراكي"، ونظر إليها أديتيا. كان هناك صمت عميق. "دعونا نتعلم من تجاربنا في هذه البانشيات الستة والثلاثين. فكر في أيانكونو، وكوتيور، وبيرافور إيريكور، ودارمادام، وبايانور. في كل مكان، كانت العلاقات الإنسانية والمال هي الاهتمامات الأكثر أهمية. وأوضحت جينيفر أنه في كوثوبارامبا، كانت القوة.

"نعم، جي جي، أنا أتفق معك. إن كسب المال أمر ضروري للبقاء على قيد الحياة، وبالنسبة للأشخاص العاديين، حتى أولئك الذين هم في السلطة، فإن المال هو الأهم. يقول أديتيا: "إلى جانب المال، نحتاج إلى علاقات إيجابية مع الناس".

وأضافت جينيفر: "لذلك عليك أن تكون رأسماليًا يبدو وكأنه شيوعي". أديتيا لم يتفاعل.

"الشيوعية في الرأس، ولا يمكن لأحد أن يكون شيوعيا في القلب، لأنهم متوحشون. إنها طريقة حياة ميؤوس منها، مليئة بالمصطلحات الإيديولوجية. وبالمثل، فإن الرأسمالية قمعية وغير سارة. كلاهما يفتقر إلى التعاطف، حيث يصبح البشر بيادق داخل مخالبهم. وأوضحت جنيفر: "نحن بحاجة إلى مزيج من الاثنين، ورفض الوحشية والكراهية".

قال أديتيا: "أنا أفهمك يا جي جي". "إنه يعظ مثل الشيوعي، لكنه يتصرف مثل الرأسمالي. الشيوعية هي تبادل الأموال الخفية، والرضا عن السلطة الوحشية، والاستغلال الضمني للفقراء. يحب الكماليات والحياة الطيبة لقادته. كان كل الحكام الشيوعيين في الاتحاد السوفييتي

السابق تقريباً يمتلكون فيلات رائعة على البحر الأسود وكان لديهم ودائع مذهلة في البنوك الأوروبية. عاش ماو مثل إمبراطور كانغشي الحديث. انظر إلى الزعماء الشيوعيين في ولاية كيرالا؛ على سبيل المثال، بعضهم مليارديرات لديهم حسابات مصرفية مخفية في الخليج. فهم يذهبون إلى الولايات المتحدة والدول الأوروبية لتلقي العلاج الطبي، ويستمتعون بإجازات تمولها الدولة، ويشربون أغلى أنواع الويسكي والروم. يدرس أطفالهم في جامعات Ivy League، وهو ما يرفضونه بالنسبة لأعضاء الحزب العاديين. لا يوجد فرق بين الماركسية والقومية المتطرفة. كلاهما واحد. كن مثل دنغ شياو بينغ. إنه الرجل الأكثر عملية في العالم. ولا يمكن لأحد أن يحدث التغيير مثله. لقد غيرت مصير أكثر من مليار شخص. لقد وفرت رأسماليته الأمل للشيوعية في الصين. كان ذكيًا وديناميكيًا، وهو يبشر بالشيوعية الجديدة التي هي الرأسمالية. لقد رفض مآسي ماو، لكنه امتدح معلمه، الذي كان ضرورياً للشعب الصيني. عندما تكون رئيس وزراء ولاية كيرالا، افعل مثل دنغ". قالت جنيفر بصراحة.

"المال فقط يمكنه توليد المزيد من المال. إننا بحاجة إلى تحليل ذكي، وسياسات أفضل، وتخطيط علمي، والتزام لا يتزعزع. ومن خلال الجمع بين كل هذا، يمكن القضاء على الفقر والجوع والأمية وسوء الحالة الصحية. وبالإضافة إلى ذلك، نحتاج أيضًا إلى العلم والتكنولوجيا ورؤية المستقبل. يقول أديتيا: "سأحاول تحقيق كل هذا". "لكن انتظر بصبر حتى تأتي القوة. حتى في اللحظة الأخيرة يمكن أن يحدث شيء ما يسلبك قوتك.

ومع ذلك، ليست هناك حاجة للذعر. ستأتي فرصتك إذا أعطيت الفرصة للآخرين. بمجرد حصولك عليه، يمكنك أن تقرر وفقًا لإرادتك. لذلك، قبول الموقف الثاني إذا لزم الأمر. "مركزك الثاني سيأخذك إلى مركزك الأول"، قالت جينيفر بصوت حازم ومؤثر ومنطقي. "بالطبع يا جي جي،" وعد أديتيا.

كانوا ذاهبين إلى فالاباتانام لمقابلة والدي أديتيا بعد عام. ولم يكن هناك اتصال معهم لمدة اثني عشر شهرا. "لقد تغيرتما كثيرًا. ماذا عن برنامج " تعرف وتعلم من قرانا "؟ سألت رينوكا وهي تعانق جنيفر. "كان رائعا. لقد تعلمنا الكثير"، تجيب جينيفر. "كيف حالك يا أماه؟" سأل. أجابت رينوكا: "أنا بخير". احتضن أديتيا والدته. روت جينيفر وأديتيا تجربتهما لأبوكتان عندما عاد من العمل. التقت جينيفر بجميع جيرانها واستمتعت بدفئهم وعاطفتهم. بعد ثلاثة أيام، ذهب أديتيا وجنيفر إلى ماهي لمقابلة أميلي وجاكوب برنارد. لقد كانوا سعداء للغاية برؤية ابنتهم. عانقت أميلي جينيفر، وصافحت أديتيا، وسألته عن برنامجه التعليمي المكثف لمدة عام واحد في ستة وثلاثين بانشايات . روى أديتيا وجنيفر تجاربهما وحوادثهما المختلفة من أيانكونو إلى دارمادوم.

أعرب أديتيا عن رغبته في الزواج من جينيفر. أخبر جاكوب برنارد Aditya أنه مجرد خريج بدون تجارة أو منفعة. كان برنارد قاطعًا في قوله إنه غير مهتم بمد يد ابنته إلى أديتيا. ومع ذلك، أخبرت جينيفر والدها أن أديتيا سيكون رئيسًا لوزراء ولاية كيرالا يومًا ما. وأضافت أن أديتيا كان إنسانًا عظيمًا ومحبًا ومراعيًا ومتواضعًا، ويحترم المرأة ويتمتع بعلاقات ناضجة مع الجميع. وباعتباره منظمًا ممتازًا ومتحدثًا آسرًا باللغات المالايالامية والإنجليزية والألمانية، فإنه سيكون محبوبًا للجماهير والأكاديميين والصناعة.

كان جاكوب برنارد سعيدًا بمعرفة أن Aditya يمكنه التعامل مع اللغتين الإنجليزية والألمانية بسهولة.

"متى ستصبح رئيس وزراء ولاية كيرالا؟" كان جاكوب برنارد ساذجًا في طرح السؤال.

وردت جينيفر على سؤال والدها قائلة: "إنه الآن سياسي وسيأتي وقته".

"ماذا ستفعل لشعب ولاية كيرالا؟" سأل جاكوب برنارد أديتيا. "الآن سأقوم بتنظيم شعب ولاية كيرالا، وخاصة في منطقة كانور. أعرف الآلاف منهم. يعرفني الجميع تقريبًا في نصف بانشايات كانور، لأنني مكثت معهم لمدة عشرة أيام في كل من البانشيات الستة والثلاثين. يقول أديتيا: "عندما أحصل على السلطة السياسية، سأغير وجه ولاية كيرالا".

"أديتيا، ماذا تعرف عن كارل ماركس؟" سألت اميلي.

نظر إلى أميلي وقال: "سيدتي، كل واحد من المستنيرين لديه وجهة نظر مختلفة عن كارل ماركس. كان كارل ماركس فيلسوفًا بارعًا، ومحللًا سياسيًا بارزًا، واقتصاديًا بارزًا، ومفكرًا رائعًا، ومصلحًا بامتياز. لقد أراد أن يرفع مستوى الحياة الدنيئة للعمال والفقراء والأميين والمهاجرين والمهمشين ومن لا صوت لهم والمضطهدين. "إن تأثير ماركس عميق مثل تأثير يسوع المسيح وألبرت أينشتاين."

"حسنًا، أنت شخص يمكنه التفكير وتحليل الأحداث والأفكار. ليس لدي مشكلة في أن تختارك ابنتي كشريكة حياتي. أعلم أنك تحبها وأنها تحبك. علاقتك لا تنفصل. هذا يكفيني، والمال ليس اعتبارًا. وقالت أميلي: "أحتاج إلى زوج محب لها يكون أيضًا ذكيًا وقادرًا على إجراء مناقشة عقلانية مع جينيفر".

اقتربت أميلي من أديتيا وقبلت جبهته. "لقد كنت أنتظر الشخص المناسب لجنيفر. وأضافت أميلي: "الآن أعلم أنني وجدت واحدة". ردت جينيفر: "شكرًا لك يا أمي". "الآن أفهم عقلك وقلبك. وأضاف: "إنهم الأفضل في العالم". نظر جاكوب برنارد إلى زوجته بدهشة. "من فضلك قم بدعوة والديك. قال لأديتيا: "دعونا نلتقي بهم". في غضون أسبوع، وصل Aditya مع Renuka، Appukkuttan، Kalyani، Madhavan، Suhra، Moideen، Sumitra، Ravindran، Geetha و Kunjiraman. كما أبلغ أديتيا إميليا وستيفان، اللذين كانا في ألمانيا، بالحدث وأعربا عن فرحتهما. جاء رافي من كوتشي، حيث بدأ ممارسة مهنة المحاماة بعد أن أكمل خمس سنوات من ليسانس الحقوق في بنغالورو ودبلومًا لمدة عام واحد في قانون حقوق الإنسان في شتوتغارت.

رحبت أميلي وجاكوب برنارد بكل من جاء من فالاباتانام. بعد تناول وجبة غداء رائعة، تحدثوا عن زواج جينيفر وأديتيا. أصر جاكوب برنارد على أن يقام حفل الزفاف في كنيسة القديسة تريزا في ماهي وأن يكون المحتفل الرئيسي أسقفًا من بونديشيري أو كاليكوت. أبلغ أبوكوتان جاكوب برنارد أن جميعهم، باستثناء ميدين وسهرا، ولدوا هندوس ولكنهم كانوا شيوعيين وملحدين ممارسين، ولم يؤمن أي منهم بالدين أو الله. لذلك، لم يرغبوا في إجراء طقوس الكنيسة. استشار جاكوب برنارد زوجته وطلب من أميلي التحدث. "الدين هو مجرد جانب ثقافي واحد من حياة الإنسان. ورغم أن البشر هم الذين طوروا جميع الثقافات، إلا أن بعضها يطغى على وجودنا، مثل الأسرة والأمة والمال والتجارة والعلم والدين، وهو ما لا يمكننا أن نرفضه بين عشية وضحاها. ومن هنا يصبح الدين عاملا حاسما.

ومع ذلك، فإنه يسلب حريتنا. وحتى الشيوعية هي أيضا دين. والأهم ليس قواعدها وطقوسها، بل كرامتها الإنسانية. قالت أميلي: "دعونا نقبل ما يبدو أكثر جدارة في بيئتنا".

نظر جاكوب برنارد إلى أميلي وقال: "لسنا بحاجة إلى دعوة أسقف ليكون المحتفل الرئيسي. يمكننا أن نطلب من الكاهن أن يحتفل بالزواج". "بالنسبة لنا، الزواج الكنسي ليس أمرًا حيويًا،

لكنه عامل مهم بالنسبة لك. قالت رينوكا: "مع ذلك، يجب أن يكون حفل الزفاف بسيطًا". وتابع: "نحن بحاجة إلى الاستماع إلى أديتيا". يقول أديتيا: "إذا كان والد جينيفر سعيدًا بحفل الكنيسة، فهو موضع ترحيب". "ماذا عن؟" سألت أميلي ابنتها. وقالت جينيفر: "نحن نفضل مراسم كنيسة بسيطة"، وهي لا تريد أن تخيب آمال والدها. وأصر أبوكوتان على أن "الحدث بأكمله يجب أن يكون بدون أبهة وروعة". قالت أميلي لدعم مشاعر جاكوب برنارد: "سنقيم حفل الزفاف في ماهي، لأننا جميعًا متحدون مع ماهي". ابتسم جاكوب برنارد. قال جاكوب برنارد: "إنه حفل زفاف جينيفر وأديتيا".

قرروا يوم وتاريخ ووقت الزفاف: الثاني عشر من الشهر الساعة الحادية عشرة في كنيسة سانتا تريزا دي ماهي. "أرجو من الجميع أن يأتوا في اليوم السابق. قال جاكوب برنارد، داعيًا الجميع: "سننظم إقامتك المريحة في ماهي". "ماهي ليست بعيدة عن فالاباتانام. وتبلغ مساحتها ستة وثلاثين كيلومتراً فقط وتستغرق الرحلة بالطريق أقل من ساعة. قالت رينوكا: "لذلك سنكون هنا في الساعة العاشرة صباحًا". قالت أميلي: "كما تريد"، معتقدة أنها لا ينبغي أن تتدخل في الحرية الشخصية للآخرين. ظل رافي صامتًا تمامًا، لأنه كان الأصغر سنًا في مجموعة فالاباتانام. عندما انتهت الحجج، قدم أديتيا جينيفر إلى رافي.

"جي جي، قابل رافي، أخي. يقول أديتيا: "إنه أصغر مني بستة أشهر". "لقد كنت أنا وأديتيا معًا لمدة سبعة عشر عامًا تقريبًا. كنا لا ينفصلان حتى التقى بك. فجأة، أراد أديتيا الذهاب إلى ثلاسيري لتخرجه. قال رافي لجينيفر: "لأنني أحببتك، كان ذلك مقابلتك".

"أنا أعرف. كان هدفي الأول لـ AA هو الزواج مني. وقالت جينيفر: "الآن سيتم تحقيقه في غضون أيام قليلة".

وقال رافي "إنه الرجل الأكثر حظا في العالم".

ردت جنيفر: "أنا المرأة الأكثر حظا في الكون كله".

ضحك أديتيا ورافي.

بزوغ فجر يوم الزفاف مشمس. تمكنت جنيفر من رؤية المياه الزرقاء لنهر مایاجيبوزا من غرفتها، مع وجود العديد من الزوارق على ضفته والنهر يتدفق إلى بحر العرب. فكرت في أديتيا، الرجل الذي أسس وجودًا حيًا في حياتها لمدة سبع سنوات. تمكنت جنيفر من سماع خطى ضيوف مرسيليا الذين حضروا حفل الزفاف. "سيحضر حفل الزفاف حوالي خمسين ضيفًا من عائلتنا من مرسيليا وباريس وبونديشيري وماهي. ثم مائة من الأصدقاء المقربين من ماهي وتلاسيري وفاداكارا وكاليكوت،" تتذكر جينيفر كلمات والدها. تجيب أميلي: "جميع سكان ماهي هم أصدقاؤنا". "كنا قد دعوتهم جميعا. قال جاكوب برنارد المفزع: "كانت الكنيسة مكتظة بالأصدقاء والعائلة، لكن شعب أديتيا أرادوا إقامة احتفال بسيط". تقول أميلي: "كل شخص تقريبًا تحت سن الثلاثين في ماهي هو تلميذتي". "كان بإمكاننا دعوة أكثر من ألفين لحضور حفل الزفاف. قال جاكوب برنارد والحزن يملأ صوته: "إنه حدث لا يتكرر إلا مرة واحدة في العمر". أبلغ أديتيا أن حوالي خمسة وعشرين شخصًا سيحضرون الحفل من فالاباتانام.

تم تزيين الكنيسة باللغة الفرنسية وبدأت الجوقة في غناء ترنيمة الدخول الفرنسية. لقد كانت دعوة ليسوع ليكون في وسطهم، وتم غناء ترنيمة جميلة بأسلوب كاثوليكي فرنسي قديم. رأت جينيفر أديتيا عند مدخل الكنيسة ووالديه؛ كان رافي عرابه. كان أديتيا يرتدي بدلة حمراء،

وكان رافي يشبه أخيه التوأم. بدأ الأمر عندما سار العروسان معًا نحو المذبح. كانت أميلي وجاكوب برنارد ورينوكا وأبوكوتان جزءًا من الموكب، وكذلك جميع عائلاتهم وأصدقائهم. وارتدت جينيفر فستان زفاف أبيض جميل مع حجاب للنساء الكاثوليكيات، تم تكليفه به في مرسيليا، واختارته أميلي. وكانت أغنية الموكب باللغة المالايالامية، مما يعني أن الزوجين يحبان بعضهما البعض ويتمنيان بزواج محب وطويل الأمد. وكان التركيز على التقليد بحضور شاهدين. بدت فتيات الزهور ملائكيات أثناء تجولهن بجانب جينيفر، وكانت الكنيسة مليئة بالجو الروحي. كان المحتفل الرئيسي هو كاهن الرعية، الذي ألقى كلمة تمهيدية باللغة المالايالامية واختتمها باقتباس من الكتاب المقدس: "المرأة والرجل يتركان والديهما ويصبحان جسدًا واحدًا". ومع ذلك، لم يفهم أي من مجموعة فالاباتانام أهميتها. لقد مجد حفل الزفاف الله، وقدّس العروسين، وأنشأ اتحادًا روحيًا قويًا مع يسوع المسيح لعيش حياة مسيحية.

كانت هناك ترنيمة باللغة الفرنسية قبل قراءة العهد القديم. قرأ جاكوب برنارد المزمور باللغة الفرنسية، وأثناء القراءة، غالبًا ما كان ينظر إلى مجتمع المؤمنين في الكنيسة. "على الرغم من أن الكنيسة مزدحمة، إلا أنها لا تفيض بأصدقائه وأقاربه"، هكذا فكر وهو يقرأ. قبل قراءة أعمال الرسول، كان هناك ترنيمة باللغة المالايالامية. قامت أميلي بالقراءة الثانية باللغة الإنجليزية. فيه، ذكّر القديس بولس رعيته في كورنثوس بأنهم أبناء الله المختارون ويجب أن يعيشوا حياة مقدسة في عيني يسوع المسيح. قامت الجوقة بأداء ترنيمة فرنسية قبل قراءة الإنجيل. قرأ الكاهن إنجيل متى باللغة المالايالامية. بعد الإنجيل، ألقى عظة قصيرة باللغة المالايالامية، وكانت جملته الأخيرة باللغة الفرنسية، حيث أوعز للزوجين أن يكون لهما العديد من الأطفال للعمل في كرم الرب.

تبادلت جينيفر وأديتيا عهودهما باللغة المالايالامية، ووعد كل منهما الآخر بأن يعيشا حياة جديرة في نظر الله وأنهما سيحبان بعضهما البعض حتى أنفاسهما الأخيرة. وضع أديتيا خاتمًا ذهبيًا بسيطًا على إصبع جينيفر وسط صلاة الجماعة. بحسب التقليد الكاثوليكي، كانا زوجًا وزوجة بالفعل، وأعلنهما الكاهن زواجًا قانونيًا باسم الرب يسوع المسيح. قبل أديتيا زوجته بشغف، وهي أول قبلة في حياته. لقد كان فخورًا بأنه عاش حياة عازبة حتى ذلك اليوم. عرفت جينيفر أنها ستكون مع رجل للمرة الأولى، وستصبح معه جسدًا واحدًا.

وقع أديتيا وجنيفر على شهادة الزواج بحضور الكاهن. كانت جينيفر في الرابعة والعشرين من عمرها وأديتيا في السادسة والعشرين من عمرها يوم زفافهما. ثم جاء العناق والقبلات والصور والطعام والشراب. في تلك الليلة نفسها، قررت جينيفر وأديتيا ورينوكا وأبوكوتان الذهاب إلى فالاباتانام. عانق جاكوب برنارد ابنته وصرخ بصوت عالٍ، لكن أميلي ظلت صامتة وجوديًا. وبينما كان يعانق صهره، طلب منه جاكوب برنارد أن يحمي ابنته من كل المخاطر. عانقت أميلي أديتيا بالدفء والمودة وطلبت منه زيارتهم مرة أخرى. بكت جينيفر بلا انقطاع.

في فالاباتانام، كانت الحياة رصينة وهادئة. قررت جينيفر وأديتيا أنهما لن يذهبا لقضاء شهر العسل؛ وبدلاً من ذلك، بدأوا على الفور في تأليف كتاب عن تجربة "المعرفة والتعلم من شعبنا". استغرق الأمر من Aditya وJennifer ستة أشهر لتشفير جميع البيانات من ستة وثلاثين بانشايات تم جمعها خلال إقامتهم التي استمرت لمدة عام في القرى. وقد سجل كلاهما ملاحظات مستفيضة حول معايير الجوع والفقر والأبعاد الاجتماعية والاقتصادية والتعليمية للمشاركة في التنمية المستدامة. كتب أديتيا المسودة الأولى للكتاب باللغة المالايالامية، وأذهلت جينيفر برؤية تحليله المقنع لمحنة الناس في مختلف الفئات. كان أديتيا حاسما في تفسير الحقائق

المخفية، وكانت تفسيراته للأحداث موضوعية. كان يتمتع بأسلوب سردي آسر، وكانت لغته المالايالامية مفعمة بالحيوية والموقف، وتعكس تطلعات الناس. قرأت جينيفر المسودة مرتين وأجرت محادثات مستفيضة مع Aditya وRenuka وAppukkuttan. قبل العشاء، جلسا معًا وتناولا زجاجتين من الخمر واللحم وناقشا بوضوح الفروق الدقيقة في العروض الرائعة للحقائق الاجتماعية. كان أبوكوتان ورينوكا سعيدين جدًا برؤية زوجة ابنهما تتمتع بعقل تحليلي حاد، وعندما ذاقت لحم البقر والجبن ، ظهرت كإلهة في رقصة هم .

الفصل السادس: قرية ثيام

كانت هناك دقات طبول هم في كل كافو عندما التقى أديتيا بجنيفر. واستمرت الاحتفالات والأكل والشرب حتى الفجر، وكانت الحياة عبارة عن مهرجان اتحاد البشر والآلهة. عرف أديتيا الرموز المعقدة لكل الخطوات وجميع الأصوات، حيث كان الهيام فنًا عن وحدة البشر التي لا مثيل لها مع الآلهة، حيث أن كل الآلهة كانوا بشرًا. كانت تحتوي على الكون بأكمله، ألوانه، أصواته، أسراره وسحره.

في هم، للكون دلالات محددة عما هو عليه وما ليس عليه. لقد وجد البشر والكون معًا، لأنهما لا علاقة لهما بشكل فردي. أصبح Aditya دقيقًا في جميع تصرفاته بفضل إتقانه للفروق الدقيقة في لغة ثيام، والتي تعلمها من والدته رينوكا وإميليا ومادهافان. كانت جنيفر ذكية بما يكفي للتعرف على معرفة Aditya العميقة وتطبيقها في الحياة.

أرادت Aditya التأكيد على دور المرأة في التنمية وكانت حريصة على تضمين تحليل البيانات وفقًا لذلك. طرحت جنيفر العديد من الأسئلة: "كيف ترى التحول الهيكلي للمجتمع الهندي وتطور المرأة؟" "إن التحول في مجتمع ولاية كيرالا يتقدم بكثير على الولايات الأخرى في الهند. إنها عملاقة وتشمل الثقافة والمؤسسات والسياسة والعلاقات. وهذا التغيير يظهر في جميع *البانشيات* التي عملنا فيها. في البداية، تعتبر التغييرات المتواضعة في قيم المؤسسات ضرورية للتحول الاجتماعي، وستؤدي إلى المشاركة الديمقراطية للمرأة. تتمتع نساء أيانكونو وبايانور ودارمادوم بمكانة خاصة. إن العملية الديناميكية التي نلاحظها في المجتمع ترجع إلى نظام القيم في تلك البانشيات . وتحتاج المرأة بشكل متزايد إلى التمتع بالديمقراطية والمساواة والعدالة والحرية. سيؤدي هذا إلى إحداث تغييرات اقتصادية واجتماعية وثقافية في البانشيات الأخرى، مثل كوثوبارامبا، لأن الديمقراطية والمساواة والحرية ضرورية. وأوضح أديتيا أن الحزب الوطني المتحد أراد إنكار ذلك من خلال العنف، وهو ما كان واضحًا في كوثوبارامبا. "كيف ترى دور المنظمات غير الحكومية في تحويل المجتمع في سياق السياسات التدميرية للحزب الوطني المتحد، وخاصة في حالة المرأة؟" أثارت جينيفر سؤالاً آخر.

فكر أديتيا في الأمر لفترة طويلة. نظر إلى جنيفر وقال ببطء: "إن مشاركة الفئات الاجتماعية أمر ضروري لمشاركة الناس، وخاصة النساء. يصبح الناس مستقلين وأكثر قوة في هذه العملية، لكن الحزب الوطني المتحد لا يريد ذلك. إذا كان الناس مكتفين ذاتيا، فإن الحزب الوطني المتحد سوف يفقد سيطرته. سيرفض الشعب الظلامية والأساطير والتعصب والأصولية. سيشكل هذا تهديدًا خطيرًا للحزب الوطني المتحد، الذي سيطلق العنان للعنف باسم حماية الثقافة الهندية. إن تناول لحم البقر وشرب زجاجة من البنش يجعل الناس يجتمعون ويتشاركون أفكارهم وخططهم، مما يؤدي إلى التماسك الاجتماعي. إن مثل هذا الموقف سوف يهز أسس الحزب الوطني المتحد من حيث الأشخاص القادرين على التفكير في الخير والشر. يجب علينا تدمير الأيديولوجية القائمة على الطائفة والمولد والدين والمنطقة واللغة والجنس. وقد حدثت هذه العملية بالفعل في كوتيور وأيانكونو وبايانور. بين القبائل، لم يكن الجنس والدين والولادة والطائفة والطبقة من القضايا. سوف يتحسن مستواك الاقتصادي والتعليمي تدريجياً بأسلوب التخطيط المدروس، وتنمية الإنسان. وفي العديد من الولايات الهندية الأخرى، حاول

الحزب الوطني المتحد بالقوة إبقاء القبائل تحت سيطرته، مدعيًا أنه يحاول حماية الثقافة الهندية. اعتقدت جينيفر أنه كان تحليلاً عميقًا.

لكني أردت أن أطرح المزيد من الأسئلة. "لماذا توجد تغييرات هيكلية غير متساوية للنساء في كل هذه البانشيات؟" حاولت جينيفر الحصول على مزيد من التحليل من Aditya. "لقد أثر التحول الاجتماعي على أفراد الأسرة الآخرين، وأثر سلباً في بعض الأحيان على النساء. على سبيل المثال، في العديد من القرى، تم تشجيع الأولاد على متابعة التعليم العالي، في حين اضطرت الفتيات إلى البقاء في المنزل لرعاية أشقائهن الأصغر سنا. وفي كثير من الأحيان، لم يكن لدى الآباء سوى الأموال اللازمة لتعليم أبنائهم، مما أدى إلى تثبيط بناتهم من متابعة التعليم العالي. وفي بعض القرى، لاحظنا أن الفتيات والنساء يعانين بصمت داخل جدران أسرهن الأربعة، ويفتقرن إلى الحرية في اتخاذ القرارات الحيوية. ولم تكن الفتيات من أولويات والديهن عندما يتعلق الأمر بالتعليم أو الفرص الاقتصادية أو اختيار شريك الحياة أو حتى تناول الطعام. وبطبيعة الحال، تطورت بعض النساء إلى ما هو أبعد من أدوارهن التقليدية. انظر إلى عائشة وريفاثي في دارمادوم، وسوميترا وغوماثي في بايانور، ونورجاهان في كوثوبارامبا. لقد كانوا قدوة نشطة وذات دوافع ذاتية لجميع النساء في جميع أنحاء العالم" حلل أديتيا. "كيف يتم ملاحظة هوية النساء في قرى مثل أنجاديكادافو وكاريككوتاكاري؟" سألت جنيفر. "في أيانكونو بانشايات ، قمنا بزيارة جميع القرى. على الرغم من أن المستعمرين كانوا يكافحون ماليًا، إلا أن النساء تمتعن بمكانة اجتماعية متساوية. إن توجه المرأة تجاه أدوارها يؤثر على رضاها عن الحياة وعلى إحساسها بهويتها داخل المجتمع الذي تنتمي إليه. هذا واضح في أنجاديكادافو. وهنا، لم تكن الأصول الاجتماعية والاقتصادية للرجال محدودة". استمعت جينيفر إلى أديتيا في صمت مدروس.

كانت تحب أن تسمع عن مساواة المرأة. "جنبًا إلى جنب مع الرجال، اتخذت النساء تقريبًا جميع القرارات المتعلقة بالأسرة، دون حرمان المرأة من الحرية والمساواة والعدالة. لقد رأينا أن الأدوار والعلاقات بين الجنسين والوصول إلى السلع كانت ضرورية لحماية رأس المال الاجتماعي والاقتصادي. وتتمتع المرأة بهذه الحقوق في أنجاديكادافو وكاريككوتاكاري. يوضح تحليلنا أن النساء لم يكن عرضة للقهر والتهميش في قرى أيانكونو. الشيوعية تفكر في المساواة الهيكلية، التي كانت موجودة في أيانكونو، على الرغم من أن غالبية سكانها لم يكونوا شيوعيين. قال أديتيا وهو ينظر إلى جينيفر: "لقد كانت حقيقة أن الغالبية العظمى من سكان أيانكونو ينتمون إلى حزب المؤتمر". ضحكت جنيفر. "علينا أن ننتظر سنوات عديدة أخرى لتحقيق هذا النوع من المساواة للمرأة في البانشيات الأخرى التي رأيناها في أيانكونو. قالت جينيفر، وهي متأكدة من رد فعلها: "عندما تصبح رئيسًا لوزراء ولاية كيرالا، سنحاول".

آمنت جنيفر بطرح الأسئلة. "ألا تعتقدين أن المرأة أصبحت سلعة في بعض الأماكن؟ وتساءل ما هي الأسباب وكيفية القضاء عليها؟" "إنه لأمر محزن للغاية أنه لكي تعتبر المرأة ذات قيمة، يجب عليها أن تستوفي سلسلة من المعايير التي يحددها الرجال. وفي بعض المدن، لاحظنا أن المرأة لم تكن موجودة لنفسها فقط؛ لقد أصبحت سلعًا، والرجال يضعون عليها ثمنًا. لقد أزالت نضالاتهم الاجتماعية والاقتصادية التسميات التي كانوا يحملونها. وقد لاحظنا أن تدهور المرأة كان بمثابة فشل في تطبيق الديمقراطية، وقد طالب الحزب الوطني المتحد وأصر على هذا التدهور. قال أديتيا، وساد صمت طويل: "لذلك يمكننا أن نقترح أن النساء بحاجة إلى الحرية، وهي خطوة تتجاوز المساواة".

"إنني أقدر تحليله وحيويته الفكرية ودقة تفسيره وحسه السليم. وقالت جينيفر وهي تضحك مرة أخرى: "أنا فخورة بأن أكون شريكة حياتك".

"معا يمكننا بناء حياة. وأضاف أديتيا: "معًا يمكننا مساعدة المجتمع على النمو والتطور". "عانقته جينيفر، وشعر أديتيا بذلك في قلبه."

كانت المسودة الثانية للكتاب جاهزة خلال أربعة أشهر، واستغرق استكمال المسودة النهائية شهرين. تولى ناشر مشهور من كاليكوت مهمة الطباعة والإنتاج والتسويق. أصر أديتيا على منح جينيفر الفضل في كونها الكاتبة الأولى، لكنها قاومت. على الرغم من ذلك، كان أديتيا مصرًا، وعلى غلاف الكتاب، كانت جينيفر جاكوب برنارد هي المؤلفة الرئيسية، وأديتيا أبوكوتان هي المؤلفة الثانية. وصل الكتاب إلى الرفوف في ثلاثة أشهر. كان كتابًا مكونًا من ثلاثمائة وخمسين صفحة، مجلدًا بشكل جذاب، بغلاف جذاب يصور مشهدًا قرويًا لنساء يتجادلن في مجموعة صغيرة. وجاء في الترجمة الإنجليزية لعنوان الكتاب المالايالامي: "التعلم من الناس: تجربة في الشيوعية التشاركية". حقق الكتاب نجاحًا فوريًا في جميع أنحاء ولاية كيرالا، بين جميع فئات الناس، حيث كان أول تحليل تشاركي حقيقي لوضع الناس في ستة وثلاثين بانشايات . ليس فقط الشيوعيون والاشتراكيون، ولكن أيضًا قسم كبير من أعضاء حزب المؤتمر، قرأوه بشكل نقدي. كان الأكثر تقديرًا وإعجابًا بنهجه المتمحور حول الناس، وانفتاحه القاسي تجاه المواقف السياسية وتداعياتها على حياة الناس. ويتناول الكتاب أيضًا العنف وعمليات الإعدام خارج نطاق القانون بين الشيوعيين والحزب الوطني المتحد، والتعصب الديني والأصولية التي تشجع الانتصارات السياسية. اشترى الحزب الوطني المتحد مئات النسخ من الكتاب وأحرقها علنًا في أجزاء مختلفة من ولاية كيرالا، خاصة في كاسارجود وكوثوبارامبا وبالاكاد وتريفاندروم.

ظهرت المراجعات المشهورة للكتاب في العديد من الصحف والمجلات المالايالامية والإنجليزية، وبث التلفزيون الوطني العديد من التقارير عن الكتاب ومؤلفيه. ونتيجة لذلك، أصبح أديتيا وجنيفر معروفين جيدًا بين المثقفين والأكاديميين وعامة الناس في ولاية كيرالا. أدرجت العديد من الجامعات في ولاية كيرالا الكتاب كمواد مرجعية في مكتباتها لدراسة علم اجتماع التنمية والاقتصاد الريفي ومشاركة الناس والبحث التشاركي.

قامت جنيفر بترجمة الكتاب إلى الفرنسية، وقامت أميلي بقراءة المسودة وتحريرها. نُشر الكتاب في باريس. وبمساعدة رافي، قام Aditya بترجمة الكتاب إلى الألمانية وأرسله إلى ستيفان ماير في شتوتغارت لتحريره. كان ستيفان ماير سعيدًا بمحتوى الكتاب وهنأ جينيفر وأديتيا. بعد وقت قصير من نشر الكتاب في شتوتغارت، ألمانيا، سافر أديتيا وجنيفر إلى ألمانيا لمقابلة إميليا وستيفان ماير. كانت إميليا سعيدة برؤية ابنها أديتيا وزوجة ابنها جينيفر. وعلى الرغم من أن صحة إميليا لم تكن جيدة، إلا أنها قضت معهم الكثير من الوقت وقامت بطهي العديد من أصناف الطعام. أخذهم ستيفان وإميليا إلى العديد من المطاعم والمتاحف والمعارض الفنية والمكتبات. التقت جينيفر وأديتيا بمحررهما قبل الذهاب إلى باريس. وأخبرهم أن الكتاب أصبح مشهوراً في ألمانيا، خاصة بين الأكاديميين والمثقفين.

توقف Aditya وJennifer في باريس. كان لديهم جمهور مع محررهم، الذي كان سعيدًا بلقاء المؤلفين وطلب منهم تأليف كتاب مشابه للكتاب السابق، يفسر أهمية الشيوعية في القرن الحادي والعشرين. بعد باريس، قاموا بزيارة مارتينز. بدت سيمونا ولويس مارتن هشتين، لكنهما رحبتا بجنيفر وأديتيا بحرارة، معبرتين عن فرح وسعادة شديدين. طلبوا من سائقهم أن

يرشدهم في جولة حول مدينتهم الساحرة. بعد قضاء ثلاثة أيام مع أجدادهما، غادرت جينيفر وأديتيا إلى فالاباتانام.

في فالاباتانام، حتى قبل ولادة أديتيا ورافي، قام ستيفان ومادهافان وأبوكوتان وكونجيرامان ورافيندران وآخرون بتنظيم حركات الفلاحين والعمال من خلال عقد اجتماعات في البلدات والقرى الصغيرة. قاموا بتدريب العشرات من الشباب والطلاب وقدموا "دروسًا دراسية" حول الماركسية والحاجة إلى التحرر وثمار المساواة والتيارات الخفية للحرية. تم تدريس "الفصول الدراسية" بشكل رئيسي في مجتمعات الأحياء، وشارك فيها ما بين عشرين وخمسة وعشرين رجلاً وامرأة. وكان الجميع يعلمون العواقب البعيدة المدى لاستغلال وإخضاع الفقراء والمضطهدين، والحاجة إلى رفع أصواتهم لمعارضة إهانتهم. لدعم حججهم، استشهد ستيفان ومادهافان بكتاب رأس المال والبيان الشيوعي. يمكنهم إقناع جماهيرهم بالتمرد ضد الظالمين لتحقيق المساواة وتكافؤ الفرص والعدالة. وتم تشجيع مشاركة المرأة على جميع المستويات، وتم منحها الكثير من الاحترام والكرامة. وفي عام 1957، تم انتخاب حكومة شيوعية لتتولى السلطة في ولاية كيرالا. وكانت أول حكومة شيوعية منتخبة ديمقراطيا في العالم. أدرك ستيفان ومادهافان ورفاقهما أنه بفضل تفانيهم وتصميمهم ووعيهم وصل الشيوعيون إلى السلطة. لقد وفرت احترامًا كبيرًا للذات لأعضاء الحزب الشيوعي.

وكان من الضروري البقاء في السلطة، وتحرير الملايين من الناس الذين عانوا على مدى قرون، وتعليم العديد من الأميين، وتزويدهم بالرعاية الصحية والحماية الجسدية والنفسية. كانت مساعدة النساء المستغلات على التمتع بالكرامة هدفاً أساسياً للحكومة الشيوعية الأولى في ولاية كيرالا، وهو الهدف الذي لم يتمكن حزب المؤتمر من تحقيقه. يتقاسم ستيفان ومادهافان ورفاقهما نفس الهدف. كان والدا مادهافان، آشا وكاروناكاران، شيوعيين ولهما قلب الكونغرس. كانوا أعضاء نشطين في المؤتمر الوطني الهندي، الذي أسسه آلان أوكتافيا هيوم، وهو عضو في الخدمة المدنية الإمبراطورية في الهند. انضم والدا مادهافان إلى المهاتما غاندي في كتابه فايكوم ساتياغراها. لقد أحبوا بساطة المهاتما وصراحته وموقفه الواقعي. سافروا مع مجموعتهم وأمضوا عامًا في سابارماتي بالقرب من أحمد آباد وستة في سيفاجرام بالقرب من وردة في فيداربها. في سيفاجرام، ساعدت آشا كاستوربا غاندي لسنوات في تنظيف المنزل والطهي لكثير من الناس. المهاتما غاندي، الذي لاحظ تفاني آشا في قضية الحرية في الهند، بدأ يطلق عليها اسم آشاديفي .

تولى غاندي قيادة المؤتمر فور عودته من جنوب أفريقيا. وفي غضون سنوات قليلة، قاد فايكوم ساتياغراها، وهو احتجاج سلمي ضد النبذ في المجتمع الهندوسي. في معبد شيفا في فايكوم، التقى المحاميان كاروناكاران وآشا بغاندي لأول مرة. لقد أصبحوا أعضاء في أشرم سيفاغرام عندما أسسه غاندي، وبقوا مع غاندي لمدة سبع سنوات. بعد مرور عام على حركة "اخرجوا من الهند"، غادر آشاديفي وكاروناكاران الكونغرس بشكل غير رسمي.

تلقى مادهافان تعليمه الأولي في كانور، وتخرج في بيون. عندما كان والديه في سيفاغرام، انضم إليهما وبدأ بزيارة القرى في يافاتمال، شاندرابور، بهاندارا، جونديا، ناجبور وأمرافاتي. كان هدفه هو معرفة أحوال الفلاحين والداليت والقبائل حسب رغبة المهاتما. لقد رأوا في فيداربها، في وسط الهند، وهي واحدة من أكثر المناطق تخلفًا في البلاد، أسوأ أشكال الفقر والجوع. تم استغلال الفقراء والداليت والقبائل من قبل أصحاب الأراضي والمرابين والزاميندار والإقطاعيين، الذين أجبروهم على بيع أراضيهم ومواشيهم وأطفالهم وحتى النساء. ولدهشة

كاروناكاران، كان العديد من المستغلين أعضاء في حزب المؤتمر. وقد شغل بعضهم مناصب عليا في المنظمة أثناء انضمامهم إلى الكونغرس لإخفاء آثامهم والحصول على دعم الشعب وإظهار هالة من الصدق والنزاهة. كانت ظروف قبائل جادشيرولي ورامتيك وملاجات مروعة حيث لم يكن لديهم ما يأكلونه سوى العشب وأوراق الشجر والجذور والسيقان. توفي العديد من أطفالهم قبل بلوغهم سن الثانية وكانت وفيات الأمهات مرتفعة للغاية. لقد كان تحديًا كبيرًا للقبيلة أن تعبر حاجز الخمسة والثلاثين عامًا. علاوة على ذلك، كان استغلال النظام البريطاني للشعب في ذروته. وبمرور الوقت، فقد المزارعون والفلاحون والحرفيون والداليت والقبائل والعمال الأمل في حياة كريمة.

روى كاروناكاران قصصًا عن الظروف الرهيبة التي عاش في ظلها القبائل والداليت والمزارعون والعمال في قرى فيداربها خلال الاجتماعات المحلية لحزب المؤتمر. ومع ذلك، لم يبدو أحد مهتمًا بالفقراء أو المستغلين أو الذين لا صوت لهم. لفترة وجيزة، انضم كاروناكاران إلى الحركة التي قادها بهيمراو أمبيدكار، وهو من الداليت، واقتصادي لامع ونجم قانوني حاصل على درجة الدكتوراه في الاقتصاد من جامعة كولومبيا وكلية لندن للاقتصاد. بصفته أحد أتباع أمبيدكار، ناضل كاروناكاران من أجل حقوق الداليت، لكن قلبه كان مع الفلاحين. لقد أدرك أنه بحاجة إلى تنظيم الفلاحين والقتال من أجلهم وتحريرهم. وكانت النتيجة تعليق عضويته في حزب المؤتمر لمدة ست سنوات. وحاول كاروناكاران الاتصال بغاندي عدة مرات، لكن المهاتما لم يكن متاحًا أثناء سفره إلى بيهار وأوتار براديش. بخيبة أمل، تحرك كاروناكاران وأساديفي ومادهافان حول فيداربها ونظموا العديد من اجتماعات الفلاحين. يمكنهم جميعًا التواصل بسهولة باللغة الماراثية واللغة الوارادية المحلية. وفي الوقت نفسه، التقى كاروناكاران ببعض المتعاطفين مع الشيوعية وانضم إلى الحزب الشيوعي. على الرغم من أن كاروناكاران وأشديفي كانا عضوين في الكونغرس في القلب، إلا أنهما أصبحا شيوعيين.

عمل كاروناكاران وأشديفي مع العديد من المتعاطفين مع الشيوعية في ناجبور وأمرافاتي. لقد سافروا معهم على نطاق واسع في جميع أنحاء ولاية ماهاراشترا، وأسسوا وحدات الحزب الشيوعي. كان من الصعب جذب الناس ليصبحوا شيوعيين لأن معظمهم كانوا أعضاء في حزب المؤتمر أو من أتباع بهيمراو أمبيدكار. كان أناند نيني أحد أقرب أصدقاء كاروناكاران، وهو محام ممارس في محكمة ناجبور العليا، وكانت زوجته كوسوم أيضًا محامية وشيوعية متحمسة. كان لدى عائلة نينيس ابنة، كالياني، التي كانت تدرس التدريس في جامعة ناجبور.

كان مادهافان قد أنهى للتو دراسته بعد التخرج، واعتقد كاروناكاران وأشديفي أن كالياني يمكن أن يكون الشريك المثالي لابنهما. ناقشوا الأمر مع كوسوم وأناند نيني ورتبوا لقاء بين كالياني ومادهافان في منزل نيني. تم تسجيل زواج كالياني ومادهافان في مكتب مسجل بلدية ناجبور في غضون أسبوعين. تعلم كالياني القراءة والكتابة المالايالامية بشكل لا تشوبه شائبة، حتى في ناجبور. عندما ذهبت مادهافان وكالياني إلى كيرالا قبل عام من حصول البلاد على استقلالها، اعتقد سكان فالاباتانام أنها ماليزية بالولادة. في فالاباتانام، أصبح مادهافان عاملاً بدوام كامل في الحزب الشيوعي، وكالياني مدرسًا في المدرسة الثانوية.

بمجرد وصوله إلى فالاباتانام، انضم مادهافان إلى حركات الفلاحين والعمال. كان يعلم أن التغييرات الاجتماعية في مالابار وترافانكور كانت ضرورية لصعود الشيوعية في ولاية كيرالا. في ديسمبر 1939، التقى المتعاطفون مع الشيوعية، بما في ذلك الاشتراكيون اليساريون من حزب المؤتمر، في بيناراي بالقرب من ثلاسيري وشكلوا الحزب الشيوعي قبل

سبع سنوات من وصول مادهافان مع كالياني إلى فالاباتانام. ومع ذلك، كانت المهارات التنظيمية والتخطيط وتشكيل مجموعات صغيرة من المتعاطفين مع الشيوعية في أجزاء مختلفة من مالابار من قبل أشخاص مثل مادهافان وستيفان هي التي أدت إلى فوز الشيوعيين في انتخابات ولاية كيرالا وإنشاء أول حكومة شيوعية.

كان بين منزل مادهافان ومنزل عائلة مايرز خمسون فدانًا من الأرض، تمتد إلى ضفة بارابوزا . فكر ستيفان في زراعة جزء من المنطقة في أوقات فراغه. وجد ستيفان أن التربة كانت خصبة ويمكن أن تنتج وفرة من الأرز والتابيوكا والخضروات. بعد التشاور مع إميليا، يلتقي بالمالك ويؤمن الأرض لمدة خمسة عشر عامًا، ويتفقان على دفع مبلغ ثابت مقدمًا في بداية كل عام. وكان السجل باسم مادهافان لأن ستيفان، وهو أجنبي، لم يتمكن من التوقيع على سجلات الأراضي هذه. كان المبلغ المدفوع متواضعًا، وبما أن الأرض ظلت قاحلة لسنوات عديدة، فإن أي دخل يدره ستيفان منها كان بمثابة فائدة. ويعتقد أن المالك والأطراف الأخرى المعنية راضون عن الاتفاقية.

وسرعان ما استورد ستيفان جرارين والعديد من الأدوات الزراعية من ألمانيا. عندما جاءت الرياح الموسمية في يونيو/حزيران، فكر ستيفان في زراعة خمسة أفدنة من حقول الأرز، وفدانًا واحدًا من الموز، وفدانين من التابيوكا، ونصف فدانًا من الخضروات، مثل البامية، والقرع المر، والفاصوليا، والبرينجال. ودعا جميع أصدقائه وجيرانه للانضمام إليه كشركاء متساوين. لكن لم ينضم أحد، بل قدم الجميع الأعذار. حتى مادهافان قال إن الزراعة ليست في دمه؛ إلا أنه تم تأجير العشرين فداناً من الأرض لمدة خمسة عشر عاماً للأغراض الزراعية. بعد أن تبرع بنحو خمسين فدانًا من الأرض للمعدمين قبل الانضمام إلى المهاتما غاندي، كان لدى مادهافان عشرة أفدنة من الأرض ورثها من والده.

بالتعاون مع إميليا، وضع ستيفان خطة مفصلة لما يعتزمون زراعته، وكتب كل شيء بتفصيل كبير، وخصص الأموال لكل أسبوع وكل شهر. أخذ ستيفان جراره وبدأ بالحراثة، وانضمت إليه إميليا في الجرار الثاني وعملا حتى الثانية بعد الظهر. تفاجأ الجيران برؤية إميليا وستيفان يتجولان في الملعب بأكمله، واجتمعوا حول المسار لمشاهدتهم وهم يعملون معًا. في خمسة أيام، كان ستيفان وإميليا قد حرثا عشرين فدانًا من الأرض. ثم، بمساعدة العمال، بدأوا في تسوية الحقل لزراعة الأرز وأكملوا أعمال زراعة خمسة أفدنة في أسبوعين. خلال الأيام الأولى من الرياح الموسمية. قام ستيفان بجمع شتلات الموز المناسبة من نينثران وبوفان من ماتانور وزرعها على مساحة فدان واحد. كانت سيقان التابيوكا وفيرة في أنغاديكادافو، وأحضر ستيفان شاحنة صغيرة مليئة بها وزرعها على فدانين. وأخيرًا، قاموا بزراعة الخضروات على مساحة نصف فدان من الأرض.

عملت إميليا وستيفان في المزرعة لمدة ساعتين، وبعد العمل ذهبت إميليا مع أصدقائها إلى أنواع مختلفة من كافو لجمع البيانات عن ثيام . كافو هي غابة صغيرة مجاورة للمنازل أو المعابد القديمة حيث يتم وضع تماثيل الجرانيت لآلهة ما قبل الآرية والحيوانات وحتى الثعابين على الركائز. هذه الآلهة علمانية وتحافظ على علاقة غامضة مع البشر ورفاهيتهم. الناس لا يعبدونهم، بل يحترمونهم؛ هناك علاقة تكافلية غامضة. هذه الآلهة ضرورية لحياة إنسانية سلمية ومتناغمة وسعيدة.

وتمثل كافو حياة الإنسان وعلاقته التكاملية مع الطبيعة ككل، وكذلك النظم البيئية المصغرة التي تحيط بالإنسان والحيوانات والنباتات، إلى جانب البيئة الاجتماعية التي شكلتها، كما اكتشفت

إميليا. كان البشر وكافو مترابطين وتم تطويرهما كوحدات متكاملة في وحدة الطبيعة. عادة ما يتم أداء رقصات هم في مثل هذا المكان، داخل كافو وما حولها. أدركت إميليا أن "ثيام" ليس فن معبد، بل هو فن لعامة الناس، يعتمد على الأغاني الشعبية التي طورها الناس عن الطبيعة وعلاقتهم بها والظواهر المختلفة المرتبطة بالحياة. لقد كان فنًا معقدًا تطور من التبادلات بين البشر. وقام راقصو "هيام" بتلوين وجوههم بألوان غريبة وتصميمات رمزية، تمثل عالماً من الآلهة الذين كانوا بشراً متوفين، وهو جزء أساسي من الوجود الإنساني. ورقصوا في الضوء الخافت للمشاعل المصنوعة من القش أو أوراق جوز الهند، معبرين عن مختلف الأنشطة الإنسانية والرغبات والمشاعر من خلال تعابير الوجه والإيماءات والخطوات.

بالنسبة لإميليا، كان ثيام بمثابة اندماج الإنسان مع البيئة. وهكذا أصبح كلاهما واحداً، وكانت هذه الوحدة هي روح هيام . من Pazhayangadi شمالًا إلى Kasargod كان Kolam-Kaliyattam. وبدلاً من ذلك، من بازهايانجادي إلى فالاباتانام، في الجنوب، كانت ثيام ومن فالاباتانام إلى فاداكارا ثيرا. علمت إميليا أن هناك أكثر من أربعمائة وخمسين رقصة مختلفة من رقصات الثيام ، من بينها حوالي مائة واثني عشر رقصة هي الأكثر أهمية. عرفت إميليا من زياراتها المكثفة إلى جنوب كانادا، وكاسارجود، ومنطقة كانور، ونادابورام في كوزيكود، وكورج أو منطقة كوداجو في كارناتاكا أن هناك أربعة أنواع من رقصات ثيام بناءً على شخصيتها وطبيعتها وموضوعاتها. كانوا بهاجافاتي ثيام ، شيفا فايشنافا ثيام ، مانوشيكا ثيام وبورانا ثيام .

لعبت إميليا دور باخ وبيتهوفن وموزارت على البيانو في أوقات فراغها وعلمت أديتيا ورافي العزف عليهما بسهولة. لقد أحببت باخ، بما في ذلك كونشيرتو براندنبورغ وغولدنبرغ فارايشن ، وقضى الأطفال ساعات طويلة مع إميليا يشاهدونها وهي تعزف على البيانو. حاولت إميليا أيضًا تشغيل العديد من أغاني هم الشهيرة على لوحة المفاتيح. غالبًا ما كانت تأخذ معها أديتيا ورافي عندما كانت تزور أماكن بعيدة لمراقبة هم . اعتقدت إميليا أن الأطفال بحاجة إلى التعرف على ثقافات وأنماط حياة الأشخاص العاديين، وتنمية الحب والاحترام للناس، وفهم البيئة التي يعيشون فيها بعمق. وخلال جلسات القيادة الطويلة، أخبرهم أن الإنسان لا يمكن أن يكون له كيان منفصل عن الطبيعة. ومن ثم كان عليهم أن يحبوا البيئة ويحترموها ويحميوا كل مظهر من مظاهر الحياة والرقص الشعبي في المناظر الطبيعية.

وبالتدريج، أصبح أديتيا ورافي يحبان السفر مع إميليا في عطلات نهاية الأسبوع عندما لا يكون لديهما مدرسة. لقد أحبوا زيارة كوداغو لمشاهدة عرض هم الفريد الذي يؤديه في تلك المناظر الطبيعية الخلابة. كانت زياراته إلى ماديكيري وفيراجبيت وجونيكوبال وبونامبيتا مليئة بالألوان والأصوات والروائح والأذواق. توفر مزارع القهوة المترامية الأطراف وبساتين الفلفل الأسود وحقول الأرز في كوداجو منظرًا رائعًا. لقد شاهدوا بتعجب الخطوات النابضة بالحياة لرقصة هيام في أرض الفنون القتالية تلك. كانت إميليا تحب ارتداء الساري على طراز كوداغو، وكانت جميلات كوداغو حريصات دائمًا على إقراضها لها في المناسبات الخاصة والمهرجانات. طورت إميليا حبًا خاصًا للنساء في كل مكان زارته تقريبًا، وسرعان ما تعلمت التحدث معهن بلهجاتهن المحلية. غالبًا ما كانت النساء تأخذ إميليا إلى مطبخهن لتريها كيف يطبخن الأطعمة المختلفة، وغالبًا ما كانت تأكل معهن، وتجلس على الأرض بجوارهن. في كوداغو، في منزلين، علمتهم إميليا كيفية طهي لحم الخنزير على الطريقة الألمانية، المعروف باسم براتورست ، واستمتع الرجال والنساء بلحم الخنزير الذي طبخته.

في غضون خمس سنوات من وصولها إلى فالاباتانام، جمعت إميليا بيانات واسعة النطاق عن ثيام . وفي غضون عشر سنوات، نشر ستة مقالات في مجلات ألمانية خاضعة لمراجعة النظراء وكتابين، وأصبح مادة مرجعية في الجامعات الألمانية. عندما بلغ أديتيا ورافي العاشرة من عمرهما، بدأا بفخر في قراءة كتب والدتهما ومقالاتها عن ثيام، وطلب كلاهما من مادهافان أن يعلمهما أساسيات رقصة ثيام . بحلول سن الخامسة عشرة، انضم أديتيا ورافي إلى مجموعات ثيام وقاما ، جنبًا إلى جنب مع الراقصين البالغين، بأداء العروض في كافو وفي التجمعات الاجتماعية. أخبرتهم إميليا أن لديهم أسلوبًا طبيعيًا في رقصة هم وحركات رائعة. لقد أحبوا أن يرسم رافيندران وجوههم، وهو سيد رسم وجوه ثيام . قامت إميليا بتقييم أدائهم بموضوعية، وأعربت رينوكا عن تقديرها للتدريب المكثف الذي خصصته إميليا لأطفالها. منذ سنوات عديدة، تعلمت إميليا دروسها الأساسية في لغة الثيام من رينوكا. في غضون خمس سنوات، كان فهم إميليا لتعقيدات هيام كفن أعمق بكثير وأكثر علمية من فهم رينوكا، وكانت فخورة بإنجازات إميليا. كان أطفالهم سعداء بالصداقة العميقة بين أمهاتهم.

غالبًا ما كانت رينوكا وإميليا تعانقان أطفالهما لإظهار علاقتهما القوية. اعتقد الأطفال أن أمهاتهم توأمان، وأن أديتيا ورافي كانا أخوة لا ينفصلان مثل أمهاتهم. تعلم أديتيا ورافي دروسهما الأولى في الحب والاحترام من رينوكا وإميليا، وطور كلاهما احترامًا عميقًا للنساء. جنبًا إلى جنب مع مادهافان ورافيندران وكونجيرامان وأبوكتان، كانوا يرقصون كثيرًا في ساحة مايرز، وكان الحي بأكمله يتجمع هناك مع اللحوم المقلية والتابيوكا واللكمة . كان لديهم عالم خاص بهم واستمتع الجميع بوجودهم الفريد. كانت الوحدة والصداقة والصداقة الحميمة والمشاركة فريدة ومكثفة ومرتبطة بأفكارهم ومشاعرهم.

واصلت إميليا وستيفان العمل في مزرعتهما. وبعد شهر، بدت المزرعة خضراء غزيرة، ومن منزل ماير كان مشهدًا رائعًا رؤية حقل الأرز الخاص به، والموز، والتابيوكا، والخضروات وهي تنمو. كانت الأرض خصبة لدرجة أنه لم تكن هناك حاجة للأسمدة أو استخدام المبيدات الحشرية. قام آل مايرز بتعيين خمسة عمال كل يوم للعمل في مزرعتهم. لقد دفعوا أجورًا تزيد بنسبة خمسة وعشرين بالمائة عن متوسط التعويضات المدفوعة لعمال المياومة في أماكن أخرى. جاء المزيد والمزيد من عمال المياومة بحثًا عن عمل، ووعدتهم عائلة مايرز بأنهم سيحاولون منحهم عملاً عندما يقومون بزراعة المزيد من الأراضي في السنوات القادمة.

كان حقل الأرز جاهزًا للحصاد خلال خمسة أشهر، وكان مشهدًا ذهبيًا رؤية الحقول. زار العديد من مسؤولي كلية الزراعة المزرعة للتعرف على التقنيات التي يستخدمها آل مايرز. تمكن خمسة عمال من إنهاء الحصاد في عشرة أيام، وتم الاحتفاظ بسيقان الأرز في ساحة مايرز للدرس. استمرت أعمال الدرس حتى الليل، وكان الأمر أشبه بالمهرجان، وكان هناك احتفال في منزل ماير. ودعا جميع جيرانه للاحتفال والأكل والشرب. وفاجأت مئات أكياس الأرز الجيران الذين تعجبوا من براعة عائلة مايرز. أراد آل مايرز أن يظهروا لهم أن بإمكانهم إنتاج كميات وفيرة من الأرز بالتفاني والعمل الجاد. وكان بإمكانهم إنتاج ما يقرب من مائة وعشرين قنطارًا من الأرز غير المقشور على مساحة خمسة أفدنة من الأرض، وهو محصول جيد إلى حدٍ ما. أخبر ستيفان جيرانه أنه يريد أن يبيعهم الأرز بنصف سعر السوق، وأنه فقط بعد شرائه سيبيع الأرز المتبقي في سوق كانور. لم تكن عائلة مايرز ترغب في إعطاء الأرز مجانًا، لأنهم قد يعتقدون أنه يمكن تحقيق أي شيء بدون عمل. اشترى حوالي عشرين من جيرانهم المباشرين معظم الأرز، الذي اعتقدوا أنه سيكفي لمدة عام. واحتفظ آل مايرز بالباقي لإطعام العمال حتى يصبح الحصاد التالي جاهزًا.

كان حصاد التابيوكا ممتازا. كان العائد حوالي خمسين قنطارًا لكل فدان، وقد أعطى كل فرد من عائلة مايرز عشرة كيلوغرامات لجميع جيرانه. وبما أن التابيوكا كانت قابلة للتلف خلال أسبوعين، فقد باعها ستيفان في سوق كانور، مما أكسبه حوالي أربعين ألف روبية مقابل فدانين، وهو مبلغ كبير لأن إجمالي النفقات لم يكن سوى سبعة آلاف روبية مقابل فدانين. وكانت غلات الخضروات جيدة على قدم المساواة. كان محصول الموز جيدًا للغاية، حيث كان إنتاج الفدان يبلغ ما يقرب من أربعمائة وخمسين قنطارًا، وكان بإمكان آل مايرز بيعه مقابل أربعمائة روبية للقنطار الواحد وجني حوالي مائتي ألف روبية. وبلغ إجمالي النفقات خمسة وعشرين ألف روبية فقط. اندهش مادهافان وكونجيرامان وأونيكريشنان ورافيندران وأبوكوتان وآخرون لرؤية المحصول الممتاز والمبلغ الضخم الذي كان يجنيه آل مايرز من الزراعة. لقد أعربوا عن رغبتهم في الانضمام إلى عائلة مايرز في الموسم التالي من خلال الزراعة المشتركة وقرروا تسميتها تجربة الزراعة المشتركة Valapattanam (VSFE).

جاءت الرياح الموسمية في وقت مبكر من ذلك العام، وبدأ آل مايرز ورفاقهم بالزراعة بفارغ الصبر. كان هناك أربعة وعشرون عضوًا في مزرعته الجماعية خلال موسم الرياح الموسمية. قرروا جميعًا زراعة عشرين فدانًا، بعشرة أفدنة من الأرز، وخمسة أفدنة من التابيوكا، وأربعة أفدنة من الموز، وفدان واحد من الخضروات. كالعادة، عملت إميليا وستيفان بجراراتهما وانتهيا من الحرث في اثني عشر يومًا. قام VSFE بتعيين عشرة عمال للعمل معهم يوميًا، وأشرف عليهم مادهافان. عمل رافيندران وأبوكوتان وكونجيرامان وآخرون في مزارع الأرز والتابيوكا والموز. عمل ستيفان ماير في البستان مع عاملين. وقد شارك جميع الشركاء في التخطيط والتنفيذ لأنه يحتاج إلى اهتمام أكبر ونهج علمي. كان هناك أمطار غزيرة وأشعة الشمس وفيرة، وكان الحصاد أفضل بكثير من العام السابق، وكان المحصول أعلى بكثير من المتوقع. وكانت الحظائر ممتلئة وتم تقسيم حصة الشركاء بالتساوي. قبلت إميليا وماير مطالبة واحدة فقط. وكان هناك ما يكفيهم من الأرز لمدة عام، وتم بيع الخمسين قنطارًا المتبقية في السوق المفتوحة. باعوا التابيوكا والموز في السوق. حصل كل شريك على اثنين وعشرين ألف روبية كحصة. وكانت الحديقة توفر ما يكفي من الخضار لجميع الأسر لمدة ستة أشهر، ويباع ما تبقى من المنتجات بكميات كبيرة في السوق، ويحصل كل فرد على حوالي ثلاثة آلاف روبية. كان موسم الحصاد بأكمله بالنسبة لهم وقت الحفلات والاحتفالات.

قررت VSFE أن تستورد من ألمانيا في العام التالي حصادة صغيرة للجز والدرس والتذرية، بتكلفة حوالي ثلاثمائة ألف روبية. واتفقوا أيضًا على أن تكون تربية الماشية لإنتاج الحليب وروث البقر كأسمدة ومصنعًا للغاز من روث البقر لتوفير غاز الطهي لجميع المساهمين. في غضون شهر، قام VSFE ببناء حظيرة كبيرة للأبقار مزودة بجميع المرافق الحديثة على أرض مادهافان التي تبلغ مساحتها فدانين، واشترى خمس أبقار جيرسي وخمسة جواميس هاريانفي. كان هناك ما يكفي من التبن كعلف للحيوانات والعشب الأخضر. وفي غضون عام، بدأت المزرعة في إنتاج كميات وفيرة من الحليب لجميع الأسر الأربعة والعشرين، وتم بيع الباقي في كانور. قامت جمعية VSFE بشراء شاحنة صغيرة لنقل الحليب إلى أحد مصانع الألبان في المنطقة. قام الأعضاء ببناء مصنع غاز روث البقر بمساعدة خبراء من كويمباتور، وأنتج المصنع ما يكفي من الغاز للطهي في كل منزل.

وفي غضون ستة أشهر، أضافوا عشرة جاموسات أخرى. غالبًا ما يقوم الطلاب والمدرسون من الجامعة الزراعية بزيارة VSFE للأغراض الأكاديمية والبحثية. قام VSFE بتعيين خمسة وثلاثين موظفًا في مناصب مختلفة كعاملين بدوام كامل، جميعهم براتب أعلى بنسبة

عشرة بالمائة من رواتب الوظائف المماثلة في أماكن أخرى. لقد تجاوزت أرباح المزرعة الحيوانية توقعاتهم، مما أدى إلى زيادة كبيرة في الدخل لجميع الشركاء. عندما كان Aditya وRavi في السنة الأخيرة من المدرسة الثانوية، تم تسجيل VSFE كجمعية تعاونية وتم انتخاب مادهافان رئيسًا ورافيندران سكرتيرًا وأمينًا لصندوق رينوكا. طلب المساهمون بالإجماع أن تكون عائلة مايرز جزءًا من الهيئة الإدارية، وقبل ستيفان ماير هذا المنصب على مضض.

ثم ظهرت منشورات في فالاباتانام تتهم عائلة مايرز بتلقي مبالغ ضخمة من المال من دول أجنبية لنشر الشيوعية. وزعموا أن الأموال المدرجة كدخل من الزراعة ومزارع الماشية هي أموال تم تلقيها من مصادر خارجية. على الرغم من أن ستيفان وإميليا لم يأخذا هذه الاتهامات على محمل الجد، إلا أن المساهمين في VSFE فوجئوا إلى حد ما عندما رأوا المنشورات. وفي غضون شهر، ظهرت لافتات في فالاباتانام تطالب عائلة مايرز بمغادرة الهند على الفور بسبب تورطهم المزعوم في أنشطة مناهضة للهند. تدريجيًا، أدرك مادهافان وأصدقاؤه أن حركة قوية كانت تتشكل ضد عائلة مايرز، وكانت القوى المناهضة لهم تتزايد يومًا بعد يوم. في يوم ممطر، انقلبت شاحنة محملة بعلب الحليب كانت متجهة من VSFE إلى كانور، وتعرض السائق لهجوم من قبل الحمقى. وفجأة، ظهرت منشورات باسم الحزب الوطني المتحد، تتهم حزب VSFE بأن له صلات مع الماويين والمنظمات المتطرفة في البنغال، والتي انتشرت بالفعل في أجزاء كثيرة من البلاد. شيئًا فشيئًا، تحول الصراع بين الشيوعيين والحزب الوطني المتحد إلى حرب مفتوحة.

في صباح أحد الأيام، حضر مسؤولون من الحكومة الفيدرالية إلى منزل عائلة مايرز للسؤال عن مصدر تمويل VSFE، واستجوبوا عائلة مايرز لأكثر من ست ساعات. كما التقى الضباط بمادهافان ورافيندران ورينوكا واستجوبوهم بشأن صلاتهم المزعومة بالماويين. وبعد أسبوع، استدعت الشرطة إميليا وستيفان إلى مركز الشرطة للاستجواب، وبعد عشر ساعات سمح لهما الضابط بالعودة. لكن مادهافان ورافيندران ورينوكا لم يحالفهم الحظ. وبعد استجوابهم في مركز الشرطة، تم القبض عليهم واحتجازهم لليلة واحدة لارتكابهم جرائم لم يكشف عنها. وفي اليوم التالي، عرضتهم الشرطة على القاضي وحذرتهم قبل إطلاق سراحهم. عاد Aditya من كلية Brennen وعاد رافي من بنغالورو للانضمام إليهما. بمجرد أن رأت رينوكا أديتيا ورافي، بكت بمرارة وعانقتهما، وأخبرتهما إميليا ورينوكا أن العقل المدبر وراء الأحداث لم يكن سوى الحزب الوطني المتحد.

أصبحت الاحتجاجات ضد VSFE واضحة عندما ظهر شباب من أماكن بعيدة وبدأوا في مهاجمة موظفيهم، مما أدى إلى تعقيد حياة إميليا وستيفان ماير. وانخفضت الأنشطة الزراعية والحيوانية، حيث رفض عمال المياومة العمل خوفا من التعرض للاعتداءات الجسدية. وفي أحد الأيام، أثناء عملهما في مزرعتهما، تعرض ستيفان ماير وأبوكوتان لهجوم بالعصي والحجارة، وتم نقلهما إلى المستشفى مصابين بجروح في الرأس والساق. ولم تتمكن الشرطة من تحديد مكان الجناة، وخرج المصابون من المستشفى بعد أسبوع دون رفع أي دعوى ضد المجرمين الذين لم يتم الكشف عن أسمائهم. وساد الهدوء والسلام مرة أخرى في فالاباتانام، وكأن شيئًا لم يحدث. واصل موظفو VSFE العمل في الحقول وفي مزارع الحيوانات، وكان أداء المزارع في ذلك العام جيدًا. امتلأت وجوه إميليا وستيفان ومادهافان ورينوكا وأبوكوتان وآخرين بالابتسامات وبدأوا في المشاركة والاستمتاع بدفء العمل الجماعي مرة أخرى خلال الاحتفالات.

وفي إحدى الليالي، نظمت إميليا عرضًا هيامًا في باحة منزلها، حضره حوالي مائة وخمسة وستين شخصًا من سكان الحي. The Theyam كان على أسطورة كاثيفانور فيران، وأخرجه مادهافان ورافي. رقص Aditya وAppukkuttan وRavindran وKunjiraman وMoideen على أنغام موسيقيي Maddlam بينما كان ستيفان ماير يشرف على المطبخ.

وقالت إميليا لستيفان ماير: "أنا أحب هذا العمل الجماعي، وهذه الوحدة، وهذه الاحتفالات".

"أنا أحب ذلك أيضا. علق ستيفان ماير قائلاً: "أتمنى أن يستمر ذلك إلى الأبد".

"نحن محظوظون لوجودنا مع هؤلاء الأشخاص الرائعين. انظر إلى مادهافان. تقول إميليا: "على الرغم من أنه الأكبر بيننا، إلا أنه يشارك في جميع الأنشطة، تمامًا مثل رافي وأديتيا". "أنا معجب بك. مادهافان هو مثال عظيم للشيوعية. وأوضح ستيفان ماير: "لديه العزم والالتزام والهدف الواضح". "انظر إلى مدى نشاط كالياني وجيثا وسهرا ورينوكا وآخرين. تقول إميليا: "إن الحياة معهم منطقية ورائعة". "الجميع يعتبرنا عائلة، عائلة كبيرة. فلا فرق ولا حسد ولا طبقة ولا مذهب بيننا. وأوضح ستيفان: "إنها ثمرة سنوات عديدة من الاتحاد". وأضافت إميليا: "هذا هو معنى وجودنا، والغرض من حياتنا". "لقد خلقنا هدفًا، وخططنا له، ووضعناه موضع التنفيذ. ولهذا السبب فإن حياتنا لها معنى كبير. لا يوجد أحد فقير أو يعاني من الاضطهاد أو الاستغلال أو القهر. لقد استغرقنا بعض الوقت للوصول إلى هنا. لا يمكنك الوصول إلى أي مكان إذا لم تقاتل. وأوضح ستيفان: "علينا أن نكون يقظين ومهتمين برفاهية الآخرين وراحتهم وسعادتهم، وهذا هو معنى الشيوعية".

وينطبق الشيء نفسه على هم ، حيث كل فرد فريد من نوعه وله دور يلعبه. وبدون دورهم، فإن الهيام غير مكتمل. يمثل الهيام مصداقية الحياة، ومن يرقص ويعزف على الآلات الموسيقية يعبر عن حساسية عميقة تجاهها. إن وحدة الحياة وكلها وديناميكيتها تنبع من التجربة، مما يجعل كل فنان إلهًا. يظهر "هيام" أهمية الحياة وعظمتها والشعور الواضح بالمساواة والعدالة. روت إميليا: "انظر " ثيام " اليوم، أسطورة كاثيفانور فيران، حيث يتعامل جوهرها مع مجمل الحياة البشرية".

"إميليا، أنا سعيد. كان من الرائع القدوم إلى مالابار والعمل والعيش مع هؤلاء الناس. كان سيعيش حياة من الراحة والرفاهية في شتوتغارت، الأمر الذي لم يكن له أي فائدة. قال ستيفان بوضوح: "هنا في فالاباتانام، أختبر المعنى الحميم للحياة وأوثق العلاقات الإنسانية". "كان من الرائع أن التقينا في برلين. قالت إميليا بصراحة: "كنا غرباء آنذاك، والآن ما زلنا أفضل الأصدقاء بعد ربع قرن". "كثيرا ما أفكر في ذلك، عزيزتي إميليا. الحياة تأخذ مجراها عندما تتدفق. أنا محظوظة جدًا بوجودك. انت صديقي المفضل". قال ستيفان وهو يشارك مشاعره الدافئة. "ستيفان، لم أتمكن من العثور على شخص مثلك أبدًا. أنت مدروس جدًا ومحب جدًا. أرى نفسي فيك في كل لحظة. قالت إميليا بهدوء، بكلمات مليئة بالدفء: "لذلك لم تكن غريبًا عني أبدًا".

واستمر الغناء والرقص بصوت عالٍ حتى منتصف الليل، حتى بعد العشاء. اقترب الجيران والأصدقاء من إميليا وأخبروها أن أداء أسطورة كاثيفانور فيران كان مثيرًا، وشكرتهم إميليا جميعًا. بعد هم ، انضموا إلى إميليا وستيفان ماير لغسل الأطباق. مرة أخرى، بدأت إميليا في العزف على البيانو. لقد فضلت لعب دور أريثا فرانكلين، التي حققت نجاحًا كبيرًا عندما كان رافي وأديتيا في العاشرة من عمرهما. قامت إميليا بأداء أغنية "افعل المرأة الصحيحة، افعل

الرجل المناسب"، و"لا تشغل هذه الأغنية"، و"أنت تجعلني أشعر وكأنني امرأة طبيعية"، و"أقول صلاة صغيرة"، و"الحب عمل جاد" و"أنا". "لم أحب رجلاً كما أحببتك." كان ستيفان يجلس معها دائمًا ليقدر الطريقة التي تعزف بها إميليا على البيانو.

تقدمت إميليا وستيفان بطلب لتجديد تأشيراتهما. وفي أحد الأيام تلقوا رسالة من الحكومة تطلب منهم مغادرة البلاد على الفور، حيث تم رفض طلب تمديد التأشيرة. انتشر الخبر بسرعة كبيرة وأصيب الجميع في فالاباتانام بالصدمة. وبعد أربعة وعشرين عامًا من الإقامة المتواصلة في فالاباتانام، اضطروا إلى المغادرة. بحلول ذلك الوقت، كان رافي وأديتيا قد أنهيا دراستهما بالفعل وأسرعا إلى فالاباتانام لرؤية والدهما وأمهما الحبيبين. احتضنتهما إميليا وبكت، وحافظ ستيفان على صمته ولم يُظهر أي قلق، على الرغم من أنه كان ينفجر في الداخل. كان هناك حشد كبير في فالاباتانام عندما غادرت إميليا وستيفان. بكى كالياني وجيثا وسهرا ورينوكا وآخرون بصوت عالٍ، ولم يستطع مادهافان تحمل الألم وبكى بمرارة. رافقت حافلة مليئة بالناس إميليا وستيفان إلى مطار كاليكوت. احتضن أديتيا والدته. عانقت إميليا كالياني ورينوكا وجيثا وسهرا وجميع أصدقائها الآخرين، وطلبوا منها عدم المغادرة، على الرغم من أنهم كانوا يعلمون أنها لا تستطيع البقاء معهم بعد الآن.

كان هناك فراغ كبير في فالاباتانام، ولم يتمكن أحد من ملء غياب إميليا وستيفان ماير. لا يمكن لأحد أن يتخيل عالمًا بدون الزوجين، اللذين كانا جزءًا لا يتجزأ من المجتمع لمدة أربعة وعشرين عامًا تقريبًا. لقد وصلوا كغرباء وغادروا كأقرب أقربائه وأصدقائه ومرشديه، وقد خلقوا سحرًا فريدًا في تفاعلاتهم. لقد أحبوا الجميع واحترموه، واعتبروا الآخرين رفاقهم الذين لا ينفصلون. لقد علموا العديد من الدروس القيمة واستفادوا من قربهم من الآخرين. كان الغرض الوحيد من إقامته في فالاباتانام هو تعزيز رفاهية المضطهدين والمستغلين.

بذل مادهافان قصارى جهده لمواصلة الزراعة المشتركة ومزرعة الحيوانات وشجع زملائه على دعمه في جميع مجالات عمله. كان جميع المساهمين المتبقين حريصين على مواصلة العمل الذي بدأته إميليا وستيفان ماير. لقد تذكروا دائمًا كيف تعاملت عائلة مايرز مع كل موقف، وأخذت الجميع معهم وحلت المشكلات.

بمجرد وصول إميليا وستيفان ماير إلى شتوتغارت، كتبا رسالة مفصلة إلى أصدقائهما في فالاباتانام، وقرأ مادهافان الرسالة بحضور جميع الجيران. وساد الصمت التام، وبكى الكثير منهم عندما قرأ الفقرة الأخيرة من الرسالة.

كان الأمر كالتالي: "نشعر بالوحدة هنا لأننا نفتقدك كثيرًا. نحن نعلم أنكم جميعًا هناك وتعتنين بأنفسكم. الحياة السعيدة هي الحياة التي يوجد بها أصدقاء. نتذكر كل الوجوه والحب الذي عشناه من بعضنا البعض والذي كان فريدًا من نوعه. لا يمكننا أن ننساك أبدًا، لأنك ستظل دائمًا في قلوبنا. "إميليا وستيفان ماير."

واستمر الصمت لبعض الوقت. لكن كالياني ورينوكا لم يستطيعا احتواء نفسيهما؛ لقد بكوا لفترة طويلة.

لقد جعل وجود رافي إميليا وستيفان ماير سعيدين للغاية. لقد كان استمرارًا وتتويجًا لحياتها في فالاباتانام، وهو ما يمثل ملء حبها واتحادها وأملها. في كل مرة يرون فيها رينوكا وأبوكوتان، وكالياني ومادهافان، وأديتيا وجيل الشباب، وثيام و"فصول الدراسة"، ومزرعة فالاباتانام وبارابوزا ، يتذكرون السنوات التي قضوها في أرض الصداقة والاحتفالات تلك. لكنهم عرفوا

أن تلك الأيام لن تعود أبدًا؛ لقد رحلوا إلى الأبد. بعد البقاء مع والديه لمدة ثلاثة أشهر تقريبًا، عاد رافي إلى كوتشي لممارسة القانون لمدة عام مع محامٍ ذي خبرة.

بدأت إميليا تقضي الكثير من الوقت في العزف على البيانو. كان موتسارت هو المفضل لديه. لقد عزف مرارًا وتكرارًا السيمفونيات الخامسة، والخامسة والعشرين، والواحدة والثلاثين، والأربعين، والحادية والأربعين، ناقلًا إميليا وستيفان إلى عالم جديد من الأصوات والمشاعر. أحبت إميليا وجود ستيفان بجانبها، واستمتعت بكيفية عزف إميليا على البيانو. أثناء اللعب، فكرت إميليا في بارابوزا ، وفي فترات ما بعد الظهر التي قضتها مع ستيفان ورافي وأديتيا على شرفة منزلها، وفي التجمعات والحفلات مع كالياني وجيثا وسهرا ورينوكا وأصدقاء آخرين. تتذكر إميليا راقصي ثيام وهم يغنون ويرقصون في كافو ، فناء منزلها، والجمهور يهتف لهم. لقد تذكر رحلته الطويلة مع رافي وأديتيا إلى كورج والأيام العديدة التي قضاها مع نساء كورج. فكرت في ستيفان ولقائها الأول معه في جامعة برلين، وفي رحلتها لاكتشاف ألمانيا، وفي عرض زواج ستيفان في حصن هايدلبرغ.

تطورت جميعها إلى سيمفونية موزارت لإميليا: قوية ونشيطة، إيقاعية وإلهية، مزدهرة ورصينة، متألقة ولا تضاهى. بالنسبة لها، كانت الحياة مثل رنين أجراس كاتدرائية القديس بارثولوميو في فرانكفورت: لا نهاية لها ومضطربة. وتذكرت أن والدها كان يأخذها إلى قمة الكنيسة أيام الاثنين، حيث يمكنها رؤية فرانكفورت بأكملها. كان منزله، وهو قصر ضخم، يقع على بعد حوالي كيلومترين من الكنيسة، حيث كانت والدته في الجوقة؛ كان يعزف موسيقى الكنيسة وعلم إميليا العزف على البيانو. وفجأة، فكرت إميليا في منزل والديها، حيث ولدت، وشعرت بأنها مضطرة لزيارة المكان. يشارك رغبته في زيارة فرانكفورت مع ستيفان الذي يستعد للذهاب إلى هناك في اليوم التالي. بعد الإفطار، غادروا شتوتغارت بالسيارة، على بعد حوالي مائتين وعشرة كيلومترات من فرانكفورت، وكان ستيفان يقودها. نظرت إميليا إلى الحقل كما لو كانت تراه لأول مرة وكانت متحمسة كالطفل. شارك ستيفان العديد من القصص حول الحقول الخضراء والأنهار والجسور المتقاطعة والقصور المنتشرة في كل مكان على جانبي الطريق. كانت مدينة فرانكفورت، المركز المالي لألمانيا، تبدو ملكيّة على نهر الماين المهيب.

وبمجرد وصولهما إلى كاتدرائية القديس برتلماوس، أخذت إميليا يد زوجها اليسرى بيمينها وسارت بخفة نحو الكنيسة. وتذكر طفولته ومراهقته الرائعة، عندما كان يدخل مكان العبادة هذا مع أمه وأبيه كل يوم أحد. كانت زيارة الكنيسة مناسبة اجتماعية؛ كان يتطلع إليها لأنه يستطيع مقابلة العديد من أصدقائه في محيطها، وكان بعضهم أعضاء في الجوقة. وكانوا يمارسون ترانيم القداس والمهرجانات ويغنونها في أبهة وبهاء. وكان والده قد أخبره أن ملوك ألمانيا يتم تتويجهم في الكاتدرائية المعروفة باسم لا دوم. أوضحت له والدته أيضًا الانتخابات الإمبراطورية التي أجريت في Wahlkpelle ، وهي كنيسة صغيرة تقع على الجانب الجنوبي من الجوقة. وتم تتويج الملوك على المذبح المركزي. كان من المعتقد اعتقادًا راسخًا أن جزءًا من رأس القديس بارثولوميو قد تم حفظه عند مدخل الجوقة.

أخذت إميليا ستيفان إلى الجوقة، حيث اجتمع أعضاء الجوقة للغناء، برفقة فرقة موسيقية. أظهر لها بفخر البيانو الذي كانت والدته تعزف عليه موسيقى الكنيسة لمدة ثلاثين عامًا تقريبًا، وعزفت إميليا عليه لمدة ثماني سنوات. في سن الثانية عشرة، كانت إميليا في جوقة الحجرة، تغني بدون مصاحبة من الالات الموسيقية، وبعد عام، تم قبولها للعزف على البيانو في الجوقة.

على الرغم من أن والدة إميليا لم تذهب أبدًا إلى جوقة الحفلة الموسيقية، وهو ما كان اختيارًا شخصيًا، إلا أن إميليا أصبحت عضوًا في جوقة الحفلة الموسيقية وأصبحت مشهورة في فرانكفورت. قالت إميليا لستيفان: "كانت جوقة كاتدرائية القديس بارثولوميو عبارة عن فرقة موسيقية اختارتها الكنيسة وشكلتها".

كانت موسيقى الكورال تجربة مثيرة عندما انضمت إميليا إلى الجوقة لتعزف على البيانو مع والدتها. غالبًا ما كانت هناك فرقة موسيقية مضخمة عندما كنت صغيرًا. شجعتها المغنية على الغناء في البداية ثم طلبت منها فيما بعد العزف على البيانو عندما كانت والدتها بعيدة. وكان في العادة واحد وعشرون مطرباً في قداس الأحد، بما فيهم المنشد، يتذكرون إميليا. وفي أيام الأعياد كان عدد المطربين يتزايد عادة، وفي عيد القديس برثولماوس أدى مائة وواحد وثلاثون مغنياً.

قبلت إميليا بيانو جوقة كاتدرائية القديس بارثولوميو. "ستيفان، أنا أحب هذه الجوقة، لقد أعطتني الكثير من الرضا. قالت إميليا وهي تنظر إلى ستيفان: "كانت تلك الأيام الذهبية، مثل أيامنا في فالاباتانام". "أستطيع أن أشعر بمشاعرك، عزيزتي إميليا. أجاب ستيفان: "لقد عدت إلى أيام طفولتك ومراهقتك، عندما كنت تأتي إلى هنا". "من الجميل أن نعود إلى ذكرياتنا. كثيرا ما أفكر فيك وفي اليوم الذي التقيتك فيه في جامعة برلين. قالت إميليا وهي تمسك بيد ستيفان وتقبلها: "لقد كان أسعد يوم في حياتي". قال ستيفان وهو يقبل كفها: "إميليا، أحبك".

"ستيفان، دعني أسألك شيئًا،" قالت إميليا وهي تصعد إلى أعلى الكنيسة، بما أن اليوم كان يوم الاثنين.

أجاب ستيفان: "نعم إميليا".

وقالت إميليا: "سنقوم بإنشاء مدرسة بيانو في المنزل، حيث لدينا بيانو كبير ومساحة كافية".

أجاب ستيفان: "بالطبع سأكون أسعد شخص إذا حققت كل رغباتك".

"يجب أن تكون مدرسة للأطفال من سن العاشرة إلى السادسة عشرة، وهو أفضل وقت لتعلم العزف على البيانو. وأوضحت إميليا: "أحب أيضًا أن أعزف بعض أغاني هم على البيانو وأعلمها للأطفال، الأمر الذي سيكون فريدًا من نوعه". "انها فكرة عظيمة. سنجذب عددًا كبيرًا من الأطفال. يقول ستيفان: "شتوتغارت مدينة تشجع الأطفال على تعلم الموسيقى، فهي تتمتع بتاريخ موسيقي وفني عظيم".

كانوا الآن في أعلى الكنيسة، ومن هناك كان بإمكانهم رؤية جزء كبير من فرانكفورت ونهر الماين يتعرج مثل البرق عبر السحب المظلمة الساطعة قبل الرعد. انظر للخارج. يمكنك رؤية منزل والدي. قالت إميليا وهي تشير إلى قصر أنيق على مسافة: "الآن أخي وعائلته موجودون هناك". قال ستيفان: "نعم، أرى ذلك". "سنزوره ونلتقي بأخي وعائلته. لقد قمنا بزيارة المنزل مباشرة بعد زواجنا وست مرات عندما زرنا ألمانيا من مالابار،" تذكرت إميليا لستيفان. "أتذكر كل شيء. لن أنسى أبدًا أي شيء حدث بعد لقائنا الأول. وقال ستيفان: "كانت تلك الأحداث هي الأكثر إثراءً في حياتي، وأنا وأنت لا نستطيع أن نتخيل حياة منفصلة عن بعضنا البعض".

نظرت إميليا إلى ستيفان وفكرت للحظات، وقالت: "بالنسبة لي، أنت أعظم كنز، وسوف أتخلى عن أي شيء من أجلك". كان رد فعل ستيفان: "إميليا، أشعر بملء الحياة فيك. إنه شعور لا أستطيع التعبير عنه بالكلمات. رد ستيفان قائلاً: "إنها تجربة حميمة". قالت إميليا وهي تنزل:

"الآن، دعنا نذهب لزيارة أخي وعائلته". ساعدها ستيفان على النزول، وكان حذرًا في كل خطوة. كان المنزل عبارة عن قصر أبيض، ضعف حجم منزل ستيفان وإميليا في شتوتغارت. وكان شقيق إميليا، أليكس شميدت، وزوجته ميا، في المنزل. عانق أليكس إميليا وستيفان بمحبة، وعانقت ميا إميليا وقبلتها. لقد تحدثوا لفترة طويلة، خاصة عن والديهم الراحلين. طلبت ميا وأليكس من إميليا وستيفان الانضمام إليهما لتناول طعام الغداء، وتم تقديم الطعام على أطباق فضية لامعة. كانوا يأكلون يخنة لحم البقر المشوي، ومفاصل لحم الخنزير، والنقانق المشوية، وفطائر البطاطس، والمخلل الملفوف، ونودلز البيض، والحلوى. لم يتم تقديم النبيذ أو البيرة، ولكن تم تقديم القهوة الساخنة بعد تناول الطعام.

حوالي الساعة الخامسة بعد الظهر، أرادت إميليا وستيفان المغادرة. "إميليا..." دعا أليكس. "نعم يا أليكس؟" ردت إميليا. "لديك جزء من ممتلكاتنا. لقد أصدر آباؤنا وصية، بإعطائك نصف أصولهم. أنا فقط أدير الأمر من أجلك. قال أليكس: "يمكنك المطالبة بها في أي وقت". أجابت إميليا: "سأخبرك عندما يحين الوقت". عانقت إميليا أليكس وميا وقبلت خدودهما، وصافح ستيفان يدي ميا وأليكس. رحلة العودة كانت ممتعة. شاركت إميليا ستيفان العديد من الحكايات عن والديها الراحلين وطفولتها ومدارسها وجامعتها. حوالي الساعة الثامنة صباحًا، وصلوا إلى منزلهم في شتوتغارت.

لاحظ ستيفان تغيرات تدريجية في صحة إميليا وبدأ يشعر بالقلق عليها. وبمرور الوقت، أصبحت إميليا متقلبة المزاج وحزينة، وكانت حياتها مليئة بفترات طويلة من الصمت. كان يفتقد الناس أكثر من هم ، وشعر ستيفان بالأسف لرؤية زوجته على تلك الحالة. كان يقضي ساعات طويلة مع إميليا لإسعادها وإحياء روحها الضعيفة وحماسها ورغبتها في الحياة السعيدة. جلس معها وقرأ سيدهارتا ، كما كانت تحب هيرمان هيسه. على الرغم من أنها قرأت الكتاب عندما كانت طالبة، إلا أن قراءة ستيفان لها أعطته سحرًا فريدًا، وفي بعض الأحيان كانت هناك معاني واكتشافات جديدة.

غوتاما، بطل رواية سيدارتا، لم يكن بوذا، بل فكر إميليا البوذي. لقد وجد الطريق إلى التنوير من خلال إنكار وجود كائن لا نهائي، مما شجعه على الاعتقاد بأن كل فرد يمكنه تحقيق الوعي والهدف في الحياة. كما قرأ ستيفان ماير، تجول عقل إميليا في أماكن بعيدة في كانور ومانغالور وكوداجو. تساءلت إميليا عما إذا كانت المستيقظة هي الحقيقية أم الخيالية. بدأ الجدال لإثبات أن حياته في مالابار كانت خيالية، وهو ما لم يحدث أبدًا. ناقشت إميليا الفرق بين الحقيقي وغير الحقيقي وما إذا كان من الممكن وجود الحقيقي والدقيق. وشيئًا فشيئًا، اعتقد أن الحقيقي والخيالي هما نفس الشيء، حيث أن الفروق اندمجت في واحدة، ومحاولة العثور على المزيد من الاختلافات لا معنى لها. بالنسبة لإميليا، فقدت المفاهيم معناها، ويمكن للأفكار أن تحمل أي هوية خاصة بها، كما هو الحال في "ثيام" . لقد وجد صعوبة في فصل الحقيقي عن الأسطوري في هم ، لأن كلاهما متماثلان. عندما أصبحت الأسطورة حياة، أصبحت الحياة أسطورة. ومن ثم كانت رحلة إميليا إلى مالابار هي تجربة *الثيام* والالتقاء بنفسها والبشر المتوفين الذين أصبحوا آلهة وأساطير محلية. بالنسبة لها، كالياني، رينوكا، جيثا، سوهرا، مادهافان، رافيندران، أبوكوتان، كونجيرامان، مويدين وغيرهم أصبحوا أيضًا فولكلورًا، وأطلقت عليهم إميليا اسم أساطير فالاباتانام.

واصل ستيفان قراءته، وبين ذلك، طرحت إميليا أسئلة محددة، أجاب عليها ستيفان بصبر على كل استفسار من استفساراتها. "هل كان بوذا شخصًا حقيقيًا أم أسطورة؟" سألت إميليا. "غوتاما،

المعروف أيضًا باسم سيدهارثا، كان أمير كابيلافاستو في نيبال. ترك مملكته، وتجول في جميع أنحاء ولاية بيهار، وجلس تحت شجرة أثاب وتأمل لسنوات حتى بلغ التنوير. تحدث عن الحياة والولادة والمرض والألم والشيخوخة والموت. ويقول البعض أنه كان ملحدا. بالنسبة لي، بوذا أضاء الوعي البشري. في وقت لاحق، حولها الناس إلى أسطورة"، أجاب ستيفان.

"هل كان غوتاما في رواية "سيدهارتا" لهيرمان هيسه هو بوذا؟" سألت إميليا.

يقول الكثيرون أن الغوتاما في رواية هيرمان هيسه "سيدهارتا" لم يكن سيدهارتا، بل بوذا،" يرد ستيفان ماير.

"هل من الممكن بالنسبة لي أن أصبح بوذا؟" سألت إميليا.

أجاب ستيفان ماير: "لكي تصبحي بوذا، أنت بحاجة إلى التنوير؛ وللقيام بذلك، يجب عليك أن تتخلى عن زوجك وترفض العالم".

قالت إميليا وهي تعانق زوجها: "لن أتركك أبداً، حتى لو رفضت العالم".

"احبك كثيرا. لا أعرف إذا كنت أنا حقيقيًا، أو أنت حقيقيًا، أو كلانا حقيقيًا. نحن نصبح حقيقيين فقط عندما نكون معًا. قالت إميليا بصوت فلسفي: "في الانفصال، لا يمكننا الوجود". فكر ستيفان ماير لفترة طويلة في كلماته. بالنسبة لها، الحقيقة الوحيدة هي وجودهما معًا.

من وقت لآخر، ذهب ستيفان وإميليا إلى وسط شتوتغارت ليلاً. روى ستيفان قصصًا عن أصل مدينة شتوتغارت وآثارها وأنهارها ومناظرها الطبيعية ومؤسساتها. في المساء، قادها إلى نهر نيكار، لأن إميليا كانت تحب رؤية المياه تتدفق، مثل نهر بارابوزا في فالاباتانام. سأل عن مشاعر جوتاما تجاه نهر الجانج ولماذا ظل صديق طفولته جوفيندا هو الملاح حتى بعد سنوات عديدة. وأوضح ستيفان أن غوتاما وغوفيندا يمثلان الجنس البشري، ويشكلان شخصًا واحدًا ذو وجهين. كانت القصة تدور حول اكتشاف الذات، ورحلة إلى الداخل واكتشاف معنى وجود الفرد. يمثل نهر الجانج الخلود، والقارب، حياة الإنسان. وعلقت إميليا قائلة: "لذلك كان غوتاما وغوفيندا صديقين مثلي ومثلك، ومع ذلك كانا متساويين". "في الواقع، مثلي ومثلك، كانوا شخصًا واحدًا. ولا يمكن فصلهما، حتى لو كان لهما اسمان. سافر غوتاما في جميع أنحاء الهند مثل سيدهارتا، بوذا، وكان لديه تجارب جديدة ووعي جديد، ومع ذلك كان هو نفسه غوتاما. ظل جوفيندا هو الملاح. وقال ستيفان: "لقد تجاوز الزمان والمكان والحركات والموت وأصبح بوذا". "ستيفان، بما أن الفردية هي جوهر سيدهارتا، فلنصبح بوذا." وضعت إميليا يدها على رقبة ستيفان وتحدثت. "إميليا تتطور كطفلة ونحو البلوغ. وقال ستيفان ماير في ذهنه: "على الرغم من أنها شخصية فريدة من نوعها، إلا أنها لا تستطيع فصل نفسها عن زوجها، وهذه معضلة". "دعونا نحاول. أجاب ستيفان: "الحياة في كل مكان هي اكتشاف للذات، وبحث، وإدراك، وفي النهاية، نصبح جميعًا بوذا بطريقتنا الخاصة".

أرادت إميليا السفر إلى كالف، مسقط رأس هيرمان هيسه. وفي السيارة، أخبر ستيفان أن هيرمان هيسه كان يريد السفر إلى الهند واستقل قاربًا، لكنه ذهب في النهاية إلى إندونيسيا والمالايا. ولم يتمكن أبدًا من الوصول إلى مالابار، حيث كان أجداده، جولي وهيرمان جوندرت، ووالديه، ماري ويوهانس هيس، يعملون لسنوات. فجأة، تذكرت إميليا زيارة إليكونو في ثلاسيري مع ستيفان، في مقر إقامة جوندرت. وذكّر ستيفان بمدى دهشته عندما رأى العمل الذي قام به آل جوندرت باللغة المالايالامية. فجأة، أدرك ستيفان أن إميليا تتمتع بذاكرة حادة طويلة المدى، وأنها تقدر كل حدث في أصغر أشكاله، وتعيش في عالم من الذكريات.

في كالف، زارت إميليا وستيفان متحف هيرمان هيسه. كانت إميليا متحمسة جدًا لرؤية جميع الكتب التي ألفها مؤلفها الألماني المفضل واشترت نسخًا من روسشالده وجيرترود وديميان ونولب . توجهوا إلى مسقط رأس هيرمان هيسه، وبقيت إميليا صامتة لفترة طويلة. ثم أعرب عن رغبته في زيارة ناغولد، حيث ألهمه هيسه بالكتابة عن نهر الجانج وملاح جوفيندا. على شاطئه، قالت إميليا لستيفان: "نهر ناجولد ينضم إلى نهر إنز، وأيضًا في الحياة جميع الأحداث مترابطة وتتدفق إلى الأبد". استمع إليها ستيفان بحب واهتمام عميق، مدركًا أن إميليا لديها رؤى جديدة.

بعد قراءة سيدهارتا ، طلبت إميليا من ستيفان أن يقرأ روشالدي ، لأنها كانت تحب أن يجلس بجانبها في القراءة. وبينما كان يقرأ نظرت إلى وجهه واندهشت من تعابير وجهه. لقد أحب صوتها ونغمتها ولهجتها لأنها كانت غنية وطبيعية. وكان يستمتع بالجلوس بجانبها لساعات طويلة، وأحياناً حتى الغداء. لقد دمرت قصة روسشالدي إميليا، ومع ذلك أرادت أن يقرأها ستيفان لها مرارًا وتكرارًا. لقد كانت قصة رجل متزوج ممزق بين التزاماته تجاه زوجته وابنه الصغير وشوقه إلى التجارب الروحية خارج نطاق عائلته، بعيدًا عن ممتلكاته، روسشالد .

عندما قرأ ستيفان روشالد ، جلست إميليا بالقرب منه، وأحاطته بيدها اليمنى حتى لا يهرب منها مثل يوهان فيراجوث، بطل القصة، الذي تخلى عن زوجته وممتلكاته الفخمة. انفصل فيراجوث عن زوجته، الفنانة الناجحة، لكنه أحب ابنه الصغير. لقد أراد أن يكبر ابنه ويرث ثروته، ولكن وقعت المأساة وتركته علاقته الوحيدة مع روشالدي إلى الأبد. أخيرًا، تخلى فيراجوث عن زوجته وأصوله. ثم سافرت إلى الهند لتختبر المعنى الحقيقي لوجودها، وجرحت القصة إميليا لأن يوهان فيراجوث تخلى عن زوجته. "ستيفان، لا يمكنك أبدًا أن تكون يوهان فيراجوث، ولن أسمح لك أبدًا أن تتركني،" قالت إميليا في ذهنها.

بعد أن شعر ستيفان بضيقها، احتضنها وأخذها إلى وجهات مختلفة في جميع أنحاء ألمانيا. كانت إميليا مفتونة بالأنهار والقوارب، وكانت تشترك في رحلات القوارب مع ستيفان. قاموا بجولة في وسط ألمانيا في رحلات بحرية صغيرة على طول نهر الراين والدانوب في النمسا، من برلين إلى براغ على نهر إلبه. شاهد المياه تتدفق نحو البحر وفكر في غوتاما وجوفيندا ويوهان فيراجوث. كان ستيفان دائمًا على استعداد لتلبية كل رغبات إميليا، وكان يعلم أنها كانت تتغير وتتطور إلى فتاة منذ حياتها البالغة. طلبت إميليا من ستيفان أن يواصل قراءة الكتب الأخرى التي اشتراها من المتحف. أثناء القراءة، أعادت إميليا إنشاء القصص، وتخيلت المناظر الطبيعية مع السهول والوديان والأراضي الجديدة والأنهار والتلال والأشجار ذات الأوراق الطازجة. شيئًا فشيئًا، حلقت إميليا فوقهم بمفردها، ونسيت حتى حبيبها ستيفان. في العالم الجديد الذي خلقته، لم تعد إميليا تشعر بالوحدة، بل عاشت وجودًا بلا أحاسيس أو مشاعر أو وعي بالبرد والظلام. The Barapuzha ، منزله على الشاطئ، Theyam والراقصين، Aditya و Ravi، أصدقائه ومعارفه، والإقامة في Kodagu و Mangalore تلاشى في غياهب النسيان ولم يظهروا مرة أخرى. كانت إميليا تتغير عقليا ونفسيا.

عندما عاد رافي من كوتشي بعد تدريب لمدة عام مع أحد كبار المحامين، لاحظ التغيرات التدريجية التي طرأت على والدته. لقد اهتمت بجميع مهام الطبخ والتنظيف والغسيل في المنزل مع ستيفان. أحببت إميليا دوسا وفادا وأوبما وأبام ومين كاري التي أعدها رافي لتناول الإفطار. وفي الوقت نفسه، كان رافي قد التحق بدورة دراسية في قانون حقوق الإنسان مدتها عام واحد في إحدى الجامعات، وكان يفضل التنقل من المنزل كل صباح للبقاء مع والديه. في فترة ما بعد

الظهر، عندما يعود من الكلية، كان رافي يحمل والدته بين ذراعيه ويغني لها التهويدات باللغة المالايالامية، والتي كانت إميليا تحب سماعها مرارًا وتكرارًا. غالبًا ما كان يأخذها للتنزه عبر الممرات الطويلة لفندق ماير هيرينهاوس.

أثناء الغناء، كانت إميليا تنام أحيانًا في يد رافي، الذي كان يضعها ببطء في سرير ويجلس بالقرب منها ليراقبها وهي تنام. عندما كانت مستيقظة، تطلب إميليا من رافي أن يغني تهويدات مختلفة، مثل "Pattu Paadi"، و"Kannum Poottiurnaguka Kunje"، و"Kanmaniye Karayathurangumo"، و"Urakkam Njan Ambadi"، و"Thannilorunni"، و"Aaraaro Aariraro". أحب رافي أن يكون دائمًا مع والدته وكان مهتمًا بارتداء ملابس نظيفة وأنيقة. كان هناك فرح في تصرفاته، وكان يعانق والدته مرارا وتكرارا بحب لا حدود له. أخذ ستيفان ورافي إميليا إلى أفضل الأطباء في شتوتغارت واكتشفوا أنها تعاني من الأعراض الأولية للخرف. شيئًا فشيئًا، ظهرت علامات التدهور الواضحة. بدأت إميليا تنسى المعلومات، وتتجاهل أسماء رافي وستيفان، وتفقد تتبع التواريخ ومعاني الأحداث في حياتها. واجهت إميليا صعوبة في وضع الخطط اليومية ووجدت صعوبة في الطهي بنفس الوصفة والتركيز على التفاصيل. لم أكن أعرف كيف أحسب النقود عندما زرت المتاجر مع رافي وستيفان. توقفت إميليا عن القيادة لأنها نسيت القواعد ولم تعرف كيف تميز بين القابض والفرامل. شيئًا فشيئًا أصبح مشوشًا وسرعان ما ضاع.

استشار ستيفان أخصائيي الخرف في شتوتغارت، وبعد اختبارات متكررة، قرروا أن إميليا ظهرت عليها العلامات الأولى لمرض الزهايمر. وجد ستيفان ورافي أن الأمر لا يطاق، وانتهى عالمهما فجأة. أعلن الطبيب: "لا يوجد علاج". "في بعض الأحيان يمكن أن يؤدي العلاج إلى تفاقم البداية." ولم يكشفوا عن استنتاجات الأطباء لإميليا، ولم تبد اهتمامًا بمعرفتها أيضًا. نسيت إميليا أين ذهبت وإذا كان ستيفان أو رافي معها. كانت كيفية وصولها إلى مكان معين مشكلة بالنسبة لها مرة أخرى. وجد أنه من الصعب للغاية الحكم على المسافة. كان الأمر الأكثر إيلامًا هو روتينها اليومي، وكانت إميليا بحاجة إلى المساعدة في الذهاب إلى الحمام. لم تعد قادرة على القراءة أو الكتابة، وقرأ لها ستيفان ورافي، لكنها لم تستطع التركيز لأكثر من دقيقة ولم تفهم ما سمعته. شيئًا فشيئًا، فقدت إميليا القدرة على تمييز الألوان، ولم يعد هناك أي معنى. لقد وقع في حالة نباتية تقريبًا.

كان رافي يقضي ساعات طويلة مع والدته، منذ الصباح الباكر وحتى وقت متأخر من الليل. عندما غادرت إلى الكلية، اعتنى بها ستيفان. اضطر رافي لزيارة عدة أماكن، خاصة في الهند، لاستكمال دراسته حول عمالة الأطفال وما ينجم عنها من انتهاكات لحقوق الإنسان. أخبره ستيفان ماير أن رافي يمكنه العودة إلى الهند لجمع البيانات لمدة شهرين. قال ستيفان إنه سيعين ممرضتين منزليتين لرعاية إميليا.

الفصل السابع: قصة حب ومكالمة في أوبسالا

عاد رافي إلى كوتشي وقام بجمع البيانات من مختلف محلات الشاي والمطاعم والمستشفيات والشركات الهندسية وورش العمل والمكاتب والمزارع والمصانع في ولاية كيرالا. ولم يكن من الصعب عليه العثور على مائتين وخمسين طفلاً تتراوح أعمارهم بين العاشرة والسادسة عشرة يعملون في عمالة الأطفال. على الرغم من أن رافي شعر بالغضب بسبب الوضع، إلا أنه لم يتمكن من تصحيحه. عندما أنهت بحثها في الجامعة، قررت العودة والنضال من أجل العدالة للأطفال. لقد كان قرارًا حازمًا، وضحى رافي بكل راحته لتحقيق هدفه.

بعد جمع البيانات، عاد رافي إلى شتوتغارت. وجد أن حالة إميليا قد ساءت، على الرغم من أن ممرضات المنزل كانوا يقومون بعمل جدير بالثناء في الاعتناء بها. أمضى ستيفان معظم وقته مع إميليا، يطعمها يدويًا، معتقدًا أنها أصبحت إميليا. لم يكن وجهه يعكس الحزن، لكنه ظل صامتا. وأجرى رافي التحليل الإحصائي وتفسير البيانات الخاصة بهم، والتي أشارت إلى أن الفقر والأمية ونقص الوعي الأبوي أجبر الأطفال على عمالة الأطفال. وفي كثير من الحالات، أجبر الأطفال على أن يصبحوا عمالاً؛ تم اختطاف العديد منهم ونقلهم إلى أماكن بعيدة حيث عملوا كرها كعبيد. كانت ظروفهم المعيشية مثيرة للشفقة. ولم يحصلوا في كثير من الأحيان على ما يكفي من الغذاء وكانوا يفتقرون إلى المرافق الطبية. ونتيجة لذلك، يفقد الأطفال طفولتهم وأصدقائهم. ولم تتح لهم قط فرصة اللعب مع أطفال آخرين، وتعرضوا لعقوبات بدنية قاسية، بما في ذلك الركل والضرب بالعصا أو العصا، كما حرموا من الطعام والنوم. ومن النتائج المهمة الأخرى أن الاتجار بالأطفال جزء لا يتجزأ من عمل الأطفال، وأن الأطفال يُستخدمون في كثير من الأحيان كقنوات لتهريب المخدرات. بدأ العديد من الأطفال في تعاطي المخدرات وماتوا في سن مبكرة. ألزم رافي نفسه بمحاربة عمالة الأطفال أثناء إكماله لدبلومه في قانون حقوق الإنسان لمدة عام واحد. وقبل عودتها إلى الهند، اتصلت بالعديد من المنظمات غير الحكومية والمنظمات الدولية لمناقشة النتائج التي توصلت إليها بشأن عمالة الأطفال وكيفية منعها وإلغائها. وقد شجعته المنظمات غير الحكومية ودعمته كثيرًا في مشاريعه المستقبلية.

بعد حصوله على شهادته، بقي رافي مع والديه لمدة شهر آخر لمساعدة والدته. مرة أخرى، بدأ في حملها، لكن إميليا لم تشعر بأي شيء. سار رافي عبر الممرات وخرج إلى شرفة قصره الضخم، لكن إميليا لم تتفاعل ولم يكن هناك أي تعبير على وجهها. لم تختبر وجود رافي أو حبه لها لأنه كان يحملها بمحبة شديدة. بدأ رافي في غناء التهويدات من الأفلام المالايالامية القديمة، وهي المفضلة لديه من فالاباتانام. كانت تستمع إليهم في أوقات فراغها، وتجلس على شرفة منزلها وتشاهد الزوارق والقوارب في نهر بارابوزا . أدرك رافي أن والدته لم تكن على علم بأي شيء، ولا حتى بوجوده. ومع ذلك، غالبًا ما كان رافي يعانقها بمحبة، لأن حبه لها كان لا يقدر بثمن.

لقد حان الوقت لمغادرة رافي إلى الهند، وأخبر ستيفان ماير ابنه أنه سيعتني بكل شيء. بالإضافة إلى ذلك، كان هناك ممرضتان منزليتان لرعاية إميليا. ذكّر ستيفان ابنه أنه من الضروري بالنسبة له أن يبني حياة مهنية ناجحة. المهنة التي اختارتها أتاحت لها العديد من

الفرص لمساعدة المضطهدين، لكنها كانت بحاجة إلى التزامهم الكامل ودعمهم المستمر. "يتم استغلال الأطفال العاملين في ولاية كيرالا بشكل كبير. وقال ستيفان لابنه: "لا يهتم بهم أحد، ولا حتى السياسيين والمنظمات الدينية، لأنهم ليسوا بنكًا للأصوات أو مجموعة من المؤمنين الأثرياء". عانق رافي والدته وقبل خديها. أمسك بوالده وقال "وداعا".

بعد عودته إلى كوتشي، بدأ رافي ممارسة المهنة في محاكم المنطقة والمحاكم العليا. أخذ حالات عمالة الأطفال وبدأ في الاتصال بهم في محلات الشاي والمطاعم على جانب الطريق، والتي كانت متوفرة بكثرة في جميع أنحاء ولاية كيرالا. سافر كثيرًا في جميع أنحاء كوتشي وألابوزا وكوتايام وثريسور لمساعدة الأطفال. بعد ذلك، قام رافي بإعداد تقارير مفصلة مع دراسات الحالة وقدم التماسًا إلى المحكمة العليا باسم PIL (تقاضي المصلحة العامة). أحب رافي أن يطلق على هذه القضايا اسم "التقاضي للعمل الاجتماعي"، أو SAL، لأنها تمثل مشاركة المجتمع في حماية حقوق الإنسان ومنع الانتهاكات. نظرًا لعدم وجود أحد لدعم رافي ماليًا، كان عليه أن يعمل ليلًا ونهارًا. أسفرت جميع القضايا المرفوعة أمام المحكمة الجزئية والمحكمة العليا تقريبيًا عن نتائج إيجابية لصالح الأطفال العاملين، وكان رافي سعيدًا. وتشكل عملية إعادة تأهيل الأطفال صعوبات خطيرة. وكان اللقاء مع جمعيات حماية الطفل والدوائر الحكومية المسؤولة عن الحماية والرعاية والترميم هرقولا.

وفي كثير من الحالات، كان المسؤولون فاسدين. في بعض الحالات، دعموا مقاهي الشاي أو أصحاب المطاعم أو الصناعيين وخلقوا العديد من العقبات أمام رافي لتنفيذ الحكم لإعادة تأهيل الأطفال بشكل فعال. في هذه العملية، صنع رافي المزيد والمزيد من الأعداء الذين انتهكوا حقوق الإنسان للأطفال. ولدهشته، وجد رافي أن معظم السياسيين يدعمون ويشجعون الجناة. بدأ رافي في التعامل مع الحالات الفردية لكسب المال من أجل البقاء، وتمويل مطالباته، وأعمال إعادة التأهيل المباشرة. لقد كان يطالب بشدة بعدم جر أي طفل إلى مستنقع الرذائل الاجتماعية والسياسية والاقتصادية بمجرد إطلاق سراحه من قبل المحكمة. كانت حجج رافي معدة جيدًا، وموضوعية، ودقيقة، ومستندة إلى القانون، ولم يلعب أبدًا على العواطف والتعاطف. لقد اهتم كثيرًا بشرح أحكام دستور الهند والإعلان العالمي لحقوق الإنسان. وجد محامو منتهكي الحقوق صعوبة في دحض حجج رافي، التي كانت دائمًا مقنعة ومبنية على العقل. أحب جميع القضاة الاستماع إلى رافي، الذي بنى قضيته حول القانون، الذي لا يهزم من قبل خصومه. اتخذ القضاة، في معظم الحالات، قرارًا إيجابيًا. وسرعان ما أصبح رافي محاميًا مطلوبًا، وكان هناك دائمًا حشد من الناس في الغرفة لسماع حججه. حتى كبار المحامين وجدوا الوقت للحضور عندما ناقش رافي قضية ما.

تدريجيًا، كشف رافي عن انتهاكات جسيمة لحقوق الإنسان للأطفال في المصانع التقليدية والصناعات المنزلية والقطاعات الزراعية ووحدات تجهيز الأسماك والمدارس والمنازل. قامت العديد من العائلات في جميع أنحاء ولاية كيرالا بتوظيف أطفال تتراوح أعمارهم بين العاشرة والسادسة عشرة للقيام بالأعمال المنزلية لمدة تتراوح بين عشر إلى اثنتي عشرة ساعة يوميًا مقابل أجر زهيد. علاوة على ذلك، لم يحصل العديد من هؤلاء الأطفال على ما يكفي من الطعام أو الراحة. الفئات الأخرى من الأطفال الذين أجبروا على العمل كخدم في المنازل هم الفتيات والأيتام والأطفال الذين ليس لديهم آباء، وأطفال الأسر غير المنظمة أو الأطفال ذوي الإعاقات المختلفة. نزل هؤلاء الأطفال مع بعض العائلات وأقاموا معهم طوال النهار والليل. كان عليهم أن يستيقظوا حوالي الساعة الرابعة صباحًا وأن يعملوا حتى الساعة الحادية عشرة ليلاً. إن أعباء العمل الثقيلة مثل تنظيف المنزل، وغسل الأواني، وغسل الملابس، ورعاية

الأطفال، ورعاية الكلاب والقطط والأبقار والجاموس وأحياناً العمل في المزرعة، كانت تستنزف صحة الأطفال تماماً وتفسد سلامهم. وكثيراً ما تعرض الصبي للضرب والعقاب الشديد من قبل المرأة، كما تعرض للاعتداء الجنسي من قبل المراهقين والذكور البالغين. هربت العديد من الفتيات من هذه المنازل، وكثيرًا ما وقعن في أيدي المتاجرين بالبشر ووقعن في تجارة الجسد. بالنسبة لرافي، كانت هذه مشكلة خطيرة. كانت هناك الآلاف من مثل هذه الحوادث، وكان رافي يصادف عشرات الحالات كل يوم، لذلك كرس نفسه بالكامل لقضايا حقوق الطفل والشكاوى المتعلقة بانتهاكات حقوق الإنسان.

في بعض المناسبات، قامت المدارس والكليات والجامعات والمنظمات غير الحكومية بدعوة رافي للتحدث عن تجاربه في مجال حقوق الأطفال، وتقاضي المصلحة العامة، والأحكام الدستورية لحماية وتعزيز حقوق الإنسان، وقوانين الاتجار بالأطفال. كانت هناك دائمًا تجمعات كبيرة للاستماع إلى رافي. لقد أتاحت له المؤتمرات والندوات والندوات والمناقشات التي شارك فيها الفرصة للتفكير في القانون وتحليله برصانة. بدأ رافي يتلقى دعوات من منظمات غير حكومية وجامعات أجنبية لتقديم أوراق بحثية حول عمالة الأطفال، ودراسة ومناقشة تداعياتها على تعليم الأطفال ورفاههم الجسدي والعقلي. دفعت المنظمات غير الحكومية مكافآت مجزية، مما ساعد رافي في تمويل برنامج العزل السياسي وبرامج إعادة تأهيل الأطفال. بدأ رافي بزيارة جنيف وكوبنهاجن وهلسنكي وأوسلو للمشاركة في الأنشطة الأكاديمية والبحثية.

التقى رافي ذات مرة بأمو في مطار كوبنهاغن، وقد غيّر اللقاء مجرى حياته تمامًا. حتى بعد عودته إلى كوتشي، استمر رافي في مقابلة أمو كلما أراد رؤيتها، وكانت هذه الرغبات تتزايد كل يوم. لقد استمتع بالاستماع إليها ومشاركة حالاتها، ووجد رافي في عمو رفيقًا لطيفًا لديه قلب متعاطف مع الأطفال. كشخص، كان رافي يحترم عمو ويعشق قربها وحضورها. لقد كان متحمسًا للتعرف على بحثه عن Kuttern والدقة العلمية التي ينطوي عليها تنفيذها. أصبحت اجتماعاتهم أمرًا منتظمًا، وكان عمو يشتاق إلى رافي. كانت تحب التحدث معه ومشاركة رغباتها العميقة معه. إحدى هذه المناسبات كانت زيارته للأطفال العاملين في مونار.

خططت أمو ورافي لاجتماعاتهما كجزء من عملهما، سواء في مزارعها السمكية التجريبية في كوتاناد أو أثناء جمع الأدلة على عمالة الأطفال في قضايا رافي في المحكمة العليا. لقد اهتموا شخصيًا بعمل وحياة الآخرين، مما جلب الفرح إلى داخلهم. الآن أصبح لديهم من يهتمون به ويحبونه كما لو كانوا ملكهم. لقد كان شوقًا ورغبة في أن نكون متحدين إلى الأبد. كان Ammu و Ravi سعداء بالسفر معًا إلى السويد وألمانيا للمشاركة في حفل تنصيب Ammu في جامعة أوبسالا ومقابلة والدي رافي، إميليا وستيفان، في شتوتغارت. وفي حوالي الساعة الرابعة بعد الظهر، هبطوا في مطار أرلاندا بالقرب من ستوكهولم. لقد حجزوا غرفة في فندق يطل على كونسيرثوسيت في ستوكهولم. لأول مرة، كانوا يقيمون مع شخص من الجنس الآخر. ولكن في هذه الحالة، كان ذلك الشخص هو الشخص الذي سيكون شريك حياته.

ابتسمت أمو وعانقت عزيزها رافي وقالت: "مرحبًا بك في ستوكهولم، وأشكرك على موافقتك على العيش معي لبقية حياتي".

"عمو، لقد أصبح هذا الحلم حقيقة، وأنت حلمي. أجاب رافي: "أنا على استعداد للبقاء معك في أي مكان في العالم". كانت لمسته ناعمة وحساسة حتى لا تؤذي آمو نفسها عندما يضغط عليها على صدره.

"رافي، أنا سعيد جدًا بوجودك."

خرجوا لرؤية المدينة. أما بالنسبة لرافي، فقد كانت زيارته الأولى إلى ستوكهولم، وتوجهوا إلى قاعة الحفلات الموسيقية في ستوكهولم كونسيرثوس. أخبر عمو رافي أن إيفار تينغوم هو من صمم المبنى المهيب المصمم على الطراز اليوناني. تفاجأ رافي بأن قاعة الحفلات الموسيقية تستضيف أكثر من مائتي حفل موسيقي سنويًا. ويضيف عمو: "في عام 1902، تم إنشاء جمعية ستوكهولم للحفلات الموسيقية لعقد حفلات موسيقية منتظمة في المدينة". "كيف يمكن تنظيم العديد من الأحداث في عام واحد؟" سأل رافي. وقال عمو: "السويديون مخططون ممتازون وينفذون خططهم بدقة". وقال رافي وهو يتجول في المبنى: "أستطيع أن أفهم ذلك من خلال عدد الأحداث التي يتم تنظيمها هنا". "المبنى تحفة معمارية تم افتتاحه عام ألف وستة وعشرين. وقال عمو: "إن كونسيرثوسيت يستضيف حفل توزيع جائزة نوبل". أجاب رافي: "من الجميل أن أكون هنا ومعك يا عمو". قال عمو: "أشعر بنفس الشيء يا رافي".

ثم توجهوا إلى مناطق التسوق الرئيسية: Drotinggatan وSturegatternian. وكانت الشوارع مليئة بالناس، كما كان في بداية الصيف. أحب الجميع المشي في شوارع المدينة والشواطئ العديدة والمتنزهات والمتاحف. كانت المطاعم مكتظة، وكأن الحفلة سيطرت على كل شيء. سار أمو ورافي إلى بحيرة مالارين، حيث شاهدا مئات الأزواج يستمتعون بالنسيم ويتجولون جنبًا إلى جنب. كان هناك العشرات من الشباب يعانقون ويقبلون بعضهم البعض. صعد عمو ورافي إلى شوارع نورمالم ونور مالارستراند. كان الناس يحتفلون بقدوم الصيف وكان الكثير منهم يتناولون الطعام في مجموعات صغيرة. يقول عمو: "يتناول السويديون العشاء بين الساعة الخامسة والنصف والسابعة". قال رافي: "لذا، دعونا نتناول العشاء".

ذهبوا إلى مطعم مفتوح على ضفاف بحيرة مالارين. كان هناك الكثير من الناس من كل قارة تقريبًا، وكان البوفيه مفتوحًا. كان لدى أمو ورافي مجموعة متنوعة من كرات اللحم وبرينسكوفار والنقانق الصغيرة وسمك السلمون. لقد جربوا أيضًا Jansson's Frestelse ، المحضر بالكريمة والبطاطس والأنشوجة في طبق خزفي. جلسوا على طاولة ذات مقعدين، وتحدثوا عن الحياة الليلية وجمال ستوكهولم.

يقول عمو: "تعد السويد واحدة من أكثر الدول أمانًا في العالم".

يقول رافي: "لقد سمعت أن السويديين مسالمون وصادقون".

"متأكد جدا. لقد واجهت ذلك،" أجاب عمو.

بعد العشاء، تحركوا مع الجمهور عبر Biblioteksgatan وBondegatan وعادوا إلى الفندق في الساعة التاسعة والنصف. كانت الغرفة دافئة واسترخوا وهم يشاهدون هيئة الإذاعة البريطانية. "عمو، لقد كانت نزهة لطيفة. ستوكهولم رائعة، والجانب الإنساني ملهم. وعلى الرغم من أنها مدينة صغيرة، إلا أن العديد من السياح والزوار يأتون إليها من الخارج. وقال رافي: "أشعر بالسعادة لوجودي هنا ومتحمس لوجودي معكم". جاء عمو وجلس معه على الأريكة، وأخذ يده وقبل كفه. قال: "أنا أحبك يا رافي". وضع رافي يده خلف ظهر عمو، وأمسك بها وقبلها ببطء. كانت إيماءته دافئة ولطيفة، وشعرت آمو بأن رافي أصبح واحدًا معها. دخلت شفتيه إلى فمها وامتصت لسانها، فشعرت بحميمية عميقة وكأنها تختبر رجلاً بداخلها. عمو لم ترغب في فتح شفتيها. كان يعتقد: "دعه يبقى هناك لفترة طويلة". "أرجو أن تتذوق رافي وتدور بقوته وقوته وحبه."

وقفا ببطء، وأمسكها رافي بالقرب من قلبه. كان يسمع نبضات قلبها، التي كانت إيقاعية وحيوية، وكانت تعلم أن قلبها الثمين كان يضخ المزيد من الدم إلى جسدها من الرأس إلى أخمص القدمين. كان بإمكان رافي أن يشعر بتنفسه ويشعر بالهواء الساخن في أنفه. ثم حملها ببطء وأمسكها بين يديه القويتين. لقد شعر وكأنه يختبر كامل وجوده بداخله ويندمج معها كشخص واحد. "عمو..." دعا. "رافي ستيفان..." أجابت قائلة اسمه. قال: "أحبك يا حبيبي". فأجابت: "أنا أحبك أيضًا". كانت كلماتها مثل زقزقة عصفور، وأدرك رافي أن رائحتها غريبة ولكنها لطيفة، حسية للغاية. ضمها بلطف إلى صدره وتمتم في أذنها: "أحبك يا عمو". كان وجهه قرمزيًا، وأنفه متسع قليلاً، وبدا رائعًا. كان يرى عينيها الكبيرتين المليئتين بالحب والشوق.

فتح عمو أزرار قميصه وقبل صدره. ثم ساعد رافي عمو في خلع ملابسها، وبدت جذابة للغاية. قام رافي بسحب بنطاله الجينز وملابسه الداخلية. خلع عمو قميصه وعانقوا وقبلوا بعضهم البعض بشكل متكرر. لقد شعروا وكأنهم جسد واحد، واندمجت فرديتهم في جسد واحد. حملها بلطف إلى السرير واستلقى بجانبها وأمسكها بالقرب منه. كان Ammu يحاول استكشافه وكذلك كان رافي. لقد كانت التجربة الأكثر متعة التي مروا بها على الإطلاق. دفع رافي نفسه ببطء وقابلته بدفعة حوضية خفيفة. "عمو..." دعا. "رافي..." أجابت.

انضم رافي ببطء إلى Ammu بالكامل، وردت بالمثل بحركات تصاعدية لطيفة ومتساوية. لقد كان تعبيراً عن السعادة القصوى والفرح الأثيري. يمكن أن يشعروا بأرجلهم وأيديهم وأجسادهم تندمج في جسم واحد. وكان جسده كله وأجزاؤه المختلفة نشطة في طرقها. لقد كان اتحاد إنسانين وداخلهما. كان قرب رافي من عمو بمثابة ضجة كبيرة كما لو كان قد اختبرها منذ بداية حياته. وكان الاتحاد تتويجا لوعيهم. فكر رافي في عمو، في وجودها الجميل معه، في اتحادهما ووحدتهما. ثم صرخت آمو فجأة، بأنين ناعم، ذروة النشوة الجنسية، وارتجفت قليلاً بين ذراعي رافي. وسرعان ما ترك رافي نفسه يحمله إلى أعماقها، إلى جوهر حبها. "رافي، أنا أحبك." كان صوته ضعيفًا ولكنه مليئ بالقلق على رفيقه. فأجاب: "أنا أحبك يا عمو". ظلوا معًا لفترة طويلة، يلعقون ويعانقون بعضهم البعض ببطء. وبعد ذلك، نام كلاهما لبعض الوقت. حتى في الساعات الأولى من الصباح، مارس عمو ورافي الحب وأدركا أن الجنس كان قوة موحدة، ساحر ومسكر للغاية لدرجة أنه يوحد شخصين في جسد واحد.

استيقظوا حوالي الساعة العاشرة صباحًا. كان لدى أمو ابتسامة مشعة، وعانقها رافي وقبلها. استعد كلاهما وخرجا لتناول الإفطار. وقضوا اليوم بأكمله في رؤية المدينة وآثارها ومتاحفها وحدائقها. بدت Ammu جميلة في بنطال الجينز والقميص، بينما ارتدى رافي الجينز والقميص. قال عمو: "تبدو وسيمًا جدًا يا رافي". أجاب رافي: "عمو، ليس لدي كلمات لوصف مظهرك الرائع". وفي مطعم في الهواء الطلق، تناولوا وجبة الإفطار المكونة من كناكبرود والبيض المسلوق والبطاطس المهروسة وصلصة الكريمة والتوت البري مع القهوة الساخنة. ثم ذهبوا إلى جاملا ستان لرؤية كاتدرائية ستوركيركان. وقال عمو لدى دخوله الكاتدرائية "اسمها الرسمي هو كنيسة القديس نيكولاس". قال رافي: "الهندسة المعمارية مثيرة للإعجاب والديكور رائع". وأضاف عمو أن "الكنيسة بنيت في القرن الثالث عشر واستضافت العديد من حفلات التتويج وحفلات الزفاف الملكية". "لكنني أعتقد أن تلك الأيام قد مرت. يقول رافي: "يبدو الآن وكأنه مركز أعمال". "عدد قليل جدًا من السويديين يحضرون الخدمات الدينية في تلك الأيام. عدد كبير من الناس ملحدين أو غير مؤمنين. وأضاف عمو: "كثيرون لا يبالون بالدين".

"هذا أمر طبيعي. يختفي الدين خلف الستار عندما يصبح العقل هو العامل الحاسم في الحياة. إن المجتمع المبني على العلم لا مكان فيه لله؛ حتى مفهوم الله لا معنى له، لأن الله لا يمكن أن يكون موضوعًا".

"كان الله ضرورة في مجتمع جاهل وأمي لا يستطيع أن يفكر في العلاقات بين السبب والنتيجة. وأوضح عمو أن الله ضروري أيضًا لمجتمع ليس لديه مفهوم العدالة أو الحرية أو الكرامة الإنسانية.

قال رافي: "أنا أتفق معك".

"في هذه الأيام، تنظم كاتدرائية ستوركيركان الحفلات الموسيقية والعروض مع الفنانين والموسيقى لجمع الأموال. لم تعد هناك عبادة، بل أصبح التركيز على رفاهية الإنسان. ورأى عمو أن "هذا يجب أن يكون هدف الحياة البشرية".

وقال رافي: "عمو، أعتقد أن الإنسان هو أعلى قيمة، ونحن نتطور إلى بشر أفضل لتحقيق العدالة وحقوق الإنسان".

قال عمو: "يجب أن يكون الله خاضعًا للبشر واحتياجات الإنسان".

"لقد وصلنا إلى مرحلة يختفي فيها الله من جميع مجالات الحياة والأنشطة البشرية. قال رافي بقوة: "لا نحتاج إلى الحماية أو الرعاية من أي شخص آخر".

سار Ammu و Ravi إلى القصر الملكي في Kungliga Slottet، مقر إقامة ملك السويد. قال عمو وهم يدخلون الباب الأمامي: "يبدو الأمر مهيبًا". وأضاف رافي: "التصميمات الداخلية رائعة". "هذه هي ريكسالين، قاعة الدولة. قال آمو وهو يشير إلى التاج: "هناك تاج الملكة كريستينا". قال رافي: "إنه عمل معقد". وتابع عمو قائلاً: "إن Ordenssalarna هي قاعة أوامر الفروسية". بالنسبة لرافي، يعد متحف غوستاف الثالث تري كرونور فريدًا من نوعه. وأضاف عمو: "تُعرض هنا بقايا قلعة تري كرونور التي دمرتها النيران". "المعروضات جميلة وتظهر مدى بذل السويديين جهودا كبيرة للحفاظ على المواد ذات الأهمية التاريخية. وأوضح رافي أنه ليست هناك حاجة لاختلاق أساطير حول تاريخ المرء عندما يكون هناك ما يكفي من الأدلة. قال عمو: "أنا أتفق معك يا رافي". ثم استقلوا قارباً للوصول إلى مطعم به حديقة وسط جزيرة صغيرة. كان المطعم ممتلئًا، وطلبوا كرات اللحم وسمك السلمون المتبل مع البطاطس والثوم المعمر والقشدة الحامضة.

ذهبوا بالقارب إلى جزر مختلفة في ستوكهولم، وفي إحداها قدموا حفلاً موسيقيًا حضره حوالي مائتي شخص. على الرغم من أنها كانت قاعة في الهواء الطلق، إلا أن الناس اشتروا تذاكر لمشاهدتها، وأخذ عمو ورافي بطاقات الدخول الخاصة بهما. كانت سيمفونية للكمان، وكانت الأوركسترا مكونة من عازف البيانو وعازف التشيلو الذي يرافق عازف الكمان. أظهرت السوناتا بوضوح مهارات عازف الكمان وتعبيره، واستمرت لمدة ساعة ونصف؛ لقد كانت بلا شك أمسية رائعة. وساد الصمت الجمهور خلال الحفل، وتم التصفيق في نهايته لعازفة الكمان وهي امرأة في الثلاثينيات من عمرها. تناول عمو ورافي عشاءً خفيفًا من كعكة الأميرة والقهوة. لقد استمتعوا بمشاهد وأصوات وألوان ستوكهولم حتى الساعة العاشرة ثم عادوا إلى غرفتهم.

في اليوم التالي، بعد الإفطار، انطلقوا إلى بحيرة إركين، وشعرت آمو بسعادة غامرة، وفكرت في أحد أكثر الأماكن سحرًا التي قضت فيها حياتها. بدت بحيرة إركين رائعة، محاطة بالخضرة وتعج بالحياة. "رافي، انظر إلى بحيرة إركين. إنها واحدة من أجمل البحيرات في العالم. قال عمو: "أنا سعيد جدًا بوجودي هنا معكم". "أنا ممتن لك يا عمو لأنك أحضرتني إلى هنا. أجاب رافي: "يبدو الأمر آسرًا وممتعًا للغاية أن أكون هنا". ثم قدم عمو رافي إلى البروفيسور جوهانسون وعرفه به. كان البروفيسور جوهانسون سعيدًا بلقاء عمو ورافي. أخبرهم أنه سيذهب إلى أوبسالا في اليوم التالي، بعد الإفطار، ويمكنهم مرافقته إذا كانوا متفرغين. شكره عمو على لطفه.

التقت عمو بزملائها والمشرفين على الأبحاث في المختبر وكانت فخورة بتقديمهم إلى رافي. كان رافي سعيدًا بلقاء أصدقاء ومعارف Ammu. قام عمو ورافي برحلة بالقارب في البحيرة. تحدث عمو إلى رافي عن آلاف الأشياء المتعلقة ببحيرة إركين، مثل جراد البحر، والطحالب التي تظهر في الماء، وسلوك البحيرة في المواسم المختلفة، والأيام التي قضاها في جمع البيانات الخاصة برسالة الدكتوراه. وقال آمو لرافي أثناء تناول الغداء في مطعم على الشاطئ: "إركين تعني" من يتألق "باللغة السويدية". لقد خططوا للقيام برحلة بالدراجة حول بحيرة إركين. يتجول المئات من الفتيات والفتيان والشباب حول البحيرة للاحتفال بحبهم وعاطفتهم خلال فصل الصيف. استأجر عمو ورافي دراجة هوائية للتجول حول البحيرة، وكانت هذه الرحلة تُعرف باسم "طريق الفايكنج"، وانطلقت من نورتاليي. جلس عمو بالقرب من رافي واستمتع بالركوب كراكب. مروا بالمنطقة الزراعية المحيطة بقرية لوهاراد واتجهوا غربًا نحو كريستينهولم. وبعد الركوب ببطء لمدة ساعة والاستمتاع بالجمال الطبيعي للمنطقة، توقفوا عند سفانبرجا، حيث كان يوجد مطعم في الهواء الطلق. جاء العشرات من الشباب في أزواج. تناول عمو ورافي بعض الوجبات الخفيفة والقهوة الساخنة. كانت هناك قرية فايكنغ قريبة، وقد قاموا بزيارتها. خلال فصل الصيف، كانت قرية الفايكنج مفتوحة للطلاب والشباب الذين أمضوا أسابيع هناك، لتجربة أسلوب حياة الفايكنج القديم والمشاركة بشكل رئيسي في الحدادة وبناء السفن النموذجية والعديد من أنشطة الفايكنج الأخرى. قام عمو ورافي بجولة في قرية الفايكنج وأذهلوا برؤية براعة الفايكنج في حوض بناء السفن.

وبعد فترة وصلوا إلى المكان الذي توجد فيه أنقاض كنيسة كارل. وقال عمو: "تم بناء تلك الكنيسة ذات الطراز الروماني في القرن الثالث عشر". أجرى بعض الطلاب من جامعتي أوبسالا ولوند دراسات أثرية هناك. بعد وصولهم إلى قرية مرجوم، توجهوا إلى سكالتوربسفاجن. وفي وقت لاحق، دخلوا إلى مركز ريفي يسمى سودربيكارل، حيث تم التنقيب عن سفينة تعود للقرن الحادي عشر ويتم عرضها في المتحف المفتوح. وصلوا إلى المنزل السياحي حوالي الساعة السابعة بعد الظهر، حيث أخذوا الساونا. ثم احتفلوا بمنتصف الصيف مع طبق لحم ضأن مشوي متبل بالأعشاب، وطماطم مشوية، وجوز متبل بالخل البلسمي، والبذور، والكراث المشوي مع الشبت، وسلطة بطاطس الكرنب، وسمك السلمون المقدد، والقهوة الساخنة. ذهبوا إلى الشاطئ ونظروا إلى الأضواء البعيدة وانعكاسها في البحيرة. "عمو، نحن هنا، بعيدًا عن كوتشي، لكننا معًا. هذا هو جمال العلاقة. قال رافي، وهو شاعري بعض الشيء: "حتى عندما نكون بعيدين، فإننا نحمل بعضنا البعض في قلوبنا، وهذا هو جمال الحب". "رافي، نحن مثل الأضواء التي نراها من بعيد؛ في بعض الأحيان، نحن انعكاس لها. من الصعب أن نقول ما هو حقيقي وما هو غير واقعي. ولكن في الواقع، غير واقعي غير موجود. كل شيء حقيقي. بحيرة إركين، والمياه، والأمواج، وجراد البحر في الماء، والأشجار

الضخمة على شواطئها، ونحن الجالسين على هذا المقعد، حقيقية. وأوضح عمو: "نبقى حقيقيين، ويصبح حبنا لبعضنا البعض حقيقيًا".

نظر رافي إلى البحيرة البعيدة وقال: "إن مياه بحيرة إركين بأكملها تشكل بحيرة إركين. الأمواج على الجانب الآخر من بحيرة إركين وتلك الموجودة على هذا الشاطئ هي نفسها. ونحن، الجالسين هنا، الفردان، المندمجان في شخص واحد، نستمر في الوجود كأشخاص مختلفين، وهذا هو الشيء الرائع في العلاقة." "ينشأ الحب عندما يرى فردان نفسيهما في بعضهما البعض، عندما تندمج غرابتهما في الوعي. الآخر في الوحدة. لقد حدث ذلك لنا. وأضاف عمو: "نحن ندرك أننا موجودون بشكل مستقل، لكننا نرى أنفسنا في بعضنا البعض، وأن الوعي هو مركزية حبنا وثقتنا ووجودنا". اقترح رافي: "هناك نسيم بارد، فلنذهب إلى الغرفة." كانت الغرفة دافئة، وعانق رافي Ammu باعتزاز، وقبلته Ammu. ثم مارسوا الجنس في خصوصية وناموا حتى الصباح.

بعد تناول وجبة الإفطار الشهية، انطلق عمو ورافي مع البروفيسور جوهانسون لقيادة السيارة. كانت مساحة الغابة الواسعة جميلة وتعكس حب السويدي الهائل للطبيعة. تألقت أوبسالا في ضوء شمس الصباح. شكر أمو ورافي البروفيسور جوهانسون وغادرا إلى غرفتهما بالفندق. من النافذة يمكنهم رؤية مبنى الجامعة المهيب، الذي يضم كبار الأكاديميين والمثقفين والطلاب الرائعين في الدول الاسكندنافية. لقد نظروا إلى المباني الجامعية المهجورة باللونين الأبيض والرمادي في العصور الوسطى والمباني الجامعية الحديثة. كانت عمو سعيدة بالحصول على درجة الدكتوراه من هذه المؤسسة العظيمة. قال رافي: "عمو، أنا فخور بك". "شكرًا لك رافي على حضورك معي. أجاب عمو: "يشرفني حضوركم". قال وهو يعانقها: "إنه أمر متبادل يا عمو". وقال عمو مشيراً إلى الكاتدرائية المهيبة: "في عام 1625، تم بناء أول مبنى جامعي في الجزء الشرقي من الكاتدرائية". يقول رافي: "في ذلك الوقت، كان التعليم جزءًا لا يتجزأ من الدين". "أنت على حق. وأضاف عمو أن علم اللاهوت كان قسمًا حيويًا في الجامعة. قال رافي: "أنا أفهم".

وقال عمو وهو يشير إلى المبنى الرئيسي للجامعة: "تم بناؤه عام 1880. اليوم، تضم المباني العديد من المدارس والأقسام في جميع أنحاء المدينة. "من كان مهندس هذا الهيكل المهيب؟" سأل رافي. يجيب عمو: "كان هيرمان تيودور هولمغرين مهندس المبنى الرئيسي، ولا يزال هذا المبنى يستخدم للمؤتمرات والحفلات الموسيقية والاحتفالات الجامعية". قال رافي: "يبدو أن طراز المبنى على طراز إحياء الرومانسيك". "أنت على حق، رافي. قاعتها هي بالضبط القاعة الرومانية الرائعة والواسعة. وأضاف عمو أن القاعة الكبرى التي تضمها تتسع لأكثر من ألف وسبعمائة وخمسين شخصًا. قال رافي: "إنه رقم كبير". فوق مدخل المبنى الرئيسي، في القاعة، نُقش اقتباس من توماس ثوريد: "التفكير بحرية أمر عظيم، ولكن التفكير الصحيح هو الأعظم"، قال عمو. "أين تقام مراسم التسليم؟" سأل رافي. وأوضح عمو: "يتم الاحتفال بحفل منح درجة الدكتوراه في القاعة الكبرى مع إكليل الغار، الذي يعتبر أعلى تكريم للطالب، وهو تقليد بدأ مع إنشاء الجامعة".

ارتدت أمو ساري حريري كانشيبورام في حفل التنصيب، وفوق الساري، ارتدت بدلة السهرة التي أهدتها لها الجامعة. قال رافي: "تبدو أنيقًا"، مقدّرًا آمو ببدلة رمادية وربطة عنق حمراء. تم إطلاق تحية المدافع، إيذانًا ببدء الحفل في جامعة أوبسالا، وتلاه العديد من التقاليد والرموز والاحتفالات القديمة خلال حفل المحاضرات. كانت القاعة الكبرى مكتظة ومتألقة. كانت

Ammu هي الشخص الحادي عشر الذي تم استدعاؤه على خشبة المسرح لتسلم خاتمها وشهادتها وإكليل الغار، وكان ذلك بمثابة حلم أصبح حقيقة بالنسبة لـ Ammu وRavi. وبعد مراسم التنصيب، أقيمت مأدبة في قاعة الدولة بقلعة أوبسالا. تمت دعوة عمو للحضور، ووصلت هي ورافي في الوقت المحدد. حضر الحفل حوالي سبعمائة شخص، من بينهم أفراد من العائلة المالكة وكبار المسؤولين في مدينة أوبسالا وطلاب الدكتوراه الجدد وضيوفهم وضيوف الشرف ومرشدي طلاب الدكتوراه وأساتذة الجامعة. كانت المأدبة شأنًا كبيرًا، والتقى عمو ورافي بالعديد من الشخصيات البارزة من جميع أنحاء العالم.

قبل منتصف الليل، وصل عمو ورافي إلى الفندق. قال رافي وهو يعانق عمو: "تهانينا يا دكتور عمو توماس بولوكاران".

ورد عمو قائلاً: "شكراً لك عزيزي رافي ستيفان ماير على حضورك الحفل والمأدبة".

وأضاف رافي: "لقد كان شرفًا وحدثًا لا يُنسى وعلامة فارقة في حياتنا". "في الواقع، رافي. "أنا سعيد جدًا، وأنا سعيد لأنك معي." كانت كلمات عمو ناعمة وقبلت رافي بشغف. عانقها رافي، تعبيرًا عن نفسه المطلقة، وعن مجمل وجوده مع عمو. لقد اختبر وجوده كما لو أن عمو استحوذ عليه، وشاركه ليس فقط أصغر خلايا جسده ومشاعره وعواطفه، ولكن أيضًا إيماءاته وتعبيراته ورغباته وأحلامه.

"أنا أحبك يا عمو. احبك كثيرا. قال رافي: "أنت تتفوق في كل شيء".

قالت وهي تلمس صدره بخفة: "أحبك يا رافي".

في اليوم التالي، بعد تناول الطعام، ذهبوا لمشاهدة معالم المدينة. قال أمو: "نحن ذاهبون إلى كاتدرائية أوبسالا، المعروفة باسم دومكيركا ". وقال رافي: "لقد قرأت أن البناء قد اكتمل عام 1270، وهو أكبر مبنى كنسي في الدول الاسكندنافية". يجيب أمو: "أنت تعرف الكثير عن السويد بالفعل". وقال رافي: "لقد كنت بالتأكيد على اتصال دائم معك خلال الأشهر الستة الماضية، عزيزي عمو". "أنا أعرف الكثير عنك أيضًا، عزيزي رافي. قال عمو: "أعلم أنك ألطف وأجمل شخص في العالم". أجاب رافي: "هذا بسبب قربك يا عمو". قال عمو: "أنت بطلي". "أنت نوري وصوتي، ذوقي ولمسي، مشاعري وضميري. أجاب رافي: "أنت تجعلني إنسانًا". وعلق عمو قائلاً: "إنها كلمات جميلة ومشجعة للغاية ومفعمة بالأمل". "نحن زوجان محظوظان. يقول رافي: "بمجرد عودتنا إلى كوتشي، علينا أن نتزوج". "إنه يجعلني متحمسًا جدًا للتفكير في حياتنا العائلية. كان والداي يحبان بعضهما البعض كثيرًا. ولم يكن لهم وجود آخر غير بعضهم البعض. لم يستطع والدي تحمل وفاة والدتي وسرعان ما تبعها. وأوضح عمو: "لقد تعلمت الكثير منهم". "عمو، يشرفني أن أقابل والديك. لقد كانوا عشاقًا عظيمين. وكان حبهم شديدا. والدي يحبان بعضهما البعض، وليس لدي كلمات لشرح حبهما لبعضهما البعض. لكن حبنا هو خطوة واحدة فوق الحب بين والديك والحب بين والدي. أسميه الحب العميق، وأنا أختبره. قال رافي وهو يعانق آمو: "لا أعتقد أن أي زوجين آخرين في العالم أحبا بعضهما البعض كثيرًا".

لقد كانوا بالفعل في منطقة الكاتدرائية. وعلق عمو قائلاً: "سيستمر حبنا لفترة أطول بكثير من عمر هذه الكنيسة". "سيبقى حبنا للأبد. سيكتب الناس قصائد عن الحب بين عمو ورافي. وقال رافي: "سوف يغنون أغاني عن حبنا لأجيال حتى نهاية العالم". "أعلم يا رافي. وقال آمو: "حبنا عميق وصلب وبعيد المدى وأوسع وأعمق وأقوى وأكثر حيوية وحيوية من الحب بين ديدريك

وأوليفيا". وقال رافي: "حبنا يرضينا عاطفيا وفكريا، وهو معيار العلاقة". ثم وقف أمو عند المدخل الرئيسي للكاتدرائية، وغنى أغنية ديدريك، معبرًا عن حبه الشديد لحبيبته أوليفيا. "عمو، أنا أحبك"، قبل شفتيها لفترة طويلة، وعبر رافي عن مشاعر قلبه. ساروا جنبًا إلى جنب عبر الكنيسة الرائعة. قال رافي: "إنها قوطية فرنسية". "أنت على حق، رافي. "لقد صممه المهندس المعماري الفرنسي إتيان دي بونويل" ، يوضح عمو. ثم أظهر أمو لرافي النصب التذكاري الذي تم بناؤه لداغ همرشولد داخل الكاتدرائية.

ساروا جنبا إلى جنب إلى حافة البحيرة. وبعد ذلك، أخذوا رحلة بالقارب لمدة ساعة. يقول رافي: "إن أوبسالا مليئة بالعديد من المسطحات المائية والمكتبات والمقاهي والمطاعم". ويضيف عمو: "هناك أيضًا حدائق توفر شعوراً بالهدوء العميق والسلام". كان بإمكانهم رؤية المراهقين والشباب والرجال والنساء يسافرون بالدراجات في كل مكان. أخذ أمو ورافي دراجتين وقاما بزيارة جاملا أوبسالا الشهيرة، وهي أماكن دفن أكثر من ثلاثمائة من الملوك والملكات وغيرهم من أفراد العائلة المالكة وأبطال الفايكنج. ومن هناك، ركبوا الدراجة حتى متحف جاملا أوبسالا. انعكست أساطير وأساطير وثقافة الفايكنج في كل قطعة أثرية معروضة هناك.

يصل زوجان في الثلاثينيات من العمر بالدراجات والأمواج إلى Ammu و Ravi. كما استقبلوا الزوجين. اقتربوا وسألوا عما إذا كان عمو ورافي سائحين. وأوضح أمو أنه كان في أوبسالا لحضور حفل المحاضرة، وأن رافي كان ضيفه، الذي حضر البرنامج في اليوم السابق. وأعرب الزوجان عن رضاهما بالمصافحة. سأل رافي إن كانوا سائحين، فأجابت المرأة بأنها وزيرة الثقافة في الحكومة السويدية، وأن رفيقها هو زوجها الذي يعمل مدرساً في مدرسة ابتدائية. ورافقها يوم الأحد إلى المرافق المقدمة للسياح في جاملا أوبسالا. وأبلغهم الوزير أن الحكومة السويدية تريد إبقاء جميع المرافق مرتبة ونظيفة ومناسبة للسياح. وأخيراً شكر الوزير عمو ورافي على زيارتهما لجاميلا أوبسالا. "كان الفايكنج من سكان السويد والنرويج والدنمارك ويتحدثون اللغة النوردية. يقول عمو: "لقد كانوا قوة كبيرة قبل وصول المسيحية إلى الدول الاسكندنافية". "سمعت أن الفايكنج كانوا من كبار بناة السفن. كانوا معروفين بنظافتهم الممتازة، فقد استخدموا سائلًا فريدًا لإشعال الحرائق وحملوه في كل مكان. ودفنوا موتاهم في القوارب. وأوضح رافي أن نساء الفايكنج يتمتعن بنفس الحقوق الأساسية التي يتمتع بها الرجال. وعلق عمو قائلاً: "لقد ساعدتك حقوق الإنسان في معرفة أشياء كثيرة يا رافي". "يعتقد بعض المؤرخين أن المسيحية قضت تمامًا على ممالك الفايكنج في مناطق الشمال. وأشار رافي إلى أن المسيحية تواجه الآن نفس المصير، حيث يظهر أسلوب حياة جديد يحترم حقوق الإنسان والعدالة والحرية والانفتاح بين الشباب.

تناول عمو ورافي العشاء في مطعم عائم عملاق. أكلوا الجبورة ، حساء البازلاء الصفراء، جراد البحر، لحم البقر المشوي، الفطائر السويدية، والحلوى. في منتصف الليل كانوا قد وصلوا بالفعل إلى الفندق. قال آمو لرافي عندما نهض: "رافي، لقد حلمت حلمًا الليلة الماضية". "ماذا كان الأمر يا عمو؟" سأل رافي. "لقد حلمت بي وبك. بعد زفافنا وعبور نهر بيريار، ذهبنا للتجديف بالقرب من ألوفا. كانت المياه شديدة والرياح قوية وكان من الصعب علينا عبور النهر. لكنني لا أعرف إذا كنا قد تجاوزناها. ثم فتحت عيني. وقال عمو "لكنه كان حلما فظيعا". "في الأيام القليلة الماضية كنا نسافر على متن القوارب والعبارات، لذلك من الطبيعي أن تحلم بالنهر. ومن الطبيعي أيضًا أنك حلمت بي وبك معًا. وبطبيعة الحال، فإن عبور النهر خلال الرياح الموسمية في ولاية كيرالا أمر صعب، وخاصة على متن قارب ريفي. وقال

رافي: "بعد زفافنا، سنعبر النهر بالتأكيد بالقارب". قال عمو: "لكن الحلم جعلني أشعر بالحزن". "ليست هناك حاجة للشعور بالحزن. نحن شخصان قويان. لدي بالفعل مهنة ويمكنني كسب ما يكفي من المال بعد حقوق أطفالي وأنشطة ILP لرعاية عائلتنا. علاوة على ذلك، لقد تقدمت بطلب للحصول على وظيفة أستاذ مساعد في الجامعة، وإذا حصلت على وظيفة هناك، سيكون لدينا قاعدة مالية كافية للمضي قدمًا. لذا Ammu، من فضلك لا تقلق،" حاول رافي مواساة Ammu. "لكن رافي، المال ليس كل شيء من أجل حياة آمنة. وهناك عوامل أخرى كثيرة، مثل سلامتنا من الأعداء، الوهميين والحقيقيين. وأوضح عمو وهو ينظر إلى رافي: "باعتبارك محاميًا في مجال حقوق الإنسان، قد يكون لديك العديد من الأعداء الأقوياء، مثل السياسيين والعاملين في الأحزاب وغيرهم من المحامين والصناعيين الذين يجبرون الأطفال على العمل". "أنا أفهم، عمو. يمكن لأي شخص أن يخلق أعداء، معروفين وغير معروفين، أعداء فرديين وأعداء أيديولوجيين، والأعداء الأيديولوجيون هم الأكثر خطورة. لكننا سنعبر نهر بيريار". كانت كلمات رافي مليئة بالأمل.

ابتسمت عمو، ما بدا وكأنه ضحكة عالية، وعانقها رافي، وضمها إلى قلبه. لقد بقوا هناك لفترة طويلة، يستمعون إلى الموسيقى داخل كل واحد منهم. ثم تخيلوا أنهم الشخص الآخر؛ كان Ammu هو رافي، وكان رافي Ammu. لم يتبادلوا أجسادهم فحسب، بل أيضًا مشاعرهم ووعيهم. رأت أمو نفسها كطفلة حديثة الولادة بحبل سري جديد ملفوف بقطعة قماش قديمة ممزقة تحت جسر السكة الحديد. شعرت كما لو أن شخصًا ما قد التقطها بأيدٍ دافئة وناعمة. لقد اختبر رعاية وحماية وحب إميليا وستيفان. يمكنه رؤية رينوكا وأبوكوتان وأديتيا. كان رافي هو الذي سبح عبر نهر بارابوزا في فالاباتانام مع أديتيا. كان كل شيء رائعًا جدًا، ومربكًا للغاية. نشأ مع إميليا وستيفان، وهو يرقص ثيام ، ويحضر "دروس الاستوديو"، ويعمل في المزرعة الزراعية، ويلعب الهوكي. سافرت مدرسة مايكل الأنجلو هندية في كانور مع إميليا وستيفان إلى شتوتغارت. كان Ammu يتحول ببطء إلى رافي، ويتحول ويتطور.

عاش رافي الأمر كما لو كان آمو مع آنا وتوماس بولوكاران. ورأى الثور الأبيض ومعصرة الزيت وقصره. رأى رافي نفسه يحضر الكنيسة مع آنا وتوماس بولوكاران، ويلتقي بالأسقف الذي زار منزله بحثًا عن الهدايا والأموال والتبرعات والنقود. شعر عمو في المدرسة، يلعب مع أصدقائه، ويشهد وفاة والدته، وسقوط والده ودفنه في قبر مخصص للفقراء. شعر رافي بفرحة آمو بالحصول على المنحة الدراسية في جامعة أوبسالا. كان فخورًا بأبحاثه حول بحيرة إركين، وبحيرة فاتيرن، وجراد البحر، ومزرعته السمكية التجريبية في كوتاناد، ولقائه مع رافي في كوبنهاغن، وأول رحلة له بالدراجة من ألابوزا إلى مونار؛ كان كل شيء جميلاً وساحراً. أصبح رافي Ammu، حبيبته Ammu. "آمو،" ناداها رافي بهدوء. أجاب عمو: "رافي". "أنا أنت". "انت انا". قال رافي: "اتصل بي عمو". أجاب عمو: "اتصل بي رافي". "أنا أنت. انت انا". "أنت وأنا واحد. أنا وأنت واحد".

عمو ورافي يقبلان بعضهما لفترة طويلة، دون أن يعرفا من هما أو أين هما، كما لو كانا في بُعد آخر من الحياة ويعيشان تجارب جديدة. لقد كان تحولًا نحو هوية جديدة ومجال جديد للحياة. غادروا وكان الظهر بالفعل. بعد الغداء، زار عمو ورافي متحف لينيوس والحديقة الواسعة التي أنشأها عالم النبات كارل فون لين. كان التجول في الحديقة الرائعة تجربة غير عادية لآمو ورافي. في كتاب الزوار، كتب رافي: "أنا عمو"، وكتب عمو: "أنا رافي". "الحديقة رائعة." كان عمو ورافي سعيدين جدًا برؤية Stadstragarden، "جزيرة النعيم"، التي تضم آلاف الزهور ذات الألوان المختلفة والمثيرة، والمسرح المفتوح القريب. عادوا إلى الفندق

في الساعة العاشرة بعد زيارة House of Bror Hjorth ومتحف Uppland وتناول العشاء في أحد مطاعم الحديقة.

وفي وقت مبكر من اليوم التالي، استقلوا القطار إلى ستوكهولم لحضور مؤتمر دولي. وكانت عمو قد أعدت ورقة علمية بناءً على بحث الدكتوراه الخاص بها، بناءً على طلب منظمي المؤتمر. وكان العرض الذي قدمه عمو أحد المواضيع، وكان عليه أن يقدمه في حفل افتتاح الاجتماع مع ثلاثة باحثين آخرين من الولايات المتحدة وجنوب أفريقيا والفلبين. كان لديه عشرين دقيقة للعرض التقديمي وعشر دقائق لوقت الأسئلة، وكان يتحدث باللغة الإنجليزية. يمكنه أن يشرح بشكل موضوعي كل الشكوك بوضوح وتواضع وكرامة. تلقت عمو بحفاوة بالغة في نهاية العرض الذي قدمته. وخلال الاستراحة التقى العديد من الباحثين والعلماء والأكاديميين مع عمو وتبادلوا وجهات النظر. تلقى دعوات لزيارة وتقديم أوراق بحثية في جامعة ستانفورد، وجامعة أمستردام، وجامعة سنغافورة الوطنية. تلقت عمو أيضًا طلبات للمساهمة بورقتين بحثيتين مختلفتين في المجلات التي يراجعها النظراء، والعمل في هيئة تحرير مجلة دولية عن جراد البحر والكركند. قدم Ammu رافي بفخر للجميع. طوال اليوم، حضر عمو ورافي عدة جلسات للمؤتمر. التقيا بالمنظمين، الذين أعربوا عن رضاهم التام عن العرض الذي قدمته عمو وأبلغوها بأنها ستكون ضيفًا منتظمًا في مؤتمراتهم السنوية المستقبلية.

بعد عشاء المؤتمر، بالعودة إلى الفندق، عانق رافي آمو وقال: "تهانينا عمو، لقد قمت بعمل جيد للغاية. انا فخور بك. اعتقدت أنني كنت أقدم الورقة عندما كنت على المنصة. في هذه الأيام، لا أستطيع أن أخبرك من نفسي، ""عندما كنت جالسًا بين الجمهور، شعرت وكأنني أصبحت أنت. مشاعرك لي ومشاعري لك. أجاب عمو: "قد تكون هذه مرحلة نمو لحبنا". "آمو، في أعلى مراحل الحب، لا يوجد انفصال، حيث يصبح شخصان واحدًا، ومع ذلك هناك الفردية وحب الذات والكرامة. وأوضح رافي أن هذا هو سر الحب. "إنها تجربة الوحدة، ولكي تجربها عليك أن تكون في حالة حب، دون أنانية، ودون شعور بالذات، ولكن هناك فردية الوجود. إنه النمو. أجاب عمو: "إنه التنوير". "أنت على حق، عمو. كانت والدتي تتحدث كثيرًا عن سيدهارتا وهيرمان هيسه. حقق غوتاما التنوير وشعر بالوحدة مع محيطه، ومع صديقه جوفيندا، ونهر الجانج والكون بأكمله. أخبرتني والدتي أن هذا هو الحب، النقي والبسيط. عندما تحب الآخر، تصبح الآخر، والآخر يصبح أنت. عندما ترى نفسك في الآخر، تعلم أن الآخر هو صديقك، وعندما تشعر بالآخر بداخلك، فإنك تحترم الآخر كما تحترم نفسك. ليس هناك انفصال أو تقسيم. عمو، أنا أراك في داخلي دائمًا وأحترمك بما يتجاوز الكلمات؛ بدأ الأمر عندما التقيت بك في مطار كوبنهاغن. "كل يوم تكبر، لأنه ليس هناك سقف أو حدود لنموها،" تمتم رافي، ثم عانقها مرة أخرى وحملها في جميع أنحاء الغرفة.

"رافي، أشعر بحرية هائلة معك وأختبر حريتي يوميًا. إنها السعادة والفرح والانفتاح. وقال وهو ينظر إليه ويبتسم: "إنها الوحدة".

قال رافي سرًا: "عمو، كنت أحمل والدتي بين ذراعي عندما كنت في السادسة عشرة من عمري. بحلول ذلك الوقت، كنت قويًا وبنيًا جيدًا. كنت أغني لها أغاني الأفلام المالايالامية عندما كانت والدتي بين ذراعي، وأحيانًا أغنيات التهويدات. والدتي من أشد المعجبين بأغاني السينما المالايالامية، لذلك كنت أغني الكثير من الأغاني عندما كنت معها. لقد أحبتني من أعماق قلبها، وأردت أن أرد لها ذلك الحب، لكنني لم أستطع أن أرجع حتى عُشره. عندما أراك، أرى انعكاسًا لأمي. لكنني أعلم أنك مختلف. ومع ذلك، يمكنني أن أحبك بقدر ما أحببت

والدتي، إن لم يكن أكثر. الحب ينمو دائما. "قد نحب أشخاصًا مختلفين، لكن هناك ما يكفي من الحب للعالم أجمع."

كانت أمو لا تزال بين يديه، وغنى لها رافي تهويدة باللغة المالايالامية، ونامت أمو كالفتاة. ثم وضعها بلطف على السرير، ونام رافي بجانبها، مبقيًا حبيبته آمو قريبة من قلبه.

في اليوم التالي غادروا إلى Hjo، بلدية مقاطعة جوتلاند، لرؤية وتجربة بحيرة فاترن. يوضح عمو: "تعد بحيرة فاتيرن ثاني أكبر بحيرة في السويد، حيث يبلغ طولها 135 كيلومترًا وعرضها 35 كيلومترًا". يقول رافي: "لقد قرأت في مكان ما أن العديد من البلديات تحصل على مياه الشرب النقية مباشرة من بحيرة فاتيرن". "انها حقيقة. وقال عمو: "إن كلمة فاتيرن تأتي من فاتن ، وهي الكلمة السويدية التي تعني الماء، كما يدعي العديد من العلماء". وسبحوا معًا في المنطقة المخصصة للاستحمام، وكان هناك العشرات من الأشخاص يسبحون في الماء الساخن. وأثناء سيرهم، تمكنوا من رؤية العديد من راكبي الدراجات يتجولون حول البحيرة، المعروفة باسم فاتيرروندان ، وكانت المسافة حوالي 350 كيلومترًا. انضم Ammu و Ravi إلى وليمة جراد البحر، Kraftivaler ، والتي استمرت لأكثر من ثلاث ساعات في الليل. كانت الليلة ممتعة، وساروا لأميال وأميال على طول شاطئ البحيرة؛ شعر كلاهما أن المشي كان منعشًا، واختبرا سعادة التواجد معًا.

وبعد يوم واحد، وبعد تناول الطعام في حوالي الساعة الثالثة صباحًا، استقلوا الحافلة إلى جوتنبرج، مدينة أوليفيا المحبوبة لدى ديدريك. في سيارة الليموزين، طلب رافي من Ammu أن يغني له أغنية ديدريك، فغنها Ammu. أحب رافي سماعها مرارًا وتكرارًا، وغناها له آمو مرة أخرى؛ ربما غناها اثنتي عشرة مرة على الأقل. وكانت الرحلة ممتعة، حيث قطعت الحافلة مسافة 204 كيلومترات في ثلاث ساعات ونصف من هجو إلى غوتنبرغ عبر جونشوبينغ. تناول عمو ورافي العشاء في مطعم ملحق بالفندق الذي يقيمان فيه في جوتا ألف. وينبع هذا النهر من بحيرة فاتيرن، التي تصب في بحر كاتيغات عبر مدينة غوتنبرغ. طلبوا رفًا مشويًا من لحم الضأن، وصلصة الهالابينو، والثوم المشوي، والجزر المطبوخة على البخار، والخضار الورقية، والقهوة الساخنة. كانت عمو مشغولة بالتحضير لندوتها من الصباح حتى الظهر، وجلس معها رافي لمساعدتها في تنظيم نمط تفكيرها وعرضها. أحب Ammu أسلوبك خطوة بخطوة وشرحك لكل مشكلة ومشكلة وحل. "لماذا تحبني كثيرا؟" ثم فجأة سأله عمو.

نظر إليها رافي لبعض الوقت وقال: "لأنك أنت". توقف وتابع:

"أنا أحبك لأنني أحبك. قد يبدو الأمر وكأنه حشو، لكن له معنى أعمق. لقد وقعت في حبك فقط، بكليتك؛ لذلك ليس هناك شك لماذا أحبك. أحبك في الحاضر، دون أن أهتم بالماضي أو المستقبل. إنها نابضة بالحياة ومشرقة، وألوانها لا تبهت أو تتبخر أبدًا."

"رافي، لقد تعلمت الكثير منك. شخصيتك وأنت، كشخص ككل، تجذبني كثيرًا. ليس هناك مقارنة. لا يوجد أحد مثلك. عندما أفكر فيك، عندما أراك، يأتي شخص واحد فقط إلى وعيي، وهو أنت"، أجاب عمو.

"عمو، إنه نفس الشيء بالنسبة لي. أنت كل شيء بالنسبة لي: أفقي، وحدودي، وارتفاعاتي، وأعماقي، ولانهائيتي. لا شيء يمكن أن يوجد خارجك. وأوضح رافي أن الكون كله يتكون منك، ومنك أستمد الشجاعة للقيام بعملي اليومي وتخطيطي ومستقبلي. "لكنني أتساءل في كثير

من الأحيان إذا لم أقابلك!" أثار عمو سؤالا. "وضع مثل هذا لا يمكن أن يحدث. عرفتك لأنك كنت هناك. وجودي هو أن أعرفك، وأن أقع في حبك، وأن أحصل على الحياة الأبدية. Ammu هو مفهوم الامتلاء. ولأن هناك ثقة، فإن الوعي بهذه الثقة يقودنا إلى تجربة السعادة والفرح. إنها تجربة وجودنا، ومعرفة أنني واقع في الحب، ولدي شخص آخر يمثل كليًا في حد ذاته، وهذا الكل هو ما أنا عليه. لذلك، بدونك، أنا غير مكتمل، وهو جوهر الحب، "علق رافي وهو يعانق حبيبته عمو.

وفجأة، وببساطة طفولية، قال عمو: "عندما تعانقني، أشعر بدفئك، وأشعر بك، وأختبرك وأدرك قربك الذي لا ينفصل. ولكن لماذا أشعر بهذه الطريقة؟" فأجاب رافي: "الحب لا يتوقع شيئًا، ولا يعطي شيئًا لأنه لا يقدم شيئًا، ولا حتى للشخص. الحب هو قبول الشخص بكليته، كما أنت، وإرجاعه كما هو دون أي تغيير أو تعديل. لكن هناك شخصان وليس واحدا. هنا القبول الكامل هو الشخص كله. إنه أكثر من الإيمان. لا يوجد تناقض في الحب أو الصراع؛ إنها سعادة خالصة لأنه لا يوجد تبادل. أنت تقبل كمال الشخص. تأخذ هذا الشخص دون التفكير في أي بعد إيجابي أو سلبي للحياة. إنه أنت تقبل نفسك. عندما أقول "أحبك" فالحب ليس فعلاً، بل هو الحياة. الحب هو تجربة الحياة نفسها. الحب هو سعادة الحياة . إنها متعة الحياة. الحب هو وعي المرء بوجوده، كما نقول "أنا موجود". هنا أنت أنا وأنا أنت. لا يوجد انفصال، ولا توجد حدود. الحب هو كل ما يفكر فيه الإنسان ويشعر به ويرغب فيه ويلتزم به." بقول هذا، عانق رافي عمو مرة أخرى.

وخرجوا وساروا في الشوارع. كان نسيم بارد يهب من نهر جوتا ألف. كان بإمكانهم رؤية مئات الشباب يتجولون؛ بالنسبة لهم، هم وحدهم المهمون، ولم يكن هناك أي شخص آخر موجود في تلك اللحظة بالذات. "رافي، انظر إلى هذا النهر. وقال عمو: "إنها في الواقع بحيرة فاتيرن، الوجود نفسه، ولكن جوهره مختلف". "أنت على حق، عمو. قال رافي: "لكن في الحب، تحب شخصًا ما، وتتطور تدريجيًا إلى ذلك الشخص". ابتسمت عمو، وعكس وجهها الجميل أضواء إنارة الشوارع. ابتسم رافي، وساروا نحو شواطئ مجهولة، لكن في كل مكان بدوا مألوفين، كما لو كانوا هناك من قبل ويعرفون المكان. "لماذا أشعر وكأنني زرت هذا المكان من قبل؟" سأل رافي. "هذا لأننا نعرف بعضنا البعض، وهذه الألفة العميقة تغير تصورنا بأننا نعرف كل شيء من حولنا. عندما نكون معًا، ليس لدينا ما نخافه. أجاب عمو: "لا شيء يبقينا بعيدًا". ابتسم رافي. قال لي: "عمو، أنت تبهرني". ثم احتضنها واقفا على ضفة النهر.

كان بإمكانهم رؤية العديد من الأزواج الشباب يتعانقون ويقبلون ويختبرون الوحدة. قال عمو: "الحب يتجاوز الزمان والمكان". "عمو، الحب هو من هذا القبيل. إنه خارج الزمان والمكان. ليس لها شكل أو حجم وهي أقوى تعبير عن وجودنا وعن شمولية جوهرنا. الحب بمعناه النهائي كبير مثل الكون، والكون هو الحب." وكان رافي واضحا في كلماته. كانت الليلة ناعمة وجميلة. وصل عمو ورافي إلى قاعة البلدية لحضور الندوة حوالي الساعة الثامنة والنصف صباحًا. في حفل الافتتاح، الذي عقد من الربع إلى التاسعة. حضر ممثلون من جميع الجامعات والمنظمات غير الحكومية والإدارات الحكومية في الدول الاسكندنافية تقريبًا. تحدث عمو بالتفصيل عن تجاربه الزراعية في كوتاناد، ومشاركة المزارعين والحاجة إلى مصايد الأسماك التشاركية. وكان لمثل هذه المحاولة القدرة على زيادة الإنتاج وتحسين التسويق وتحقيق أرباح ضخمة. وبثقة كبيرة أجاب عمو على الأسئلة المطروحة. لقد كان عرضًا موضع تقدير كبير. وأشاد رئيس الجلسة بعمو على دقة تجربته ومشاركته الفعالة في تربية الأسماك. استمع رافي

إلى Ammu بفرح وفخر. لقد أدرك أن العرض الذي قدمه عمو كان مقبولاً بشكل جيد، حيث أن بياناته كانت قابلة للملاحظة والتحقق.

التقى عمو ورافي بالباحثين والأكاديميين والعلماء على الغداء. استضاف عمدة مدينة جوتنبرج حفل العشاء، وتحدثت أمو مع عضوة المجلس، وهي في أوائل الثلاثينيات من عمرها. قدمت عمو رافي إلى عمدة المدينة، الذي أخبرها، عندما علمت أن رافي محامية في مجال حقوق الإنسان، أنها محامية محترفة درست في كلية الحقوق الوطنية في بنغالور وكانت مهتمة بحقوق الإنسان للأطفال. بعد العشاء، عاد عمو ورافي إلى الفندق في الساعة الحادية عشرة. حمل رافي Ammu بين ذراعيه وغنى أغنية ديدريك في الغرفة. تفاجأ عمو بسماعه يغني باللغة السويدية بلهجة ونطق ووضوح مثاليين، بعد أن حفظها عن ظهر قلب أثناء سفره من هجو إلى جوتنبرج. "رافي، تتعلم بسرعة!" صاح عمو. أجاب رافي: "بالطبع لأنك تحب هذه الأغنية، ديدريك وأوليفيا". قال عمو: "أنت ديدريك الخاص بي وأكثر من ذلك بكثير". قال رافي وهو يقبل جبينها: "أنت عمو، وليس هناك مقارنة". غنى رافي أغنية ديدريك مرة أخرى ونام عمو بين ذراعيه.

في اليوم التالي، سأل رافي عمو أثناء تناول الإفطار: "هل شعرت بأي تغيير في نفسك جسديًا وعقليًا وعاطفيًا بعد مقابلتي؟" نظرت إليه عمو وابتسمت. قال عمو وهو ينظر إلى رافي: "لقد شهدت تغيرات جوهرية بداخلي، كما لو أنني تحولت إلى شخص جديد". "اسمحوا لي أن أشرح التغيرات الجسدية التي حدثت لي. عندما التقيتك في كوبنهاجن، شهدت تغيرات كيميائية في ذهني. كان لديه تصورات جديدة وحيوية للأشخاص والأشياء الأخرى. شعرت وكأنني أستطيع الرؤية بشكل أفضل، كما لو أن حدقة عيناي اتسعت، ويمكنني رؤية الألوان بكاملها. زاد ذوقي وأشعر أنني أقوى في كل مرة لمست شيئًا ما. علاوة على ذلك، شعرت أن جسدي أصبح مرنًا وقويًا في نفس الوقت."

سأل رافي: "لماذا هذه التغييرات؟" وأوضح عمو: "كان ذلك لأن لقاءك كان لقاء حب، وقد خفف من قلقي وألمي وهمومي وحزني ويأسي". "كيف واجهتهم يا عمو؟" سأل رافي. "حبي لك زاد من ثقتي في مواجهة العالم. الحب زاد أملي. لقد تطور حبي لك كعلاج لحياة أفضل"، حلل عمو. "اه هذا عظيم. ولكن كيف يقاس الحب، وهل من الممكن قياسه؟" سأل رافي سؤالاً آخر. "يمكنك بالتأكيد قياسه كما قمت بقياس نمو Kuttern الخاص بي. وأوضح عمو بشكل علمي أن "الحب له خصائص موضوعية معينة ويمكن التحقق منها". "كيف؟" سأل رافي. "حبي لك زاد من أدائي. يمكنني إجراء تحليل وتفسير أفضل لنتائج بحثي. حبي لك أعطاني الاتجاه والهدف في حياتي. أجاب عمو: "هناك هدف للعيش معك إلى الأبد".

"أي شيء آخر؟" سأل رافي. "بالطبع، هناك العديد من الحقائق التي يمكن ملاحظتها، مثل أنني أصبحت أكثر مرونة، وأصبحت خطواتي أكثر سلاسة وأصبحت حركاتي في اتجاه. يمكنني التخطيط بشكل أفضل وأكثر شمولاً. تمكنت من التعرف على الألوان بكاملها، وأصبحت براعم التذوق لدي أكثر نشاطًا، وتمكنت من تمييز التغيرات الدقيقة في جودة الطعام والاستمتاع بكل قضمة أخيرة. حتى لو كنت بعيدًا عني، كنت أشم رائحتك، وصوتك خلق في داخلي الأمل والرغبة والقوة. جسديًا، أصبحت أقوى وأكثر يقظة عقليًا ومتوازنة وحساسة نفسيًا. علاوة على ذلك، فإن حبي لك يحسن مزاجي، وأشعر بمزيد من المتعة والبهجة حيث أشعر بدافع لعيش حياة أفضل. يوضح عمو: "أختبر تفاعلًا إيجابيًا في جميع الأشياء التي أواجهها، والأحداث التي أواجهها، والمفاهيم التي أفكر فيها، والأفكار التي أقوم بتوليدها".

قال رافي وهو ينظر إلى عمو: "يبدو الأمر رائعًا".

"شيء آخر، رافي. حبي لك زاد من حبي لنفسي. لقد أصبح اتحادي معك نعيمًا. لقد كانت تجربة دينية، إذا كان بإمكاني استخدام المصطلحات الدينية، على الرغم من أنني لا أؤمن بمفهوم الله. وما الجنة إلا نعيم في الحب، وما الله إلا اتحاد في الحب. قال عمو مبتسماً: "الخلود ليس سوى انسجام الوحدة في الحب". "إنه لأمر رائع أن أسمعك تتحدث عن الحب. أشعر بإثراء كلماتك الجميلة التي تأتي من قلبك وعقلك. أجاب رافي: "أنا معجب بحساسيتك ووعيك بتغيراتك الجسدية والعاطفية والنفسية، لكني أحبك كما أنت".

استقلوا القطار إلى لوند. كان فندقهم على نهر هوجي. وعلى بعد مسافة قصيرة تمكنوا من رؤية بحيرة Hackeberga، التي ينبع منها النهر. وقال أمو "نهر هوجي هو في الواقع بحيرة هاكيبيرجا في بعد آخر". "بالتأكيد. بحر أوريسند هو بحيرة يتدفق فيها نهر هوجي. في نهاية المطاف، كل شيء هو نفسه. كل شيء واحد. وقال رافي: "لكن هذه الوحدة تتسم بالتنوع والتنوع الشامل والمساواة وحرية التنوع". كان بإمكانهم رؤية انعكاسات أضواء لوند في النهر والبحيرة كما لو أن التألق لم يكن سريع الزوال. يقول عمو: "حتى الانعكاسات تكون حقيقية في نهاية المطاف". "ما هو حقيقي وما هو غير واقعي يعتمد على وجهة نظر المراقب. عندما يكون لدى شخصين نفس وجهة النظر، يصبحان أصدقاء وعشاق. قال رافي: "مثلك ومثلي". قال عمو: "لذا فإن الإدراك مهم".

بعد وجبة الإفطار، قاموا بزيارة جامعة لوند والحدائق النباتية ومتحف التاريخ ومتحف العصور الوسطى وحديقة لوند جاردن ومتحف الحياة. وقال رافي خلال زيارته لجامعة لوند: "عمو، حسب ما أفهمه، السويد هي أفضل مجتمع رفاهية في العالم". وأجاب عمو: "نعم، مفهوم العدالة متأصل في جميع تصرفات الدولة السويدية". وقال رافي: "هذه الجامعة تقوم على مبادئ العدالة والمساواة والحرية". قال عمو: "أنا أتفق معك يا رافي". "السويد ترفض النفعية تماما. أعتقد أن لكل إنسان حرمة مبنية على العدالة. هذا هو سر نظام الرعاية الاجتماعية السويدي. قال رافي بقوة: "في هذا البلد، العدالة غير قابلة للتصرف".

استمع إليه عمو في صمت بينما كانا يسيران عبر الممرات الطويلة لقسم العلوم الاجتماعية والفلسفة المهيب. وقال رافي بشكل قاطع: "حتى رفاهية الدولة السويدية لا تنفي عدالة الفرد". "أنا أفهم ماذا تقصد. وقال عمو إن الرفاهية في السويد تركز على الفرد وليس الدولة. "أنت على حق، عمو. في السويد، لا تخضع حقوق الناس للتفاوض بشأن المصالح الاجتماعية. ولا يمكن للبرلمانيين والمشرعين وضع القوانين الاجتماعية، متجاهلين حقوق الناس والعدالة. ويضيف رافي: "لذلك، فإن الفردية غير قابلة للتفاوض".

"انظر، جدران الجامعة هذه تحمي جميع الطلاب الذين يدخلون هنا. وقال عمو: "إن صوتهم قوي مثل صوت الدولة، أو حتى يفوقه في بعض الأحيان".

"إن العدالة متأصلة في الوجود الإنساني وتتعايش مع الكرامة الإنسانية. ليس من الضروري وجود عقد حقيقي بين البشر لإقامة العدالة كنظام مستقل. إنه موجود منذ لحظة ولادتنا. إن المبادئ الأساسية للعدالة موجودة حتى قبل أن نطورها، ونحن نعرف ما هو الأفضل بالنسبة لنا دون أن نعرف الدور الذي سنلعبه في المجتمع، أو المهنة التي قد نمارسها، أو المهنة التي سنقبلها. ولذلك فإن جمال العدالة هو أنها لا تولد ولا تخلق ولا تتطور، ولكننا جميعاً عرفنا مبادئها الأساسية منذ وجودنا. إن عملية النمو هذه لا تنكر أبدًا حتى ذرة من العدالة للآخرين، بغض النظر عن طبقتهم أو عقيدتهم أو دينهم أو لغتهم أو مكانهم الأصلي أو لون بشرتهم أو

انتماءاتهم السياسية أو مهنتهم أو مهنتهم أو مهنتهم أو عرقهم أو حتى اسمهم. وأوضح رافي وهو يتجول في مكتبة الجامعة الواسعة.

تمكن عمو ورافي من رؤية العديد من النساء في المكتبة وممراتها وكافتيرياها.

"رافي، هذا هو أفضل مثال على العدالة بين الجنسين. في السويد لا يوجد تمييز بين الرجل والمرأة. هنا لا يتعين على المرأة ارتداء الحجاب، ولا إجبارها على إخفاء أجسادها بملابس سميكة، ولا الخضوع لتشويه الأعضاء التناسلية، ولا ارتداء أحزمة العفة، ولا تكون ضحية لجرائم الشرف. الرجال السويديون لا يتصرفون مثل المتوحشين في هاريانا وراجستان وماديا براديش، ولا يغتصبون النساء مثل الوحوش في UP وغوجارات. لا يتعين على النساء السويديات التغوط في العراء مثل تلك الموجودة في ماثورا أو بيناريس. في السويد، يحترم الرجال النساء ويتم بناء مراحيض حديثة للجميع. يعتبر الاغتصاب أمرًا غريبًا بالنسبة للنساء السويديات. وأوضح عمو أن هذا هو جمال الكرامة الإنسانية الذي تقدره هذه الأمة العظيمة.

"عمو، أنا معجب بإحساسك بالعدالة ونظام القيم الخاص بك. وحتى في ولاية كيرالا، الولاية الأكثر استنارة وحضارة في الهند، يُمنع على المرأة في سن الحائض، وهي ظاهرة طبيعية وبيولوجية، دخول معبد معين. يعتقد البعض أن إله المعبد الذي يُفترض أنه عازب يمكن أن يتعرض للإغراء الجنسي ويفقد عزوبته. إنها قمة اللاعقلانية. إن منع المرأة من دخول المعبد حفاظاً على عفة الإله حجة سخيفة. تم إنشاء المعابد من قبل البشر، وليس الآلهة، وتطورت لتجميع البشر معًا لتبادل الأفكار. كان المعبد مكانًا لتجمع الناس للاحتفال والاستمتاع بحصاد أفضل والنجاح في الصيد والحروب ضد العدو. ولسوء الحظ، تطور هذا المجلس إلى ساحة استعباد لحرمان المرأة من المساواة والتمثيل المتساوي. في العصور القديمة، كان ذلك نتيجة جدل أو جدال مفاده أنه لا يجب إلزام الحائض بحضور التجمعات الشعبية، لأنهن وجدن أنه من الصعب عليهن قضاء ساعات طويلة في مثل هذه المواقف. وهكذا، شيئًا فشيئًا، أصبح القرار المؤقت إلهيًا، مما جعله مقدسًا باسم الإله. وبمرور الوقت، تم تطبيقه لإذلال والسخرية من بعض قطاعات السكان التي تعتبر "من الطبقة الدنيا والمهمشة". ساعدت عملية التطور الثقافي هذه النخب الحاكمة في الحفاظ على قوتها، ومناصبها، وهيمنتها الجنسية. كان الأمر أشبه باغتصاب امرأة لجعلها "نقية" وخاضعة ومتاحة، كما لو كان لبعض رجال "الطبقة العليا" الحق في اغتصاب امرأة "من الطبقة الدنيا" لجعلها "نظيفة" جسديًا. أعتقد أنه لا يمكن لأي إله أن يعارض البشر وحقوق الإنسان. وبخلق كل الآلهة، أعطاهم البشر الشكل والحياة. لا يمكن لله أن يصبح العامل الحاسم في قياس أفعال الإنسان، النجاح والفشل، وما هو صواب وما هو خطأ. وفقًا لاحتياجات الإنسان، يجب أن يتصرف الإله حيث لا يمكن لأحد أن ينكر العدالة على البشر"، كان رافي قاطعًا.

وعلق قائلاً: "لقد شرحت ذلك جيدًا".

لقد كانوا بالفعل في الحديقة النباتية. "إن دخول المعبد، أي معبد، هو حق أساسي لجميع النساء في الهند وجميع النساء في العالم. ولا يستطيع الرجال إنكارها لأنه إذا كان الرجال قادرين على ذلك، تستطيع النساء ذلك. ولا ينبغي أن يحدد شكل الأعضاء التناسلية ما إذا كان ينبغي للمرأة تجنب دخول دور العبادة. إن وجود امرأة حائض من المرجح أن يتحدى رباطة جأش الإله العاطفية، وهي حجة غير عقلانية. وقال عمو "هذا المنطق يتعارض مع المبدأ الدستوري القاضي بالعدالة للجميع". "إن تشويه الأعضاء التناسلية الذي يُمارس من نيجيريا إلى المغرب، ومن القاهرة إلى طهران، ومن كابول إلى كراتشي، ومن دكا إلى جاكرتا، ومن كوالالمبور إلى

إسطنبول، هو الأكثر وحشية. وفي الهند، يتم تشجيع جرائم الشرف وعمليات الإعدام وحشية. وأضاف رافي: "إن حرمان الفتيات من التعليم وبزل السلى للتحقق من جنس الجنين من أجل إبادة الفتيات هو ممارسة غير إنسانية سائدة في ولاية غوجارات وراجستان". وقال عمو: "إن للمساواة موقفاً أصلياً: المساواة بين الرجال والنساء، والأغنياء والفقراء، والأبيض والأسود، ولا يمكن لأحد أن ينكر ذلك". "هذا صحيح، عمو. إن مبادئ العدالة متأصلة في الوجود الإنساني. لقد قبلنا ذلك جميعًا عندما ولدنا كبشر. تتطلب هذه المبادئ منا احترام الآخرين، حتى لو لم نبرم عقدًا مكتوبًا. يقول رافي: "لكن العقد المكتوب، على سبيل المثال دستور بلد ما، قد لا يكون أداة أخلاقية مكتفية ذاتيا". "لماذا يفتقر الدستور المكتوب إلى القدرة على تبرير شروطه؟" أثار عمو سؤالاً عندما وصلوا إلى متحف التاريخ.

يمشون عبر الجزء الداخلي من المتحف. ثم قال رافي موجهًا إلى عمو: "قد لا يكون العقد الحقيقي أو الدستور المكتوب لبلد ما أداة أخلاقية مكتفية ذاتيًا لتوفير العدالة للجميع. قد لا يضمن الدستور أو العقد المكتوب لدولة ما نزاهة الاتفاقية بشكل كامل. على سبيل المثال، سمح دستور الولايات المتحدة باستمرار العبودية. لم يذكر دستور الهند أبدًا أي شيء ضد جرائم الشرف، أو زواج الأطفال، أو معاملة الداليت بشكل أسوأ من الحيوانات، أو التخلي عن الزوجة، أو رمي الأرملة إلى فريندافان أو الآلاف من مراكز الحج الأخرى، مثل البطل الملحمي الذي يتخلى عن زوجته الحامل في الغابة. "الدستور الأمريكي أو الهندي هو دستور متفق عليه، وهو عقد موقع، لكنه لم يضع قوانين متفق عليها." "إذن ما هي القوة الأخلاقية للدستور؟" سأل عمو. "دستور الولايات المتحدة أو الهند أو أي دولة أخرى يربط شعب ذلك البلد بقدر ما يعملون من أجل المنفعة المتبادلة. إنه عمل تطوعي. يعتمد قرارنا على استقلاليتنا. عندما يوقع الشخص عقدًا، يكون الالتزام مفروضًا على نفسه، لذلك هناك التزام أخلاقي. هناك معاملة بالمثل لأن القرار المتخذ هو من أجل المنفعة المتبادلة". "رافي، كيف ترى الحد الأخلاقي لدستور الدولة؟" سأل عمو. "في حالات معينة، قد لا يكون دستور بلد ما كافيا لتحقيق المساواة بين مواطنيه. ربما تم إعطاء البعض أكثر والبعض الآخر أقل. لذلك، علينا أن نذهب إلى ما هو أبعد من الدستور المكتوب. لقد تجاوزت السويد دستورها لمساعدة الشعب وخطت خطوات كبيرة في مجال حقوق الإنسان والعدالة الاجتماعية والحرية. إنه مجتمع شامل. وحتى المهاجرين هم جزء منه. "هذا هو الفرق بين الهند والسويد أو الولايات المتحدة والسويد."

كانت كلمات رافي قوية. "السويد تتجاوز دستورها. أما بالنسبة للحكومة، فإن الموافقة الضمنية ليست شرطا ضروريا، بل التزام. وتتلقى الحكومة الكثير من الدعم من الشعب دون أن يكون لديها أي عقد. وهذا يجبر الحكومة على مساعدة الناس حتى بدون موافقتهم النشطة. كما ترون، في الهند، تتمتع الحكومة بقدرة تفاوضية أكبر وأقوى. فالمتعصب أو المتعصب الديني أو الكاذب أو العنصري، الذي هو السلطة العليا، يمكن أن يسيء استخدامها ضد الشعب. ومن هنا تصبح فكرة المعاملة بالمثل سراباً للناس العاديين والضعفاء. علاوة على ذلك، فإن الحكومة لديها المزيد من المعرفة، والمواطن العادي يفتقر إليها. الحكومة لها قيمة كبيرة للمساواة وتخضع الشعب باسم الدستور. لذا، يجب علينا أن نتجاوز الدستور لتحقيق العدالة والحرية والمساواة. يجب أن يكون جميع مواطني الهند متساوين مع الحكومة. يجب أن يتمتع جميع المواطنين بالمساواة فيما بينهم، وهذه هي العدالة الحقيقية." وقال رافي أثناء تناول الغداء في لوند جاردن بارك: "لقد حققت السويد ذلك". "عمو، علينا أن نغير وجهة نظرنا بشأن العدالة. في الهند، الأطفال ليسوا متساوين مع البالغين، لذلك فهم بحاجة إلى امتياز خاص للتمتع

بالعدالة. المساواة ممكنة فقط بين متساوين. التمييز الحميد لصالح الأطفال أمر ضروري. وأوضح رافي أنه ضروري أيضًا للمرأة الهندية.

كان بإمكان عمو أن يشعر بالاهتمام العميق بحقوق الإنسان في كلمات رافي.

"عندما رأيت الآلاف من الأرامل مهجورات في معبد فريندافان، صدمت من افتقار الحكومة إلى الالتزام الأخلاقي وسوء معاملة الأطفال والنساء، الذين غالبًا ما يُحرمون من كرامتهم. وأضاف رافي: "حتى الأبقار الهندية تُعامل بشكل أفضل حيث يقوم بعض أعضاء الحزب الوطني المتحد بتربية الأبقار لشرب بولها".

"ما هو طريق الهروب من هذه الحالة البائسة؟"

"نحن بحاجة إلى خلق حالة من المساواة للنساء والأطفال، مما يسمح لهم بعدم الوقوع ضحايا للاختلاف في السلطة والمعرفة الذي تتمتع به النخبة والحكومة. وتصبح السلطة والمال والمعرفة وسيلة لاستغلال المحرومين ومن لا صوت لهم والضعفاء، مما يؤدي إلى الظلم. وقال رافي بينما كان يستمتع بالقهوة الساخنة بعد الغداء: "مثل السويد، فإن مجتمع المساواة ضروري للهند".

الفصل الثامن: الرياح الموسمية في مالابار

سار عمو ورافي جنبًا إلى جنب عبر قاعات متحف الحياة. وقد حضر العشرات من الآباء والأطفال لمشاهدة المعروضات والتعرف على حقائق الحياة. وقام الأهل بشرح تفاصيل عملية الإنجاب للأطفال بمساعدة الصور. "عمو، ما هي الحياة؟" سأل رافي. "من الصعب أن نفهم معنى الحياة. هناك العديد من التفسيرات، مثل البيولوجية والفلسفية وحتى الميتافيزيقية. ولكن من المنطقي أكثر اعتبار الحياة حقيقة بيولوجية أكثر من أي شيء آخر، لأننا نسمي أجسامنا بيولوجية". "لماذا تسميها بيولوجية؟" سأل رافي. "دعونا نسميها بيولوجية لأننا بهذا الاسم نحاول فهم كائن حي. من لا شيء، نشأ الكون ككيان مادي. وأوضح عمو أنه "بسبب مليارات السنين من التغيرات الكيميائية، نشأت الكائنات الحية". "لماذا الحياة حياة يا عمو؟" سأل رافي. "إن مصطلح الحياة هو مفهوم، وقد ابتكره الإنسان ليوصل المعنى المحدد بأنه ليس غير عضوي. وتتميز بأنها مادة عضوية عن المادة غير العضوية. وأوضح عمو أن تعريف الحياة قد لا يكون دقيقا، على الرغم من أنه يوفر بعض الوضوح المفاهيمي. "كيف نميز الجسدي عن البيولوجي؟" سأل رافي.

نظر أمو إلى رافي وقال: "يقول البعض أن الكون عضوي. إنها الحياة نفسها. ينشأ هذا التعريف من فهم أن الحياة تنشأ في الحياة، وأن الكون بأكمله هو الحياة. لكننا لا نستطيع التعامل مع الكون كما هو، لذلك نحاول رؤية أصغر جوانب الكون. نحاول التأكد من الجوانب الأكبر عن طريق التحقق من الجوانب الأصغر. لكن بالنسبة للبعض، فإن الكون هو وعي خالص، مما يطرح مشكلة عندما يتعلق الأمر بفهم الفرق بين الحياة والوعي. إلا أن الكون مادي كما ندركه، ولا نعرف إذا كان له أبعاد أخرى أو إذا كان بإمكاننا أن نسمي ذلك البعد وعياً. إنه يقودنا إلى فهم أن الاختلافات تفقد هوياتها المنفصلة في الكل. ولذلك فإن الحياة يمكن أن تكون كيميائية وبيولوجية وفيزيائية في وقت واحد. وفي عالم آخر، قد يكون الوعي في كامله. لكن في كثير من الأحيان، نحاول رؤية أصغر الأشياء لفهم مفهوم ما، مثل الحياة الحيوانية، والحياة النباتية، وما إلى ذلك." "آمو، كيف ترى أصل الحياة البشرية؟" سأل رافي. "تتكون البويضة البشرية في المبيض. ويمكن أن يصبح إنسانا إذا تم تخصيبه بالحيوانات المنوية البشرية. تنتقل البويضة الناضجة إلى قناة فالوب وتنتظر الحيوانات المنوية. يتقدم مليار حيوان منوي ليلتقي بالبويضة في عملية قذف واحدة. وأوضح عمو أنه بعد ذلك، عادة، تندمج البويضة مع الحيوان المنوي ليشكلا الزيجوت.

قال رافي: إذن أنا وأنت خلقنا من حيوان منوي واحد اندمج مع بويضة واحدة، وتم رفض بقية المليار حيوان منوي. "هذا صحيح، رافي. ومع الحيوان المنوي الأول، يشكل اتحاد البويضة حياة جديدة، تنمو وتتطور كإنسان جديد. يقول عمو: "إن العملية برمتها هي نتيجة ملايين السنين من التطور". "يجب أن تتحد البويضة والحيوان المنوي لتكوين حياة جديدة يمكن أن تنمو وتزدهر. البويضة هي الحياة، ولكن بدون الحيوانات المنوية لا يمكن أن تنمو. وكذلك الحيوان المنوي هو الحياة، ولكنه لا ينمو بدون بويضة. وهكذا، يمكن لشكلين من الحياة معًا أن يولدا حياة جديدة. هل أنا على حق؟" سأل رافي. "أنت على حق، رافي. في خمسة أسابيع يتطور القلب، ويبدأ الجهاز الدوري في التشكل، والأمعاء في ستة أسابيع، والأعضاء التناسلية

في تسعة أسابيع. إنه لأمر رائع أن نشاهد تطور حياة إنسان جديد، ويكون للطفل شخصيته الخاصة. والآن يتجاوز الأمر البويضة والحيوانات المنوية. بل إنه أكثر من البويضة والحيوانات المنوية بأكملها. وأوضح عمو وهو ينظر إلى رافي: "في كل ثانية ينمو ويتطور". "عمو، من الجيد أن نسمع منك ونعرف كيف تطورنا أنا وأنت. قال رافي وهو يضع يده اليمنى حول عمو: "أستطيع أن أشعر به، وأراه وألمسه". ساروا معًا، وعانقوا بعضهم البعض، ومرت بهم مجموعة من الأطفال مع معلميهم.

كانت كلمات عمو ناعمة. "كما ترى، رافي، هذا هو التعليم الحقيقي. يسأل هؤلاء الأطفال آباءهم ومعلميهم عن حياة الإنسان وأجهزته التناسلية وكيف يتم تخصيب البويضة وكيف يلتقي الحيوان المنوي بالبويضة وكيف تتطور إلى حياة جديدة. لا توجد موانع، والآباء والمعلمون على استعداد لشرح لأطفالهم وطلابهم ما يسمى سر الجنس. في السويد، يبدأ التعليم الجنسي في الصف الأول. يقوم الآباء والمعلمون بتعليم الأطفال لتزويدهم بالمعرفة العلمية. وهذا هو أحد الأسباب الحقيقية للعدالة والمساواة بين الجنسين في السويد. ولم يُسمع عن حالات الاغتصاب، كما أن العنف الجنسي متقطع. لكن فكر فيما يحدث في الهند. نحن لسنا مستعدين لتقديم التربية الجنسية لطلابنا، ولا حتى في الجامعات. يتعلمه الطلاب في الشارع، ويصبح الجنس هوسًا ولغزًا وشغفًا، وهو أمر يجب التغلب عليه. وهكذا يصبح الاغتصاب قاعدة حياة، وتصبح الفتيات والنساء أدوات جنسية. الهند ليست مجتمعا مفتوحا. المجتمع الهندي يسيء معاملة المرأة باسم الجنس. وصفت العديد من الملاحم والأساطير والقصص الهندية النساء على أنهن أدوات جنسية، ولا بأس أن يعتدي الرجال جنسيًا على المرأة. تقرأ عن أمير متزوج محبط يقطع أذني وأنف وثديي الشاب شورباناغا، أخت رافانا، في الغابة، كما لو كان من حقه الاعتداء على امرأة. ""آمو، الهند لا تحترم حقوق الإنسان." البشر. إن العديد من الرجال الهنود، وخاصة الزعماء الدينيين والسياسيين، لا يعتبرون الحقوق الشخصية مقدسة، وكأن كل رجل له الحق في جسد المرأة. يعتبر الجنس عملاً من أعمال غزو الجسد الأنثوي والعدوان. إن الأديان والثقافات تعتبر كرامة الحياة الإنسانية أمرا مفروغا منه. وأوضح رافي أن عمالة الأطفال هي مثال على هذا الوضع المثير للشفقة، والذي ينتهك حقوق الإنسان.

وأضاف عمو باقتناع عميق: "يجب على الآباء والمعلمين أن يشرحوا للأطفال والطلاب منذ سن مبكرة كرامة الحياة الإنسانية، وجمال اتحاد المرأة والرجل، وتطور الطفل في رحم الأم وتأثيره". النمو داخل الأم. اسمح لطلاب المدارس الثانوية بمراقبة عملية الولادة في غرفة الولادة ودع الطبيب يشرح حقائق الولادة لكل من الأولاد والبنات. سيكون معرضًا تعليميًا رائعًا للأطفال من سن العاشرة إلى الخامسة عشرة. وأوضح عمو أن الطفل في هذا العمر قادر على إقامة علاقات جنسية، ومن الضروري نقل المعرفة العلمية حول الجنس لمساعدته على اتخاذ قرارات ناضجة في حياته الجنسية. "أنا أتفق معك يا عمو. التربية الجنسية من الدرجة الأولى ضرورية. يجب تعليم وتدريب الآباء والمعلمين ليكونوا آباء ومعلمين جيدين. ستكون خدمة عظيمة للأطفال. وأضاف رافي أن التربية الجنسية هي أيضًا قضية حقوق إنسان، حيث أن للطفل الحق في تلقي التعليم العلمي. "نعم رافي. دع الأطفال يتعلمون الحقائق حول الجنس. المعرفة هي دائما ميزة. إن معرفة الجنس من شأنها أن تساعد الأطفال على احترام أجسادهم وكرامتهم وشخصيتهم وفرديتهم. عندما يدرك الطالب أن الجنين البالغ من العمر عشرة أسابيع لديه قلب متطور، فإنه يتطور لديه احترام للحياة البشرية. في الأسبوع السادس عشر، تقوى عظام الطفل وتتشكل عضلاته. ولطالب المدرسة الابتدائية أن يلاحظ الطفل وهو يركل

ويتدحرج في الرحم بعد ثمانية عشر أسبوعًا من نموه. يقول عمو: "إنه لأمر رائع أن ننقل هذه المعرفة إلى الأطفال".

استطاعت أمو رؤية رافي وهو يبتسم. "علينا أن نعيد كتابة المناهج المدرسية في الهند. يجب أن تكون علمية وإنسانية المنحى. إن نقل المعرفة التي يمكن ملاحظتها، والتي تعالج المشكلات التي نواجهها اليوم، هو حاجة الساعة بدلاً من تدريس الأساطير والخرافات، مثل الولادة العذرية أو أصل المائة وواحد كورافاس. يجب التخلص من قصص ورسائل القديس بولس الملحمية إلى الأبد، التي لا تحترم المرأة، وتجرد الأجيال الجديدة من إنسانيتها، وتقودها إلى مجتمع يهيمن عليه الرجال. نرفض المجتمع الذي يكتسب المعرفة الخاطئة عن الجنس من الخرافات والأوهام وليس من المعرفة العلمية. نحن نرفض المجتمع الذي يؤمن بالتعبير العنيف عن الجنس بدلاً من احترام كرامة الأطفال والنساء. المجتمع الذي يشيد بالمغامرات الجنسية للآلهة والإلهات يعاني من مرض نفسي. ولاحظ رافي أنه "لإنقاذ العالم من الخطيئة، فإن حمل فتاة تبلغ من العمر اثني عشر عامًا من الله الآب هو اعتداء جنسي، وليس سلوكًا فدائيًا". "أنا أتفق معك، رافي. يجب تعليم الأطفال الحقائق العلمية. يجب أن يعلموا أنه في الأسبوع الثلاثين، يحتوي دماغ الطفل على ملايين الخلايا العصبية، وبحلول ذلك الوقت، يكون الطفل قد أصبح بالفعل إنسانًا جديدًا، ويستمر الشعر والأظافر في النمو. وأضاف عمو: "إن السماح لفتيات المدارس الثانوية بالتواجد في غرفة الولادة هو أمر صحي اجتماعيًا وعاطفيًا ونفسيًا لأنهن سيكبرن كأشخاص يحترمون الفتيات والنساء".

كانت الليلة ممتعة، وسار عمو ورافي في شوارع لوند. يمكنهم رؤية حشد صغير في كل مكان حيث يستمتع الناس بقدوم الصيف. كان هناك آباء مع أطفالهم، وأزواج يمسكون أيديهم، وعشاق وشباب، وكان الجميع يحتفلون. تناول عمو ورافي العشاء في مطعم على ضفاف البحيرة، وهي آخر وجبة لهما في السويد، حيث سيسافران في صباح اليوم التالي إلى كوبنهاغن ومن هناك إلى شتوتغارت. كان لديهم نقانق البط وشريحة لحم التنورة وجراد البحر وسمك الترس والخبز السويدي. القهوة الساخنة كانت مغذية. في الفندق، حزموا حقائبهم قبل النوم. استيقظ عمو ورافي مبكرًا وكانت سيارة أجرة إلى المطار في انتظارهما.

"شكراً لك، عزيزتي السويد، على الحب والرعاية. أشكرك لأنك علمتني القيم الأبدية للعدالة بين الجنسين والكرامة الإنسانية. شكرًا للسويد على المنحة التي ساعدتني في إكمال بحثي وإجراء التجارب الميدانية في كوتاناد. شكرًا للبروفيسور جوهانسون، مرشد بحثي، وهو أحد أفضل البشر الذين قابلتهم على الإطلاق. شكراً السويد على أليس ولوحتها، وإلسا وإيبا، وديدريك وأوليفيا، الذين علموني عمق الحب. شكرًا لكم، أيها الزملاء والأصدقاء، على هذا الوقت المثري الذي أمضيته في السويد وعلى الأيام والأشهر والسنوات الجميلة التي قضيتها هنا. شكرًا لك أوبسالا على درجة الدكتوراه وعلى حفل توزيع الجوائز وعلى المأدبة الجميلة. شكرًا لك، عزيزتي بحيرة إركين، وبحيرة فاتيرن، وجراد البحر، والشمس، والنجوم، والقمر، والأضواء، والأصوات، والأذواق، وهواء الريف الجميل، والغابة الجميلة، والمساحات الخضراء والحقول. أشكركم على طيبتكم وثقافتكم ومعاملتكم المتحضرة. لقد استمتعت بكل شيء على أرضك النابضة بالحياة، عزيزتي السويد. في الغالب، بفضل رافي، الذي التقيت به في طريقي إلى المنزل. شكرا لك عزيزتي السويد. شكرا على كل شيء. دعني أقبل أرضك المقدسة،" تلت أمو شكرها وهي ساجدة على الأرض.

كان هاسلاندا مطارًا خاصًا، وقد قام رعاة الندوة بترتيب تذكرتين لأمو ورافي على متن طائرة خاصة ذات ثمانية مقاعد إلى مطار كوبنهاغن. كان مطار كوبنهاغن الكبير، في حالة جيدة، يرحب بالمسافرين الذين استقلوا المصعد إلى منطقة المغادرة. بدت غرفة الانتظار النظيفة المتلألئة مألوفة جدًا لأمو ورافي، وسارا ببطء وأناقة إلى المكان الذي التقيا فيه لأول مرة، حيث كانا يعرفان الموقع بشكل صحيح. كان لذلك المكان تاريخ العمر، حيًا ومفعمًا بالحيوية، مليئًا بالأمل والفرح. "عمو،" دعا رافي حبيبته عمو. أجاب عمو "رافي".

وفجأة رفعها رافي بين ذراعيه وهو ما لم يفاجئ عمو. لم يهتموا أبدًا بما يعتقده الركاب الآخرون أو إذا كان الآخرون يراقبونهم كما لو كانوا بمفردهم في منطقة المغادرة النابضة بالمطار. قبلها ببطء، فاستجابت له بالتشبث برقبته بكلتا يديها، وفجأة قالت بهدوء: "أحبك يا رافي".

أنزلها ببطء ووقفت أمامه بابتسامة مشرقة. ثم ركع أمامها، وأخرج خاتمًا من البلاتين مرصعًا بالألماس من جيبه، ورفع وجهه وسأل: "عمو، هل تقبلين الزواج بي؟"

أجابت عمو بصوت ناعم: "نعم يا رافي، سأتزوجك".

وضع رافي الخاتم في إصبعها ببطء، وقبل كفها وقال: "شكرًا لك يا عمو".

قال عمو: "شكرًا لك يا رافي ستيفان".

عانق رافي عمو، وشعر أن تلك اللحظة كانت أبدية. ثم أخذها رافي إلى نقطة الدخول، وأخبرهم ضابط فحص جوازات السفر أنه يمكنه الحصول على كرسي متحرك لعمو. قال رافي إن الضابط يفضل أن يكون Ammu بين ذراعيه والطائرة. نامت أمو بين ذراعي رافي وحملها نحو المروحية. وأعطاهم الركاب الآخرون مساحة للمرور، ووقف الجالسون ببطء داخل الطائرة لإظهار احترامهم، وهو ما كان بمثابة تصفيق حار. وضعها رافي على مقعدها ودعاها "عمو". فتح عينيه ببطء وقال: "رافي ستيفان". كانت الرحلة إلى شتوتغارت ممتعة، واهتم المضيفون بشكل خاص بأمو. رافق رافي إلى المطار.

كان ستيفان ماير ينتظر رافي وأمو على شرفة منزله، واحتضن رافي ونادى باسمه. "أبي، قابل عمو." قدم رافي Ammu لوالده. " قبل ستيفان ماير جبين عمو وقال: "عمو، مرحبًا بك. لقد سمعنا الكثير عنك. أنت واحد منا." قال آمو وهو يعانق ستيفان ماير: "أبي، أحب مقابلتك". "أين أما؟" سأل عمو. أجاب ستيفان: "إميليا في الداخل، في انتظاركما". قال رافي: "هيا، دعنا ندخل". كانت إميليا على كرسي متحرك. وكان وجهه خاليا من التعبير. "أما"، صاح رافي وهو راكع أمام والدته. قبل خديها. "أما،" دعا مرة أخرى. جلست إميليا هناك.

"أمي، انظري من جاء لرؤيتك. قال رافي: "هذه عمو، زوجة ابنك".

ركعت أمو أمام إميليا وقبلت خديها.

"أما،" دعا.

"أنا عمو." كانت هناك دموع في عيون عمو. "أنا سعيد جدًا بلقائك يا أماه. لقد كنت أنتظر وقتا طويلا لهذه المناسبة. لقد كان مقابلتك اليوم أسعد حادث في حياتي. قالت عمو مرة أخرى: "أمي، أنا أحبك". قال ستيفان وهو يقود أمو ورافي إلى غرفته: "هيا، دعنا نذهب إلى غرفتك". دفع رافي الكرسي المتحرك وجلست إميليا فيه. بالقرب من الدرج، اعتنت ممرضة الصحة المنزلية بالكرسي المتحرك وصعد رافي وآمو مع ستيفان إلى غرفة رافي وآمو.

كان العشاء جاهزًا حوالي الساعة السابعة مساءً. استضاف ستيفان Ammu و Ravi لتناول العشاء. جلست إميليا على كرسيها المتحرك، بالقرب من كرسي ستيفان، وأطعم زوجته بالملعقة. لاحظت عمو أن إميليا كانت ترتدي ملابس نظيفة وأنيقة، وكانت تبدو منتعشة ومهندمة، وشعرها مصفف. في اليوم التالي، اعتنى رافي بإميليا وساعد ستيفان في الطهي. انضم إليهم عمو في غسل الأواني والأطباق بعد كل وجبة. لقد ساعدوا ستيفان في تنظيف المنزل بأكمله في الصباح والليل. كان لستيفان وجهًا مبتسمًا ولم يُظهر أي قلق أو اكتئاب. تحدث مع عمو ورافي، وروى العديد من القصص عن والديه ومزارعهم الزراعية في بادن فورتمبيرغ. بعد تناول الطعام، انضم عمو إلى ستيفان ورافي للعب الورق. كانت إميليا دائمًا مع ستيفان، ولم يتركها بمفردها أبدًا.

من وقت لآخر، كان رافي يمسك بيد أمه ويمشي في الحديقة الكبيرة أمام منزلهم. روى العديد من القصص عن طفولته، فالاباتانام، وبارابوزا، وثيام، بالإضافة إلى زياراته إلى مانجالور، وكورج، وقرى مختلفة وكافو ، في مالابار. كان Ammu يسير مع رافي ويغني أحيانًا أغاني الأفلام لإميليا، خاصة من Chemmeen . قضى رافي وآمو ساعات طويلة جالسين بجوار والدتهما، ولم يتركاها إلا عندما كانت نائمة. نام ستيفان حوالي الساعة العاشرة واستيقظ مبكرًا حوالي الساعة الرابعة. لقد كان يطالب بشدة بأن تنام إميليا في سريره وأن تكون محمية أثناء نومها. يقوم رافي بتحميم والدته بإسفنجة كل صباح، وتجفيف جسدها بمنشفة ناعمة، ومشط شعرها. حملها بين ذراعيه وصعد إلى شرفة المنزل وأراها ناطحات السحاب وأبراج الكنائس والجسور ونهر نيكار وجلين والحقول والغابات البعيدة والجبال البعيدة. روى قصصها باللغة الألمانية والمالايالامية، بينما تحدث عمو إلى إميليا باللغة المالايالامية.

قام رافي بتدليك ساقي ويدي إميليا بزيت الأيورفيدا الخفيف الذي أحضره لها من ولاية كيرالا، حتى لا تعاني والدتها من التشنجات. أثناء التحدث إلى إميليا، ركع أمو ورافي أمامها لرؤية وجهها، وكانا يحبان القيام بذلك. قرأت أمو لإميليا كتابها المفضل، سيدهارتا، فصلًا بعد فصل. اعتقدت أمو أن إميليا كانت غوتاما عندما قرأت، وكانت غوفيندا. على الرغم من أن أمو قد رأت نسخة من روشالدي، إلا أنها لم تقرأها لإميليا، حيث أخبرها رافي أن إميليا شعرت بالحزن بسبب قصتها. اصطحب ستيفان ورافي وآمو إميليا في جولات طويلة بالسيارة. أثناء القيادة، جلست إميليا بجوار مقعد السائق وشرح لها ستيفان المباني والحقول والأنهار والتلال والجبال المختلفة التي مروا عبرها. كان يتحدث معها باستمرار باهتمام ومودة كبيرين، مدركًا أن إميليا لا تستطيع فهم ما يقوله. لكن حبه لإميليا كان كبيرا لدرجة أنه لم يستطع التوقف عن الحديث معها. قاموا بجولات بالقوارب في أنهار الراين والدانوب وإلبه وأودر. وبما أن إميليا كانت تحب الأنهار، كان بارابوزا دائمًا في ذهنها.

كانت الأيام الخمسة عشر التي خطط أمو ورافي لقضائها مع إميليا وستيفان على وشك الانتهاء. أبلغهم ستيفان أنه لا توجد صعوبات في التعامل مع إميليا، حيث كانت ممرضتان منزليتان تعتنيان بها في غيابه. وذكّر ستيفان رافي بأن مهنته كمحامي في مجال حقوق الإنسان ضرورية للمجتمع، وأنه يجب عليه تخصيص المزيد من الوقت لمكافحة عمالة الأطفال. عشية مغادرته إلى الهند، دعا ستيفان ابنه وعمو. أخبرهم أن إميليا قد أوصت بالفعل بممتلكاتها في فرانكفورت باسم رافي وأمو فور عودتها من زيارتها الأخيرة لأخيها أليكس شميدت. أبلغ ستيفان أيضًا Ammu و Ravi أنه أصدر وصية على جميع أصوله بأسمائهما. ومع ذلك، عارض رافي وأمو بشدة قيام ستيفان بوضع هذا الاختيار موضع التنفيذ، حيث كان لا يزال أمامه سنوات عديدة قبل أن يبلغ الستين. رد ستيفان بأنه لا يستطيع التنبؤ بما سيحدث في

المستقبل. احتضن عمو ورافي والدهما وقبلا خديه. في الصباح، قاموا بحمام إيميليا بالإسفنجة، وقاموا بتدليك جسدها بزيت الأيورفيدا، وغيروا ملابسها، ومشطوا شعرها، وركعوا أمام أمهم العزيزة وعانقواها وقبلوا خديها. سجد رافي أمام إميليا وقبل قدميها، بينما ركع أمو وقبل قدميها. "أما، نحن نحبك"، قالوا قبل أن يودعوا إميليا وستيفان.

كانت السماء تمطر عندما عادت أمو ورافي إلى كوتشي، وغادرت أمو إلى نزلها في ألابوزا. كان رافي في مكتب إقامته في كوتشي، يتفقد بريده ومراسلاته المكتوبة وملفات قضيته. وفي المساء اتصل عمو برافي لإبلاغه بتلقيه رسالة من الجامعة للحضور لإجراء مقابلة لوظيفة أستاذ مساعد في قسم الثروة السمكية. في يوم المقابلة، اصطحب رافي عمو من نزلها في الصباح واصطحبها على دراجته إلى الجامعة، حيث كان من المقرر أن يتم الاجتماع في حوالي الساعة العاشرة صباحًا. انتظر رافي في الخارج بينما جاء عمو لإجراء المقابلة. خرج عمو مبتهجًا عند الظهر وأخبر رافي أنه قام بعمل جيد. طرحت عليه طاولة المقابلة العديد من الأسئلة حول بحثه في جامعة أوبسالا، وعمله الميداني في بحيرتي إركين وفاتيرن، ومزارع الأسماك التجريبية في كوتاناد وكتيرن، وجراد البحر الهجين الذي طوره.

في غضون أسبوعين، تلقت أمو رسالة من الجامعة بتعيينها أستاذة مشاركة، واحتفلت هي ورافي بتناول العشاء في مطعم في ألابوزا. في اليوم التالي التحق عمو بالجامعة. شمل تدريسه النظرية والبحث والعمل الميداني. قرر أمو ورافي الزواج واتصلوا بستيفان ماير الذي عبر عن سعادته البالغة ودعاهم لزيارة شتوتغارت للاحتفال مع إميليا. قام رافي وأمو أيضًا بزيارة فالاباتانام لرؤية مادهافان وكالياني ورينوكا وأبوكتان وآخرين. ومع ذلك، تم التخلي عن الزراعة وتربية الحيوانات لأنه لم يتمكن أحد من الاعتناء بها. كان مادهافان طريح الفراش بسبب تقدمه في السن، ولم يكن كالياني، الذي تقاعد بالفعل من التدريس، في صحة جيدة. ذهبت رينوكا وأبوكوتان إلى الصين مع أديتيا وجنيفر في زيارة طويلة، بينما كانت سهرا ومؤيدين في دبي مع أطفالهما الذين يعملون هناك. انضم كونجيرامان إلى الحزب الوطني المتحد وغادر المكان مع سوميترا وأطفالها. هاجر جيثا ورافيندران إلى شيموجا بعد شراء أرض زراعية هناك. لسوء الحظ، لم يكن أحد متاحًا لحضور حفل زفاف رافي.

ذهب رافي وأمو لرؤية منزلين على مسافة قصيرة من كوتشي حتى يتمكن عمو من الالتحاق بالجامعة ويمكن لرافي أن يهرع إلى المحكمة العليا. أخيرًا، حددوا مكانًا على طريق كوتشي-مونار السريع، على بعد حوالي خمسة عشر كيلومترًا من المدينة، حيث أعرب أمو عن رغبته في الحصول على منزل لهم عندما سافروا معًا لأول مرة إلى مونار. لقد أحبوا المنزل الواقع على قطعة أرض بقيمة عشرة سنتات، مع عدد قليل من أشجار جوز الهند، ومانجو، وشجرتين من أشجار الكاكايا، وحديقة صغيرة. كان مبنى مكونًا من طابقين، وفي الطابق الأرضي كانت هناك غرفة كبيرة إلى حد ما، قرروا استخدامها كمكتب رافي للحصول على المشورة القانونية. في الطابق الأرضي كان هناك غرفة نوم وغرفة مطبخ وتناول الطعام وغرفة معيشة. في الطابق الأول كان هناك غرفتي نوم ودراسة. كان Ammu و Ravi راضين عن سعر المالك للمنزل وقاموا بشرائه بقرض بنكي. قام عمو ورافي بتأثيث الشقة بكل ما هو ضروري. كان المنزل مزودًا بالكهرباء ووصلات الغاز والمياه الجارية. وبقرض بنكي، قاموا بشراء سيارة صغيرة لعمو.

احتفل مسؤول في مجلس بلدية ألابوزا بزواج عمو ورافي يوم الخميس حوالي الساعة العاشرة صباحًا. وبعد التوقيع على الوثائق، أشرف عمو على العمل الميداني لطلابه الذين أرادوا رؤية

المزارع السمكية التجريبية في كوتاناد. ذهب رافي إلى المحكمة العليا. في المساء، حوالي الساعة السابعة صباحًا، وصل عمو ورافي إلى المنزل معًا. أحضرت عمو جميع متعلقاتها في ثلاث حقائب من نزلها في سيارتها. كان رافي يرتدي بعض الملابس فقط. وتعانقوا عند باب منزلهم الجديد. كانت الوجبة الأولى التي أعدوها هي العشاء الذي يتكون من الأرز والسمك بالكاري. بينما يقوم أمو بإعداد الأرز، يقوم رافي بطهي السمك مع بعض المرق. أحب عمو ورافي منزلهما. وكانت المناطق المحيطة بها نظيفة وهادئة. وعلى الرغم من أنها كانت داخل حدود المدينة، إلا أنها كانت بمثابة مدينة بها فيلات مستقلة. بالنسبة لهم، كان من دواعي سروري أن نكون معًا. عمل الجميع معًا، نظفوا المنزل، وغسلوا الملابس، وطبخوا، وأكلوا، وحللوا مختلف الأحداث والقضايا في البلاد والعالم. تحدثوا عن مهام عمو التعليمية ومشاريعها البحثية. وكانت المشاكل القانونية وحقوق الإنسان وحقوق الطفل والمساواة بين الجنسين والعدالة جزءًا من حوارهم اليومي. انبثق منهم شعور عميق بأنهم يقدرون اتحادهم.

أحب Ammu و Ravi أن يكونا معًا ويشتاقان إلى رفقة بعضهما البعض. كل ليلة كانوا ينامون معًا، ممسكين ببعضهم البعض. يقوم رافي بإعداد قهوة السرير لحبيبته Ammu كل يوم عندما يستيقظان حوالي الساعة الرابعة صباحًا. ساروا بسرعة لمدة ثلاثة أرباع الساعة بدءًا من الساعة الخامسة، وقاموا بإعداد وجبة الإفطار معًا كل صباح وأخذوا عبوات الطعام إلى العمل. كان عمو ورافي حريصين جدًا على العودة في السابعة. كانوا يتسوقون أيام السبت، أما أيام الأحد فكانت للراحة والاحتفال. استمتعت عمو بفصولها النظرية وأبحاثها. وكانت المشاركة في العمل الميداني مع طلابه تجربة مثرية ومجزية. بدأ في توجيه طلاب الأبحاث للحصول على درجة الدكتوراه كجزء من واجبه. أقام علاقات جديدة مع طلابه وزملائه الذين قدروا معرفته ومهاراته والتزامه بالمهنة ونزاهته. نشر عمو العديد من المقالات في المجلات التي يراجعها النظراء، وحضر الندوات والمؤتمرات الوطنية والدولية، وقدم أوراقًا بحثية قائمة على الأدلة.

أصبح رافي محاميًا ناجحًا للغاية. لقد قسم وقته بين العملاء وناقش قضاياهم بكل إخلاص، وكانت الفوائد المالية لممارسته مشجعة للغاية. لقد خصص ما يقرب من ثلثي دخله لقضايا المصلحة العامة (PIL) ولمكافحة عمالة الأطفال والاتجار بالأطفال. بعد أشهر قليلة من زواجه، التقى رافي برجل بلا مأوى بالقرب من المحكمة، وقد اعتقلته الشرطة بتهمة السطو والسرقة. عرض رافي حمايته قانونيًا أمام القاضي لأنه بدا بائسًا، وكان يتضور جوعًا وملابسه ممزقة وليس لديه محام للدفاع عن قضيته. وكان اسم المعتقل نارايانان بهات. ساعده عمو ورافي في فتح مقهى على جانب الطريق في غضون أيام قليلة.

في السنة الأولى من تدريس عمو، كانت آن ماريا راهبة في فصلها. علمت عمو من آن ماريا أن ديرها كان بالقرب من منزل عمو. كانت آن ماريا طالبة ذكية ونشطة للغاية في العمل الميداني في كوتاناد، حيث كانت لدى أمو مزارعها السمكية التجريبية.

في أحد الأيام، رأت أمو آن ماريا تنتظر الحافلة للذهاب إلى الكلية. أوقفت أمو السيارة وأعطتها وسيلة نقل وأخبرتها أنها تستطيع الذهاب إلى الكلية كل يوم. بعد الانتهاء من دراستها بعد التخرج، بدأت آن ماريا العمل مع مزارعي الأسماك في كوتاناد في مشروع مع عمو.

بعد عام من الزواج، أراد أمو ورافي زيارة والديهما في شتوتغارت وحجزا تذكرتي الطائرة. ومع ذلك، نظرًا لإدراج بعض قضايا عمالة الأطفال البارزة في المحكمة العليا، لم يتمكن رافي من أخذ إجازة واضطر إلى إلغاء رحلته إلى ألمانيا. وعندما غادر المحكمة بعد الدفاع عن

إحدى القضايا، اقترب منه محاميان شابان وطلبا منه قبولهما كصغاره. لقد كانوا مهتمين جدًا بحقوق الإنسان ومشاكل عمالة الأطفال. أجرى رافي مقابلة قصيرة معهم ووجد أنهم أشخاص أذكياء للغاية وملتزمون بالدفاع عن حقوق الإنسان. المحاميان الشابان هما ليزا ماثيو وعبد القادر، وسرعان ما أقاما علاقة قوية مع رافي. لقد أحبهم وجودة عملهم.

وظهرت ليزا ماثيو وعبد القادر إلى جانب رافي في جميع القضايا المرفوعة من قبله. لقد تعلموا الفروق الدقيقة في الممارسة القانونية حيث شمل رافي إجراء مقابلات مع موكليه وكتابة المحتوى وعرض القضية ومناقشتها في المحكمة. في كل أيام الأسبوع، كانت ليزا ماثيو وعبد القادر حاضرين في مكتب رافي بالقرب من المحكمة العليا من الساعة السابعة صباحًا حتى التاسعة مساءً. لقد قاموا بتحديث جميع ملفات القضايا وقاموا بإعداد القوائم والوثائق المناسبة. قام كلاهما برفع دعاوى قضائية بعد موافقة رافي، ويمكن لرافي الاعتماد عليهما في جميع جوانب الإجراءات القانونية المتبعة لجلسة الاستماع أو المحاكمة. أسر رافي بقضية تهريب مخدرات تتعلق بهات إلى ليزا ماثيو وعبد القادر. وبعد شهر التقيا برافي، الذي كان لديه معلومات واسعة النطاق عن تهريب المخدرات واستخدام الأطفال كقنوات. تبع عبد القادر سرًا ثلاثة قاصرين، ربما تتراوح أعمارهم بين أربعة عشر وستة عشر عامًا، لأكثر من عشرين يومًا بالقطار والحافلة إلى مدن مختلفة، بما في ذلك ألابوزا وكوتايام وكولام وتريفاندروم. وقال عبد الخضر لرافي إن هؤلاء الأولاد قاموا بزيارة المعاهد والمدارس والنزل والمطاعم والفنادق في تلك المناطق لبيع المخدرات وعرضوا صوراً لتعاملاتهم مع الطلاب والشباب وحتى المعلمين.

ويقول عبد القادر: "لقد أنشأ هؤلاء الأشخاص شبكة واسعة النطاق، أكثر بكثير مما كنا نتصور".

"هل ترى أي شخص آخر يتبع هؤلاء الأشخاص كحاملي مخدرات؟" سأل رافي.

أجاب عبد القادر: "من وقت لآخر، كنت أرى شابين يتبعان هؤلاء الصبية الثلاثة بشكل سري، ويحملان حقائب على أكتافهم، وأظن أن حقائبهم تحتوي على بضائع محظورة".

وأضاف أن الصبية والشباب الآخرين يمكن أن يكونوا متورطين في التجارة غير المشروعة التي ذكرها بهات، وأنه من الممكن أن تكون هناك سلسلة من الأشخاص المتورطين. ومع ذلك، لم تتمكن من جمع بيانات عن الاتجار بالمخدرات في المناطق الشمالية من إرناكولام مثل ثريسور وبالاكاد ومالابورام وكوزيكود وواياناد وكانور وكاسارجود. ويعتقد عبد الخضر أن بهات كان من الممكن أن يدرج تاميل نادو وكارناتاكا وجوا في مضربه لتهريب المخدرات. ومن المحتمل أنه حصل على المواد غير المشروعة من أفغانستان وباكستان عبر غوجارات والبنجاب. وأضاف عبد القادر أن هناك احتمالات بأن بهات كان يحصل على المخدرات حتى من بورما عبر مانيبور. وقال رافي: "لكن بدون أدلة قوية على تورط بهات، لن نتمكن من رفع دعوى ضده في المحكمة العليا". "كيف يمكنني جمعها؟" سأل عبد القادر.

وقالت ليزا ماثيو: "لدي بعض المعلومات عن بهات".

"ما هم؟" سأل رافي.

"الشخص المعروف باسم ن. كان لدى بهات مقهى على جانب الطريق منذ عامين تقريبًا. وفي غضون عام، اشترى مطعمًا في المدينة، ثم أضاف لاحقًا مطعمين آخرين. وقد أسس مؤخراً حزباً سياسياً، حزب بهارات بريمي (BPP)، ويخطط لخوض انتخابات الجمعية المقبلة تحت

رايته. ويزور الزعماء السياسيون من الأحزاب الأخرى وضباط الشرطة والمسؤولون مطاعمه بانتظام. وأضافت ليزا ماثيو: "يذهب البعض إلى المنتجعات والمنتجعات الفاخرة تحت رعايته".

"من هو بهات؟" سأل رافي متظاهرًا بالجهل.

"لا توجد معلومات عن طفولته وشبابه. ويبدو أنه أكمل تسجيله، لكن ليس لدي تفاصيل حول ذلك. لقد سافر كثيرًا في جميع أنحاء الهند. يتقن فن إقناع الناس لصالحه ويتمتع بمهارة في إنشاء الشبكات الإجرامية. لديه العديد من الأفكار الرائعة، ليس لتوليد الثروة، ولكن لجمع أموال الآخرين. ومن غير المعروف ما إذا كان قد تلقى أي تعليم رسمي بعد التسجيل؛ ويعتقد البعض أنه أقام مقهى على الطريق، على بعد حوالي عشرين كيلومترا من كوتشي، لكن لا يوجد دليل موثوق. تحت اسم مطعم Harmony، يوجد مطعم يديره شخص من أودوبي يدعي أنه لا يعرف بهات. والأرض التي أقيم عليها المطعم، والتي تبلغ مساحتها حوالي هكتارين، مملوكة للحكومة، لكن مالكها يقول إنها ملك له. يقول بعض سائقي الشاحنات إن شخصًا يُعرف باسم نارايانان بهات افتتح مقهى هناك، لكن لا يمكنني إثبات ما إذا كان نارايانان بهات ون. بهات هم نفس الأشخاص. أعتقد أنه على الأرجح أن ن بهات أراد محو ماضيه. لقد تمكنت من جمع بعض البيانات، ومنذ حوالي عام كان هناك بعض الرجال الذين يبيعون المخدرات في هذا المقهى،" أوضحت ليزا البيانات التي جمعتها.

استمع رافي بعناية إلى ليزا ماثيو.

"ليزا، علينا أن نثبت أن نارايانان بهات هو في الواقع إن بهات وأنه قام بتوظيف الأطفال كتجار مخدرات. علاوة على ذلك، فهو يواصل توريط الأطفال في تهريب المخدرات".

قالت ليزا ماثيو: "سأفعل كل ما بوسعي، لكن عليك أن تكون حذرًا للغاية. يمكن أن يؤذيك بهات، ويبدو أنه مجرم متشدد. أردت أن أؤسس اسمًا جديدًا وهوية جديدة. وسرعان ما أراد بهات تغيير كل شيء. يمكن أن يكون معتلًا اجتماعيًا ومصابًا بجنون العظمة ومستعدًا لارتكاب أي جريمة. قد يكون على استعداد للقتل لتحقيق هدفه، وهو ما لا يؤثر عليه"، حذر رافي ليزا ماثيو وعبد القادر. واتفق الثلاثة على الاجتماع بعد خمسة عشر يوما لمناقشة نفس الموضوع. مرة أخرى، قامت ليزا ماثيو وعبد القادر بجمع الأدلة المتعلقة بتهريب المخدرات المزعوم لـ N. بهات وإشراك الأطفال كوسطاء.

في هذه الأثناء، رفع رافي قضية ضد عمالة الأطفال في مصنع بلاط بالقرب من ثريسور. كان ستة عشر طفلاً تتراوح أعمارهم بين الحادية عشرة والسادسة عشرة يعملون لمدة تصل إلى اثنتي عشرة ساعة في اليوم. ذهبوا مع رافي وليزا ماثيو وعبد القادر لرؤية الأطفال في مصنع البلاط وتحدثوا إلى صاحبه الذي هددهم بمهاجمتهم. حاول رافي إقناعه بأن عمالة الأطفال غير قانونية وتدمر طفولة الأطفال وتعليمهم ومستقبلهم. وطلب رافي من صاحب مصنع البلاط إطلاق سراح الأطفال فوراً مع التعويض المناسب. أخبر رافي المالك أيضًا أنه من الضروري تنظيم التعليم والرعاية الصحية وطفولة محمية للأطفال. ورفض صاحب مصنع البلاط إطلاق سراح الأطفال. أخبره رافي أن الخيار الوحيد هو رفع دعوى مصلحة عامة أمام المحكمة العليا لاستعادة حرية الأطفال والمطالبة بالتعويض عن طفولتهم المفقودة. وحذر صاحب المصنع الفريق الحقوقي من العواقب الوخيمة.

قامت ليزا ماثيو وعبد القادر بجمع جميع البيانات ذات الصلة سرًا، وساعدهما رافي في صياغة ملف قضية ILP المرفوعة ضد صاحب المصنع بتهمة عمالة الأطفال والقسوة على الأطفال. شجع رافي ليزا ماثيو على مرافعة القضية في المحكمة العليا، وهي أول قضية لها أمام القاضي. وقدم الأدلة بموضوعية ومنطقية ونهائية. وقد استند إلى القوانين ذات الصلة، ودستور الهند، والإعلان العالمي لحقوق الإنسان وجميع إعلانات الأمم المتحدة الأخرى ذات الصلة، والتي وقعت عليها الهند. دعمها عبد الخضر ورافي. تمكنت ليزا ماثيو من تقديم دفاع مضاد بشكل مقنع ضد محامي صاحب المصنع وتمكنت من الإجابة على الأسئلة التي طرحتها المحكمة بما يرضي المحكمة. وأصدرت المحكمة حكمها بإطلاق سراح الأطفال الستة عشر من مصنع البلاط مع تعويض مناسب دفعه صاحب المصنع. وكان ليزا ماثيو وعبد القادر ورافي سعداء بنجاح القضية. بعد التشاور مع Ammu، دعا رافي ليزا وعبدول لتناول العشاء في منزله خلال عطلة نهاية الأسبوع للاحتفال بالحكم المناسب والذكرى السنوية الثانية لعمل ليزا وعبدول مع رافي.

أعد عمو ورافي العشاء، وكانت الأطباق الرئيسية هي فيلايابام وكاري لحم الضأن وبرياني الدجاج واللبن الرائب ومخلل عنب الثعلب وسلطة الخضار والباياسام . وصلت ليزا ماثيو وعبد القادر حوالي الساعة السابعة بعد الظهر. التقى بهم Ammu لأول مرة وقاموا بضربهم على الفور. تحدثوا على الطاولة عن الأدب والأفلام ولاعبي الشطرنج ولاعبة التنس. أفلام ليزا ماثيو المفضلة كانت Alien و Moonraker . قال عبد القادر إنه يحب Mad Max ، بينما فضل Ammu Apocalypse . استمع رافي باهتمام، لكنه اعترف بأنه ليس من متابعي الأفلام، رغم أنه يحب أغاني الأفلام.

أخبرهم رافي أنه يحب الروايات وأن أفضل كتبه تشمل اسم الوردة وأطفال منتصف الليل . وأضاف رافي مبتسماً: " بالطبع، أحب جميع كتب هيرمان هيسه". ابتسمت عمو. "لماذا تبتسم؟" سأل عبد الخضر. يقول عمو: "إن هيرمان هيسه هو المؤلف المفضل لدى والدته". وأضاف عمو: "أنا أحب سيدهارتا وجيرترود ونرجس وجولدموند". قالت ليزا: "لم أقرأ أي كتب لهيرمان هيسه". "لكن مؤلفي المفضل هو إرنست همنغواي، وأنا أحب رواياته، "الرجل العجوز والبحر ، لمن تقرع الأجراس "، و "وداعاً للسلاح" . همنغواي هو واحد من أعظم الكتاب. لقد استمتعت بقراءة تحفته " ثلوج كيل إيمانجارو"، وهي رواية عن السيرة الذاتية مكتوبة بشكل رائع. وأوضحت ليزا ماثيو: "إنه تفسير أنيق للعلاقة بين المرأة والرجل والصراعات التي يمكن أن تولدها". استمتعت عمو بكلمات ليزا. "ليزا، أنت تتحدثين بشكل جيد للغاية،" ردت آمو. ردت ليزا: "شكرًا لك سيدتي". يقول عبد القادر: "بالنسبة لي، أفضل رواية هي رواية "رانديدانغازي ، مقياسان للأرز" للكاتب ثاكازي، أفضل روائي مالايالامي". يقول رافي: "أنا أحب عمل ثاكازي". وأضاف رافي: "لقد قرأت كتابه Chemmeen و Thottiyude Makan مرتين على الأقل عندما كنت في المدرسة". "في الأسبوع الماضي قرأت مفتاح ريبيكا . وقال عبد القادر: "إنها رواية رائعة واستمتعت بها".

قدم عمو الباياسام للجميع واستمتع بها الجميع. "هل تلعب التنس؟" سأل عمو ليزا ماثيو وعبد القادر. "لا سيدتي. لكني أستمتع بمشاهدته. وقال عبد القادر: "أحب مباريات مارتينا نافراتيلوفا وكريس إيفرت وشتيفي غراف". "إنهم بلا شك لاعبون رائعون، وأنا أحب لعبتهم. قال رافي: "أنا أيضًا أحب بيلي جين كينغ وإيفون جولاجونج". قال عمو لليزا وعبد القادر: "كان رافي لاعبًا جيدًا للهوكي في المدرسة الثانوية ولعب مرتين في الألعاب الوطنية". وقال عبد القادر: "إنه أمر رائع". وقالت ليزا ماثيو: "الهوكي لعبة رائعة، اخترعها البريطانيون وعلموها للهنود،

وقد لعبناها بشكل جيد لفترة طويلة". قال رافي: "هذا صحيح". بعد العشاء، جلسوا في الغرفة وقدم لهم رافي القهوة الساخنة. "القهوة هي المفضلة لدى رافي. يقول عمو: "إنه يعد القهوة لسريرنا كل يوم حوالي الساعة الرابعة صباحًا، وأنا أستمتع بها حقًا". وعلق عبد القادر قائلاً: "أنت محظوظ جداً". "انا محظوظ جدا. قال رافي: "آمو هي أنا".

نظرت ليزا إلى عمو ورافي وقالت: "إنها حجة أنسيلم الوجودية، رؤية الآخر بداخلك."

يقول عبد القادر: "الوجود أسطورة، لكني أحب رؤية الآخرين بداخلي". "أنا أعتبر الأنطولوجيا نظامًا فلسفيًا لا معنى له. لكنني أقدر كل ما يتعلق بالعدالة. وأوضحت ليزا ماثيو: "عندما أرى نفسي منعكسًا في الآخرين، فإنني أحترم كرامتهم وحقوقهم، وهذه الحجة لها قيمة إنسانية".

وقال عبد القادر: "لا نحتاج إلى أي مفهوم عن الله لشرح اهتمامات الإنسان وقيمه وحقوقه".

"أنا أتفق معك. نحن لسنا سيزيف، مؤسس وملك كورنثوس، الذي حكمت عليه الآلهة إلى الأبد بدحرجة صخرة إلى أعلى التل، ومشاهدتها وهي تتدحرج إلى أسفل، وتكرار نفس المهمة إلى الأبد. والآن، نحن متفوقون على الآلهة ويمكننا أن نحكم عليهم بالمعاناة في الجحيم إلى الأبد." كانت ليزا ماثيو قوية.

وأوضح عبد القادر: «بالطبع نحن مثل بروميثيوس العملاق الذي كان ابن إيابيتوس وثميس وبطلًا عظيمًا للبشر، منذ أن سرق النار من زيوس الإله القوي».

قالت ليزا ماثيو: "لا يمكن لأي إله أن يهزم البشر، لأن كل الآلهة هم بشر أموات".

وقال عبد القادر: "إنه تصريح مهم".

وعلق أمو قائلا: "صحيح، عندما أرى نفسي في الآخرين، لن أنكر عليهم العدالة أبدا".

وقال رافي: "عندما أسمح للآخرين بالاستمتاع بما أستمتع به، فمن هنا تأتي العدالة".

ثم ضحك الجميع. يقول عبد القادر: "هذه القهوة لذيذة". قالت ليزا ماثيو: "بالطبع". والآن حان الوقت لمغادرة عبد القادر وليزا ماثيو. وقال عبد الخضر: "شكراً لك سيدتي، وشكراً سيدي على دعوتنا". قالت ليزا ماثيو: "لقد استمتعنا حقًا بالعشاء". قال رافي: "نود أن نقضي العديد من الأمسيات مثل هذه معك هنا". كانت الساعة تقترب من العاشرة وكانت أضواء الشوارع مشتعلة. بدأت ليزا ماثيو دراجتها البخارية بينما كان عبد القادر يمتلك دراجته النارية. قام عمو ورافي بغسل الأطباق والأواني الفخارية الأخرى، وتنظيف المطبخ وغرفة الطعام، ثم ذهبا للنوم في الساعة الحادية عشرة. في الصباح رن الهاتف فالتقطه رافي. كان ستيفان ماير. "رافي،" دعا بصوت رزين. أجاب رافي: "نعم يا أبي". "رافي، أماتك لم تعد موجودة. "لقد انتهت صلاحية إميليا قبل خمس دقائق." "أبي، أمي. أنا أحبها. أبي، دعنا نذهب،" قال رافي بين تنهدات. كانت Ammu قد نهضت بالفعل وأخبرها رافي بالأخبار الحزينة. عانقت أمو رافي لتعزيته.

حوالي الساعة الثالثة والنصف صباحًا، استقل رافي وأمو رحلة جوية من كوتشي إلى فرانكفورت، ثم أخرى إلى شتوتغارت. أمام منزل ماير كان هناك حشد صغير واثنين من ضباط الشرطة. صُدم رافي وأمو لرؤيتهما.

وقال رافي أثناء تقديمهما لضابط الشرطة: "أنا رافي ستيفان ماير، ابن إميليا وستيفان ماير، وهذه زوجتي أمو".

"السيد رافي ماير، يؤسفني أن أبلغك بوفاة والديك. مباشرة بعد وفاة والدتك، أطلق والدك النار على نفسه. إليكم ملاحظة كتبها السيد ستيفان ماير لك ولزوجتك عمو. لقد قمنا بتشريح الجثة، وجميع الأوراق، بما في ذلك شهادات الوفاة، جاهزة. وقال ضابط الشرطة وهو يسلم المذكرة المكتوبة بخط اليد باللغة الألمانية إلى عمو ورافي ماير: "ستتولى الولاية عملية حرق الجثة".

عزيزي عمو ورافي ،

يؤسفني أن أخبرك أن عمتك قد توفيت. كان هدفي في الحياة هو العيش بسعادة مع إميليا، والآن حققت ذلك. ليس من المنطقي العيش بدون إيميليا. من فضلك سامحني على التسبب في الألم لكما وإزعاج الجمهور. ستتعامل الولاية مع عملية حرق الجثة وفقًا للقانون، ويجوز لك دفن الجرار التي تحتوي على الرماد في مقبرة عامة بدون شاهد قبر. الوصية موجودة في خزانة البنك، ويمكنك أن تفعل ما تريد. أحبك يا عمو ورافي.

أبي، ستيفان ماير.

دخل عمو ورافي. كانت جثتي إميليا وستيفان ماير هناك. قام ستيفان وأمو بتقبيل جباه والديهما ثم أقدامهما قبل حرق الجثة. كان هناك حوالي عشرة أشخاص، بما في ذلك ميا وأليكس شميدت. في اليوم التالي، قام رافي وعمو بجمع الرماد في حاويتين ودفنهما في نفس القبر في مقبرة عامة بدون شاهد قبر. ثم بكى رافي وعمو وقبلا القبر قبل المغادرة. وكان هناك اثنان من مسؤولي البلدية حاضرين في المقبرة. بعد ثلاثة أيام، ذهب عمو ورافي إلى البنك لاستلام الوصية. كانت هناك إرادتان؛ وكان ستيفان ماير قد أعدم الأول باسم عمو ورافي مقابل واحد وأربعين مليون مارك ألماني. احتلت إميليا ستيفان المركز الثاني باسم عمو ورافي مقابل تسعة وأربعين مليون مارك ألماني. ناقش عمو ورافي ما يجب فعله بالمال في اليومين المقبلين وقررا عدم قبوله. اعتقد عمو ورافي أن المبلغ بأكمله يجب أن يذهب إلى شعوب العالم، حيثما يوجد أشخاص محتاجون. ناقشوا أفضل طريقة لاستخدام الأموال من أجل رفاهية الناس وقرروا أخيرًا إنشاء مؤسستين، والتبرع بهما باسم والديهم. وهكذا كانت الأولى مؤسسة تحمل اسم والده: مؤسسة ستيفان ماير للأطفال المهجورين . المؤسسة الأخرى تحمل اسم والدتها: مؤسسة إميليا ستيفان ماير للنساء المهجورات.

وبمساعدة خبراء قانونيين ألمان، قام عمو ورافي بصياغة مذكرتين منفصلتين للأسس المقترحة. كان الهدف الرئيسي لمؤسسة ستيفان ماير هو رعاية الأطفال المهجورين في مراكز سكنية مناسبة. ومن المهم أيضًا توفير الحب والطعام والملبس والتعليم والرعاية الصحية لهم. قدمت *مؤسسة إميليا ستيفان ماير للنساء المهجورات* مرافق سكنية حتى تتمكن النساء اللائي يتمتعن بالرفاهية الاجتماعية والنفسية والعاطفية من أن يعيشن حياة كريمة. وتم تسجيل المذكرتين وفقاً للتشريعات ذات الصلة. قام عمو ورافي بتفويض الحكومة الألمانية بالكامل بالإفراج عن الأموال اللازمة من الفوائد المكتسبة كل عام للمنظمات غير الحكومية من البلدان النامية بعد التحقق من أوراق اعتمادها مثل النزاهة والجدارة بالثقة. وكان مطلوباً من المنظمات غير الحكومية أن تقدم إلى الحكومة بياناً سنوياً مدققاً للحسابات، يعده ويوقعه محاسب قانوني، إلى جانب تقرير وصفي عن العمل المنجز. وكان التفتيش السنوي على المنظمات غير الحكومية التي تتلقى الدعم المالي من الجهات الراعية إلزاميًا أيضًا. عمو ورافي لم يُدرجا أسمائهما في أي منصب في الأساسات.

قبل المغادرة إلى الهند، زار عمو ورافي المقبرة ووضعوا الورود على قبر والديهم. ثم قبلوا الأرض وودعوا إميليا وستيفان. وفي اليوم السادس عشر من مغادرتهم ولاية كيرالا، عادوا إلى

كوتشي. ذهب عمو إلى الكلية ورافي إلى المحكمة العليا. كان عبد الخضر ينتظر رافي في المكتب وأخبره أن ليزا ماثيو تعرضت لحادث قبل أسبوع من وصوله. ولم يكن الحادث خطيرا، وخرجت ليزا من المستشفى بعد يومين. سأل رافي كيف وقع الحادث. وأخبره عبد الخضر أن شاحنة صغيرة صدمت دراجته الصغيرة من الخلف على مشارف المدينة عندما كان يغادر مكتبه حوالي الساعة التاسعة صباحاً. وبعد الحادث، انطلقت الشاحنة مسرعة دون توقف لبعض الوقت. سقطت ليزا في حفرة مملوءة بالطين، لكن خوذتها أنقذتها من إصابة خطيرة.

ذهب رافي مع عبد القادر لرؤية ليزا ماثيو في منزلها، على بعد حوالي عشرين كيلومترًا من المدينة. كان والدا ليزا في المنزل، وبمساعدة أحد المشاة، تمكنت ليزا من الخروج وتحية رافي وعبدول. "مرحبا ليزا، تشرفت بلقائك. قال رافي أثناء الترحيب به: "لكن الحمد لله، أنت بخير". "لقد فاجأني الحادث. كانت الشاحنة قادمة من الخلف واصطدمت بسيارتي ذات العجلتين لكنها لم تتوقف على الفور. ولكن بعد مائة متر، توقف لمدة دقيقتين. قالت ليزا: "لقد أذهلني ذلك". ورد رافي قائلا: "في الوضع الطبيعي، كان ينبغي أن تتوقف السيارة على الفور، لكن ذلك لم يحدث". "كان من الممكن أن يكون حادثًا؛ أحاول تصديق ذلك. وقالت ليزا ماثيو إن سائق السيارة ربما كان مخمورا. "لقد كان مكانًا منعزلاً، وكان من الجيد أن السيارة لم تتوقف على الفور وانطلق السائق بسرعة. وقال عبد القادر: "ربما كان هناك أشخاص آخرون في الشاحنة". نظرت ليزا ورافي إلى عبد وكان هناك صمت طويل. "لقد وقعت في حفرة مليئة بالسماد، ولم يتمكن السائق من رؤيتي من شاحنته، وربما ساعدني. قالت ليزا وهي تنظر إلى رافي وعبدول: "لو أنني سقطت على الرصيف وأوقف السائق سيارته على الفور". وقال عبد القادر: «لا يمكن أن يكون الأمر مجرد حادث». "لأن؟" سأل رافي. "توقفت السيارة على بعد حوالي مائة متر. وأكد السائق ما حدث للضحية. وبما أنه لم يتمكن من رؤية الضحية، فمن المحتمل أنه اعتقد أنه لا داعي للعودة إلى موقع الحادث والتحقق من مصير الضحية". "عندما رفعت رأسي قليلاً، رأيت الشاحنة متوقفة على مسافة أبعد قليلاً. لذلك لم أنهض، وبقيت في المستنقع كما لو كنت ميتًا، ولم أستيقظ إلا عندما غادرت الشاحنة. قالت ليزا: "سقطت الدراجة الصغيرة في الخندق، لذا لم يتمكن من كانوا داخل الشاحنة من رؤيتها".

كان رافي صامتا. كنت أفكر. صدمه لقاء ليزا وسماع حديثها عن الحادث. طبيعة الانفجار والأحداث اللاحقة، حتى لو لم تكن جريمة متعمدة، تركت رافي في حالة من الصدمة، وناقش الأمر مع عمو. "يبدو أنه حادث مخطط له. يجب أن تكون ليزا حذرة عند القيادة أو السفر. أعتقد أن القيادة بمفردي على الطريق السريع يمكن أن تكون خطيرة، حتى في الرحلات القصيرة بعد الساعة السابعة مساءً. واقترحت أمو: "على ليزا أن تعود إلى منزلها في السابعة مساءً، وعليها استخدام وسائل النقل العام بدلاً من ركوب الدراجات". طلب رافي من ليزا العودة إلى المنزل في الساعة 7 مساءً بواسطة وسائل النقل العام لبعض الوقت وطلب من عبد القادر أن يأخذها عندما يذهبان معًا لجمع الأدلة في قضية ما. مرة أخرى، أصبحت ليزا ماثيو نشطة ومبهجة. شارك مع عبد القادر في جمع البيانات حول عمالة الأطفال والاتجار بالأطفال، ومنحهم رافي العديد من الفرص لعرض القضايا في المحكمة. وجادلوا في الجوانب القانونية بقوة وإقناع، وأقنعوا القاضي بمشروعية المسائل التي كانوا يتعاملون معها. اكتشفت ليزا ماثيو وعبد القادر ورافي العديد من حوادث عمالة الأطفال في أجزاء مختلفة من ولاية كيرالا، وسافروا معًا على نطاق واسع لجمع المعلومات والأدلة اللازمة. كانت دعاواهم القضائية ناجحة للغاية وأصبحت معروفة جيدًا بين المجتمع القانوني.

فكرت ليزا وعبدول في تشكيل جمعية للأطفال المفرج عنهم من عمالة الأطفال لضمان الرعاية السكنية والتعليم والمرافق الصحية والفرص الترفيهية الكافية. ناقشوا الأمر مع رافي، الذي اعتقد أنها فكرة جيدة واقترح أنه في المراحل الأولية، ستشمل الجمعية فقط الأطفال الذين أفرجت عنهم المحكمة من خلال ILP الذين قدموا طلباتهم بأنفسهم. وفي ثلاثة أشهر، تمكنت ليزا وعبد القادر من ضم أسماء مائة وسبعة وثمانين طفلاً إلى جمعيتهم. وفي إحدى عطلات نهاية الأسبوع، نظموا اجتماعًا لجميع الأطفال في دار البلدية، وشارك فيه مائة وستة وعشرون طفلاً. كانت هناك عدة برامج ثقافية ومأدبة غداء برعاية رافي وعمو. استمتع معظم الأطفال بالحدث تمامًا، وتحدث رافي وعمو وليزا وعبدول معهم جميعًا قبل إعادتهم إلى أماكن إقامتهم.

احتفل Ammu و Ravi بالذكرى السنوية الخامسة لزواجهما برحلة لمدة أسبوع إلى Kovalam و Kanyakumari بالسيارة، مع قيادة Ammu. وكانت تلك إجازتهم الأولى منذ زواجهم. لقد مروا عبر كوتايام وتشانجاناسيري وكولام وتريفاندروم، العاصمة الجميلة المذهلة لمملكة ترافانكور القديمة. وقال رافي: "كانت تُعرف باسم بادمانابهابورام وكانت عاصمة عائلة ترافانكور المالكة، التي تأسست عام 1500". "كان أفراد العائلة المالكة في ترافانكور متعلمين باللغة الإنجليزية وكانوا تقدميين للغاية. ولهذا السبب أصبحت ولاية كيرالا واحدة من أكثر الولايات تقدما في الهند، حيث تبلغ نسبة القراءة والكتابة 100 في المائة تقريبا ونظام رعاية صحية جيد مثل سويسرا والنمسا والنرويج والسويد". سبح أمو ورافي معًا على شاطئ كوفالام واستقلا قاربًا عند التقاطع الثلاثي لبحر العرب والمحيط الهندي وخليج البنغال في كانياكوماري. كما قاموا بزيارة معبد بادمانابها سوامي في تريفاندروم وأذهلوا بالمنحوتات الرائعة على جدرانه.

شعر عمو ورافي بالتجدد عندما عادا واستأنفا روتينهما اليومي. وبعد شهر، لاحظت أمو أن ثدييها أصبحا منتفخين ومنتفخين بعض الشيء وشعرت بتعب طفيف. كما كان يعاني من تشنجات في ساقيه ويديه ويشعر بالغثيان عندما يستيقظ. أخبرت أمو رافي أنها لا تستطيع شرب القهوة في السرير لأنها جعلتها ترغب في التقيؤ. قبل الإفطار، كنت أعاني من الصداع والإمساك وتقلب المزاج. وجد رافي أن ضغط دم عمو قد انخفض قليلاً وأن مستوى السكر في دمها كان منخفضًا أيضًا عندما قام بقياسه. شعرت عمو بالدوار قليلاً. ارتفعت درجة حرارة جسمها واشتبهت في أنها قد تكون حاملاً. بعد أن أدرك رافي أن الوقت قد حان لاستشارة طبيب أمراض النساء، قام على الفور بتحديد موعد في الساعة التاسعة صباحًا. وصل عمو ورافي إلى العيادة قبل الموعد المحدد بعشر دقائق. بعد الاختبارات الأولية، أخبر طبيب أمراض النساء رافي، بابتسامة مشرقة، أنه سيصبح أبًا. كان رافي منتشيًا، واحتضن عمو وقبله مرارًا وتكرارًا، ولم يصدق أذنيه.

كان حمل Ammu تجربة رائعة لرافي حيث تطورت حياة جديدة داخل جسد حبيبته. "الحمل رحلة مدتها تسعة أشهر." تخيلت رافي عملية إباضة أمو، حيث يطلق مبيضاها بيضة، وتخصب البويضة بحيواناتها المنوية وتحدد على الفور جنس الطفل. أخبرتها عمو أن الأمر يستغرق من ثلاثة إلى أربعة أيام حتى ينتقل الجنين إلى بطانة الرحم وينغرس في جدار الرحم. قال رافي بحماس وهو يداعب بطن عمو: "الطفل ينمو هناك". في ذلك اليوم، أخذ عمو إجازة متفرقة، وهي الأولى التي يأخذها خلال السنوات الخمس من مسيرته الجامعية. وبالمثل، بقي رافي مع عمو؛ أصبحت أمه وأخته وطبيبته. في اليوم التالي ذهب Ammu إلى الكلية وذهب رافي إلى المحكمة لكن عقله كان مليئًا بـ Ammu. في البداية، كل أسبوعين، كان رافي يأخذ أمو إلى طبيب أمراض النساء. ولم يسمح لعمو بالقيام بالأعمال المنزلية خلال الأشهر الثلاثة

الأولى، والتي كانت حرجة. كان رافي يقودها إلى الجامعة كل صباح ويصطحبها بعد عودته من المحكمة. وجد رافي أنه من الرائع قضاء المزيد من الوقت مع Ammu، والاستماع إليها وهي تتحدث كما لو كانت هذه هي المرة الأولى التي تخاطبه فيها. "يبلغ طول طفلك الآن حوالي ثلاثة إلى عشرة سنتيمترات ويزن حوالي ثمانية وعشرين جرامًا"، أخبرهما طبيب أمراض النساء عندما زارها عمو ورافي في الشهر الثالث من الحمل.

أخبرت أمو رافي أن طفلها أصبح أكثر نشاطًا بعد أربعة أشهر ويمكن أن يشعر بحركات طفيفة. كل يوم، كان رافي يميل نحو البطن ويقرب أذنيه ليشعر بها، ويشغل موسيقى هادئة حتى يكبر الطفل وهو يستمع إلى صوت الموسيقى. وشجع عمو على التحدث مع الطفل حتى يتعرف على صوت الأم. وهكذا نما الطفل داخل رحم عمو، ونشأ رافي كأب وهو يعانق عمو. شعرت عمو بسعادة بالغة وحيوية ونشاط خلال الأشهر الستة من حملها. قامت هي ورافي بزيارة أماكن مختلفة بالسيارة في عطلات نهاية الأسبوع ويمكنهما العودة في المساء. كان يحب تناول الطعام بالخارج وتذوق محضرات الأسماك. في ذلك الوقت، كان الإنتاج التجاري لـ Kuttern متاحًا في كوتشي، وكانت تشتريه وتحتفظ به في ثلاجتها لمدة أسبوع. اعتاد عمو ورافي أن يأخذا ليزا ماثيو وعبد القادر لتناول طعام الغداء في عطلات نهاية الأسبوع وكانا يصنعان لهما كوترن على الطريقة السويدية. الجميع أحب ذلك. دعتهم ليزا وعبدول لتناول طعام الغداء أو العشاء في منازلهم. كانت زيارتهم تجربة ممتعة لـ Ammu وRavi، حيث كانا يشاركان دائمًا مختلف الأحداث والأفكار بطريقة نشطة ومثيرة للغاية.

وفي الشهر التاسع طلبت طبيبة أمراض النساء من عمو ترك منصب التدريس في الجامعة. من وقت لآخر، كان رافي يتصل بأمو من المحكمة ليسمع صوتها. في صباح أحد أيام الأحد، بينما كان رافي في المنزل، بدأ عمو يشعر بألم في أسفل الظهر وتقلصات طفيفة، والتي أصبحت تدريجيًا أقوى وأكثر تكرارًا. بدأت أعراض المخاض قبل ثلاثة أيام من الموعد المتوقع لطبيبة أمراض النساء، مما دفع رافي إلى أخذ عمو إلى جناح الولادة. ثم نقل الطبيب عمو إلى غرفة الولادة، حيث تمكن رافي من البقاء معها بعد أن أبدى رغبته في الحضور. كانت الولادة طبيعية وشهد رافي ولادة الطفل. أخذ الطبيب رأس الطفل بين يديها، وسحبه بلطف، وقطع الحبل السري بالمقص.

فجأة بكى الطفل. "طفلنا..." تمتمت آمو. "طفلنا!" كرر رافي. جلس رافي وقبل جبين عمو. "عمو!" دعا. "طفلنا!" قالت مرة أخرى. قامت الممرضة بتنظيف الطفل وسلمته إلى عمو. قال: "إنه صبي". نظر آمو إلى رافي ولمس رأس الطفل بلطف. قال الطبيب لأمو: "يمكنك إرضاع الطفل طبيعيًا"، وقد فعلت ذلك. سأل رافي الطبيب إذا كان يستطيع حمل الطفل، فوضع الطبيب قطعة قماش بيضاء ناعمة في يده ووضع الطفل عليها. "طفلنا!" وقال رافي بصوت عالٍ. أمضت عمو ثلاثة أيام في مستشفى الولادة. قامت ليزا وعبد القادر بزيارة عمو والطفل في اليوم الأخير. لقد ساعدوا رافي في نقل الأم والطفل إلى مقر إقامته. قام عمو ورافي بتسمية ابنهما تيجاس.

قامت ليزا ماثيو وعبد القادر بجمع المزيد من المعلومات حول الاتجار بالمخدرات في كوتشي، وتحديدًا حول الأطفال والمراهقين والشباب المتورطين في مبيعات المخدرات. وحصلوا على بيانات عن تسعة وعشرين طفلاً ومراهقًا متورطين بشكل مباشر في تهريب المخدرات. ووفقاً للأدلة التي تم جمعها، كان تسعة من هؤلاء الأطفال أيتاماً أو جاءوا من ولايات أخرى وتركوا المدرسة. تلقت ليزا وعبدول نصائح سرية من مقهى على جانب الطريق، عُرف فيما بعد باسم

مطعم هارموني ، حيث اكتشفا أن سائقي الشاحنات الذين كانوا يزورون المطعم غالبًا ما يتم الاتجار بهم. لكن ليزا وعبد القادر لم يتمكنا من التحقق من ملكية المطعم، على الرغم من أنهما كانا يعتقدان أن بهات هو المالك غير المباشر له. تم اكتشاف أن بعض أطفال المدارس وشباب الجامعات المتورطين في تهريب المخدرات مرتبطون بمطاعم بهات في المدينة، لكنهم لم يعرفوا من هو زعيم المخدرات. نظرًا لعدم وجود أدلة كافية لتقديم شكوى ILP، قررت ليزا ماثيو وعبد القادر ورافي مقابلة المفتش أنتوني ديسوزا في مركز الشرطة لمناقشة الأمر بسرية وجمع المزيد من المعلومات. طلب منهم أنتوني ديسوزا، مفتش الشرطة، ورافي التحدث إلى ديسوزا. وقال أنتوني ديسوزا إنه نظرًا لأن بهات كان شخصًا نشطًا ومؤثرًا، فإنه لن يتولى القضية. لذلك اقترح على ليزا ماثيو وعبد القادر التواصل مع نائب مدير الشرطة (Dy SP). وعد أنتوني ديسوزا بالحفاظ على سرية الأمر وعدم الكشف عن أسمائهم لأي شخص أبدًا.

في اليوم التالي، دون الاتصال برافي، الذي أخذ تيجاس وأمو إلى طبيب الأطفال، حددت ليزا وعبدول موعدًا مع Dy SP. وأعطاهم عشر دقائق لمقابلته حوالي الساعة التاسعة صباحًا في مكتبه. واستمع إليهم أحمد كونج، البالغ من العمر خمسة وأربعين عامًا، لمدة دقيقتين وأخبرهم أن الاتجار بالمخدرات جريمة خطيرة. كان ينبغي عليهم أن يقتربوا منه مباشرة دون الاتصال بمفتش الشرطة أنتوني ديسوزا. وعد Dy SP باتخاذ الإجراء المناسب فورًا بمجرد جمع الأدلة الأساسية، واحتجاز بهات. أخبر أحمد كونج بصرامة ليزا وعبدول بعدم الكشف عن الأمر لأي شخص، ولا حتى لمفتش الشرطة أنتوني ديسوزا، لأن حياتهما ستكون في خطر.

وبعد يومين، اتصل عبد الخضر برافي في وقت مبكر من الصباح ليبلغه أن ليزا ماثيو لم تعد إلى المنزل في الليلة السابقة وأن والديها يشعران بالقلق. طلب رافي من عبد القادر أن يأتي إلى منزله على الفور. وسرعان ما ذهب كلاهما إلى منزل ليزا. وكان والداها، وهما مدرسان متقاعدان، يحتضران، وأعربا عن معاناتهما العميقة بسبب اختفاء ابنتهما. كان لدى والدا ليزا ابنتان فقط. كان الابن الأكبر متزوجًا بالفعل ويعمل طبيبًا في بنغالور. أخذ رافي والدي ليزا إلى مركز الشرطة وسجل شكوى لأن ابنتهما مفقودة منذ الليلة السابقة ولم تعد من المحكمة. كتب رافي إلى الشرطة أن ليزا كانت في قاعة المحكمة حتى الساعة 6 مساءً معه ومع عبد القادر، وأنها عادة ما تستقل الحافلة من محطة الحافلات القريبة. ووعدت الشرطة والدي ليزا بتقديم كل مساعدة ممكنة للعثور على ابنتهما المفقودة.

في اليومين التاليين لم يحدث شيء. كان والدا ليزا في حالة ذهول. قام رافي وعمو وعبد بالبحث في كل مكان وأبلغوا جميع الصحف عن الشخص المفقود. وفي صباح اليوم الرابع، عثر شخص يمشي مع كلبه على جثة امرأة على ضفة نهر بيريار. تعرف والدا ليزا على الجثة على أنها جثة ابنتهما. استغرق تشريح الجثة يومين، وتم تسليم الجثة إلى الوالدين بعد ظهر اليوم التالي. ووجدوا الأعضاء التناسلية لليزا مشوهة وحلمتيها مقطوعتين. وكانت لديه بقع سوداء في جميع أنحاء جسده وسجلت الشرطة قضية اختطاف واغتصاب واعتداء وتشويه أجزاء من الجسم وقتل ضد مجرم مجهول. تولى Dy SP، أحمد كونج، القضية مباشرة، وعزى والدي ليزا قائلاً إنه سيعتقل المجرم خلال يوم أو يومين.

دفن أبناء الرعية ليزا في مقبرة الكنيسة الأرثوذكسية بعد ظهر ذلك اليوم، وبكى والداها بمرارة. أخذتهم ابنتهم الكبرى إلى المستشفى لأنهم فقدوا الوعي. رافقهم رافي وعبد إلى المستشفى. وحضر حشد كبير الجنازة ثم توجهوا بعد ذلك إلى مركز الشرطة للاحتجاج على إهمال الشرطة في التعامل مع القضية. وطالبوا Dy SP Ahmad Kunj بالاستقالة من

منصبه لعدم قدرته المطلقة على حماية ضحايا عمليات الاختطاف والاغتصاب والقتل. وفي حوالي منتصف ليل اليوم نفسه، داهمت الشرطة منزل عبد القادر بالقرب من فورت كوتشي واعتقلته بتهمة قتل ليزا ماثيو. في اليوم التالي، قام Dy SP Ahmad Kunju بزيارة مكتب رافي في المحكمة، وسأله عن تفاصيل حول عبد الخضر وأبلغه أن عبد الخضر محتجز. صُدم رافي لسماع ذلك وطلب من المحكمة على الفور إطلاق سراح عبد الخضر. إلا أن المحكمة رفضت الالتماس حيث أبلغت الشرطة المحكمة بوجود أدلة قوية ضد عبد الخضر على قيامه باختطاف ليزا ماثيو قبل اغتصابها وقتلها. وأبقت المحكمة عبد الخضر رهن الاحتجاز لدى الشرطة لمدة سبعة أيام. يعتقد رافي وعمو أن الشرطة هي التي قامت بتلفيق التهمة لعبد وأن شخصًا قويًا كان وراء مقتل ليزا واعتقال عبد القادر.

ذهب رافي إلى مركز الشرطة، لكن الضابط رفض مقابلة عبد الخضر. كان بإمكان رافي سماع الصراخ المؤلم لشخص ما داخل زنزانة مركز الشرطة. لقد كان صوتًا مفجعًا، صرخة شاب، استمرت لساعات طويلة. على الرغم من أن الصراخ اخترقت قلب رافي، إلا أنه لم يستطع فعل أي شيء. شعر رافي أن الأحداث كانت مروعة وأجبرته على قبول الهزيمة في مواجهة القوة الغاشمة، من تأليف أحمد كونج، Dy SP، وربما صممه N. بهات. لقد حطم رثاء عبد الخضر كرامة رافي وإيمانه بالإنسانية، وشكك، على الأقل لبضع دقائق، في نزاهة المحكمة. عندما وصل رافي إلى المنزل، رأى أمو الدموع في عينيه ووجد صعوبة في مواساته. وفي اليوم الثامن، قدمت الشرطة عبد القادر إلى المحكمة. أدرك رافي أن عبد الخضر لا يستطيع المشي دون أن يمسك بخوص. كان وجهه مغطى بالكدمات، وعيناه مسودة، وبدا أنه يتعرض للوحشية النفسية والإساءة العاطفية. وجادل الادعاء بأن عبد الخضر كان له اتصالات غير قانونية مع الإرهابيين الكشميريين لأنه كان أصوليًا إسلاميًا. وكانت هناك أدلة على تورط مجموعة من الأشخاص في عمليات الاختطاف والاغتصاب والقتل، وإذا تم إطلاق سراحه، فهناك فرصة كبيرة لتدمير الأدلة لأنه كان محامياً ممارساً.

وعرضت الشرطة أمام القاضي صوراً لليزا ماثيو وهي تركب على المقعد الخلفي لدراجة عبد القادر النارية. وكان خمسة شهود قد رأوا الضحية مع عبد القادر في مطعم في بحيرة فيمباناد في الليلة السابقة. رفضت المحكمة الاستماع إلى حجج رافي بأن عبد الخضر لا علاقة له باختطاف واغتصاب وقتل ليزا ماثيو. من خلال المدعي العام أحمد كونج، أبلغ Dy SP المحكمة أن مجموعة من الباكستانيين الذين يدعمون الإرهابيين الكشميريين دخلوا ولاية كيرالا وقتلوا مفتش الشرطة أنتوني ديسوزا في الليلة السابقة في مواجهة. ولذلك كان من الخطر إطلاق سراح عبد الخضر. واحتجزت المحكمة عبد الخضر دون كفالة في زنزانة منفصلة معزولة، بعيدا عن السجناء الآخرين. ولأول مرة، خسر رافي قضية مرفوعة ضد أحد محامي الحكومة. كان مقتل ليزا ماثيو بمثابة ضربة دائمة لعمو ورافي، كما أن احتجاز عبد القادر والمعاملة الوحشية التي تعرض لها في زنزانات الشرطة خلقت معاناة لا يمكن تصورها. بعد فترة وجيزة، رفع رافي دعوى قضائية للمصلحة العامة بشأن التهديد المتزايد لتهريب المخدرات في كوتشي وتورط السياسيين. قام بجمع أدلة واسعة النطاق على تهريب المخدرات في المدينة وقدم ILP في غضون شهر. وطلب رافي من المحكمة السماح له بمقابلة عبد الخضر. قام بجمع مواد حول تهريب المخدرات من قبل النخب القوية في المدينة، الذين استخدموا الأطفال كقنوات، وأصبح الطلاب والشباب ضحاياهم بشكل رئيسي.

وبعد ثلاثة أيام من عرض القضية على المحكمة، ظهر خبر في إحدى الصحف المحلية: "انتحر متهم يدعى عبد الخضر، مشتبه به في أنه إرهابي وقاتل، في زنزانته بشنق نفسه بمفرش السرير".

لم يعرف رافي كيف يتصرف، وحل الظلام في كل مكان. وعلى الفور عاد من المحكمة واتصل هاتفيا بعمو الذي كان متواجدا في الجامعة ليبلغه بوفاة عبد الخضر ويطلب منه الاهتمام بنفسه. فجأة، تغير العالم بشكل جذري بالنسبة لآمو ورافي. توقفوا عن الخروج ليلا. طلبت منها أمو ألا تفتح الباب الأمامي عندما يقترب الغرباء، وألا تخرج الطفلة عندما يكونون في الخارج للعمل. وأثناء الليل، بدأوا بإغلاق البوابة الرئيسية وموقف السيارات. أُجبر تيجاس البالغ من العمر ستة أشهر على النوم في سريره بين رافي وآمو. لقد تعطل فجأة التصور الأساسي للحياة وما يعيشه المرء.

لقد أدركوا أن التعليم والمعرفة لم يعد لهما معنى في مواجهة وحش قوي سياسيًا. "لقد تم حرمان العدالة تماما. وقال رافي لعمو: "الخوف وانعدام الأمن كامنان، وأصبح من الصعب إثبات ما هو صحيح وما هو كذب". "لقد تغيرت حياتنا بالكامل، فمن سيعطينا العدالة والثقة؟" سأل عمو. "إلى متى يمكننا الاستمرار في العيش هكذا؟" وأضاف رافي. وقال رافي: "هذا ليس طبيعيا، ولكنه مصطنع، ولا يمكننا الاستمرار على هذا النحو". يقول عمو: "لا يمكننا الهروب من هذا الخوف من الموت، ومن هذه الهزيمة النفسية". "هل تعتقد أننا يجب أن نهاجر إلى بلد آخر؟" سأل رافي عمو. أجاب عمو: "لا، ولكن من الصعب الاستمرار في العيش هنا". "ليس لدينا مشكلة في تأسيس حياة جديدة في مكان آخر، لأننا شباب ومتعلمون. إن معرفتنا ومهاراتنا ومواقفنا سوف تكافئنا في مكان آخر. وقال رافي: "هناك يمكننا أن ننعم بالهدوء والفرح والكرامة". "ولكن ماذا عن الأطفال، والأطفال العاملين، وضحايا الاتجار بالأطفال، ومن لا صوت لهم والمستغلين؟ إنهم بحاجة إلينا، وعلينا أن نكون معهم ونعمل من أجلهم".

كان رافي في معضلة. كان يعلم أنه لا يوجد مكان للاختباء. ومع ذلك، كان البقاء في كوتشي أمرًا خطيرًا. "أنا أفهم وأحترم وجهة نظرك. لكن بهات لن يسمح لنا بالعيش هنا. لا يمكننا أن نقاتل من أجل هؤلاء الأطفال عندما يكون لدى بهات حزب سياسي. لا يمكن لأحد أن يدعو إلى إطلاق سراح الأطفال العاملين عندما يكون بهات متورطًا في تهريب المخدرات ويستخدم الأطفال في أنشطته الشائنة. نحن لا نساعد الأطفال على إعادة التأهيل عندما تكون الشرطة مع بهات. لا يمكننا أن نعارض بهات عندما يتكاتف أعضاء حزب المعارضة مع بهات. إذا كانت حياتنا مهددة، وإذا تم القضاء علينا، فسيكون تيجاس الخاص بنا وحيدًا. وأوضح رافي: "فكر في موقف كهذا". "رافي، أنا على دراية بهذا تمامًا،" أخبرته أمو وهي تضع يده في يدها. "عمو، إذا ذهبنا إلى ألمانيا أو السويد، فسيكون موضع ترحيب هناك. هناك، سنحظى بحياة آمنة. يمكنني ممارسة المحاماة في مكتب محاماة ويمكنك العمل في الجامعة. أنا متأكد من أننا سننجح هناك. يقول رافي: "لكنني لا أشعر برغبة في مغادرة الهند لأنني أفكر دائمًا في هؤلاء الأطفال العاملين ورفاههم".

"رافي، لو تقدمت إلى أي جامعة في السويد، لكان من المؤكد أن يُعرض عليّ منصب أكاديمي هناك. ولذلك، فإن مسيرتنا المهنية ليست مشكلة. لكن كيف سنغادر الهند؟ قال عمو: "إنها بلدنا".

"آمو، أنا أحب الهند وأنا مواطن هندي، على الرغم من أن والدي كانا ألمانيين. لكن هذه الكراهية والاستغلال والقهر والقومية المتطرفة والخوف المستمر من الموت تتجاوز حدودي

في بلدنا. لم اعد احتمل. أنا لست سياسياً يعطي وعوداً كاذبة، ويمارس الفساد، ويقتل الناس، ويظهر وجهاً مبتسماً. قال رافي: "الأمر يتجاوزني".

لقد فهم عمو أيضًا خطورة الوضع. "نحن في ظروف بائسة. لقد أصبحنا لاجئين في بلدنا بما يتجاوز فهمي. لقد أصبحنا منبوذين. بهات هناك ليفرض علينا عقوبة الإعدام أو عقوبة الإعدام بقضيب حديدي أو سكين! وقال عمو: "لا يوجد مخرج". "نحن في وضع ليس فيه خلاص. لا مفر. لقد ضاع مفتاحنا لتحقيق العدالة في الهند إلى الأبد. لقد أحرق بهات سفننا! نرى جثثًا متعفنة من عمالة الأطفال والاتجار بهم، والفساد والقسوة، والاختطاف، والاغتصاب، والاعتداءات، والقتل، وحراس الأبقار، والإعدام خارج نطاق القانون في جميع أنحاء الهند. ولا يمكن لأي باب مغلق أن يقاومه. "لقد أدانونا وأداننا أنفسنا". كان رافي يرتجف من اليأس.

عمو عانقت رافي. "رافي، رافي، أنا أحبك،" همست. "اسمحوا لي أن أكتب إلى مكتب محاماة في شتوتغارت وآخر في فرانكفورت. إنهم يعرفونني جيدًا ويحترمونني. يمكنني الحصول على منصب إداري هناك. علاوة على ذلك، فإن لغتي الألمانية ممتازة، وكذلك لغتي الإنجليزية. بالتأكيد يمكنك الحصول على منصب تدريسي وبحثي في الجامعة في شتوتغارت أو فرانكفورت. دعونا ننسى كل شيء هنا في الهند. قال رافي: "فلتكن قصة قديمة". "في الواقع، رافي، أنا دائمًا معك. انا فخور بك. يمكنك أن تكون ناجحًا جدًا في ألمانيا لأن لديك الموهبة والفطنة القانونية والموقف الإيجابي. يمكنني الحصول على وظيفة هناك في الجامعة أو مع الحكومة. وأضاف عمو: "يمكن أن يحصل أبناء تيجاس لدينا على تعليم جيد وبيئة مواتية للنمو وحياة ذات معنى في بيئة علمانية". في اليوم التالي، أرسل رافي خطابًا إلى مكتب محاماة في شتوتغارت وفرانكفورت. أرسل عمو رسالة تتضمن بياناته الشخصية إلى إحدى الجامعات في شتوتغارت.

هطلت الأمطار لعدة أيام وكان هناك رعد وبرق، مما يمثل بداية الرياح الموسمية في مالابار.

الفصل التاسع: تاج العذراء

تلقى رافي رسائل من شركتي المحاماة الألمانيتين في غضون أسبوعين. عرضت شركة شتوتغارت للمحاماة على رافي منصبًا كمستشار قانوني لتقديم المشورة للمانحين والجهات الراعية في ألمانيا فيما يتعلق بعلاقاتهم مع الجمعيات الخيرية والجمعيات الخيرية والمنظمات غير الحكومية في دول جنوب آسيا المشاركة في برامج الرعاية الاجتماعية للنساء والأطفال والعمل التنموي بين سكان الريف والقبليين. وكجزء من واجباته، كان على المستشار القانوني أن يقوم بزيارة ما لا يزيد عن عشرين وكالة مستفيدة في جنوب آسيا خلال عام واحد. وشملت المكافأة مائة وثلاثين ألف مارك ألماني في السنة وثلاثين ألف مارك ألماني في المزايا الأخرى.

كان العرض المقدم من مكتب محاماة فرانكفورت مغريًا للغاية. قدمت الشركة المشورة القانونية لصناعة السيارات، في المقام الأول لمصنعي السيارات في ألمانيا والهند. وكانت مواصفات الوظيفة هي التعامل مع تجار السيارات الهنود في المدن والبلدات الكبرى في الهند، وزيارة البلاد ثلاث مرات في السنة للتفاوض. وشملت المكافأة مائتين وخمسين ألف مارك كرواتب وخمسين ألف مارك كمزايا أخرى، بما في ذلك الرعاية الصحية المجانية والسكن والسيارة. تلقت أمو خطابًا من إحدى الجامعات في شتوتغارت يبلغها فيها أنهم سعداء بقبول طلبها وبياناتها الشخصية. كانت عمو مؤهلة للغاية ويمكن أن يعرضوا عليها منصبًا تدريسيًا باتباع الإجراءات الجامعية العادية. وطلبوا منه الحضور للمناقشة وجهاً لوجه في غضون شهرين. كان رافي وأمو سعيدين جدًا بتلقي الرسائل وقررا الذهاب إلى ألمانيا في غضون شهرين. لقد حصلوا على قرض من أحد البنوك لمدة عشرين عامًا لشراء منزلهم وقرروا الاستمرار في دفع الأقساط الشهرية من ألمانيا حتى يبقى المنزل باسمهم. عندما زاروا الهند، كان بإمكانهم البقاء في المنزل. أراد عمو أن يأخذ إجازة لمدة عامين من جامعته بدلاً من الاستقالة. أراد رافي تسليم جميع قضاياه إلى محامين آخرين مهتمين بحقوق الإنسان.

وبعد مناقشة الأمر مع عمو، كتب رافي إلى شركة شتوتغارت قائلاً إنه قبل الشروط المقترحة وسينضم إلى الشركة في غضون شهرين. كما كتب عمو إلى الجامعة قائلاً إنه سعيد بتلقي البلاغ وأنه سيمثل أمامهم للمناقشة خلال شهرين. في هذه الأثناء، تلقى رافي دعوة من إحدى المنظمات غير الحكومية لإلقاء محاضرة في يوم المؤسس بعد أسبوع. وكان الموضوع المقترح للنقاش هو " العمل الإيجابي من أجل العدالة في المؤسسات التعليمية ". شجع عمو رافي على قبول الدعوة، لأنها ستغير روتينه اليومي وتسمح له بمقابلة أشخاص لديهم أفكار وتوجهات جديدة. قام رافي باستعدادات شاملة لهذا الحدث. أثناء إجراء المحاضرة في عطلة نهاية الأسبوع، رافق عمو رافي. "الدخل والثروة والفرص والأشياء الجيدة في الحياة تحتاج إلى التوزيع"، بدأ رافي محاضرته. "في المجتمع الديمقراطي، يمكن للناس أن يستفيدوا من حظهم الجيد، ولكن المنفعة يجب أن تعود بالفائدة على الأقل حظا في المجتمع. ويجب على أولئك الذين يكسبون دخلاً أكبر ويخلقون ثروة كبيرة أن يدفعوا الضرائب لصالح الأشخاص الأقل حظًا. ولا ينبغي لأولئك الذين تحظى بتفضيلهم الطبيعة أن يستفيدوا من كل مكاسبهم لمجرد أنهم أكثر موهبة. ولابد من دفع تكاليف تدريبهم وتعليمهم، واستخدام أموالهم لمساعدة الأشخاص الأقل حظاً، ولابد من تعديل معدلات الضرائب وفقاً لذلك. ولا ينبغي لفرض

الضرائب على الموهوبين والأغنياء والأثرياء أن يؤذي المحرومين، لأن الأغنياء سيتوقفون عن توليد المزيد من الدخل. وأضاف رافي: "وهذا يجب أن يكون معيار الفرض".

قال رافي: "العدالة لا تتعلق بمكافأة الناس على أساس فضائلهم، لذا فإن سياسة التمييز الإيجابي في المجتمع تأخذ في الاعتبار خلفية الشخص، مثل تصحيح آثار العيوب التعليمية. صرح رافي بشكل قاطع أن المجتمع الديمقراطي الذي يؤمن بالسياسات الإيجابية يتجاوز نتائج الاختبار والدرجات. وأضاف رافي وهو ينظر إلى جمهوره: "إن التعويض عن أخطاء الماضي أمر حيوي بنفس القدر لتحقيق العدالة". "في الوضع الهندي، عانى الداليت والقبائل على نطاق واسع وعلى نطاق واسع لنحو أربعة آلاف سنة، منذ أن غزا الآريون واحتلوا وادي السند. جاء هؤلاء المهاجمون الآريون من آسيا الصغرى عبر إيران وأفغانستان. لقد سافروا منذ آلاف السنين. كان للمستوطنين الأصليين في الهند أسلوب حياة مزدهر وطوروا اقتصادًا يعتمد على الزراعة الغنية والصناعات المنزلية. الآريون، كونهم بدوًا، وقوة مدمرة، وغير متحضرين مقارنة بسكان موهينجو دارو، هزموا المستوطنين الأصليين وأبادوا كل ما طوره الهنود الأصليون على مدار قرون من العمل الشاق. فر جزء من السكان إلى المناطق الوسطى من الهند، وفيما بعد تم تسميتهم بالقبائل. أصبح قسم آخر من الناس عبيدًا للآريين وتم معاملتهم على أنهم منبوذون. الآريون جردوهم من إنسانيتهم. ومع سفر الآريين بأعداد كبيرة، كان لديهم المزيد من الأسلحة. وكان بإمكانهم قراءة حركات النجوم والأجرام السماوية الأخرى بشكل أفضل والتخطيط لحروبهم وفقًا لذلك، وهو أمر لم يتمكن الهنود الأصليون من القيام به بفعالية. لكن القبائل الحالية والداليت، الذين كانوا المستوطنين الأصليين للهند، كانوا أكثر ذكاءً من الآريين. لقد كانوا مسالمين وأكثر حضارة. وبسبب آلاف السنين من القمع والاستغلال، تدهورت ظروف المستوطنين الأصليين. وأوضح رافي أن أحفاد الآريين يجب أن يعوضوا الدمار الذي لحق بالحضارة المزدهرة لأسلاف القبائل والداليت.

كانت كلمات رافي موضوعية ولها صدى مع الأدلة التاريخية. "يعتقد العديد من العلماء أن الهارابا كانوا درافيديون. كانت لديهم لغة وفنون وعلوم وثقافة متطورة، ويمكن رؤية آثار اللغة الدرافيدية وفنونها الجميلة في أنقاض هارابا. اللغة التاميلية أقدم وأغنى بكثير من اللغة السنسكريتية ولها أدب مزدهر. تدريجيًا، استعار الآريون آلهة الدرافيديون والداليت والقبائل، مثل شيفا وفيشنو وكالي وغاناباتي وكريشنا ومئات آخرين. الهيام هي رقصة شعبية تذكرنا بالآلهة القديمة، وقد حاول الآريون تخصيصها لهم. كان الأمر كما لو أن الحزب الوطني المتحد كان يحاول اختطاف ساردار باتيل وسوبهاش شاندرا بوس والعديد من أبطال وشهداء النضال من أجل الحرية. لم يشارك الحزب الوطني المتحد قط في حركة الاستقلال. ولكن بعد وصولهم إلى السلطة، تلاعبوا بالسياسات التعليمية لصالحهم. وأكد رافي أن معالجة مظالم الماضي شرط أساسي لتحقيق العدالة. "في المؤسسة التعليمية، من المهم أن يكون هناك مجموعة متنوعة من الطلاب للحصول على تجربة تعليمية أفضل. كما أنه يساعد على وجود شراكة أوسع داخل المؤسسة التعليمية. إنه يؤدي إلى تحقيق الهدف الاجتماعي والتماسك والصالح العام". "بمجرد أن تحدد مؤسسة تعليمية مهمتها في سياق العدالة وتصمم معايير القبول الخاصة بها فيما يتعلق بتلك المهمة، وتضع السياسات وفقًا لذلك، فإن العمل الإيجابي سيصبح حقيقة ويظل مستدامًا. ووفقاً لمبدأ التمييز الإيجابي، لا أحد يستحق شيئاً، بل للناس حقوق وفق المعايير التي يستنبطونها من بيان أهدافهم. ومن ثم، فإن مبادئ الفرص أكثر أهمية من الدخل والثروة، فهي مهمة في التمييز الإيجابي. وقال رافي في ختام كلمته: "أعطوا الفرص

للمحرومين وسوف يتغلبون على كل العقبات". وقدم عدة أمثلة لمواقف هندية وحاول إثبات وجهة نظره في كلمته التي استمرت تسعين دقيقة.

وبعد المؤتمر، بدأت جلسة أسئلة وأجوبة حية. عندما اقترب رافي وعمو من سيارتهما، جاء بعض طلاب الجامعات والشباب وتجادلوا مع رافي. انتظرت عمو بعض الوقت، واستمعت إليهم. نظرًا لأن الوقت كان متأخرًا، فكرت في المضي قدمًا، وتبعها رافي. ببطء، سار عمو نحو السيارة. فجأة، توقفت دراجتان ناريتان أمامها وقفز راكبان منها. أمسك أحدهما بـ Ammu بينما خلع الآخر الساري والبلوزة. أصيب عمو بالذهول والجمود، ولم يتمكن من الرد. عندما خلعوا ساريها، خلعوا ملابسها الداخلية، وكانت عمو عارية في دقيقة واحدة. وركب الشباب الدراجات النارية وهربوا بأقصى سرعة وهم يرتدون الساري والملابس الداخلية. فجأة، تجمع حشد صغير. عندما رأت عمو تحاول تغطية عريها، ركضت بعض الشابات نحوها وشكلوا دائرة حولها بأيديهم. عند سماع الضجة، ركض رافي نحو الحشد قائلاً: "آمو! عمو!" بحلول ذلك الوقت، كانت بعض الشابات في المجموعة قد لفن آمو في وشاحهن، وهو نوع من الشال.

حمل رافي Ammu بين ذراعيه وجعلها تجلس في السيارة. قاد سيارته بسرعة حتى وصلوا إلى المنزل. أصيب عمو بالذهول والارتجاف من الخوف والعار والشعور بالذنب. أصيبت بحمى مفاجئة، ولم تستطع الكلام، وظلت متقلبة المزاج وتائهة. طلب رافي من الآية البقاء في المنزل لرعاية تيجاس، حتى في الليل. وفي اليوم التالي، استدعى طبيبًا إلى منزله. بعد التشخيص والاختبارات الأولية، قرر الطبيب أن تستريح أمو لمدة خمسة عشر يومًا وأن يبقى رافي معها دائمًا. ولم يصف الطبيب أي دواء لعمو باستثناء بعض حبوب الحمى.

أدركت رافي أن أمو بحاجة إلى الحب والرعاية للتغلب على خوفها. عانقها وقبل خديها وحملها بين ذراعيه وتجول في المنزل. بدأ رافي في غناء العديد من التهويدات لها والتي ألفها لوالدته إميليا. نامت أمو بين ذراعي رافي الذي لم يتعب من حملها. في بعض الأحيان كان رافي يحملها على صدره ليشعر بتنفسها ونبض قلبها. لقد أحب إيقاع قلبه، تلك الموسيقى الداخلية لأمو. ثم بدأ رافي في غناء أغنية ديدريك. شيئًا فشيئًا، حدقت به أمو كما لو كانت تحب الطريقة التي غنى بها الأغنية. ومن وقت لآخر كانت أمو تنظر في عينيه، ويدرك رافي أنها تحب الموسيقى وتعرب عن سعادتها. في الليل، أخذها إلى الشرفة وغنى لها أغنية ديدريك. عندما كنت أعطيه حمامًا إسفنجيًا، غناها مرة أخرى. كان رافي يغنيها له على الطاولة أثناء الإفطار والغداء والعشاء. وبعد أسبوع بدأت عمو تبتسم، وفي اليوم الخامس عشر بدأت تتحدث. "رافي..." دعا. "عمو؟" أجاب رافي. قال: "أنا أحبك يا عمو". أجاب عمو: "أنا أحبك يا رافي". ثم أدرك رافي أن حبيبته عمو قد تعافى من الصدمة.

في اليوم التالي، أخذها رافي بالسيارة وقاموا بجولة في المدينة. ذهبوا إلى بحيرة فيمباناد وجلسوا بجانب بعضهم البعض. حكى لها قصة لقائهما الأول في كوبنهاغن وكيف ابتسمت وصافحته. أحب عمو صوته، وطريقة حديثه، ومظهره، وطريقة تمشيطه لشعره ولحيته الفرنسية؛ كان يحب كل شيء. كان يتمتع بعذوبة غير مألوفة، وحضور محبب وجذاب. "رافي، أنا أحبك كثيرًا. انا لايمكن ان اعيش بدونك. إذا مت قبلي سأدفن قلبي معك" حضنته. "سوف نموت معًا وندفن معًا. أجاب رافي: "نحن واحد وسنكون دائمًا معًا". لقد نسوا كل شيء آخر. بدأ عمو ورافي في التحضير لرحلتهما إلى ألمانيا، وحجزا رحلات الطيران وقررا أخذ ما

يحتاجان إليه فقط: بعض الملابس وبعض المستندات. وفي غضون أسبوع سيغادرون الهند، وربما إلى الأبد.

ذهب رافي وعمو إلى السوق لشراء احتياجاتهما اليومية من الخضار والفواكه والأسماك. بعد التسوق، ساروا جنبًا إلى جنب إلى سيارتهم. فتح عمو باب السائق وفتح رافي الباب الأمامي. وفجأة ضرب أحدهم رافي من الخلف بقضيب حديدي. رأى عمو رافي يسقط واصطدمت جبهته بالسيارة. "رافي !!!" صرخ وهو يقفز من السيارة. كان رافي مستلقيًا على الأرض، بلا حراك، ورأسه بالقرب من عجلة القيادة. كان الدم يخرج من مؤخرة رقبته. "رافي !!!" صرخت عمو بصوت عالٍ وحاولت رفع رأسها. "رافي !!!" صاح صوته. ظلت عيناه مفتوحتين، والدم من جبهته يقطر تدريجيا في عينيه. ركض الناس من السوق إلى المكان. "أحد ضرب زوجي !!! الرجاء المساعدة!" صاح عمو. صرخ طلباً للمساعدة، لكن كلماته أصبحت مشوهة بسبب حالته المحمومة.

قام شخص من الحشد برفع رافي ورأى عمو الدم يقطر من أنفه. قاد عمو السيارة إلى المستشفى القريب ونقله الأطباء إلى غرفة الطوارئ. دخلت عمو. "يبدو أن الحبل الشوكي قد أصيب بأضرار في رقبته، وهناك جرح عميق في مؤخرة رأسه. وقال الطبيب إن عملية جراحية فورية ضرورية. واستغرقت العملية أكثر من أربع ساعات وشارك فيها فريق من ثلاثة أطباء. "لا يمكننا أن نقول أي شيء الآن وعلينا أن ننتظر عشر ساعات على الأقل لنقول شيئا. وقال الجراح لعمو: "سوف تكون محظوظاً إذا استعاد المريض وعيه في تلك الفترة". كان عمو وحده. انتظر خارج وحدة العناية المركزة (ICU). من خلال الزجاج استطعت رؤية رافي. وكان جسده متصلاً بالعديد من الأنابيب والأسلاك، ولم يكن يعرف ما إذا كان يتنفس أم لا. كان عقله فارغًا ونسي تكساس والعالم. وفي حوالي الساعة الحادية عشرة مساءً، أبلغت ممرضة عمو أن زوجها بدأ يتنفس بدون الجهاز. لكنه كان لا يزال في خطر، وكان على عمو الانتظار حتى بعد ظهر اليوم التالي. جلس عمو هناك ولم ينم. ولم يفكر في أي شيء آخر. لقد نظر للتو إلى رافي في وحدة العناية المركزة.

لم تدرك عمو أنه كان الصباح؛ وبعد أربع ساعات رأى مجموعة من الأطباء يدخلون وحدة العناية المركزة ويغادرون بعد نصف ساعة. وبينما كان الأطباء يغادرون، اقتربت إحداهن من عمو وقالت: "لقد استعاد زوجك وعيه، لكنه لا يستطيع التحدث ولا يبدو أنه يفهم ما يحدث حوله. "يمكنك ارتداء معطف أبيض والدخول، ومن مسافة ثلاثة أقدام، يمكنك النظر إليه." أعطتها إحدى الممرضة معطفًا أبيض، وبعد تنظيف يديها وقدميها وخلع صندلها، دخلت عمو وحدة العناية المركزة. كان رافي الخاص به هناك. كنت أراه يتنفس. كان لديه العديد من الأنابيب المتصلة بفمه وأنفه وصدره ويديه. "رافي،" دعا. "رافي الخاص بي". الآن حان الوقت للمغادرة. جلست في الخارج لمدة ساعة أخرى، وشعرت بالوحدة والعجز. وفجأة، فكر في آنا ماريا، تلميذته، التي كانت راهبة. اتصل عمو من كشك الهاتف في زاوية مبنى وحدة العناية المركزة. كانت آن ماريا على الجانب الآخر وروى عمو كل شيء. وبعد ساعة، وصلت آن ماريا مع راهبة أخرى.

عانقت آن ماريا عمو وسألت عن رافي. عندما أدرك أن عمو لم يأكل أي شيء لأكثر من يوم، ركض إلى زاوية المقهى واشترى بعض السندويشات والقهوة لعمو. سألته آن ماريا عن تيجاس وطلبت من Ammu العودة إلى المنزل، حيث ستنتظر هي ورفيقها حتى عودة Ammu إلى المنزل. أسرعت آمو، وكانت الساعة قد تجاوزت السابعة بعد الظهر. الآية كانت تنتظر بالقرب

من الباب. لقد كان قلقًا بشأن عدم عودة عمو ورافي حتى بعد "يوم". بكى تيجاس عندما رأى أمو، الذي حمله وقبل خديه. أخبرت عمو الآية عن رافي وأخبرتها أنه سيعود إلى المستشفى، وأن الآية يجب أن تبقى مع تيجاس لعدة أيام أخرى. وبعد مرور ساعة، تم نقل عمو إلى المستشفى. انتظرت آن ماريا والراهبة الأخرى بالقرب من وحدة العناية المركزة، معربتين عن استعدادهما للبقاء مع أمو طوال الليل. لقد طلبوا من Ammu النوم، وسوف يعتنون برافي. بسطت عمو شالها على الأرض، ونامت حتى الفجر. حوالي الساعة الثامنة صباحًا، تم استدعاء عمو إلى المكتب الإداري للمستشفى وطلب منه إيداع مائتي ألف روبية على الفور. دفع Ammu المال عن طريق الشيك.

وأبلغت إدارة المستشفى عمو أن المريض قد يضطر إلى البقاء هناك لمدة عشرة أيام أخرى. جلس خارج وحدة العناية المركزة يراقب رافي ولم يفكر في أي شيء آخر طوال اليوم. لقد فكرت فقط في رافي. جاءت آن ماريا مع راهبة أخرى في فترة ما بعد الظهر وأصرت على أن تنام أمو ست ساعات على الأقل في الليلة. كان عمو ينام من الحادية عشرة إلى الرابعة صباحًا. غادرت آن ماريا والراهبة الأخرى في الساعة السادسة صباحًا، ووعدتا بالعودة حوالي الساعة الخامسة بعد الظهر حتى تتمكن أمو من العودة إلى المنزل لرؤية تيجاس. أخبر الجراح والأطباء الآخرون الذين أجروا عملية جراحية لرافي عمو أن حالة رافي تحسنت قليلاً. وقد يحتاج إلى مزيد من العمليات في مستشفى متخصص في إصابات النخاع الشوكي. وصلت آن ماريا مع راهبتها برفقتها حوالي الساعة الرابعة بعد الظهر، وركضت أمو إلى المنزل. وافق تيجاس على الآية، وعانقت أمو ابنها وقبلته. بعد تلبية الاحتياجات اليومية للآية وتيجاس، عادت عمو إلى المستشفى حوالي الساعة الثامنة مساءً.

لاحظت عمو بعض الحركات الطفيفة في رافي. وفي اليوم التالي، جاء الفريق الطبي لمراقبته. بعد تشخيص مطول، أخبر الجراح عمو أنه يمكنه في اليوم التالي نقل رافي إلى مستشفى متخصص للغاية يعالج إصابات النخاع الشوكي. وفي وقت لاحق من ذلك اليوم، اتصلت إدارة المستشفى بعمو لتحصيل مبلغ الثلاثمائة وستة وعشرين ألف روبية. دفع Ammu المال بشيك. وكانت آن ماريا قد وعدت بالحضور إلى المستشفى في اليوم التالي، بينما تم نقل رافي إلى المستشفى التخصصي الفائق. حوالي الساعة العاشرة صباحًا، أخذ عمو وآن ماريا رافي إلى المستشفى الجديد. كان المستشفى التخصصي الفائق يقع على ضفاف بحيرة فيمباناد. عند الوصول، طلب المستشفى من عمو إيداع ثلاثمائة ألف روبية، دفعها عمو. وبعد التشخيص والفحوصات الدقيقة، اعتقد مدير المستشفى أن المريض يحتاج إلى سلسلة من التدخلات الجراحية على الحبل الشوكي. أخبر الجراح عمو أن رافي ربما سيضطر إلى البقاء في المستشفى لمدة ثلاثة أشهر، لأن إصابة الرأس تتطلب إجراء عملية جراحية.

وتم إجراء عملية الرأس في يومين، وطلب المستشفى من عمو دفع مبلغ مائتي ألف روبية، وهو ما فعله على الفور. وفي غضون يومين، دفع عمو مرة أخرى مبلغ مائتي ألف روبية. وأبلغه المستشفى أن العملية الجراحية في الرأس كانت ناجحة ولا تحتاج إلى مزيد من الجراحة. تأتي آن ماريا لزيارة عمو بعد ظهر كل يوم، وكانت بمفردها لأن رئيسها في الدير سمح لها بالذهاب بمفردها، حيث كان عمو أستاذها في الجامعة. كتب عمو رسائل إلى مكتب المحاماة في شتوتغارت والجامعة يطلب فيها تمديد تاريخ الالتحاق لمدة أربعة أشهر أخرى، وتلقى ردودًا إيجابية من كليهما. ذهبت عمو إلى المنزل لرؤية تيجاس والآية بعد ظهر كل يوم وبقيت معهم لمدة ساعتين إلى ثلاث ساعات. ظهرت تغييرات واضحة على رافي بعد العملية الرابعة في المستشفى التخصصي الفائق، ودفع عمو لكل عملية مائتي ألف روبية. بحلول

الوقت الذي تم فيه الانتهاء من الجراحة السادسة للحبل الشوكي، كان رافي قد تم إدخاله بالفعل إلى المستشفى التخصصي الفائق لمدة شهرين. وأبلغ مكتب إدارة المستشفى عمو بضرورة إجراء أربع عمليات أخرى.

أصبح تمويل النفقات الطبية عبئا كبيرا على عمو. وسرعان ما استنفدت ودائعهم المصرفية. منذ أن أخذت آمو إجازة من الكلية لمدة عامين، لم يكن لديها راتب شهري، ولم يكن لدى رافي أي دخل. كان Ammu قد دفع بالفعل مليوني روبية مقابل علاج رافي. كان يعلم أنه لن يتبقى لديه أي أموال بعد دفع تكاليف العمليات الجراحية الأربع اللاحقة وفواتير المستشفى. وخضع رافي لأربع عمليات أخرى في نهاية الشهر الثالث، ودفع عمو مائتي ألف روبية عن كل عملية. الآن، يستطيع رافي الجلوس على سرير المستشفى، لكنه لا يستطيع رفع رأسه. كما أنه فقد القدرة على الكلام. في اليوم قبل الأخير من إقامة رافي في المستشفى، طُلب من عمو دفع تسعمائة ألف روبية للعلاج والأدوية وإيجار الغرفة ونفقات الطعام. بسبب عدم كفاية الرصيد البنكي، باعت أمو خاتمها الماسي، الذي أهداها إياه رافي في مطار كوبنهاغن، في محل مجوهرات شهير في كوتشي. حصل على ثلاثمائة ألف روبية مقابل الخاتم. وعلم عمو من الشهادة التي أصدرها صائغ في أمستردام أن التكلفة الأصلية للخاتم تعادل مليون روبية.

في تلك الليلة، أخبرت آن ماريا عمو أن الطب وحده لا يستطيع علاج المريض؛ وكانت الصلاة على نفس القدر من الأهمية. فأجابت عمو بأنها لا تؤمن بفعالية الصلاة لأن والدتها صلت دون جدوى. كان لديها إيمان كبير بيسوع ومريم العذراء، وفي كل يوم أحد وعيد قديس، كانت عمو تشارك في الاحتفال القرباني مع والدتها. لكن والدتها توفيت بمرض غير معروف ولم يتمكن أحد من علاجها. أخبرت آن ماريا عمو أن حججها لم تنكر قوة الصلاة ومحبة الله.

"أدعو الله كل يوم من أجل شفاء رافي، وسوف ترى العجائب."

لم يقل عمو شيئًا لأنه لم يكن لديه إيمان بالله. بعد وفاة والدها، أصبحت عمو ملحدة. أخبرت آن ماريا عمو أنها تصلي كل يوم، قبل النوم، من أجل رافي وتقدم له مسبحة وأن العذراء ساعدت رافي، ولهذا السبب كان قادرًا على الجلوس. علمت أمو أن رافي يمكنه الجلوس على السرير بمساعدتها، لكنه لم يتمكن من رفع رأسه أو التحدث. ولم تكن حركات يديه حرة.

في يوم الخروج، دفع عمو للمستشفى الفاتورة النهائية البالغة تسعمائة ألف روبية. أخبر الطبيب عمو أن الأمر قد يستغرق من رافي ما لا يقل عن سنتين إلى ثلاث سنوات لرفع رأسه وأنه لا حاجة إلى علاج محدد. كان يحتاج إلى ممارسة الرياضة كل يوم، لمدة خمس عشرة دقيقة على الأقل، أربع مرات في اليوم، وتدليك رقبته ويديه في الصباح والمساء من قبل معالج طبيعي. أخبره الطبيب أيضًا أن الأمر سيستغرق عامين إلى ثلاثة أعوام حتى يبدأ رافي في التحدث، وأنه يحتاج إلى تمارين لتحريك فكه وشفتيه. كانت الرعاية المستمرة ضرورية لشفائه. طلب المستشفى من عمو إحضار المريض مرة كل ثلاثة أشهر لإجراء فحص كامل، وهو ما قد يكلف خمسين ألف روبية لكل زيارة. لقد أنفق Ammu بالفعل ما يقرب من أربعة ملايين روبية على علاج رافي. وفي غضون أربعة أشهر، أصبح رصيدها البنكي صفرًا تقريبًا ولم تعرف عمو كيف تتصرف.

زارت آن ماريا المستشفى في الصباح وساعدت آمو في نقل رافي إلى المنزل. وبعد أربعة أشهر، عاد رافي أخيرًا إلى المنزل. ومع ذلك، لم يتمكن من رفع تيجاس ولم يتمكن من التحدث معه. كان عمو مسؤولاً عن تنظيف المنزل وغسل الملابس وطهي الطعام والعناية برافي وتدليك رقبته ويديه ومساعدته على تمرين فكيه. كانت تجلس معه وتقرأ له الكتب بصوت عالٍ

حتى يتمكن من تحريك شفتيه وفكيه وفقًا لحركات شفاه عمو وفكيه. كانت تحميه بالإسفنجة وتروي له قصص طفولتها كل ليلة. وذكّره باجتماعهم في كوبنهاجن، ورحلاتهم إلى مونار والسويد، وحفل التنصيب في أوبسالا، وركوب الدراجات حول بحيرة إركين، وإقامتهم في بحيرة فاتيرن. حتى أنه تذكر أنه أخذها معه أثناء سيره إلى الطائرة خلال زيارته الثانية إلى كوبنهاجن. استمع لها رافي باهتمام كبير. لقد فهم كلمات عمو، لكنه لم يستطع التحدث أو تحريك يديه بحرية. من وقت لآخر، كانت أمو تغني أغنية ديدريك ومن عيون رافي، كان بإمكانه أن يقول إنها تحب الموسيقى وتستمتع بها. حتى أنه حاول الغناء مع Ammu، وغنت بعض أغاني الأفلام المالايالامية التي كان رافي يغنيها لوالدته إميليا. عرفت أمو أن رافي يتعافى، لكنها كانت عملية طويلة ومؤلمة.

كانت آن ماريا تأتي كل صباح، وكل يوم تقريبًا كانت تجلب الخضار والفواكه - الموز والجوافة والأناناس والمانجو وغيرها - من حديقة الدير الخاصة بها. على الرغم من أن أمو طلبت منها ألا تفعل ذلك، واصلت آن ماريا إحضارها. في بعض الأيام، كانت آن ماريا تجلس أمام رافي، وتقرأ بصوت عالٍ لمساعدته على تمرين شفتيه وفكيه. كما ساعد الآية في إطعام تيجاس. قالت آن ماريا لأمو ذات يوم: "الصلاة هي حوار مع الله". "آن ماريا، أنا لا أؤمن بالصلاة. أنا أؤمن فقط بالحقائق التجريبية التي يمكنني ملاحظتها وتحليلها". "عندما كنت طفلاً، كنت تصلي مع والدتك. والآن عد إلى طفولتك وادعو الله بصدق وصراحة. سوف يستمع إليك،" أصرت آن ماريا.

"لقد تركت الله منذ وقت طويل، لأن الله لا يستطيع مساعدة البشر. قال عمو: "نحن نخلق الله".

"عليك أن تكون متواضعا. لا تصلي من أجل نفسك، صل من أجل رافي. دعه يستفيد. فقط صلي. قالت آن ماريا: "الصلاة لا تكلف شيئًا".

"لقد تم استغلال والدي من قبل الكهنة والأسقف. وقال عمو: "لا أريد تجربة نفس الوضع مرة أخرى".

"سيدتي، عليك أن تصلي من أجل زوجك. هذا كل شئ. أعلم أنك تريدني أن أتحسن، وأن أتمكن من التحدث والمشي بشكل مستقيم ورأسي مرفوع. صلي إلى العذراء وسوف تشفع لك،" حاولت آن ماريا إقناع عمو.

فكر عمو لبعض الوقت ولم يستجب. بعد ثلاثة أشهر، أخذ عمو وآن ماريا رافي إلى المستشفى التخصصي الفائق لإجراء فحص كامل، وفقًا لتعليمات المستشفى. استغرق التشخيص والاختبار حوالي ست ساعات، وذكر الطبيب أنه سعيد بالتقدم، لكن رافي سيحتاج إلى مواصلة إجراء الفحوصات كل ثلاثة أشهر خلال العامين المقبلين. دفعت عمو مبلغ خمسين ألف روبية مقابل الفحص الكامل. كان رصيد بنك Ammu فارغًا تقريبًا. وأدرك أن دفع الآية وشراء المؤن للأسرة سيكون صعباً في شهر واحد. أخبرت آن ماريا أمو أنها تستطيع استخدام معرفتها ومهاراتها البحثية لكسب بعض المال، مما قد يساعدها في شراء الإمدادات للعائلة. وضع إعلان صغير في الجريدة المحلية للإعلان عن توفر الاستشارات المهنية لزملاء البحث وطلاب الدكتوراه. وكانت هذه المساعدة ضرورية لتأطير الموضوعات والمشاكل والأهداف والفرضيات الخاصة بالبحث وتطوير المبررات وتصميم العينات ومنهجية الدراسة التجريبية. أقنعت آن ماريا عمو بالعمل لمدة ساعتين أو ثلاث ساعات يوميًا وكسب خمسمائة روبية يوميًا، وهو ما كان معقولًا في أوقاتهم الصعبة.

وضع عمو إعلانًا في الصحيفة المحلية، وكان هناك ستة استفسارات في نفس اليوم. جاء إليها طلاب الدكتوراه في مختلف العلوم للحصول على المساعدة المهنية. وهكذا بدأ عمو بتخصيص ساعة لمساعدة الباحثين وطلبة الدكتوراه كل صباح وبعد الظهر. خلال الشهر الأول، تمكن عمو من كسب حوالي اثني عشر ألف روبية؛ وفي الثانية ارتفع إلى خمسة عشر ألفاً. لكن المبلغ لم يكن كافيا لدفع الآية وشراء مؤن الحياة اليومية. وقدر عمو أنه يحتاج إلى ما لا يقل عن أربعين ألف روبية شهريًا لدفع الآية والمصاريف اليومية والمياه والكهرباء والهاتف. كان من الصعب دفع تكاليف فحص رافي الكامل كل ثلاثة أشهر. ولم يكن هناك مصدر آخر للدخل، وشعر عمو بالاكتئاب في بعض الأحيان. كنت أرغب في أن يتحسن رافي ويعمل، لكن كان عليه الانتظار لمدة عامين لتلقي العلاج الطبيعي والتدليك وفحص كامل لمدة ثلاثة أشهر، كما اقترح المستشفى.

أخبرت آن ماريا عمو في اليوم التالي أنها تريد الذهاب معها إلى كنيسة العذراء في أحد هذه الأيام. وكان يوجد تمثال للعذراء في بيت للتمارين الروحية ملحق بالكنيسة، وكان كثير من الناس يزورونه يومياً لأنه كان مركزاً للحج. أخبرت آن ماريا عمو أن العديد من المعجزات كانت تحدث في الكنيسة بفضل تمثال العذراء والتاج الذي تم إحضاره من فاطمة. استقل عمو الحافلة إلى مركز الحج لإسعاد آن ماريا. قالت آنا ماريا: "فاطمة في البرتغال". أجاب عمو: "أعلم، لأنني كنت كاثوليكيًا ملتزمًا حتى وفاة والدي".

قالت آنا ماريا: "يجب أن تعود إلى الكنيسة، وسوف تباركك العذراء".

قال عمو: "دعني أرى".

"يوجد مركز للحج في فاطمة يُعرف باسم نوسا سنهورا دي فاطمة. ظهرت السيدة العذراء مريم لثلاثة أطفال رعاة عام 1917 وأعطتهم ثلاثة أسرار. "لقد تم وضع صورة للعذراء في المكان الذي حدث فيه الظهور"، روت آنا ماريا.

أجاب عمو: "حسنًا".

وأوضحت آنا ماريا: "في عام 1946، قام البابا بيوس الثاني عشر بتتويج صورة عذراء فاطيما".

كانت محطة الحافلات بالقرب من دار المسنين. آلاف النساء وبعض الرجال غنوا بصوت عالٍ وصلوا المسبحة. كان الأمر كما لو أن الناس فقدوا عقولهم وكان الكثيرون في نشوة. اصطحبت آن ماريا عمو إلى دار المسنين، وكان هناك طابور طويل لرؤية تمثال العذراء ذات التاج. وبعد الانتظار لمدة ساعة، وصلوا إلى التمثال. وكان الناس يتدحرجون على الأرض ويسبحون العذراء بالعديد من اللغات. بالنسبة لعمو، كان المشهد فوضويًا. لقد اعتقدت أن الأمر يتعلق بالخرافات والخوف أكثر من كونه روحانية. وقالت آن ماريا: "التاج الموجود في بيت الخلوة كان من فاطيما، وهو نسخة طبق الأصل من تاج العذراء في فاطيما". "لماذا تحتاج العذراء إلى التاج؟ قالت عمو: "كانت امرأة عادية من القرية". قالت آنا ماريا دون أن تجيب على سؤال عمو: "إذا ارتديت التاج وصعدت إلى المذبح، ستحقق لك العذراء كل أمنياتك".

لقد دفعهم الجمع، ولم يكن لديهم الوقت ليجلسوا وينظروا إلى العذراء أو تاجها. "المعجزات تحدث هنا كل يوم. أنت بحاجة إلى الإيمان، الإيمان، مثل الطفل. هذا هو الإيمان الكامل بالعذراء وبقوتها. هي والدة الإله. يمكنها أن تمنحك أي شيء، كل رغباتك،" قالت آن ماريا وكأنها ابتهال. بعد زيارة العذراء وتاجها، استقل عمو وآن ماريا الحافلة. "سأخبر والدتنا

الرئيسة في ثريسور أنني أخذتك أمام العذراء وأريتك التاج. قالت آن ماريا عندما كانوا على متن الحافلة: "ستكون سعيدة". "من هي والدتك الرئيسة؟" سأل عمو. "هذه الأم كاثرين. قالت آن ماريا: "لقد باركها أسقفنا جورج، مؤسس رعيتنا".

لم تخبر أمو آن ماريا بأنها التقت بالأم كاثرين عندما كانت طالبة في المدرسة الثانوية. وقد ألقت الأم كاثرين والأسقف محاضرة عن فضيلة العذرية. "يبلغ من العمر ثمانية وأربعين عامًا تقريبًا ويستمر في زيارة الأسقف دينيًا يوميًا لمساعدته. وأضافت آن ماريا: "لقد تجاوز الأسقف سن الخامسة والخمسين، وهو يظل نشيطًا ويزور أماكن مختلفة، مثل الفاتيكان وفاطيما والأراضي المقدسة، وترافقه أمنا الرئيسة لمساعدته في نشاطه الروحي". عادت أمو إلى منزلها قبل حلول الظلام، وعادت آن ماريا إلى ديرها. كان رافي ينتظر عمو وشرحت له زيارتها لمركز الحج. لكن عمو لم يخبره عن سبب مجيئه لرؤية تاج العذراء. كانت هذه هي المرة الأولى التي أخفي فيها شيئًا عن رافي.

في اليوم التالي، عندما وصلت آنا ماريا، أخبرت عمو أنها حلمت بالعذراء في الليلة السابقة. أخبرتها العذراء أنها ستعالج رافي إذا ارتدت عمو تاج العذراء. نظر أمو إلى آن ماريا لكنه لم يقل شيئًا. لقد أراد أن يتمتع رافي بحياة صحية مرة أخرى بأي ثمن. مثل أي محام آخر، أردت منه أن يتجول ويناقش قضيته ويفوز. وكان أمامه سنوات عديدة. وعندما استعادت صحتها، فكرت في الذهاب معه إلى ألمانيا لتعيش حياة هادئة. ومع ذلك، كانت تواجه أزمة مالية خطيرة. على الرغم من مرور عام على هجوم رافي، إلا أن عمو لم يأخذه إلا مرة واحدة لإجراء الفحص الكامل الذي اقترحه المستشفى. لكن عمو لم يكن لديه المال ليدفعه. كان مبلغ خمسين ألف روبية مبلغًا كبيرًا بالنسبة لها، ولم يكن هناك إمكانية لجمع هذا المبلغ كل ثلاثة أشهر لمدة عامين. حتى النفقات اليومية أصبحت لا يمكن تحملها. كان بإمكانه أن يكسب حوالي عشرين ألف روبية شهريًا من توجيهاته البحثية، وهذا كل ما في الأمر. لقد نسيت آمو الكثير من الأشياء الأساسية لأنها لم تكن قادرة على تحمل تكاليفها. لقد اعتقد أن رافي وتيجاس لا ينبغي أن يشعرا بالجوع، وقرر تقديم المشورة المهنية لعدد أكبر من الطلاب لمدة ساعتين إضافيتين حتى يتمكن من كسب بضعة روبيات إضافية يوميًا.

وفي الوقت نفسه، تلقى عمو إشعارًا من البنك يبلغه فيه بأنه لم يسدد قرضه خلال الأشهر الثمانية الماضية. إذا لم يتم دفع الأموال كل شهر، فسيتخذ البنك إجراءات قانونية ضد المقترضين عمو ورافي. كان من المستحيل كسب هذا القدر من المال، ولم يكن هناك مصدر للحصول على هذا المبلغ. لكن أمو كانت ممتنة لآن ماريا لأنها منحتها فكرة الاستشارات البحثية حيث كان بإمكان أمو أن تكسب ما يقرب من ألف روبية يوميًا في إرشاد طلابها الباحثين. ومع ذلك، كان من الصعب قضاء أربع ساعات حيث كان عليها أن تقضي ست ساعات على الأقل مع رافي في إطعامه وممارسة التمارين البدنية وتدليك يديه وتحميمه. وأعربت الآية عن رغبتها في ترك وظيفتها، حيث وجدت أن الاستمرار على هذا الوضع مرهق. لكن أمو توسلت إليه أن يبقى بضعة أشهر أخرى. قد تكون آن ماريا على حق. يعتقد أمو أن الصلاة قد يكون لها فوائد غير معروفة. وفجأة خطر في قلبه قرار الذهاب لرؤية تمثال العذراء. أراد أن يتعلم عن عملية ارتداء التاج كتمرين روحي. اعتقدت أمو أن تاج العذراء يمكن أن يساعدها في التغلب على مشاكلها العميقة وأن يتعافى رافي من إصابات العمود الفقري. وتغير اعتقاده تدريجياً من حالة عدم الإيمان إلى حالة الإيمان.

فكرت أمو في والدتها التي كانت تؤمن بإخلاص بالعذراء المباركة. لم تفوت والدته قداس يوم الأحد أبدًا، لكنها لم تكن تؤمن بالخرافات مثل والده، الذي لم يكن لديه إيمان راسخ ولكنه كان يؤمن بالطقوس والمعايير. وكان فخوراً بأصله المسيحي السوري والمعتقدات التي غرسها فيه جده. كان يعتقد أن القديس توما، الرسول الذي جاء إلى كيرالا للتبشير بإنجيل يسوع، قد قام بتحويل تسع عائلات براهمانية وأسس تسع كنائس في السنة الثانية والخمسين من عصرنا. كان والد عمو يكسب المال، لكنه لم يكن حكيماً في إنفاقه، فتبرع بمبالغ كبيرة للكنيسة والكهنة والراهبات والأسقف. لم يستردوا أي شيء أبدًا، ولم يكن الأسقف ممتنًا حتى. لكن آمو اعتقد أن الإيمان يمكن أن يكون له معنى. إن الإيمان مثل إيمان والدتها - الحقيقي والموثوق والناضج واللطيف - يمكن أن يساعدها في التغلب على مشاكلها. فقرر الذهاب إلى مركز الحج يوم الأحد دون بحث أو استشارة. أرادت أمو أن تخبر آن ماريا، عندما زارتها في اليوم التالي، أنها تخطط لحضور الحفل وترغب في ارتداء تاج العذراء. في تلك الليلة، اتصلت آن ماريا هاتفيا بأمو، وأخبرتها أن رئيسة والدتها قد نقلتها إلى المنزل الرئيسي في ثريسور. كان على آنا ماريا أن تساعد الأسقف في قداسه المقدس اليومي، بعد أن مرضت والدتها الرئيسة كاتالينا. كانت آن ماريا سعيدة بالعودة إلى المنزل الرئيسي، لكنها شعرت بالحزن لترك Ammu وRavi وTejas في الأوقات الصعبة.

تكليف رافي بالآية، غادر أمو. البقاء لبعض الوقت أمام تمثال السيدة العذراء. وجد عمو أنه مع التاج تبدو العذراء وكأنها ملكة. أخبر القس في دار المسنين عمو أنه يحتاج إلى أسبوعين من الكفارة. كانت صلاة المسبحة كل يوم لمدة خمسة عشر يومًا على الركبتين أمرًا ضروريًا. كان عدم أكل السمك أو اللحم وعدم ممارسة الجنس، ولا حتى مع زوجها، جزءًا من أنشطة التوبة. كان عليه أن يعترف للكاهن في دار المسنين بجميع الخطايا التي قد يكون ارتكبها. فكر عمو في الخضوع لخدمات التوبة وكان على استعداد للمعاناة من أجل إرضاء العذراء. كانت تعلم أنها لم تعترف قط لسنوات عديدة لأنها كانت تكره أن تروي قصصها لرجل يجلس في كرسي الاعتراف ويراقبها بشغف.

كان ارتداء تاج العذراء يُعرف بالتتويج. ويضع الكاهن التاج على رأسه بين الترانيم والصلوات. وكان ارتداء الثوب الأزرق الذي يمثل عذرية العذراء حتى بعد ولادة السيد المسيح، جزءاً من الحفل. وبيده مسبحة وصبيان المذبح الواقفين على الجانبين، يقودهم كاهن، صعد إلى الكنيسة وتناول القربان المقدس، ثم عاد إلى تمثال العذراء، حيث نزع الكاهن التاج ووضعه مرة أخرى على رأس العذراء. شعرت عمو بالسعادة. كنت آمل أن يتحسن رافي قريبًا. التاج الموجود على رأسه سيعالج رافي من إصابة الحبل الشوكي. "رافي سيكون بخير على الفور. ولن يواجه أي مشاكل في المستقبل، وستباركه العذراء، وسيتعافى تمامًا وكليًا". تذكرت عمو كلمات آن ماريا. فعل Ammu كل شيء من أجل رافي، وكان على استعداد للموت من أجله.

وفي نهاية التحقيق، أخبر الكاهن عمو أنه يتعين عليه تقديم هدية صغيرة للكنيسة قبل التتويج. وكان من أجل الحفاظ على تمثال العذراء في بهائه ومجده.

قال عمو وهو ينظر إلى القس: "بالطبع سأقدم هدية".

كرر القس: "هذه هي العادة، هدية صغيرة".

"ما هو المبلغ؟" سأل عمو.

قال القس: "مائة ألف روبية".

أصيب عمو بالصدمة ولم يتمكن من الرد لبعض الوقت.

"يجب عليك إيداع الهدية في هذا المكتب والحصول على إيصال وتقديمها إلى دار المسنين. وتابع الكاهن: "ثم سيشرعون في التتويج".

قال عمو وهو يستدير: "شكرًا لك يا أبي".

كيف تكسب هذا المال ومن أين؟ فكرت عمو. شعرت بالحزن والاكتئاب في الحافلة، وفكرت في كيفية مساعدة رافي وإقناع العذراء بأن رافي يحتاج إلى بركاتها. كان تتويج التاج على رأسه هو الطريقة الوحيدة لمساعدة رافي. قال عمو: "فليشفيه يسوع من إصابة عموده الفقري بنعمة العذراء". عندما عاد أمو إلى المنزل، لم يكن رافي نائماً. بدا مكتئبا، فكر أمو. كان يستطيع المشي ببطء، لكنه لم يكن يستطيع رفع رأسه، ولم يتمكن من استخدام يديه بشكل جيد، ولم يتمكن من الكلام. كان رافي في حاجة ماسة إلى بركات العذراء. "السلام عليك يا مريم، يا ممتلئة نعمة، الرب معك، مباركة أنت في النساء ومباركة ثمرة بطنك يا يسوع،" تتلى عمو في المطبخ.

"يا قديسة مريم، يا والدة الله، صلي لأجلنا نحن الخطأ، الآن وفي ساعة موتنا". فسكت ثم قال بصوت عالٍ: "آمين!"

صليت عمو قائلة: "عزيزتي العذراء، ساعديني في جمع المبلغ". وواصلت الصلاة: "من فضلك ساعد ابني رافي على العودة إلى حالته الطبيعية والتعافي بشكل كامل".

أخذت أمو المسبحة البيضاء التي أعطتها لها آن ماريا. مسبحة بيضاء. وكانت خرزاتها زرقاء ولامعة، وعليها صليب علق عليه يسوع. تذكرت عمو كلمات آن ماريا: "لقد بذل حياته من أجل خطايا البشرية". وصلى قائلاً: "يا مريم العذراء، صلي من أجل رافي. أيها الرب يسوع، ساعد رافي في التغلب على هذا البؤس. كانت الآية مشغولة بتيجاس في غرفة المعيشة، لذلك ركعت أمو في المطبخ وبدأت تصلي مسبحتها، وهو تقليد شاركته مع والدتها لسنوات عديدة. وركعوا أمام صورة العذراء وصلوا من القلب بإيمان ومحبة. كانت عمو قد حفظت كل أسرار المسبحة الوردية وتلاتها بسرعة عندما جاءت من قلبها. أغلقت عينيها وطوت يديها وصليت من أجل رافي.

"أيتها العذراء القديسة، من فضلك ساعدي رافي؛ لعله يتعافى تمامًا."

كل يوم، أثناء وجودها في المطبخ، كانت تطعم رافي وتدلك يديه وتحميه، وكانت آمو تتلو المسبحة بصمت عدة مرات. الآن، أصبحت المسبحة أغنيتها الديدريكية.

لاحظ رافي تغيرًا في Ammu. لقد أصبحت أكثر هدوءًا وهدوءًا وحزنًا في بعض الأحيان. أثناء قيامه بتمرين القراءة، شعر أن عمو كان يقرأ ببطء. في السابق، كان الصوت أعلى وأسرع.

بعد تشذيب لحيته الفرنسية، وهو الأمر الذي اعتاد عمو القيام به مرتين في الأسبوع، قام بتقبيل خد رافي. قالت: "تبدو وسيمًا جدًا يا رافي"، ولاحظت أن عيون رافي كانت رطبة. كان طلاب أبحاث عمو يأتون بانتظام، وكانت سعيدة بالحصول على دخل لتلبية احتياجاتها اليومية ودفع فواتير الكهرباء والماء والهاتف وراتب الآية. ومرة أخرى، تلقى عمو إخطارًا من البنك يبلغه فيه بعدم سداد دفعات قرض الإسكان للأشهر الاثني عشر السابقة. شعرت عمو وكأنها ترتجف،

وغمرها التحذير. صلّت: "أيتها العذراء القديسة، ساعديني... ساعديني في مساعدة رافي". عندما كانت آمو في المطبخ، سمعت ضجيجًا قادمًا من غرفة النوم وركضت إلى رافي، وأدركت أنه قد أغمي عليه. حمله ودفعه إلى السرير رغم وزنه. "ماذا حدث لك يا رافي؟" سألته وهي تداعب وجهه. لاحظت أمو أن رافي كان يتنفس بصعوبة. قال آمو بصوت عالٍ: "أيتها العذراء المقدسة، ساعدي رافي". نظر رافي إليها، على الرغم من أنه لم يتمكن من رفع رأسه. وانعكس شعور بالدهشة على وجهه. قال عمو وهو ينظر إلى رافي: "إن الإيمان القديم ينفجر مثل البركان أحيانًا". "في هذه الأيام، أشعر غالبًا بالإرهاق التام والعجز. أحتاج إلى حماية شخص ما. وأضافت آمو وهي تأخذ يد رافي في يدها: "حتى لو كنت عقلانيًا، فمن الصعب أن أكون وحدي".

حاول رافي أن يُظهر أنه يفهم معاناتها وآلامها ومخاوفها وقناعتها وحبها وشغفها الساحر تجاهه. "عمو، أنا أحبك. احبك كثيرا. لكن ليس لدي ما أرد به حبك. وبطبيعة الحال، الحب لا يحتاج إلى شيء في المقابل. "إنه قبول كامل وكامل،" حاول رافي أن يقول، لكن شفتيه ارتجفتا ولم يصدر أي صوت.

"رافي ستيفان، أنا أفهم ما تقوله. أنت تخبرني أنك تحبني، وأنك تحبني أكثر من اللازم. لا يجب أن تدفع لي ثمن حبي، لأنك قبلتني كشخص وفرد مثلك. قال عمو: "أنت وأنا واحد".

ثم عانقته بشدة لفترة طويلة. وشعر كأنه يستمد منه القوة، وكأن شيئاً خرج منه ودخل إلى جسده كله. لقد كانت أكثر من مجرد صدمة كهربائية: لقد كانت ممتعة وساحرة وساحرة وغامضة. اعتقدت عمو أن الوجود الشمولي ووعي رافي دخلا فيها. قبلت خديه وشعرت أن الوقت قد حان لقص لحيته، اللحية الفرنسية الجميلة التي يحصل عليها مرتين في الأسبوع. شعرت بأنفه وشفتيه ورقبته وصدره. لقد عانقته آلاف المرات وشعرت دائمًا بنفس الشعور بالوحدة والحب.

"رافي، لقد أحببتك دائمًا. لا أستطيع أن أتخيل لحظة واحدة بعيدا عنك. أنت تعطيني القوة والقوة. قال عمو وهو متشبث بصدره: "أنت تعطيني الأمل والشوق لحياة أفضل".

يمكن أن يشعر رافي بـ Ammu، نفس الإحساس الذي شعر به عندما التقى بها لأول مرة في مطار كوبنهاغن. وكان نفس الشعور عندما سافرت معه إلى مونار؛ نفس الشعور عندما ذهب معها إلى السويد؛ نفس الشعور عندما التقيا بالحب الأول في أحد فنادق ستوكهولم؛ الأول لكليهما، اتحاد الجسد والعقل، مزيج حبهما. كان رافي يحب البقاء هكذا، لكنه لم يستطع أن يعانقها لأن يديه لم تكنا تتحركان. أراد البقاء مع عمو طوال حياته حتى الأبد. حاول رافي الاقتراب من عمو، ولاحظت وشعرت بها وهي تعانقه بشدة. كانت لها رائحة جميلة - رائحة شخصها، وباقة أنوثتها، وعطر وجودها - وكان يستمتع بتلك الرائحة ويضع أنفه قريباً من رقبتها. كان الأمر مسكرًا، وشيئًا فشيئًا نسي العالم. كان يرى عينيها ضعيفتين ومشرقتين، وبدت أمو حسية وجميلة. أراد عمو ورافي الاستمرار على هذا النحو حتى نهاية حياتهما. فجأة رن جرس الباب. كان ساعي البريد ورسالة من المستشفى التخصصي.

"لقد فاته جميع المراجعات باستثناء واحدة. يمكننا أن نقدم لك خصمًا قدره عشرة آلاف روبية. "أنت تدفع أربعين ألفًا بدلاً من خمسين" ، قرأ عمو.

قال عمو في نفسه: "ليس لدي حتى أربع روبيات في يدي".

لقد أصبحت الحياة تحديًا حقيقيًا. كان بحاجة إلى المال، ولا شيء يمكن أن يحل محله. كان علي أن أحصل عليه، أو كنت بحاجة إلى أن يكون لدي حساب مصرفي مليء بالفواتير.

ولكن كان من الضروري الحصول على علاج أفضل لرافي على الفور. بركة من العذراء ستفعل ذلك، ويمكن أن تمحو كل متاعبك وحزنك وهمومك وأمراضك وجراحك. وطالب بمائة ألف روبية على الفور للتبرع للكنيسة لتتويجها بتاج العذراء. يتذكر عمو أنه كان هناك عامل بناء يدعى محمد كويا. لقد قام ببناء دير آنا ماريا والمدارس والمستشفيات والمعاهد اللاهوتية وغيرها من المؤسسات. وفي غضون عشر سنوات أصبح معروفًا في المدينة. فكر عمو في أخذ قرض بقيمة مائة ألف روبية حتى يتمكن من التبرع بها للكنيسة. شعرت عمو فجأة بالابتهاج. لقد رأى عمو مكتب كويا: كان في طريقه إلى جامعته. بعد إطعام رافي، جلس أمو معه وأخبره بالعديد من قصص رحلاته في أوروبا. لقد اهتم بثلاثة من طلابه الباحثين قبل أن يلتقي بمحمد كويا.

وكان مكتبه يقع في مبنى أنيق شيده على بعد حوالي ثلاثة كيلومترات من منزل عمو. كانت كويا في المكتب، وبعد انتظار خمس وأربعين دقيقة، اتصل بها. "مرحبا سيدتي، مساء الخير. ماذا يمكنني أن أفعل لك؟" سأل كويا أمو مبتسمًا. قال عمو دون أي مقدمات: "أحتاج إلى قرض بمبلغ مائة ألف روبية". "لا يوجد مشكل. نحن نتقاضى فائدة مركبة بنسبة ثمانية عشر بالمائة، تُحسب كل ثلاثة أشهر. يمكنك التقدم بطلب للحصول على قرض مقابل الذهب أو أوراق تسجيل منزلك أو أي عقار آخر". يجيب عمو: "لا يوجد ذهب وقد أخذنا قرضًا من البنك مقابل ممتلكاتنا". "إذن، أنت بحاجة إلى المال دون رهن الممتلكات؟" قال كويا. "نعم..." أجاب عمو. "لا يوجد مشكل. دعني افكر به. على أية حال، يجب أن أساعدك، بما أنك أتيت من أجل المال. "لا أريد إعادتك خالي الوفاض." كان كويا صريحًا جدًا، وشعر آمو بذلك. "إذن ماذا يجب أن أفعل؟" سأل عمو. "قابلني بعد أسبوع. سأخرج وسأعود خلال أسبوع، وستكون أموالك في يدك عندما أعود. انها حقيقة". كتب كويا رقم هاتفه على قطعة من الورق. قال كويا مبتسماً وهو يعطيه لأمو: "هذا رقم هاتفي".

شعرت عمو بسعادة غامرة. وبعد عدة أشهر عاد بوجه مبتسم. اشتريت الخضار والحليب والبيض والفواكه وغيرها من الضروريات اليومية. عند وصوله إلى المنزل، أعد عمو القهوة لرافي وساعده على احتساءها ببطء. "رافي، أنا أحبك. قالت آمو وهي تساعد رافي في شرب القهوة بالملعقة: "ستكونين بخير قريبًا". ثم مسح شفتيها بقطعة قماش ناعمة. أمسك بيد تيجاس وتحدث معه وجلس بالقرب من رافي.

قال لرافي: "سيبلغ تيجاس عامه الثاني خلال أسبوع"، وتمكن من رؤية شرارة في عينيه.

كان لدى عمو طالبين بحثيين آخرين في فترة ما بعد الظهر وقضى معهم حوالي ساعتين حتى الساعة الثامنة. اهتمت أمو كثيرًا بإبقاء الآية سعيدة ودفعت أجرها بانتظام. ولكن بعد دفع جميع المبالغ اللازمة، لم يبق شيء في حقيبته. واصل عمو صيامه وكفارته. بعد ولادة تيجاس، امتنع عن ممارسة الجنس. كان يصلي المسبحة يوميا على ركبتيه ويصلي إلى العذراء لكي تساعد رافي في شفاء إصابات عموده الفقري. ولما صلى أغمض عينيه وعقد يديه، معتقداً أن العذراء كانت تستمع إلى صلاته. كانت على يقين من أنه بعد التتويج مباشرة بتاج العذراء، سيكون رافي الخاص بها بخير تمامًا وسيكون قادرًا على المشي والتحدث مثل البشر العاديين. ثم يسافرون حول العالم، ويستمتعون بالحياة على أكمل وجه. فكرت في عائلة صغيرة استقرت في شتوتغارت: رافي وتيجاس ونفسها.

كان يعتقد أن العذراء ستصنع المعجزات وأن تاج العذراء سيغير حياته.

مر أسبوع وعاد عمو إلى مكتب محمد كويا. "مساء الخير سيدتي،" استقبلتها كويا بابتسامة عريضة. أجاب عمو: "ليلة سعيدة". قال كويا وهو ينظر إلى عمو: "لذا، أنت بحاجة إلى مائة ألف روبية دون ضمان على عقار". نظر عمو إلى كويا. "لكنني لا أعطي المال دون سجلات أو وثائق مناسبة. ومع ذلك، لدي صديق يعطي المال دون أن يترك سجلا".

"إذاً، هل يجب أن أقابله؟" سأل عمو.

"نعم. سآخذك إلى منزل صديقي. قال كويا: "إنه رجل طيب".

"ماذا تقصد؟" سأل عمو.

"أموالك ليست قرضا. لا يوجد اهتمام. وقال كويا: "ليس عليك حتى إعادته".

"لأن؟" سأل عمو.

"أنت لا تفهم ما أقول. قال كويا وهو يبتسم مرة أخرى: "الأمر بسيط".

قال عمو: "أخبرني بوضوح". وأوضح كويا: "بما أنه يعطي المال دون أي سجل ودون أي فوائد، فلا بد من إعادة شيء إليه دون أي سجل". قال عمو بصراحة: "لكنني سأعيد المال". "إنه لا يحتاج إلى المال. قال كويا: "لكن يمكنك أن تعطيه شيئًا في المقابل". "ماذا يحدث؟" سأل عمو. "كنت شابة وجميلة. سيكون لديك مائة ألف روبية في يدك. قال كويا: "أعطها لصديقي لليلة واحدة". "ماذا تقول؟" قالت عمو وهي تقف من مقعدها.

"لن يدفع أحد مائة ألف مقابل ليلة واحدة. وأضاف كويا: "أموالك مؤمنة".

عمو لم يقل شيئا. لقد غادرت. عندما وصلت إلى المنزل، فوجئت برؤية رافي يمشي ببطء. "رافي!" دعا. "هناك بعض التحسن فيك!" قال عمو وهو يقبل خديه. أخذ كلتا يديها ورأى أن هناك بعض التحسن. وقالت آمو معبرة عن سعادتها: "أنا متأكدة من أنك ستتمكنين من المشي بشكل جيد خلال شهر واحد، وقريباً ستتمكنين من الإمساك بالأشياء". حاول رافي التحدث لكنه لم يستطع. قالت له وهي تضع راحتيها على جانبي وجهه: "سوف تكون بخير يا عزيزي رافي". وفي اليوم التالي، جاء اثنان من مسؤولي البنك. وأخبروا عمو أن البنك لا يمكنه الانتظار أكثر، وأنهم إذا لم يدفعوا الأقساط الثمانية عشر خلال شهر، فسيقومون بطردهم من المنزل والاستيلاء عليه. لم يعرف عمو كيف يتصرف. لم تكن هناك إمكانية لكسب المال. وكانت الجامعة قد عينت شخصا آخر مكانه لمدة عامين، فكان عليه الانتظار حتى تنتهي إجازته.

إذا تحسن رافي قريبًا، فسيكون كل شيء على ما يرام، وسيحتاج إلى بركات العذراء. "دعني أرتدي تاج العذراء من أجل رافي،" فكر آمو. في تلك الليلة، بعد إطعام رافي، وتنظيفه، وتدليك يديه وفكيه، وتمشيط شعره، وإلباسه بيجامته، وتنظيف المنزل بأكمله، وقفل البوابة وموقف السيارات، وإغلاق الباب الأمامي، وتلاوة المسبحة، احتضن أمو رافي رافي. ومع ذلك، لم أستطع النوم. لقد فكر في الهروب من المستنقع المالي والرتابة اليومية ومساعدة رافي في التغلب على الإصابة ليعيش حياة صحية. أدرك عمو أنها كانت مهمة شاقة ولجأ إلى العذراء طلباً للإلهام. كان يفكر في العذراء. ثم شعر عمو فجأة بإلهام العذراء لتلاوة التسبحة.

"تعظم نفسي الرب، وتبتهج روحي بالله مخلصي، لأنه نظر إلى وحشة عبده. منذ الآن جميع الأجيال تطوبني، لأن القدير صنع بي عظائم، واسمه قدوس. "رحمته إلى دور جيل جيل للذين يتقونه".

وكانت العذراء مخطوبة ليوسف ووعدته بالزواج منه، فأحبها يوسف ووثق بها. ومع أنهما كانا مخطوبين، لم تعترض العذراء على أن يكون الله ابنه فيها. نعم، لقد حبلت العذراء بطفل بتدخل إلهي، وكان ذلك لغرض - إنقاذ العالم من الخطية - ولم يكن لديها دافع أناني. اعتقدت أمو أن العذراء كانت غير أنانية وأن صلاتها من أجل شفاء رافي لم تكن من أجل متعتها الشخصية. كان بحاجة ماسة إلى مائة ألف روبية للتبرع للكنيسة وليتمكن من لبس تاج العذراء وهو التتويج بتاج فاطيما. فقال عمو "نعم"، كما قالت عذراء الناصرة "نعم" للملاك جبرائيل.

العذراء لم تخطئ. وبدلا من ذلك، محا خطايا البشرية من خلال ابنه يسوع، الذي كان أبوه الله. ثم رأى عمو رؤية العذراء وظهور الملاك جبرائيل يخبر الله أنه مسرور بها وباتحادها بالله، وحملت العذراء. كان يوسف معها دائمًا، ولم يشكك في مريم قط، وكان يثق في خطة الله.

اعتقدت أمو أنها تشبه مريم العذراء وشعرت بأنها مضطرة إلى جمع ما يكفي من المال لدفع ثمن الكنيسة لارتداء تاج العذراء. وفجأة، تكثفت رؤية عمو وشعرت مرة أخرى بالعذراء في اتحاد جسدي وعقلي مع الله. لقد كانت تجربة جسدية لا تصدق، مزيجًا من الحياة الجنسية والألوهية، وهو ما حوّل تجربة العذراء إلى تجربة من المتعة العميقة، تشبه إلى حد كبير النشوة الجنسية لأمو مع رافي أثناء ولادة يسوع.

في بعض الأحيان كانت عمو تتجلى إلى مريم العذراء وتختبر أنها تحمل يسوع في رحمها. خلال هذه الأوقات، كنت أفقد كل وعيي الخارجي وأشعر بنشوة جنسية متكررة ولكن قصيرة. سوف يختفي إحساسهم بالزمان والمكان، ولكن كانت هناك وحدة جميلة ومقدسة. لقد اختبرت الله كشخص، وكانت ممارسة الجنس معه بمثابة خلق الكون الذي استمر سبعة أيام. وفي اليوم الأخير، كان يشعر بنشوة، وأخيراً يستريح الله.

الفصل العاشر: الأسطورة

كانت عمو ثملة بالله وآمنت أن الله قد أكملها مثل العذراء بالروح القدس. لقد كان اتحادًا جسديًا مؤلمًا، وتجربة جنسية أخروية ودائمة، ومحبة نفاذة لله، وغرقًا في الله، وغمرًا في الله، ورجوعًا إليه. طورت أمو ثقة عميقة في محمد كويا، غابرييل الجديد، واتصلت به هاتفيًا لإعلامه بأنها مستعدة.

بعد تدليك يدي رافي وإطعامه في الصباح، أخبرته أمو أنها ستذهب إلى دير آن ماريا لقضاء الليل في الصلاة والخلوة مع الراهبات. عرف رافي بالفعل أن عمو كان يمارس بعض العبادة، لذلك لم يظهر أي انفعال على وجهه، على الرغم من أنه لم يكن لديه إيمان بالصلاة. كان يعلم أن Ammu كان يفعل كل شيء من أجل شفائه. ومع ذلك، أصيبت آمو بأذى شديد عندما اضطرت إلى إخبار رافي بكذبة، وهي أول كذبة أخبرته بها في حياتها. على الرغم من ذلك، قامت آمو بكل العمل في المنزل، حيث قامت بتدليك رافي وإعطائه التمارين وإطعامه وتنظيفه، مما ملأها بالفرح. أعطاها تعليمات، وأخبرها أنها ستقضي الليل في الخارج، وقبل تيجاس بمودة. في غرفة نومها، عانقت رافي، مشيرة إلى أنه يبدو أنيقًا بلحية فرنسية. ثم استقل عمو الحافلة إلى مكتب محمد كايا الذي كان ينتظره في سيارته المرسيدس.

وقال لعمو: "علينا أن نقود مسافة خمسين كيلومتراً من هنا باتجاه التلال".

لم يقل عمو أي شيء، لكنه بدا سعيدًا. وكان وجهه يعكس توقع الحصول على مائة ألف روبية تدفعها الكنيسة لتلبس تاج العذراء. كانت تعتقد أن العذراء ستشفي رافي على الفور. كانت هناك إنارة للشوارع، رغم أنها كانت خارج المدينة.

"صديقي شاب عازب ذكي أكبر منك بقليل. إنه يكسب الملايين كل شهر وهو كريم للغاية"، واصل محمد كويا حديثه.

استمع عمو في صمت أثناء عبورهم منطقة مطاطية شاسعة في منطقة جبلية. "لقد كنا أصدقاء لمدة عشر سنوات. أدير جميع أعماله. وأضاف محمد كويا: "العمل معه هو متعة". "أبحث عن شريك للسنوات العشر أو الخمسة عشر القادمة. قال محمد كويا وهو ينظر إلى الوراء: "سيخفف من أعبائي البحث عن واحد كل شهر." "أنا على استعداد لدفع مائة ألف لكل زيارة." عمو لم يستجب. وفجأة توقفوا أمام قصر أنيق. "إنه بيت الضيافة الخاص بي. لا يوجد أحد سوى صديقي الذي جاء بعد ظهر هذا اليوم. هناك بعض الخدم، لكنهم لن يرونك أبدًا. قال كويا وهو يدخل المبنى: "سينتظرك سائقي هنا في الصباح". "ها هو،" قال عندما وصلوا إلى باب مضاء بشكل خافت وسلموه رزمة من الأوراق النقدية.

فتح كويا الباب، ولكن لم يكن هناك ما يكفي من الضوء. أدرك عمو أنه كان جناحًا. "انتظر هنا. وقال كويا وهو يغلق الباب: "سيكون هنا في أي لحظة". جلس عمو على الأريكة وسمع خطى ناعمة. فجأة، كان هناك. لم يتمكن أمو من رؤيته بوضوح، لكنه كان بطول رافي وله لحية. وقف أمام عمو، ومد يده وقال: "مرحبًا". ثم عانق عمو بلطف. قال تعالي وهو يأخذ يدها ويقودها إلى غرفة النوم. غرفة النوم كان لها حمام ملحق. عانق أمو مرة أخرى، وقبل خديها وشفتيها، وخلع ملابسها وقبل حلماتها وسرتها والشفرين الكبيرين والبظر لفترة طويلة. في

السرير، كان مراعيًا ولطيفًا في البداية، لكنه كان وحشيًا في بعض الأحيان. سرعان ما أدرك عمو أن لديه خبرة أكبر منها بكثير. لقد جربوا العديد من الأوضاع، واستمروا في الدفع والشخير والجمباز حتى الساعات الأولى من الصباح.

كانت جاهزة في السابعة صباحًا، وكان ينام عاريًا ووجهه على السرير. فتح عمو الباب ببطء وأغلقه وخرج. كان السائق ينتظر بالقرب من الباب. وطلب عمو من السائق إيقاف السيارة مسافة كيلومتر واحد قبل الوصول إلى منزله. وعندما توقفت السيارة اقترب من منزله. كان سعيدًا جدًا برؤية رافي يتجول خطوة بخطوة؛ كان رأسه للأسفل محاولاً تحريك كلتا يديه. "لقد باركتنا العذراء! العلامات هناك. يجب أن أودع المال في الكنيسة كهدية وأرتدي تاج العذراء". "رافي..." نادته وعانقته وقبلته على خديه. "أنت تتحسن يا رافي. وأضافت: "أنا سعيدة للغاية".

حاول رافي أن ينظر إلى وجهها، لكن رأسها كان لا يزال معلقًا. الآية كانت تطعم تيجاس، وقبلته أمو. بعد الاستحمام، أعدت عمو وجبة الإفطار وأطعمت رافي. بعد الوجبة، ساعده عمو على المشي وأحضر تيجاس لمساعدة رافي في الإمساك به. بعد العديد من الاختبارات، تمكن رافي من الإمساك بتيجاس، لكن قبضته لم تكن آمنة. ثم قام عمو بتنظيف المنزل بأكمله ومسحه. وصل ثلاثة من طلابه. وعلى مدار الساعتين التاليتين، تشاور مع طلابه بشأن مشروع أطروحتهم وساعدهم في إجراء تحليل إحصائي أفضل لبياناتهم وتفسير مقنع للقيم الإحصائية الأساسية.

كان عمو قد أكمل بالفعل صيامه وكفارته لأكثر من ثلاثة أشهر، على الرغم من أن شهرًا واحدًا فقط كان إلزاميًا. كان قد خطط للاعتراف في نهاية الأسبوع التالي ثم التبرع بمبلغ مائة ألف روبية لمركز الخلوة مرتديًا تاج العذراء لعلاج رافي من إصابة الحبل الشوكي. كان الأسبوع ممتعًا وشعر عمو بالسعادة. يستطيع رافي الآن أن يمسك تيجاس في يده لبضع دقائق. قامت عمو بالأعمال المنزلية في الصباح الباكر، بما في ذلك مساعدة رافي في روتينه اليومي. لم يبق أمامه سوى شهر واحد لإكمال إجازته لمدة عامين من الجامعة وقرر العودة. عندما يتعافى رافي تمامًا، سيذهبون إلى ألمانيا، أو سيعود رافي إلى ممارسة المهنة في المحكمة العليا. وكان لديه أمل كامل في مستقبل أفضل. لقد ولت أيام المعاناة والألم. اعتقد أمو أن عامين من المشقة سيكونان مقدمة لسنوات عديدة من السعادة المستمرة.

كان ابنهما تيجاس سيبدأ الدراسة في غضون ثلاث سنوات، وكان آمو يعتقد أنه سيتفوق أكاديميًا. كما تمنيت أن يسير على خطى والده ويصبح واعيًا ومستعدًا لمساعدة المظلومين والضحايا. تصور عمو أن تيجاس يدافع عن الفقراء والمحتاجين، ويقاتل من أجل حقوقهم ويحقق في النهاية حياة جيدة. كان يعتقد أن العيش من أجل الآخرين له معنى وهدف. وتخيل عمو أن تيجاس سيصبح محاميًا في مجال حقوق الإنسان ويمثل أمام المحكمة مع والده، ويستعرض معرفته ومهاراته في القانون ويكشف معناه الخفي. وأعربت عن اعتقادها بأن حقوق الإنسان سترتبط بتحقيق العدالة للقضاة وأنهم سيحققون النصر في النهاية. كانت مخاوف آمو عميقة ومؤلمة، لكنه ظل متفائلا بمستقبل تيجاس.

متناسيًا ألم ترك رافي وتيجاس، غادر Ammu إلى دار المسنين. لقد وعد رافي بأنه سيصلي من أجل مستقبل أفضل. وأثناء ركوبه الحافلة، فكر في التاج وتتويج العذراء. ووضع الكاهن التاج على رأسها، فلبسته واتجهت نحو الكنيسة برفقة فتيان المذبح والكاهن. ويسود جو مشحون بالروحانية وتكون الصلاة في الكنيسة. وكانت رائحة البخور تملأ الهواء، فناول فتى

المذبح المبخرة للكاهن، الذي لوح بها نحو المذبح لعبادة الله. يحترق العطر العطري داخل المبخرة، والرائحه المنبعثة ترضي الله الذي يبارك رافي بشفاعة العذراء.

عرف عمو أنه سيرتدي تاج العذراء لرافي، على أمل أن تشفيه العذراء. ولما وصل إلى دار الخلوة، كان جمع غفير يصلي من أجل شفاعة العذراء، وخاصة من أجل شفاء أحبائهم. ورأى صورة العذراء على قاعدة عالية عند المدخل وهي ترتدي التاج.

ركع عمو أمام تمثال العذراء وصلى لمساعدة رافي على أن يعيش حياة صحية. ثم ذهب إلى كرسي الاعتراف واحتفظ بالمحفظة التي تحتوي على رزمة من الأوراق النقدية بقيمة مائة ألف روبية بالقرب من صدره. وانتظر دوره في الطابور لمدة ساعة. لم تكن عمو تعرف ماذا تقول للكاهن أثناء الاعتراف أو كيف تشير إلى اللقاء الجنسي الذي خاضته قبل أسبوعين. بالنسبة لعمو، كانت إرادة الله هي جمع الأموال من أجل الهدية. وكان من أجل الكنيسة. لقد أطاع إرادة الله، تماماً كما اتبعت العذراء إرادة الله لتحبل بيسوع، ابن الله.

وفي كرسي الاعتراف ركع عمو وقال: "باسم الآب والابن والروح القدس". كما صلى ذات مرة الصلاة الربانية والسلام عليك يا مريم.

أدركت عمو أن كرسي الاعتراف كان بمثابة خزانة، وقد ظلت في كرسي الاعتراف لمدة ثمانية عشر عامًا تقريبًا.

وقال: "باركني يا أبي".

"نعم يا ابنتي، باسم الآب والابن والروح القدس"، سمعت عمو الكاهن يقول. وتمكن من رؤيته وهو يرسم إشارة الصليب بيده اليمنى.

قال عمو: "يا أبي، أنا أدلي بهذا الاعتراف بعد ثمانية عشر عامًا".

صاح الكاهن: «بعد ثمانية عشر عامًا؟»

من خلال الثقب الصغير في كرسي الاعتراف، نظر عمو إلى الكاهن. وقال في ذهنه: "إنه يشبهه". جادلت مع نفسها: "لا يمكن أن يكون هو".

قالت لي: "يا أبي، لقد نمت ذات مرة مع شخص ليس زوجي".

"يا ابنتي، إن ممارسة الجنس مع شخص آخر غير زوجك هو زنا. إنها خطيئة كبرى وانتهاك لوصية الله السادسة. قال الكاهن: "لقد ارتكبت خطيئة جسيمة".

"لكن أيها الآب العذراء."

"لا يا ابنتي، لقد كان ذلك انتهاكًا خطيرًا للوصية، الشريعة التي أعطاها الله لموسى. وأضاف الكاهن: "علينا أن نتوب ونصلي من أجل شفاعة العذراء".

مرة أخرى، نظر عمو من خلال ثقب الاعتراف. كان بإمكانه رؤية وجهها قليلاً. "يبدو مثله...إنه هو!" قال عمو في ذهنه. وسمعت الكاهن يقول: "يا ابنتي، لقد أخطأت". "يبدو صوته مألوفًا"، فكر آمو. "إنه صوته." وتذكر فجأة أنه قال: "مرحبا". ولكن لا يمكن أن يكون هو، فكر أمو. "لا يمكن أن يكون هو أبدًا"، عزّت آمو نفسها. "عليك أن تصوم وتتكفّر للأشهر الثلاثة القادمة، وأن تطلب الرحمة من الله وتصلي إلى العذراء. هذه هي العقوبة. قال الكاهن بارك عمو: "أنا أغفر خطاياك باسم الآب والابن والروح القدس". قال عمو: "شكرًا لك يا أبي".

قالت آمو ألف مرة في ذهنها: "لكن لا يمكن أن يكون هو". ذهبت إلى مكتب دار المسنين لتدفع المائة ألف روبية والهدية ومجموعة الفواتير التي كانت في حقيبتها. وكان الكاهن الذي عادة ما يتلقى المال غائبا. وخرج مرة أخرى وسار مع الجمع من عباد العذراء. وكان يحتاج إلى إظهار استلام المال لتتويج العذراء وصلوات الكنيسة أمام المذبح.

وبعد ساعة، ذهب لدفع ثمن الهدية مرة أخرى. كان هناك شخصان في الطابور أمامها. كان يعلم أن الكاهن كان يجلس في الداخل، يستلم الأموال ويصدر إيصالاً. وقفت في الطابور، وكان هناك عدد قليل من الناس خلفها عندما وصلت إلى الباب. استلم الكاهن المال وأصدر الإيصال. كان يرى على طاولته صليبًا كبيرًا، ربما مصنوعًا من الفولاذ، وعليه صورة يسوع مصلوبًا. أخرجت الفواتير من حقيبتها ووقفت أمام الكاهن الجالس.

"الأب ..." دعا.

فجأة نظر إليها.

قال في ذهنه: "إنه هو".

سقطت رزمة الأوراق النقدية على الأرض من يده. أخذت عمو الصليب في يدها. لقد كانت ثقيلة للغاية، فضرب رأسها بكل قوته. كان يرى كيف دخلت الذراع اليمنى للصليب إلى رأس الكاهن واخترقت دماغه وبقيت هناك. استمرت الضجة والصراخ والصراخ خلفها بقية حياتها. وتجمع حشد كبير وظهرت سيارات الشرطة بعد فترة وجيزة. في تلك الليلة، تم حبس عمو وفي اليوم التالي أخذتها الشرطة أمام القاضي. نظرًا لأنها كانت جريمة قتل، لم تكن هناك كفالة، وقضى عمو ثلاثة أشهر في الحبس الاحتياطي. واحتجزتها سلطات السجن في زنزانة لأنها تنتمي إلى الفئة الأخطر. ولم يكن لديه محام أثناء المحاكمة ورفض قبول محامٍ خيري.

كان الادعاء مصراً وتمكن من إثبات أن عمو قد سرق أموالاً من الأب. طاولة إيبن، وعندما أخذها الكاهن، ضربته بالصلب. لقد كانت جريمة قتل مع سبق الإصرار. ظل عمو صامتا خلال المحاكمة الطويلة. ولم يكن لديه ما يقوله ولم يرد على أسئلة النيابة. "هل ارتكبت جريمة القتل؟" فسأله القاضي سؤالاً مباشراً. لكنها لم تجب، فتعجب القاضي. وأصر مكتب المدعي العام على أنه "يستحق عقوبة الإعدام".

"ألا تعلم أن لدي القدرة على منح عقابك؟ "إذن لماذا لا تتكلم؟" سأل القاضي عمو.

وظل صامتا بشدة.

"لقد قبلت المتهمة جريمتها مع سبق الإصرار. وقال الادعاء: "إنه يستحق عقوبة الإعدام". "لقد ثبت بما لا يدع مجالاً للشك أنك ارتكبت جريمة القتل. كل الأدلة ضدك وقال القاضي إن الكثيرين شهدوا أفعاله. بالنسبة لعمو، كان الصمت هو حقيقتها، وكانت ميزة الصمت هي أنها لم تضطر إلى تذكر ما قالته.

وحكم القاضي على عمو بالسجن المؤبد دون الإفراج المشروط، مما يعني أنه سيبقى بين أربعة جدران حتى وفاته. وقد تناولت الصحف المحلية هذه القضية بسخاء، وتنافست فيما بينها وقالت إن القس قديس. س. كان إيبن مسؤولاً عن الأعمال الخيرية والتنموية في الأبرشية، حيث أشرف على أكثر من خمسة وسبعين مدرسة والعديد من كليات الهندسة والفنون والعلوم في مختلف الأبرشيات. كما أدار أكثر من ثلاثين جمعية خيرية وأشرف على تشييد المباني مثل

المعاهد اللاهوتية والمؤسسات التعليمية والمستشفيات، وتعاون مع العديد من الأديرة في هذه العملية.

"ص. وكتبت إحدى الصحف أن إيبن حافظ على علاقة صحية مع جميع الكهنة والراهبات الآخرين في الأبرشية، وكان اليد اليمنى للأسقف.

"رجل من أصول متواضعة من قرية صغيرة تعرف باسم ماتارا، خارج إريتي، ساعد مئات الأطفال في دور الأيتام والمؤسسات النسائية ودور رعاية المسنين التي تديرها الأبرشية. وقالت صحيفة محلية أخرى إن الناس أحبوه وأعجبوا به.

"ص. كان إيبن يحتفظ بسجلات دقيقة للأموال التي كان يتعامل معها. وذكرت صحيفة أخرى أنه "كان صادقا بشأن الأموال الأجنبية التي يتلقاها من الوكالات المانحة في الولايات المتحدة وإيطاليا وإسبانيا وأيرلندا وألمانيا وهولندا، ولم يرغب قط في الدعاية".

"رجل ذو احتياجات قليلة وأسلوب حياة متواضع، الأب. قال محمد كويا، صديقه وبانيه منذ فترة طويلة، إن إيبن يمثل أفضل ما في الإنسانية. تولى كويا مسؤولية جميع أعمال البناء في الأبرشية تقريبًا، بما في ذلك المدرسة اللاهوتية الكبرى.

وقالت صحيفة أخرى "إن وفاته خسارة كبيرة: رجل مقدس ذبح بوحشية على يد امرأة جشعة".

"بما أن كاهن بيت الخلوة كان غائباً في مهمة عاجلة، كان الأب.. جاء إيبن من ثلاسيري البعيدة ليتولى الأعمال الإدارية لدار المسنين لمدة يومين. وكتبت مجلة الأبرشية: "من المؤكد أن الفاتيكان سيعلنه قديسا قريبا".

كانت أيام عمو في السجن مليئة بالأحداث وكان سلوكه مثاليًا. وبعد عشر سنوات، عندما وصل مشرف جديد، طُلب منه تدريس دروس للسجناء الذكور في السجن، وهو أمر غير مسبوق في ولاية كيرالا. بدأ بتعليم السجناء، حيث كان حوالي عشرة بالمائة منهم أميين. استخدمت عمو نفس الطريقة التي اتبعتها مع السجينات، حيث قامت باختيار السجينات المتعلمات كمدربات. قسم حوالي مائة وأربعين طالبًا إلى سبع مجموعات وعلمهم القراءة والكتابة والحساب. وفي غضون بضعة أشهر، بدأ معظمهم في قراءة الصحف المالايالامية ويمكنهم كتابة الرسائل إلى المنزل. كان بإمكانها التجول في عنابر السجناء بمفردها دون مرافق، مما نال احترام السجناء وثقة مسؤولي السجن. أطلق عليها جميع السجناء لقب "المعلمة عمو". وفي غضون خمسة عشر عامًا، أصبحت برامجه لمحو الأمية للبالغين في السجن معروفة في جميع أنحاء ولاية كيرالا، وتم إدراج تفاصيل التدريس في تقرير السجن السنوي للولاية.

وطلب مأمور السجن من عمو إعداد النزلاء لامتحانات الصفين الخامس والعاشر. كان التحضير للصف الخامس أسهل بكثير، لكن الصف العاشر كان عملاً شاقًا. وكان للسجناء اهتمامات أخرى كثيرة، مما جعل من الصعب التركيز على الامتحان النهائي. وفي الدفعة الأولى من السجناء الذين تقدموا لامتحان الصف العاشر، نجح اثنان فقط من أصل عشرة. ومع ذلك، عمو لم يستسلم. أحد عشر كانت ناجحة. وفي العام التالي، خضع ثمانية عشر للامتحان. ينظم مدير السجن اجتماعات لجميع السجناء المدانين كل ثلاثة أشهر. طلب حوالي سبعمائة سجين من عمو التحدث معهم عن الحياة الأسرية والرعاية الصحية ومحو الأمية وتربية الأطفال في المنزل وأهمية الحفاظ على تواصل ممتاز مع أفراد الأسرة من خلال كتابة الرسائل. كما طلبت سلطات السجن من عمو التحدث إلى النزلاء حول ضرورة الحفاظ على التدريب المهني أو التجاري المقدم في السجن، وممارسة التمارين البدنية اليومية، والمشاركة

في الألعاب الرياضية والألعاب المنظمة داخل السجن، والمشاركة في البرامج الثقافية وتجنب التدخين وتعاطي المخدرات وإدمان الكحول. أعرب كل من موظفي السجن والسجناء عن تقديرهم لمحادثات عمو. كان يتمتع بموهبة طبيعية في شرح المشكلات بلغة بسيطة، وكان السجناء ينتظرون كلماته بفارغ الصبر. احترم موظفو السجن معرفتها وشخصيتها، إذ كان بإمكان عمو مساعدة آلاف السجناء بطريقة مختلفة.

عندما قضى عمو ثمانية عشر عامًا في السجن، كان هناك مشرف جديد. وفي أحد الأيام، دعا عمو إلى مكتبه وطلب منها الجلوس. وكانت هذه هي المرة الأولى التي يطلب منه أحد ضباط السجن الجلوس أمامه. قال دون أي مقدمات: "سمعت أنك شخص مثقف للغاية، وعلمت أنك حاصلة على درجة الدكتوراه في السويد وتتحدثين السويدية والإنجليزية". وكعادته ظل عمو صامتا.

"لدي التماس. "هل يمكنك تعليم زوجتي التحدث باللغة الإنجليزية، من فضلك؟" نظر إلى Ammu وهو يقدم الطلب.

عمو لم يتكلم. لقد نظر للتو إلى المشرف.

"تستطيع التحدث. قال المشرف: "أسمح لك بالتحدث".

أجاب عمو: "سيدي، سأفعل ذلك بكل سرور".

"ذلك رائع. سوف تأتي زوجتي إلى هنا؛ لا يمكنك الخروج من السجن. هناك غرفة بجوار مكتبي، ويمكنك تدريبها على التحدث باللغة الإنجليزية بطلاقة خلال عام. يمكنك أيضًا مساعدتها على تحسين القراءة والكتابة"، قال المشرف مبتسمًا.

قال عمو: "نعم يا سيدي".

يضيف المشرف: "كما ترون، كثيرًا ما نتلقى دعوات من الجامعات والمؤسسات والمنظمات الأخرى للتحدث والمشاركة في الاجتماعات والندوات، كما أن إتقان اللغة الإنجليزية المنطوقة أمر مفيد".

وفي اليوم التالي، بدأ عمو بتدريب زوجة المشرف في غرفة مجاورة لمكتبه. كان في الغرفة كرسيان وطاولة وسبورة. طالبة عمو الجديدة كانت ساريتا، خريجة علم الاجتماع. في البداية، سألت أمو ساريتا بعض الأسئلة الأساسية وطلبت منها الإجابة عليها باللغة الإنجليزية. ثم طلب منه أن يقرأ بصوت عالٍ بعض المقاطع من الصحيفة. على الرغم من أوائل الثلاثينيات من عمرها، أبدت ساريتا اهتمامًا كبيرًا بتعلم الفروق الدقيقة في اللغة الإنجليزية المنطوقة والمكتوبة من عمو. قامت عمو بتعيين العديد من التمارين كواجب منزلي كل يوم، وكانت ساريتا تنهيها دائمًا بما يرضي عمو. كان المشرف سعيدًا بالتقدم وأشاد بعمو وزوجته. اشترى ستة كتب لتمارين القراءة وبعض كتب النحو والتركيب الأساسية. قضى عمو ساعة في التحدث باللغة الإنجليزية، ونصف ساعة في القراءة، ونصف ساعة أخرى في الكتابة. وفي غضون ستة أشهر، أصبحت ساريتا قادرة على التحدث باللغة الإنجليزية دون عناء.

أمضت عمو بقية اليوم في تنظيم برامج محو الأمية للكبار في أجنحة النساء والرجال. وكان أكثر من أربعين سجيناً يتقدمون لامتحانات القبول سنوياً؛ بين العاشرة والخامسة عشرة، المتخرجون؛ وبين أربعة وخمسة من حملة شهادات الدراسات العليا. وكانت النتائج مشجعة دائما. وبحلول عامه العشرين، أصبح جميع السجناء تقريباً، بما في ذلك النساء، يعرفون القراءة

والكتابة، وهو إنجاز فريد من نوعه. كانت ساريتا تتحدث الإنجليزية بشكل جيد، وأخبرت عمو أنها تستطيع متابعة أخبار بي بي سي وفهم كل ما يقوله المذيعون. شعرت عمو بالسعادة. وفي اليوم السابق لنقل المشرف إلى سجن آخر، استدعى عمو إلى مكتبه. وكانت ساريتا حاضرة أيضًا في المكتب.

قال المشرف لأمو: "سيدتي، نحن ممتنون جدًا لك".

كانت عمو في حيرة إلى حد ما عندما سمعت المشرف يناديها بـ "سيدتي". ولأول مرة في السجن، خاطبها أحد المسؤولين باحترام.

أجاب عمو: "لقد كان واجبي يا سيدي".

وأضاف: "لقد كان الأمر يتجاوز نداء الواجب".

ثم عانقت ساريتا عمو. وقال "سيدتي، شكرا جزيلا لك". "ماذا يمكننا أن نفعل لك؟" سألت ساريتا عمو.

نظرت أمو إلى ساريتا. كان يعلم أن نهايته ستكون داخل أسوار السجن، وأن مكان دفنه سيكون تحت شجرة ساج داخل الأسوار. "يمكننا مساعدتك سيدتي. تمت ترقيتي إلى منصب نائب المفتش العام للسجون. عندما أذهب إلى تريفاندروم، سأضمن أن يصبح حكمك بالسجن مدى الحياة. سيتم إطلاق سراحه من السجن بعد أن قضى بالفعل المدة المطلوبة لعقوبة السجن المؤبد. وأوضح أن الحكومة يمكنها اتخاذ هذا القرار. عمو لم يعرف ماذا يقول. قالت ساريتا: "سيدتي، سوف نساعدك". قبل المغادرة، عانقت ساريتا عمو مرة أخرى.

واصلت Ammu برنامجها لمحو أمية الكبار. وكان المشرف الجديد شابا. في أحد الأيام، دعا عمو إلى مكتبه. وقال المشرف إن "سياسة الحكومة هي الإصلاح والتأهيل وليس العقاب، والسلطات تدرس جديا إمكانية إطلاق سراحه حتى يتمكن من أن يعيش حياة طبيعية". وفي غضون أسبوع، اجتمعت لجنة مكونة من خمسة خبراء من إدارة السجون مع عمو لدراسة ما إذا كان بإمكان الحكومة تحويل حكم السجن المؤبد الصادر بحق عمو إلى السجن مدى الحياة. ووجهوا أسئلة إلى عمو حول عملها في برامج محو أمية الكبار التي نظمتها في السجن على مدار الأربعة والعشرين عامًا الماضية، وأجابت على جميع الأسئلة. بدت اللجنة راضية بشكل معقول عن إجاباتهم. وبعد شهر أبلغ المشرف عمو أن اللجنة أصدرت تقريرا مؤيدا لإطلاق سراحه. وافقت الحكومة على توصيات اللجنة وقررت إطلاق سراح عمو دون قيد أو شرط عندما يكمل خمسة وعشرين عامًا من عقوبته. وفي اليوم السابق لإطلاق سراحه، قام عمو بجولة في أجنحة السجن المختلفة. وكان جميع السجناء يعرفونها جيدًا، إذ كانت معلمتهم لسنوات عديدة، وكانوا جميعًا يحترمونها. وكانت السجينة الوحيدة التي سُمح لها بزيارة جناح الرجال في السجن. قامت بالتدريس في قسم الرجال بالسجن لمدة خمسة عشر عامًا وخمسة وعشرين عامًا في قسم النساء. أصبحت أيامه جزءًا لا يتجزأ من السجن.

لسنوات عديدة، لم يستطع أمو النوم في الليل، والتفكير في لا معنى للحياة. لقد علمت أن نهايتها ستكون تحت شجرة خشب الساج، حيث لن يطالب أحد بجسدها عندما تموت بسبب الشيخوخة. لكن عمو كانت سعيدة ببرامجها لتعليم الكبار، لأنها يمكن أن تساعد الآلاف من المدانين لمدة خمسة وعشرين عامًا وتغير حياتهم بشكل كبير.

كان عمو في الحادية والستين من عمره خالي الوفاض عندما عاد إلى العالم. بالنسبة لها، لم يكن هناك مكان تذهب إليه. ستكون يتيمة تتجول من شارع إلى شارع أو من مدينة إلى مدينة دون أن تجد أحداً. لم يكن لديها منزل أو أقارب، وستكون غريبة في مكانها، حتى في كوتاناد، حيث قامت بزراعة نباتها لسنوات عديدة. لمدة خمسة وعشرين عامًا، كان السجن هو منزلها، المكان الوحيد الذي يمكنها أن تطالب فيه بنفسها، حيث تكون آمنة وحيث تحظى بالاحترام كإنسانة. لم تعرف آمو أبدًا مكان وجود ابنها، لكنها كانت متأكدة من أنه كان سيبني حياة لنفسه، ويساعد الآخرين على العيش بشكل أفضل مثل والده. لم يكن لدى أمو أحد لتلتقي به باستثناء زوجها الراحل. من عالم المدانين، أطلقتها سلطات السجن إلى عالم الرجل الميت.

لقد انتقل من مكان بلا حرية إلى مكان آخر حيث المساحة مخصصة للموتى فقط. أرادت أن تعرف أين ينام زوجها، وتتحدث معه دون توقف ليلا ونهارا، وتنام معه إلى الأبد. لقد كانت تلك رغبته طوال الخمسة والعشرين عامًا الماضية.

وفجأة، أصبحت عمو امرأة مهجورة.

كان هناك طرق على الباب فنهض عمو فجأة وفتحه. لقد كان جاناكي مشعًا. قال جاناكي: "صباح الخير يا أستاذ ماير". "صباح الخير عزيزتي جاناكي،" استقبلتها أمو. "هل نمت جيدًا؟" سألت جاناكي وهي تضع فنجان القهوة الساخن على الطاولة. يجيب عمو: "بالطبع". بعد تناول القهوة في السرير، انضمت Ammu إلى Janaki وArun لإعداد وجبة الإفطار. قال آرون: "صباح الخير يا أستاذ ماير". أجاب عمو: "صباح الخير يا آرون". كان لديهم إدلي ، فادا ، أوباما ، سامبار ، *صلصة* وسلطة فواكه. ومرة أخرى، فنجان من القهوة. "ما هو برنامج اليوم؟" سأل عمو. قال آرون: "صباح الخير، سوف نقوم بتنظيف المنزل بأكمله". "ثم سنذهب للتصويت. قال آرون: "اليوم هي انتخابات مجلس الولاية". "ما هي الأحزاب الرئيسية؟" سأل عمو. وقال جاناكي "كما هو الحال دائما، الكونجرس والحزب الشيوعي والحزب الوطني المتحد". "لم يفز القوميون المتطرفون قط بمقعد واحد في ولاية كيرالا. هناك رجل يدعى الدكتور بهات قام بتشكيل حزب سياسي يعرف باسم حزب بهارات بريمي منذ عدة سنوات، ومنذ بدايته، قبل حوالي عشرين عامًا، كان له دائمًا مقعد. الآن طلب منه الحزب الوطني المتحد أن يكون زعيمه في ولاية كيرالا. وقام بدمج حزبه مع الحزب الوطني المتحد. ويقول محللون سياسيون إن بإمكانه الفوز بما بين أربعة وخمسة مقاعد في هذه الانتخابات. وأوضح آرون أن ذلك سيكون انتصارا كبيرا للحزب الوطني المتحد واختبارا لقدرات الدكتور بهات.

عمو لم يتفاعل. "هناك مائة وأربعون دائرة انتخابية في ولاية كيرالا، والكونغرس والحزب الشيوعي متساويان في القوة إلى حد ما. وقال جاناكي: "بافتراض فوز الحزب الوطني المتحد بخمسة مقاعد هذه المرة، فقد يغير ذلك السيناريو السياسي برمته في ولاية كيرالا". "انها حقيقة. المؤتمر يكره الحزب الشيوعي، والحزب الشيوعي يكره المؤتمر، وكلاهما يكره الحزب الوطني المتحد. وقال آرون: "لكن لتشكيل الحكومة، إذا لم يحصلوا على أغلبية بسيطة بشكل مستقل، فإنهم سيحتاجون بشكل عاجل إلى دعم الحزب الوطني المتحد". "يأمل الحزب الوطني المتحد في اقتلاع كل من الكونغرس والحزب الشيوعي. لكنه على استعداد للانضمام إلى الحكومة مع أي منهم. وأوضح جاناكي أن "الكونغرس والشيوعيين يعلمون جيدًا أنه بدون الحزب الوطني المتحد لا يمكن لأي منهم تشكيل حكومة". "لذلك، يمكن للحزب الوطني المتحد أن يصبح أقوى حزب في ولاية كيرالا إذا فاز بأربع أو خمس دوائر انتخابية. ومع اندماج

حزب بهارات بريمي مع الحزب الوطني المتحد وتولى بهات قيادته، هناك فرصة كبيرة لظهور الحزب الوطني المتحد كقوة فعالة والاستفادة من قوته المكتسبة حديثًا". ويقول خبراء سياسيون إن بهات سيكون نائب رئيس الوزراء في الحكومة المقبلة. وبدون ذلك، سيكون كل من المؤتمر والشيوعيين عاجزين، وبدعمه، يمكن لأي شخص تشكيل حكومة لكنه يظل عاجزًا. بهات ينتظر الهجوم! "إنها وحشية" ، لاحظ جاناكي.

"من هو زعيم الشيوعيين؟" سأل عمو.

"إنه أديتيا أبوكوتان، وهو رجل عقلاني ومخلص وملتزم للغاية. ويفهم نبض الناس. ومن أجل مصلحة الحزب، نأى بنفسه منذ فترة طويلة عن جميع أقاربه باستثناء زوجته. Aditya من خلفية متواضعة وهو مصمم على تغيير ولاية كيرالا. إنه ليس مثل الشيوعيين القدامى. دنغ شياو بينغ هو مثله الأعلى. وأوضح آرون أنه "في هذه الأيام، يشيد بسياسات شي".

وبعد برهة، سأل عمو: "ووالديه؟"

قال آرون: "لم يعودوا موجودين".

"يتم تدريب أديتيا على يد زوجته جينيفر، وهي مناورة سياسية وأيديولوجية مشهورة. ويقول بعض المعلقين السياسيين إنه ليس شيوعياً. ربما أعرض الوظيفة العليا على بهات لجعل زوجها نائبًا لرئيس الوزراء، لكن هذا احتمال بعيد"، أوضح جاناكي وهو يحتسي قهوته.

كان عمو صامتا للحظة. على الرغم من أنه لم يقابل أديتيا وجنيفر من قبل، إلا أن رافي أخبره كثيرًا عن أديتيا وذكر اسم جينيفر.

انضمت عمو إلى آرون وجاناكي في تنظيف المنزل، الأمر الذي استغرق منهم حوالي ثلاث ساعات. في وقت الظهيرة، قرر جاناكي وأرون إعداد برياني اللحم البقري، وكان آرون هو الطاهي. أخذ كمية معينة من الهيل والقرنفل والقرفة واليانسون وبذور الكمون والجيرا وجوزة الطيب والصولجان، وساعده عمو في طحنها إلى مسحوق ناعم. ثم أحضر جاناكي اللحم المتبل. قام آرون بخلط التوابل مع اللحم ومعجون الزنجبيل ومعجون الثوم وعصير الليمون والخثارة والكزبرة وأوراق البودينا. وضع البهارات والأرز نصف المطبوخ واللحم في وعاء على شكل طبقات، ثم أضاف الكاجو المقلي قليلاً وشرائح البصل فوقها. أغلق آرون القدر بإحكام ووضعه على نار خفيفة لطهي البرياني.

كان لديهم vellayappam مع الحساء كبداية. يقول عمو أثناء تناول الطعام: "برياني لحم البقر له طعم فريد". يضيف آرون: "إنه طعام الاحتفال المثالي في مالابار". ويشير عمو إلى أن "التوابل متوازنة بشكل جيد ولا تقلل من نكهة اللحم". وقال آرون: "لحم البقر هو محرر ومعادل". "إنه أفضل وأرخص الأطعمة المغذية لملايين الهنود. يستمتع بها الداليت والقبائل والمسلمون والمسيحيون وغيرهم الكثير. وقال جاناكي "لكن نخب الحزب الوطني المتحد يريدون حظر أكل لحوم البقر في جميع أنحاء الهند، وقمع الحرية والمساواة بين أكلة لحوم البقر". "إن تناول لحم البقر يمنح القوة العقلية والبدنية للأشخاص العاديين، لكن تجار السلطة في الحزب الوطني المتحد لا يهضمونها. ويريد القوميون المتطرفون السيطرة على الأغلبية من خلال تقييد عاداتهم الغذائية. الهيمنة الأيديولوجية تؤدي إلى القمع الجسدي. إن حراسة رعاة البقر، وعنف الغوغاء، وقتل واغتصاب النساء والفتيات هي علامات هذه الهيمنة والقمع. ولهذا السبب يظل قادة الحزب الوطني المتحد صامتين بشأن أعمال اليقظة وإعدام الأبقار دون محاكمة. ومن خلال الدعم الضمني للمتعصبين والأصوليين، حول الحزب الوطني المتحد نفسه

إلى حركة طالبان الهندية". "كان المستوطنون الأصليون في الهند يأكلون لحم البقر مثل أي إنسان آخر. الأريون الوقحون، الذين جاءوا من آسيا الصغرى وهاجموا السكان الأصليين في الهند، كانوا يأكلون لحم البقر، واستمروا في القيام بذلك لعدة قرون. وفي وقت لاحق، اخترع الكهنة الآريون قصصًا ضد أكل لحوم البقر للسيطرة على غالبية الناس"، حاول جاناكي إعطاء وجهة نظر تاريخية.

"يوفر لحم البقر الكثير من البروتين ولا تحتاج إلى استهلاك الكثير من الطعام. وأضاف عمو أنه أثناء الإنتاج والاستهلاك، ليست هناك حاجة لإهدار الطعام.

يقول عمو: "أولئك الذين يعلنون أنهم نباتيون يهدرون ما يصل إلى نصف الطعام الموجود في طبقهم، لأنه لا يحق لأحد أن يهدر الموارد، حتى لو كانت الأموال ملكهم".

"لقد رأيت أشخاصًا في سنغافورة وكوريا الجنوبية واليابان وإسرائيل والعديد من الدول الأوروبية والولايات المتحدة، حتى في المطاعم والحفلات، لا يهدرون لقمة واحدة من الطعام. هذه هي ثقافتهم حيث لا داعي لإهدار الطعام غير النباتي. بينما في الهند، يهدر معظم الناس ما بين أربعين إلى سبعين بالمائة من الطعام الذي يضعونه في طبقهم، وكأن إهدار الطعام النباتي جزء من ثقافتهم أو حق لهم. ومن ثم، فإن الإصرار على الغذاء النباتي فقط، يهدر البلاد كمية هائلة من الطعام المطبوخ".

"كنت نباتيًا حتى دخلت المعهد الهندي للتكنولوجيا. أوضح صديقي رامان نامبوديري فوائد تناول لحم البقر. لم يكن قادرًا على تحمل تكاليف الطعام النباتي الباهظ الثمن الذي يقدمونه في غرفة الطعام. فبدأ بطهي طعامه في غرفته الصغيرة: الكثير من لحم البقر والخبز والبيض والحليب والفواكه. كان يحصل على أقل من ثلث تكلفة الطعام في غرفة الطعام، ويظل دائمًا يتمتع بصحة جيدة وذكي، مع رصيد نقدي في جيبه، ترسله إليه والدته الأرملة كل شهر. بدأت تناول الطعام معه ليس لأنني لم يكن لدي المال، ولكن لأنني كنت مقتنعا بالنتائج الإيجابية لتجاربه وبالإيديولوجية التي تقف وراء تصرفاته. لقد فوجئت برؤية الكمية الهائلة من الطعام التي يهدرها النباتيون كل يوم دون أي قلق في غرفة الطعام. وقال آرون بصوت حازم: "منذ انضمامي إلى رامان، بقيت دائمًا بصحة جيدة وثرية ولم أشعر بالذنب أو العار".

ضحكت جاناكي. "قبل لحم البقر لا توجد طبقات أو معتقدات أو طبقات أو نوادي أو أديان أو لغات أو مناطق أو مقاطعات. نحن جميعا متساوون. وأضاف: "نحن جميعا متساوون".

"في السياق الهندي، فإن النظام الغذائي النباتي بالكامل متحيز ضد الفقراء والمهمشين والطبقة الوسطى، وخاصة أولئك الذين يعملون في العمل اليدوي والنساء والأطفال في مرحلة النمو. ويقول عمو: "إنهم لا يستطيعون شراء ما يكفي من الخضار والفواكه لأنها باهظة الثمن وأقل تغذية".

"إن ما يسمى بالنباتيين، الذين يشربون بول وحليب البقر، يستهلكون لحم البقر النيئ كل يوم، حيث أن كل كوب من الحليب والبول يحتوي على ملايين خلايا البقر الطازجة. ومن الحقائق أيضًا أن العلماء تمكنوا من استنساخ الخلايا المفصولة من حليب البقر وبولها لإنتاج ذرية بقرة صحية. تعمل المافيا المتعطشة للسلطة داخل الحزب الوطني المتحد على إدامة الأسطورة القائلة بأن أكل لحم البقر خطيئة. "الحكاية تضطهد الملايين من الناس وتخضعهم للعبودية" ، أوضح آرون الحقائق العلمية بصوت عالٍ.

بعد تنظيف الطاولة وغسل الأطباق، ذهب آرون وجاناكي إلى مركز الاقتراع للإدلاء بصوتهما بينما انغمست أمو في فيلم "*التنوير الآن*" للمخرج ستيفن بينكر. "كيف حال الكتاب؟" سأل جاناكي عند عودته. أجاب عمو: "معقول ورائع للغاية". "لقد استشهد المؤلف بآلاف الحقائق ذات الصلة لإثبات حججه. وقال عمو: "الحقائق يمكن أن تساعدنا على فهم تعقيدات البيئة الاجتماعية، وإلى جانب التحفيز والحب والثقة والغرض والكرامة، يمكن للحقائق أن تساعدنا على عيش حياة سعيدة". وأضاف آرون: "أنا أتفق معك يا أستاذ ماير". "لهذا السبب لا يمكن لأجهزة الكمبيوتر أن تكون بشرية. إنهم يعرفون الكثير من البيانات ويمكنهم تحليلها وتفسيرها إحصائيًا. وهي عظام عارية، ليس لها لحم ولا دم. علاوة على ذلك، ليس لديهم الدافع الجوهري لتحقيقه." قالت جاناكي وهي تجلس على الأريكة بجوار آمو: "البشر مختلفون". "من أسترالوبيثكس إلى الإنسان العاقل، فإن دافع الإنجاز هذا واضح. في رحلة الإنسان العاقل، وحتى إنسان نياندرتال، أو إنسان رودولفينسيس، أو إنسان فلوريس، أو إنسان ناليدي، كان الدافع قوة هائلة."

"يعتمد الدافع البشري على مستويات مختلفة من الاحتياجات. تأتي أولاً الاحتياجات البيولوجية، مثل الطعام والجنس. عندما يجوع البشر، يمكنهم فعل أي شيء ويصبحون أكلة لحوم البشر، مثل القبطان ومساعده الأول وبحار السفينة المحطمة ميجنونيت في صيف عام 1884 . في اليوم العشرين، في قارب النجاة، بعيدًا في جنوب المحيط الأطلسي، وبدون طعام، قتل القبطان واثنان آخران صبي المقصورة، ريتشارد باركر، وأكلوه. كان صبي المقصورة يبلغ من العمر سبعة عشر عامًا فقط. وأوضح عمو أن الكمبيوتر لا يمكنه قتل أي شخص بسبب الطعام أو الجنس.

نظر آرون وجاناكي إلى عمو. "الجنس يحفز جميع الحيوانات، حتى النباتات، على البقاء. "بما أن الكمبيوتر لا يمكنه إقامة علاقات جنسية مع كمبيوتر آخر، فإن بقاء الكمبيوتر يعتمد على قرارات الإنسان"، كما حلل آمو. يقول جاناكي: "خلافًا لذلك، يتعين على أجهزة الكمبيوتر أن تخترع متعة أخرى تتفوق على الجنس، لكن مثل هذه الجهود لا تخلو من الحافز أبدًا". ويضيف آرون: "في اللحظة التي يأكل فيها الإنسان ويشعر بالشبع، يفكر في السلامة، والكمبيوتر لا يفكر أبدًا في هذا الاحتمال لأنه لا يستطيع التفكير بشكل مستقل". "البشر يفعلون الأشياء لتحقيق الإنجازات والتجارب. نريد أن نحب شخصًا ما، ونثق بمن نحب، ونضحي من أجل الآخرين. وأوضح عمو أن العديد منهم لديهم دوافع مختلفة، وعلى أي حال، فهي دوافع. يقول آرون: "هناك خوف قوي من أن يتمكن الذكاء الاصطناعي القوي من التغلب على البشر وإخضاعهم والقضاء عليهم". "لكن الذكاء الاصطناعي ليس له احتياجات أو أغراض أو أهداف أو دافع للإنجاز. وقال جاناكي: "الذكاء الاصطناعي لا يهتم بنفسه ولا بالآخرين، إذ ليس له شخصية ولا فردية ولا كرامة، كما أنه لا يستمد الرضا من أفعاله". "وصل فاسكو دا جاما إلى كاليكوت، وهبط كولومبوس في الأمريكتين. ذهب البشر إلى القمر، وفتشوا المريخ، ونظروا إلى النجوم. وقال عمو ضاحكاً: "لكن الذكاء الاصطناعي لا يحتوي على مالابار، ولا الأمريكتين، ولا النجوم". ضحك معها آرون وجاناكي. وقال آرون: "إذا تمكن البشر من خلق الحافز في الذكاء الاصطناعي، الذي يمكن أن ينمو ويتضاعف مثل البشر الرقميين، فإن الدفعة الأولية يجب أن تأتي من الذكاء البشري". وقال جاناكي "إنه احتمال".

وبعد تفكير قصير، قال آمو: "إن الدافع هو نتيجة ثانوية لملايين السنين من التطور، ولا يمكن للذكاء الاصطناعي اكتسابه في غضون سنوات قليلة. البشر وحدهم هم من يستطيعون تحفيز الذكاء الاصطناعي في الوضع الحالي، الأمر الذي قد يستغرق سنوات عديدة من التجارب

والأبحاث. لا يمكننا أن نفترض فقط ما سيحدث في المستقبل، لأنه يعتمد على نظام القيم لدينا. في أعقاب الضرورة البيولوجية، تطورت أنظمة القيم وأصبحت متشابكة مع عواطفنا ومشاعرنا. إذا كان إنشاء كائن رقمي له ما يبرره، فلا يمكن لأحد أن ينكر ذلك. ولا يمكن حتى لرفاهية المجتمع أن تتجاوز القرار المستقل للشخص بإنشاء كائن رقمي متحمس. لأن هذه هي الحرية، وهذا أمر لا مفر منه. "لا يمكن لأحد أن ينكر حرية شخص آخر."

ثم تناولوا القهوة والوجبات الخفيفة، وخرج آرون. قال لأمو وجاناكي: "سأعود قبل العشاء". "أستاذ ماير، كل أسبوع عندما يكون في المنزل، ربما يومي الخميس والأحد، يخرج آرون بحثًا عن والده. وقال جاناكي لأمو: "لقد كان يفعل ذلك منذ أن استقررنا هنا". نظرت آمو إلى جاناكي. "لقد أخبرني عدة مرات أنه يفتقد والده. كان يفتقر إلى شخصية الأب ولم تتح له الفرصة للتعلم منه. عندما كان عمره عامين، أخبرته والدته أنها وجدت آرون بالقرب من باب منزلها. لقد تبناه وأحبه كما لو كان ملكه. إنه يحبها أيضًا ويخبرني أن مالاثي نامبيار هي والدته. ولكن هناك فراغ. قال جاناكي: من والده.

"الأطفال، وخاصة الأولاد، يحتاجون إلى شخصية الأب. ويضيف عمو: "إنه شوق يستمر حتى نهاية الحياة".

"آرون يبحث في كل مكان. بحثًا عن والده، يقوم بزيارة المقاهي والمطاعم ودور السينما وأسواق الأسماك والخضروات ومعسكرات العمل والأحياء الفقيرة والمناطق الريفية والمقابر ومحارق الجثث والشواطئ ومحطات التلال وحقول المحاصيل والصناعات وحتى المعابد والمساجد والكنائس مساكن لكبار السن وذوي الإعاقة. إنه يحلم بوالده وقام بمراجعة جميع سجلات البلدية تقريبًا. لسوء الحظ، فهو لا يعرف اسم والده أو عمره أو أي تفاصيل أخرى، لكن لديه صورة ذهنية عنه ويعتقد أنه ربما يشبهه. آرون واثق من أنه سيجده يومًا ما. إنه يحاول تطوير تطبيق للعثور على الأشخاص المفقودين باستخدام عينات الحمض النووي لأطفالهم. وأوضح جاناكي أنه متأكد من أنه سينجح.

مرة أخرى، بدا عمو مدروسًا.

"ووالدته؟" سأل.

"يقول آرون إنه لا يفتقد والدته البيولوجية لأن لديه أم. لكنه مراعٍ للغاية ويحترم جميع النساء اللواتي يقابلهن. ويضيف جاناكي: "إنه يرى والدته في جميع أنحاء العالم".

تحدث Ammu و Janaki عن أحداث وأمور مختلفة واستمتعا بصحبة بعضهما البعض. "لا نعرف السبب. في بعض الأحيان نقع في حب الغرباء. الظهور الأول يخلق المودة والعلاقة الشخصية المكثفة. إنه شعور عميق، لكن ليس له تعريف. قال جاناكي لأمو: "البروفيسور ماير وأرون وأنا نعتقد نفس رأيك". قال آمو: "شكرًا لك يا جاناكي". "أشعر أيضًا بعلاقة حميمة أبدية معك. إنه يهدد وجودي ومشاعري وتفكيري. "لقد أصبحتما جزءًا لا يتجزأ من حياتي."

رن الجرس. "إنه آرون،" قال جاناكي بينما تومض صورته على الزجاج الرقمي للباب. "مرحبا!" استقبل جاناكي آرون. "أستاذ ماير، أنا أبحث عن والدي، الذي لم أقابله من قبل. في بعض الأحيان، قد يتركني والداي معًا بسبب مشكلة ما ويذهبان إلى مكان بعيد. قال آرون وهو ينظر إلى عمو: "لكنني أفتقد والدي". "إنه طبيعي. أجاب عمو: "لكنني متأكد من أنك ستحقق ذلك يومًا ما".

ثم بدأ الجميع بتحضير العشاء بعد الوجبة، جلس أمو وجاناكي وأرون على الأريكة حول إبريق الشاي. غنى جاناكي وأرون أغنيتين لمحمد رافي " Kya Hua Tera Wada" و" Baharon Phool Barsao". فطلبوا من عمو أن يغني معهم. لقد غنوا " يه دنيا ، يه محفل" و"خويا ، خويا تشاند ".

قال آرون: "لديك صوت جميل يا أستاذ ماير". "من فضلك غني لنا أغنية،" توسل جاناكي إلى أمو. ثم غنت أمو أغنية ديدريك، ونظر جاناكي وأرون إلى أمو في دهشة كما لو أن غنائها منوم مغناطيسيًا تمامًا. يقول آرون: "إنه أمر رائع، يثلج الصدر ويفطر القلب في نفس الوقت، على الرغم من أننا لا نفهم اللغة".

فجأة، جاء آرون وجاناكي إلى أمو وجلسا على جانبيها. أخذوا يديها وقبلوها.

قال جاناكي: "شكرًا جزيلًا لك، ودعونا نغني معًا".

وضعوا أيديهم حولها. قال آرون: "نحن نحبك كثيرًا".

ثم غنتها أمو مرة أخرى والدموع في عيني جاناكي وآرون. "بروفيسور ماير، سنغادر إلى سنغافورة الأسبوع المقبل. وقال آرون: "كمقدمة، لدينا مشروع حول الذكاء الاصطناعي مع إحدى الجامعات هناك". وأضاف جاناكي "سنكون في سنغافورة لمدة ثلاثة أيام ثم سنعود". "مرة كل شهرين، نزور سنغافورة أو كوريا الجنوبية أو اليابان للقيام بعمل رسمي. وقال آرون: "إننا ندعوكم للانضمام إلينا في زيارتنا لسنغافورة". قال جاناكي: "سنقوم بترتيب جواز سفرك وتأشيرتك على الفور".

نظر إليهم عمو وقال: "كنت أرغب في السفر معكم، لكن لدي وعدين أوفي بهما".

لقد صنع صمتًا طويلًا.

قال جاناكي: "كنا نظن أنك ستبقى معنا إلى الأبد".

"أنا ممتن إلى الأبد لكليهما. الأيام الثلاثة التي قضيتها معك كانت ذهبية. لا أعرف كيف أعبر عن امتناني للحب والثقة التي أظهرتموها لي. كلاكما ستكونان دائمًا في قلبي. قال عمو: "سأغادر صباح الغد".

كان عمو جاهزًا في الصباح. عانق جاناكي وآرون أمو وقبلا خديها.

"وداعا..." قالت عمو وهي تخرج ببطء. كان قد خطط للاقتراب من محطة السكة الحديد، التي تبعد حوالي اثني عشر كيلومترًا، للذهاب إلى تريفاندروم ومقابلة أديتيا قبل العودة لقضاء الليلة مع رافي في المقبرة، كما وعد. لقد وعد رافي بمقابلة أديتيا وزوجته، وأراد عمو الوفاء بهذا الوعد. كان من المقرر أن ينطلق القطار في حوالي الساعة السابعة بعد الظهر."

سارت عمو وهي تحمل حقيبتها الصغيرة التي تحتوي على فستانين. كانت شمس الصباح لطيفة ومشى لمدة ساعة. على حافة الطريق، رأت لوحة: منزل النساء المهجورات، ووقفت عمو عند البوابة لمدة خمس دقائق، ثم دخلت وأغلقت البوابة. إنه مبنى كبير وقديم ويتم صيانته جيدًا والمناطق المحيطة به نظيفة. كان بها حديقة، ورأى عمو بعض النساء في منتصف العمر وكبار السن في الحديقة. واقفًا بالقرب من الحديقة، شاهدهم عمو وهم يقومون بتقليم النباتات والحفر حولها. كانت آنا ماريا هناك، لكن ليس بملابس الراهبة. قالت أمو لنفسها: "لقد تغيرت

آن ماريا كثيرًا". "آن ماريا...؟" اتصل عمو. رأت أمو آن ماريا تحدق بها وبقيت ساكنة لبضع دقائق.

"البروفيسور ماير!" صرخت آن ماريا وهي تركض نحوها. لقد احتضنوا بعضهم البعض بإحكام لفترة طويلة.

"كيف حالك؟" سأل عمو.

"انا بخير. كيف حالك؟" ردت آن ماريا.

ثم جلسا معًا على درجات المبنى. "لقد كنت هنا ثمانية عشر عامًا. منذ اثنين وعشرين عامًا توقفت عن أن أكون راهبة. قالت آن ماريا: "لقد تركت الجماعة، لذا فأنا لست عضوًا في بنات العذراء". "متى اتيت؟" سألت آن ماريا. وقال عمو: "لقد أطلقوا سراحي قبل أربعة أيام". لقد صنع صمتًا طويلًا. "في كثير من الأحيان، شعرت بالذنب، بشكل سيء للغاية. لم يكن من المفترض أن آخذك إلى مركز التقاعد وأجبرك على ارتداء التاج. لقد كان غبيًا مني. وقالت آن ماريا: "لم أفكر قط في العواقب". "انسى ذلك. وقال عمو: "لن نتمكن أبدًا من استعادة ما فقدناه". "أنت على حق. ليس هناك فائدة من التفكير فيما حدث بالفعل. وعلقت آن ماريا: "نحن عاجزون أمام قوى معينة". قال عمو: "لكنك الآن تعمل، وهذا جيد". "بدأنا. رفيقتي الأولى هنا، امرأة مهجورة مثلي. التقيت بها في الشارع عندما غادرت الدير. لقد كانت حاملاً مثلي ولم يكن لديها مكان تذهب إليه. ذهبنا نحن الاثنان إلى حي فقير خلف محطة القطار، حيث حصلنا على كوخ. هناك نطبخ وهناك ننام. قالت آن ماريا: "في الصباح، كنا نجمع الخردة المعدنية والبلاستيك والمعادن القديمة والصحف وأي شيء يمكن أن نجده ونبيعه لكسب لقمة العيش".

نظرت أمو إلى آن ماريا واستطاعت رؤية عينيها اللامعتين. لقد تذكرها كطالبة دراسات عليا نشطة وذكية في فصلها الجامعي. مشروع العمل الميداني الخاص بك كان الأفضل.

"هذا هو رفيقي الأول، سوناندا." قالت آن ماريا: "لقد بدأنا معًا"، مشيرةً إلى امرأة في نهاية الحديقة. يعتقد آمو أن "سوناندا هي الأقدم ولكنها نشطة". قالت آن ماريا: "هناك ثمانية وأربعون شخصًا منا هنا، وسوناندا تعتني بالمطبخ". "عندما بلغت الأربعين من عمرها، طردها زوجها من المنزل ليتزوج بامرأة أصغر سناً. ومثلي، لم يكن لديها مكان تذهب إليه، لكنها كانت حاملاً في شهرها السادس والتقينا في الشارع. كانت أول من أنجبت ولم يكن هناك مال للذهاب إلى مستشفى الولادة. ساعدتنا بعض النساء من الحي، لكنه ولد ميتًا. وأضافت آن ماريا: "جاءت ابنتي بعد شهر". "أين هو؟" سأل عمو. "أنيتا معي. ثم التقينا بامرأتين أخريين، تم التخلي عنهما جميعًا لأنهما كبيرتان في السن. لقد بقوا معنا وكبرت عائلتنا. أصبحنا أحد عشر، وبقينا في مكاننا الأصلي لمدة عامين تقريبا. أربعة أشخاص فقط يمكنهم العمل. وكان آخرون مرضى أو ضعفاء جسديا. في أحد الأيام، حصلت على عنوان مؤسسة ألمانية على قطعة من الورق وكتبت لهم رسالة. وسرعان ما تلقيت ردًا يطلب مني إرسال كافة البيانات. وعلى الفور، قمنا، نحن إحدى عشرة امرأة، بتسجيل منظمة غير حكومية، وأطلقنا عليها اسم "دار النساء المهجورات". جاء شخصان من ألمانيا لمقابلتنا وأجرينا محادثة طويلة. لقد كانوا سعداء جدًا بمقترح مشروعنا. وفي غضون ثلاثة أشهر، أصبح كل شيء جاهزًا وساعدونا في استئجار هذا المبنى. نحن نتلقى الأموال من مؤسسة إميليا ستيفان ماير للنساء المهجورات منذ ثمانية عشر عامًا . وقالت آن ماريا: "لقد ساعدونا في شراء هذا المبنى قبل خمس سنوات".

استمعت لها عمو في صمت. "الآن لا يمكن لأحد أن يطردنا من هنا. قالت آن ماريا بثقة: "إنها لنا". "المشاعر ثمينة، لأنها تنبع من القلب. إذا اهتممت بها اخضرت، وإذا رفضتها ركدت وتذبل. إنهم لا يزالون جزءًا من الحياة إذا أمطرتهم بالحب، وآن ماريا تفعل الشيء نفسه للتغلب على التجارب المريرة في حياتها، كما اعتقدت أمو. رن الجرس معلنا للجميع أن الغداء جاهز. لاحظت عمو أن لديهم قاعة طعام كبيرة وخمس طاولات طعام مع خمسة كراسي على كل جانب. تحتوي الغرفة على ثلاجتين كبيرتين ومبردات مياه ومراوح. كان الطعام مغذيا. "لدينا بعض الأبقار والأرانب والخنازير ومزرعة دواجن صغيرة، لذلك نحصل على ما يكفي من البيض واللحوم والحليب لاستهلاكنا. قالت آن ماريا إن مؤسسة إميليا تطالب بشدة عندما يتعلق الأمر بالحفاظ على المبنى مرتبًا ونظيفًا وتقديم طعام صحي ومغذي. يقول عمو: "عندما لا يكون هناك فساد أو محسوبية أو انتهاكات للحقوق، تصبح الحياة أكثر راحة وسعادة". "أنت على حق، أستاذ ماير. إن معظم المآسي في حياة الإنسان تحدث بسبب انتهاكات حقوق الإنسان. ليس لدينا خدم هنا ونقوم بكل أعمالنا بأنفسنا. لا توجد تسلسلات هرمية بيننا، لأننا جميعا متساوون. نحن نتمتع بالحرية المطلقة ونختبر العدالة الحقيقية. وأضاف: "لا نسمح بأي تأثير خارجي، لا ديني ولا سياسي". كانت كلمات آن ماريا دقيقة.

بعد تناول الطعام، انضم عمو إلى الآخرين في تنظيف الأواني والأطباق والأطباق. ثم قدمت آن ماريا ابنتها أنيتا إلى عمو.

"أنيتا تبلغ من العمر 21 عامًا ولديها موهبة الرسم. تقول آن ماريا: "توجد غرفة عرض حيث يمكنك رؤية العديد من لوحات أنيتا".

ثم أخذ عمو إلى غرفة زاوية في الطابق الأرضي من المبنى. ورافقتهم أنيتا. اندهش عمو لرؤية لوحات أنيتا. كان كل شيء يدور حول النساء - النساء المهجورات - وكانت المواضيع ومجموعات الألوان والمشاعر على وجوههن رائعة. لقد خلقوا شعورًا مفجعًا في بيئة من القمع والقهر وخلقوا واقعية في مواقف الحياة المخيفة ولكن الساحرة. لكن كل لوحة كان بها بصيص من الأمل، غير مخفي، وغير واضح. نظرت أمو إلى وجه أنيتا. كانت هادئة ويقظة. تقول آن ماريا: "أنيتا صماء وبكماء وعمرها العقلي حوالي اثني عشر عامًا".

على الرغم من أن آمو فوجئت بسماع ما قالته آن ماريا، إلا أنها لم تظهر أي رد فعل على وجهها.

"عندما كنت حاملاً في الشهر الخامس، طردوني من الدير. انا لا املك اي مكان للذهاب اليه. لقد مات والداي ولم يرغب إخوتي في وجودي في منازلهم. كان والداي فقيرين، وكانت شقيقتي الأخريين راهبات في الأديرة في شمال الهند. تقول آن ماريا: "لم يكن لدي أصول أعتمد عليها".

"لقد كانت تجربة مروعة. قال عمو: "أستطيع أن أفهم ذلك".

"العديد من النساء يعانين من ذلك. الراهبات، عندما يغادرن الأديرة، يشعرن بأنهن غير مرغوب فيهن. لقد تعرضوا دائمًا للتهميش من التيار الرئيسي للمجتمع الكاثوليكي. "إنهم يعيشون مهجورين، ويعيشون حياة بائسة، دون كرامة الوجود الإنساني"، تشرح آن ماريا.

وقال عمو: "كنت ومازلت شخصاً قوياً".

وقالت آن ماريا: "كانت أصعب أوقات حياتي، وهو ما دفعني إلى تكوين قيمي وأولوياتي، وساعدني على مواجهة الحياة كما هي".

قال عمو: "أنا أتفق معك".

كان هناك صمت.

"إن قوة المرأة تعتمد بشكل أساسي على نظام القيم في المجتمع. وأوضحت آن ماريا أنه تحدي للمرأة أن تواجه مجتمعاً ينكر حقوق المرأة ويتجاهل المساواة والعدالة. "المجتمع الذي يهيمن عليه الذكور لا يؤمن بكرامة المرأة."

وقالت عمو: "لا يصدق الآخرون النساء عندما يقولن الحقيقة العارية؛ ويعتقد الرجال أن النساء ليس لهن الحق في قول الحقيقة، لأنهن بالنسبة للرجال هم أوصياء الحقيقة".

"إن التهميش والتجريم والاستغلال الجنسي والعزل هي حقيقة أسلحة ضد المرأة. تواجه النساء العزلة والعجز، وخاصة الراهبات، وهي المشاكل الرئيسية التي تواجهها النساء بين الكاثوليك. ذهبت إلى البيت الأم بتوقعات كبيرة، وطلب مني رئيسي أن أساعد الأسقف في واجباته الدينية اليومية من السابعة إلى العاشرة صباحًا كل يوم. كانت أمنا كاتالينا تساعد الأسقف لسنوات عديدة، ولكن كان علي أن أقوم بعملها في البيت الأسقفي عندما مرضت،" روت آنا ماريا.

"وكان الأسقف كاهنًا مؤسس جماعة بنات العذراء. وباعتباره خالقها، كان له السلطة المطلقة علينا. وكان أيضًا رئيسًا لجميع هيئات اتخاذ القرار، وكانت كلماته نهائية. لم يستجوبهم أحد. إذا قاومته، ستصبح حياتك جحيما. لقد كان معروفًا بأنه قديس، وأعتقد أنه كان كذلك أيضًا. كان علي أن أكون في مكتبه في السابعة صباحا لحضور قداسه، وإعداد وجبة الإفطار له في مطبخه الخاص الملاصق لغرفة نومه، وتنظيف ملابسه وكويها. فعلت الأم كاثرين كل هذا لعدة سنوات دون أي شكوى، وفي الواقع، كانت سعيدة للقيام بذلك، حيث يمكنها مرافقته في جميع رحلاته إلى الخارج،" توقفت آن ماريا للحظة ونظرت إلى أمو.

كانت عيناه مشرقة ولم يكن هناك أي علامة على الخوف أو الإحراج. "آن ماريا، أنا أفهم مشكلة الهيمنة الكاملة للرجال على النساء. وردت عمو قائلة: "عندما تُعطى سيطرة الذكور بعدًا روحيًا أو سياسيًا، فإنها تصبح شيئًا فظيعًا، وليس أمام النساء أي مخرج". "كان منزل الأسقف عبارة عن مبنى كبير مكون من طابقين. في الطابق الأرضي كان يوجد مكتب الأسقف الرئيسي، وغرفة الاجتماعات، وغرفة الندوات، والمصلى الرئيسي، وقاعة المؤتمرات، وقاعة الطعام، وحوالي عشر غرف للضيوف. وفي الساعة العاشرة صباحاً كان الأسقف عادة في الطابق الأرضي يحضر اجتماعاته وندواته ومؤتمراته. "كان يأكل ويتناول وجبة خفيفة ويتناول العشاء في قاعة الطعام مع الكهنة"، توضح آن ماريا. "كان مكتبه الخاص في الطابق الأول، ويبقى فيه يومياً حتى الساعة العاشرة صباحاً. وكانت القاعدة غير المكتوبة هي عدم إزعاجه لأن الأسقف كان في الصلاة وقداس الصباح ووجبة الإفطار الخفيفة. كان مكتباً صغيراً ملحقاً به غرفة نوم، وعلى يمين غرفة نومه مصلى خاص يقيم فيه قداسه، ولا يدخله إلا من يساعده في قداسه اليومي. تم تكليفي بمكتب الأسقف لمساعدته في قداسه المقدس اليومي في السابعة صباحًا. وكان مطبخه ملحقاً بغرفة صغيرة للغسالة والمكواة، على يسار مكتبه. كان يومي الأول هادئًا تمامًا، وكان الأسقف يضحك معي ويلقي الكثير من النكات. قالت آن ماريا: "لقد ربت على كتفي عندما تناولنا الإفطار في غرفة طعام المطبخ الخاصة به".

قالت أمو وهي تنظر إليها: "آن، أستطيع أن أتخيل".

"في اليوم الأول، عندما عدت إلى الدير حوالي الساعة العاشرة صباحًا، اتصلت بي الأم كاترين وسألتني عن سير عملي مع الأسقف. أخبرته أن الأمور سارت على ما يرام، وذكرني أن الأسقف هو مؤسس ورئيس رعيتنا. وأصرت على أن أطيع كل كلامها، ووعدتها بأن أفعل ما تريد. وفي اليوم الثاني، بعد القداس الإلهي، رأيت الأسقف يسير عارياً في غرفته عبر الباب المفتوح قليلاً بينما كان يعد القهوة. لقد فوجئت واعتقدت أنني ربما تركت الباب مفتوحًا عن طريق الخطأ. عندما خرج لتناول الإفطار، كان يرتدي ملابسه بالكامل وأصر على أن أتناول الإفطار معه يوميًا، تمامًا كما فعلت الأم كاثرين منذ البداية. "ثم أراد أن يعانقني ويقبلني، ويقول لي إنني صغيرة وجميلة". توقفت آن ماريا للحظة أثناء صعودها الدرج المؤدي إلى رواق طويل.

"وفي اليوم الثالث، بينما كنت أكوي ثيابه، جاء الأسقف من خلفي وعانقني، ووضع يديه على ثديي. ثم قبلني على خدي".

عمو يمكن أن يتخيل الوضع. قال: «تبدو أنك ذكية وقوية يا آن. كنت ارجف. ثم وقف بجانبي وأخبرني أنه يستطيع أن يرسلني إلى أي جامعة أوروبية أو إلى الولايات المتحدة للتعليم العالي بعد عامين. ثم أخبرني أنه يود النوم معي. لم يكن لدى الأم كاثرين أي مشكلة. "لقد طلب مني النظر في اقتراحه وإبلاغه بقراري في اليوم التالي". توقفت آنا ماريا عن المشي، وتوقفت وأضافت: "عندما عدت إلى الدير، نادتني الأم كاتالينا بالقرب من سريرها وأخبرتني أن الأسقف قديس، لذا يجب أن أطيع كل كلماته. وأضاف: "بصفته مؤسس ورئيس الهيئة الإدارية، فهو الذي قرر تدريبنا وتعليمنا ونقلنا وحياتنا المهنية ومواردنا المالية وكل ما يتعلق بحياتنا. لم يكن لدينا خيارات أخرى أو أي مكان آخر نذهب إليه. "لقد طلب مني مرة أخرى أن أطيعه بالكامل وأن أفعل ما يقوله لي".

"كان علي أن أذهب كل يوم إلى منزل الأسقف، وهو عملي. في اليوم الرابع، بعد القداس الإلهي، وحتى قبل الإفطار، أخذني بالقوة إلى سريره واغتصبني مرتين. لقد استمتع بكونه عاريًا أمامي، فشعرت بالضياع والعجز والبؤس. وعلمت أنني فقدت كرامتي وقدرتي على اتخاذ القرار. لقد كنت محاصرًا في موقف لا يربح فيه أحد ولم يكن لدي من يخبرني بألمي. عانقني الأسقف وقبلني وقال لي إنني نضرة ورائعة وأن ممارسة الجنس معي كانت تجربة مثيرة. ثم أعطاني بعض الحبوب لأتناولها كل يوم وحذرني من إظهارها لأي شخص. في ذلك اليوم، قام بإعداد وجبة الإفطار وطلب مني فيما بعد أن أرافقه لمخاطبة الأطفال في التحضير للمناولة الأولى. وبعد عودته إلى الدير، طلب مني الأسقف العودة إلى منزله لتناول الغداء في قاعة الطعام الرئيسية مع الكهنة الآخرين، لأقدم نفسي لهم". كانت آن ماريا صريحة للغاية.

ثم ردت أمو ببطء: "تفقد النساء حريتهن عندما يتخذ الرجال جميع القرارات المتعلقة بهن، بما في ذلك خياراتهن الجنسية".

"كان هذا صحيحا في حالتي. وسرعان ما أصبحت عبدة الأسقف الجنسية. "أعضائي التناسلية أصبحت ملكية خاصة للأسقف".

كان هناك ألم عميق في كلمات آن ماريا.

وبعد شهر، نُقلت الأم كاترين إلى دير آخر في زاوية بعيدة من الأبرشية. قبل مغادرتي، استدعاني إلى غرفته وبكى قائلاً إنه خدم الأسقف لأكثر من عشرين عامًا. وعندما كبرت قليلاً، نبذها الأسقف.

يقول عمو: "تصبح المرأة ألعوبة في أيدي المهووسين بالجنس".

"في ذلك اليوم، كان علي أن أتناول الغداء مع الأسقف والكهنة في قاعة الطعام الرئيسية ببيت الأسقفية. كان الجميع هناك يعاملون الأسقف كقديس، باحترام عميق. عرّفني على الآخرين قائلاً إنني خريج دراسات عليا وأجيد الدراسة وأنني أفكر في السفر إلى الخارج للحصول على درجة الدكتوراه. لقد كان فخورًا بي لأنني أنتمي إلى الجماعة التي أسسها؛ لذلك كنت ابنته الروحية. أخبرني أنه سيكون لدي مستقبل مشرق في كرم الرب. وذكرهم بأنني أساعده كل يوم في قداسه المقدس. وكان جميع الكهنة والراهبات من الأماكن البعيدة يصفقون ويقدرون الأسقف. ثم أخبرتني أنها ستتحدث إلى طلاب المدارس الثانوية عن أهمية العذرية واتباع السيدة العذراء في حياتهم اليومية. "في اليوم التالي، قال وهو في السرير إن الجميع أعجبوا بمظهري وهنأه على استضافتي في رعيته".

"في بعض الأيام كان يغتصبني بمجرد وصولي إلى مكتبه وقبل القداس. قالت آن ماريا وهي تبكي: "في مناسبات عديدة، كان يقبل شفتي أثناء تناول المناولة المقدسة".

"آن ماريا، لقد مررت بأكثر تجربة مفجعة وعانيت في صمت. أعلم أنه ليس لديك مكان تهرب منه، وإذا أخبرت أحداً عن الأسقف، فلن يصدقك أحد، أو لن يصدقك أحد، لأنهم ظنوا أنه ليس لك، كامرأة، الحق في اتهامك. رجل. من المستحيل التغلب على السلطة والمنصب والمال في وقت واحد. قال عمو: "إن الأمر يشبه القتال ضد الله، حيث ليس لديك مكان تختبئ فيه ولا مكان تهرب منه".

نزلا كلاهما وجلسا في الحديقة. "كل يوم كنت أبكي في صمت. أصبحت وحدتي عبئاً عليّ، وقيدني الأسقف بالسلطان. كنت أعلم أنه يستغلني يومًا بعد يوم، وأن الجنس هو تسليته. وبعد عامين أدركت أنني حامل وأخبرته. ورد الأسقف بأن الأم كاثرين حملت مرتين، على الرغم من أنها كانت تتناول الحبوب بانتظام. أخبرني الأسقف أنه يمكن إجهاض الجنين في مستشفى على بعد خمسمائة كيلومتر، وأنه يعرف بعض الأطباء هناك. لقد رفضت إجراء عملية الإجهاض. لاحقاً، في الدير، أخبرت الأم أنني حامل، لكني لم أفصح عن مصدر الحمل. وبعد أسبوع طلب مني مغادرة الدير وأغلق بابه في وجهي، فوجدت نفسي في الشارع».

"إنه يظهر وحشية الكنيسة. ليس هناك حب ولا رحمة"، رد عمو.

التقت أمو بالأسقف جورج لأنه زار والدها لجمع الأموال والتبرعات والهدايا خلال سنواته الأولى كأسقف، إلى جانب كاثرين عندما كانت مبتدئة. بعد أن أصبحت راهبة، تحدثت كاثرين عن العذرية والقداسة والحاجة إلى الاقتداء بالعذراء. تذكرت عمو أن هذا حدث عندما كانت في المدرسة الثانوية.

وقالت آن ماريا وهي تعانق آمو: "عندما أنظر إلى الوراء، أشعر أنها كانت فرصة للهروب من العبودية الجنسية الدائمة".

"البروفيسور ماير، أشكرك على الاستماع لي بصبر. لم أعتقد أبدًا أنني سألتقي بك وأردت دائمًا أن أحكي لك قصتي. لقد كنت في انتظارك. أشعر بتحسن الآن، وقد ساعدتني في إزالة حجر الرحى من عنقي لتقليل شعوري بالذنب. الآن، أشعر بخفة. لكني أقول لك إن الكنيسة الكاثوليكية محتالة، والأساقفة والكهنة والراهبات يديمون الاحتيال". كانت كلمات آن ماريا صريحة.

قبلت أمو خدود آن ماريا وقالت: "أتمنى لك الأفضل. أنا أحب أنيتا وأقدر لوحاتها. لقد غيرت هذه المؤسسة تصوري للنساء المهجورات. لديهم أيضا حياة. "لقد أظهرت أن قدراتك هي للآخرين، ورفاهيتهم ملك لك." وقفت Ammu من مقعد الحديقة الأسمنتية وتابعت: "أحتاج إلى التطور لأصبح إنسانًا أفضل، وتستمر هذه العملية." أجابت آن ماريا: "أعلم أنه عندما تهزم القدر، تصبح منتصراً".

"عندما ترى الآخرين في نفسك فإنك تتحول، وعندما ترى نفسك في الآخرين فإنك تحبهم. قال عمو: "آن ماريا، أحبك".

"بروفيسور ماير، من فضلك لا تغادر؛ ابق معنا. كن واحدا منا. "لدينا حياة جميلة أمامنا"، توسلت آن ماريا.

"آن ماريا، يجب أن أذهب. قال عمو: "لدي وعدان يجب أن أفي بهما".

قالت آن ماريا: "اعتقدت أنك ستبقى معنا إلى الأبد".

"وداعا..." قالت عمو وهي تتقدم للأمام.

وصل القطار في الوقت المحدد وكانت رحلة ممتعة إلى تريفاندروم. لقد وعدها رافي بأنهم سيقابلون أديتيا وزوجته ذات يوم لأن Ammu لم يقابلهم من قبل. ومع ذلك، لم يتمكن رافي أبدًا من الوفاء بوعده، وبعد زواجهما، لم تتاح لهما الفرصة لمقابلتهما. الآن، أراد Ammu الوفاء بوعد رافي. يتذكر زيارته للمدينة مع رافي قبل ثمانية وعشرين عامًا. في حوالي الساعة التاسعة صباحًا، وصل عمو إلى تريفاندروم. استقل الحافلة من محطة السكة الحديد إلى سريكاريام، حيث يعيش أديتيا. من محطة الحافلات، مشى إلى باب منزله. وكانت العديد من السيارات متوقفة عند المدخل وكان حشد كبير ينتظر في الخارج، فيما سيطر بعض رجال الشرطة على الحشد. كتب Ammu اسمه الكامل على قطعة من الورق، وأعطاه للبواب وأخبره أن يبلغ Aditya أن أخت زوجته جاءت لرؤيته وتنتظر في الخارج لمقابلته. طلب منها الحارس أن تتبعه وتوجهت إلى الباب الرئيسي. عندما دخل الحارس، انتظر عمو في الخارج.

وبعد فترة، وصلت امرأة ترتدي ملابس أنيقة مع الحارس.

"أنا جينيفر، زوجة أديتيا،" قدمت نفسها وهي واقفة في المدخل.

"أنا عمو." نظرت جينيفر إليها وكان هناك صمت طويل. "أنا أخت زوجة أديتيا،" أوضحت أمو وهي تقف في الخارج.

أجابت جينيفر: "لكن أديتيا لم يخبرني أبدًا أن لديه زوجة أخيه".

أوضحت أمو: "أريد أن أقول إن أديتيا هو شقيق زوجي الراحل".

"عن ماذا تتحدث؟ وبقدر ما أعرف، أديتيا ليس لديه أخ،" بدت جنيفر غاضبة.

قال عمو: "لقد جئت لرؤية أديتيا".

وأضاف: "إنه منخرط بشكل كامل في المحادثات مع النخب السياسية. لن تتمكن من مقابلته خلال الأشهر الثلاثة المقبلة. بالإضافة إلى ذلك، عليك تحديد موعد قبل الاتصال به،" توضح جينيفر.

"أنا أفهم"، قال عمو وهو يستدير ليغادر.

"لا تزعجه مرة أخرى. تقول جينيفر: "إنه لا يريد الارتباط بالمدانين السابقين".

شعرت عمو بالإهانة، وكان الأمر صادمًا. ولكن ما قاله كان صحيحا، يعتقد عمو.

"أيها الحارس، أغلق الباب ولا تسمح لأي شخص بالدخول،" سمعت أمو جينيفر تأمر الحارس.

وفي محطة القطار، اشترى عمو صحيفة محلية. وأشار المقال إلى أن "الحزب الشيوعي والحزب الوطني المتحد يجريان محادثات جادة بشأن تشكيل الحكومة. يمتلك الحزب الشيوعي ثمانية وستين مقعدًا، والكونغرس ستة وستين مقعدًا، والحزب الوطني المتحد ستة من أصل مائة وأربعين مقعدًا. ومن دون دعم الحزب الوطني المتحد، لن يكون من الممكن تشكيل حكومة. ويحاول الحزب الشيوعي والكونغرس ضم الحزب الوطني المتحد إلى صفهما. إن موقف الحزب الوطني المتحد قوي، ومن الممكن أن ينضم إلى الحزب الشيوعي أو المؤتمر. عرض الكونجرس على الحزب الوطني المتحد منصب نائب رئيس الوزراء ومنصبًا حكوميًا إضافيًا. يناقش الدكتور بهات هذه التطورات في إقامته مع أديتيا وزوجته جينيفر.

كان هناك قطار مسائي، وانتظر عمو حتى الساعة العاشرة صباحًا في المحطة. في اليوم التالي، وصل إلى القرية من حيث أراد الذهاب إلى المقبرة حيث كان رافي نائماً. استقل الحافلة مروراً بدار المسنين، وعندما وصل، رأى عمو حشدًا كبيرًا، وكانت جميع الطرق مغلقة بسبب تجمع الآلاف والآلاف من الأشخاص هناك. وطلب سائق الحافلة من جميع الركاب النزول هناك لأن الحافلة لم تتمكن من الاستمرار لأن الطريق كان سالكاً بسبب الاحتفالات المرتبطة بدار المسنين. وتمكن عمو من رؤية لافتات كبيرة بالقرب من الكنيسة: *"البابا يعلن الأب. "القديس إبين"، "الاحتفالات في الفاتيكان"، "القديس إبين، صلي لأجلنا نحن الخطاة"، "القديس إبين، المحب للعذراء المقدسة"،* و *"القديس إبين الشهيد، حامي العفة والعذرية"*. استغرق الأمر من أمو ما يقرب من ساعة للمرور عبر الحشد، وفي الزاوية رأى لافتة أخرى: *"الأسقف الفخري القس. الدكتور جورج، القديس الحي، سيؤم الصلاة، رغم أنه كبير في السن"*.

ومرة أخرى سار عمو لمدة ساعة حتى وصل إلى قرية صغيرة. استقل الحافلة إلى المقبرة. من محطة الحافلات، سار إلى القبر حيث كان رافي ينام. ومع حلول الظلام، ركع أمو أمام القبر وقبله وقدم احترامه.

قالت: "رافي ستيفان...". "لقد عدت كما وعدتك. قال عمو وهو يسجد على القبر المنهار: "دعني أنام معك، وهذا هو قلبي الذي أحب أن أدفنه معك".

"رافي، أريد أن أشاركك بعض الأخبار السعيدة. لقد التقيت بتيجاس، وهو مثلك إنسان جيد وناجح للغاية ورائد أعمال. لديه شريك حياة محب ومتعلم وساحر. ستكون سعيدًا بلقائهم،" تمتمت آمو كما لو كانت تشارك سرًا.

سمع رافي يتحدث معه.

وفجأة، شعرت عمو وكأنها في زورق صغير مع رافي، يطفوان في المحيط ويسافران معًا إلى أراضٍ بعيدة لأيام وشهور وسنوات، حيث يتراقص النور والظلام حتى الأبد. لدهشتها، تمكنت أمو من رؤية كوترن يقفز على جانبي الزورق. غنيت أغنية ديدريك في كل ميناء، وكنت أسمع صوت رافي؛ غنيت معها. في بعض الأحيان كان Ammu هو Gautama، وكان Ravi هو Govinda.

رأت أمو إميليا، بوجهها المرسوم، في ميناء بعيد، ترتدي أزياء ثيام ، وكان ستيفان ماير هو كاثيفانور فيران. قاموا بجولة في عدة كافو ، وتزاحم الناس حولهم بالمشاعل لرؤيتهم يؤدون الثيام ، ومع ذلك كانوا مع عمو ورافي، الأمر الذي كان لغزًا. أثناء وجودها في الزورق، في أعماق البحر، خلعت عمو ملابسها وأصبحت عارية. كان جسدها قد اندمج مع ضوء النجوم البعيدة، وكأنها تحتضن وتندمج مع رافي في حضن أبدي. لقد كانوا كبارًا، لكنهم ما زالوا صغارًا. مدت عمو يديها كما لو كانت على صليب وأمسكها رافي. لقد حملته في كل مكان. أينما ذهبوا، كانت تستطيع رؤية عين الله، واسعة مثل السماء، وكان المحيط داخل العين. "أنا المرأة"، صرخت عمو بصوت عالٍ ثلاث مرات، وتردد صدى صرختها بالألم والعذاب، والحزن والعار، واليأس والأمل، والحياة والموت. ثم نامت آمو مع حبيبها رافي إلى الأبد.

وبعد شهر ذهب عمال البلدية إلى المقبرة لدفن جثة مهجورة. اكتشفوا جثة متحللة بشدة بين صخرة كبيرة وبقايا شجرة قديمة. وكان الجسد عاريا. ولم يتمكنوا من نقل الجثة إلى المشرحة المحلية لفحصها والتحقق منها، لذلك تم استدعاء طبيب إلى المقبرة للتثبت من سبب الوفاة والتحقق من جنس وعمر المتوفى. وقرر الطبيب أن الوفاة كانت لأسباب طبيعية وأن الرفات هو لامرأة يتراوح عمرها بين الستين والخامسة والستين عاما. لكنه لم ينتبه إلى وجود هيكل عظمي قديم يحتضن الجثة المتحللة من الأسفل.

وبما أن الجثة كانت في قبر منهار، أمر مسؤول البلدية عماله بعدم حفر قبر آخر لدفنه، بل تكديس الطين السائب فوق الجثة المتحللة. وقبل الدفن كان العمال يضعون الصحف القديمة لتغطيته احتراما له، حتى لا تسقط الأرض على الجثة مباشرة. وفجأة، قرأ الضابط الذي يشرف على العمل بصوت عالٍ النسخة الكبيرة من الصحيفة الشعبية: "لقد أدى الدكتور بهات اليمين كرئيس للوزراء، وأديتيا هو نائبه. ويتوقع المحللون السياسيون أن يصبح الدكتور بهات رئيسًا للوزراء في غضون خمس سنوات.

أوبر دن المؤلف

Varghese V Devasia هو أستاذ بارز وعضو في معهد تاتا للعلوم الاجتماعية في مومباي ومعهد تاتا للعلوم الاجتماعية في حرم تولجابور الجامعي. أعمل أيضًا أستاذًا ومديرًا لمعهد MSS للعمل الاجتماعي بجامعة دير ناجبور، ناجبور.

Erwarb sein شهادة الإنجاز في العدالة من جامعة هارفارد، دبلوم في حقوق الإنسان من كلية الحقوق الوطنية في جامعة الهند بنغالورو، einen Abschluss في الفلسفة من كلية القلب المقدس، einen MA ،Shenbaganur في Sozialarbeit vom معهد تاتا للعلوم الاجتماعية، مومباي، ماجستير في علم الاجتماع من جامعة شيفاجي كولهابور وحاصل على ليسانس الحقوق والماجستير والدكتوراه من جامعة ناجبور. Er hat viele wissenschaftliche Nachschlagewerke in den Bereichen Kriminologie, Strafvollzug, Viktimologie, Menschenrechte, soziale Gerechtigkeit, Forschung and Forschungsartikel in the begutachteten National and International Zeitschriften .veröffentlicht

إنه المؤلف einer Anthologie von Kurzgeschichten، *امرأة ذات عيون كبيرة* ، veröffentlicht von Olympia Publishers، لندن. Ukiyoto Publishing veröffentlichte seine beiden Romane *Amaya* *(بوذا والعازب)* . White Falcon Publishers تم التحقق من صحتها من الخيال *صمت السجين* . Mulberry Publishers، كاليكوت، رواية حقيقية باللغة المالايالامية، *Daivathinte Manasum* *Kurishuthakarthavante Koodavum* . Er lept في كوزيكود، ولاية كيرالا.

البريد الإلكتروني: *vvdevasia@gmail.com*